# 安娜·卡列尼娜

1877

# Анна Каренина

下

Leo Tolstoy

列夫·托爾斯泰——著　高惠群等——譯

# 十六

公爵夫人默默坐在圈椅裡，微笑著；公爵坐在她旁邊。吉媞站在父親的圈椅旁，一直抓住他的手。大家都沉默不語。

公爵夫人最先開口，把自己的想法和感覺都轉為現實問題提出。最初一瞬間，大家都覺得這有點突兀，甚至叫人難受。

「什麼時候？還得訂婚和發請帖。什麼時候舉行婚禮？你是怎麼想的，亞歷山大？」

「得問他，」老公爵指著列文說，「他是這事的主角。」

「什麼時候？」列文紅著臉說。「明天。如果你們問我，那麼我的意見是今天訂婚，明天結婚。」

「嘿，得了吧，親愛的，別傻了！」

「那麼，下星期吧。」

「他簡直瘋了。」

「不，為什麼？」

「哎呀，哪能呢！」母親看到他這麼急不可耐，便高興地微笑起來。「那麼嫁妝呢？」

「難道還要嫁妝嗎？」列文恐懼地想。「不過嫁妝和訂婚，這一切會不會損害我的幸福呢？不會的！」

他朝吉媞看了一眼，發現她絲毫未因提到嫁妝而煩惱。「這麼說來，這是必要的，」他心想。

「我反正什麼也不懂，只是說了自己的願望而已，」他抱歉地說。

「那麼我們來商量一下。現在可以辦訂婚和發請帖的事了。就這樣吧。」

公爵夫人走到丈夫跟前，吻了吻他，正想走開，可是他拉住了她，擁抱她，並像年輕的戀人那樣溫情地、笑嘻嘻地連連吻了她好幾次。老夫婦顯然一時糊塗了，簡直不知道是他們在戀愛，還是他們的女兒在戀愛。老公爵夫婦離開後，列文走到未婚妻跟前，拉住她的手。他現在已鎮定下來，能說話了，他有許多話要對她說。可是他說出來的卻完全不是他想說的。

「我知道，事情就會這樣！我從來不敢抱這種希望，可我內心一直深信不疑，」他說，「我相信，這是命中註定。」

「我不也一樣嗎？」她說。「即便在當時……」她停頓了一下，用自己那雙誠實的眼睛堅毅地看著他，繼續說道，「在我放棄自己幸福的時候。我一直愛您一個人，只是那時我頭腦發昏了。我得問……您會忘掉這件事嗎？」

「也許這樣更好些。我有許多事倒要請您原諒。我應該告訴您……」

這是指他決定要對她說的一件事。他從一開始就決定告訴她兩件事：一是他不像她那麼純潔，另一件是他不信教。這令人苦惱，可他認為，應該把這兩件事都告訴她。

「不，不是現在，以後再說！」他說。

「好，以後再說，以後一定要說！我什麼都不怕。我需要知道一切。現在我們說定了。」

他補充說：

「我們說定了，無論過去我是什麼樣的人，您都會要我，不會拒絕我。是嗎？」

「是的，是的。」

他們的話被林農小姐打斷了，她面帶做作卻又溫柔的微笑走來向自己心愛的學生祝賀。她還沒有走，僕人們也來道喜。後來，親戚們也來了，於是幸福的忙亂開始，直到婚後的第二天列文才擺脫了這種狀況。列文一直感到不自在、無聊，不過幸福感卻不斷增強。他總覺得，人們對他的要求很多，而且都是他不懂的；反正他一切照辦，而這一切都給他帶來了幸福。他原來想過，他的求婚應該與眾不同，一般的求婚禮儀會損害他的特殊幸福；結果，他做的和別人一樣，而他的幸福卻因此而增強，變得愈來愈特殊、愈來愈與眾不同了。

「今天我們要吃糖。」林農小姐說。列文便去買糖。

「啊，我好高興，」斯維亞日斯基說，「我建議您到福明花店去買幾束鮮花來。」

「有必要嗎？」於是列文坐車去福明花店。

哥哥告訴他，需要借些錢，因為有許多開銷，還要買禮物……

「還要買禮物嗎？」他又趕著去富爾德珠寶店。

在糖果店、福明花店或富爾德珠寶店，他發覺大家都在等他，都為他高興，並祝賀他幸福，這些天他所接觸的人們都是這樣。奇怪的是，大家不僅喜歡他，就連那些以前令人討厭、冷漠無情的人也讚揚他，什麼事都順著他，溫存、體貼地對待他的感情，並且跟他一樣相信，他是世上最幸福的人，因為他的未婚妻完美無缺。吉媞也有同樣的感覺。諾德斯頓伯爵夫人曾冒昧地暗示，應有更理想的未婚夫，吉媞聽了非常惱火，斷然說，世上不可能有比列文更好的人了，使得諾德斯頓伯爵夫人只好承認，並且在吉媞在場時，總是帶著贊許的微笑面對列文。

列文答應向吉媞坦白自己的問題，這在當時是件苦差事。他和老公爵商量並徵得他同意後，將記載著使自己苦惱事情的日記交給了吉媞。他當初寫這日記就是為了給將來的未婚妻看的。使他苦惱的事有兩件：他的不純潔和不信教。他不信教的自白並未引起她的注意。她信教，從不懷疑宗教的真諦，對他公開不信教卻並不在意。她懷著真摯的愛瞭解他的整個心靈，在他的內心她看到了她所希望的事物，至於稱這種心靈狀態為「不信教」，這她並不在乎。而他坦白的另一件事卻使她傷心得哭了。

把日記交給她之前，列文心中並非沒有掙扎。他知道，他們之間不可能也不應該有祕密，所以他拿定主意要這麼做；他沒有意識到後果，沒有替她著想。直到那個晚上，他在看戲前來到他們家、走進她的房間，看到她那淚痕斑斑，由於他無法彌補的過錯而使她憂傷、惹人憐愛的臉龐，他才明白在自己可恥的往事和她鴿子般的純潔之間有著一道鴻溝。他對自己的作為感到恐懼。

「拿走，拿走這本可怕的日記！」她推開放在她面前桌上的日記本，說道。「您為什麼要拿給我看！……不，這樣也好，」她補充說，看到他那張絕望的臉，她可憐起他來了。「這太可怕了，太可怕了！」

他低下頭，一聲不吭。他一句話也說不出來。

「您不會寬恕我的。」他低聲說。

「不，我寬恕您，但這太可怕了！」

不過他的幸福巨大無比，這種自白不但沒有毀掉幸福，反而給它增添了新的色彩。她寬恕了他，不過，從此以後他更加認為自己配不上她，在道德上比她低下，因此他更加珍惜自己不配得到的幸福。

# 十七

阿列克謝・亞歷山德羅維奇回到自己冷清的房間，不由自主地回想起席間和飯後談話留在心中的印象。達里雅・亞歷山德羅夫娜關於寬恕的一番話只是引他惱怒。基督教原則是否適用於他的情況是個十分複雜的問題，三言兩語無法說清，而且阿列克謝・亞歷山德羅維奇對此早已作出否定的回答。在眾人所說的話中，深深印入他腦海的唯有愚蠢而善良的圖羅夫岑那句：「他的行為像個男子漢！他要求決鬥，並打死了對方！」大家顯然都同意這個說法，沒有說出口僅是出於禮貌。

「不過，這事已經定局，用不著再想了。」阿列克謝・亞歷山德羅維奇對自己說。他考慮著當前的旅行和調查工作，走進自己的房間。他問送他進門的門房，他的僕人在哪兒；門房說，僕人剛走開。阿列克謝・亞歷山德羅維奇吩咐端茶來，然後在桌旁坐下，拿起旅行圖，開始考慮旅行路線。

「有兩封電報，」從外面回來的僕人走進房間說，「請原諒，大人，我剛才出去了。」

阿列克謝・亞歷山德羅維奇拿起電報，拆開來。第一封通知是任命斯特列莫夫擔任卡列寧渴求的那個職務。阿列克謝・亞歷山德羅維奇把電報一扔，臉漲得通紅，站起身來，在房間裡踱來踱去。「上帝要誰滅亡，先讓他失去理智，[1]」他說，這裡的「誰」是指那些促成這一任命的人。他沒有得到這個職位，人

1 原文為拉丁文。

家顯然故意忽視他，這倒未使他惱火；他只是不明白，同時奇怪，他們怎麼沒看出這個夸夸其談、好說漂亮話的斯特列莫夫，比誰都不適合擔任這個職務。他們怎麼沒看出，這項任命使他們毀了自己、損害了自己的威信。

「又是這一類事情吧，」他拆開第二份電報，惱恨地對自己說。電報卻是妻子發來的。她那藍鉛筆的簽名「安娜」首先映入他的眼簾。「我快死了，求求你回來吧。能求得您的寬恕，我死也安心了。」他閱畢輕蔑地冷笑一聲，扔下了電報。他的第一個念頭是：毫無疑問，這是個騙局，一個詭計。

「她什麼欺騙的事都做得出。她大概要生了。也許是生產時得了什麼病。他們來電報目的又是什麼？讓新生嬰兒有合法身分、毀壞我的名譽，阻止離婚，」他心裡想。「但是電報上寫著：我要死了……」他又看了一遍電報，電文的明確意思突然打動了他。「如果這是真的呢？」他對自己說。「如果她在臨死前的痛苦時刻真的懺悔了，而我卻認為這是騙局、拒絕回去呢？這不光是不近人情，會遭受眾人的譴責，而且從我這方面來說，這樣做也太不聰明。」

「彼得，去叫輛馬車。我要去彼得堡。」他對僕人說。

阿列克謝・亞歷山德羅維奇決定去彼得堡看妻子。要是她口中的病是個騙局，那他便一言不發、轉身就走。如果她真的病危，在臨終前想見見他，那麼，要是見到時她還活著，他就寬恕她；如果他去遲了，那就盡丈夫最後的責任。

一路上他沒再考慮該做些什麼。

阿列克謝・亞歷山德羅維奇坐了一夜的火車，風塵僕僕，疲倦不堪。他在晨霧中坐車經過空曠無人的涅瓦大街，眼睛望著前方，不去考慮等待著他的將是什麼。他無法考慮這個問題，因為一想到將要發生的事，他就無法驅除一個念頭：她的死會立刻使他脫離困境。麵包房、關門的店鋪、夜間馬車、清道工從他眼前掠過，他注視著這一切，竭力不去考慮，等待著他的將是什麼；他不敢奢望，但又抱著希望。他坐的馬車駛近臺階。大門口停著一輛出租馬車和一輛四輪轎式馬車，車夫在車內睡著了。阿列克謝・亞歷山德羅維奇走進門廳，彷彿從自己的腦海深處掏出決心，並準備實施。這就是：「如果是個騙局，那就不予理會，保持鎮靜，然後離開。如果是事實，那就遵守禮節。」

看門人在阿列克謝・亞歷山德羅維奇打鈴之前就把門打開了。看門人彼得羅夫，又名卡皮托內奇，模樣挺古怪，身穿一件舊禮服，沒繫領帶，腳穿一雙便鞋。

「太太怎樣了？」

「昨天平安地生下了孩子。」

阿列克謝・亞歷山德羅維奇臉色發白，停住了腳步。他這時才意識到，自己是那麼渴望她死。

「身體好嗎？」

科爾涅伊繫著早晨用的圍裙跑下樓梯。

「很糟，」他回答，「昨天醫生們會診過了，現在有醫生在。」

「把東西拿去，」阿列克謝・亞歷山德羅維奇聽到她還是有可能死，便稍稍放下心來，走進了前廳。

掛衣架上掛著一件軍大衣。阿列克謝・亞歷山德羅維奇見了便問道：

「誰在這裡？」

「醫生、助產士，還有渥倫斯基伯爵。」

阿列克謝・亞歷山德羅維奇走進裡屋。

客廳裡一個人也沒有；頭戴雪青色綢帶軟帽的助產士聽到他的腳步聲，便從安娜的書房走出來。她來到阿列克謝．亞歷山德羅維奇跟前，由於產婦病危而不顧一切地拉住他的手，把他帶往安娜的臥室。

「謝天謝地，您來了！她總是問到您，問到您。」助產士說。

「快把冰拿來！」醫生在臥室裡用命令的口氣說。

阿列克謝．亞歷山德羅維奇走進安娜的書房。渥倫斯基側身坐在桌旁的一把矮椅上，雙手捂著臉在哭泣。他聽到醫生的聲音，便跳起來，把手從臉上放下；這時他看見了阿列克謝．亞歷山德羅維奇。看到安娜的丈夫，他感到那麼窘迫，於是又坐了下來，頭縮到兩肩之間，彷彿想躲到什麼地方去似的；後來他又竭力控制住自己，站起來說：

「她快死了。醫生們說，沒有希望了。我完全由您處置，不過請允許我留在這裡……當然我聽您吩咐，我……」

阿列克謝．亞歷山德羅維奇看到渥倫斯基在流淚，感到一陣心慌意亂，一如每次看到別人痛苦時那樣。他轉過臉，沒等對方說完，便急忙向門裡走去。從臥室裡傳來安娜說話的聲音：聽來快活、興奮，音調非常清楚。阿列克謝．亞歷山德羅維奇走進臥室，來到床前。她躺著，臉朝著他，兩頰緋紅，眼睛發亮，白皙的小手從袖裡伸出來，撫弄、纏繞著被角。她看上去不僅身體健康、精神煥發，而且情緒極好。她說話很快，很響，音調異常準確，充滿感情。

「因為阿列克謝，我指的是阿列克謝．亞歷山德羅維奇——兩個人都叫阿列克謝，命運多麼奇怪，多麼可怕，是不是？——阿列克謝不會拒絕我。我會忘記過去，他會寬恕我……他怎麼還沒來？他是個好人，他自己也不知道他有多麼好。啊！我的上帝，我多麼苦惱！快給我點水喝！唉，這樣對她，我的小女兒不好！好，就把她交給奶媽吧。好吧，我同意，這樣倒好。他來了，看到她會痛苦的。把她抱給奶媽吧。」

「安娜·阿爾卡季耶夫娜，他來了。他就在這兒！」助產士說，盡量把她的注意力引向阿列克謝·亞歷山德羅維奇。

「嘿，真是會瞎說！」安娜說，她沒看到丈夫。「那麼，把她給我，把小女兒給我！他還沒來。您說他不會寬恕我，那是因為您不瞭解他。誰也不瞭解他。只有我瞭解，所以我心裡不好受。要知道，謝廖沙的眼睛跟他的眼睛一個樣，所以我不敢正視他的眼睛。謝廖沙吃過飯了嗎？我知道大家都會把他忘了。他可不會忘。得讓謝廖沙搬到拐角的那個房間去，請瑪麗埃特和一起他睡。」

突然她蜷縮起身子、住了口，恐懼地舉起雙手護住臉，彷彿怕挨打似的。她看到了丈夫。

「不，不，」她說起話來，「我不怕他，我怕死。阿列克謝，到這兒來。我正在著急，因為我沒時間了；我活不了多久，馬上又要開始發燒，又要什麼都不清楚了。現在我明白，一切都明白，一切都看得見。」

阿列克謝·亞歷山德羅維奇皺起眉頭，臉上現出痛苦的表情。他拉住她的手想說什麼，可怎麼也說不出來。他下唇哆嗦著，竭力控制自己的激動情緒，只是偶爾望向她。每次他望她的時候，總是看到她眼裡帶著深受感動、充滿柔情的神色回望他，那是他以往從未見到過的眼神。

「等等，你不知道……等等，等等……」她住了口，彷彿在集中自己的思緒。「對了，」她又開始說。「對，對，對。我就是想說這個。你別認為我怪。我還是跟原來一樣……但是，我身上還附著另一個女人，我怕她，因為她愛上那個男人，所以我憎恨你，可我又不能忘掉原來那個女人。那女人不是我。現在我才是真正的我，才是完完全全的我。我要死了，我知道我要死了，你問問他吧。現在我覺得好像有千斤重擔壓在我的手上、腳上、手指上。手指，瞧，多麼大！不過這一切馬上要結束了……我只有一個要求：你寬恕我，完全寬恕我吧！我非常壞，可是奶媽對我說過：苦難的聖徒——她叫什麼來著？她比我要壞。我要去羅馬，那裡是一片荒漠，那樣，我就不會妨礙任何人了，不過我要帶上謝廖沙和小女兒……不，你不會寬恕我！我知道這種事是無法寬恕的！不，不，你走吧，你太好了！」她用自己一隻滾燙的手抓住了他的，同時則用另一隻手推開他。

阿列克謝·亞歷山德羅維奇愈來愈心神不安，現在他已經不再去克制它了；他突然感到這相反的是種愉快的心境，使他體驗到一種從未有過的幸福。他沒有想到，是他一生都想遵守的基督教教規在吩咐他寬恕和愛自己的敵人，然而他內心充滿著愛並寬恕敵人之後的愉快。他跪在床邊，將自己的頭伏在她的臂彎裡，她的手臂透過衣衫像火一樣燒灼著他，他像孩子似的號啕痛哭起來。她摟住他那禿頭，把身子移近他，帶著挑釁般高傲的神情抬起眼睛。

「他就在這裡，我知道！現在您寬恕我的一切，寬恕我吧！……他們又來了，為什麼他們不走呢？……把我身上的皮大衣脫掉！」

醫生拿開她的手，小心地讓她躺在枕頭上，用被子蓋住她的肩膀。她順從地仰面躺著，炯炯的目光望著前方。

「記住一點，我只需要寬恕，別的什麼都不用了……為什麼他還不來？」她對門口的渥倫斯基說。「過來，過來！把手給他。」

渥倫斯基走到床邊，看到了她，又用雙手捂住自己的臉。

「把臉露出來，看看他。他是聖人，」她說，「把臉露出來，露出來！」她生氣地說。「阿列克謝·亞歷山德羅維奇，讓他把臉露出來！我想看看他。」

阿列克謝·亞歷山德羅維奇抓住渥倫斯基的手，把它們從他的臉上拉開；由於痛苦和羞愧，他的臉顯得十分可怕。

「把手給他，寬恕他吧。」

阿列克謝·亞歷山德羅維奇向他伸出手來，淚水忍不住從眼裡流了出來。

「謝天謝地，謝天謝地，」她說，「現在一切都準備好了。只要把我的腿稍稍拉直。就這樣，好極了。這些花畫得一點也不美，完全不像紫羅蘭，」她指著壁紙說。「我的上帝！我的上帝！這要到什麼時候才結束呀？給我嗎啡，醫生！給我嗎啡。噢，我的上帝，我的上帝！」

說完，她在床上翻來覆去地折騰著。

醫生們說，這是產褥熱，死亡率達百分之九十九。她整天發燒、神志不清，胡言亂語。半夜裡，病人躺在床上，失去知覺，幾乎摸不著脈搏。

每分鐘都可能死亡。

渥倫斯基回家去了，早上又來探問情況，在前廳遇到他的阿列克謝·亞歷山德羅維奇說：

「您留下來吧，也許她會問到您，」說完，他把他領進妻子的書房。

早晨，安娜又興奮起來，思緒萬千，說話滔滔不絕，隨後又失去知覺。第三天情況還是如此，而醫生說，她還有希望。這天，阿列克謝·亞歷山德羅維奇走進渥倫斯基坐著的房間，把門關上，坐在他對面。

「阿列克謝·亞歷山德羅維奇，」渥倫斯基說，他覺得表態的時候到了，「我不能說什麼，也無法明白。請饒恕我吧！無論您有多麼痛苦，請相信，我比您更痛苦。」

他想站起來。阿列克謝・亞歷山德羅維奇抓住他的手說：

「請您聽我說，我堅持。我應當向您表明那種以前支配我、將來仍將支配我的感情，以免讓您產生誤解。您知道，我已決定離婚，甚至開始辦理手續了。不瞞您說，起初我猶豫不決，很是苦惱；我坦白地告訴您，我一直想報復您和她。收到電報後，我是抱著那種心情來的，說得明白些：我希望她死。但是……」他沉默下來，思索著該不該向他袒露自己的感情。「但是我看到她，便寬恕她了。寬恕的幸福向我揭示了我的責任。我完全寬恕了她。我要把另一半臉也讓人打，有人要奪我的外衣，我連裡衣也由他拿去；我只懇求上帝，別從我這兒奪走我寬恕她的幸福！」他的眼裡滿含淚水，明亮、安詳的目光使渥倫斯基驚訝。「這就是我的心態。您可以把我踩進汙泥裡，讓世人都嘲笑我，但我不會拋棄她，永遠也不會說一句責備您的話，」他繼續說。「我的責任對我作出明確的規定：我應該和她在一起，今後也將在一起。如果她希望見到您，我會告訴您，但是現在我認為您還是離開的好。」

他站起來，痛哭失聲，話也說不下去。渥倫斯基也站起來，弓起身子，皺著眉頭望著他。他不理解阿列克謝・亞歷山德羅維奇的感情，不過他覺得這種心態很崇高，不是他這種人生觀的人能夠無法理解。

# 十八

與阿列克謝·亞歷山德羅維奇交談後，渥倫斯基走到他們家門口的臺階上，停下腳步，費勁地回憶著他在哪兒，他要徒步或乘車到哪兒去。他覺得羞愧、屈辱、有罪，而且無法洗刷自己的恥辱。他覺得自己至今一直輕鬆而自豪地走著的那條常軌被破壞了。他覺得過去生活中雷打不動的習慣和準則，現在突然顯得虛偽、不適用了。在此之前，被欺騙的丈夫被看作可憐的人物，是他幸福一個偶然而又有點可笑的障礙；現在卻突然被它找來，上升到給人頂禮膜拜的高度。這位丈夫處在這樣崇高的地位並不凶狠、虛偽、可笑，而是善良、樸直和高尚。渥倫斯基不能不這樣感覺。現在角色突然變了。渥倫斯基感到他崇高，而自己卑下，他正直，而自己虛假。他覺得那位丈夫經受著痛苦，卻仍然寬宏大量，而自己欺騙了他，顯得卑劣、渺小。在過去被他無理地輕視的人面前意識到自己行為的卑鄙，這只是造成痛苦的一小部分原因。他目前感到痛苦不堪的是，他覺得近來對安娜漸漸冷卻的熱情，現在由於他意識到自己將會永遠失去她而變得比任何時候都更強烈。在她生病期間，他完全瞭解了她，瞭解了她的心，他似乎覺得，自己在此之前並未愛過她。而現在，當他瞭解了她、真正愛上她的時候，他卻在她面前感到屈辱，永遠失去了她，只在她心中留下可恥的回憶。最可怕的是，當阿列克謝·亞歷山德羅維奇從他羞愧的臉上拉開他雙手的時候，他的處境是多麼可笑而又可恥。他站在卡列寧家的門口，惘然若失，不知如何是好。

「您要叫馬車嗎，老爺？」看門人問。

「是的，要馬車。」

渥倫斯基已經三天沒睡，回到家後，衣服也沒脫，就俯臥在沙發上，兩手合攏，把頭擱在手上。他的腦袋沉重。浮想、回憶和各種各樣的怪念頭異常迅速而又清晰地，一個接一個交替出現在腦中：時而是他給病人倒的藥水溢出湯匙，時而是助產士那雙白皙的手，時而又是阿列克謝・亞歷山德羅維奇跪在床前地板上那種古怪的樣子。

「睡吧！別再想了！」他對自己說，像健康人那樣自然地相信，如果他累了、想睡覺，那馬上就能入睡。的確，在一剎那間，他的腦袋混亂起來，陷入昏昏沉沉的狀態。無意識的生命之波剛在他的腦海中升騰，忽然間，好像有一道強烈的電流通過他的全身，他猛烈地顫抖了一下，整個身子從沙發的彈簧上彈起來，兩手一撐，驚恐地跪在地上。他睜大雙眼，彷彿一直沒有睡過。剛才腦袋沉重、四肢無力的感覺頓時消失了。

「您可以把我踩進汙泥裡。」他聽見阿列克謝・亞歷山德羅維奇在說話，看到他就在自己眼前，看見安娜通紅的面頰和閃閃發亮的眼睛，她正滿懷柔情地望著阿列克謝・亞歷山德羅維奇，而不是他；他彷彿看見了阿列克謝・亞歷山德羅維奇把他的手從臉上拉開時、他那種愚蠢可笑的樣子。他又伸直雙腿，照原來的姿勢撲倒在沙發上，閉上了眼睛。

「快睡著！快睡著！」他反覆對自己說。閉上眼睛之後，他反而更清楚地看到賽馬之前那個難忘的夜晚裡，安娜的臉。

「一切都完了，永遠完了，她要把這一切從自己的記憶裡抹去了。而我沒有她就無法活下去。我們怎麼才能言歸於好？我們怎麼才能言歸於好呢？」他說出聲音，無意識地重複著這些話。這麼做阻止了各種新的形象和回憶浮現，而他感到腦中充滿各式各樣的形象和回憶。不過，他的想像力並沒有被長時間地壓抑住。美好的時刻連同他不久前所受的屈辱，又一幕接一幕飛速地在他腦中閃過。「拉開他的手，」響起了安娜的聲音。他放下手，感到自己臉上現出羞愧和愚蠢的神情。

他一直躺著，竭力想要睡著，雖然他覺得毫無希望。他不停地小聲重複著某個想法中的個別字句，希望以此制止新的形象出現；他側耳傾聽，聽到了用古怪瘋狂的低聲重複的話語：「我不知珍惜，不會享受；我不知珍惜，不會享受。」

「這是怎麼啦？莫非我瘋了？」他自言自語。「可能是。為什麼人會失去理智，為什麼人會開槍自殺？」他回答了自己，然後睜開眼睛，驚異地發現自己的腦袋旁邊放著嫂嫂瓦里雅做的一只繡花靠枕。他摸了一下靠枕的流蘇，試圖想起瓦里雅，想起和她最後一次見面的情景。但是去想那些不相干的事又很痛苦。「不，我必須睡覺！」他移動了一下靠枕，把頭枕在上面，但是要閉上眼睛也很費勁。他跳起來，又坐下。「我完了，」他自言自語。「應該想想該怎麼辦。我還剩下什麼呢？」他撇開與安娜的愛情，匆匆回顧了一番生活的各方面。

「功名心？謝爾普霍夫斯科伊？社交界？宮廷？」什麼問題他都無法認真地考慮。這一切過去於他都很重要，如今卻感到毫無意義。他從沙發上站起來，脫去上裝、解開皮帶，露出毛茸茸的胸膛，好更舒暢地呼吸。接著，他在房間裡踱起步。「人就是這樣發瘋的，」他又說了一遍。「就這樣開槍自殺的……為了不受屈辱，」他慢慢地補上一句。

他走到門口，把門關上，然後兩眼呆滯、咬緊牙關走到桌前，拿起手槍，看了看，轉動了一下上了膛的槍管，陷入沉思。他低垂著頭，臉上流露出緊張思索的表情，手裡握著槍，木然不動地站了大約兩分鐘；他在思量。「當然囉，」他心想，好像是經過漫長、清晰的邏輯思維過程，最終使他得出一個毋庸置疑的結論。實際上，這個對他來說有說服力的「當然囉」，不過是他在這一小時裡幾十遍循環往復的回憶、想像的再次重複的結果。同樣還是對永遠失去的幸福的那些回憶，同樣還是感到未來生活毫無意義的那種想法，同樣還是自己遭受屈辱的那種感覺，連出現這些想法和感覺的順序都一成不變。

「當然囉。」他又說了一次，這時他第三次沿著回憶和思索的怪圈打轉。接著，他把槍對準自己的左胸，整隻手使勁握住它，彷彿要把它攥緊在拳頭裡。他扣下扳機。他沒聽到槍聲，但胸口受了猛烈的一擊，他摔倒了。他扔掉手槍，想抓住桌邊，但是一個踉蹌坐到了地上。他吃驚地環顧四周。他從下往上看，看到弓形的桌腳、廢紙簍和虎皮毯，卻沒有認出自己的房間。僕人急匆匆穿過客廳的嘎吱嘎吱腳步聲使他清醒過來。他竭力思索，終於明白自己坐在地上；他看到虎皮毯和自己手上的血，這才明白他開槍自殺了。

「真笨！沒命中要害，」他說著，伸手去摸索那把手槍。手槍就在他身旁，可他卻把手伸到遠處。他繼續摸索著尋找，身體歪到一側，無力保持平衡地倒在地上，血不停地流出來。

那文靜的、留著落腮鬍的僕人，平日裡經常向熟人抱怨自己神經衰弱，此刻看到躺在地上的老爺，嚇壞了，竟拋下血流不停的主人，跑出門去呼救。一小時後，嫂嫂瓦里雅坐車趕來，在三位她從各處請來並同時到達的醫生的幫助下，把傷者抬到床上，自己留在他身邊看護。

# 十九

阿列克謝・亞歷山德羅維奇犯了個錯，在跟妻子見面前沒料到這樣的情況：她會真心實意地懺悔、他會寬恕她，而她沒有死。這個錯誤在他從莫斯科回來後就充分展現出來了。他犯錯的原因不僅是由於他沒料到上述情況，也是因為在與瀕死妻子見面之前，他沒有瞭解自己的心。他在妻子的病榻旁，平生第一次被憐憫之情給征服——這種感情是由別人的痛苦引起的，而在過去，他認為這是一種有害的缺點，並為此感到羞慚。對她的憐憫、對盼望她死的這種心理的慚愧，更主要是寬恕的快樂本身，使他突然覺得自己的痛苦不僅減輕了，內心還感到一種從未有過的平靜。他突然覺得痛苦的根源現在成了自己精神上歡愉的源泉，而過去他斥責、怪罪與憎恨時覺得無法解決的那些事，現在，在他寬恕和愛憐的時候，就變得簡單、明確了。

他寬恕了妻子，並為她的痛苦和懺悔而憐憫她。他寬恕了渥倫斯基、可憐他，特別是聽到他採取了絕望的行動之後。他比過去更憐惜兒子，如今他責怪自己以往太不關心兒子。他對剛出世的小女兒懷著一種特別的感情，不僅是憐憫，還帶著慈愛。一開始，只是出於憐憫，他關懷這個弱小的新生命，她不是他的女兒，而且在她母親生病期間被丟在一邊，如果沒有他的照顧關心，她大概已經死了。他自己都沒有發覺，他現在是多麼喜歡她呀。他每天總要去兒童室好幾次，在那裡坐上很長時間，使得那些最初看到他感到害怕的奶媽和保姆也習慣了。有時候，他一連半小時默默地望著熟睡嬰兒那毛茸茸、紅裡透黃、皺巴巴的小臉蛋，觀察她蹙起額頭的動作和那雙握著拳頭、用手背擦著小眼睛和小鼻梁、肉肉的小手。在這種時刻，阿列克謝・亞歷山德羅維奇內心感到特別平靜，他看不到自己的現狀有什麼特別，或有什麼需要改變的地方。

隨著時間推移，他愈發清楚地發現，無論在他看來現在這種處境有多自然，都不可能一直維持下去。他覺得，除了支配他心靈的美好精神力量之外，另有一種支配他生活粗暴的、同樣或許更加強大的力量，不讓他得到他所渴望的平靜。他覺得所有人都帶著疑問、驚奇的目光望著他、不理解他，對他有所期待。他深切地感到，自己和妻子的關係既不穩固也不自然。

由於死亡臨近而在安娜身上產生的那種溫順、柔和的心情消退之後，阿列克謝・亞歷山德羅維奇發覺，安娜怕他，他的在場使她苦惱，她無法正視他的眼睛。她彷彿想對他說什麼，但又不敢說，她好像也覺得他們的關係不能繼續下去，等待他採取某種行動。

二月底，安娜新生的、名字也叫安娜的女兒病了。早上，阿列克謝・亞歷山德羅維奇來到兒童室，吩咐去請醫生，自己便上部裡去了。辦完公務，他回到家已是三點多鐘。走進前廳，他看見一個身穿綴著金銀飾帶制服、外套熊皮短斗篷的漂亮僕人，手裡拿著一件雪白的毛皮女斗篷。

「誰在這兒？」阿列克謝・亞歷山德羅維奇問。

「是伊莉莎白・費奧多羅夫娜・特韋爾卡雅公爵夫人，」僕人回答。阿列克謝・亞歷山德羅維奇覺得他好像在笑。

在這段痛苦時期，阿列克謝・亞歷山德羅維奇發現，他在上流社會的熟人，尤其是女士們，對他和他的妻子都特別關心。他發現所有這些熟人都有一種難以掩飾的喜悅，是他過去在律師眼中、現在在這個僕人的眼裡都察覺到的。大家彷彿都非常高興，彷彿在辦婚事。大家遇到他時，都帶著難以克制的喜悅，詢問他妻子的健康狀況。

特韋爾卡雅公爵夫人的出現，使阿列克謝·亞歷山德羅維奇回憶起關於她的往事，再加上他一向不喜歡她、心裡感到不快，就直接走向了兒童室。在第一間兒童室裡，謝廖沙兩腿跪在椅子上，伏在桌上在描寫著什麼，一面快活地說著話。在安娜生病期間替代法國女教師的英國女教師坐在孩子身旁編織披肩，看到他就連忙站起身來，行了個屈膝禮，拉了拉謝廖沙。

阿列克謝·亞歷山德羅維奇撫摸了一下兒子的頭髮，回答了女教師對妻子健康的問候，又問了醫生怎麼描述關於嬰兒[2]的病情。

「醫生說，沒有任何危險，只要給她治療，先生。」

「可她一直難受著呢，」阿列克謝·亞歷山德羅維奇留心聽隔壁房間裡嬰兒的啼哭聲，說道。

「我認為，是奶媽不中用，先生。」英國女教師肯定地說。

「您為什麼這麼認為？」他停下來問道。

「波爾伯爵夫人家也是這樣，先生。醫生給孩子看病，發現孩子只是餓了，奶媽沒有奶，先生。」

阿列克謝·亞歷山德羅維奇沉思著，站了片刻，然後走進另一扇門。小女孩仰面躺在奶媽懷裡，身子不停地抽搐，不肯啣住那伸給她的豐滿乳房，奶媽和彎腰向著她的保姆一起哄她，可她還是一個勁兒地啼哭。

「還是不見好嗎？」阿列克謝·亞歷山德羅維奇說。

2 原文為英文。

「很不安靜。」保姆小聲地回答。

「愛德華小姐說，可能是奶媽的奶水不足。」他說。

「我也是這麼想，阿列克謝・亞歷山德羅維奇。」

「那您怎麼不說呢？」

「向誰說呢？安娜・阿爾卡季耶夫娜一直在生病。」保姆不滿地說道。

保姆是家裡的老僕人。從她這兩句普通的話裡，阿列克謝・亞歷山德羅維奇好像聽出了對他處境的暗示。

孩子哭得更起勁了，聲音也變得嘶啞。保姆把手一揮，走上前，從奶媽手中抱起孩子，邊走邊搖著她。

「應該請醫生給奶媽檢查一下。」阿列克謝・亞歷山德羅維奇說。

樣子健康、衣著講究的奶媽害怕自己被解雇，嘴裡嘟噥著，掩住自己豐滿的乳房，對別人懷疑她奶水不足報以輕蔑的冷笑。在這冷笑中，阿列克謝・亞歷山德羅維奇也察覺出對他處境的嘲弄。

「可憐的孩子！」保姆說，一邊哄著孩子，一邊繼續來回走動。

阿列克謝・亞歷山德羅維奇在一把椅子上坐了下來，臉上露出痛苦、憂鬱的神色，看著來回走動的保姆。

孩子終於安靜下來，被放在圍欄高高的小床上，保姆把枕頭拉拉平，便離開了她。阿列克謝・亞歷山德羅維奇站起身來，吃力地踮起腳走到孩子旁邊。他沉默了一會兒，仍然帶著憂鬱的神色望著孩子；突然間，他臉上現出了微笑，牽動了他的頭髮和額上的皮膚；接著，他悄悄地走出了房間。

他在餐廳裡拉了一下鈴，然後吩咐進來的僕人再去請醫生。他怨恨妻子不關心這個可愛的孩子，因此也不願去她房裡，更不想見別特西公爵夫人。想到妻子或許會覺得奇怪，他為什麼不像往常那樣去她那兒，於是他強迫自己走向她的臥室。他踩著柔軟的地毯走到門口，無意中聽到他不願聽見的談話。

「如果不是他要走的話，那我就能理解您的拒絕和他的拒絕。不過您的丈夫不該管這件事。」別特西說。

「我倒不是為了丈夫，而是我自己不願意。別提這件事了！」安娜用激動的聲音回答。

「對，但是您不可能不想跟一個為了您而開槍自殺的人告別一下吧……」

「我就是因為這個才不願意。」

阿列克謝．亞歷山德羅維奇帶著驚慌和負疚的神色站住，想悄悄地離去。可是他改變了主意，認為這樣做有失體面，於是又返回來，咳嗽了一聲，走向臥室。裡面的談話聲停止了，他走進去。

安娜穿著灰色的睡衣，圓圓的頭上留著短短的、像刷子般濃密的黑髮，正坐在沙發上。像往常一樣，她一見到丈夫，臉上活躍的神色突然消失；她低下頭，不安地朝別特西望了望。別特西衣著極為時髦，頭上高聳著一頂像燈罩似的帽子，身上穿著一條灰藍色的連衣裙，連衣裙上顯眼的斜條花紋從上半身的一側伸展到裙子的另一側。她坐在安娜身邊，高高的、扁平的身軀挺得筆直，她低下頭，帶著嘲弄的微笑迎接阿列克謝．亞歷山德羅維奇。

「啊！」她故作驚奇地說。「您在家，我很高興。到處不見您露面，自從安娜生病後，我還沒有見到過您。您的關懷我都聽說了。是啊，您真是個了不起的丈夫！」她帶著意味深長而又親切的神態說，彷彿因為他對待妻子的行為要賜予他一枚寬宏大量的勳章似的。

阿列克謝．亞歷山德羅維奇冷淡地躬了躬身，又吻了吻妻子的手，詢問了她的身體狀況。

「我覺得好一些了。」她避開他的目光，回答。

「看您的臉色好像是在發燒，」他說，特別加重了「發燒」這兩個字的語氣。

「我跟她談得太久了，」別特西說，「我覺得我這樣太自私，我要走了。」

她站起來，安娜突然漲紅臉，趕忙抓住她的手。

「不，請等一下。我想對您說……不，是對您說，」她轉而對阿列克謝·亞歷山德羅維奇說，她的脖子和額頭都漲紅了。「我不願也不能隱瞞您任何事，」她說。

阿列克謝·亞歷山德羅維奇垂下頭，把手指關節扳得啪啪作響。

「別特西說，渥倫斯基伯爵在去塔什干前，想來我們家告別。」她眼睛不朝丈夫看，顯然急匆匆地想把她難以啟齒的話全說出來。「我說，我不能接待他。」

「您說，我親愛的，這要由阿列克謝·亞歷山德羅維奇決定。」別特西糾正她的話說。

「不，我不能接待他，這完全沒有必要……」她突然住了口，詢問似的朝丈夫看了看（他沒有看她）。「總之，我不願意……」

阿列克謝·亞歷山德羅維奇上前一步，想握住她的手。

她最初縮回了手，想躲開他那隻濕潤、青筋暴起的手；但是她顯然竭力控制住自己，握了握他的手。

「我很感激您對我的信任，但是……」他說，同時窘迫又氣惱地覺得，那種他能輕易和明確地作出決定的事情，不能當著特威爾斯卡雅公爵夫人的面討論；他覺得她是在世人的眼裡支配他的生活、並妨礙他表示愛與寬恕那種粗暴力量的化身。他望著特韋爾卡雅，住口不語。

「好了，再見，我親愛的。」別特西站起身來說。她吻了吻安娜便走了。阿列克謝·亞歷山德羅維奇送她出去。

「阿列克謝・亞歷山德羅維奇！我知道您是個真正寬宏大量的人，」別特西在小客廳裡站住，又一次緊緊地握住他的手。「我是個外人，但我是那麼愛她，那麼尊敬您，我想冒昧地提個建議。接待他吧。阿列克謝・渥倫斯基是個體面人，而且他就要到塔什干去了。」

「謝謝您，公爵夫人，謝謝您的關心和勸告。關於妻子能不能接待什麼人的問題，她自己會作出決定的。」

他說這話的時候，像慣常那樣自尊地揚起眉毛，不過，他馬上又想到，在他如今的處境，他無論說什麼，都不可能有何尊嚴可言。他從別特西在聽完他的話後向他投來一瞥時，臉上流露出的那種克制、惡毒的嘲笑中，也看出了這一點。

## 二十

阿列克謝・亞歷山德羅維奇在大廳裡朝別特西鞠了一躬，然後回到妻子那兒。她躺著，聽到他的腳步聲，便急忙照剛才的姿勢坐起來，驚慌不安地望著他。他看見，安娜在哭。

「我很感激妳對我的信任，」他溫和地用俄語重複了剛才當著別特西的面用法語說過的話，然後坐在她身邊。他用俄語說話，並用了「妳」這個親暱的稱呼——這令安娜怒不可遏。「我很感激妳的決定。我也認為，渥倫斯基伯爵既然要走，就沒有什麼必要到這兒來了。不過……」

「我已經說過了，為什麼還要重複呢？」她忍不住怒氣沖沖地打斷他。「沒有什麼必要，」她心想，「一個人要與他心愛的女子告別，他為了她情願毀滅自己，她沒有他也無法生存。竟然說這樣的告別沒有什麼必要！」她緊閉嘴唇，垂下那雙發亮的眼睛，看著他青筋暴出、慢慢地互相搓著的手。

「永遠也不要談這件事了。」她平靜了一些，又說。

「我讓妳決定這個問題，我很高興看到……」阿列克謝・亞歷山德羅維奇開始說。

「我的願望和您一致，」她迅速說完他要說的話，對他那種慢吞吞說話的樣子很惱火，況且她事先知道他要說什麼。

「是的，」他肯定說，「特韋爾卡雅公爵夫人很不應該干涉最棘手的、別人的家務事。尤其是，她……」

「我一點也不相信別人關於她的說法，」安娜急忙說，「我知道，她是真心愛護我。」

阿列克謝・亞歷山德羅維奇歎了口氣，沉默不語了。她緊張不安地撫弄著睡袍上的流蘇，懷著一種生理上討厭他的痛苦感覺望著他；她為此責怪自己，然而又無法克制。她現在只有一個願望，就是不要看到他，免得使自己討厭。

「我剛才已經派人去請醫生了。」阿列克謝・亞歷山德羅維奇說。

「我身體健康，為什麼要請醫生？」

「不是的。小女孩總是啼哭，他們說，奶媽的奶水不足。」

「我請求給孩子餵奶，你為什麼不准？不管怎麼說（阿列克謝・亞歷山德羅維奇明白，這『不管怎麼說』是什麼意思），她是個嬰兒，她會被折磨死的，」她打了鈴，吩咐把孩子抱過來。「我要求餵奶，不讓我餵，現在又責備我。」

「我沒有責備……」

「不，您在責備我！我的上帝！為什麼我沒死啊！」她痛哭起來。「原諒我，我太激動了，我不對，」她鎮靜下來說，「你走吧……」

「不，這樣下去可不行。」阿列克謝・亞歷山德羅維奇暗自思忖，同時走出妻子的房間。

他在世人眼睛裡難堪的處境、妻子對他的仇視，以及那種神祕、強大的粗暴力量（它違背他的意向支配他的生活、要求他服從它的意志，改變對妻子的態度）從來也沒有像現在這樣清晰地呈現在他的眼前。他清楚地看到，整個社會和妻子都對他有所要求，但是他不明白那要求究竟是什麼。他覺得心中油然產生了一種摧毀他平靜與捨身忘我這些優秀品質的憤恨。他認為安娜最好是斷絕與渥倫斯基的關係，如果他們認為這不可能做到的話，他甚至願意重新允許他們繼續下去，只是不要讓孩子們受屈辱，別讓他失去他們，別改變他的地位。不管這有多麼糟糕，總比決裂要好些；要是決裂了，她就會處於可恥的絕境，而他也會失去自己所愛的一切。但他又覺得自己無能為力：他事先就知道，大家都會反對他，不允許他做那種他現在認為十分自然、高尚的事，而是強迫他做錯誤的、而他們認為正當的事。

# 二十一

別特西還沒有走出大廳就在門口遇到了斯捷潘·阿爾卡季奇，他剛從葉里謝耶夫飯店回來，那兒剛到了一批新鮮牡蠣。

「啊，公爵夫人！一次叫人多麼高興的見面！」他說。「我去過您家了。」

「只能見一會兒面，因為我要走了。」別特西微笑著說，一面戴手套。

「等一下戴手套，公爵夫人，讓我吻一下您的手。說到恢復舊習俗，我最稱心的莫過於吻手禮了。」他吻了一下別特西的手。「什麼時候我們再見面？」

「您不配和我見面。」別特西微笑著回答。

「不，我才配呢，因為我變成一個最嚴肅的人了。我不僅能處理好自己的家務事，還能解決別人的家務事。」他說，臉上流露出語意雙關的神色。

「哦，我很高興！」別特西說，她立刻明白他指的是安娜。接著他們兩人一起回到大廳，站在角落裡。

「他把她折騰成這樣，」別特西意味深長地輕聲說道，「這可不行，不行……」

「您這麼想，我很高興，」斯捷潘·阿爾卡季奇點著頭說，臉上現出嚴肅、痛苦和同情的神色，「我就是為了這件事到彼得堡來的。」

「全城的人都在議論這件事，」她說。「這種處境真叫人受不了。她一天比一天憔悴。他不明白，她不是一個會把自己的感情當兒戲的女人。兩者只能擇其一：要麼採取堅決的行動、把她帶走，要麼離婚。像現在這樣是會把她悶死的。」

「對、對……正是這樣……」奧勃朗斯基歎息道，「我就是為這事來的。就是說，不是專門為了那件事……我被任命為侍從官，應該來謝恩。但我主要是得解決這件事。」

「好吧，上帝保佑您！」別特西說。

斯捷潘・阿爾卡季奇將別特西公爵夫人送到門廳，又一次吻了吻她的手，吻的是手套以上，也就是脈搏跳動的地方，並對她說了一句不體面的胡話，弄得她不知道是生氣還是發笑好；然後他就朝妹妹的房間走去。他看到她在掉淚。

斯捷潘・阿爾卡季奇剛才還興高采烈，現在看到她，馬上就自然而然地換上一種與她情緒合拍的同情、傷感情調。他問了她的身體狀況，早晨過得如何。

「很糟糕，非常糟糕。白天，早晨，過去和將來都是這樣。」她說。

「我覺得妳太悲觀了。應該振作起來，應該正視生活。我知道這很痛苦，但是……」

「我聽說，女人愛男人，甚至愛他們的缺點。」安娜突然開口道，「我卻為了他的美德而憎恨他。我無法和他一起生活。你得明白，看到他的模樣，我就會產生生理上的反感、就會失去自制力。我無法，無法和他一起生活。我究竟該怎麼辦？我是個不幸的女人，我認為，不可能有比我更不幸的人了，我想像不到我現在的處境會這麼可怕。你能相信嗎，我知道他是個少見的正派人，我抵不上他的一個小指頭，可我還是恨他。我恨他的寬宏大量。我沒有別的辦法，除非……」

她想說死，但是斯捷潘・阿爾卡季奇沒有讓她說完。

「妳病了，太激動了，」他說，「要相信，妳太誇張了。事情沒這麼可怕。」斯捷潘·阿爾卡季奇微微一笑（任何人處在斯捷潘·阿爾卡季奇的位置、面對如此絕望之人，是決不會笑的（這種笑會顯得冷酷無情））。不過，在他的微笑裡卻包含著許多善意和幾乎是女性般的柔情，因而不會使人感到受屈，而會使痛苦得到緩解、感到安慰。他那溫和的勸說和微笑像杏仁油似的提供了緩和鎮定的功用。安娜馬上就感覺到了。

「不，斯季瓦，」她說，「我完了，完了！比完了還糟。我沒有完，我不能說一切都結束了，相反的，我覺得事情還沒結束。我就像一根必然要繃斷的弦。事情還沒有結束……結局很可怕。」

「沒關係，可以把弦鬆一鬆。沒有無法擺脫的絕境。」

「我考慮再三。只有一條路……」

他從她驚恐的眼神裡明白，她認為這條唯一的出路就是死，但他沒有讓她說出口。

「完全不對，」他說，「聽我說。妳不可能像我一樣看清妳的處境。讓我坦率地說出我的看法吧。」他臉上又謹慎地露出杏仁油般的微笑。「我從頭說起：妳和一個比妳大二十歲的男人結了婚。妳跟他結婚時並無愛情，也不知道愛情是什麼。就算這是一個錯誤吧。」

「一個極大的錯誤！」安娜說。

「但是我重複一遍：這是既成事實。後來，比方說，妳不幸愛上了一個不是妳丈夫的男人。這是個不幸，但這也是既成事實。妳丈夫知道了這件事，還寬恕了妳。」他每說一句都停頓一下，等待她的反駁，可是她什麼也沒說。「事情就是這樣。現在的問題是：妳能不能繼續和妳丈夫一起生活？妳是否願意？他是否願意？」

「我不知道，什麼都不知道。」

「可妳自己說過，妳無法忍受他。」

「不，我沒說過。我否認。我什麼也不知道，什麼也不明白。」

「是的，但是讓我……」

「你不可能理解。我覺得，我一頭栽進深淵，而我不應該得救。也不能得救。」

「沒關係，我們會設法把妳拉上來。我理解妳，明白妳無法說出自己的願望、自己的感情。」

「我什麼願望也沒有……但願一切都能結束。」

「他看到這點，也明白這點。難道妳以為，他沒有妳那樣痛苦嗎？妳痛苦、他也痛苦，這會有什麼結果呢？只有離婚才能解決問題，」斯捷潘・阿爾卡季奇好不容易才說出他的主要意思，意味深長地望望她。

她什麼也沒回答，只是否定地搖了搖她那頭髮剪短的頭。根據她臉上突然閃現昔日那種動人的神采，他明白她不抱這種願望，只因為她覺得自己不可能得到這種幸福。

「我真替你們難受！要是這件事能辦妥，我將會多麼幸福呀！」斯捷潘・阿爾卡季奇說，笑得比較大膽了。「別說了，什麼也別說！但願上帝讓我說出我想說的話。我現在去找他。」

安娜用閃閃發光的眼睛若有所思地望了望他，什麼話也沒說。

# 二十二

斯捷潘．阿爾卡季奇帶著像在會議室裡坐到主席位子上那副莊重的神情走進阿列克謝．亞歷山德羅維奇的書房。阿列克謝．亞歷山德羅維奇背著手，在房間裡踱來踱去，思考著斯捷潘．阿爾卡季奇與他妻子談論的同一件事。

「我沒有打擾你吧？」看到妹夫，斯捷潘．阿爾卡季奇突然有種他難得一見的窘迫感。為了掩飾，他掏出剛買來的新式開法的菸盒、聞了一下菸盒的皮套，取出一支香菸來。

「沒有。你有什麼事嗎？」阿列克謝．亞歷山德羅維奇勉強地回答。

「是的，我想……我需要……是的，需要和你談談，」斯捷潘．阿爾卡季奇說，他覺得奇怪，自己竟會不同尋常地膽怯起來。

這種心情來得這樣突然、奇怪，令斯捷潘．阿爾卡季奇不相信這是良心的呼聲，良心告訴他，他打算做的事是錯的。斯捷潘．阿爾卡季奇鼓足勇氣，戰勝了突然襲來的膽怯。

「我希望，你相信我對我妹妹的愛，也相信我對你真誠的眷戀和尊重。」他紅著臉說。

阿列克謝．亞歷山德羅維奇停下腳步，什麼也沒有回答，但他臉上那種甘願自我犧牲的表情使斯捷潘．阿爾卡季奇吃驚。

「我打算，我想談談我妹妹和你們兩人眼前的情況，」斯捷潘．阿爾卡季奇說，仍在努力克服對他來說是不尋常的膽怯。

阿列克謝·亞歷山德羅維奇苦笑了一下，望了望內兄，沒有答話，走到桌前拿起一封他剛動筆寫下的信，遞給內兄。

「我也一直在思考這個問題。這是我剛開始寫的信，我認為，我最好是以書面形式說出我的想法，再說，安娜見到我就激動，」他說著，把信遞了過去。

斯捷潘·阿爾卡季奇接過信，帶著困惑和驚訝的神情望了望對方那雙凝視著自己的呆滯失神眼睛，便開始讀信。

「我看得出，您見到我就感到厭煩。請相信，不管在我是多麼痛苦，但我知道這是事實。我沒有責怪您，上帝可以為我作證，我在您病中見到您時，我由衷下定決心、忘記我們之間發生的一切，開始新的生活。我沒有後悔，以後也不會後悔自己做的事；我只希望一點，希望您幸福，您心靈幸福。不過，現在我知道，這是做不到的。請您自己告訴我，怎樣才能使您得到真正的幸福，使您心靈得到安寧。我完全服從您的意志和您真實的感情。」

斯捷潘·阿爾卡季奇把信還給他，仍困惑不解地繼續望著妹夫，不知該說什麼。這種沉默使兩人感到十分尷尬，斯捷潘·阿爾卡季奇沒有開口，嘴唇卻病態地抖動起來，眼睛緊盯著卡列寧的臉。

「這就是我要對她說的話。」阿列克謝·亞歷山德羅維奇扭過臉去說。

「是的，是的……」斯捷潘·阿爾卡季奇說不下去，因為淚水哽住了他的喉頭。「是的，是的。我理解您，」他終於說道。

「我希望知道她的要求。」阿列克謝·亞歷山德羅維奇說。

「我擔心，她自己也不瞭解自己的處境。她無從判斷，」斯捷潘．阿爾卡季奇鎮靜下來，說道。「她灰心了，正是你的寬宏大量使她灰心了。要是她讀到這封信，她將一句話也說不出來，她只能更低地垂下自己的頭。」

「是啊，既然這樣，那怎麼辦呢？怎麼說明……怎麼瞭解她的願望呢？」

「如果你允許我說出自己的意見，那麼我認為，要結束這種狀況，就得靠你來直截了當地指出該採取什麼措施了。」

「那麼，你認為必須結束這種狀況囉？」阿列克謝．亞歷山德羅維奇打斷他的話說。「怎麼結束呢？」他在眼前做了個不習慣的手勢。「我找不到任何可行的出路。」

「任何困境都有出路，」斯捷潘．阿爾卡季奇站起身來，振奮起精神說道。「過去你曾經想和她斷絕……現在，如果你確信你們兩人都不能使對方感到幸福……」

「對幸福的理解有各種不同。假定說，我什麼都同意、什麼也不希求，那麼有什麼辦法擺脫我們的現狀呢？」

「如果你想知道我的意見，」斯捷潘．阿爾卡季奇帶著跟安娜談話時、那種像杏仁油一樣能提供緩解和撫慰功用的微笑說。這種善良的微笑是那麼令人信服，使得阿列克謝．亞歷山德羅維奇感覺到自己的弱點，不由自主地順從於他、願意聽信他的話。「她永遠也不會說出這樣的辦法。有一件事是可能的，也許是她所希望的，」斯捷潘．阿爾卡季奇繼續說，「那就是斷絕你們的關係、消除與這種關係相聯繫的一切回憶。依我看，你們之間必須確立新的關係。而這種關係只有在雙方都獲得自由的前提下才能建立。」

「離婚。」阿列克謝．亞歷山德羅維奇反感地打斷他的話。

「是的，我認為只有離婚。是的，離婚，」斯捷潘·阿爾卡季奇紅著臉重複這個詞。「這對像你們這種關係的夫婦來說，是最明智的出路。如果夫婦雙方都認為無法共同生活，那有什麼辦法呢？這種情況經常可能發生。」阿列克謝·亞歷山德羅維奇沉重地歎了口氣，閉上眼睛。「只有一點要考慮：夫妻中是否有一方想重新結婚？如果沒有，那就很簡單，」斯捷潘·阿爾卡季奇說，他愈來愈感到沒那麼窘迫了。

阿列克謝·亞歷山德羅維奇激動地皺起眉頭，自言自語地說了句什麼，沒有答話。在斯捷潘·阿爾卡季奇看來很簡單的事，阿列克謝·亞歷山德羅維奇卻仔細考慮了無數遍。他覺得，所有這一切不僅不簡單，還是完全辦不到的事。離婚的細節他已經知道，他覺得無法苟同，因為他的自尊心和宗教信仰都不允許他以想像中的通姦罪控告對方，更不允許他已經寬恕且仍愛著的妻子遭到告發和羞辱。不可能離婚，還有其他更重要的原因。

如果離婚，兒子怎麼辦？不可能把他留給母親。離婚的母親將會有一個不合法的家庭，在這種家庭裡，前夫兒子的地位和教育肯定很糟糕。把兒子留在自己身邊呢？他知道，這是他這方面的一種報復，而他不願這麼做。除此之外，阿列克謝·亞歷山德羅維奇覺得不能離婚的主要原因是，如果他同意離婚，他就會因此而把安娜給毀了。他記住了達里雅·亞歷山德羅夫娜在莫斯科說的那句話：他決定離婚，他考慮的是自己，而沒有考慮到他將無可挽回地毀了她。現在他把這句話放進自己對她的寬恕和對孩子們的眷戀，按自己的意思理解了這句話。按照他的理解，同意離婚、給她自由，就意味奪走他對生活的最後依戀——他心愛的孩子們，而且使她失去走正路的最後支柱、將她推上毀滅之路。如果她離了婚，他知道她會與渥倫斯基結合——非法、有罪，因為按照教規，這樣的女人，只要丈夫還活著，就不能結婚。「她和他結合，那麼過一、兩年，要麼他拋棄她，要麼她又會和別的男人搭上，」阿列克謝·亞歷山德羅維奇心想。「而我同意這種非法的離婚，就要為她的毀滅擔當罪責。」這一切他考慮了千百遍，確信離婚的事不僅不像他內兄所說那麼簡單，還根本沒有可能同意。斯捷潘．阿爾卡季奇的話，他一句也不信，每句他都有幾千條反駁的理由；但是他聽對方說話的時候，感覺到這些話正是那種支配他生活、而他只得順從的強大野蠻力量的表現。

「問題只在於你同意離婚有什麼條件。她什麼要求也沒有，也不敢向你提出要求，她全都聽憑你的寬宏大量。」

「我的上帝，我的上帝！這是為什麼呢？」阿列克謝．亞歷山德羅維奇心想，他記起由丈夫一方承擔責任的離婚訴訟細節，於是就像渥倫斯基那樣羞愧得用雙手捂住自己的臉。

「你太激動了，這點我明白。但是如果你考慮……」

「有人打你的右臉，連左臉也由他打；有人奪了你的外衣，連內衣也由他拿去。」阿列克謝．亞歷山德羅維奇思忖。

「行！行！」他尖聲叫道，「我可以忍受屈辱，甚至放棄兒子，但是……但是不這樣做，那不是更好嗎？不過，你願意怎麼辦就怎麼辦吧……」

他說完，轉過身子，不讓內兄看到他的臉，在靠窗的椅子上坐下。他痛苦、羞愧，在痛苦和羞愧的同時，又為自己高度的仁厚而感到喜悅與激動。

斯捷潘．阿爾卡季奇被感動了。他沉默了一會兒。

「阿列克謝．亞歷山德羅維奇，請相信我，她珍視你的寬宏大量，」他說。「但是，顯然，這是上帝的旨意，」他補上一句。說過之後，他又覺得自己的話很愚蠢，便強忍住嘲笑自己的衝動。

阿列克謝·亞歷山德羅維奇想回答什麼，但被淚水哽住了。

「這是命中註定的不幸，只得認了。我認為這是既成事實，我願意盡力幫助她和你。」斯捷潘·阿爾卡季奇說。

斯捷潘·阿爾卡季奇從妹夫房間裡出來的時候，很受感動，但這並不妨礙他由於辦妥了這件事而感到滿意。他確信，阿列克謝·亞歷山德羅維奇是不會食言的。除了滿意，他還想著，等這件事辦完，他將向他妻子和好友提出一個問題：「我和皇帝有什麼差別？皇帝調派軍隊，誰也得不到好處，而我安排離婚，對三人都有好處……也許我會問，我和皇帝之間有什麼共同之處？到那時……不過，我會想出更妙的話來，」他微笑著對自己說。

# 二十三

渥倫斯基的傷勢很嚴重，儘管沒有觸及心臟。他有好幾天在生死之間徘徊。當他第一次能開口說話，只有嫂子瓦里雅一個人在他的房間裡。

「瓦里雅！」他嚴肅地望著她說，「我是不小心把自己打傷的。請妳從此不要再提這件事，對別人就這麼說吧。否則，這事顯得太愚蠢了！」

瓦里雅沒有回答他的話，向他彎下身子，面露喜悅的微笑，望著他的臉。他的眼睛明亮，不像發燒的樣子，然而他的神情很嚴肅。

「啊，感謝上帝！」她說。「你痛不痛？」

「這兒有一點。」他指著胸口說。

「那讓我給你重新包紮一下吧。」

他默默地咬緊自己寬闊的牙關，看著她為自己包紮傷口。等她包紮完，他說：

「我不是在胡說；請你設法別讓人家說，我是存心開槍打自己的。」

「誰也沒有這樣說。我只是希望，你今後再也別不小心打傷自己了，」她說，臉上露出詢問的微笑。

「想必不會了，倒不如……」

於是他憂鬱地苦笑了一下。

雖然他的這些話和苦笑令瓦里雅吃驚，但是當他傷口消炎、身體開始復原，他覺得自己擺脫了一部分痛苦。他覺得此舉彷彿把自己先前所受的羞辱洗刷掉了。他現在可以平靜地想到阿列克謝・亞歷山德羅維奇了。他承認他寬宏大量，但也不覺自己卑微。此外，他又回到過去的生活軌道。他將可以毫不羞愧地正視別人的眼睛，能按照自己的習慣生活了。唯一他無法從自己心中排除、而且從不間斷地與之對抗的情緒，就是因為永遠失去安娜而產生的極度痛惜。現在，他下定決心，既然他已經在她丈夫面前贖了罪，就該放棄她，再也不能插足於已經懺悔的她和她的丈夫之間；但是他無法排除失去她的愛情所產生的痛惜，無法在記憶裡抹去他和她一起時感受到的那些幸福時刻，這些當時他不太珍惜、現在卻以其全部魅力縈繞在他心頭的時刻。

謝爾普霍夫斯科伊想派他到塔什干任職，渥倫斯基毫不猶豫地接受了這個建議。愈接近出發時間，他愈是覺得他認為必須作出的犧牲是痛苦難熬的。

他的傷口痊癒了。他四處張羅，準備出發去塔什干。

「再見她一次，然後隱居起來，直到死去。」他想。他去向別特西辭行時，把這想法告訴了她。別特西帶著這使命去安娜家，再把否定的答覆帶回給他。

「這樣更好，」渥倫斯基得到這個消息，心裡想。「這原是我的弱點，它會扼殺我最後一點力量。」

第二天，別特西一大早就來找他，說她從奧勃朗斯基那兒得到可靠的消息，阿列克謝・亞歷山德羅維奇同意離婚，因此他可以去見安娜。

渥倫斯基甚至在別特西離開時也沒有想到送一下，他將自己的全部決定置之腦後，也不問什麼時候可以去、她丈夫在哪兒，馬上就坐車去卡列寧家。他逕自跑上樓梯，什麼人、什麼東西也不看，急匆匆、幾乎像跑步似的闖進她房間。他沒有考慮、也沒注意是否有旁人在房間裡，就擁抱住她，不停地吻著她的臉、手和脖子。

安娜對這次會面已有準備，並考慮過她將對他說些什麼，此刻卻什麼也說不出來；她被他的熱情控制住了。她想讓他平靜下來、讓自己平靜下來，但是已經晚了。他的感情感染了她。她的嘴唇哆嗦著，使她好久說不出一句話來。

「是的，你占有了我，我是你的。」她終於說出話來，把他的手緊緊按在自己的胸口上。

「本該如此！」他說。「只要我們活著，就應該如此。現在我明白這點了。」

「這是真的，」她抱住他的頭說，臉色愈發蒼白。「發生了這一切之後，這畢竟有些可怕。」

「一切都會過去的，一切都會過去的，我們一定會很幸福！我們的愛情，如果能夠更加熱烈的話，正是因為愛情裡出現過一些可怕的事情，」他抬起頭微笑著說，露出一口堅固的牙齒。

她不能不以微笑來回答他——不是回答他的話，而是回答他那雙深情的眼睛。她拉住他一隻手，用它撫摸著她那冰冷的臉和剪短的頭髮。

「妳的頭髮這麼短，我認不出妳來了。妳顯得更美了。像個男孩。可妳的臉色多麼蒼白呀！」

「是的，我很虛弱。」她微笑著說。嘴唇又顫抖起來。

「我們一起到義大利去吧，妳的身體會復原的。」他說。

「難道我們真能像夫妻一樣，我和你真能組成一個家庭嗎？」她直盯著他的眼睛說。

「我只是覺得奇怪，為什麼早不這樣做。」

「斯季瓦說，他什麼都同意，但是我不能接受他的寬宏大量，」她若有所思地說，眼睛沒有朝渥倫斯基的臉看。「我不想離婚，現在一切對我都無所謂。我只是不知道，關於謝廖沙，他是怎麼決定的。」

他怎麼也不明白，在這相會的時刻，她怎麼會想起並提及兒子和離婚的事。不是一切都無所謂嗎？

「別說這些，別去想，」他說，把她的手放在自己手中擺弄著，竭力引起她對自己的注意；但她還是不朝他望。

「唉，為什麼我沒死啊，還是死了好！」她說，無聲的淚水從她面頰上流下；她竭力裝出笑容，免得他傷心。

拒絕接下塔什干這個既榮耀又危險的任命，按照渥倫斯基過去的看法，是可恥、不可能的。現在他卻毫不猶豫地拒絕了這個任命，而且當他看出上司不滿自己的決定，便立刻辭去軍職。

一個月後，阿列克謝・亞歷山德羅維奇和兒子兩人留在自己家裡，而安娜沒有獲准離婚，並斷然放棄了離婚要求，和渥倫斯基一起到國外去了。

# 第五部

# 一

謝爾巴茨卡雅公爵夫人認為，齋戒期距今只剩五個星期，要在這之前舉行婚禮是不可能的，因為有一半嫁妝無法趕在這一時間前備好；然而列文認為，齋戒期後再舉行婚禮就太遲了，因為謝爾巴茨基公爵的老伯母病得很重，可能不久於人世，一旦服喪將會再次推遲婚禮；她不能不同意列文這方面的看法。因此，公爵夫人決定把嫁妝分成大小兩部分來準備，並同意在齋戒期之前舉行婚禮。她決定，目前先把小部分嫁妝備妥，大部分嫁妝以後再送。可是，列文始終不肯認真地回答自己是否同意她的想法，所以她很生列文的氣。要是新婚夫婦婚後就立即到鄉下去，她的打算就更妥當了，因為鄉下不需要用大的那部分嫁妝。

列文還是處於那種欣喜若狂的狀態之中，他似乎覺得，他和他的幸福已組成整個生活的唯一主要目的，現在他無須思考任何事情、無須為任何事情操心，一切的一切都由別人替他操辦，而且都會辦妥。他甚至沒有為未來的生活定下任何計畫和目標，他讓別人去解決、知道未來的一切都將十分美好。他的哥哥謝爾蓋．伊萬諾維奇、斯捷潘．阿爾卡季奇和公爵夫人指導他去做他應當做的事。他只要完全同意人家向他提出的一切建議就行了。哥哥替他籌錢、公爵夫人勸他婚後就離開莫斯科，斯捷潘．阿爾卡季奇則勸他到國外去。他全都同意。「你們想怎麼辦就怎麼辦吧，只要你們開心就好。我很幸福，無論你們怎麼辦，我的幸福都不會有所增減，」他想。他把斯捷潘．阿爾卡季奇勸他們出國的主意告訴吉媞，令他大感驚訝的是，吉媞不同意，還對他們的未來生活有著自己的明確要求。她知道列文在鄉下有他喜愛的事業——正如他所發現的那樣，她不僅不瞭解它，也不想瞭解。不過，這並不妨礙她對這項事業重要性的認識。她知道，他們的家將會在鄉下，她想去的地方不是國外，因為她不會住到國外，她想去的是他們將安家的那個地方。這番表達得很明確的打算使列文感到驚奇。可是，對他來說反正都一樣，所以他立即就請斯捷潘·阿爾卡季奇到鄉下去，好像這是他的義務，要他憑著他所擁有的知識和豐富的鑒賞力，把一切都安置好。

「不過你聽我說，」斯捷潘·阿爾卡季奇對列文說。他已在鄉下為新婚夫婦的到來安排好了一切，並從鄉下回到城裡。「你有自己做過懺悔的證明嗎？」

「沒有。那又怎麼啦？」

「沒有就不能結婚。」

「哎喲喲！」列文大聲喊道。「我大概已經有九年沒有齋戒了。我連想都沒想過。」

「真行呀！」斯捷潘·阿爾卡季奇笑著說，「你竟然還喊我做虛無主義者！可是這樣真的不行。你必須齋戒。」

「哪有時間呢？只剩下四天了。」

斯捷潘·阿爾卡季奇把這件事也安排好了。於是，列文就開始齋戒。對列文、一個不信教而又尊重他人信仰的人來說，出席並參與任何宗教儀式都很難受。現在，列文正處在事事用情、心腸變軟的精神狀態中，弄虛作假對他來說不僅難受，好像還完全行不通。現在，榮耀又意氣風發的他，卻要去說謊或褻瀆神明，他覺得這兩件事他都不能做。然而，無論他追問斯捷潘·阿爾卡季奇多少次，不齋戒能不能獲得證明，斯捷潘·阿爾卡季奇還是宣稱那不可能。

「對你來說，兩天又算得了什麼呢？再說他還是一個極其可愛、聰明的老人。他會在你不知不覺中拔掉你的這顆病牙。」

第一次日禱時，列文試圖恢復自己在十六至十七歲青年時代裡所體驗過的強烈宗教感情。但是，他很快就確信，這一點他絕對做不到。他試圖把這當作禮節性拜訪那類毫無意義的無聊習俗來看待，但也覺得無論如何都做不到。就對宗教的態度而言，列文也像大多數同時代人一樣，處在一種最不明朗的狀態。他不信教，同時又不能肯定這些宗教儀式都不正確；他既無法相信自己所做的這件事的重要性，也無法把這一切看作是無聊的形式，所以在整個齋戒期裡，他一直感到不安、羞愧，因為他在做自己也不理解的事，而他的內心卻在對他說，這是一件騙人的壞事。

做禮拜時，他時而聽著祈禱詞，竭力給它們加上一種不會與他的觀點相悖的意義，時而覺得他無法理解祈禱詞，還應當譴責它們，就盡力不去聽，只顧自己思考、觀察和回憶；趁他百般無聊地站在教堂裡，這些回憶就特別活躍地縈繞於他的腦際。

做完日禱、徹夜祈禱和晚課，第二天他卻起得比往常更早，連茶也不喝，就在早上八點鐘趕到教堂裡去聽晨課和懺悔。

除了一個討飯的士兵、兩個老太婆和神職人員外，教堂裡再沒有別人。

長內衣裡肩胛骨明顯突出的年輕助祭過來接待他，並立即走到牆邊的一張小桌前，開始讀晨規。當他朗讀時，特別是在頻繁而又快速地重複那句聽上去就像「保佑，保佑」的話：「上帝保佑」的時候，列文覺得自己的頭腦已被封閉，現在不該讓它活動，否則就會變得一片混亂。因此，他雖然站在助祭的背後，卻沒有聽，也不去了解他在讀些什麼，而是繼續想自己的心事。「她的手表現出非常豐富的感情，」他想著，又回憶起他們昨天坐在角落桌前的情景。那時候，他們照例沒什麼話可說，她把一隻手放在桌子上，一會兒張開，一會兒捏攏，望著它的動作，自己也笑了。他回想著，當時他吻了吻這隻手，然後仔細地察看白裡泛紅的手掌上那些匯聚在一起的掌紋。「又是保佑，」列文一面畫著十字、行著鞠躬禮，望著正在行鞠躬禮的助祭靈活的背部動作，一面卻想道。「後來，她拉住我的一隻手，細細察看上面的掌紋，並說：『你的手真可愛。』」想到這裡，他看了看自己的手，又看了看助祭那隻短短的手。「對，現在快要結束了，」他想道。「不對，好像又要從頭開始了，」他留心聽祈禱詞，一面想道。「不對，就要結束了。瞧，他已經在叩頭了。叩首禮總是發生在結束時。」

助祭用一隻藏在平絨翻袖裡的手神不知鬼不覺地收進一張三盧布的紙幣，此後他說他會替列文辦好證明，接著輕快地邁動穿著新靴子的雙腿，橐橐地踩著空蕩蕩的教堂石板地，走進了聖堂。過了一會兒，他從那裡朝外看了一眼，並叫列文過去。一直被封禁錮的思緒在列文腦中活動起來，但他又趕忙把它驅走。「事情總會辦妥的，」他想，並朝講道台走去。他走上臺階，朝右一轉身就看到了司祭。司祭是個小老頭，留著一把稀疏的花白鬍子，長著一雙神情疲憊而又和善的眼睛，正站在讀經台旁翻閱著聖禮書。他向列文微微地點了點頭，立即就開始用他所慣用的嗓音讀起祈禱詞。讀完祈禱詞後，他叩了一個頭，把臉轉向列文。

「不顯形的基督站在這兒接受您的懺悔，」他指著帶有耶穌受難像的十字架說。「您相信聖徒教會教導我們的一切教義嗎？」司祭繼續說，一面把目光從列文的臉上移開，雙手交叉放在長巾下面。

「我懷疑過，現在也懷疑一切。」列文用一種自己也覺得不好聽的聲音說，然後就不吭聲了。

司祭等了幾秒鐘，看他還有什麼話要說，然後閉上雙眼，用突出「O」的弗拉基米爾口音，匆匆說道：

「懷疑是人類所固有的弱點，我們應該祈禱，求仁慈的上帝來堅定我們的信念。您有哪些特殊的罪過？」他毫不間斷地又問了一句，彷彿不願浪費時間。

「我的主要罪過就是懷疑。我懷疑一切，大部分時間都處於懷疑當中。」

「懷疑是人類所固有的弱點，」司祭把那句話重複了一遍。「您主要懷疑什麼呢？」

「我懷疑一切。有時候，我甚至懷疑上帝是否存在。」列文不由自主地說道，並對自己竟然說出這樣不成體統的話感到驚懼。不過，列文的話好像對司祭毫無影響。

「怎麼會懷疑上帝的存在呢？」他臉上閃過一絲隱約可見的微笑，匆忙地說。

列文沒吭聲。

「當您注視著造物主的造物時，您怎麼會懷疑造物主呢？」司祭照例用急匆匆的口氣說。「是誰用星球點綴天空？誰給大地穿上了美麗的盛裝？怎麼會沒有造物主呢？」他以疑問的目光看了列文一眼。

列文覺得與司祭進行哲學爭論是不成體統的事，所以只回答了一句與問題直接有關的話。

「我不知道。」他說。

「您不知道？那您又怎麼能懷疑上帝創造了一切？」司祭愉快而又疑惑地說道。

「我什麼也不明白。」列文紅著臉說，他覺得自己的話很愚蠢，在目前這種情況下自己不可能不說蠢話。

「請向上帝祈禱，並求求祂吧。就連神父也有過疑問、也請求上帝幫助他們確立信仰。魔鬼有巨大的力量，可我們不該屈服於魔鬼。向上帝祈禱吧，求求祂吧。向上帝祈禱吧，」司祭又匆匆地重複道。

司祭沉默了一會兒，好像是在沉思。

「我聽說，您打算與我的教民和懺悔者，謝爾巴茨基公爵的女兒結婚？」他面帶微笑地補上一句。「一個非常美麗的少女！」

「對，」列文紅著臉回答，他是在為司祭感到羞愧。「他為什麼要在懺悔時問這種事呢？」他心裡想道。

於是，司祭像是回答他心裡所想的問題，對他說：「您打算結婚，上帝也許會賜給您兒女，是這樣吧？那好，如果您擋不住使您不信神的魔鬼的誘惑，那麼您能給您的孩子什麼樣的教育呢？」他溫和地責備道。「如果您愛自己的孩子，那麼作為一個好父親，您就不會只祝願自己的孩子享有榮華富貴；您將希望他的靈魂得救，希望用真理之光從精神上教育他。對嗎？當天真無邪的孩子問您：『爸爸！是誰創造了這個世界上使我感興趣的一切——土地、江河、太陽、花草？』難道您要對他說『我不知道』嗎？您不可能不知道，因為上帝大慈大悲地向您揭示了這點；或者您的孩子會問您：『死後我將會有什麼遭遇？』要是您什麼也不知道，您能對他說什麼呢？您將如何回答他？讓他去受花花世界和魔鬼的誘惑嗎？這樣可不好！」他說到這兒就停了下來，歪著頭，用溫和慈祥的目光望著列文。

現在列文一句話也不回答，不是因為他不願意與司祭爭論，而是因為從來沒有人向他提過這種問題；而到他的孩子提這些問題的時候，他還有時間考慮該怎麼回答。

「您正在步入人生的關鍵時刻，」司祭繼續說，「您必須選擇人生道路，並沿著這條路前進。向上帝祈禱吧，求他出於仁慈來幫助您、保佑您，」他最後說。「主啊，上帝啊，我們的耶穌基督啊，請用自己仁愛的恩惠饒恕這個孩子……」念完恕罪祈禱詞後，司祭祝福他，讓他走了。

這一天回到家裡後，列文感到很高興，因為尷尬的處境挨過去了，而且不用說謊。此外，他還隱隱約約地想起，這個善良可愛的小老頭所說的那番話一點也不像他一開始感到的那麼愚蠢，其中有些話倒是需要瞭解透澈。

「當然不是現在，」列文想道，「而是在以後的某個時候。」列文現在比以前更強烈地感覺到，他的心靈裡有一種模糊、不潔淨的東西，就對宗教的態度而言，他便曾清晰地在別人身上看到過自己目前的處境；他不僅不喜歡，還為此責備過自己的朋友斯維亞日斯基。

列文與未婚妻一起在多莉家度過這個夜晚，他感到特別開心。他向斯捷潘・阿爾卡季奇描述了自己那種興奮的心情，說自己開心得就像一隻受過跳圈訓練的狗，當牠最後終於理解並完成了人家要牠做的事，尖叫著、搖著尾巴，高興得直往桌子和窗臺上跳。

## 二

結婚那天，按照習俗（公爵夫人和達里雅・亞歷山德羅夫娜定要堅持遵照所有的習俗），列文沒有去見自己的未婚妻，他在自己住的旅館裡與三個偶然相遇的單身漢共進午餐。他們是謝爾蓋・伊萬諾維奇，卡塔瓦索夫——列文的大學同學，現在是自然科學教授，列文在街上遇到他，硬把他請來；還有奇里科夫，他是男儐相，莫斯科的治安法官、列文一起獵熊的朋友。午餐進行得很愉快。謝爾蓋・伊萬諾維奇的心情極佳，老是拿卡塔瓦索夫的古怪行徑尋開心。卡塔瓦索夫覺得自己的古怪已得到讚賞與理解，就更淋漓盡致地發揮起來。奇里科夫愉快、溫和地同大家搭話。

「瞧吧，」卡塔瓦索夫按照自己在講臺上養成的習慣，拉長聲音說，「我們的小朋友康斯坦丁・德米特里奇多麼有天分。我是在說缺席者，因為這個小朋友已經不復存在了。剛出大學校門的時候，他既喜愛科學，也有人類的種種需求。現在呢，他的一半天分用在欺騙自己，另一半則用在為之辯護。」

「比您更堅決地反對結婚的人，我可沒見到過。」謝爾蓋・伊萬諾維奇說。

「不對，我並不反對結婚。我擁護分工。什麼事也不會做的人，應當去製作人，而其餘的人則應當協助他們取得教育和幸福。我就是這樣認為的。喜歡把這兩件工作混在一起的人很多很多，而我不在此列。」

「一旦我知道您戀愛了，我將會感到多麼幸福啊！」列文說。「到時候邀請我參加婚禮吧。」

「我已經戀上了。」

「對，戀上了烏賊。你要知道，」列文轉身對哥哥說，「米哈伊爾·謝苗內奇正在寫論文，論營養和……」

「喂，別亂說！論什麼倒是無所謂。問題在於我的確喜愛烏賊。」

「可是它並不會妨礙您去愛妻子。」

「它倒是不會妨礙，可是妻子定會妨礙。」

「什麼道理呢？」

「您馬上就會明白。您喜愛經營農業和打獵，那就等著瞧吧！」

「阿爾希普今天來過了，說是普魯德內有很多駝鹿，還有兩頭熊。」奇里科夫說。

「嘿，沒有我，您也逮得住牠們。」

「這倒是大實話，」謝爾蓋·伊萬諾維奇說。「你先與獵熊告別吧，妻子不會讓你去的！」

列文微微一笑。妻子不讓他去獵熊的假想使他深感愉悅，他情願永遠放棄獵熊的樂趣。

「沒有您，即使逮住這兩頭熊還是令人遺憾。記得上一次在哈皮洛夫嗎？打獵真是妙不可言啊。」奇里科夫說。

列文不願意掃他的興，其實即使不打獵，在其他地方、在其他事情上還是可能有美好的事物，但他一句話也沒說。

「難怪會形成與單身漢生活告別這種習俗，」謝爾蓋·伊萬諾維奇說。「無論你感到多麼幸福，還是捨不得失去自由的。」

「招認吧，您是不是像果戈理筆下的新郎那樣，有一種想要從小窗子裡跳出來的感覺？」

「肯定有，但是他決不會承認！」卡塔瓦索夫說，大聲地笑了起來。

「好啊，小窗開著呢……我們現在就到特維爾去！一頭母熊，可以直搗熊穴。真的，我們搭五點的車去吧！這裡的事就讓他們去辦。」奇里科夫微笑著說。

「真的，」列文微笑著說，「我心裡確實沒有這種為失去自由而感到的遺憾！」

「您心裡現在很亂，什麼也感覺不到，」卡塔瓦索夫說，「等著吧，等到稍稍理清頭緒，您會感覺到的！」

「不會。我或多或少應該感覺得到，除了自己的感情（他不願意當著卡塔瓦索夫的面說「愛」這個詞）……和幸福，應該還有失去自由的遺憾……相反的，我卻為失去這種自由而感到高興。」

「糟糕！真是一個不可救藥的人！」卡塔瓦索夫說。「喂，讓我們為他的痊癒乾一杯吧，或者祝他夢想成真，哪怕只有百分之一。那也將是人世間前所未有的幸福！」

飯後，客人們很快就離開了，他們急著回去換衣服好參加婚禮。

只剩下自己一個人時，列文回憶著這些單身漢的談話，他再次自問：他的心裡有沒有他們所說的這種、為失去自由而感到的遺憾？想到這個問題，他微微一笑。「自由？幹麼要自由？愛情就是幸福，以她的心願為心願、用她的想法去思考，也就是毫無自由，這就是幸福！」

「但是，我瞭解她的思想、她的心願、她的感情嗎？」像是有人突然低聲地問了他一句。微笑從他的臉上消失了，他沉思起來。突然他產生了一種奇怪的感覺。他感到恐懼和懷疑，懷疑一切。

「要是她並不愛我怎麼辦？要是她僅僅是為了出嫁才嫁給我怎麼辦？要是她自己也不知道自己在做什麼呢？」他自問。「她可能會醒悟過來，一出嫁就會明白，她並不愛我，也不可能愛我。」他開始對她產生了一些奇怪而又惡劣的想法。他像一年前那樣，因她與渥倫斯基要好而吃醋，彷彿看到她與渥倫斯基在一起的那個夜晚就是昨晚似的。他懷疑她並沒有把全部的真相告訴他。

他一躍而起。「不，這樣可不行！」他絕望地說。「我要去見她，要問她，要對她說最後一遍：我們是自由的，到此為止是不是更好？什麼都比長期的不幸、恥辱、不忠來得強！」他滿心絕望，懷著對所有人、對自己、對她的滿腔怨恨，走出旅館，坐車上她家去了。

他在後邊房間裡見到了她。她坐在箱子上，一邊吩咐使女，一邊整理椅背和地板上的一堆堆五顏六色的衣服。

「哎呀！」她一看到他，就高興得容光煥發，大叫了一聲。「你怎麼啦，您怎麼啦（直到這最後一天，她對他還是一會兒稱「你」，一會兒稱「您」）？真沒料到啊！我正在收拾我少女時穿的衣服，看看哪件該送給哪個人……」

「啊！這很好！」他神情憂鬱地望著使女說道。

「先出去，杜尼亞莎，到時候我會叫妳的，」吉媞說。「你怎麼啦？」她問道，使女一出去，她就毫無顧忌地稱他為「你」。她發現他臉上的神情很奇怪，顯得既焦躁又憂鬱，不禁令她感到害怕。

「吉媞！我感到苦惱。我無法獨自忍受這個，」他站在她面前，央求地望著她的眼睛，嗓音裡帶著絕望。他從她那張含情脈脈的誠實臉上已經發現，無論他打算說什麼，都不會得到任何結果，但他還是需要她親自來說服他。「我來告訴妳，時間還來得及。這一切都可以取消或糾正。」

「什麼意思？我一點也不明白。你怎麼啦？」

「這事我說過一千次，我不得不考慮……那就是我配不上妳。妳不能答應嫁給我。妳再想一想。妳錯了。好好想一想吧。妳不可能愛我的……假如……最好還是妳說吧，」他說道，眼睛卻沒望著她。「我可能是個不幸的人。讓別人愛怎麼說就怎麼說吧，什麼都比不幸來得強……最好是現在，趁還來得及……」

「我不明白，」她驚恐地回答，「你想拒絕……想說不應該結婚嗎？」

「對，既然妳不愛我。」

「你瘋啦！」她大叫了一聲，惱火得漲紅了臉。

但是，他臉上的表情顯得很可憐，於是她克制住自己的火氣，扔掉圈椅上的衣服，坐到他身邊。

「你在想什麼？全都說出來吧。」

「我想，妳不可能愛我。憑什麼妳會愛我呢？」

「我的天啊！我怎麼說呢？……」她說到這兒就哭了起來。

「哎呀，我做了什麼蠢事呀！」他大叫一聲，跪到她面前，開始吻她的雙手。

過了五分鐘，公爵夫人走進房間，他們已經和好如初了。吉媞不僅讓他相信她愛他，甚至還回答了他的問題——她為什麼愛他，向他說明了愛他的理由。她對他說，她愛他，是因為她完全瞭解他，是因為她知道他喜愛什麼，並且知道他所喜愛的一切都很美好。這就使他覺得問題完全弄清楚了。公爵夫人進來的時候，他們正並排坐在箱子上整理衣服，爭論著。吉媞要把列文向她求婚時她所穿的那條咖啡色連衣裙送給杜尼亞莎，列文則堅持認為這條連衣裙不能送人，要她改送那條淺藍色的連衣裙。

「你怎麼不懂呢？她一頭黑髮，所以不適合……這一切我都考慮過了。」

公爵夫人得知他的來意後，便半真半假地發火了，並讓他回去換衣服，別妨礙吉媞梳妝，因為夏爾馬上就要到了。

「這幾天她本來就沒吃過一點東西，人也消瘦了，可你還來胡說八道傷她的心，」她對他說。「走吧，走吧，親愛的。」

列文覺得內疚、滿臉羞愧，不過他心平氣和地回了旅館。他的哥哥、達里雅·亞歷山德羅夫娜和斯捷潘·阿爾卡季奇全都一身盛裝，已經在那兒等他，準備用神像為他祝福。不能耽擱了。達里雅·亞歷山德羅夫娜還要搭車回家去接她那個已塗好香膏和燙過頭髮的兒子，因為他要與新娘一起搬神像。然後，要派一輛馬車去接男儐相，另派一輛馬車去送謝爾蓋·伊萬諾維奇，送到後再趕回來……總之，事情繁瑣複雜，且非常之多。只有一點是毋庸置疑的，那就是不能再耽擱了，都六點半了。

神像祝福的儀式進行得很不成功。斯捷潘·阿爾卡季奇擺出一副煞有介事的滑稽姿勢站在妻子旁邊、手捧神像，叫列文向它叩頭，然後臉上帶著善意的嘲笑祝福他，並吻了他三下；達里雅·亞歷山德羅夫娜也照樣做了一遍，便急著要走，可是在安排馬車接送路線上又陷入了窘境。

「嗯，我們就這麼辦吧：你搭我們家的馬車去接他，要是謝爾蓋·伊萬諾維奇肯繞道，那麼到了那裡再把馬車打發回來。」

「也好，我很樂意。」

「我馬上就跟他一起來。東西送去了嗎？」斯捷潘·阿爾卡季奇說。

「送去了，」列文回答，然後吩咐庫茲馬幫他穿衣服。

# 三

一大群人，多數是女人，圍著為舉行婚禮而燈火通明的教堂。未能進入教堂的人們聚在窗子附近，互相推擠著、爭論著，朝窗格柵裡張望。

二十多輛馬車已經被憲兵們安排停靠在馬路上。一位警官不畏嚴寒，站在教堂門口，身上的制服閃閃發亮。馬車絡繹不絕地駛來，時而是戴著鮮花的女士們提著曳地長裙，時而是男士們脫下軍帽或黑禮帽，紛紛步入教堂。教堂裡，兩盞枝形吊燈和那些擺放在本地產的聖像旁的蠟燭已經全都點亮了。紅底的聖像壁泛出一片金光，鍍金的雕像、銀質的枝形大吊燈和燭臺、地上的石板、地毯、唱詩班席位上方的神幡、講道台的臺階、顏色發黑的舊書、司祭的內長衣、助祭的法衣——這一切全都沐浴在燈光中。在暖烘烘的教堂右面，在由燕尾服和白領帶、制服和花緞、天鵝絨、綢緞、頭髮、鮮花、裸露的肩膀與手臂和長筒手套組成的人群中，有壓抑的熱烈談話聲，它在教堂高高的圓頂裡奇怪地迴響著。每當門吱吱地打開，人群中的談話聲都會停下來，大家會回頭張望，期待著新郎和新娘的到來。然而，門已經打開過十多次了，每次進來的不是加入右面賓席的、應邀卻遲到的男女來客，便是加入左面人群的、騙過或說服警官而進來的女觀眾。客人和觀眾都已經等得不耐煩了。

一開始，大家以為新郎和新娘馬上就要到了，所以對於遲到並不介意。後來，大家愈來愈頻繁地朝門口張望，並不時地議論是不是出事了。再後來，大家為新人遲遲不到而覺得難堪起來，親人們和客人們都努力裝出一副他們不是在關心新郎，而是忙於談話的樣子。

大輔祭像是在提醒大家，他的時間很寶貴，不耐煩地不時咳嗽幾聲，聲音震得窗玻璃也顫動了。悶得發慌的歌手在唱詩班的席位上時而發出試嗓子的聲音，時而發出擤鼻涕的聲音。司祭時而派執事，時而派助祭去打聽新郎到了沒有，他穿著一襲紫色長袍，束著一條繡花腰帶，頻頻走到側門口去等新郎。終於有一位女士看了看錶說：「真是的，這太奇怪了！」於是，所有的客人都感到不安，並開始大聲地說出自己的驚訝和不滿。一位男儐相乘車去打聽到底出了什麼事。這時候，吉娣早已準備妥當，她身穿白色連衣裙、頭戴長面紗和橙色花冠，偕女主婚人和二姐利沃娃一起站在謝爾巴茨基家的廳堂裡，望著窗外，盼著自己的男儐相來報告新郎抵達教堂的消息，然而已經白等了半個多小時。

當時，列文已穿好長褲，但沒穿背心和燕尾服，正在自己的客房裡來回走動，不斷地朝門外探頭，向走廊裡張望。但是，走廊裡總不見他要等的那個人，他只得絕望地轉身，一面揮舞雙手，一面與正悠閒地抽菸的斯捷潘．阿爾卡季奇商量。

「有誰陷入過如此尷尬的困境呀！」他說道。

「對，情況是不妙，」斯捷潘．阿爾卡季奇溫和地微笑著說。「但你放心，馬上就會送來的。」

「不，到底怎麼啦！」列文克制著暴怒說。「瞧這些可笑的、胸口開口很低的背心呀！不行！」他邊說邊望著身上那件襯衫皺巴巴的前襟。「要是東西送到鐵路上去了，那怎麼辦呀！」他絕望得大聲喊道。

「那就穿我的襯衫。」

「早就該這樣了。」

「授人笑柄總不大好……等著吧！會順利解決的。」

事情是這樣的：列文要穿衣服的時候，老僕人庫茲馬把燕尾服、背心和其他所有必需品都拿來了。

「襯衫呢？」列文大喊道。

「襯衫在您身上。」庫茲馬鎮靜地微笑著回答。

庫茲馬沒想到要留下一件乾淨的襯衫，一得到把東西全都裝入行囊、送到謝爾巴茨基家去（因為新婚夫婦今晚要從他們家出發）的命令，他就照辦了。除了一套燕尾服外，他把所有東西都裝入了行囊。一早就穿上身的那件襯衫已經弄皺了，與胸部開口很低的時裝背心不搭。派人到謝爾巴茨基家去取的話，路又太遠。他們就派人去買襯衫。僕人回來說，所有的店鋪都關門了，因為今天是星期日。於是再派人到斯捷潘・阿爾卡季奇家去取，取來的襯衫卻太寬鬆太短了。最後只好派人到謝爾巴茨基家去把行囊打開。教堂裡的人在等新郎，而他卻像一頭關在籠子裡的野獸，在房間裡走來走去，不斷地朝走廊裡張望，驚懼和絕望地回想著他對吉媞說的許多話，推測她現在會怎麼想。

滿臉愧色的庫茲馬終於上氣不接下氣地拿著襯衫衝進了房間。

「正好趕上。東西已經搬上運貨馬車了。」庫茲馬說。

過了三分鐘，為了避免再度不快，列文連錶也不看就在走廊裡飛快地奔跑起來。

「跑也沒用，」斯捷潘・阿爾卡季奇不慌不忙地跟在他的身後，微笑著說。「我對你說，會順利解決的，會順利解決的……」

# 四

「來了！」「就是他！」「哪一個？」「是不是那個年紀輕一點的？」「我的媽呀，她卻是一副半死半活的樣子！」當列文在教堂大門的臺階旁接到新娘，與她一起走進教堂時，人群中響起一片議論聲。

斯捷潘·阿爾卡季奇向妻子講了耽擱的原因，客人們露出微笑，彼此低聲地交談。列文目不斜視，目不轉睛地望著自己的新娘。

大家都說她最近幾天容貌變差了，戴著花冠也遠不如往常那麼漂亮，但列文卻沒有發現。他望著她那披著白色長面紗和戴著白色鮮花的高髻，望著那特別純潔地遮住她長長頸項兩側、卻露出它前部的高聳打褶領子，以及她那細得驚人的腰身。他覺得，她比任何時候都漂亮。這倒不是因為這些花、這條面紗、這件從巴黎訂購來的連衣裙為她容貌增色，而是因為——雖說她穿了特意準備的雍容華貴的盛裝——她那迷人的臉蛋、她的目光、她的雙唇表情卻依然如故，顯得與眾不同、天真無邪。

「我還以為你想逃婚呢。」她說道，並朝他嫣然一笑。

「我遇到的那件事真是羞得羞於啟齒！」他紅著臉說，並且不得不轉過身去向走到他跟前的謝爾蓋·伊萬諾維奇打招呼。

「你的襯衫事件真精彩呀！」謝爾蓋·伊萬內奇搖搖頭，微笑著說。

「對，對，」列文回答說，其實並不明白人家在對他說什麼。

「喂，科斯佳，」斯捷潘·阿爾卡季奇故作驚惶地說，「現在要解決一個重大的問題。只有現在你才能認清這個問題意義重大。人家問我：是點燃用過的蠟燭呢，還是沒用過的？差價是十盧布，」他抿著嘴唇，微笑著補上一句。「我決定好了，但又怕你不同意。」

列文明白這是在開玩笑，他卻笑不出來。

「到底怎麼辦？是要沒點過的呢，還是點過的？就是這個問題。」

「對，對！要沒點過的。」

「嗯，我很高興。問題解決了！」斯捷潘·阿爾卡季奇微笑著說。「不過，人們在這種情況下會變得多麼糊塗，」當列文不知所措地朝他看了看，然後向新娘靠近的時候，他對奇里科夫說。

「當心，吉媞，妳要先站到地毯上去，」諾德斯頓伯爵夫人走過來說。「您很帥！」她告訴列文。

「怎麼樣，不感到害怕嗎？」老姑媽瑪麗亞·德米特李里耶夫娜問。

「您不覺得冷嗎？你的面色很蒼白。等一等，你俯下身！」吉媞的二姐利沃娃說，然後把自己豐腴美麗的雙手彎成圓形，微笑著整了整她頭上的鮮花。

多莉走過來，想說點什麼，卻說不出來；她哭了，接著又不大自然地笑了。

吉媞也和列文一樣，用心不在焉的眼神望著大家。她只能用幸福的微笑回答眾人對她所說的一切，而這種微笑現在對她來說是多麼自然呀。

這時候，神職人員都已穿上法衣，司祭和助祭也走到了位於教堂入口的那張誦經台前。司祭轉向列文，對他說了什麼。列文沒聽清司祭的話。

「請拉住新娘的手，領著她走吧，」一位男儐相對列文說。

列文久久不明白人家要他做什麼，人家花了很長時間去糾正他的錯誤，甚至想撒手不管了，因為他老是伸錯手或拉錯手，這時他終於瞭解，要不改變姿勢、用右手去拉住她的右手。他終於照規矩拉住新娘的手，司祭在他們前面走了幾步，然後在誦經台旁停了下來。親朋好友們嗡嗡地低聲說著話，窸窸窣窣地拖著曳地長裙，跟隨著他們向前走去。有個人彎下腰，整了整新娘的曳地長裙。教堂裡一片肅靜，連蠟燭油滴落的聲音都聽得到。

一位老司祭戴著一頂法冠，一縷縷銀光閃閃的白髮分兩邊梳在耳朵後面，他從背上繡著金十字的沉甸銀色法衣下面伸出一雙乾癟的小手，在誦經台旁翻閱著什麼。

斯捷潘．阿爾卡季奇小心翼翼地走到司祭身旁，低聲說了幾句，然後朝列文使了個眼色，又退回來。

司祭點燃兩根花燭，用左手斜拿著，讓燭油慢慢地滴落下來，然後轉過身，面對新婚夫婦。司祭就是聽列文懺悔的那一位。他用疲憊而又憂鬱的眼神看了看新郎新娘，歎了口氣，從法衣下面伸出右手，為新郎祝福，接著他懷著有節制的柔情，把併攏的手指放在吉娣低垂的頭上，同樣為她祝福。然後，他把蠟燭遞給他們，自己則拿起長鏈手提香爐，慢吞吞地從他們身邊走開。

「難道這是真的？」列文想，回頭看了新娘一眼。他微微低下眼睛，看到她的側臉，根據她的嘴唇和睫毛的細微動作，他明白她察覺到了他的目光。她沒有回過頭來，但是有褶的高領子卻微微動了一下，貼近她那隻粉紅色的小耳朵。他看得出，她胸膛裡憋著一口氣，那隻戴著長筒手套、拿著蠟燭的纖手在顫抖。

襯衫及遲到所引起的那番忙亂、與親朋好友們的交談、他們的不滿情緒、他的尷尬處境——這一切突然都消失了，他感到既高興又害怕。

英俊魁梧的大輔祭穿著銀色法衣，鬈髮整整齊齊地綴成一圈。他敏捷地走到前面，以習慣的姿勢用兩隻手指把肩衣稍稍拎起來一點，站在司祭對面。

「主—啊，賜—福—吧！」響起了悠揚莊嚴的聲音，周圍的空氣也隨之振動。

「我主福祉永存。」老司祭用謙恭而又悅耳的聲音回答，一面繼續翻閱著誦經臺上的東西。於是，一個看不見的教堂唱詩班發出飽滿充實的和聲，和諧地傳播著、增強著，充滿了從窗戶到穹頂的整個教堂；過了一會兒，這種聲音便悄然消失了。

大家照例為神賜的和平生活、為靈魂得救、為主教公會、為國君做了祈禱，也為今天結婚的、上帝的僕人康斯坦丁和葉卡捷琳娜祈禱。

「願上帝賜予他們更完美、更和睦的愛情和援助，讓我們向上帝祈求吧。」大輔祭的聲音似乎響徹了整座教堂。

列文聽著祈禱詞，感到驚訝。「他們怎麼會猜到我需要的正是援助呢？」他心想，又回憶起不久前所感受到的全部恐懼和疑惑。「要是沒有援助，我知道什麼？」他想，「我在這件可怕的事情中能做什麼呢？我現在所需要的正是援助。」

等到助祭讀完祈禱詞，司祭就捧著聖書對新婚夫婦說：

「永恆的上帝，祢把分離的兩個人結合在一起，」他用柔和悅耳的聲音念道，「祢為他們結成的愛情之盟堅不可摧；祢曾賜福予以撒和利百加[3]，我把祢諾言的後繼者介紹給祢，祢就親自祝福祢的僕人康斯坦丁和葉卡捷琳娜吧，我要勸導他們去行善。上帝，因為祢慈悲、仁愛，所以我們要讚頌祢，榮耀歸於聖父、聖子和聖靈，永遠永遠如此。」「阿門，」無形的合唱聲又在空中傳播。

「『把分離的兩個人結合在一起，給他們結成愛情之盟，』這句話意味多麼深長，多麼符合一個人在此刻的感受呀！」列文心裡想道。「她的感受是否和我一樣？」

他回頭一看，遇到了她的目光。

根據她的眼神，他斷定她明白他所理解的那層意思。其實並非如此，她幾乎一點也不理解祈禱詞的意思，甚至根本就沒在聽。她無法去聽、去理解，因為充滿她心中的只有一種強烈的感情，而且變得愈來愈強烈；那就是因大事圓滿完成而生的喜悅。在她心裡，這件事一個半月前就已經發生了，這六個星期來，她一直感到既高興又痛苦。那一天，當她穿著褐色的連衣裙，在阿爾巴特街的那幢屋子裡，默默地走到他面前，並許身於他的時候，她心裡就覺得，此時此刻自己已與過去的生活一刀兩斷，另一種嶄新的、她一無所知的生活開始了，而事實上，她繼續過著舊的生活。這六個星期對她來說是最幸福，也是最痛苦的時期。她的整個生命、全部心願和希望都集中在她還不理解的這個人身上，把她與這個人聯結起來的是一種比人本身更難以理解、時而親切、時而厭惡的感情；與此同時，她卻繼續生活在原先的生活環境中。她過著舊的生活，心裡感到非常害怕，怕自己、怕自己對過去的一切全然無動於衷的那種無法克制的冷漠，即對一切事物、一切習慣、一切曾愛過並仍愛著她的人、對因這番冷漠而傷心的母親、對這個世界上最最可愛的慈父全都漠不關心。她時而為這樣的冷漠感到害怕，時而為使她產生這種冷漠的那件事感到高興。除了與這個人一起生活，她就再也沒有任何別的想法或心願了；但是新生活還沒有開始，她甚至還無法清晰地想像。只有一件事能做，那就是等待，又驚又喜地等待未知的新生活。而現在，這種等待、這種未知狀

3 以撒和利百加均為《聖經》故事人物。亞伯拉罕年邁時派僕人為兒子以撒娶妻，僕人求神施恩，在井旁遇到利百加，於是以撒娶她為妻。

態、這種因與舊生活脫離關係而產生的惋惜——這一切眼看就要結束，新生活即將開始了。這個新生活因其未知而不可能不覺得可怕；不管它是否可怕，在她心裡，六個星期前就已經開始了；現在只不過是使她心裡早已完成的婚事得到正式認可而已。

司祭又一次轉向誦經台，好容易才捏住吉媞的那枚小戒指，然後叫列文伸出手來，把它套到他手指的第一個關節上。「上帝的僕人康斯坦丁與上帝的僕人葉卡捷琳娜正式結婚了。」接著，司祭把一枚大戒指套到吉媞那隻柔弱得讓人生憐的、纖細的、粉紅色的手指上，再說了一遍同樣的話。

新郎新娘幾次想要猜出現在該做些什麼，可是每次都猜錯，司祭就低聲糾正兩人的錯誤。最後，他終於完成了該進行的儀式，用他們的戒指畫了十字。可是列文過後又把大戒指給了吉媞，而吉媞把小戒指給了列文，他們又搞錯了，這樣反覆轉交了兩次，結果還是不對。

多莉、奇里科夫和斯捷潘・阿爾卡季奇走上前去糾正他們。出現了慌亂的低語和笑聲，但是新郎新娘臉上深受感動的莊重表情卻沒有變；相反的，他們雖然搞不清該用哪隻手，但他們的神情看上去比原先更嚴肅、更莊重，使得斯捷潘・阿爾卡季奇在低聲吩咐他們戴上各自的戒指時所帶的那個微笑，也不由自主地在唇間消失了。他覺得任何微笑都會使他們受到侮辱。

「是祢從太初之始創造了男人和女人，」司祭在交換戒指的儀式完成後立即念道，「祢使妻子與丈夫結合，互相幫助，生兒育女。主啊，我們的上帝，祢親自把祢的遺訓和祢的許諾當作真諦，一代又一代地賜予祢的僕人，祢選中的僕人——我們的祖先，請祢照管祢的僕人康斯坦丁和葉卡捷琳娜，以信念、同心同德、真理、愛情使他們的婚姻堅如磐石……」

列文愈來愈覺得，他對結婚的所有想法、他對如何安排自己生活的種種想望，這一切全都很幼稚，雖說這件事正發生在他身上，但是他以前對此並不理解，而現在則更不理解了；一種不寒而慄的感覺在他的胸膛裡升騰，克制不住的淚水即將奪眶而出。

# 五

教堂裡匯集了整個莫斯科的上流社會、新婚夫婦的親朋好友。在舉行婚禮的過程中，在教堂的輝煌燈光下，在一圈打扮得漂漂亮亮的婦女、姑娘和繫著白領帶、穿著燕尾服及制服的男人之間，合乎禮儀的輕聲談話不曾中止過，談話多半由男人起頭，與此同時，女人們都在全神貫注地觀察向來令她們感動的宗教儀式的所有細節。

在最靠近新娘的那一小圈人中有她的兩個姊姊：多莉和從國外趕回來的二姐利沃娃——一位性格嫻靜的美女。

「瑪麗竟然穿著一套紫得發黑的衣服來參加婚禮，她這是怎麼啦？」科爾孫斯卡雅說。

「對付她的臉色也只有這一招了……」德魯別茨卡雅說。「我覺得奇怪，他們為什麼要在晚上舉行婚禮。這是商人習氣……」

「晚上更美。我也是在晚上結婚的，」科爾孫斯卡雅說，並歎了一口氣，她想起那一天她是多麼好看，她的丈夫愛她愛得多麼癡迷可笑，可現在全都變了。

「據說，當過十次以上男儐相的人都不會結婚；我想當第十次男儐相、給自己保個險，但這個位置已經給人占了，」西尼亞溫伯爵對那位有意於他、長得很不錯的恰爾斯卡雅公爵小姐說。

恰爾斯卡雅報以一笑。她望著吉媞，心想，什麼時候她也與西尼亞溫伯爵一起站在吉媞的位置上，到那時她要跟他重提今天說的這句玩笑話。

謝爾巴茨基對宮中老女官尼古拉耶娃說，他打算把花冠戴到吉媞的髮髻上，好讓她走運。

「她本來就不該戴髮髻，」尼古拉耶娃說，她早就打定主意，假如她所追求的那個老鰥夫跟她結婚，婚禮一定要簡樸。「我不喜歡這種擺闊的排場。」

謝爾蓋．伊萬諾維奇在跟達里雅．德米特列夫娜說話，開玩笑地要她相信，婚後旅行的習俗之所以會流行，是因為新婚夫婦總會感到有一點害羞。

「您的弟弟可以感到自豪了。她長得太迷人了。我想您眼紅了吧？」

「我早已過了這種年代，達里雅．德米特列夫娜。」他回答，臉上也突然露出憂傷而又嚴肅的表情。

斯捷潘．阿爾卡季奇正在給小姨子講他自己編出來的關於離婚的俏皮話。

「要整一整花冠了。」她牛頭不對馬嘴地回答，因為她並沒有在聽他說。

「真遺憾，她變得不那麼好看了，」諾德斯頓伯爵夫人對利沃娃說。「可他還是抵不上她的一根手指頭。對嗎？」

「不對，我非常喜歡他。這倒不是因為他是我未來的妹夫，」利沃娃回答。「他的舉止多麼得體！在這種場合要做到舉止得體、不讓人笑話，有多難呀。他呢，既不惹人見笑，又不緊張，看來，他受感動了。」

「這大概就是您所期望的吧？」

「差不多。她一直愛著他。」

「嗯，我們來看看他倆誰先踏上地毯。我可是勸過吉媞的。」

「反正都一樣，」利沃娃說，「我們都是溫順的妻子，這是我們家族的門風。」

「當年我和瓦西里結婚的時候，我就故意先踏上地毯。妳們呢，多莉？」

多莉站在她們旁邊，聽見她們說的話，卻沒有回答。她已深受感動。她熱淚盈眶，所以不先放聲大哭一場，就什麼話也說不出來。她為吉媞和列文感到高興；她回憶起自己的婚禮，眼睛望著容光煥發的斯捷潘．阿爾卡季奇，卻忘掉了目前的一切，只記得自己純潔無邪的初戀。她不光回憶自己一個人，還回憶她所熟悉、與她關係親密的所有女人；她回憶著她們一生中只有一次的莊嚴時刻裡的場景，當時她們也像吉媞一樣站在那兒，頭戴花冠，心懷愛情、希望和恐懼，告別過去、步入神祕的未來。在她想起的這些新娘當中，有可愛的安娜，她不久前已聽到了安娜打算離婚的一些詳情。安娜也曾披戴橙色花冠和長面紗，純潔地站在教堂裡。可現在呢？

「太奇怪了。」她說。

注視著宗教儀式一切細節的不單單是姊姊、女友和親人們，那些不相干的女人、女觀眾們也激動得喘不過氣來。她們注視著婚禮過程，生怕漏掉新郎和新娘的某一個動作或某個臉部表情。對於態度冷漠的男人們所說的無關緊要的玩笑話，她們感到惱火、不搭理，往往也沒在聽。

「她為什麼淚痕滿面呢？莫非她不開心？」

「嫁給這樣好的小夥子怎麼會不開心呢？他是不是公爵？」

「那個穿白緞服裝的女人是她姊姊嗎？喂，聽吧，助祭馬上要大聲說：『讓妻子敬畏自己的丈夫吧。』」

「是丘多夫教堂的那班人嗎？」

「是主教公會的。」

「我問過僕人。他說主人馬上要帶新娘去世襲領地。據說新郎很有錢。所以才嫁給他。」

「不對，他倆很匹配。」

「可是您呢，瑪麗亞・弗拉西耶夫娜，剛才還在爭論，說他們相差很遠。瞧，那位穿深褐色服裝的，據說是位公使夫人，她的服飾搭配得多好呀……一會兒這樣，一會兒又那樣。」

「多麼惹人愛的新娘啊，就像一頭打扮得漂漂亮亮的小綿羊！無論您怎麼說，我總是捨不得我們這個妹妹。」

溜進教堂的女觀眾們議論紛紛。

# 六

交換戒指的儀式結束後，執事在誦經台前的教堂中央鋪了一塊玫瑰紅的綢緞，唱詩班齊聲唱起了一首男低音和男高音彼此呼應的、典雅而又難唱的讚美詩，於是司祭轉過身來，向新郎新娘指了指鋪好的紅地毯。儘管列文和吉媞經常聽到誰第一個踏上地毯，誰就會成為一家之長的迷信說法，但在他們走這幾步路的時候，兩人都記不起這件事。他們也沒有聽見人們的大聲評論和爭論：一些人說是他先踏上的，而另一些人則認為是兩人同時。

司祭向他們提了幾個普通的問題：他們是否願意結婚？他們是否與別人有過婚約？他們作了自己聽上去也覺得奇怪的大聲回答，然後就開始了新一輪的祈禱。吉媞聽著祈禱詞，想弄懂它們的含義，卻辦不到。隨著儀式進行，她心裡感到愈來愈喜悅、愈來愈幸福；她已經無法集中注意力了。

他們祈禱的是「願祢賜他們以貞潔和嬰兒，願祢使他們因見到子女而高興」。還提到上帝用亞當的一根肋骨造出了他的妻子，「因此，人要離開父母與妻子聯合，兩人成為一體」，以及「此乃一大祕密」；祈求上帝像對以撒和利百加、約瑟、摩西和西坡拉那樣，賜他們以多子多福，並讓他們見到自己的子子孫孫。「這一切都非常好，」吉媞一面諦聽著這些，一面想道，「這一切也理應如此。」於是她那容光煥發的臉上浮現出喜悅的微笑，所有望著她的人全都不由自主地受到感染。

「戴上去吧！」當司祭給他們戴上花冠，謝爾巴茨基也抖動著他那隻戴著有三顆鈕釦的長手套的手，把一頂花冠高高地擎在她頭上時，可以聽到這樣的勸告。

「戴上吧！」她微笑著低聲說。

列文回頭看了她一眼，她臉上煥發的喜悅神采令他大為驚訝，他不由自主地受到感染。他也像她一樣，心情變得既幸福又喜悅了。

他們興奮地聽人家朗讀使徒行傳，聽大輔祭用洪亮的聲音讀那群旁觀者急不可待地期盼著的最後一節詩。同飲淺酒杯裡摻過水的紅酒也使他倆高興，更開心的是，司祭撩開聖衣，伸手握住他們的兩隻手，在一陣陣「榮耀歸主」的男低音呼聲中，開始領著他們繞誦經台行走。扶著婚禮冠的謝爾巴茨基和奇里科夫常常被新娘的曳地長裙絆住腳；他們也在微笑，也感到高興。每當司祭停住腳步，他們不是落在後面，便是撞在新郎新娘身上。吉媞身上的喜悅好像使教堂裡所有的人都受到了感染。列文覺得，司祭和助祭好像也都跟他一樣，忍不住想笑。

司祭從他們頭上取下花冠，讀完最後一段祈禱文，並向新郎新娘賀喜。列文看了吉媞一眼，至今為止他還從未見到過她現在的這副神態。她臉上煥發出來的那種嶄新的幸福光彩使她顯得格外迷人。列文真想對她說些什麼，可是他不知道儀式是否已經結束。司祭幫他擺脫了困境。他咧開自己那張吉利的嘴，微微一笑，低聲說：

「吻吻妻子吧，您也吻吻丈夫吧。」接著就把他們手裡的蠟燭接了過去。

列文小心翼翼地吻了吻她笑吟吟的雙唇，把一隻手臂伸給她，心裡懷著一種嶄新、奇怪的親密感，走出了教堂。他不相信，也不敢相信這是真的。只有當他們驚奇而又羞怯的目光相遇時，他才相信這件事，因為他感覺得到他們已經合為一體了。

當天夜裡，新郎新娘用過晚餐後就乘車到鄉下去。

# 七

渥倫斯基和安娜已經一起在歐洲旅行了三個月。他們遊覽了威尼斯、羅馬、那不勒斯，剛剛抵達義大利的一個小城，打算在這兒住上一段時間。

漂亮的總侍役留著一頭濃髮，搽過油的頭髮從頸部開始梳成分頭；他穿著燕尾服，露出一大片白色細麻布襯衫的前胸，圓滾滾的大肚子上方掛著一串小墜子。他雙手插在口袋裡，輕蔑地瞇起眼睛，口氣嚴厲地回答著一位站在他面前的先生的問題。聽到從正門入口另一側登上樓梯的腳步聲，總侍役便轉過身來，看到來者是租用他們頭等客房的那位俄國伯爵，當即恭敬地把雙手從口袋裡抽出來、低下頭，解釋說信差來過了，租用官邸的事已經辦妥。總管願意簽訂契約。

「啊！我很高興，」渥倫斯基說。「太太在家嗎？」

「她出去散步，已經回來了。」侍役回答。

渥倫斯基從頭上摘下寬簷軟禮帽，用手帕擦乾滿是汗水的前額和頭髮。他的頭髮已長得遮住了半個耳朵，是往後梳的，蓋住了禿頂。然後，他漫不經心地朝那位還站在原地細細打量著自己的先生看了一眼，就想離去。

「這位俄國先生也在找您。」總侍役說。

渥倫斯基既為跑到任何地方都擺脫不了熟人而感到惱火，又希望能找到一種消遣的方法來擺脫自己的單調生活。在這種複雜的心情支配下，他再次回頭看了看那位走開又站住的先生。就在這一瞬間，兩人的眼裡同時閃出喜悅的光彩。

「戈列尼謝夫！」

「渥倫斯基！」

真的，這是渥倫斯基的貴冑軍官學校同學戈列尼謝夫。他在學校裡屬於自由派，畢業時已獲文官官銜，卻沒有到任何地方去任職。一畢業，兩個同學就徹底分手了，後來只遇到過一次。

那次相遇，渥倫斯基才明白，戈列尼謝夫選擇了一種極為高明的自由主義工作，因而他想蔑視渥倫斯基的工作和身分。所以，渥倫斯基一遇見戈列尼謝夫，就扔給了他一個冷淡而又高傲的臉色。渥倫斯基習慣以這種態度待人，它的意思是：「您可以喜歡或不喜歡我的生活方式，這對我來說都無所謂。可是您想要瞭解我，那就應當尊重我。」戈列尼謝夫表情輕蔑，不去理會渥倫斯基的態度。那次見面似乎使他們變得更加疏遠。現在呢，他們彼此一認出對方就高興得喜笑顏開、大呼小叫。渥倫斯基怎麼也沒料到，他見到戈列尼謝夫居然會如此高興；他自己大概並不知道自己現在有多麼寂寞。他忘記了上次相遇的不愉快，臉上露出不加掩飾的喜悅，向老同學伸出了手。同樣的喜悅取代了戈列尼謝夫原先的不安神情。

「遇見你，我多麼高興啊！」渥倫斯基露出一口堅實的白牙，友好地微笑著說。

「我呢，聽說來了一位渥倫斯基，卻不知道究竟是哪位渥倫斯基。非常非常高興啊！」

「進去吧。喂，你在做什麼？」

「我住在這兒已經是第二個年頭了。在工作。」

「哎喲！」渥倫斯基同情地說。「進去吧。」

接著，按照俄國人的一般習慣，他不用俄語而是用法語說起不該讓僕人知曉的話。

「你認識卡列尼娜嗎？我們一起旅行。我是去見她的。」他用法語說，一面仔細觀察戈列尼謝夫的臉色。

「哦！我可不知道（雖說他確實知道），」戈列尼謝夫若無其事地回答。「你來了很久嗎？」他又問了一句。

「我嗎？已經是第四天了，」渥倫斯基回答，同時重又仔細地觀察老同學的臉色。

「是的，他是個正派人，會對事情作出應有的評價，」渥倫斯基暗自說，他懂得戈列尼謝夫的臉部表情及轉移話題的含意。「可以把他介紹給安娜，他會作出應有的評價。」

渥倫斯基與安娜一起在國外度過的這三個月裡，凡是遇見不熟悉的人，他總會問自己，這位不熟悉的人會如何看待他與安娜的關係，不過遇到男人大都能得到一種應有的理解。然而，假如有人問他，或問那些作出「應有的」理解的人，這種理解的具體內容是什麼，那麼他和他們都會感到很尷尬。

其實，那些依渥倫斯基之見、已作出「應有的」理解的人，怎麼也不理解這件事，只是表現得彬彬有禮罷了，總之就像有教養的人，面對四面包圍著生活的種種複雜而又難解的問題，必然像這樣避免暗示，也不提令人不快的問題。他們裝出一副完全理解這種處境之內涵的樣子，對它表示認可，甚至是贊同，卻又認為，對這一切作解釋既不妥當又多餘。

渥倫斯基立即猜到戈列尼謝夫就是這種人，所以見到他備感高興。果然，戈列尼謝夫見到卡列尼娜，表現得恰如渥倫斯基所期待的那樣。他顯然毫不費力就避開了所有令人難堪的話題。

他原先並不認識安娜，所以一下子就被她的美貌，尤其是被她那種隨遇而安的樸實態度驚倒了。渥倫斯基領著戈列尼謝夫進來時，她臉紅了，他也非常喜歡蒙在她那真誠而又美麗的臉上孩童般的紅暈。不過，使他感到特別喜歡的是，她像是有意不讓外人產生誤會似的，立刻就用「阿列克謝」來稱呼渥倫斯基，並說他們即將搬到一幢被當地人叫做官邸的、新租的房子裡去住。戈列尼謝夫喜歡她這種對自己的處境安之若素的泰然。由於他既認識阿列克謝．亞歷山德羅維奇，也認識渥倫斯基，所以面對安娜那種和善、快樂、充滿活力的風度，他好像覺得自己是完全理解她的。他覺得自己理解而她無論如何也理解不了的這種事：給丈夫製造不幸、拋夫棄子、喪失自己的好名聲之後，她怎麼還能覺得自己充滿活力、快樂而又幸福。

「旅行指南中有它的簡介，」戈列尼謝夫談起了渥倫斯基要租的那幢官邸。「那兒有技藝高超的丁托列托[4]的作品。是他的晚期作品。」

「知道嗎？天氣非常好，我們到那兒再看一看。」渥倫斯基對安娜說。

「非常高興，我這就去戴帽子。您是說天氣很熱嗎？」她站在門口，詢問地望著渥倫斯基說道。一片鮮豔的紅暈又蒙上了她的臉。

渥倫斯基從她的目光中瞭解到，她不知道他想跟戈列尼謝夫保持怎樣的關係，她是不是表現得合他的心願。

他用溫柔的目光盯著她看了一陣子。

「不，不是很熱。」他說。

她頓時覺得自己全明白了，主要是明白他對她很滿意；於是她朝他嫣然一笑，快步走出了房門。

---

4 丁托列托（一五一八—一五九四），義大利畫家。文藝復興運動後期的威尼斯畫派的代表人物。

兩個朋友彼此對看了一眼，臉上均露出慌亂不安的神色，明顯欣賞她的戈列尼謝夫似乎想說些讚美她的話，卻找不到合適的字眼，而渥倫斯基既希望又害怕他讚美。

「那麼，」渥倫斯基沒話找話地開口說道。「你就定居在這裡了嗎？你還在從事那一行嗎？」他繼續說，想起人家對他說過，戈列尼謝夫在寫一本書……

「對，我在寫《兩個原理》的第二部，」戈列尼謝夫聽到這個問題後，高興得漲紅了臉，「說得確切一點，為了做到準確無誤，我還沒有動筆，而是在做準備，在收集材料。它的內容非常豐富，幾乎涉及所有的問題。在我們俄國，大家都不願意承認我們是拜占庭帝國的後繼者，」他開始作冗長、熱情的說明。

渥倫斯基一開始感到很尷尬，因為他並不瞭解《兩個原理》第一部的內容，而它的作者卻像談論某部名著似的跟他談論起來。但是後來，當戈列尼謝夫開始闡述他的觀點，而渥倫斯基也能跟上他思路的時候，儘管不瞭解《兩個原理》的內容，渥倫斯基還是津津有味地聽戈列尼謝夫說，因為他說得很好。然而，戈列尼謝夫在談論他感興趣的課題時所帶的那種憤怒激動情緒，卻使渥倫斯基感到既驚奇又傷心。他愈是往下說，眼睛就愈明亮，就愈急於駁斥那些假想的對手，臉部表情也就變得愈加不安和委屈。回想當初戈列尼謝夫是個瘦瘦的、活潑的、心情溫和、品格高尚的男孩，在學校裡總是名列第一，渥倫斯基現在怎麼也無法理解這種憤恨從何而來，也不贊成。使他感到特別不開心的是：戈列尼謝夫是個有教養的人，竟然與那些惹他發怒和生氣的蹩腳文人站在同一條船上。這樣做值得嗎？這一點使渥倫斯基感到不開心，儘管如此，他仍覺得戈列尼謝夫很不幸，為他感到惋惜。戈列尼謝夫連安娜進來也沒發覺，繼續匆忙又狂熱地發表自己的見解。在他那張神色多變、非常漂亮的臉上，可以看到不祥之兆，它幾乎就像是神經錯亂。

安娜戴著帽子、披著斗篷從裡間走出來，用一隻美麗的纖手快速地擺弄著陽傘、在渥倫斯基身邊站住時，渥倫斯基才輕鬆地擺脫戈列尼謝夫凝視著他的、哀怨的目光，並懷著新的愛意朝自己那位充滿活力和歡樂、非常可愛的情侶看了一眼。戈列尼謝夫好容易才冷靜下來，起初還感到沮喪和鬱悶，但是對所有人都很親切的安娜（這時候她就是這樣一個女人），很快就用她的純樸和快樂使他打起了精神。她試過各種話題後，便將話題轉到他擅於談論的繪畫上，並仔細地聽他說。他們徒步走到已租下的那幢房子，進去參觀了一遍。

「有一點使我很高興，」在他們回家的路上，安娜對戈列尼謝夫說。「阿列克謝將擁有一間很好的畫室。你一定要用這個房間，」她用俄語對渥倫斯基說，並且用「你」來稱呼他，因為她已經明白，戈列尼謝夫在他們的隱居之地將成為兩人的一位密友，在他面前無需隱瞞。

「難道你會畫畫？」戈列尼謝夫迅速轉身對渥倫斯基說。

「對，我早就開始畫畫了，現在有點入門了。」渥倫斯基紅著臉說。

「他有很高的天賦，」安娜歡笑著說，「我當然不是評論家！不過，一些內行的評論家都這樣說。」

# 八

安娜在獲得自由並迅速康復的初期，覺得自己幸福得難以為世人所寬容，覺得渾身充滿了生活的歡樂。回憶丈夫的不幸遭遇並不損害她的幸福。一方面，這回憶太可怕了，她不願意去想它；另一方面，丈夫的不幸給她帶來了巨大的幸福，因此她也不會後悔。回憶她在病癒後所遇到的種種：與丈夫的和解、決裂、渥倫斯基受傷的消息、他的露面、離婚前的準備工作、從丈夫家的出走、與兒子的告別——這一切在她看來就像是患熱病時做的一場夢，夢醒後，她已單獨和渥倫斯基一起到了國外。回憶對丈夫造成的危害會使她產生一種像是憎惡的感覺，類似溺水者擺脫掉另一個抓住他的溺水者後的體驗。後者淹死了。當然，這不道德，卻是唯一的一條生路，所以最好別去回憶這些可怕的細節。

在開始決裂的那一刻，她曾對自己的行為有過一個聊以自慰的想法，現在回憶起一切往事時，她又這麼想道。「我迫不得已使這個人遭逢了不幸，」她想，「但我不願利用這不幸。我現在感到痛苦，將來仍會感到痛苦：我失去了我最珍惜的事物——我的清白名聲和兒子。我做了不道德的事，因此不期望幸福、不期望正式離婚，我願為恥辱、為離開兒子而忍受痛苦。」但是，無論安娜多麼真誠地願意忍受痛苦，她並沒有感到痛苦。她沒有受到過任何羞辱。他們兩人做事都很有分寸，在國外時儘量避開俄國女人，所以從來也沒有陷入尷尬的境地；相反的，到處都遇到那種裝得遠比他們本人更充分理解兩人處境的人。離開她心愛的兒子，起初並不使她苦惱。渥倫斯基和她生的小女孩，長得非常可愛。自從這個小女孩留在安娜身邊的那一刻起，她就使安娜深深地眷戀上她，因此安娜很少想起兒子。

因復原而增長的求生欲望是如此強烈，生活環境又是如此新鮮可心，所以安娜覺得自己幸福得難以為世人所寬容了。她對渥倫斯基的情況瞭解得愈多，對他也就愛得愈深。她為他本人、也為他對她的愛而愛他。完完全全地擁有他，對她來說始終是件樂事。他的親近永遠使她非常愉悅。她愈來愈瞭解他的性格，他性格的全部特點對她來說都是妙不可言。他那因穿便服而變樣的外貌在她看來，就像對一個年輕的戀人那樣，充滿了魅力。她認為他所說、所想和所做的一切都特別高尚、特別崇高。她對他的欽佩常常會使自己也感到害怕：她尋找過他的不足之處，卻一點也找不到。她不敢向他表露自己的自卑感。她覺得，要是他知道這一點，他多半會不再愛她；她現在什麼都不怕，只怕失去他的愛，雖說她這種擔心毫無理由。她不能不為他對她的態度而感激他，不能不表明她多麼珍惜這一點。在她看來，他有從事國務的天賦，本該在這方面發生影響力，可是他卻為她犧牲了自己的功名，而且從未有過絲毫的懊悔。他比以前更加敬愛她，時時刻刻想著要讓她永遠也不為自己的處境而感到尷尬，這種想法一分鐘也沒離開過他。他，一個如此剛毅的人，不僅從來也不與她唱反調，而且毫無主見，好像只顧忙著去猜測她的心願並預先予以滿足。她不能不珍惜這點，雖說他對她這種無微不至的關心和照顧，有時也會使她覺得受不了。

與此同時，儘管渥倫斯基完全實現了自己的夙願，但他並不感到十分幸福。他很快就覺得，實現夙願所給予他的幸福，與他所期盼的那種幸福相比，僅僅只是滄海一粟。這次實現夙願向他證明，人們常常犯一個錯誤，那就是把願望的實現當作幸福。在他與她結合並改穿便服的初期，他感受到了他以前全然不知的那種自由和自由戀愛的全部魅力，他感到心滿意足，然而為時不久。他很快就覺得，心裡產生了許許多多的願望和煩惱。他不由自主地抓住每一個轉瞬即逝的怪念頭，把它當作願望和目標。必須做些什麼來消磨掉一天的十六個小時，他們住在國外、過著自由自在的日子，這裡沒有彼得堡那種費時的社交生活。從前到國外旅行時，單身漢生活的種種樂趣都會使渥倫斯基著迷，現在卻根本就不能去想了，因為他嘗試過一次，結果使安娜突然變得垂頭喪氣，而這種突如其來的沮喪神情跟後來與幾個熟人同享的那頓晚餐很不相稱。他們的關係並不明確，也無法與當地人或俄國人交際。遊覽名勝古蹟吧，姑且不說都遊覽過了，這種事對他這樣一個聰明的俄國人來說，並沒有英國人所硬加上去的那種無法解釋的重要意義。

因此，渥倫斯基就像一頭餓不擇食的動物，全然無意識地時而熱中於政治，時而熱中於閱讀新書，時而熱中於繪畫。

因為他從小就有繪畫的才能，又因為他不知道該把錢花到哪兒，所以，他開始收集版畫，他就選中繪畫、開始學習繪畫，並把那些需要得到滿足、而至今尚未滿足的願望全都集中到了繪畫上。

他有鑒賞藝術品的能力，大概也有臨摹藝術品的本領，他認為自己具有一個藝術家應具備的才能，在選擇哪一個畫派——宗教畫、歷史畫，還是寫實畫——這個問題上猶豫了一段時間後，他就開始動手畫了。他瞭解所有畫派，也能為某種畫派激發出靈感；但他無法想像的是，可以一點都不瞭解究竟有哪些畫派，也可以直接從心中生出靈感，而不管畫成的東西是否會屬於某個已知的畫派。因為他不知道這點，他的靈感也不是直接來自於生活，而是間接地來自於那種已經具體體現於藝術品的生活，所以他會又快又輕鬆地產生靈感，也會同樣又快又輕鬆地使自己畫的畫酷似自己所想模仿的那種畫派。

各種畫派相較之下，他最喜歡既優雅又感人的法國畫派，於是就用這種畫法來畫穿著義大利服飾的安娜肖像。畫好後，他自己和所有看過這張肖像的人都覺得很成功。

# 九

這是一幢古老的、被棄置的官邸，裡面有著高高的雕花天花板和水彩壁畫，地上鋪著拼花地板，高窗上掛著沉甸甸的黃花緞窗簾，柱形花架和壁爐上擺著花瓶，房門都是雕花的，陰暗的廳堂裡掛滿了畫。在他們搬進去之後，這幢官邸的外表令渥倫斯基有一種愉快的錯覺：他與其說是一個俄國地主、一名退職的軍官，不如說是一位開明的藝術愛好者和藝術庇護人，而且他本人就是一個為心愛的女人而放棄上流社會、人際關係和功名利祿的謙虛藝術家。

一搬進官邸，渥倫斯基所選擇的角色就完全成功了，所以經戈列尼謝夫介紹、結識幾位有趣的人物後，他起初覺得心情很安寧。他在一位義大利繪畫教授的指導下練習寫生，並研究中世紀的義大利生活——這最近已經把渥倫斯基完全迷住了，他竟然開始按中世紀的方式戴帽子，把方格粗呢披巾斜搭在一邊肩膀上，這打扮也非常合適他。

「我們住在這兒，卻一點也不知道，」有一次渥倫斯基對一清早就來看他的戈列尼謝夫說。「你看過米哈伊洛夫的畫嗎？」說著他遞給戈列尼謝夫一份早晨剛收到的俄國報紙，並將一篇報導俄國畫家情況的文章指給他看。這位畫家與他們住在同一座城市裡，完成了一幅早就為人所傳聞的、並已被人提前買下的畫。文章指責了政府和美術研究院，因為一位傑出的畫家竟得不到任何獎勵與幫助。

「看過，」戈列尼謝夫回答。「當然，他還是有點才華，不過卻是一種完全虛假的流派。仍然是伊萬諾夫[5]、施特勞斯[6]、勒南[7]對基督和宗教畫的那種態度。」

「畫的是什麼？」安娜問。

「基督站在彼拉多[8]面前。基督被他用新派現實主義的手法畫成一個猶太人。」

提到畫的內容，就引到戈列尼謝夫最喜歡的話題上，他開始大發議論：

「我不明白他們怎麼會犯如此愚蠢的錯誤。基督在老一輩大師的藝術作品中已經具有固定的形象。因此，假如他們要畫的不是上帝，而是革命者或智者，那麼就讓他們從歷史中挑選蘇格拉底[9]、佛蘭克林、夏洛特·科爾黛[10]吧，只要不選基督就行。他們挑的恰恰是不能用作藝術題材的那個人物，再說……」

「好吧，這位米哈伊洛夫真的這樣貧窮嗎？」渥倫斯基問道。他認為，作為俄國的一位文藝庇護者，不管這位畫家的畫好不好，自己都應當接濟他。

「不見得吧。他是個優秀的肖像畫家。你看到過他畫的瓦西里奇科娃肖像嗎？不過，他好像不願意再畫肖像了，因此他可能真的很貧困。我是說……」

「能不能請他畫一幅安娜·阿爾卡季耶夫娜的肖像？」渥倫斯基問。

「幹麼要畫我的肖像？」安娜說。「有你畫的肖像，我再不要別人畫的了。還是畫安妮（她是這樣喊她的女兒的）吧。瞧，她在那兒，」她朝窗外那個抱嬰兒到花園裡、漂亮的義大利奶媽看了一眼，並馬上就暗暗地回頭瞟了渥倫斯基一眼。渥倫斯基在自己的一幅畫裡畫過這個漂亮奶媽的頭像。她是安娜生活中的唯一的隱患。渥倫斯基在畫她的時候很欣賞她的美貌和中世紀式的風韻，安娜不敢承認自己會嫉妒這個奶媽，因此特別寵愛她和她的小兒子。

渥倫斯基也望了望窗外，回頭又看看安娜的眼睛，然後立即就轉過身去問戈列尼謝夫：

「你認識這位米哈伊洛夫嗎？」

「我遇見過他。不過，他是個怪人，並且毫無教養。知道嗎，他是現在經常遇得到的那種野蠻的新人；知道嗎，就是那種用不信神、否定一切和唯物主義的觀念一下子培養出來的自由主義者。以前，」戈列尼謝夫沒有發覺，或者是不想發覺，安娜和渥倫斯基也都有話要說，便繼續說道，「以前，自由主義者常常是用宗教、法律、道德觀念培養出來的人，並且是親自透過反抗和勞動樹立起自由思想；現在出現的卻是一種新型的天生自由主義者，他們甚至從未聽說世上還有道德法規、宗教法規和權威，他們是直接用否定一切的觀念培養出來的，也就是說他們是野蠻人。他就是這種人。他好像是莫斯科宮廷總管的兒子，沒受過任何教育。等到他考進美術學院、有了一些名氣後，作為一個並不愚蠢的人，他就想學習了。於是他著手讀他以為是教育源泉的那種東西——雜誌。明白嗎，在古代，一個想要學習的人，假定說是一個法國人吧，就會開始研究所有的古典作家——神學家、悲劇作家、歷史學家、哲學家的作品，以及擺在他面前的全部深奧著作。但是，現在在我們這兒呢，他會立即去讀否定一切的文學作品，很快就會掌握否定一切這門學問的全部精華，這樣就算受過教育了。不僅如此，二十年前，他會在這種文學作品中發現與權威、與

5 伊萬諾夫（一八〇六—一八五八），俄國畫家。代表作有《基督出現在人們面前》、《聖經畫稿》等。

6 施特勞斯（一八〇八—一八七四），德國神學家，青年黑格爾派哲學家。在《耶穌傳》一書中認為耶穌是一個歷史人物。

7 勒南（一八二三—一八九二），法國作家，彼得堡科學院外籍院士（一八六〇）。著有《基督教起源史》。

8 彼拉多（？—三六以後），羅馬皇帝提比略在位期間任猶太巡撫（二六—三六），主持對耶穌的審判，並下令把耶穌釘死在十字架上。

9 蘇格拉底（約西元前四七〇—前三九九），古希臘哲學家。他與柏拉圖、亞里斯多德共同奠定了西方文化的哲學基礎。

10 夏洛特·科爾黛（一七六八—一七九三），法國女貴族，吉倫特黨的狂熱擁護者，因刺殺馬拉而被判處死刑。

歷來的觀點抗衡的跡象，能從這種抗衡中領悟到世上還有一點別的事物；可是現在他會一頭栽進這樣一類文學作品，在這種作品中，人們甚至不屑與舊觀點爭論，只是直截了當地說：沒有別的，只有進化、淘汰、生存競爭，如此而已。我在自己的文章中……」

「知道嗎，」安娜說，她早就小心翼翼地與渥倫斯基交換過眼色，知道渥倫斯基對這位畫家所受的教育並不感興趣，只是想接濟他、請他畫一幅肖像。「您知道我要說什麼嗎？」她斷然打斷了談興正濃的戈列尼謝夫。「我們去會會他吧！」

戈列尼謝夫頓時醒悟過來，並表示很樂意去。由於這位畫家住在偏遠街區，他們決定租一輛四輪馬車。

安娜與戈列尼謝夫並排坐在馬車裡，渥倫斯基坐在前座。一小時後，他們來到偏遠街區一幢漂亮的新房子前面。看門人的妻子出來迎接。從她那兒得知，米哈伊洛夫允許人家上他的畫室裡，只是現在他人在離此很近的寓所中，於是他們讓她拿上他們的名片去向他稟報，請求他讓他們看看他的畫。

# 十

渥倫斯基伯爵和戈列尼謝夫的名片送到時，畫家米哈伊洛夫像往常一樣正在工作。早晨，他在畫室裡畫一幅巨作。回到自己家裡，他就對妻子大發脾氣，責怪她不會對付那個來討錢的女房東。

「對妳說過二十遍了，叫妳別解釋。妳本來就是個笨蛋，一旦妳用義大利語解釋，那就會成為雙料的笨蛋。」爭論了好一陣後，他對她說道。

「你也別這樣說，我並沒有錯。要是我有錢的話……」

「看在上帝的分上，別打擾我了！」米哈伊洛夫像哭似的大喊道，然後掩住雙耳，逃進隔壁那間工作室，並隨手把門鎖上。「真是個糊塗蟲！」他暗自說道，然後在桌旁坐了下來、打開畫夾，立刻特別投入地動手畫那幅已開了頭的畫。

當日子過得不順心，尤其是跟妻子吵架以後，他總是工作得特別投入，也特別有成果。「唉，要是能躲到別的地方去就好啦！」他邊畫邊想。他是在畫一個大發雷霆者的素描。原先畫好了一幅，可是他不滿意。「不，還是那幅比較好……它在哪兒呢？」他走進妻子的房間，看也不看她一眼，沉下臉來問大女兒，他給她的那張紙在哪兒。那張被丟棄的畫稿找到了，但是已被弄髒，沾滿了蠟燭油。他還是拿起這張畫稿，放在自己的桌上，然後離開桌子，微微瞇起眼睛，開始審閱畫稿。他突然微微一笑，高興地揮了揮雙手。

「就這樣，就這樣吧！」他說了一句，立即就拿起鉛筆，匆匆畫了起來。蠟燭油的一個汙點使畫中人有了一種新的姿態。

他開始畫這個新姿態，畫著畫著，突然想起賣他雪茄菸那個商人的那張下巴突出的凶惡面孔，於是替畫中人畫上了這張臉和這個下巴。他高興得笑了。畫中人從一個毫無生氣的虛構人物變成了一個栩栩如生、不可更改的人物。這個人物畫活了，並且清清楚楚、無可置疑地定了型。可以按照這個人物的要求去修改畫面，甚至應當換一種方式去安置雙腿、完全改變左手的姿勢，把頭髮撩到後面去。但是，在做這些修改時，他並沒有改變人物的形象，只是刪去那些有損該形象的瑕疵。他似乎在揭掉蓋在這個人物身上、影響他充分顯露的那些罩布；每根新線條都使這個形象顯現得更加剛強有力，使它就像滴上蠟燭油汙點後產生的那種效果。名片送到時，他正小心翼翼地在畫最後幾筆。

「我馬上就來，馬上就來！」

他走到妻子身邊。

「行了，薩莎，別生氣啦！」他羞答答又溫柔地笑著對她說。「妳有過錯。我也有過錯。我定會把一切都安排好的。」和妻子言歸於好後，他就穿上天鵝絨領子的大衣、戴好帽子，上畫室去了。那幅成功的畫像已被他拋到九霄雲外。現在使他既高興又激動的是，這幾位乘馬車來的俄國貴客要參觀他的畫室。

對現在正擱在他畫架上的那幅畫，他內心深處有一個見解，那就是從來也沒有人畫過這樣的畫。他並不認為這幅畫勝過拉斐爾[11]的全部作品，但他知道，他在這幅畫中想要表達的、並且已經表達出來的那種思想，還從來也沒有人表達過。這點他知道得很清楚，而且早在開始作這幅畫的時候就知道了；但是，人家的見解，不管是什麼樣的見解，對他來說仍意義重大，會使他打從內心深處感到激動不已。各種各樣的評價，即使評判者顯然只看到他在這幅畫裡所看到的含義中的一小部分、說出微不足道的意見，都會使他深深感動。他總是認為評判者的理解要比他本人深刻，總是希望從他們那兒得到一點他本人在畫中尚未發覺的事物。他覺得，他常常能在觀眾的見解中得到這樣的啟發。

他快步向畫室門口走去，儘管他很激動，安娜那柔和的身影還是使他大吃一驚：她站在門廊的陰影裡，正在聽戈列尼謝夫急切地對她說話，同時也看得出她想回頭看看走過來的畫家。他自己也沒有發覺，就在他向他們走近時，他像抓住並吞進賣雪茄菸商人的下巴特徵那樣，抓住並吞進了這個印象，把它藏起來以備不時之需。戈列尼謝夫事先關於這位畫家的描述本已使參觀者感到掃興，現在看到他的外貌，他們就更失望了。米哈伊洛夫個頭中等、身體敦實，步履搖晃，戴一頂咖啡色禮帽，穿一件橄欖色大衣和一條緊身褲子，而當時早已流行起寬鬆褲了；尤其是他那張相貌平平的大臉，以及那種既膽怯又想維持尊嚴的神情，都帶給他們一種不愉快的印象。

「請進。」他說，竭力裝出一副無所謂的樣子，走進前室，從口袋裡掏出鑰匙，打開房門。

11 拉斐爾（一四八三—一五二〇），義大利文藝復興盛期畫家。

## 十一

進畫室時，畫家米哈伊洛夫再次打量了客人們一番，並且把渥倫斯基的臉部表情，特別是他的顴骨，印在自己的腦海裡。儘管他的藝術感覺不停地在運作、收集材料，儘管他因人家對他作品做評判的那一刻即將到來而愈發激動，他還是迅速而又準確地根據一些不顯眼的特徵，對這三個人作了大致判斷。那個人（戈列尼謝夫）是住在本地的俄國人。米哈伊洛夫既記不起他的姓氏，也記不起自己曾在哪兒遇見他，或跟他說過一些什麼話。他只記得他的臉，就像記得他以前所見過的所有面孔，記得這張臉在他的腦海中被儲存在假正經和缺少表情那一大類裡。濃密的頭髮和非常寬闊的前額使這張臉具有外表的威嚴，然而臉上只有一種小孩無憂無慮的表情，凝聚在狹窄的鼻梁上方。渥倫斯基和卡列尼娜呢，按米哈伊洛夫的看法，應該是有財有勢的俄國人，他們像所有有錢的俄國人一樣，對藝術一竅不通，卻裝成藝術愛好者和鑒賞家。「想必他們已經看遍了所有的古董，現在是在周遊新人、德國騙子和前拉斐爾畫派的英國傻瓜的畫室，上我這兒來也只是為了充實自己的觀察而已。」他想。他非常瞭解那些對藝術一知半解的人的舉止（他們愈聰明，表現得也就愈糟糕），他們參觀現代畫家的畫室只有一個目的，就是要使自己有權說：藝術衰落了，新人的作品看得愈多，你就會愈明白，古代大師們的作品仍然是無與倫比的。他預料到、也在他們的臉上看出了這一切，因為他們在互相交談、觀看人體模型和胸像、無拘無束地走動，等待他展示畫作的時候，都帶著一副冷漠而又漫不經意的神情。儘管如此，在他翻畫稿、捲窗簾、揭罩布的時候，他還是十分激動。再說，儘管所有有財有勢的俄國人在他看來都應該是畜生和傻瓜，可他還是喜歡渥倫斯基，尤其喜歡安娜。

「瞧，好不好？」他搖搖晃晃地退到一旁，指著畫說。「這是彼拉多在訓誡。《馬太福音》第二十七章，」他說，覺得自己激動得連嘴唇也開始發抖。他退到他們身後去。

在參觀者默默地看畫的那幾秒鐘裡，米哈伊洛夫也在看這幅畫，目光是冷漠的、屬於旁觀者的。在這幾秒鐘裡，他已預先相信，最高、最公正的評判將由他們，也就是一分鐘之前被他鄙視的這幾位參觀者作出。他忘掉了自己在畫這幅畫的那三年裡對它的一切想法，忘掉了這幅畫的——對他來說曾是無可置疑的——一切優點。他用他們那種冷漠、旁觀者的目光看畫，怎麼也看不出它有什麼優點。他看見，處在畫面前景中的是彼拉多惱火的臉和基督鎮靜的臉，處在畫面後景中的是彼拉多的僕從們的人像，和正在細細觀察動靜的約翰的那張臉。每張臉都是他經過反復探索、一再修改畫出來的，都有各自獨特的性格，每張臉都曾給過他如此之多的痛苦與歡樂，為了維護整體效果而作了多次調整的所有這些臉，他煞費苦心所達到的色彩和色調的所有細微差別——這一切，現在用他們的目光去看時，他就覺得好像全都是庸俗、千篇一律的東西。基督的臉對他來說最為珍貴，是全畫的中心，畫好的時候，他曾感到如此興奮，現在當他用他們的目光去看，這一切就全都喪失了。他看到的只是一幅模仿提香[12]、拉斐爾、魯本斯[13]畫的無數基督像、軍人像和彼拉多像的複製品，儘管畫得很好（可能根本就談不上好，他現在清楚地看到了一大堆缺

12 提香（一四九〇—一五七六），義大利文藝復興盛期威尼斯派畫家。
13 魯本斯（一五七七—一六四〇），佛蘭德斯畫家。

點）。這一切全都是庸俗、乏味和陳舊的一套，甚至畫得很糟糕——花哨的色彩和差勁的技法。他們當著他的面會說一些違心的恭維話，只剩下他們自己的時候就會憐憫他、嘲笑他；他們這樣做是對的。

沉默使他感到太難受了（雖說沉默的時間並不超過一分鐘）。為了打破沉默、表明自己一點也不激動，他竭力控制住自己，開始跟戈列尼謝夫說話。

「我好像有幸遇見過您，」他對戈列尼謝夫說，同時惴惴不安地時而看看安娜，時而看看渥倫斯基，以免漏掉他們的任何一個面部表情。

「當然！我們在羅西家見過面，記得嗎，就是在那位義大利小姐——一位新的拉歇爾[14]作朗誦表演的那個晚會上。」戈列尼謝夫毫不遺憾地把目光從畫上移開，轉身向著畫家，無拘無束地說了起來。

不過，一發現米哈伊洛夫在等他對畫作評判，他就說：

「從上次見到您的這幅畫，它又有了很大的進展。像上次一樣，現在使我感到特別驚訝的仍然是彼拉多的形象。你是這樣理解這個人，認為他是一個善良的好人，卻又是個不知道自己在做些什麼的、徹頭徹尾的官僚。但我覺得……」

米哈伊洛夫那張神色多變的臉突然煥發出了光彩，雙眼流露出喜悅的神情。他想說點什麼，卻又激動得說不出來，只好裝作是在清嗓子。無論他對戈列尼謝夫的藝術理解力的評價多麼低，無論關於彼拉多作為官僚的臉部表情描繪得準確的那條正確意見多麼微不足道，無論這種不觸及要害而先提這種微不足道的意見的做法使他覺得多麼難受，米哈伊洛夫還是很讚賞這條意見。他本人對彼拉多這個形象的看法和戈列尼謝夫所說的一樣。米哈伊洛夫清楚地知道，正確的看法成千上萬，這不過是其中一種，但他並不因此就認為戈列尼謝夫意見不夠重要。他因為這條意見而開始喜歡戈列尼謝夫，心情也突然由憂鬱轉為興奮。他的整幅畫也立即就在他面前復活了，並且像活物一樣複雜得無法形容。米哈伊洛夫又打算說他就是這樣理解彼拉多的；但他的嘴唇卻在不由自主地顫抖，還是無法說出來。渥倫斯基和安娜也在低聲說話，一方面不想冒犯畫家，另一方面不想大聲地說那種在畫展上議論藝術時常常會輕易說出口的蠢話。米哈伊洛夫覺得自己的畫也給他們留下了印象。他走到他們跟前。

「基督的表情多麼驚人呀！」安娜說。整幅畫中她最喜歡這個表情，並且覺得這是整幅畫的中心，因此稱讚這個表情將使畫家感到高興。「看來他是可憐彼拉多。」

這又是可以在他的畫和基督的形象中得出的千百萬種正確看法之一。她說基督可憐彼拉多。基督的表情中應該有憐憫，因為這表情所表達的有愛意，有非凡的鎮靜，還有慷慨就義的凜然和意識到說也徒勞的無奈神態。自然，彼拉多身上有官吏的神情，基督身上有憐憫之情，因為一個是肉體生活的化身，另一個則是精神生活的化身。這一切及其他許多想法均在米哈伊洛夫的腦海中一閃而過。他的臉上又一次煥發出興奮的光彩。

「是的，這個人像畫得多麼好，氣氛多麼濃。可以繞過去了。」戈列尼謝夫說，顯然是想用這個意見表明他並不讚賞這個人像的內容和思想。

「是的，技藝非常好！」渥倫斯基說。「後景上的這些形象多麼突出！這就是技巧，」他轉身對戈列尼謝夫說，借此來暗示他們之間的那次談話，當時渥倫斯基對取得這種技巧感到絕望。

「是的，是的，非常好！」戈列尼謝夫和安娜肯定地說。儘管米哈伊洛夫處於興奮狀態，但是有關技

14 拉歇爾（一八二一—一八五八），原名艾麗莎・費莉克絲。法國女演員。

巧的意見卻使他心裡感到十分煩亂，所以他生氣地看了看渥倫斯基，突然皺起了眉頭。他經常聽到技巧這個詞，並且根本就不懂人家說這個詞是什麼意思。他只知道人家說的這個詞是指與內容毫不相干的、機械的繪畫本領。現在這一讚揚，正如他經常所覺察的，把技巧置於內在優點之上，似乎憑技巧就可以把不好的東西畫成好東西。他知道，必須十分小心謹慎地去揭覆蓋物，而且不損壞作品本身，這樣才能揭掉一切覆蓋物；繪畫是一門藝術，不能單憑技巧。要是小孩或廚娘也看到他所看到的那種東西，那麼廚娘也會把她所看到的東西剝離出來。即使一個最有經驗的高明畫師，要是不先向他揭示內容的範圍，那麼單憑機械的繪畫本領也是畫不出任何東西來的。此外，他發現，即使談論技巧，那麼他的技巧也不值得誇獎。在他正在畫的和已經畫好的一切作品中，他都發現過一些刺眼的缺點，都是他在揭覆蓋物時不小心造成的，現在他已經無法在不損害整幅作品的情況下去糾正了。他發現，幾乎在每個身體和每張臉上都還留有損害畫面的、尚未完全揭去的覆蓋物的殘跡。

「只有一點可說，假如您允許我發表這個意見的話……」戈列尼謝夫說。

「啊，我很高興，請說吧。」米哈伊洛夫佯笑著說。

「他在您的作品中是個化成神的人，而不是化成人的神。不過，我知道您要的就是這個效果。」

「我無法畫我心裡所不存在的那個基督，」米哈伊洛夫憂鬱地說。

「對，可是在這種情況下，假如您允許我說說我的想法……您的畫好得連我的意見也無法損害它，再說這也只是我的個人之見，您有不同的見解。主題本身就不一樣。但是，就拿伊萬諾夫來說吧。我認為，假如基督被貶低到一個歷史人物的地步，那麼伊萬諾夫最好還是另選一個無人畫過的、新的歷史題材。」

「不過，假如這是擺在藝術面前的最偉大題材呢？」

「假如去找一找的話，那麼定會找得到其他題材。問題在於，藝術是不容爭論和議論的。無論是教徒還是非教徒，看到伊萬諾夫的畫都會產生一個問題：這是不是上帝？那就會破壞觀感的統一。」

「為什麼呢？我覺得，對於有教養的人來說，」米哈伊洛夫說，「不可能會有爭論了。」

戈列尼謝夫不同意這點，抱定宗旨，認為藝術需要給人以統一的觀感，並駁倒了米哈伊洛夫。

米哈伊洛夫乾著急，卻又說不出任何能為自己的想法辯護的話。

## 十二

安娜與渥倫斯基早就在互遞眼色，對自己朋友這種機靈的饒舌感到遺憾；最後，不等主人先行，渥倫斯基逕自走到另一幅不大的畫前。

「啊，多麼美，真美呀！妙極啦！多麼美呀！」他們異口同聲地說。

「什麼東西如此吸引他們？」米哈伊洛夫想。他真的把三年前就畫好的這幅畫給忘了。他忘了自己一連幾個月日夜不停地把全副精力都放在這幅畫上時所感受到的全部痛苦和欣喜，全忘了，就像其他畫一完成就忘掉一樣。他甚至不願意去看它，把它擺出來，也只是為了讓某個英國人來買。

「這算不了什麼，是很久以前的一幅習作。」他說。

「多美呀！」戈列尼謝夫說，顯然他也被這幅畫的魅力所折服。

兩個男孩在爆竹柳的樹蔭下釣魚。年齡大些的男孩剛拋下釣鉤，正在努力設法使浮子從灌木叢後邊露出來，全神貫注；另一個，也就是年齡小一點的那個，正躺在草地上，臂肘支地、雙手托著淺色頭髮蓬亂的小腦袋，一雙若有所思的淺藍色眼睛望著水面。他在想些什麼呢？

客人們對米哈伊洛夫這幅畫的讚賞喚起他心中過去那種激動情緒，他既害怕又不喜歡這種無益的懷舊情感，因此，儘管聽到這些稱讚他也很高興，還是想把來訪者帶到第三幅畫前去。

可是，渥倫斯基卻問這幅畫賣不賣。對於已被來訪者惹得激動起來的米哈伊洛夫來說，現在談論錢財是件極不愉快的事。

「它就是擺出來賣的，」他悶悶不樂地皺起眉頭回答。

來訪者們走了，米哈伊洛夫面對彼拉多和基督那幅畫坐了下來，頭腦裡重複著他們說過的那些話，以及那些雖未說出口卻已在暗示的話。奇怪的是，當他們在這兒的時候，當他心裡暗暗地轉到他們的觀點上去的時候，有些意見對他來說曾經很有分量，可是現在它們突然失去了一切意義。他開始用純藝術的目光來審視自己的畫，深信自己的畫完美無缺，因而也富有表現力，這種自信的精神狀態正是他所需要的，可以使他集中精力、排除一切雜念，而他也只有在這種精神狀態下才能作畫。

基督的一隻腳以透視法來看還是有點不大對勁。他拿起調色板，動手改了起來。他一面修改那隻腳，一面不斷地審視後景上的約翰。來訪者並沒有注意到這個形象，但他心裡明白，它是盡善盡美的。腳改好後，他想動手改動這個人像，卻感到自己太激動了，無法做這件事。當他冷靜的時候，就像他心腸變得太軟並對一切都看得太清楚時那樣，他同樣也無法工作。從冷靜過渡到靈感迸發只有一級臺階，只有站在這一級臺階上他才能工作。可是現在呢，他太激動了。他想把畫遮起來，卻又半途而止，手裡拿著遮布，怡然自得地微笑著，久久地望著約翰的像。最後，他似乎有點傷心地移開目光，放下遮布，神情顯得既疲憊又幸福地回家去了。

渥倫斯基、安娜和戈列尼謝夫在回家途中顯得特別興奮、開心。他們談論米哈伊洛夫和他的畫。「天才」這個詞在他們的談話中出現的次數特別多，他們用它來指那種天生就有的、不依賴於頭腦和心臟的、近乎體能的本領，並想用它來命名畫家的一切感受，因為他們覺得，要想給他們一點也不瞭解卻又想議論的那種事物起個名字，這個詞倒是必不可少。他們說，不能不讚賞他的天才，但是他因為學問不夠——俄國畫家的一個通病——而無法得到發展。不過，畫有兩個男孩的那幅畫卻已印入腦海，所以他們偶爾也加以議論一番。

「真美啊！畫得多麼成功，多麼純樸！他自己都不明白這有多好。對了，別放過機會，要把它買下來。」渥倫斯基說。

# 十三

米哈伊洛夫把那幅畫賣給了渥倫斯基，並同意為安娜畫肖像。在約定的那一天，他來了，開始工作了。

他來畫了五次後，肖像就開始使大家感到驚訝，特別是渥倫斯基，因為不僅畫得很像，而且畫得特別美。奇怪的是，米哈伊洛夫怎麼會發現她身上那種特殊的麗質。「必須瞭解她，像我一樣愛她，才能發現她這最可愛的心靈神態，」渥倫斯基心裡想，雖說他也是看了這幅肖像才真正瞭解她這最可愛的心靈神態。可是，這一神態真實得使他和其他人都覺得，他們好像早就見識過了。

「我花了多少時間在苦苦求索，卻毫無成就，」渥倫斯基談論起自己那幅安娜的肖像，「而他只看了一會兒就畫出來了。這就叫做技巧。」

「這種技巧你會有的，」戈列尼謝夫安慰他說，因為在他看來，渥倫斯基既有天才，又有學問，主要是有學問，學問使他具有高雅的藝術觀。令戈列尼謝夫堅信渥倫斯基有其天分還有一個原因，那就是他需要渥倫斯基對他的文章和思想表示同情和讚揚；他覺得這應當是相互的。

在別人的家裡，特別是在渥倫斯基的官邸，米哈伊洛夫與在自己畫室裡相比，簡直判若兩人。他的態度恭敬得令人覺得並不友好，就像害怕接近他所不尊重的那些人似的。他把渥倫斯基稱作「大人」，儘管安娜和渥倫斯基多次邀請，他卻從未留下來吃飯，除了來畫肖像，再也沒有多來過一趟。安娜對他要比對其他人更親切，並為自己的肖像而感激他。渥倫斯基對他十分恭敬，顯然很想知道畫家對他那幅畫的評價。戈列尼謝夫從不錯過向米哈伊洛夫灌輸藝術真諦的機會。但是，米哈伊洛夫對大家的態度依然一樣冷淡。安娜可以從他的目光中感覺到，他喜歡看她，但卻回避與她交談。渥倫斯基和他談論他畫的肖像，他緘口不談；人家把渥倫斯基畫的肖像拿給他看，他也一聲不吭；戈列尼謝夫的談話顯然使他感到苦惱，但他也不予以反駁。

總之，等到他們對米哈伊洛夫有了更進一步的瞭解後，也因他那種拘謹和不友好的、似乎懷有敵意的態度而很不喜歡他了。因此，當一趟趟的寫生結束後，當他們手裡有了一幅極精彩的肖像畫、而他也不再來的時候，他們都感到很高興。

戈列尼謝夫第一個說出了大家都有的那個想法，那就是米哈伊洛夫只不過是嫉妒渥倫斯基罷了。

「假定說，他並不嫉妒，因為他有天分；但是，一個在朝為官的有錢人，而且還是位伯爵（他們本來就痛恨這一切），不費多大工夫就可以做到他為之獻出了整個人生的那件事，即使做得並不比他好，也足以使他惱火了。更主要的是因為他沒有那種學問。」

渥倫斯基在為米哈伊洛夫辯護，但內心深處卻相信這種看法，因為依他之見，底層社會那類人必然會嫉妒。

渥倫斯基與米哈伊洛夫根據同一個模特兒所畫的安娜肖像，本該讓渥倫斯基看出他與米哈伊洛夫之間的差別，但是他並沒有看到。他只是在米哈伊洛夫畫好後就不再畫自己那幅安娜像了，因為他斷定，現在再這樣做就是多此一舉。他繼續畫那幅取材於中世紀生活的畫。他本人也好，戈列尼謝夫也好，特別是安娜，都認為畫得很好，因為它很像那些名畫，比米哈伊洛夫畫的更像。

儘管畫安娜的肖像使米哈伊洛夫十分迷戀，但是當一趟趟的寫生結束，他還是比他們更高興，因為他不必再聽戈列尼謝夫關於藝術的那些無稽之談，還可以忘掉渥倫斯基的那幅畫。他知道，不能禁止渥倫斯基以繪畫作消遣；他知道，他和所有業餘愛好者都完全有權畫他們想畫的一切，但他就是感到不愉快。不能禁止一個人用蠟去替自己做一個大玩偶，也不能禁止他去吻它。然而，假如這個人帶著玩偶、坐到一對戀人面前，並像戀人撫摸他所愛的女子那樣撫摸自己的玩偶，那麼這對戀人定會感到不愉快。看到渥倫斯基的畫，米哈伊洛夫就有這種不愉快的感覺；他感到既可笑又可氣，既可惜又委屈。

渥倫斯基對繪畫和中世紀的迷戀並沒有維持多久。他對繪畫有著如此之高的鑒賞力，因而他無法畫完自己那幅畫，只得半途而廢了。他隱隱約約地覺得，要是他繼續畫下去，那麼起先那些並不太顯眼的缺點將會變得令人吃驚。他遇到了戈列尼謝夫所遇到的那種情況，後者覺得自己已沒什麼可說了，並且經常欺騙自己說，這是因為構思還不成熟，他在重新斟酌，正在準備材料。不過，這樣做使戈列尼謝夫感到既怨恨又痛苦，渥倫斯基卻無法欺騙或折磨自己，更無法怨恨。憑著自己果斷的性格，他既不作任何解釋，也不替自己辯護，乾脆不再畫畫了。

然而，不做這件事，他又很失望，讓安娜看著也感到驚奇；他倆在義大利城市裡的生活顯得無聊，官邸突然如此明顯地變得又舊又髒，窗簾上的汙漬、地板上的裂縫、簷板上凸起龜裂的灰泥看上去都令人厭惡；戈列尼謝夫雖說仍是同一個人、一個義大利教授和一位德國旅行家，卻也變得頗為乏味，因此必須改變一下生活了。他們決定回俄國，到鄉下去。在彼得堡，渥倫斯基打算與哥哥分家，安娜則要去見見兒子。夏天呢，他們打算在渥倫斯基家世襲的大莊園裡度過。

# 十四

列文結婚已有兩個多月。他很幸福，但全然不是他所預料的那樣。他時時都會對以前的夢想感到失望，也會遇到意料不到的新誘惑。列文很幸福，但是開始過家庭生活後，他時時都會發現這全然不是他所想像的生活。他時時都有一種感覺，彷彿原先他在岸上觀賞在湖面上順利平穩航行的小舟，現在則親自坐到這艘小船上。他意識到，光是不搖晃地、坐得穩穩的還不夠，還要時刻不忘地去考慮該駛往哪兒：腳下是水，必須划船。不習慣划槳的雙手會感到疼痛，這活兒看起來挺輕鬆，而做起來雖說很開心，也很吃力。

從前，在獨身時，旁觀他人的夫妻生活，看到別人操勞、爭吵、吃醋，他只會蔑視地暗笑。那時他認定，他未來的夫妻生活中不僅不會出現任何類似的情況，就連所有的外在形式也應該與別人的生活完全不同。情況突然變了，他和吉媞的生活不僅毫無特色，而且恰恰相反，完全由那些雞毛蒜皮的家庭瑣事所組成，這些事以前他不屑一顧，現在卻違背他的意願，獲得了不容置辯的特殊意義。列文也發現，要安排好這些瑣事，完全不像他原先所想像的那麼容易。儘管列文認為自己對家庭生活有著最正確的理解，但他還是像所有的男人一樣，情不自禁地僅僅把家庭生活想像成享受愛情，任何東西都不該是妨礙，家庭瑣事也不該使人稍有遺忘。按他的見解，他應當做好自己的工作，然後在幸福的愛情中得到休息；她應當受寵愛，僅此而已。但是，他像所有的男人一樣，忘掉了她也有家務要操持。他感到驚奇：她，這個充滿詩意又迷人的吉媞，竟能在家庭生活的最初幾天，而不是最初幾個星期裡，就思考、記住並張羅起桌布、傢俱、客房用的床墊、托盤、廚師、宴會等等事務。他還是個未婚夫時，就對她那種果斷的辦事作風大感驚訝，她也因此拒絕出國旅行，並決定到鄉下來；她好像知道什麼事該做，除了愛情，她還能想別的事情。這一點當時就使他感到受了侮辱，現在她所張羅的家務瑣事也數度使他感到委屈。但是他明白，她必須做這些事。他愛她，儘管並不理解她這樣做的目的，儘管還要嘲笑這些家務瑣事，卻不能不對它們表示讚賞。他嘲笑她怎樣擺放從莫斯科運來的傢俱、怎樣按新的格局布置自己的房間和他的房間，怎樣掛窗簾，怎樣安排將來給客人們、給多莉住的客房，怎樣給她的新侍女安排房間，怎樣吩咐老廚師去燒午飯，怎樣和阿加菲雅・米哈伊洛夫娜爭吵，不讓她再管食物。他看到，老廚師面帶微笑地欣賞她，一邊聽著她不熟練地下達那些辦不到的指示；他看到阿加菲雅・米哈伊洛夫娜若有所思、親切地對年輕太太在食品室裡所下達的新指示微微搖頭；他看到，當吉媞又笑又哭地來對他說，侍女瑪莎習慣當她是小姐、不聽她話的時候，顯得多麼可愛。他覺得這種事好像很有趣，但也很奇怪，所以他認為，最好還是不要有比較好。

他不瞭解她在生活發生變化後所感受到的那種心情。以前，她在家裡，有時候想吃克瓦斯泡菜或糖果，卻一樣也吃不到，而現在她可以定購任何東西，可以買一堆堆的糖果，可以隨意花錢，可以訂製任何一種甜點。

她現在滿懷喜悅地希望多莉帶著孩子們來做客，尤其是因為她將要為孩子們訂製他們喜愛的甜點，而多莉將會肯定她的一切新安排。她自己也不知道什麼原因，但家務事卻不可抗拒地把她吸引住了。她本能地感覺到春天已臨近，並知道將會有一段陰雨綿綿的日子，所以竭盡所能地營造著自己的安樂窩，急急忙忙地邊學邊做。

吉媞這種對家務事無謂的操心，與列文初期的崇高幸福理想極其對立，也就使他有了一種失望；他雖並不理解這種可貴的操心的意義，又無法不喜歡，所以它又是一種新的享受。

吵嘴是另一種失望與享受。列文從未想到，除了溫情脈脈、彬彬有禮、相親相愛的關係外，他和妻子之間還會有另一種關係，也沒想到，從婚後頭幾天起，他們就突然吵起架來了，這一架吵得使她對他說，他並不愛她，而只愛自己一個人，然後她哭了起來，雙手亂揮。

他們吵的第一架，是列文到一個新的田莊去，耽擱了半個多小時，因為他想抄近路，結果卻迷了路。回家途中，他心裡只想著她，想著她的愛，想著自己的幸福，離家愈近，他對她的那股柔情也就愈熾熱。他懷著比當初到謝爾巴茨基家去求婚時更強烈的那種感情跑進房間。迎接他的竟然是他從未在她臉上見到過的憂鬱神情。他想吻吻她，她卻把他推開了。

「妳怎麼啦？」

「你倒是開心……」她開口說道，並想裝出一副既沉靜又刻毒的樣子。

一開口，剛才她一動也不動地坐在窗前度過的那半個小時裡，使她感到苦惱的一切想法、盲目的猜忌及責備話全都脫口而出。此時此刻他首次明白他在舉行過婚禮後把她領出教堂時尚不明白的事情。他明白，她不僅僅與他無比親近，他還明白，他現在並不知道她與他之間的界線究竟在哪裡。他是根據此刻他所體驗到的那種折磨人的雙重感情才弄明白這點的。他先是感到受了侮辱，但是立刻又感到他是不可能受到她侮辱的，因為她就是他本人。他在最初一瞬間的感受，就像一個人突然背上受到有力的一擊，惱火地轉過身去，想找肇事者報復，結果卻發現是他自己無意中擊中了自己，所以怨不得任何人，只好自己忍受、自己止痛。

後來他再也沒有過如此強烈的感受，但是在這第一次他卻久久無法冷靜下來。他很自然地覺得要證明自己無罪，要向她證明這是她的過錯；但是要證明她錯了就意味著更加激怒她，並使兩人間的那條裂痕變得更大，而這條裂痕則是整個不幸事件的起因。他習慣性地覺得要洗清自己、把過錯推到她身上；另有一種感覺——更強烈的——那就是要盡快、盡快消除裂痕，不讓它擴大。忍受無理的指責很痛苦，但是為了證實自己無罪而使她痛苦，那就更不可取了。他就像一個在半睡半醒中痛得難以忍受的病人，想要把疼痛部位從身上撕下來扔掉，醒來才意識到，痛處就是他本身。需要努力說明痛處、挺過去，於是他竭力這樣做了。

他們和好了。她認識到了自己的過錯，嘴上並沒有說，只是對他更溫柔了，於是他們嘗到一種新的、加倍甜蜜的愛情滋味。但是，這並不會阻止衝突不再發聲，甚至還特別頻繁，起因仍都是一些意料不到的芝麻綠豆小事。這些衝突之所以經常發生，是因為他們還不知道，他們彼此對於對方來說是多麼重要，也是因為在最初一段時期裡他倆常常覺得心情不好。當一個人心情好，而另一個人心情不好的時候，安寧的生活還不會受到干擾，但是當兩個人心情都不好的時候，衝突就會因為一些莫名其妙的小事而發生，小得事後連他們都記不起來究竟為什麼而爭吵。說真的，當他倆心情都很好的時候，他們的生活樂趣就會加倍成長。然而對他們來說，最初這段時期畢竟很艱難。

在這個時期，他們感到特別緊張，就像有一根鏈條把他們拴在一起，鏈條兩端被人緊緊地拉著。總之，他們的蜜月，也就是列文根據傳統對它抱有很多希望的婚後第一個月，不僅不甜蜜，還成了他們一生中最艱難又最丟臉的一段時期而留存在他倆的記憶裡。在這段不正常的時期裡，他倆的心情都難得正常，也難得不受干擾。在以後的生活中，他倆都同樣竭力想把這段時期裡所有反常的、可恥的記憶徹底從腦海中抹掉。

直到婚後的第三個月，也就是他們到莫斯科小住一個月後回到鄉下來，兩人的生活才變得較為平靜。

## 十五

他們剛從莫斯科回來，並為自己的幽居生活而感到高興。他坐在書房的寫字臺旁寫東西。她今天穿上了出嫁後頭幾天穿過的、對他來說是特別難忘而且珍貴的那條深紫色連衣裙，坐在那張一直放在列文的祖父和父親書房裡的老式皮沙發上，正在繡英式刺繡。他邊思考邊寫作，同時一直高興地感覺著她就在自己身邊。他既要管理產業，又要著書立說，寫一本論述新經濟基本原理的書，它們一直縈繞在他心中。從前他覺得，這些工作與想法與籠罩著全部生活的那種憂鬱氣氛相比，都是微不足道的；現在他覺得，它們和當前這種充滿幸福的生活相比，也是同樣地微不足道。他繼續在做自己的工作，但是現在覺得自己注意的重點已轉移到別處，因此對工作有了與過去完全不同、更明確的看法。從前，事業是他逃避現實生活的一條出路。從前他覺得，假如沒有事業，他的生活會太憂鬱。現在呢，他需要這些工作，只是為了不讓幸福的生活變得太單調。他又拿起稿紙，把寫好的文章重讀了一遍，欣喜地發現這件事值得做。這是一項有益的新工作。他覺得，以前的許多想法很多餘，而且偏激，但是當他在腦中重溫起全部工作時，許多疏漏也就變得很清楚了。他現在在寫新的一章，內容是論述俄國農業不景氣的原因。他在論證，俄國的貧窮不僅僅起因於不公正的地產分配和錯誤的發展方向，促使俄國愈來愈偏離正道的因素還有：最近被引入俄國的外來文明，特別是交通道路，導致城市人口密集的鐵路；有損於農業的奢侈風氣；工業、信貸及其副產品——證券投機的發展。他覺得，在國內財富正常發展的情況下，只有把相當大的力氣投入農業，使農業步入正規、至少是固定的環境，上述各種發展才有可能；國家財富應當均衡地增長，尤其是不應該讓其他領域超過農業；交通狀況應當與農業現狀相適應，在我們對土地還利用得不正確的情況下，那些不是出於經濟需要、而是政治需要修築的鐵路，則是超前了，不僅沒能像人們所期待的那樣促進農業，而是超越了農業，幫助發展了工業和信貸，結果阻礙了農業發展。就像動物體內某個器官的過度發育會妨礙它的整體發育那樣，那些在歐洲無疑是必需而又適時的信貸、交通道路、工業的加強，在我國卻是撇開農業體制這個當前首要問題的超前發展，從而損害了我國財富的總發展。

他在寫作的時候，她在想，她丈夫對那位在他們離開莫斯科前夜、很不策略地向她大獻殷勤的恰爾斯基公爵殷勤周到得多麼不自然。「他是在吃醋，」她想。「天啊！他多麼可愛又多麼傻。他在為我吃醋呀！要是他知道他們對她來說，全像廚師彼得一樣就好了，」她想，同時懷著她自己也覺得奇怪的占有欲望著他的後腦勺和紅脖子。「雖說捨不得打斷他的工作（但他是來得及的！），我也要看看他的臉；他感覺得到我在看他嗎？真希望他回過頭來……真希望！」於是她把眼睛睜得更大了，希望借此來加強目光的作用。

「對，它們會吸收一切精華，並會發出虛假的光輝。」他停下筆，喃喃地說。他感覺到她在望著他笑，就回頭看了一眼。

「什麼事？」他微笑著站起來問。

「他回過頭來了。」她想。

「沒什麼，我希望你回過頭來。」她望著他說，想猜出他是否因為被打斷工作而感到惱火。

「啊，我們兩人在一起有多麼美好！我的感覺就是如此。」他說著，臉帶幸福的微笑走到她跟前。

「我感到非常好！我哪兒也不去，特別是莫斯科。」

「妳在想些什麼呀？」

「我嗎？我在想……不，不，你去寫吧，別分心，」她噘起嘴唇說道，「我現在要剪出一些小孔來，看見嗎？」

她拿起剪刀，開始剪了。

「不行，說吧，妳在想什麼？」他說，一面在她身旁坐了下來，注視她剪小圓孔的動作。

「哎呀，我在想些什麼呢？我在想莫斯科，在想你的後腦勺。」

「為什麼這種幸福恰恰降臨到我的頭上？不自然。好過頭了。」他邊說邊吻她的手。

「相反，我倒是覺得愈好愈自然。」

「妳有一條小辮子，」他說，小心翼翼地把她的頭轉了過來。「小辮子。瞧，就在這兒。不，不，我們開始工作吧。」

工作已經沒辦法繼續了，庫茲馬進來稟報，茶備好了，這時他們就像做了錯事似的趕忙分開。

「他們從城裡趕回來了嗎？」列文問庫茲馬。

「剛剛到，正在歸置行李。」

「快點來吧，」她離開書房時對他說，「否則我就要獨自看信了。讓我們來個四手聯彈吧。」

剩下自己一個人時，他把一疊疊稿紙收進她買來的那個新公事包裡，開始在配有與她一起出現的雅致新用具的新洗臉盆裡洗手。列文在笑自己的想法，並且不贊成地微微搖搖頭，一種類似後悔的感覺在折磨著他。他現在的生活中有一種令人羞愧的、嬌氣十足的情況，他暗自把它叫做卡普阿[15]症狀。「這樣過日子不大好，」他想。「很快就三個月了，可我幾乎什麼事也沒做。今天算是第一次認真動手，結果如何呢？剛起了個頭，就丟下了。連平常做的那些事也幾乎被我擱下。農場那兒我幾乎是一趟也沒去過。一會兒捨不得撇下她，一會兒發現她感到寂寞。我本以為，結婚前的日子過得平平常常、馬馬虎虎，不能算生活，結婚後將會開始真正的生活。很快就三個月了，我從來也沒有像這樣閒散地虛度過光陰。不，這樣可不行，必須開始工作了。當然，她並沒有過錯。她沒什麼可指責的。我自己倒是應當更堅定一些，應當保持男人的獨立地位。否則我會習慣這樣的日子，也會使她養成這種習慣……當然，她並沒有過錯，」他暗自說道。

然而，一個心懷不滿的人不為他所不滿的事責怪別人，尤其是最親近的人，那是很難辦到的。列文隱隱約約地想到，她本人並沒有過錯（她不可能有任何過錯），但她所受的教育有過錯，它太膚淺、太輕浮了（「恰爾斯基這個傻瓜！我知道，她想制止他，只是沒有本事制止。」）「的確，除了對家務感興趣（這個興趣她倒是有），除了梳妝打扮，除了英式刺繡，她就再也沒有正正經經的興趣愛好了。對我的事業、對農場、對農民、對她自己所擅長的音樂、對閱讀全都沒有興趣。她什麼事也不做，並且感到十分滿意。」列文在心裡暗暗指責這點，他還不明白，她正在為即將來臨的那個繁忙階段做準備，到那時她將同時身兼兩職——丈夫的妻子和家庭的主婦，將要懷孩子、養孩子，教育孩子。他沒有想到，她是憑本能知道這點，在為這種可怕的工作做準備，所以她現在一面高高興興地營造著自己未來的窩巢，一面盡情享用這段無憂無慮和相親相愛的甜蜜時光，並且絲毫也不感到內疚。

15 義大利沃爾圖諾河畔的城市名。

## 十六

吉媞給老阿加菲雅・米哈伊洛夫娜斟了一杯茶，讓她捧著坐在小桌旁，自己則坐在那只擺在一套新茶具後面、新的銀茶炊旁邊。列文上樓時，他妻子正在讀多莉的來信。她們之間經常通信。

「瞧，您的太太讓我坐下來，叫我跟她坐在一起，」阿加菲雅・米哈伊洛夫娜說，一面親切地對著吉媞微笑。

從阿加菲雅・米哈伊洛夫娜的話中，列文聽出，近來她和吉媞上演的鬧劇已經收場了。他發現，儘管新主婦吉媞奪走了她的管理權，使她感到很傷心，但吉媞最終還是征服了她，並贏得了她的歡心。

「瞧，我也看了給你的信，」吉媞說著，遞給他一封文理不通的信。「這封信大概是你哥哥的那個女人寫來的……」她說道。「我並沒有往下看。而這些信是我父母和多莉寫來的。你瞧！多莉把格里沙和塔尼雅帶到薩爾馬茨基家去參加一場兒童舞會，塔尼雅當了一回侯爵小姐。」

但是列文並沒有聽她說，他紅著臉接過哥哥尼古拉舊情人瑪麗亞・尼古拉耶夫娜的來信，看了起來。這是她的第二封來信。在第一封信中，瑪麗亞・尼古拉耶夫娜寫的是，他哥哥在她毫無過錯的情況下把她趕出了家門，還用質樸動人的措辭補充說，雖然她又一次陷入赤貧狀態，但她沒有任何要求，只是一想到尼古拉・德米特里耶維奇身體很虛弱，沒有她的照顧，肯定會完蛋，就痛不欲生，只好請求弟弟關心關心哥哥了。現在她寫來第二封信。她在信中寫道，她找到了尼古拉・德米特里耶維奇，在莫斯科又與他同居，後來和他一起到一個省城去了，他在那兒謀到了職位。但是，他和上司吵了一架，於是又準備回莫斯科。不過他在途中卻病倒了，恐怕再也好不了了。「他一直在想念您。沒有錢了。」

「看一遍吧，多莉寫到你了。」吉娓笑嘻嘻地說，發現丈夫的臉色變了，她突然緘口不語。

「你怎麼啦？出了什麼事？」

「她來信告訴我，哥哥尼古拉快要死了。我要去一趟。」

吉娓的臉色突然變了。對侯爵小姐塔尼雅、對多莉的種種思念，一下子消失無蹤。

「你什麼時候動身？」她問。

「明天。」

「我跟你一起去，行嗎？」她又問。

「吉娓！嘿，這是什麼意思？」他帶著責備的口氣說。

「那又怎麼啦？」吉娓說。他聽了她的提議不大高興，甚至有點惱火，這使她感到很委屈。「我為什麼不能去？我不會妨礙你的。我……」

「我之所以要去，是因為我哥哥快要死了，」列文說，「妳出於什麼目的要……」

「出於什麼目的？出於與你同樣的目的。」

「在我如此緊要的時刻，她只考慮她一個人會感到寂寞，」列文心想。她的這個藉口在這種緊要關頭把他惹火了。

「這可不行。」他口氣嚴厲地說。

阿加菲雅·米哈伊洛夫娜發現他們快要吵起來了，就悄悄地放下杯子，走了出去。吉娓甚至沒有發覺她離開。丈夫最後一句話的口氣令她特別委屈，因為他顯然並不相信她說的話。

「我告訴你，假如你去，我就跟你一起去，而且是必定要去的，」她又急又氣地說了起來。「為什麼不行？為什麼你要說不行？」

「因為天曉得要去哪兒，要走什麼樣的路，要住什麼樣的旅館。妳是會給我添麻煩的。」列文說，盡力設法使自己冷靜下來。

「一點也不會。我什麼也不需要。你能去的地方，我也能去……」

「嘿，就說一個原因吧，妳無法接近那個女人。」

「我什麼都不知道，也不想知道那兒有什麼人或什麼事。我只知道我的大伯快要死了，丈夫要去看他，所以我也要跟丈夫一起去，以便……」

「吉媞！別發火。不過，妳想一想吧，這件事非常重要，所以想到妳把軟弱的感情、不願意獨自留在家裡的念頭同這件事混在一起，我就感到痛心。嗯，妳一個人是會感到寂寞的，嗯，那妳就去莫斯科吧。」

「瞧，你總是把一些卑鄙的壞念頭硬加在我頭上，」她含著委屈和憤怒的眼淚說了起來。「我一點也不軟弱，一點也不……我覺得，丈夫遇到困難，我有義務和丈夫在一起，可你卻偏要存心傷害我，存心不理解……」

「不行，這太可怕了。真像個奴隸！」列文大喊道，他站起身來，再也克制不住怨恨。然而，就在同一時刻，他又發覺他是在自己打自己。

「那你何必要結婚呢？否則你倒是自由自在的。既然你後悔，那又何必結婚呢？」她說，隨後一躍而起，衝到客廳裡去了。

列文來找她的時候，她正在流淚啜泣。

他開始勸她，儘量找那種不是說服，而是安慰她的話。但是她聽不進去，說什麼也不肯答應。他向她俯下身去，抓住她隻在抵抗的手。他吻了吻她的手，吻了吻她的頭髮，又吻了吻手，她卻一直默不作聲。但是，當他用雙手捧住她的臉，並說「吉媞！」的時候，她突然清醒過來，又哭了幾聲，然後就跟他和好了。

最後，他們決定明天一道走。列文對妻子說，他相信她去只是為了幫助他，也承認瑪麗亞・尼古拉耶夫娜待在哥哥身邊並不是什麼有失體統的事；但是一路上他的內心深處對她和自己都感到不滿意。他對她感到不滿，因為她不能在必要時放他走（想到他不久前還不敢相信他有被她愛上的那份福氣，現在卻因為她太愛他而覺得自己很不幸，他感到多麼奇怪呀！）他對自己感到不滿，則是因為自己沒能堅持到底。他內心深處更不承認，她跟那個與哥哥同居的女人毫不相干，他驚恐地想到了一切可能發生的衝突。一想到他的妻子，他的吉媞，將與一個娼妓同處一室，就足以使他不由自主地因厭惡與恐懼而發抖了。

# 十七

尼古拉・列文躺在省城的一家旅館裡。這類旅館是按改良過的新樣式布置的，雖然有保持環境整潔和舒適、甚至是優雅的良好願望，但是由於來往旅客不注意，很快就變成了骯髒的小酒館，並因追求現代化改進而變得比骯髒的舊式旅館更糟糕。這家旅館的狀況就是這樣。一個穿著髒制服、正在門口抽菸的士兵大概算是看門人，一座生鐵鑄、鏤空、陰暗而又難看的樓梯，一位穿著骯髒燕尾服、舉止隨便的茶房，一間桌上有束黏滿灰塵的蠟製假花裝飾的公用客廳，狼藉滿地的汙泥、塵埃和髒物，以及鐵路帶來的一種現代的自負的憂慮……這一切使年輕的列文夫婦感到很不好受，尤其是這家旅館給人造成的假象，無論如何與他們所面臨的那種情景不相協調。

跟平時一樣，問過他們要住什麼價錢的客房後，結果卻發現連一間好客房也沒有：一間被鐵路稽查員占了去，另一間被一位莫斯科來的律師租用，第三間住著鄉下來的公爵夫人阿斯塔菲耶娃。只剩下一間骯髒的客房，不過，人家答應在傍晚之前再把它隔壁的那間客房騰給他們。列文預料的情況發生了，在抵達目的地的那一刻，他為不知道哥哥的情況而焦急得難以喘息，卻不能立刻跑去看哥哥、不得不為她操心，所以他一面埋怨妻子，一面把她領進他們租的那間客房。

「去吧，你去吧！」她用畏怯的、帶歉意的目光望著他說道。

他默默地走出客房，當即碰到得知他已抵達卻又不敢進來見他的瑪麗亞・尼古拉耶夫娜。她還是他在莫斯科見到的模樣：同樣一條毛料連衣裙，同樣裸露著雙手和脖子，同樣那張略微發胖、神情呆板而又溫厚的麻臉。

「喂，怎麼樣？他的情況怎麼樣？怎麼樣？」

「很糟糕。起不來了。他一直在等您。他……您……和您的夫人。」

一開始，列文不明白她為什麼窘困，但她立刻就向他作了解釋。

「我走了，我去廚房，」她說出自己的想法，「他會很高興的。他聽得出她的聲音、他認識她，還記得在國外見過她一面。」

列文明白她指的是他的妻子，卻不知道該怎樣回答才好。

「走吧，我們走吧！」他說。

但是，他剛抬腳，他客房的門就打開了，吉媞探頭往外看。列文因妻子使她自己和他處於這一困境而又羞又惱、漲紅了臉，但是瑪麗亞．尼古拉耶夫娜的臉紅得更厲害。她整個身體縮成一團，臉紅得連眼淚都快掉下來了，雙手抓住頭巾的兩端，用通紅的手指捻捲著，不知道該說什麼或做什麼才好。

最初一瞬間，列文發現，吉媞看這個她所不理解的可怕女人的目光中，有一種極為好奇的神情；但是，這神情只維持了短暫的一瞬。

「怎麼啦？他怎麼啦？」她問丈夫，然後又問瑪麗亞。

「總不能站在走廊裡談話呀！」列文說，一面懊惱地回頭打量一位抖動著雙腿、彷彿是為辦自己的事而於此時在走廊裡經過的紳士。

「那就進來吧，」吉媞對已經恢復常態的瑪麗亞．尼古拉耶夫娜說；但是看到丈夫那張神色驚惶的臉後又說，「要不你們先去吧，去吧，回頭派人來接我，」說著她就回客房裡去了。列文則去見哥哥。

他怎麼也沒料到會在哥哥那兒見到、感覺到這種情況。他本以為會看到人們說的肺癆病人常有的、哥哥秋天來家裡時使他大感驚訝的那種假象；他本以為會看到一些更加明確的、瀕臨死亡的體徵，更加虛弱和更加瘦削的身軀，結果卻幾乎是老樣子。他本以為自己會像以往那樣為即將失去心愛的哥哥而悲哀、為面對死亡而恐懼，只是程度將會更強烈——他已經對此做好了準備，但看到的卻完全是另一種情景。

一間骯髒的小客房，彩繪的牆壁鑲板已經痰跡斑斑，透過薄薄的隔板聽得到隔壁的說話聲，空氣中充滿令人窒息的垃圾氣味，離牆的床上躺著一具軀體，身上蓋著被子。這具軀體的一條手臂放在被子上面，那隻像耙子的大手令人不解地聯結在下端至中間都一樣纖細的長長的臂骨上。頭側枕著枕頭。列文看到他兩鬢上汗津津的稀疏頭髮和皮膚繃緊得近乎透明的前額。

「這具可怕的軀體不可能是哥哥尼古拉，」列文想。但是等到他走近、看清臉以後，就無法再懷疑了。儘管這張臉起了可怕的變化，列文朝這雙抬起來看來者的靈活眼睛看了一眼、發現了黏在一起的小鬍子下面那張嘴的輕微動作，當即明白了一個可怕的事實：這具僵死的軀體就是還活著的哥哥。

一雙明亮的眼睛，神態嚴厲而又帶責備地朝走進來的弟弟看了一看。這一眼立即就確認了活人之間的活的關係。列文立即覺察到了向他射來的那道目光裡的責備，並為自己的幸福而感到內疚。

列文抓住他的手，尼古拉微微一笑。笑容淡淡的，勉強可見，雖然他笑了，但那嚴厲的眼神卻沒有改變。

「你沒料到會看到我這副樣子吧。」他吃力地說。

「對……不，」列文語無倫次地說，「你怎麼不先通知我，也就是說怎麼不在我結婚時就通知我呢？

我到處打聽你的消息。」

必須說話才能避免令人尷尬的沉默，他卻不知道說些什麼才好，尤其是因為哥哥一句話也不回答，只是目不轉睛地看著他，顯然是在細細品味每句話的意思。列文告訴哥哥，妻子跟他一起來了。尼古拉表示很高興，又說怕自己的模樣會嚇著她。隨即出現沉默。尼古拉突然忙亂起來，開始說話了。列文根據他的面部表情料想他會說一點特別重要的話，尼古拉卻談起了自己的身體狀況。他指責醫生，為當地沒有莫斯科名醫而感到遺憾，於是列文明白，他還抱著希望。

列文想擺脫痛苦的感覺，哪怕只是一會兒，所以抓住冷場的最初一瞬間，站起來說，他要去把妻子帶過來。

「嗯，好吧，我這就叫人把這兒弄得乾淨一點。我想，這兒又髒又臭。瑪莎！把這兒整理一下，」病人吃力地說道，「整理好，妳就走開。」他補充了一句，並詢問地望著弟弟。

列文不作回答。一到走廊裡，他就站住了。他說過要去領妻子來，但現在清晰認識到自己的感受之後，決定改變主意，要盡力說服妻子別去看病人。「她為什麼要像我一樣去受罪呢？」他想。

「喂，怎麼啦？情況怎麼樣？」吉媞神色惶恐地問道。

「唉，太可怕了，太可怕了！妳何必來呢？」列文說。

吉媞沉默了幾秒鐘，膽怯而又憐憫地望著丈夫；接著走上前去，雙手抓住他的一隻胳膊肘。

「科斯佳！領我去見他吧，我們兩人在一起將會好受些。你只要把我領去就行了，帶我去吧，走吧，」她開口說了起來。「你要明白，見到你而不見他，我會感到更難受。也許我去那兒對你對他都有點用處。讓我去吧！」她央求丈夫，好像她一生的幸福就取決於這件事。

列文只好答應。他恢復了常態，完全忘卻了瑪麗亞・尼古拉耶夫娜，帶著妻子去見哥哥。

她一面不斷地觀察丈夫，讓他看看她那張勇敢和富有同情心的臉，一面輕輕地邁步走進病人的房間，然後不慌不忙地轉了個身，輕輕地把門關上。她邁著無聲無息的腳步，迅速走到病人床前；為了讓他不必把頭轉過來，她又繞到床的另一邊，然後立即就用自己嬌嫩的手拉住他那隻皮包骨的大手，握了一握，並以女人特有的那種不會傷人而又表示同情的、安詳活潑的口氣開始跟他說話。

「我們見過面，但並不相識，那是在索登，」她說，「您沒想到我會成為您的弟妹吧？」

「您認不出我了吧？」他臉上掛著看到她進來便出現的微笑。

「不，我認得出。您通知我們，這件事做得真好！科斯佳沒有一天不想起您，不惦念您。」

但是，病人的興奮狀態持續時間並不長。

她還沒有說完，一個垂死之人羨慕活人的那種嚴厲而帶責備的神態又一次出現在他的臉上。

「我擔心您住在這兒不大舒服，」她說，一面把頭轉過去避開他盯著她看的目光，並打量起房間來。

「得跟老闆另租一間客房，」她對丈夫說，「好讓我們可以離得近一點。」

# 十八

列文無法平靜地望著哥哥，無法對著他裝出一副自然平靜的樣子來。他一走進病人的房間，眼睛和注意力就像被什麼遮住似的變得模糊起來，看不見也辨別不清哥哥的詳細病狀。他聞到非常難聞的氣味，看到骯髒不堪、雜亂無章和使人痛苦的情景，聽見呻吟，並覺得什麼都無法改善。他並沒有想到要弄清楚病人的全部病情細節，沒有想到這具軀體是怎樣躺在被子底下，他那瘦弱的小腿及髖骨下部還有脊背是怎樣彎曲地擱在那兒，也沒有想到能否把它們安放得更舒服一點，該做些什麼事才能使情況即使不好轉，也不至於那麼糟。當他開始想到所有這些細節時，他的脊背就不寒而慄。他無可置疑地確信，無論做什麼事都無法延長哥哥的生命，也無法減輕哥哥的痛苦。病人察覺他已認定不可能有任何救治的方法，於是生氣了。列文因此覺得更加難受。待在病人的房間裡很痛苦，不待在那裡更糟。於是他找出各種藉口不停地出出進進，就是無法和哥哥待在一間房裡。

但吉娣完全不是這樣想、這樣感覺，這樣做的。看到病人，她就會可憐他。憐憫在她那顆女人的心裡所引起的，決不是她丈夫身上的那種恐懼和厭惡，而是一種要採取行動、要瞭解他健康狀況的全部詳情、並說明他的強烈願望。她絲毫不懷疑自己該幫助他，也堅信這種幫助是辦得到的，並且立即就著手去做了。她丈夫一想到就會感到恐懼的那些事情，立即把她的注意力吸引過去。她派人去請醫生、遣人到藥房裡去買藥，讓跟她一起來的那個女僕和瑪麗亞・尼古拉耶夫娜一起掃垃圾、擦灰塵、洗東西。她還親自洗滌，把一件東西放到被子下面。人家按她的吩咐把一些東西搬進病人房間、把另一些東西搬出去。她親自到自己的客房裡去了幾趟，毫不理會那些迎面走過的紳士，取來被單、枕套、毛巾和襯衫。

那個在公共餐廳裡給工程師們上餐的僕人聽到她的召喚，每次過來都是氣呼呼的，但又不能不照她的吩咐去做，因為她的口氣親切又堅決，使他怎麼也無法走開。列文不贊成這一切，不相信這會對病人有任何好處。他最怕病人生氣。病人雖說對這一切似乎並不關心，但也沒有生氣，只是感到羞愧，基本上好像對她為他做的那些事還是感興趣的。列文從吉媞派他去請的那位醫生那兒趕回來。他推開房門，正好碰上人家在按吉媞的吩咐給病人換內衣。又長又白的脊背連同突出的巨大肩胛骨、凸露的肋骨和脊椎骨全都裸露著，瑪麗亞·尼古拉耶夫娜和僕人把襯衫的袖子弄亂了，無法把他那只耷拉著的長手塞進袖子。吉媞等列文進來後就急忙把門關上，也沒有朝那邊看，但是聽到病人呻吟，她就趕忙朝他走去。

「快一點。」她說。

「您別過來，」病人生氣地說，「我自己……」

「您在說什麼？」瑪麗亞·尼古拉耶夫娜問。

吉媞卻聽清楚了，明白他是因為在她面前打赤膊而感到不好意思和不高興。

「我不看，不看！」她一面說，一面調整那隻手的位置。「瑪麗亞·尼古拉耶夫娜，您從那面繞過去，把手的位置調整一下。」她補上一句。

「你去一趟，我小手袋裡有一只小玻璃瓶，」她對丈夫說，「知道嗎，就在側袋裡，你把它拿來，到那時這兒就全部收拾好了。」

列文拿著瓶子回來時，發現病人已經躺下，病人周圍的一切全都變了樣。難聞的氣味已被吉媞嘛著嘴、鼓起緋紅的兩腮從一根小管子裡噴出來的醋和香水氣味所替代。哪兒也看不到灰塵，床下鋪了一塊地毯。桌上整齊地擺著一些小玻璃瓶、長頸玻璃瓶，還有一疊要替換的內衣和吉媞的一件英式刺繡作品。在病床旁邊的另一張桌上放著飲料、蠟燭和藥粉。身體乾淨、頭髮梳理整齊的病人躺在清潔的床單上，腦袋枕著高高的枕頭，身穿一件乾淨的襯衫，雪白的領子豎在他那瘦得很不像樣的脖子周圍，他又流露出一種新的希望，目不轉睛地望著吉媞。

列文在俱樂部裡找來的這個醫生並不是以前替尼古拉治病、使他不滿意的那個醫生。醫生拿出聽診器，對病人作了聽診，搖搖頭，開了藥方，特別詳細地說明該怎麼服藥，以及要遵守怎樣的飲食規定。他建議病人吃生雞蛋或煮得很嫩的雞蛋，喝摻過溫熱鮮奶的礦泉水。等醫生走後，病人對弟弟說了幾句，列文只聽清最後幾個字：「你的卡佳。」根據病人看她的目光，列文明白他是在誇獎她。列文照哥哥的叫法叫了聲「卡佳」，把她叫到跟前來。

「我已經覺得好多了，」他說。「要是與您在一起，我早就痊癒了。多好啊！」他握住她的一隻手，把它拉到自己的嘴唇旁邊，但好像怕這樣做會使她不愉快，於是改變主意，把手放了下來，只是撫摸了一下。吉媞用雙手捧起病人的這隻手，握了握。

「現在把我翻過來朝左側，然後你們去睡吧。」他說。

誰也沒聽清楚他的話，只有吉媞一個人明白他的意思。她之所以明白，是因為她一直在想他需要什麼。

「翻到朝另一側，」她對丈夫說，「他一直睡在這一側。你幫他翻個身，叫僕人來辦這事不大好，我又沒辦法；您行嗎？」她問瑪麗亞·尼古拉耶夫娜。

「我害怕。」瑪麗亞·尼古拉耶夫娜回答。

無論列文覺得用雙手去抱住這具可怕的軀體、去抓住被子下面那些他所不願意瞭解的地方有多麼可怕，他還是受妻子的影響，擺出一副他妻子所熟悉的剛毅臉色，把雙手伸進去，開始幫他翻身，儘管他的力氣不小，但令他吃驚的是這些已衰竭的肢體竟然重得出奇。趁他在給病人翻身，感覺到自己的脖子已被一隻非常瘦的大手摟住的時候，吉娓迅速而又無聲無息地把枕頭翻了個面、拍拍鬆、扶正病人的頭，理了理他那黏在鬢角上、稀稀落落的頭髮。

病人握住弟弟的一隻手。列文覺察到，病人握他的手想幹什麼，並且在拉他的手。列文一動也不動地隨著他。果然，他把手拉到自己的嘴邊，吻了一下。列文哽咽得渾身發抖，說不出任何話來，就從房間裡出去了。

# 十九

「你將這些事向聰明通達人就藏起來，向嬰孩就顯出來。」[16] 列文在這天晚間跟妻子談話時，對她就有這種想法。

列文之所以會想到福音書的這句名言，倒不是因為他自認為是個聰明通達之人。他並不認為自己是個聰明通達之人，但不會不知道他要比妻子和阿加菲雅．米哈伊洛夫娜聰明，也不會不知道，當他想到死亡的時候，他是用全副精力思考的。他也知道，許多男性大思想家（他讀到過他們對此事的見解）都思考過此事，但他們對此事的認識還不及他妻子和阿加菲雅．米哈伊洛夫娜的百分之一。無論阿加菲雅．米哈伊洛夫娜和卡佳（尼古拉哥哥就是這樣稱呼她的，列文現在也很樂意這樣稱呼她）這兩個女人有多麼不同，她們在這方面倒是完全一樣。她倆都毫無疑義地知道什麼叫生、什麼叫死，雖說她倆無論如何也回答不出，甚至根本就不理解列文考慮的問題，但她倆都不懷疑這一現象的意義，並對此持有完全相同的看法；不僅她們的看法相同，還有千百萬人的看法都是這樣。她們確實知道什麼叫死，證據就是，她們毫不遲疑地知道該對垂死之人做什麼，也不害怕他們。列文等人雖然能說出許多有關死亡的看法，但是他們顯然都不瞭解死亡，因為他們害怕死亡，並且根本就不知道，當有人快要死的時候，他們該做些什麼。假如列文

16 見《新約．馬太福音》，第十一章第廿五節。

現在獨自與哥哥尼古拉待在一起，那麼他就會恐懼地望著哥哥，並且會更加恐懼地等待著死神的降臨，而不會做別的事情。

不僅如此，他還不知道該說些什麼，該用什麼樣的目光看人、什麼樣的步態走路。他覺得談論不相干的事似乎是一種侮辱，那是不行的；談論死亡、談論陰森可怕的事也不行。沉默也不行。「看他吧，他以為我在琢磨他，我不敢；不看他吧，他以為我在想別的事。踮起腳走路吧，他會感到不滿；大步走路呢，我又不好意思。」吉媞顯然沒有想到自己，也沒有時間去想自己；她在想病人，她好歹懂一點，所以結果都很好。她一會兒講自己的事，一會兒講自己的婚禮盛況，一會兒微笑，一會兒憐憫，一會兒撫摸他，一會兒談痊癒的病例，所以結果都很好。她肯定很擅長。她和阿加菲雅・米哈伊洛夫娜的舉動並不是本能的、動物的、非理智的活動，證明這點的證據就是，除了照料病人身體、減輕他的痛苦外，阿加菲雅・米哈伊洛夫娜和吉媞都要求再為垂死的人做一些比照料他身體更重要的事，這種事與身體毫無關係。阿加菲雅・米哈伊洛夫娜談到一個已故的老人時說：「也好，謝天謝地，給他授了聖餐、舉行了塗聖油的儀式，願上帝讓每一個人都能這樣死去。」卡佳也是這樣，除了為病人的內衣、褥瘡、飲料操心外，第一天就說服了病人一定要領聖餐和接受塗聖油儀式。

從病人那兒回到自己的兩間客房裡過夜時，列文坐著、低著頭，不知道該做些什麼。別說吃晚飯、安排過夜事宜、考慮往後怎麼辦，就連跟妻子說話他也做不到；他感到慚愧。吉媞則相反，精力比平時更充沛。她甚至比平時更活躍。她吩咐擺晚飯，親自打開行李，親自幫忙鋪床，也沒有忘記往鋪蓋上撒滅臭蟲的藥粉。她情緒激越、思路敏捷，這些表現是男人在面臨廝殺、戰鬥時，在人生危險的緊要關頭才會有的，因為一個男人在這種時候會一勞永逸地證明自己的價值，證明他過去所做的一切並非徒勞無益，而是在為這一時刻做準備。

她做一切事都很順手，不到十二點，一切就全都乾乾淨淨、整整齊齊地整理好了，而且安放得與眾不同，從而使客房變得像自己的家，像她的房間：床已鋪好，刷子、梳子、鏡子擺了出來，小桌布也鋪上了。列文發現，現在連吃飯、睡覺、說話都是不可饒恕的行為，覺得他的任何一個動作都有失體面。她正在分門別類地整理刷子，絲毫也不認為這有什麼不妥。

不過，他們一點東西也吃不下，久久無法入睡，甚至久久不躺下。

「我很高興能說服他明天接受塗聖油儀式，」她穿著短衫坐在折疊鏡前面，一邊用篦子梳著柔軟芳香的頭髮，一邊說。「我從來也沒見過這種事，但我知道要為病人的痊癒祈禱；媽媽告訴過我。」

「難道妳認為他會痊癒嗎？」列文說，一面望著她圓圓的小腦袋後面那道篦子一梳到前面就會被遮住的狹窄頭皮。

「我問過醫生了，他說病人最多還能活三天。莫非醫生能知道？我還是為能說服他而高興，」她說，同時從頭髮縫間斜眼打量丈夫。「各種情況都可能發生，」她補充道，臉上露出特別的、帶點狡黠的表情，每當她談論宗教的時候，臉上總有這種表情。

他們曾經談論宗教問題，當時他們還是未婚夫妻，此後再未談過這個問題，但是她一如既往地履行上教堂做禱告的儀式，始終坦然地認為這樣做有其必要。儘管他的表白與此相反，她仍然堅信，他也是個基督教徒，甚至比她更虔誠，而他嘴上說的那些話只是他這類男子漢一種可笑的狂妄，就像他在談論英式刺繡那樣：好心人似乎都是在補洞，而她卻故意挖洞等等，諸如此類。

「對，瑪麗亞·尼古拉耶夫娜這個女人就是不會做菜，」列文說。「還有……我應該承認，我非常非常高興有妳同行。妳是那麼純潔，所以……」他拉住她的一隻手，可是並沒有吻它（他覺得死神近在咫尺的時候吻她的手並不得體），只是面帶愧色地望著她那雙閃耀著歡樂光彩的眼睛，握了握這隻手。

「要是你一個人來肯定會很痛苦，」她說，然後高高地舉起雙手，遮住她那高興得泛紅的雙頰，把辮子盤在後腦勺上，並用髮夾別住。「是啊，」她繼續說，「她是不知道……幸虧我在索登學會了許多事。」

「難道那兒也有這樣的病人？」

「情況更糟。」

「對我來說，可怕的是我無法不想到他年輕時的模樣……你決不會相信他曾是個多麼可愛的青年，但我當時並不理解他。」

「我完全相信。我覺得我們早該與他和睦相處。」她說，並為自己所說的話而感到害怕，回頭看了丈夫一眼，眼淚就湧上了她的眼眶。

「對，早該這樣，」他傷心地說，「他正是人們所說的那種、不適應這個世界的人。」

「不過，我們未來的日子還很長，該躺下睡覺了。」吉媞看了看自己的小手錶說。

# 二十

## 死亡

第二天，病人接受了聖餐，行了塗聖油禮。在舉行儀式那段時間，尼古拉一直在熱情地祈禱。他那雙大眼睛凝視著那座擺在鋪花桌布桌上的聖像，流露出熱切的祈求和希冀，使列文不忍卒睹。列文知道，這種熱切的祈求和希冀只會使病人在即將離開自己如此喜愛的人生之際更加痛苦。列文瞭解哥哥，也瞭解他的思想歷程。他知道，哥哥不信教並不是因為不信教可以活得更輕鬆，而是因為現代科學對宇宙諸現象所作的解釋已漸漸地排除了宗教信仰，所以他知道，哥哥現在皈依宗教並非思想發展之所必然，而是暫時的、自私的，帶有渴望痊癒這種極不理智的行為表現。列文也知道，吉媞說的、聽來的那些離奇痊癒故事，加強了他的希望。這一切列文都知道，因此看著這種充滿希望的祈求目光、看著這隻消瘦的手吃力地舉起來，在已無法容納病人所祈求之生命的皮膚繃得緊緊的前額、突出的肩膀和發出呼哧聲的空洞胸膛上畫十字，列文感到難受，感到痛苦。在行聖禮的時候，列文也在祈禱，在做他這個不信教的人已做過千百遍的那件事。他對上帝說：「如果祢真的存在，那就讓這個人痊癒吧（要知道，這話已重複過許多遍），那樣祢就拯救了他，也拯救了我。」

塗過聖油後，病人突然覺得好多了。他在一個小時內沒有咳嗽過一聲，微笑著，吻著吉媞的手，含著眼淚感謝她，說他感覺很好，哪兒也不痛，還說他覺得自己既有胃口，又有力氣。等人家把湯送來後，他甚至自己坐起來，還要了一個肉丸子。儘管他已不可能痊癒，儘管一眼就看得出他不可能痊癒，列文和吉媞整整一個小時都處於一種既感到幸福、又怕弄錯的興奮狀態。

「好一點了嗎？」「是的，好多了。」「真奇怪。」「一點也不奇怪。」「畢竟是好一點了。」他們微笑著相互低聲說道。

迷惑人的假象持續的時間並不長。病人平靜地睡著了，但過了半小時，他就咳醒了。他本人和周圍的人所抱有的一切希望全都突然消失。痛苦的事實毋庸置疑地毀滅了列文、吉媞和病人本人所抱的希望，甚至絲毫不給人以回憶的餘地。

尼古拉甚至不去回想半小時前所相信的事，好像回憶這件事會使他不好意思；他讓人把蓋著鏤空小紙片、裝著供人吸用的碘酒的小玻璃瓶遞給他。列文把瓶遞給他，於是他用行塗聖油儀式時所抱的那種強烈希望的目光凝視著弟弟，像是要弟弟證實醫生說嗅碘酒會產生奇蹟的話。

「怎麼啦，卡佳不在這兒嗎？」等列文勉強肯定了醫生的話以後，他環顧四周，聲音嘶啞地說道。「她不在，那麼就可以說了……我是為她演出這齣喜劇的。她是那麼的可愛，可是我和你卻不能欺騙自己了。我就相信這玩意兒，」他說，然後伸出一隻瘦骨嶙峋的手緊握著小玻璃瓶，對著瓶口呼吸。

晚上七點多，列文和妻子正在自己的客房裡喝茶，瑪麗亞・尼古拉耶夫娜氣喘吁吁地跑來叫他們。她臉色蒼白，嘴唇在發抖。

「他就要死了！」她小聲地說。「我怕他馬上要死了。」

他們跑到那兒，他已經坐起來，用一隻臂肘支撐著身體，弓著長長的脊背，低垂著頭，坐在床上。

「你覺得怎麼樣？」列文沉默一陣之後低聲地問道。

「我覺得我要上路了，」尼古拉吃力地、異常清晰地、慢慢地、一個字一個字地說道。他沒有抬頭，只是抬眼往上看，卻又看不到弟弟的臉。「卡佳，妳走開吧！」他又說。

列文站起來，低聲吩咐她出去。

「我要上路了。」他又說了一遍。

「你為什麼要這樣想呢？」列文沒話找話說。

「就因為我要上路了，」他重複道，似乎特別喜愛這一說法。「完了。」

瑪麗亞．尼古拉耶夫娜走到他面前。

「您躺下吧，躺下會好一點。」她說。

「我很快就要安安靜靜地躺著了，」他說，「一個死人，」他氣呼呼地嘲笑說，「喂，既然你們要這樣，那就讓我躺下吧。」

列文扶哥哥躺下，坐在他身旁，屏住呼吸望著他的臉。垂死的他閉上雙眼躺著，但是前額上的肌肉偶爾微微顫動，就像正在緊張深入地思考。列文不由自主地跟著他一起思考，現在他體內到底發生了什麼情況。然而，列文從這張神情平靜而又嚴肅的臉上，以及從眉毛上方顫動的肌肉中看出，他雖苦思冥想仍不得要領的事，對這個垂死的人來說卻是愈來愈清楚了。

「對，對，就是這樣，」垂死的人一字一頓地、慢慢地說，「等一等。」他又沉默了一會兒，「就這樣吧！」他突然鎮靜地拉長著聲音說道，好像對他來說已萬事皆休了。「主啊！」他說完就深深地歎了口氣。

瑪麗亞．尼古拉耶夫娜摸摸他的雙腳。

「開始變冷了。」她低聲說。

列文覺得，病人已一動也不動地躺了很久很久。不過，他仍然活著，有時還在做深呼吸。列文已經想得累了。他覺得，儘管他想了又想，他仍無法理解「就這樣」是什麼意思。他覺得自己的思想早已落在垂死之人的後面。他已經無法再思考死亡這個問題，而不由自主地思考著他現在必須立即去做的事：替死者合上眼睛、穿上衣服，訂購棺材。事情真奇怪，他覺得自己十分冷靜，既不感到悲傷，也不感到有什麼損失，更不覺得哥哥可憐。要是說他現在對哥哥還懷有某種感情的話，那就是嫉妒垂死之人現在擁有他所無法擁有的那種知識。

他就這樣在哥哥身旁坐了很久，等待死亡降臨。但是，死亡並沒有降臨。門打開，吉媞來了。列文站起身想去攔她。就在這時，他聽到垂死者的動靜。

「別走。」尼古拉說，並伸出一隻手。列文把一隻手伸給他，並生氣地朝妻子揮揮另一隻手，要她走開。

他握著哥哥的一隻手坐了半個小時、一個小時，又一個小時。他現在根本不去思考死亡這個問題了。他在想吉媞正在做什麼，隔壁那間客房裡住的是什麼人，醫生的房子是不是他自己的。他想吃東西，想睡覺。他小心翼翼地騰出手來，摸了摸垂死者的雙腳。腳是冰涼的，但病人還在呼吸。列文又踮起腳來想走出去，但病人又微微地動彈起來，並說：

「別走。」

天亮了，病人的情況依然如此。列文輕輕地騰出手來，沒朝垂死的人看一眼，就回到自己的客房，躺下睡著了。醒來後，他聽到的並不是他所預料的哥哥的死訊，而是病人已恢復原先狀態的消息。病人又開始坐起來，咳嗽、吃東西、說話，不再談論死亡，又開始流露出對痊癒的希望，心情變得比原先更暴躁，更憂鬱。無論弟弟還是吉媞，都無法使他安靜下來。他生大家的氣，對所有的人說話都不中聽，為自己的痛苦而指責所有的人，並要求替他到莫斯科去請名醫。每當人家問他覺得怎麼樣時，他總是帶著凶狠和責難的神情千篇一律地回答：

「我痛苦極了，受不了啦！」

病人愈來愈痛苦，特別是褥瘡，已經治不好了。他愈來愈生周圍人的氣，遇到任何事情都指責別人，特別指責沒有替他到莫斯科請醫生。吉媞千方百計幫助他、安慰他，但全都無濟於事。列文發現她本人在肉體和精神上都已疲憊不堪，雖說她並不承認。那天夜裡他把弟弟叫來，準備與生命告別，使大家都感覺到死亡的滋味，現在都已蕩然無存了。大家知道他必然會很快死去，他已經半死半活了。大家都有一個願望——但願他盡快死去；為了掩飾這點，又給他吃裝在小玻璃瓶裡的藥、為他求醫覓藥，欺騙他、欺騙自己，也相互欺騙。這一切都很虛偽，是卑劣、侮辱人、褻瀆神明的虛偽。出於自己的本性，又因為自己最愛這個垂死之人，所以列文特別痛切地感受到這種虛偽。

列文早就想促成兩位哥哥和解，哪怕是在臨死前也行，所以他給哥哥謝爾蓋．伊萬諾維奇寫了一封信。一收到他的回信，列文就把信讀給病人聽。謝爾蓋．伊萬諾維奇寫道，他無法親自趕來，不過他用動人的語句請求弟弟原諒。

病人一句話也不說。

「我該給他寫些什麼呢？」列文問。「我想你沒有生他的氣吧？」

「對，一點也沒有！」尼古拉煩惱地回答。「寫信告訴他，叫他給我派個醫生來。」

又過了難挨的三天，病人一切如故。凡是見到他的人——旅館的僕役、老闆、醫生、瑪麗亞．尼古拉耶夫娜、列文和吉媞，現在全都希望他快點死去才好。只有病人一個人沒流露過這種希望；相反的，他仍為人家沒替他把醫生請來而生氣，他繼續吃藥、談論「生」的話題。只有在鴉片使他暫時忘卻不間斷的痛苦的那些難得時刻裡，他才偶爾在半睡半醒中說出他心裡那個比任何人都更強烈的願望：「唉，最好是一下子就死掉！」或是：「這一切什麼時候才能結束呀！」

痛苦在不疾不徐地增大，正在發揮它的作用，使他走向死亡。沒有一種姿勢不使他痛苦，沒有一分鐘能使他擺脫痛苦，他身上沒有一個部位、沒有一個肢體不疼痛，不折磨他。就連這具軀體的回憶、感受和想法，也像這具軀體本身一樣，現在也使他感到極其厭惡。別人的模樣、他們的話語、自己的回憶——這一切對他來說都是痛苦。周圍的人皆意識到了這點，都在不知不覺中不讓自己當著他的面隨便行動、交談、說出自己的願望。他的整個生命漸漸融成一種感覺，那就是痛苦和擺脫痛苦的願望。

他體內顯然正在發生急劇的變化，肯定令他把死亡看成願望的滿足、看作幸福。原先，因痛苦或貧乏，如飢餓、疲勞、乾渴所引起的每個願望，都是由肉體機能享受而獲得滿足；而現在，貧乏和痛苦已得不到補償，補償的企圖只會引起新的痛苦。所以，所有的願望便匯合成一個願望——擺脫一切痛苦和痛苦的根源，即擺脫肉體。但是他無法表達出這種解脫的願望，因此他不去談它，而是按照習慣要求補償那些已經無法實現的願望。「把我翻到另一側去，」他說，過後，他又立即要人家讓自己恢復原狀。「給我喝一點肉湯。把肉湯拿走。隨便說點什麼聽聽吧，你們為什麼不說話？」但是，人家剛開口，他又閉上眼睛，露出一副疲乏、冷漠和厭惡的神情。

抵達該城第十天，吉媞病了。她頭痛、嘔吐，整整一個上午起不了床。

醫生說這病是由疲勞、焦急引起的，囑咐她要安下心來休養。

但是下午吉媞就起床了，像平時一樣拿著針線活兒到病人那兒去。她走進房間，他嚴厲地看了看她。她說她病了，他就蔑視地冷笑。這一天，他不停地擤鼻涕，一直在痛苦地呻吟。

「您覺得怎麼樣？」她問他。

「更糟糕，」他吃力地說，「很痛呀！」

「哪兒痛？」

「渾身都痛。」

「他今天就要死了，你們瞧著吧，」瑪麗亞·尼古拉耶夫娜低聲說。儘管她把聲音壓得很低，但列文發覺，敏感的病人大概聽見了她的話。列文朝她噓了一聲，回頭看病人一眼。尼古拉是聽見了，但這句話對他毫無影響。他的目光仍然是責難、緊張的。

「妳為什麼這樣想？」列文等到她跟著他走進走廊裡，問道。

「他開始扯自己身上的衣服了。」瑪麗亞·尼古拉耶夫娜說。

「怎樣扯的？」

「就像這樣，」她一面說，一面撕扯她那條羊毛連衣裙的褶皺。真的，他發覺，病人這一整天都在抓自己身上的東西，好像想扯掉什麼東西似的。

瑪麗亞·尼古拉耶夫娜的預言沒錯。入夜後，病人已經抬不起手，只是凝視著前方，專注的眼神定定的、毫無變化。就連列文和吉媞為了讓他看見他們而向他俯下身去的時候，他也依然這樣凝視著前方。吉媞派人去請神父來做臨終祈禱。

在神父做臨終祈禱的時候，垂死之人已經沒有生命徵象，雙眼緊閉。列文、吉媞和瑪麗亞·尼古拉耶夫娜站在床旁邊。神父還沒有讀完禱詞，垂死之人就伸了伸腰，歎了口氣，睜開了眼睛。神父讀完禱詞，把十字架放在垂死之人那冰涼的前額上，然後慢條斯理地用長巾把它包起來，又默默地站了兩分鐘左右，碰了一下他那隻已變得冰涼、毫無血色的大手。

「死了。」神父說完就要離開，但死者那黏在一起的唇髭突然顫動了一下，寂靜中清晰地聽到一種從胸腔深處發出來的、有點刺耳的聲音：

「還沒死透……快了。」

又過了一分鐘，他的臉色變得開朗、唇髭下面露出了笑容，聚集在房裡的女人們就提心吊膽地動手給死者穿衣服。

哥哥的模樣和死亡的臨近，使列文心裡重又出現了那種對令人費解的、近在咫尺和不可避免的死亡的恐懼感。在哥哥來他家的那個秋天晚上，充滿他心裡的就是這種恐懼。現在，這種感覺比從前更加強烈。他還覺得自己對死亡含義的理解能力比從前更差了，死亡的不可避免在他看來也就更為可怕。多虧現在妻子在他身邊，他才沒有為此陷入絕望；儘管面對著死亡，他仍覺得自己必須活下去、必須有愛。他覺得，是愛從絕望中解救了他，這份愛在絕望的威脅下變得更強烈、更純潔。

死亡過程尚未在他面前告終，仍然是令人費解的奧祕，而另一個同樣費解的奧祕又冒出來，呼籲人們要相親相愛、要活下去。

醫生證實了自己對吉媞所作的初步診斷。她的病症是妊娠反應。

# 二十一

阿列克謝・亞歷山德羅維奇自從與別特西和斯捷潘・阿爾卡季奇談話後明白，他只需要做一件事，那就是別去打擾自己的妻子、別讓她碰見他，以免使她為難。他還明白，他妻子本人也希望他這樣做。從那時起，他覺得自己失魂落魄、六神無主，不知道自己現在到底想要什麼，只好聽憑熱心料理他家事務的人做主，對一切都表示同意。直到安娜離開家，英國女教師派人來問他，她應當與他一起吃飯呢，還是單獨用餐，他才開始明白自己的處境；他覺得非常害怕。

在這種處境中，他感到最艱難的是，他怎麼也無法把自己的過去和現在的境況聯繫起來、加以調和。使他心煩意亂的倒不是他和妻子生活得很美滿的那段日子。他已經痛苦地熬過了從那段日子到得知妻子不貞的過渡期；這種事是難以忍受，但他尚能理解。要是妻子坦白自己不貞後立即就離開他，那麼他是會感到傷心、感到不幸，但決不會有他現在覺得的這種莫名其妙、走投無路的處境。不久前，他寬恕了妻子，對患病的妻子和他人生的孩子有了憐憫和愛心，而現在就好像是為了報答他似的，他竟落得個形單影隻的下場，丟盡了臉、被人嘲笑，大家都不需要他、鄙視他，他無論如何不能平衡這樣的行為與結果。

妻子離開後的最初兩天，阿列克謝・亞歷山德羅維奇像平時一樣接見來訪者、辦公室主任，出席委員會會議，到飯廳吃飯。這兩天，他千方百計裝出心平氣和、甚至是無所謂的樣子，但自己也搞不清為什麼要這樣做。在回答如何處理安娜・阿爾卡季耶夫娜的物品和房間問題時，他盡最大努力控制住自己，以便讓人覺得，發生的那件事他並非沒有預料到，也無異常之處。他的確達到了目的：誰也沒有發現他有什麼絕望的跡象。妻子走後第二天，科爾涅伊把安娜忘記付款的一張時裝店的帳單交給他，並稟報說店員本人就在這兒，阿列克謝・亞歷山德羅維奇吩咐他去把店員叫進來。

「對不起，大人，我冒昧打擾您了。假如您要我們去找尊夫人要的話，那就請告訴我們她的地址。」

阿列克謝・亞歷山德羅維奇像店員所覺得的那樣沉思起來，並突然轉身坐到書桌旁去。他用雙手托住垂下的頭，這樣坐了很久，幾次欲語又止。

科爾涅伊理解老爺的心情，所以就請店員下次再來。房間裡又剩下他一人，阿列克謝・亞歷山德羅維奇明白，他再也無法繼續扮演性格堅強、神態鎮靜的角色了。他吩咐將正在等他的馬車卸套，說他不接見任何人，也沒有出來吃飯。

他已發覺他經受不住蔑視和冷酷的壓力，因為他在店員臉上、在科爾涅伊臉上，在這兩天所見到的任何一個人臉上，都清楚地看到了這兩種神情。他覺得他無法使人們不恨他，因為這種恨的起因並不是他為人不好（要是這樣的話，他就可以努力變得好一點），而是他不幸得可恥而又令人厭惡。他知道，就因為這一點，就因為他心中苦惱萬分，他們將會殘酷無情地對待他。他覺得人們快要把他給毀了，就像一群狗要咬死一隻遍體鱗傷、痛得尖叫的狗那樣。他知道，只有一個辦法能使他擺脫眾人，那就是不讓他們看到他的傷口。兩天來他一直下意識地試著這樣做，但是現在他發覺自己已無力繼續這場力量懸殊的抗爭了。

他的絕望情緒因他意識到只能獨自忍受痛苦而變得更加強烈。不僅僅在彼得堡，而且在任何地方，他都沒有一個可以對之傾訴衷腸，並且不把他當作達官貴人和社會名流，而只當作一個受苦受難的普通人來憐憫的那種朋友。

阿列克謝・亞歷山德羅維奇是孤兒。他只有一個哥哥。父親他們都已記不得了，母親死的時候阿列克謝・亞歷山德羅維奇才十歲。財產不多。卡列寧的叔叔是個大官，曾是先皇的寵臣，他培育了他們。

阿列克謝・亞歷山德羅維奇中學和大學畢業時都獲得了獎章，並在叔叔的幫助下立即踏上了顯赫的仕途，從此只醉心於功名。無論是在中學和大學裡、還是畢業後在任職部門，阿列克謝・亞歷山德羅維奇都沒有知心朋友。哥哥是他最知心的人，但是他在外交部任職，總是住在國外，也死在國外——在阿列克謝・亞歷山德羅維奇婚後不久去世的。

在他就任省長期間，省城裡的一位闊太太，即安娜的姑媽，使他這位年齡不小的年輕省長結識了她的侄女，並使他陷入了一種要麼明確表態、要麼就離開省城的困境。阿列克謝・亞歷山德羅維奇猶豫了很久。當時進退的理由同樣多，就是沒有充分的理由使他改變自己的起疑就放棄這一準則。安娜的姑媽透過一個熟人向他暗示，說他已經損害了姑娘的名譽，為了維護名譽他應該向姑娘求婚。他求婚了，並把他能獻出的感情全都獻給了未婚妻和妻子。

他對安娜的眷戀消除了他心裡與人親密交往的所有願望。現在，他在所有的熟人中間，連一個知心好友也沒有。被稱作有關係的那種人倒是很多，但是關係親密的卻一個也沒有。阿列克謝・亞歷山德羅維奇有很多酒肉朋友，他可以把這種朋友叫到家裡來吃飯，請他們參與他所感興趣的事務、庇護某個求職者，可以跟他們一起毫無顧忌地討論別人乃至最高當局的行為；但是他與這些人的關係被限定在一個不許逾越的、由風俗習慣加以嚴格規定的範圍裡。他和一個大學同學後來相處比較密切，他本可與他談談個人的痛苦遭遇，但這個同學卻在一個遙遠的學區擔任督學。留在彼得堡的那些人中間，他最要好和最談得攏的，就是辦公室主任和醫生。

辦公室主任米哈伊爾・瓦西里耶維奇・斯柳金是個老實、聰明、善良和有道德的人。阿列克謝・亞歷山德羅維奇也覺得他對自己抱有一種私人的好感，但是長達五年的公務交往在他們之間築起了一道障礙，使他們不可能真心交談。

阿列克謝・亞歷山德羅維奇簽署好公文，凝視著米哈伊爾・瓦西里耶維奇，沉默了很久，幾次想開口說話，但又說不出口。他已經準備好一句話：「您聽到我的不幸遭遇嗎？」結果說出來的還是平時那句老話：「您替我把這份東西準備好。」然後就讓他走了。

對他懷有好感的另一個人是醫生，但是，他們之間早已有一種默契，那就是承認兩個人的工作都很繁重，兩個人都忙於工作。

自己的那些女友，其中包括最要好的伯爵夫人利季雅・伊萬諾夫娜，阿列克謝・亞歷山德羅維奇並沒有想到過。女人終究是女人，在他看來全都是既可怕又討厭。

# 二十二

阿列克謝・亞歷山德羅維奇忘了伯爵夫人利季雅・伊萬諾夫娜，她卻沒有忘掉他。在他獨自陷入絕望的痛苦時刻，她來到他家，並且未經通報就走進了他的書房。她正好看見他雙手支著頭坐著。

「我破壞了禁律，」她快步走進書房，一面因激動和快步走動而氣喘吁吁地說道。「我全聽說了！阿列克謝・亞歷山德羅維奇！我的朋友！」她雙手緊握住他的一隻手，一雙美麗而又深沉的眼睛望著他的眼睛，繼續說道。

阿列克謝・亞歷山德羅維奇皺著眉頭欠了欠身，抽回自己那隻手，將一把椅子往她身邊挪了挪。

「坐下來好不好，伯爵夫人？我不會客，是因為我生病了，伯爵夫人。」他說，嘴唇跟著顫抖起來。

「我的朋友！」伯爵夫人利季雅・伊萬諾夫娜目不轉睛地望著他，又說了一次。接著，她雙眉突然倒豎，在前額上組成一個三角形，使那張難看的黃臉變得更難看了。阿列克謝・亞歷山德羅維奇覺察到，她在憐憫他，她很快就要哭了。他深受感動：他抓住她一隻豐腴的手，開始吻它。

「我的朋友！」她激動得結結巴巴。「您不應當沉湎在悲痛之中。您的痛苦太大了，應當找尋慰藉。」

「我被打敗、被毀了，我再也不能算是人了！」阿列克謝・亞歷山德羅維奇放開她的手，繼續望著她那雙噙滿淚水的眼睛說。「我的處境如此可怕，哪兒也無法找到支撐，哪怕是在自己身上。」

「您定會找到支柱的，不過，別在我身上尋找，儘管我要求您相信我的友誼，」她歎口氣說。「我們的支柱是愛，是上帝賜給我們的那份愛。上帝這樣做很容易，」她帶著阿列克謝・亞歷山德羅維奇所熟悉的那種充滿激情的目光說。「上帝定會支持您、幫助您。」

儘管這些話顯示出她被自己的崇高感情而大受感動，儘管這些話裡有著阿列克謝・亞歷山德羅維奇覺得是多餘的那種、不久前在彼得堡盛行的神祕主義情緒，但現在聽到這些，阿列克謝・亞歷山德羅維奇仍感到很高興。

「我軟弱無能。無地自容。我一點也沒有料到，現在也仍然絲毫想不通。」

「我的朋友。」利季雅・伊萬諾夫娜再一次這樣喊他。

「不是因為失去了現在已沒有的那種東西，不是的，」阿列克謝・亞歷山德羅維奇繼續說道。「我並不遺憾。但是，我不能不在人前為我的處境感到羞恥。這樣不好，我不能不這樣。我不能不這樣呀！」

「做出我和眾人所欽佩的崇高寬恕之行的並不是您，而是存於您心中的上帝，」伯爵夫人利季雅・伊萬諾夫娜滿懷激情地抬起眼睛說，「因此您不能為自己的行為感到羞恥。」

阿列克謝・亞歷山德羅維奇皺起眉頭，彎起雙手，開始哢哢作響地扳手指頭。

「必須瞭解一切瑣事，」他用尖細的聲音說。「人的力量是有極限的，伯爵夫人，而我已達到了極限。今天，我整整一天都在處理事情、安排家務，這都是因我獨身的新處境而發生的（他加重了「發生的」這幾個字的語氣）。僕人、女教師、帳目……這些細碎的瑣事把我的精力耗盡了，我無法忍受了。吃飯時……我昨天幾乎就要離席而去。我無法忍受兒子瞧著我的那副神情。他沒有問我這一切是怎麼回事，但是他心裡想知道；我無法忍受這種目光。他怕看我，但這還不算……」

阿列克謝・亞歷山德羅維奇本想說說人家給他送來的那張帳單，可他的聲音顫抖起來，於是就住口了。想起那張帳單——記在一張藍紙上、買帽子和條帶的帳單，他就無法不可憐自己。

「我明白，我的朋友，」伯爵夫人利季雅・伊萬諾夫娜說，「我全都明白。您會得到幫助和慰藉的，不是從我這兒，可我還是來了，目的只是想盡我所能地幫助您。但願我能使您擺脫這些瑣碎、有失身分的操心事……我明白，這裡得有女人張羅，得有女人安排。您肯託付給我嗎？」

阿列克謝・亞歷山德羅維奇默默地、感激地握了握她的手。

「我們一起來照顧謝廖沙吧。我並不擅長做具體的事。但是我會親自幫忙的，我來當您的女管家。別感謝我。叫我這樣做的並不是我自己……」

「我不能不感謝您。」

「不過，我的朋友，請別沉湎於您說過的這種感情，別為基督教徒的崇高思想境界感到羞恥：心裡謙遜的，必得尊榮[17]。您不可以感謝我。應該感謝上帝，要向上帝求援。我們只有從上帝那兒才會得到平靜、安慰、拯救和愛，」她說，接著就舉目望著蒼天，開始祈禱——阿列克謝・亞歷山德羅維奇從她的沉默中看出來了。

阿列克謝・亞歷山德羅維奇現在聽到她在祈禱。原先他覺得，她的祈禱用語雖說並不令人討厭，卻也相當多餘，現在則覺得它們自然貼切而又令人快慰。阿列克謝・亞歷山德羅維奇並不喜歡這一狂熱的新精神。他是個教徒，主要是在政治方面對宗教感興趣，而新的教義敢於放肆地作出一些新的解釋，正因為如此，它就會為爭論和分析大開方便之門，所以從原則上說，它令他討厭。他原先對這一新教義持冷淡、甚

17見《舊約・箴言》第廿九章第廿三節。

至是敵視的態度，但從不與醉心於這種新教義的伯爵夫人利季雅·伊萬諾夫娜爭論，而是竭力用沉默回避她的挑戰。現在則是他第一次心甘情願地聽她說，並且內心也不反駁。

「我非常非常感謝您，感謝您為我所做的一切，感謝您所說的一切。」當她祈禱完畢，他說。

伯爵夫人利季雅·伊萬諾夫娜又一次握了握朋友的雙手。

「現在我要開始工作了，」她沉默了一會兒，擦掉臉上的淚痕，微笑著說。「我去謝廖沙那兒。只有萬不得已時，才會來找您。」她站起來，走了出去。

伯爵夫人利季雅·伊萬諾夫娜來到謝廖沙住的房間裡，淚水灑落在驚慌失措的小男孩的臉頰上，一面對他說，他父親是個聖人，他母親死了。

伯爵夫人利季雅·伊萬諾夫娜履行了自己的諾言。她真的把阿列克謝·亞歷山德羅維奇家的一應事務全都攬到自己身上。不過，她說自己不擅長做具體的事，這倒一點也沒有誇張。她的一切吩咐都需要修改，因為全都行不通；修改吩咐的事則落到阿列克謝·亞歷山德羅維奇的貼身侍僕科爾涅伊身上，他現在在眾人不知不覺中開始管理卡列寧家的一切事務來，在老爺穿衣時他態度自然而又小心謹慎地向老爺稟報一些需要稟報的事。不過，利季雅·伊萬諾夫娜的幫助還是非常有效，她給予阿列克謝·亞歷山德羅維奇的是精神上的支持，使他意識到她對他的愛和敬意，特別是她幾乎使他改信基督教，也就是使他這個冷漠而又懶散的教徒，變成彼得堡近來流行的、耶穌教新教義熱烈而又虔誠的擁護者——想到這點她便感到十分欣慰。阿列克謝·亞歷山德羅維奇輕而易舉地相信了新教義。阿列克謝·亞歷山德羅維奇和利季雅·伊萬諾夫娜及其他持相同觀點的人一樣，已經完全喪失了深刻的想像力、喪失了內心思考的能力，而這種能力會使由想像而產生的那種觀念漸漸變得極為真實，真實得要求與其他觀念、與現實一致。正因為如此，他認為，對不信教的人來說，死亡確實存在，對他來說則不存在；又因為他具有最堅定的信仰，而判斷信仰程度的裁判員又是他自己，所以他覺得心裡已經沒有罪孽，他感到自己在這裡，即在人世間已經完全得救了。他並不認為上述觀念有什麼說不通和不適當的地方。

的確，阿列克謝·亞歷山德羅維奇隱隱約約地感覺到，有關自己信仰的上述觀念是膚淺而又錯誤的；他也知道，假如他根本不認為他的寬恕乃是上帝神力的作用，而只是憑直覺行事，那麼他就會感到比現在更幸福。現在他每時每刻都會想到，基督就活在他的心裡；簽署公文時也還會想到，他只是在按基督的意志辦事。他必須這樣想，處於屈辱之中的他必須擁有一個崇高的、哪怕是臆想的立足點，以便被眾人蔑視的他也可以蔑視眾人，因此他像抓住救命稻草似的抓住自己已經得救這虛假的觀念。

## 二十三

伯爵夫人利季雅·伊萬諾夫娜還是個充滿激情、非常年輕的姑娘時，就嫁給了一個有財有勢、心地善良、生活卻很放蕩的花花公子。婚後第二個月，丈夫就拋棄了她，嘲笑、甚至敵視她表示的熱烈愛情。凡是瞭解伯爵的好心腸、且又看不出熱情的利季雅有什麼缺點的人，無論如何也弄不明白這種敵意是從何產生的。從那時起，他們雖說沒有離婚，但也分居了，而且每當丈夫遇到妻子時，總是莫名其妙地、惡毒地嘲笑她。

伯爵夫人利季雅·伊萬諾夫娜早已不再鍾情於丈夫，並且從那時起從未停止過愛上別人。她常常同時愛上幾個人，既有男人，也有女人。舉凡有出眾之處的人她幾乎都愛。她愛過所有與皇族聯姻的新的親王和王妃，愛過一位總主教、一位助理主教和一位司祭。她還愛過一位記者、三個斯拉夫人，愛過科米沙羅夫沙皇亞歷山大二世的救命恩人。愛過一位大臣、一位醫生、一位英國傳教士，後來又愛上了卡列寧。所有這些愛情雖然冷熱多變，卻並不妨礙她與宮廷及上流社會保持最廣泛複雜的聯繫。但是，自從卡列寧遭遇不幸，她把他置於自己的特殊保護之下，開始到卡列寧家幫忙、為他的幸福操心，從那時起，她就覺得其餘的一切愛情都不是真正的愛情，她現在真正愛的只有卡列寧一個人。她覺得她現在對他產生的感情要比以往的一切都更加強烈。她分析並拿它與以往的感情作比較，清晰地意識到，要是科米沙羅夫沒有救過沙皇的命，她不會愛上他，要是沒有斯拉夫問題，她也不會愛里斯季奇·庫吉茨基；但是她愛卡列寧這個人，愛他那無法理解的崇高心靈，愛他那種在她聽來挺迷人的尖細嗓音及拖長的語調，愛他那疲憊的目光，愛他的性格和那雙青筋暴露、又軟又白的手。她不僅見到他就感到高興，還在他臉上尋找種種跡象來證實自己給他留下的印象。她不僅想用語言，還想用自己的整個人去博得他的歡心。為了他，她現在比以往任何時候都更加注意梳妝打扮。她常常迫使自己去幻想，假如她沒有出嫁，而他也是自由之身，那麼情況將會是如何。他走進房間，她就會激動得滿臉通紅，他對她說令人高興的事，她就無法不露出欣喜的笑容。

已經有好幾天了，伯爵夫人利季雅．伊萬諾夫娜一直焦躁不安。她得知安娜和渥倫斯基已在彼得堡。不能讓阿列克謝．亞歷山德羅維奇跟她見面，甚至不能讓他知道這個可怕的女人與他住在同一座城市裡，他每時每刻都有可能遇見她。

利季雅．伊萬諾夫娜透過熟人去探聽這兩個大惡人（她就這樣稱呼安娜和渥倫斯基）打算做什麼，並且在這幾天竭力控制朋友的一切行動，使他無法遇見他們。有一名年輕的副官，他是渥倫斯基的朋友。伯爵夫人利季雅．伊萬諾夫娜就是透過他打聽消息的，他則希望透過伯爵夫人得到一份租賃合約。他告訴她，他們已經辦完事，明天就要離開了。利季雅．伊萬諾夫娜正要安下心來，不料第二天早上有人給她送來一封信，她恐懼地認出了信上的筆跡。這是安娜．卡列尼娜的字。信封是用像樹韌皮般的厚紙糊成的；長方形的黃紙上有一個很大的花字簽名，信裡散發出好聞的香味。

「是誰送來的？」

「旅館的聽差。」

伯爵夫人利季雅．伊萬諾夫娜久久無法坐下來讀信。由於焦慮不安，她好發的氣喘病又發作了。等到平靜下來，她把下面這封法文信讀了一遍：

伯爵夫人，您心裡滿懷的基督教情感使我鼓起了我覺得不可寬恕的勇氣給您寫信。與兒子別離使我深感不幸。我懇求您容許我在動身之前見他一面。請原諒我這麼做，提醒了您我的冒昧。我之所以求您，而不去求阿列克謝·亞歷山德羅維奇，是因為我不願意讓這位寬宏大量的人因想起我而痛苦。我知道您與他的友誼，您定會理解我的。您是把謝廖沙送到我這兒來呢，還是讓我在某個指定的時間趕回家，或者您通知我在外面見他的時間地點？我不認為此事會遭到拒絕，因為我瞭解對此事有決定權的那人的寬宏大量。您不可能想像我想見他的那種渴望有多麼強烈，因此您也不可能想像您的幫助，又將使我對您產生多麼強烈的感激之情。

安娜

這封信裡的一切都使伯爵夫人利季雅·伊萬諾夫娜感到惱火：內容也罷、寬宏大量這個詞的含義也罷，特別是她感覺到的那種放肆口氣，全都使她惱怒。

「就說沒有回信，」伯爵夫人利季雅·伊萬諾夫娜說，隨即打開信箋夾，給阿列克謝·亞歷山德羅維奇寫了一封信，說她希望在十二點鐘敲過後，在宮廷的慶祝大會上見到他。

「我有一件不快而又重要的事情要與您詳談。到那裡後我們再約談話地點。最好是在我家裡，我將吩咐下人備好您的茶。務必照辦。上帝給人以十字架，也給人以力量。」她加了幾句話，使他稍有準備。

伯爵夫人利季雅·伊萬諾夫娜通常每天都要給阿列克謝·亞歷山德羅維奇寫兩、三封信。她喜歡這種聯絡方法，因為寫信比當面交談更有風雅、神祕的情調。

# 二十四

慶祝大會結束了。那些即將乘車離開的人相遇時都在談論當天的新聞，像是誰又獲得獎賞以及要員的任免事宜。

「最好把陸軍部委派給伯爵夫人瑪麗亞・鮑里索夫娜，而讓公爵夫人瓦特科夫斯卡雅當參謀長，」一位身穿繡金制服的白髮老人對一位向他打聽任免消息、長得又高又漂亮的宮廷女官說。

「那就讓我去當副官吧。」宮廷女官笑著說。

「您已經有任命了。派您去管教會部門的工作。讓卡列寧當您的助手。」

「您好，公爵！」老人握著一位走到他面前的人的手說。

「你們在議論卡列寧的什麼事？」公爵問。

「他和普佳托夫獲得亞歷山大・涅夫斯基動章。」

「我還以為他早已獲得了呢。」

「沒有。您瞧他，」老人用繡花帽子指著身穿宮廷制服、肩披紅色新綬帶、和一名有權勢的國務會議議員一同站在大廳門口的卡列寧說。「得意得像一枚銅幣似的。」他補上一句，並停下來跟一位身材像大力士的英俊宮廷高級侍從握手。

「不，他老了。」宮廷高級侍從說。

「是操勞過度。他現在要起草所有的計畫。他現在在沒有把一切都逐項說明之前，是決不會放走這倒楣的傢伙的。」

「怎麼會老了呢？他談情說愛著實有一手。我認為伯爵夫人利季雅·伊萬諾夫娜現在正在吃他妻子的醋。」

「喂，說什麼呀！別說伯爵夫人利季雅·伊萬諾夫娜的壞話。」

「說她愛上了卡列寧，這難道是壞話嗎？」

「卡列尼娜真的在這裡嗎？」

「不是在這裡，不是在宮廷裡，而是在彼得堡。我昨天遇見她了，和阿列克謝·渥倫斯基在一起，挽著胳膊，在濱海大街上。」

「這種人沒有……」宮廷高級侍從剛開口就打住，為了給一位皇室人士讓路，並向他鞠躬致意。

他們就這樣不斷地議論阿列克謝·亞歷山德羅維奇，指責他、嘲笑他，這時候，他擋住那個國務會議議員的路，不讓他走掉，一刻不停地向他逐項說明財政計畫草案。

幾乎就在妻子離開阿列克謝·亞歷山德羅維奇的同時，他遇到了一件對一個有官職的人來說最傷心的事——晉升的希望落空了。這件事已成現實，大家都看得很清楚，但是阿列克謝·亞歷山德羅維奇本人還沒有意識到他的前程已完了。是由於和斯特列莫夫的那場衝突，還是由於與妻子之間發生的不幸，或者只是因為阿列克謝·亞歷山德羅維奇已到達他命中註定的那個頂點？反正今年大家都看得很清楚，他的官場生涯已經結束。他還占著一個要職，他是許多委員會的成員，但他也過時了，人家對他再也不抱任何希望。無論他說些什麼，無論他提什麼建議，人家聽了都覺得他不過是舊話重提，毫無必要。

但是，阿列克謝·亞歷山德羅維奇並沒有察覺這點，相反的，由於不再直接參與政府工作，所以他現在比從前更清楚地看到別人工作中的缺點和錯誤，並認為自己有責任指出糾正這些缺點和錯誤的方法。與妻子分手後不久，他開始寫一份關於新司法制度的呈文，這是他命中註定該寫的、所有管理部門都不需要的無數份呈文中的第一份。

阿列克謝·亞歷山德羅維奇不僅沒有發覺自己身處官場絕境，不僅沒有為這感到傷心，反而對自己的工作比以往任何時候都更為滿意。

「沒有娶妻的，是為主的事掛慮，想怎樣叫主喜悅；娶了妻的，是為世上的事掛慮，想怎樣叫妻子喜悅，」[18]使徒保羅如是說。阿列克謝·亞歷山德羅維奇現在做任何事都遵循《聖經》，所以，他經常想起這段經文。他覺得，自從失去妻子以來，他就用這些計畫草案比以前更好地侍奉著上帝。

那位國務會議議員想離他而去的那副顯而易見的不耐煩神情，並沒有使阿列克謝·亞歷山德羅維奇感到窘困；直到議員利用那位皇室人士打身旁走過的機會從他身邊溜走，他才停止說明。

只剩下他一個人了，他垂下頭，強打起精神，然後又漫不經心地向四周環顧一眼，朝門口走去，希望能在門口遇見伯爵夫人利季雅·伊萬諾夫娜。

「他們的身體全是那麼健康、強壯，」阿列克謝·亞歷山德羅維奇想，眼睛望著那個香氣襲人、落腮鬍梳得整整齊齊的強壯宮廷高級侍從和那位穿著緊繃制服的公爵的紅色脖子（他必須打從他倆的身旁走過去）。「說得對呀，世上的一切都是惡。」他心裡想，又朝宮廷高級侍從的小腿肚瞟了一眼。

---

18見《新約·哥林多前書》第七章第卅二節。

阿列克謝・亞歷山德羅維奇不慌不忙地挪動著雙腳，帶著平時那副疲憊和充滿尊嚴的神情向這兩位正在議論他的先生鞠了一躬，然後望向門口，眼睛尋找著伯爵夫人利季雅・伊萬諾夫娜。

「啊呀！阿列克謝・亞歷山德羅維奇！」當卡列寧走到老公爵身邊，冷淡地向他點點頭的時候，老公爵卻目露凶光地說。「我還沒有向您祝賀呢。」他說著指指卡列寧新得到的綬帶。

「謝謝您，」阿列克謝・亞歷山德羅維奇回答。「今天天氣真好。」他補了一句，照例特別強調「真好」二字的語氣。

他們在嘲笑他，這一點他知道，不過，除了敵意，他並不期望從他們那裡得到別的什麼，這點他已經習以為常了。

阿列克謝・亞歷山德羅維奇看到了走進門來的伯爵夫人利季雅・伊萬諾夫娜從緊身胸衣裡高高聳起的黃色肩膀和正在召喚他的、美麗而又深沉的眼睛，於是露出一口永不褪色的雪白牙齒，微微一笑，走到她跟前去了。

利季雅・伊萬諾夫娜今天的打扮如同她近期的每次打扮一樣，花了她很大的力氣。她現在打扮的目的與三十年前所追求的目的完全相反。那時候，她只想裝飾自己，而且飾品愈多愈好。現在正好相反，她必須打扮得與自己的年齡和身材極不相稱，只要這些飾品與她的外貌反差不要太可怕就行。對於阿列克謝・亞歷山德羅維奇，她達到了這番目的，他覺得她頗有魅力。對他來說，她是那片包圍著他的、由敵意和嘲笑組成的汪洋大海中的一座孤島，這座孤島不僅對他抱有好感，還對他懷有愛意。

他穿過一列嘲笑的目光，自然地向她那鍾情的目光探過身去，就像植物追求陽光那樣。

「祝賀您。」她望著綬帶，對他說。

他忍住得意的微笑，閉上眼睛，聳了聳肩膀，那神情好像在說，這事並不使他高興。伯爵夫人利季雅．伊萬諾夫娜非常瞭解，這是他的一個主要樂趣，雖說他從來也不承認。

「我們的小天使怎麼樣？」伯爵夫人利季雅．伊萬諾夫娜問，她說的小天使是指謝廖沙。

「不能說我對他十分滿意，」阿列克謝．亞歷山德羅維奇揚起眉毛，睜開眼睛說道。「西特尼科夫對他也感到不滿。（西特尼科夫是個教師，謝廖沙的非宗教教育就是託付給他。）正如我對您說過的那樣，他對那些應當感動每個人和每個孩子的重要問題有點無動於衷。」阿列克謝．亞歷山德羅維奇開始談自己對公務以外唯一感興趣的問題——兒子教育問題的想法。

當阿列克謝．亞歷山德羅維奇在利季雅．伊萬諾夫娜的幫助下重新鼓起生活和工作的勇氣後，他意識到自己有義務關心留給他撫養的兒子的教育。阿列克謝．亞歷山德羅維奇以前從未研究過教育問題，所以專門花了一些時間對這一課題作了理論研究。讀完幾本人類學、教育學和普通教育法的書後，阿列克謝．亞歷山德羅維奇制訂了一個教育計畫，並把彼得堡最好的一位教師請來做指導，開始實施起來。這項工作經常使他產生興趣。

「對，但是他的心腸呢？我看他有著和父親一樣的心腸，有這種心腸的小孩不可能是壞孩子。」伯爵夫人利季雅．伊萬諾夫娜衝動地說。

「是的，也許是這樣……至於我呢，我只是在履行自己的義務。這是我能做到的一切。」

「您上我家來，」伯爵夫人利季雅．伊萬諾夫娜沉默了一會兒後說，「我們必須談一談讓您憂愁的一件事。為了使您擺脫一些回憶，我願意獻出一切，可別人不這樣想。我收到她的一封信。她在這裡，在彼得堡。」

阿列克謝・亞歷山德羅維奇在她提及妻子時打了個哆嗦，但是他的臉上馬上現出了死一般的僵硬神情，表示他在這件事上完全無能為力。

「我已料到此事了。」他說。

伯爵夫人利季雅・伊萬諾夫娜充滿激情地看了看他，對他的偉大心靈欽佩得熱淚盈眶。

# 二十五

阿列克謝·亞歷山德羅維奇走進伯爵夫人利季雅·伊萬諾夫娜那間擺滿古老瓷器、掛滿畫像的舒適小書房時，女主人自己還沒到。她在換衣服。

一張圓桌上鋪著桌布，擺著一套中國茶具和一把銀質酒精壺。阿列克謝·亞歷山德羅維奇漫不經心地環顧了一下點綴著書房的無數幅熟悉畫像，在桌旁坐下，打開那本放在桌上的福音書。伯爵夫人綢緞衣服的窸窣聲分散了他的注意力。

「好吧，現在讓我們安安心心地坐下來，」伯爵夫人說，她面帶興奮的微笑，急急忙忙地從桌子和沙發中間走過來。「邊喝茶邊談。」

幾句開場白之後，伯爵夫人利季雅·伊萬諾夫娜紅著臉、喘著粗氣，把她收到的那封信交給阿列克謝·亞歷山德羅維奇。

讀完信，他久久地沉默不語。

「我不認為我有權拒絕她。」他抬起眼睛，羞怯地說。

「我的朋友！您在任何人身上都看不到邪惡！」

「相反，我看一切都是邪惡。但是，這樣做公道嗎？……」

他臉上露出了猶豫不決和尋求幫助的神情，希望在這件令他無法理解的事情上得到他人的建議、支持與指導。

「不，」伯爵夫人利季雅・伊萬諾夫娜打斷他的話。「凡事都有個限度。我理解不道德行為，」她並非完全出於真心地說，因為她從不理解導致一個女人做出不道德行為的那種原因，「但是我不理解殘酷行為，再說這是對誰呢？是對您呀！怎麼能留在您所在的城市裡呢？不，要活到老，學到老。我也要學著研究您的崇高行為和她的卑鄙行徑。」

「可是誰能扔石頭呢？」阿列克謝・亞歷山德羅維奇說，他對自己所扮演的角色顯然感到很滿意。「我已寬恕了她的一切，因此也不能剝奪她對愛的需求——對兒子的愛……」

「但是，我的朋友，這是愛嗎？這是出自於真心嗎？即使您寬恕了她，即使您現在還要寬恕……但是我們有權傷害這位小天使的心靈嗎？他認為她已經死了。他在為她祈禱，懇求上帝寬恕她的罪過……最好還是這樣。否則，他會怎麼想呢？」

「這一點我倒是沒有想到。」阿列克謝・亞歷山德羅維奇說，心裡顯然同意她的意見。

伯爵夫人利季雅・伊萬諾夫娜用雙手捂住了臉，並且沉默了。她是在祈禱。

「如果您徵求我的意見，」做完祈禱後，她露出臉來說，「那麼我勸您別做這件事。難道我沒有看到，這件事又揭開了您的傷口、使您感到多麼痛苦嗎？不過，您可以同平時一樣不顧自己。但是，這樣做又會導致什麼後果呢？會給您帶來新的痛苦、給孩子帶來苦惱，對嗎？要是她身上還有一點人性的話，她就不該有這種希望。不，我毫不猶豫地勸您別做這件事，假如您允許，我就給她寫封信。」

阿列克謝・亞歷山德羅維奇同意了，伯爵夫人利季雅・伊萬諾夫娜就寫了下面這封法語信：

仁慈的夫人：

對令郎來說，讓其想起您，便會使他產生一些問題，而不向孩子的心靈灌輸一種精神、使他譴責他原本視為最神聖的東西，那就無法回答這些問題。故我請求您以基督教的愛心體諒您丈夫的拒絕。我祈求至高無上的神賜予您仁慈。

伯爵夫人利季雅

這封信達到了伯爵夫人自己都不承認的、深藏在心裡的目的。它使安娜傷透了心。

至於阿列克謝．亞歷山德羅維奇，他從利季雅．伊萬諾夫娜家裡回來後，一整天都無法投入平時的工作中，也無法得到他以前所體會到的那種教徒和得救者的內心平靜。

伯爵夫人利季雅．伊萬諾夫娜對他說的話很公正，妻子非常對不起他，而他對待她卻像是聖人，因此想起妻子本來不應當感到不安；但是，他心裡卻不平靜：他無法理解他正在讀的這本書的內容，無法驅走那些痛苦的回憶，他回憶起他對她的態度，他現在覺得對她做過錯事。他想起了自己從賽馬場回來的路上，怎樣對待她自承不貞的行為（特別是他只要求她對外保持體面，而不要求與渥倫斯基決鬥），這一回憶就像後悔那樣，使他感到痛苦。想起他寫給她的那封信，他也感到痛苦；特別是他那種誰也不需要的寬恕以及他對別人孩子的關心使他感到既羞愧又後悔，他的心猶如被燒灼一般。

現在，當他逐一回想起自己與她的一切往事，回憶起自己久久猶豫之後向她求婚時所說的那些難為情的話，他心裡就有這種既羞愧又後悔的感受。

「但是我有什麼過錯呢？」他暗自說道。這個問題又總是會引發另一個問題：別人，比如渥倫斯基、奧勃朗斯基之輩……比如小腿肚粗壯的宮廷高級侍從之流，不是這樣感受，不是這樣愛，不是這樣結婚的嗎？於是他腦海裡就浮現出一群群隨時隨地、不容抗拒地引發他好奇心的人，這些人精力充沛、意志剛強，極其自信。他在驅除這些想法，盡力使自己相信，他不是為短暫的今生今世，而是為永生而活，他的心裡有著安寧和愛。但是，像他所覺得的那樣，他在這個微不足道的短暫今生中卻犯了一些微不足道的錯誤，想到這一點，他就感到痛苦，彷彿他所相信的那種永恆的得救已經不存在了。不過，這一誘惑持續的時間並不長，阿列克謝・亞歷山德羅維奇的心裡很快又恢復平靜，他又達到了那種能使他忘卻不想記住的往事的崇高境界。

# 二十六

「怎麼啦，卡皮托內奇？」謝廖沙在生日頭天散步回來後說。他臉色紅潤、心情愉快，把有褶的緊腰長外衣遞給俯身向他這個小孩微笑的高個子老門房。「怎麼，那位紮綁帶的官員今天來過嗎？爸爸接見他了嗎？」

「接見過了。辦公室主任一走，我就去稟報了，」門房開心地向他眨眨眼說。「讓我來脫吧。」

「謝廖沙！」斯拉夫籍的家庭教師站在通往內室的門口說。「自己脫吧。」

謝廖沙雖然聽見家庭教師的微弱話聲，卻並不理會。他一隻手抓住門房的肩帶，站在那兒，望著他的臉。

「那麼爸爸為他做了該做的事了嗎？」

門房肯定地點點頭。

那位紮綁帶的官員已經為一件事來求見過阿列克謝·亞歷山德羅維奇七次了，他引起謝廖沙和門房的注意。謝廖沙曾在門廳裡遇到他，聽到他可憐巴巴地懇求門房替他稟報，說他和孩子們快要餓死了。後來，謝廖沙又在門廳裡遇到過他一次，從那時起就對他產生了興趣。

「那麼他很高興嗎？」他問道。

「哪能不高興呀！幾乎是又蹦又跳地走的。」

「有人送東西來嗎？」謝廖沙沉默了一會兒又問。

「嗯，少爺，」門房點頭低聲說，「有一件伯爵夫人送的東西。」

謝廖沙立刻就明白，門房所說的東西是伯爵夫人利季雅．伊萬諾夫娜送給他的生日禮物。

「你說什麼？在哪裡？」

「科爾涅伊送到您爸爸那兒去了。想必是件好東西！」

「多大？有這樣大嗎？」

「略小一點，東西卻很好。」

「是小書嗎？」

「不，是件東西。去吧，去吧，瓦西里．盧基奇在叫您，」門房聽到了家庭教師愈來愈近的腳步聲，一面說，一面小心翼翼地把那隻抓住他肩帶、手套脫到一半的小手掰開，並不斷地使著眼色，用頭指指盧基奇。

「瓦西里．盧基奇，我馬上就來！」謝廖沙帶著愉快而眷戀的微笑回答，這種微笑總會制伏勤勉守職的瓦西里．盧基奇。

謝廖沙感到很開心，一切都太順利了，因此他不能不與自己的朋友——門房分享他在夏花園裡散步時、從伯爵夫人利季雅．伊萬諾夫娜的侄女口中得知的那件家庭喜事。這件喜事他覺得特別重要，因為它與那位官員的喜事以及有人給他送玩具這件喜事同時發生。謝廖沙覺得，今天是人人都應該感到高興的日子。

「你知道嗎，爸爸得到了亞歷山大．涅夫斯基勳章？」

「哪能不知道呢！已經有人來祝賀過了。」

「怎麼，他高興嗎？」

「皇上寵愛哪能不高興呢！可見，他獲得了應得的獎勵。」門房一本正經地說。

謝廖沙沉思著，凝視著門房那張被他徹底研究過的臉，特別是灰白色連鬢鬍子中間的下巴。除了總是仰視他的謝廖沙，誰也沒有看到過這個下巴。

「喂，你女兒早就在你家裡了嗎？」

門房的女兒是個芭蕾舞演員。

「平時哪有工夫來呢？他們也要上課。您也要上課了，少爺，去吧。」

進了房間，謝廖沙並不是坐下來做功課，而是向教師講了自己的推測——他認為送來的那件東西一定是火車。「您是怎麼想的？」他問。

但是，瓦西里・盧基奇考慮的只是必須上語法課了，語法教師兩點鐘到。

「不，您只要告訴我，瓦西里・盧基奇，」他已經坐在書桌旁邊，手裡捧著本書，卻又突然問道，「什麼勳章比亞歷山大・涅夫斯基勳章更高級？您知道嗎，爸爸獲得了亞歷山大・涅夫斯基勳章？」

瓦西里・盧基奇回答說，比亞歷山大・涅夫斯基勳章更高級的有弗拉基米爾勳章。

「再高一級呢？」

「最高級的是安德列勳章。」

「比安德列勳章再高一級的呢？」

「我不知道。」

「怎麼，連您也不知道嗎？」謝廖沙說完就把兩隻胳膊肘支在桌子上，雙手托住頭，陷入了沉思。

他的想法複雜而又多樣。他想像到，他父親突然同時獲得弗拉基米爾動章和安德列動章，因此，他今天上課就會比平時和氣得多；他還想像到，當他長大成人時，他將獲得所有的動章以及後人想出來的、比安德列動章更高級的動章。人家一想出來，他就獲得了。他們還會想出更高級的動章，而他也立即就會獲得。

時間就在這些想像中流逝，語法教師已經來了，而時間、地點和行為方式狀語的這堂課他還沒有預習好，所以教師不僅感到不滿，而且還很傷心。教師的傷心神態感動了謝廖沙。他覺得，沒有學會語法，他是無辜的；無論怎麼努力，他就是學不會：教師向他解釋，他是信服的，好像也聽得懂，可是教師一走，他根本就想不到，並且也無法理解，「突然」這個明白易懂的短小單詞竟然是行為方式狀語。但是，他還是為自己傷了教師的心而感到遺憾，所以想安慰安慰教師。

他選中了教師默默地望著書本的那一刻。

「米哈伊爾・伊萬內奇，幾時是您的命名日？」他突然問道。

「您最好還是想想您的功課吧，命名日對一個聰明人來說毫無意義。它和別的日子一樣，都必須工作。」

謝廖沙仔細地看了看教師，看了看他那把稀疏的鬍子，看了看已滑到鼻子上那道刀疤下面的眼鏡，然後又沉思起來，因此教師講解的話一句也沒聽見。他明白，教師心中想的並不是他嘴上所說的，他根據教師說話的口氣覺察到這點。「他們為什麼要用同一種腔調來說這些無聊而又無用的東西呢？他幹麼要疏遠我，他為什麼不喜歡我？」他憂鬱地問自己，卻又無法找到答案。

## 二十七

教師走後是父親的課。趁父親尚未回來，謝廖沙在桌旁坐下來，玩弄一把小刀，並開始想心事。謝廖沙最喜歡的一件事就是在散步的時候找自己的母親。他根本不相信死，尤其不相信母親死了，儘管這個消息是利季雅．伊萬諾夫娜告訴他的，並且由父親證實，因此在人家告訴他母親死了以後，他仍在散步時尋找她。凡是體態豐腴、婀娜多姿、長著一頭黑髮的女人就是他的母親。見到這樣的女人，他心裡就會產生一股柔情，會喘不過氣來，會熱淚盈眶。他馬上就會盼著她走到自己面前，撩起面紗。那時，他就可以看到她的整張臉了；她將向他微笑、擁抱他，他將聞到她身上的香味、感覺到她那嬌嫩的手臂，並幸福地哭起來，就像有一天晚上他躺在她的膝上，她呵他癢，而他則哈哈大笑，咬她那隻戴著戒指的白手。後來，他偶然從保姆那兒得知他母親並沒有死，而父親和利季雅．伊萬諾夫娜對他解釋說，她對他來說已經死了，因為她是個壞女人（這話他怎麼也不相信，因為他愛她），打那以後，他就一直這樣在尋找她、等待她。今天，夏花園裡有一位披著紫色面紗的女士，沿著小路朝他們走來，他極度緊張地注視著她，希望她就是母親。這位女士還沒有走到他們面前，就消失不見了。謝廖沙感到今天心中對母親的愛比任何時候都要強烈，現在他已經想得出神了，趁著等父親的時候，他用小刀削著桌子的邊沿，明亮的眼睛凝視著前方，思念著母親。

「爸爸來了！」瓦西里．盧基奇打斷了他的遐想。

謝廖沙一躍而起，走到父親跟前，吻了吻他的手，仔細地望著他，想找到他獲得亞歷山大·涅夫斯基勳章後的高興跡象。

「你散步開心嗎？」阿列克謝·亞歷山德羅維奇問，同時坐到自己那把圈椅上，將那本《舊約》移到自己面前，並打開它。儘管阿列克謝·亞歷山德羅維奇不止一次地對謝廖沙說過，每個基督教教徒都應當熟記《創世記》[19]，但他自己在教《舊約》時卻經常查書，這一點謝廖沙也注意到了。

「是的，很開心，爸爸，」謝廖沙說著，側身坐到椅子上，並搖晃著椅子，而這種動作是被禁止的。「我見到了娜堅卡（娜堅卡是利季雅·伊萬諾夫娜的侄女，在她身邊接受教育）。她告訴我，人家授給您一枚新的星形勳章。爸爸，您高興嗎？」

「第一，請別搖晃，」阿列克謝·亞歷山德羅維奇說。「第二，珍貴的並不是獎賞，而是付出。我希望你要明白這一點。如果你為了得獎而付出、學習，那麼你將會覺得付出很艱辛；如果你因熱愛付出而付出，」阿列克謝·亞歷山德羅維奇說，同時回憶起今天上午自己憑著責任感，枯燥無味地簽署了一百一十八份公文，「你定會在付出中得到獎勵。」

在父親的逼視下，謝廖沙那雙因充滿柔情和喜悅而熠熠生輝的眼睛頓時黯然失色，低垂下來。這是他早已聽慣的口氣，父親總是這樣對他說話，他也學會了模仿這種口氣。謝廖沙覺得，父親跟他說話總好像父親在跟自己想像出來的、只有書中常有的、根本不像他謝廖沙的孩子說話。謝廖沙跟父親說話時也總是盡力裝成書裡的那種孩子。

「我希望，你明白這個道理？」父親說。

「是的，爸爸。」謝廖沙裝作想像中的那個孩子回答。

這堂課的內容是背誦福音書中的幾節經文，複習《舊約》的開頭部分。福音書中的經文謝廖沙倒是讀得很熟，不過在背誦經文的時候，他望著父親那塊在鬢角旁陡然彎折起來的前額骨出了神，因而背錯了，在同一個詞上把一節經文的結尾挪到另一節經文的開頭。阿列克謝．亞歷山德羅維奇很清楚，兒子並不理解所背那些經文的意思，這使他很生氣。

他皺起眉頭，開始解釋那些經文，這些謝廖沙已經聽過許多遍，卻一直都無法記住，因為就像「突然」這個詞是行為方式狀語那樣，他對這些經文理解得太透澈，所以反而記不住。謝廖沙驚惶地望著父親，一心想著父親會不會叫他重背一遍，因為有時會發生。這個想法使謝廖沙很害怕，他完全糊塗了。不過，父親並沒有叫他重背，而是轉到《舊約》上去。謝廖沙出色地敘述了其中的大事件，但是要回答某些事件的來龍去脈，他就一無所知，雖說他曾經為此而受過處罰。比如大洪水以前族長[20]的情況，他就一點也說不出來，只好不知所措地坐著，用小刀削桌子，在椅子上搖晃著身體。除了那個活著就升天的以諾[21]外，其他全不知道。以前他還記得他們的名字，現在全忘了，特別是因為以諾是整部《舊約》中他唯一喜愛的人物；再說，現在當他眼睛一動也不動地望著父親的錶鏈和西裝背心上那顆只扣上一半的鈕釦時，他的全部精神都集中到以諾活著升天的這情節上了。

謝廖沙根本不相信人家經常對他說的死亡。他不相信他所喜愛的人會死，尤其不相信他自己會死。這種事對他來說是絕對不可能的，也是完全無法理解的。人家對他說，所有的人都會死；他甚至問過他所信

---

19《舊約》的首卷。記述了上帝創造世界和人類始祖及以色列民族的起源。
20 指雅各的十二個兒子，他們中的每個人都成了猶太人十二族中的一族祖先。
21《創世記》載，以諾是亞當的第七世孫、瑪土撒拉的父親，後被神接上天堂。

任的人，他們也證實了這點；保姆雖然不大樂意回答，卻也這樣說了。可是，以諾沒有死，這麼說來，並不是所有的人都會死。「為什麼不是每個人都能毫無愧疚地面對上帝並活著升天呢？」謝廖沙想。壞人，即謝廖沙不喜歡的那些人會死，但是所有的好人都可以像以諾那樣活著升天。

「喂，到底有哪幾個族長呢？」

「以諾，以諾。」

「這個名字你已經說過了。不好，謝廖沙，很不好。假如你不努力去瞭解一個基督教教徒最需要瞭解的那些事，」父親站起來說，「那麼還有什麼事能使你感興趣呢？我對你不滿意，彼得·伊格納季奇（他是首席教師）對你也不滿意……我一定要懲罰你。」

父親和教師都對謝廖沙不滿意，他的確也學得很糟。但是，決不能說他是個低能的孩子。相反的，他的能力要比教師說給他做榜樣的那些孩子強得多。照父親看來，他是不願意學習那些功課。其實他是無法學這種東西。他之所以無法學這些，是因為他心裡有著一些對他來說要比父親和教師所提的那些要求更為迫切的事情。這兩類要求彼此矛盾，所以他簡直是在跟他的教師們對抗。

他九歲，還是個孩子；但是他瞭解自己的內心，它對他來說很珍貴，他保護著它，就像眼瞼保護眼睛那樣，所以沒有「愛」這把鑰匙，他決不會讓任何人進入自己的內心。他的教師們埋怨他不肯學習，而他的內心卻充滿了求知欲。於是，他向卡皮托內奇、向奶媽、向娜堅卡、向瓦西里·盧基奇學習，而不是向教師們學習。父親和教師期盼著能推動自己輪子的那股水早已漏掉了，它正在別處發揮作用。

父親懲罰謝廖沙，不讓他去找利季雅·伊萬諾夫娜的侄女娜堅卡；但是，這對謝廖沙來說恰恰是件好事。瓦西里·盧基奇的心情很好，教他做風車。整整一個晚上，他都在做風車，並且幻想做一架可以讓人乘上去旋轉的風車：用雙手抓住風翼旋轉，或者把自己縛在風翼上旋轉。整整一個晚上，謝廖沙都沒有想到過母親，上床後，他突然想起了她，就用自己的話做了祈禱，希望他的母親明天，也就是在他過生日的時候，不再躲著，能來看他。

「瓦西里・盧基奇，知道我額外祈禱過什麼嗎？」

「希望學得好一點？」

「不對。」

「得到玩具？」

「不對。您猜不到。一個頂好的願望，也是一個祕密！等它實現時，我再告訴您。沒猜著吧？」

「對，我猜不出。您告訴我吧，」瓦西里・盧基奇微笑著說，他難得有這樣的笑容。「好啦，睡吧，我要吹滅蠟燭了。」

「不點蠟燭，我看到和祈禱的事更清楚。我差一點說出祕密！」謝廖沙說，開心地笑了起來。

等到蠟燭被拿走後，謝廖沙聽到並感覺到自己的母親來了。她俯身站在他身旁，用愛撫的眼光望著他。但是，出現了風車、小刀，一切都混作了一團；他睡著了。

# 二十八

抵達彼得堡後，渥倫斯基與安娜在一間最好的旅館裡住了下來。渥倫斯基單獨住在樓下，安娜和嬰兒、奶媽與女僕一起住在樓上，住在一套由四個房間組成的大套房裡。

到達當天，渥倫斯基就去看望哥哥。他在那裡碰到了從莫斯科來辦事的母親。母親和嫂嫂像往常一樣接待了他；他們問他出國旅行的情況、談論他們共同熟人的情況，卻隻字不提他與安娜的關係。第二天早晨，哥哥來看渥倫斯基，主動問起她的情況，阿列克謝・渥倫斯基誠實地對哥哥說，他把自己與卡列尼娜視為婚姻關係；他希望能辦妥離婚事宜，到那時他就要娶她為妻，而在此之前也把她看作自己的正式妻子，就像別的結髮夫妻一樣。他請哥哥如實轉告母親和嫂子。

「如果上流社會不贊成這件事，那我倒不在乎，」渥倫斯基說，「如果我的親人們想要與我保持親屬關係，那麼他們就應當和我的妻子保持同樣的關係。」

哥哥一向尊重弟弟的意見，但在上流社會尚未對這件事作出評判之前，他不太明白弟弟到底做得對不對；他本人一點也不反對這件事，所以就跟阿列克謝一起去看安娜。

當著哥哥的面，渥倫斯基也像當著所有人的面那樣用「您」來稱呼安娜，像對待一位親密朋友那樣對待她，但是，哥哥知道他們的關係，這是不言而喻的，他們也談到安娜要去渥倫斯基莊園那件事。

儘管渥倫斯基有著豐富的上流社會經驗，但是遇到目前的新情況，他也感到迷惑不解了。他似乎必須明白，上流社會是否把他和安娜拒於門外；不過，現在他腦袋裡隱隱約約地想到，這種情況只有在古代才會出現，而現在一切都在迅速進步（他如今不知不覺地成了一切進步事物的擁護者），現在社交界的觀點變了，當然，他們會不會被上流社會接納的問題還沒有解決。「不用說，」他心想，「宮廷級的上流社會是不會接納她的，但是親朋好友能夠並且也應該理解他們。」

假如一個人知道沒有人阻止他改變姿勢，那他就能用同一種姿勢盤腿坐上幾個小時；假如一個人知道他不得不這樣盤腿而坐，那他就會痙攣，兩腿就會抽搐，會朝他想伸腿的那個地方伸。關於上流社會，渥倫斯基現在就有這種感受。雖然他內心深處明白上流社會已把他們拒於門外，但他還是要試一試，看看上流社會現在會不會改變，會不會接納他們。可是，他很快就發現，上流社會接納他，卻拒絕安娜。像玩貓捉老鼠的遊戲那樣，那雙為他而舉起的手遇到安娜就會立即放下來攔住她。

渥倫斯基見到的彼得堡上流社會的第一位女士，是他的堂姊別特西。

「終於回來了！」她高興地迎接了他。「安娜呢？我多麼高興啊！你們下榻哪裡？我認為，在你們作了一次美妙的旅行後，會覺得我們的彼得堡非常糟糕；我想你們的蜜月是在羅馬度過的。離婚的事怎麼樣啦？這件事全都辦妥了嗎？」

渥倫斯基發現，當別特西得知尚未離婚時，她的喜悅心情就減退了。

「我知道人家會向我扔石頭，」她說，「但是我會去看安娜的；是的，我一定會去。你們不會在這裡久留吧？」

果然，她當天就來看安娜，但她說話的口氣與從前完全不一樣。她顯然為自己的勇敢而自豪，並希望安娜能器重她那份可靠的友情。她待了不過十來分鐘，談的都是上流社會的一些新聞，臨走時說：

「你們沒有告訴我什麼時候離婚。即使我已經把自己的包髮帽扔過了磨坊，但是其他豎起的領子也會冷淡你們，直到你們結婚為止。現在的情況其實就是這樣。這很尋常。這麼說，你們是星期五走嗎？可惜我們不能再見面了。」

根據別特西的口氣，渥倫斯基原本可以明白，上流社會會如何對待他；但是，他在自己家庭裡又作了一次嘗試。對母親他並不抱什麼希望。他知道，初次相識時母親是很讚賞安娜的，現在卻對她冷酷無情，因為是她斷送了兒子的前程。但是，他對嫂子瓦里雅抱有很大希望。他彷彿覺得她是不會扔石頭的，會大大方方、毅然決然地去看望安娜，並且接納她。

翌日，渥倫斯基去看她，正好碰到她一人在家，於是開門見山地說出了自己的願望。

「你要知道，阿列克謝，」她聽完他的話說道，「我多麼愛你，多麼願意為你效勞；但是我卻不吭聲，因為我知道幫不了你和安娜·阿爾卡季耶夫娜，」她說道，並且是特別費勁地說出「安娜·阿爾卡季耶夫娜」這個名字。「請別以為我在譴責她。我永遠不會這麼做；我處在她的位置也可能會這樣做。具體細節我就不談了，並且也不能談，」她畏怯地望著他那張陰沉的臉。「但是我必須直言不諱。你想要我去看她、接納她，並以此來恢復她在上流社會的名譽；但是，請你諒解，我做不到。我有女兒，她們快要長大了，為了丈夫，我也應該出入於上流社會。好吧，我會去看安娜·阿爾卡季耶夫娜；她會明白，我不能請她來我家，即使要請，也該做到不讓她遇見對她另眼相看的人，否則會使她感到受辱。我不能提攜她……」

「我並不認為她比你們所接待的千百個女人更墮落！」渥倫斯基明白嫂子的決心不會改變，於是臉色更陰沉地打斷了她的話，默默地站了起來。

「阿列克謝！別生我的氣。請你諒解，這不能怪我。」瓦里雅面帶膽怯的微笑望著他，說道。

「我沒有生妳的氣，」他仍然陰沉沉地說，「但我倍感痛心。使我痛心的還有，這件事即將毀掉我們的友情。即使不毀掉，那也會影響它。妳要明白，對我來說，這件事不可能不導致這樣的結果。」

他說完就離她而去了。

渥倫斯基明白，再作嘗試也是徒勞，這幾天待在彼得堡必須像待在別的城市那樣，要與原先的上流社會斷絕一切來往，以免招來使他十分難堪的不愉快和屈辱。待在彼得堡主要不愉快的事之一就是，阿列克謝·亞歷山德羅維奇這個人和他的名字好像到處都能遇到。離開阿列克謝·亞歷山德羅維奇，那就不能談任何事；要想不遇見他，那就別到任何地方去。至少渥倫斯基覺得情況是這樣，好比一個人手指有傷痛，幹什麼都會偏偏碰到這根手指。

還有一件事使渥倫斯基覺得待在彼得堡很痛苦，那就是這段時間，他發現安娜身上始終有一種他所無法理解的新情緒。她時而好像很愛他，時而變得冷漠無情、暴躁易怒，讓人無法理解。她為某件事苦惱，她有事瞞著他，她彷彿沒有發現那些毒害他生活的侮辱，她這個有著敏銳理解力的人，對此照理該有更痛切的感受。

## 二十九

安娜回俄國的目的之一就是要與兒子見面。從她離開義大利的那天起，一想到與兒子見面，她就激動不已。她離彼得堡愈近，覺得這次見面的喜悅和重要性就愈大。她沒想過如何安排這次見面的問題。她覺得，當她與兒子待在同一座城市裡，見兒子是既自然、又簡單的事；一到彼得堡，她突然清晰地看到了她現在在社會中的處境，於是她明白安排這次見面有多難。

她已經在彼得堡住了兩天。她一刻不停地思念著見不到的兒子。她覺得自己無權直接到那幢可能會遇到阿列克謝・亞歷山德羅維奇的屋子裡去。人家可能不讓她進去，也可能羞辱她。一想到寫信聯繫丈夫的做法，她就感到很痛苦；只有在不想到丈夫的時候，她才能安下心來。打聽兒子什麼時候和到什麼地方散步，然後在他散步時同他見面，這樣做她又不滿足：她為這次見面做了多麼周到的準備，她有多少話要對他說，她多麼想擁抱他、親吻他。謝廖沙的老保姆會幫助她、會給她出主意。但是，保姆現在已經不住在阿列克謝・亞歷山德羅維奇家裡了。兩天的時光就在這些猶豫不決的想法和尋找保姆的過程中飛逝而去。

第三天，打聽到阿列克謝・亞歷山德羅維奇與伯爵夫人利季雅・伊萬諾夫娜的親密關係後，安娜決定給她寫一封信。這封信花了她很大力氣，她在信中故意說，是否准許她見兒子，這件事取決於丈夫的寬宏大量。她知道，假如丈夫看到這封信，他要繼續扮演寬宏大量的丈夫角色，就不會拒絕她。

送信的僕人向她轉告了「不予回答」這一最殘酷和最出乎她意料的答覆。她把信差叫進來，聽他詳細敘述了他如何等在那兒，後來人家如何對他說「不予任何回答」，她感到自己受到了空前的巨大侮辱。安娜感到自己是被傷害的人，但是她明白，伯爵夫人利季雅．伊萬諾夫娜從她自己的觀點來看是在做正確的事。她的痛苦因只能獨自忍受而顯得更加強烈。她不能也不願意與渥倫斯基分擔這份痛苦。她明白，儘管他是使她遭到不幸的主要原因，但是對他說來，她能否與兒子見面是一件最無關緊要的事。她明白，他永遠也無法理解她的痛苦有多深重；她明白，她會因他在提到這件事時所用的冷淡口氣而憎恨他。這一點恰恰是她最最害怕的，因此她把一切涉及兒子的事都瞞著他。

她在家裡坐了一整天，考慮與兒子見面的種種方法，最後決定給丈夫寫一封信。她已經在寫了，這時人家給她送來利季雅．伊萬諾夫娜的信。伯爵夫人的沉默制伏了她，並使她折服，但是這封信，以及她在這封信字裡行間所看出的一切，把她激怒了。伯爵夫人這一惡毒的用心、與她對兒子那份正當的熾熱感情相比，是多麼令人氣憤，因此她開始恨別人，不再指責自己。

「這種冷淡是裝出來的，」她暗自說道。「他們一心要侮辱我、要折磨孩子，而我要向他們屈服！決不屈服！她比我壞。我至少不會撒謊。」她立即決定，明天，也就是謝廖沙的生日，她直接到丈夫家去，買通下人，即使欺騙，她也要見到兒子，要揭穿他們對可憐的孩子設下的卑劣騙局。

她到玩具店去了一趟，買了許多玩具，想好了行動計畫。她將一早就趕去，在八點鐘趕到，那時阿列克謝．亞歷山德羅維奇想必還沒有起床。她會把錢捏在手裡，到時候就塞給門房和僕人，讓他們放她進屋，然後繼續披著面紗說，她是代表謝廖沙的教父來祝賀他的生日，受託要把玩具放在孩子的床邊。她只是沒有想好要對兒子說的話。無論想多麼久，她就是想不出要說什麼。

第二天早上八點鐘，安娜從一輛出租馬車裡下來，在她原先的那個家的大門前拉響了門鈴。

「去看看有什麼事。來了一位太太，」卡皮托內奇說，他還沒有穿好衣服，身上披著一件大衣、穿著一雙套鞋，向窗外一望，看到門口站著一位戴面紗的太太。

門房的副手——一個安娜不認識的年輕小夥子，剛替她把門打開，她就進了門，並從暖手筒裡掏出一張三盧布的鈔票，匆匆塞到他手裡。

「謝廖沙……謝爾蓋·阿列克謝伊奇，」她說了一句，並往前走去。門房的副手看了看那張鈔票，在另一道玻璃門前攔住了她。

「您要找誰？」他問道。

她沒有聽見他的問話，一句也沒有回答。

卡皮托內奇發覺這位陌生太太神色慌張，就親自走到她面前，讓她進了門，問她有什麼事。

「是代表斯柯洛杜莫夫公爵來看望謝爾蓋·阿列克謝伊奇的。」她說。

「他還沒有起床，」門房仔細地打量著來客，說。

安娜怎麼也沒料到，她住過九年的這幢房子前廳裡一切依舊的陳設會對她產生如此強烈的影響。既有歡樂又有痛苦的回憶一個接一個地在她心裡浮現，一時間她竟然忘了她來這裡的目的。

「請等一等，好嗎？」卡皮托內奇說著幫她脫下皮大衣。

脫下皮大衣後，卡皮托內奇朝她臉上看了一眼，認出了她，就默默地、深深地向她鞠了一躬。

「夫人，請吧。」他對她說。

她想說點什麼，喉嚨裡卻發不出任何聲音；她用愧疚、哀求的目光看了老頭一眼，就邁著輕快的步子走上了樓梯。卡皮托內奇朝前彎著腰，套鞋踩著梯級，在她身後奔跑，竭力想趕過她。

「教師在那裡，也許沒穿好衣服。我要去通報一下。」

安娜繼續沿著熟悉的樓梯上樓，她不明白老頭說的話是什麼意思。

「請往這裡，往左走。請原諒，家裡沒打掃乾淨。他現在住在原來的休息室裡，」門房氣喘吁吁地說，「夫人，請您稍等片刻，我先進去看一看，」他說完就跑到她前面，把一扇高高的房門稍稍打開一點，接著他的身影就在門後消失了。安娜停下來等著。「剛剛醒來。」門房從那扇門裡出來說。

就在門房說這句話的時候，安娜聽到了小孩的哈欠聲。單憑這一聲，她就知道是兒子，並像是看到了他活生生地站在自己面前。

「讓我進去，讓我進去，你走吧！」她說，並走進那扇高大的房門。門的右邊放著一張床，床上坐著一個小男孩。他只穿著一件沒扣鈕釦的襯衫，彎下小小的身子，伸著懶腰，要把一個哈欠打完。他的嘴唇在即將閉攏的瞬間露出一種半睡不醒而又怡然自得的微笑，他就帶著這微笑慢慢地、甜美地朝後倒下身去。

「謝廖沙！」她無聲地走到他跟前，低聲地叫道。

在遠離他的那段時間，在她最近老是感到愛意如潮的時刻，她把他想像成一個四歲的孩子，因為她最喜歡他四歲時的模樣。現在他甚至不再是她離開他時的那種模樣了；他與四歲時的模樣相距更遠了，他長高了，也瘦了。這是怎麼回事呀！他的臉多麼瘦，頭髮多麼短！手臂多麼長！從她離開他的那個時候起，他的模樣起了多大的變化啊！但是，這是他，是他的頭形、他的雙唇、他柔軟的頸項和寬寬的小肩膀。

「謝廖沙！」她在孩子耳邊又叫了一聲。

他又用一隻胳膊肘支起身體，像是在尋找什麼東西似的，往兩側轉動著那顆頭髮蓬亂的小腦袋，睜開了眼睛。他靜靜地、疑惑地朝一動不動站在他面前的母親打量了幾秒鐘，然後突然幸福地微微一笑，又閉上惺忪的眼睛，倒下身去，但這次不是往後倒，而是朝她身上，朝她懷抱裡倒。

「謝廖沙！我親愛的孩子！」她氣喘吁吁地說，雙手摟住他那胖乎乎的身體。

「媽媽！」他叫了一聲，然後就在她的懷裡扭動起來，想讓身體的各個部位都觸及她的手臂。

他依然閉著眼睛，睡意濃濃地微笑著，把兩隻胖鼓鼓的小手從床背移到她的雙肩上，然後抓住它們，偎依在她身上，使她感受到只有孩子身上才有的那股引人入睡的迷人氣味和暖意，接著就用臉去蹭她的頭頸和雙肩。

「我就知道，」他睜開眼睛說。「今天是我生日。我知道妳一定會來。我這就起床。」

說這話時，他又快要睡著了。

安娜貪婪地打量他；她發現，在她離開的這段時間裡，他長高了，模樣也變了。她似乎認不出他那雙從被子裡伸出來、現在已長得如此之大的腳丫，卻認出這消瘦的面頰，認出了她以前常吻的後腦勺上這些剪得短短的鬈髮。她打量著這一切，什麼話也說不出來；眼淚憋得她喘不過氣來了。

「媽媽，妳為什麼哭呀？」他徹底醒過來後說。「媽媽，妳為什麼哭？」他帶著哭腔大聲問。

「我嗎？我不哭了……我是高興得哭的。我很久沒見到你了。我不哭了，不哭了，」她一面說，一面扭過臉去抽泣。「喂，你現在該穿衣服了，」恢復常態後，她又沉默了一會兒，再補了一句，然後握住他的雙手，坐到他床邊放著他的衣服的椅子上。

「我不在時，你是怎麼穿衣服的？怎麼……」她想隨隨便便、開開心心地和他說話，可是做不到，於是又把臉轉過去。

「我不洗冷水澡了，爸爸不允許。妳沒見到瓦西里·盧基奇吧？他就來。妳坐在我衣服上了！」謝廖沙大笑起來。

她朝他看了看，微微地笑了。

「媽媽，我的心肝，親愛的！」他又撲到她身上，抱著她叫了起來。好像他現在因為看到她微笑，才弄明白是怎麼回事。「不要這東西，」他說著摘掉她的帽子。好像因為看到了不戴帽子的媽媽，他又撲過去親吻她。

「你對我怎麼想呢？你不認為我死了吧？」

「從來也不相信。」

「不相信嗎，我的朋友？」

「我知道，我都知道！」他重複著自己喜愛的這句話，抓住她那隻正在撫摸他頭髮的手，把她的手掌緊貼在自己的嘴上，親吻著。

# 三十

瓦西里·盧基奇起先並不知道這位太太是誰，後來從僕人們的談話中得知這就是那位拋棄丈夫的母親；他不認識這位太太，因為他是在她走後才進這個家的。他此時感到猶豫不決：他該進去呢，還是不進去，或是去向阿列克謝·亞歷山德羅維奇稟報？最後，他想到他的職責是在規定的時刻把謝廖沙叫起來，所以他不必弄清楚是誰坐在那裡，是母親呢，還是別的什麼人，他必須履行自己的職責；於是他穿上衣服，走到門前，並把門打開。

然而，母子撫愛的情景、他們的嗓音和他們所說的那些話——這一切使他不得不改變主意。他搖搖頭，歎了口氣，又把門關上。「再等十分鐘吧。」他暗自說道，一面清著嗓子，擦著眼淚。

這時候，家裡的僕人中間也發生了一場騷動。大家都知道太太來了，是卡皮托內奇放她進來的，她現在正在兒童室裡，而老爺總是在八點鐘過後親自到兒童室裡去一趟；大家都明白，這對夫妻相遇會很尷尬，必須設法阻止。侍僕科爾涅伊下樓來到門房間，打聽是誰怎樣放她進來的，得知是卡皮托內奇接待她、把她領上樓，他就斥責老門房。門房倔強地一聲不吭，當科爾涅伊對他說，要為這件事而開除他的時候，他猛地衝到科爾涅伊面前，對著他的臉揮舞起雙手說：

「是啊，要是你就不會讓她進來了！我在這裡當了十年差，除了東家的寵信，什麼也沒有得到，可是現在你竟然走過來對我說：你滾吧！你很懂得耍花招呀！就這樣吧！你別得意忘形，別忘了你掠奪老爺的財產，偷浣熊皮大衣！」

「丘八！」科爾涅伊輕蔑地說，並朝進來的保姆轉過身去。「瑪麗亞·葉菲莫夫娜，您來評評理吧：把人放進來了，卻又不告訴任何人，」科爾涅伊對她說。「阿列克謝·亞歷山德羅維奇馬上就要出來，馬上就要去兒童室了。」

「糟啦，糟啦！」保姆說。「科爾涅伊·瓦西里耶維奇，您最好設法把他，把老爺拖住一會兒，我跑過去，設法把她帶走。糟啦，糟啦！」

保姆走進兒童室的時候，謝廖沙正在對母親說，他和娜堅卡一起摔倒，從山上滾下來，連翻了三個跟斗。她聽著他的嗓音，看著他的臉和臉部表情的變化，撫摸著他的一隻手，卻不明白他在說什麼。要走了，要離開他了——她此刻所想和所感覺到的就只有這一件事。她既聽到咳嗽著走到門口來的瓦西里·盧基奇的腳步聲，也聽到保姆過來的腳步聲，她卻像塊化石似的坐著，既無力開口說話，也無力站起來。

「太太，我親愛的太太！」保姆走到安娜跟前，吻著她的雙手和雙肩，開始說話。「瞧，上帝給我們的小壽星帶來了歡樂。您一點也沒變。」

「啊呀，好保姆，親愛的，我不知道您還在家裡。」安娜一時醒悟過來說道。

「我不住在這裡，我和女兒住一起，是來祝賀的。安娜·阿爾卡季耶夫娜，我親愛的太太！」

保姆突然哭了起來，又開始吻她的手。

謝廖沙雙目炯炯有神，臉上漾著微笑，一隻手拉住母親，另一隻手拉住保姆，兩隻肥胖的小光腳踩著地毯。他所敬愛的保姆對他母親的一片溫情使他感到十分喜悅。

「媽媽！她經常來看我，一來就……」他剛開了個頭，馬上又停下來，因為他發現保姆小聲地對母親說了幾句話，母親的臉上露出了恐懼和一種與母親極不相稱的、類似於羞愧的神情。

她走到他面前。

「我親愛的寶貝！」她說。

她說不出再見這個詞，但她的臉部表情已表明了這個意思，他也明白了。「親愛的，親愛的庫季克！」她叫著他小時候的名字，「你不會忘記我吧？你……」她再也說不下去了。

後來她想出過多少可以對他說的話呀！現在她卻一句話也不會說，一句話也說不出來。但是，謝廖沙明白她想對他說什麼。他明白她很不幸，但愛他。他甚至還明白保姆小聲說的話。他聽見保姆說「總是在八點鐘過後」，他明白這是在說他父親，母親不能與父親相遇。這一點他理解，但是他無法理解：為什麼她的臉上露出恐懼和羞愧的神色？……她沒有什麼過錯，卻怕他，而且還為某件事而感到羞愧。他想提一個問題，消除心中的疑問，卻又不敢：他看到她很痛苦，他也就可憐她了。他默默地依偎著她，小聲地說：

「先別走。他不會很快就來。」

母親把他從身邊推開，想弄清楚他心裡想的與他口中說的是不是一回事。她從他那驚惶的表情中看出，他不僅是在說父親，而且好像在問她，他該怎樣看待父親。

「謝廖沙，我的朋友，」她說，「愛他吧，他比我好，也比我善良，是我對不起他。等你長大了，會作出判斷的。」

「沒有人比妳好！……」他噙著眼淚絕望地喊道，他抓住她的雙肩，竭盡全力地用緊張得發抖的雙手把她緊緊抱住。

「心肝，我的小寶貝！」安娜說，像小孩似的哭了起來，哭聲同他的哭聲一樣輕。

這時候，門打開了，瓦西里．盧基奇走了進來。另一扇門外也傳來了腳步聲，保姆驚惶地低聲說：

「他來了。」她把帽子遞給安娜。

謝廖沙躺到床上，雙手捂住臉，號啕大哭起來。安娜把他的手挪開，再次吻了吻他那張濕漉漉的臉，然後快步朝房門走去。阿列克謝．亞歷山德羅維奇正好迎著她走來。一看到她，他就停下來，並低下了頭。

儘管她剛剛還說，他比她好，也比她善良，但在她細細地朝他渾身上下迅速掃了一眼後，心裡還是充滿了對他的反感和仇恨，並因為得不到兒子而嫉妒他。她動作迅速地放下面紗，加快腳步，幾乎像奔跑似的出了房間。

她來不及把昨天滿懷著愛心和惆悵在店裡選購來的玩具掏出來，原封不動地都帶回去了。

## 三十一

儘管安娜非常渴望與兒子見面，儘管她早就在為這次見面做準備，但她怎麼也料不到，這次見面竟會對她產生如此強烈的影響。回到旅館裡的那間單人套房後，她久久無法弄清楚她幹麼要待在這兒。「是的，這一切都結束了，我又是孤家寡人了，」她暗自說道，連帽子也不脫，就坐到壁爐旁的圈椅上。她目不轉睛地凝視著那只擺在兩扇窗之間的桌上的青銅時鐘，並開始思索。

從國外帶來的那個法國女僕走進來請她更衣。她驚訝地看了看女僕說：

「過一會兒。」

男僕來問她要不要喝咖啡。

「過一會兒。」她說。

義大利奶媽給小姑娘穿上衣服，抱著她走進來，把她交給安娜。看到母親後，餵養得胖乎乎的小姑娘像平時一樣，手心向下，把兩隻胖得像被線纏緊似的、裸露著的小手的手指彎曲著放在身邊，張開沒牙的小嘴微笑著，開始像魚兒戲弄浮標似的划動兩隻小手，撥弄得小繡花裙的漿硬裙褶沙沙作響。安娜不能不向小姑娘微笑，不能不吻她，不能不伸給她一個手指，讓她抓住它、尖叫著，全身跳動；不能不把嘴唇伸給她，讓她裝成接吻的樣子，把它吸進小嘴。這一切安娜都做了，還把她抱在手上，迫使她蹦跳一會兒，吻吻她那紅潤的面頰和裸露的小胳膊肘。看到這個孩子，她心裡就更清楚，與她對謝廖沙的感情相比，她對這個孩子的感情甚至算不上是愛。這個小姑娘身上的一切都很討人喜歡，可是這一切不知為什麼都吸引不了她的心。第一個孩子雖說是她跟不愛的人生的，但她把沒有得到滿足的全部的愛都傾注到這個孩子身上；小姑娘是在最艱難的環境下出生的，所以為她操的心還不及第一個孩子的百分之一。此外，小姑娘身上的一切還都是期望中的東西，而謝廖沙幾乎已經長大成人，並且是個可愛的人；他身上已經有各種想法、各種感情在對抗了；回憶起他說的話和他的眼神，她認為，他理解她、愛她，但也指責她。她不僅在肉體上，而且在精神上，永遠與他分離了，並且無法挽回。

她把小姑娘交給奶媽，讓她出去，然後打開圓形頸飾，頸飾裡嵌著謝廖沙的相片，當時他的年紀跟這個小姑娘差不多。她站了起來，脫掉帽子，拿起小桌上的相簿，相簿裡有兒子在各種年紀拍的照片。她想把照片比對一下，於是把它們從相簿裡取出來。她把它們全都拿出來。只留下一張，是最近拍的，也是最好的一張。他穿著白襯衫，騎在椅子上，眼神黯然，嘴上卻帶著笑意。這是他最有特色的最佳表情。她有一雙靈巧的纖手，手指又白又細，但是今天手指的動作特別僵硬；她幾次觸到這張照片的一角，可是都掉了，她無法取出照片。桌子上沒有裁紙刀，於是她就取出旁邊的那張照片（這是渥倫斯基的照片，是在羅馬拍的，他戴著一頂圓禮帽，蓄著長髮），用它把兒子的照片頂出來。「對，就是他！」她朝渥倫斯基的照片看了一眼後說，突然想起了誰是造成她目前痛苦的罪魁禍首。今天，整個早晨她連一次也沒有想到過他。現在，一看到這張英姿勃勃、氣質高貴、對她來說又是如此熟悉和如此可愛的臉，她便覺得心裡驟然湧上了一股對他的愛意。

「他在哪裡？他怎麼會讓我獨自留在這兒、忍受痛苦的煎熬呢？」她突然帶著責備的情緒想道，卻忘記是她自己把所有涉及兒子的事都瞞著他。她派人去請他立即到她這兒來；她心裡極度緊張地等待著，琢磨著用什麼話來向他說明這一切，以及他會用哪些情意綿綿的話來安慰她。派去的人回來說，他有客人，他馬上就來，還問她能不能一起接待他和從外地來彼得堡的亞什溫公爵。「不是一個人來，可他從昨天中午起就一直沒來見我，」她心裡想，「他來也不是為了讓我能把一切都告訴他，而是要同亞什溫一起來。」她突然產生了一個奇怪的想法：要是他不再愛我，那該怎麼辦？

她逐一回想著最近幾天的事，覺得件件都證實了這可怕的想法：他昨天沒有在家裡吃午飯、堅決要在彼得堡分開來住，甚至現在也不是一個人來看她，像是有意避免單獨與她見面。

「他應當把想法告訴我。我需要知道他是怎麼想的。如果我知道他怎麼想，就知道自己該怎麼辦，」她暗自說道。她無法想像，一旦確信他不再鍾情於她，她將會處於什麼樣的境地。她認為他不再愛她、覺得自己快要絕望了，因此特別緊張。她打鈴召來了女僕，自己走進更衣室。更衣時，她比之前這幾天更為精心地作了打扮，好像只要她穿上一套更合適的服裝、梳一個更合適的髮型，變心的他又會重新愛上她。

她還沒有打扮完畢，就聽到了門鈴聲。

她走進客廳，用目光迎接她的不是他，而是亞什溫。他正在看她遺忘在桌上她兒子的那些照片，並且也不急於看她一眼。

「我們認識，」她說著伸出小手握住情態窘迫的亞什溫的大手（他個子高大，面相粗魯，竟然也會發窘，這倒是很奇怪）。「去年就認識了，在賽馬場上。給我，」她說，動作迅速地從渥倫斯基手中取回他正在看的她兒子的照片，同時用那雙亮晶晶的眼睛意味深長地望著他。「今年賽馬的情況好嗎？今年我在羅馬的科爾索看了一場賽馬。不過，您並不喜歡國外生活，」她親切地笑著說。「我瞭解您的情況，也熟悉您的一切愛好，雖說我很少遇見您。」

「我對此感到很遺憾，因為我的愛好多半很粗俗。」亞什溫咬著自己左邊的那撇小鬍子說道。又談了一會兒，亞什溫發現渥倫斯基看了看手錶，於是就問她還要在彼得堡待多久，然後挺直魁梧的身軀，拿起了便帽。

「大概不會很久。」她朝渥倫斯基看了一眼後，侷促不安地說。

「那麼我們不能再見面了？」亞什溫站起來，轉身問渥倫斯基。「你在哪裡吃午飯？」

「到我這兒來吃午飯吧，」安娜斷然說道，好像對自己的驚慌表現很生氣，卻又像平常那樣，因在生人面前暴露自己的處境而漲紅了臉。「這兒的午飯並不好，但至少您能和他見面了。在全團同事中，阿列克謝最喜歡的就是您。」

「我感到很榮幸。」亞什溫微笑著說，這使渥倫斯基看出他很喜歡安娜。

亞什溫鞠了個躬，走出去，渥倫斯基落在後面。

「你也要去嗎？」她問他。

「我已經遲了，」他回答，「你走吧！我馬上就會追上你的。」他大聲地對亞什溫說。

她抓住他的一隻手，目不轉睛地望著他，腦子裡則在想自己該說些什麼話才能把他留住。

「等一等，我有件事要告訴你，」她拉起他那隻短短的手，把它緊按在自己的脖子上。「對了，我叫他來吃午飯，這沒有關係吧？」

「妳做得好極了。」他露出一口整齊的牙齒，吻著她的手，臉帶鎮靜的笑容說道。

「阿列克謝，你對我沒有變心吧？」她用雙手緊握著他的一隻手說。「阿列克謝，我待在這裡痛苦極了。我們什麼時候離開？」

「快了，快了。妳不會相信我們在這裡過的生活對我有多麼痛苦。」他說，並抽回自己的手。

「嗯，去吧，去吧！」她深感委屈地說，匆匆從他身邊走開了。

# 三十二

渥倫斯基回來時，安娜不在家。據說，在他走後不久，有一位太太來看安娜，她就與那位太太一起出去了。她沒說去哪裡就出門了，到現在還沒有回來，早上沒對他說也出去過一趟；這一切，加上她今天早晨的那種非常激奮的表情，以及回想起她當著亞什溫的面幾乎從他手中搶走兒子照片這種懷有敵意的舉動，都使他不得不作一番沉思。他決定，必須跟她說說清楚。他就在她的客廳裡等她。但是，安娜並不是獨自一人回來，她帶來了她的姑媽——老處女、公爵小姐奧勃朗斯卡雅。她就是上午來看安娜的那位太太，安娜就是跟她一起出去買東西的。安娜好像沒發現渥倫斯基臉上那種焦慮和疑問的神情，開心地告訴他，今天上午她買了些什麼。他發現她身上正在發生某種特殊的變化：當那雙亮晶晶的眼睛匆匆地停留在他身上時，目光裡有一種緊張不安的關切，她的言語和動作帶著神經質的敏捷和優雅的韻味，這些特點在他們相好的初期曾令他十分迷戀，現在卻使他感到不安與害怕。

一桌供四人用的午飯已經擺好。大家都到齊了，正準備到小餐廳裡去的時候，圖什克維奇受公爵夫人別特西之託來看安娜。公爵夫人別特西請安娜原諒她沒來告別；她身體不好，但是她請安娜在六點半至九點鐘之間到她家去。聽到這規定的時間，渥倫斯基朝安娜看了一眼，因為這表示人家已採取了措施，保證她不會遇到任何人；但是安娜好像並沒有發現這點。

「很遺憾，我恰恰無法在六點半至九點之間去。」她略帶微笑地說。

「公爵夫人將會感到很遺憾。」

「我也是。」

「您大概要去聽帕蒂姊妹[22]演唱吧？」圖什克維奇問。

「帕蒂姊妹演唱？您給我出了個好主意。要是能弄到包廂票，我會去聽的。」

「我能弄到。」圖什克維奇毛遂自薦說。

「我會非常非常感謝您的，」安娜說，「願不願意跟我們一起用午餐？」

渥倫斯基微微聳了聳肩膀。他絲毫不明白安娜在做什麼。她幹麼把這位老公爵小姐帶回來、幹麼留圖什克維奇用午餐，最令人驚訝的是，幹麼要叫他去弄包廂票？難道可以認為，她目前這種處境能到滿是她熟悉的上流社會人士的帕蒂姊妹長包的劇院去嗎？他目光嚴峻地看了看她，她回敬的是他無法理解的、帶挑戰性的目光，既像快樂，又像絕望。用餐時，安娜快樂得有點咄咄逼人：她好像是在跟圖什克維奇和亞什溫調情。離席後，圖什克維奇去弄包廂票，而亞什溫去抽菸，渥倫斯基就和亞什溫一起下樓回自己的房間。坐了一會兒，他又跑到樓上。安娜已經穿上她在巴黎做的那件鑲天鵝絨淺色袒胸綢連衣裙，頭上繫著一條昂貴的白色鉤花髮帶，髮帶框住她的臉，特別醒目地突出了她那亮麗的美色。

「您真的要到劇院去嗎？」他說，盡力不看她。

「您到底為什麼要這麼驚惶地提出這個問題？」她說，他沒有看她使她深感委屈。「我為什麼不能去？」

她似乎不理解他的意思。

「自然是毫無理由。」他皺起眉頭說。

「這也就是我要說的話。」她故意不理會他那種諷刺口氣，邊說邊悠閒地捲起她那只香氣襲人的長手套。

「安娜，千萬別這樣！您怎麼啦？」他像要喚醒她似的說，那口氣完全與她丈夫以前的口氣一模一樣。

「我不明白您在問什麼。」

「您知道，不能去。」

「為什麼？我又不是一個人去。公爵小姐瓦爾瓦拉去更衣了，她跟我一起去。」

他帶著疑惑和絕望的神態聳了聳肩膀。

「難道您不知道……」他正要開口。

「可我不想知道！」她幾乎是在大喊。「不想知道。我為我所做的事後悔嗎？不，不，不。要是一切從頭再來，情況仍然是這樣。對我們來說，也就是對我和您來說，只有一點才是重要的：我們是否彼此相愛。沒有別的想法。為什麼我們在這裡要分開住，還要別見面呢？為什麼我不能去看戲？我愛你，如果你沒有變心，」她眼裡射出一種他不理解的特殊光芒，朝他看了一眼，並用俄語說，「別的我全都不在乎。你為什麼不望著我呢？」

他朝她看了一會兒。他看到了她的臉和她那身總是與她很相稱的裝束的整體美。但是，現在使他感到惱火的恰恰就是她的美貌和優雅風度。

「您要知道，我的感情不會改變，但是我請您別去看戲，求您啦。」他又用法語說，用的是溫柔的懇求語氣，目光中卻透出冷漠神色。

她沒有聽見他的話，卻看到了他那冷冷的目光，於是憤怒地回答：

22 帕蒂姊妹，義大利花腔女高音歌唱家：妹妹阿代利尼．帕蒂（1843-1919），姊姊卡洛塔．帕蒂（1835-1889）。

「我倒要請您告訴我，為什麼我不應該去。」

「因為這會使您蒙受……」他說不下去了。

「我一點也不明白。亞什溫不會有損於我的名聲，公爵小姐瓦爾瓦拉也絲毫不比他人遜色。瞧，她來了。」

## 三十三

安娜故意裝出不明白自己處境的樣子，渥倫斯基為此第一次對她感到惱火，甚至憤恨。這種感覺又因他無法向她說明原由而變得更強烈。要是能直截了當把心裡的想法告訴她，那麼他要說：「穿著這一身盛裝，與人人皆知的公爵小姐一起在劇院裡露面，這樣做的意思不僅僅是承認自己是個墮落的女人，而且是向上流社會挑戰，也就是要與它永遠脫離關係。」

他無法對她說這種話。「她怎麼會不明白這一點呢，她究竟怎麼啦？」他暗自說道。他發覺，在他對她的敬意逐漸減少的同時，覺得她長得很美的那種意識卻愈發強烈了。

他愁眉不展地回到自己的客房，看到亞什溫把兩條伸直的長腿擱在椅子上，正在喝摻過礦泉水的白蘭地，於是挨著他坐下，叫人給自己端一份同樣的飲料來。

「你說的是蘭科夫斯基的『壯士』。這是一匹好馬，我勸你買下來，」亞什溫朝朋友那張陰鬱的臉看了一眼後說道。「牠的臀部有點下垂，但是腿和頭好得不能再好了。」

「我想我會買。」渥倫斯基回答。

關於馬的談話使他很感興趣，但是他連一分鐘也沒有忘記安娜，不由自主地諦聽著走廊裡的腳步聲，並不時看看壁爐上的那只鐘。

「安娜．阿爾卡季耶夫娜吩咐我來稟報一聲，她到劇院去了。」

亞什溫又把一杯白蘭地倒進嘶嘶作響的礦泉水裡，喝完後站起來，開始扣鈕釦。

「怎麼樣？我們走吧。」他說，小鬍子底下擠出了一絲微笑，表示他明白渥倫斯基心情憂鬱的原因，但他不認為有什麼大不了的事兒。

「我不去。」渥倫斯基憂鬱地回答。

「可我必須去，我答應過要去。那麼，再見。要不你就到池座來，坐克拉辛斯基的座位吧。」亞什溫出門時又說。

「不，我有事。」

「和妻子在一起有煩惱，和不是妻子的女人在一起更糟糕。」亞什溫從旅館出來時想道。

房間裡剩下渥倫斯基一個人，他站起身來，開始在房間裡踱步。

「今天上演什麼呢？第四組劇碼……葉戈爾夫婦在那裡，我母親大概也在。就是說整個彼得堡的名流都在那裡。現在她進劇院了，脫下皮大衣，走到燈光下。圖什克維奇、亞什溫、公爵小姐瓦爾瓦拉……」他想像著。「我這是怎麼啦？是我害怕了，還是把保護她的責任交給圖什克維奇了？無論怎麼看都很愚蠢，都很愚蠢……她為什麼置我於這種處境呢？」他一揮手說。

這一揮碰到了放著礦泉水和白蘭地的小桌子，差一點把小桌子翻倒。他想扶住桌子，卻把它撞倒了，於是惱火地踢了桌子一腳，並搖了搖鈴。

「要是你想在我這裡當差，」他對進來的侍僕說，「就要記住自己的職責。決不允許有這種情況。你應當把東西收拾好。」

侍僕覺得委屈，想為自己辯解，但是看了老爺一眼，從他的臉色中看出自己還是不說為妙，於是急忙彎下身子，趴在地毯上，開始收拾完好無損的和已打碎的酒杯和玻璃瓶。

「這不是你幹的事。你去叫聽差來收拾，替我準備好燕尾服。」

八點半，渥倫斯基走進劇院。戲正好演到高潮處。一個老引座員替渥倫斯基脫下皮大衣，在認出他後，叫了一聲「大人」，並建議他不要領號碼牌，只要叫一聲費奧多爾就行了。除了這個引座員和兩個雙手抱著皮大衣站在門口聽戲的僕人，燈火通明的走廊裡再也沒有別的人。從一扇虛掩著的門裡傳來樂隊細心的斷奏和女聲演唱樂句的歌聲。門打開來，引座員悄然無聲地溜了進去，渥倫斯基清晰地聽到了那個行將結束的樂句。不過，門立即又關上了，渥倫斯基沒聽到樂句和華彩樂段的結尾，但根據門內傳來的雷鳴般掌聲，他明白華彩樂段結束了。當他走進被一盞盞枝形蠟燭吊燈和叉型青銅煤氣噴燈照得通亮的大廳時，喧嘩聲還沒有平息。舞臺上，那位袒露著雪白肩膀、掛著亮晶晶鑽石首飾的女歌手正彎著腰，在拉住她一隻手的男高音歌手的幫助下，微笑著撿起一束束雜亂地越過欄杆、飛到舞臺上的鮮花，接著朝一位先生走去，那位先生伸出長長的胳膊，越過欄杆朝舞臺上遞東西，他那髮蠟塗得發亮的頭髮正中開著一條頭路。這時候，池座裡的全體觀眾也跟包廂裡的觀眾一樣騷動起來，向前探著身子、叫喊著，鼓掌。站在高處的樂隊指揮在幫大家傳遞花束，不時整整自己的白領結。渥倫斯基走到池座中央，停下來朝四周打量。今天他不像以往，對於司空見慣的熟悉環境、舞臺、喧鬧，以及把劇院擠得水泄不通的、熟悉而又平庸乏味的形形色色觀眾，他都不怎麼關心。

像往常一樣，一個個包廂裡照例坐著那些女士，她們身後還是那些軍官；還是那些天曉得是什麼身分的、穿得花枝招展的女人，依舊是那些穿制服和穿常禮服的男人；頂層樓座裡仍然是那群衣著骯髒的觀眾；在整個人群中，也就是在包廂裡，以及在前面幾排座位上，一共只有四十來個真正的男人和女人。渥倫斯基立即注意起這些與眾不同的人，並立即跟他們打招呼。

他入場時，一幕戲已結束了，所以他沒有去哥哥的包廂，而是直接走到樓下第一排，和謝爾普霍夫斯科伊一起站在欄杆旁邊，因為謝爾普霍夫斯科伊屈起一條腿，用鞋跟敲擊欄杆，卻打老遠就看到了他，朝他微笑，招呼他過去。

渥倫斯基還沒有看到安娜，他故意不朝她那邊看。但是根據眾人的目光，他知道她坐在哪裡。他悄悄環顧四周，但不是在找她；他作了最壞的預料，用目光搜尋著阿列克謝・亞歷山德羅維奇。他算幸運，阿列克謝・亞歷山德羅維奇這一次沒來看戲。

「你身上剩下的軍人氣質太少了！」謝爾普霍夫斯科伊對他說。「一位外交官、一個演員，你現在就是這種氣質。」

「是的，我一回家就穿上了燕尾服。」渥倫斯基慢慢地掏出望遠鏡，微笑著回答。

「老實說，我羨慕你這點。當我從國外回來，穿上這身衣服，」他摸了一下肩章說，「真捨不得失去自由。」

謝爾普霍夫斯科伊早已不再關心渥倫斯基的官場升遷，但是仍舊喜歡他，現在對他也特別客氣。

「可惜你沒趕上第一幕。」

渥倫斯基心不在焉地聽著他說，一面把望遠鏡的鏡頭從兩側的廂座移到二樓，並打量著包廂。在一位紮著高髻纏髮帶的太太和一個正對著移近的望遠鏡鏡頭生氣地眨眼睛的禿頂小老頭身旁，渥倫斯基突然看到了安娜那顆在花邊襯托下顯得美豔驚人的、高傲的、臉帶微笑的腦袋。她坐在第五號廂座裡，離他只有二十步遠。她坐在前面，稍稍偏著頭在和亞什溫說著什麼。她那美麗的寬肩膀上的頭部姿勢、那雙眼睛與整張臉上很有分寸的欣喜神采，使他覺得她的模樣就完全如同他在莫斯科的舞會上所見到的。但是他現在對她的美麗卻有完全不同的感覺。現在他並不覺得它有任何神祕之處，因此她的美麗雖然比過去更強烈地吸引著他，同時卻又使他感到屈辱。她並沒有朝他這邊看，但是他感覺到她已經看見他了。

當渥倫斯基再次把望遠鏡轉向那一邊的時候，他看到公爵小姐瓦爾瓦拉的臉漲得特別紅，做作地笑著，並且不斷地打量著隔壁那個包廂；安娜卻合上了摺扇，不時地用它輕敲欄杆上的紅絲絨，眼睛凝視著前方，卻沒有去看，顯然也不願意去看隔壁包廂裡所發生的事。亞什溫的臉上露出了他賭輸時常有的那副表情。他皺起了眉頭，把左側那撇小鬍子愈來愈深地嘬進嘴裡，並且也在斜眼打量著隔壁包廂。

那包廂裡的左面是卡爾塔索夫夫婦。渥倫斯基認識他們，並知道安娜也認識他們。卡爾塔索娃是個瘦小的女人，她站在包廂裡，背對著安娜，正在穿丈夫遞給她的斗篷。她臉色蒼白、怒氣沖沖，正在激動地說著。卡爾塔索夫是個禿頂的胖先生，他一面不斷地回過頭去看安娜，一面竭力安慰妻子。妻子出去後，丈夫還久久地滯留在包廂裡，用眼睛搜尋著安娜的目光，看來是想向她鞠躬致意。但是，安娜顯然故意不去看他，她回過頭，向俯身對著她、頭髮剪得短短的亞什溫說話。卡爾塔索夫沒能向安娜鞠躬致意就走了，留下了一個空包廂。

渥倫斯基不知道卡爾塔索夫夫婦與安娜之間到底怎麼了，但是他明白已經發生了一件有損安娜尊嚴的事。根據他看到的情況，最主要還是根據安娜的臉色明白了這點，因為他從安娜臉色中看出，為了把自己所擔當的角色扮演到底，她已使盡了最後的力氣。這一外表鎮定的角色她扮演得十分成功。凡是不熟悉她和她的交際圈，也沒有聽到過女人們對她竟然還敢紮著鉤花髮帶、如此美豔顯眼地在上流社會露面而發表的種種同情、不滿和驚詫議論的人，都在欣賞這個女人的安逸神態和美麗容貌，並且都不會料到她此刻覺得自己是被綁在恥辱柱上示眾。

知道出事了，卻又不知道到底出了什麼事，因此渥倫斯基感到極其不安，所以就到哥哥的包廂裡去了，希望從那兒打聽到一點消息。他故意揀安娜包廂對面的那條池座通道走，途中遇上了正在跟兩個熟人說話的老團長。渥倫斯基聽見他們說到卡列寧夫婦的名字，並看到團長意味深長地看了同伴們一眼後，才匆匆大聲喊他。

「啊，渥倫斯基！什麼時候回團裡？我們不能不宴請就讓你走。你是我們團資格最老的骨幹。」團長說。

「我來不及了，很遺憾，下次再說吧，」渥倫斯基說，然後就沿著樓梯朝哥哥的包廂跑去。

渥倫斯基的母親——蓄著滿頭銀灰色鬈髮的老伯爵夫人，坐在哥哥的包廂裡。瓦里雅和公爵小姐索羅金娜在二樓的走廊裡遇到了他。

把公爵小姐索羅金娜送到母親跟前後，瓦里雅把一隻手伸給小叔，立刻跟他談起他所關心的那件事。他難得看到她這樣激動。

「我認為這是卑鄙惡劣的做法，卡爾塔索娃沒有任何權利這樣做。卡列尼娜夫人……」她開始說。

「到底是什麼事？我不知道。」

「怎麼，你沒聽到嗎？」

「妳要明白，我將是最後一個聽到這件事的人。」

「有比這個卡爾塔索娃更歹毒的人嗎？」

「她到底做了什麼？」

「丈夫告訴我……她侮辱卡列尼娜。她丈夫隔著包廂剛跟卡列尼娜說話，卡爾塔索娃就和他大吵起來。

據說，她大聲地說了一句侮辱人的話，然後就走了。」

「伯爵，您母親在叫您。」公爵小姐索羅金娜從包廂門裡探頭說。

「我倒是一直在等你，」母親對他嘲笑道，「卻根本就見不到你。」

兒子看到她高興得抑制不住的微笑。

「您好，媽媽。我來看您了。」他冷淡地說。

「你為什麼不去對卡列尼娜夫人獻殷勤？」等公爵小姐索羅金娜從身邊走開後，她又補充說。「她引起了強烈的反響。人家為她而把帕蒂姊妹給忘了。」

「媽媽，我求過您別對我說這件事。」他皺著眉頭回答。

「我是在說大家都在說的事。」

渥倫斯基不作任何回答，只對公爵小姐索羅金娜說了幾句，然後就走出包廂。他在門口遇到了哥哥。

「啊，阿列克謝！」哥哥說。「真卑鄙！真是十足的蠢婆娘……我現在就要去找她。我們一起去吧。」

渥倫斯基沒有聽從他的話，快步朝樓下走去，他覺得必須有所行動，卻又不知道該做什麼。她使自己和他處於這樣的尷尬境地，這使他感到惱火，同時又為她經受痛苦的折磨而可憐她，這兩種心情攪得他焦躁不安。他來到樓下的池座，直接朝安娜的廂座走去。斯特列莫夫站在廂座旁邊，正在與她交談：

「男高音再也沒有了。他們絕跡了。」

渥倫斯基向她鞠了一躬，並停下來跟斯特列莫夫打招呼。

「您大概來遲了，沒聽到最妙的那首詠歎調。」安娜說，渥倫斯基覺得她的目光是在嘲弄他。

「我是個蹩腳的鑒賞者。」他目光嚴峻地望著她說。

「像亞什溫公爵一樣，」她笑著說，「他認為帕蒂唱得太響了。」

「謝謝您。」她用戴著長手套的小手接過渥倫斯基拾起來的節目單後說，就在這一瞬間她那張漂亮的臉蛋突然哆嗦了一下。她站起來，向包廂深處走去。

下一幕開演後，渥倫斯基發現她的包廂已經空無一人，於是，他在靜下來傾聽抒情短曲的觀眾所激起一片噓聲中走出池座，乘車回去了。

安娜已經回到家裡。渥倫斯基走進她的房間，這時她仍穿著看戲時的那身衣服。她坐在靠牆的第一把圈椅上，凝望著前方。她看了他一眼，立即就恢復了原來的姿勢。

「安娜。」他說。

「是你，全是你的錯！」她站起來，眼裡噙著淚水，用絕望和憤恨的嗓音大聲說。

「我求過妳，我央求過妳別去，我知道妳會不愉快……」

「不愉快！」她大喊道。「真可怕！無論我活多久，都決不會忘記這件事。她說，坐在我旁邊都是一種恥辱。」

「這是蠢女人的話，」他說，「可是妳為什麼要去冒險、惹禍……」

「我恨你的鎮靜。你不應該讓我淪落到這一步。要是你愛我……」

「安娜！這與我愛不愛有什麼關係？」

「是的，要是你像我愛你那樣愛我，要是你像我那麼痛苦……」她神色驚惶地望著他說。

他可憐她，可還是對她感到惱火。他勸她相信他的愛，因為他明白現在只有這樣做才能使她平靜下來，他嘴上沒有指責她，心裡卻在責備她。

那些在他看來庸俗得羞於說出口的、表白愛情的話，她全都聽進去了，漸漸地平靜下來。第二天，他們已經和好如初，一起乘車去了鄉下。

# 第六部

達里雅·亞歷山德羅夫娜帶著孩子們在波克羅夫斯克村，在妹妹吉媞·列文娜的家裡消暑。她莊園裡的那幢房子已經完全塌了，所以列文夫婦說服她到他們家來度夏。斯捷潘·阿爾卡季奇非常贊成這安排。他說他很遺憾，公務使他不能跟全家一起到鄉下消暑，本來這對他來說是一件最快樂的事。他留在莫斯科，偶爾到鄉下來住上一、兩天。除了奧勃朗斯基夫婦和他們的孩子及家庭女教師，這個夏天到列文家來做客的還有老公爵夫人，她認為照顧沒有經驗的懷孕女兒是她的責任。此外，吉媞在國外認識的朋友瓦蓮卡——履行自己要在吉媞出嫁後來看她的諾言——也到他們家裡做客。這些人都是列文妻子的親朋好友。儘管列文喜歡他們，但是就像他暗自所說的那樣，看到自己的列文小天地和列文生活方式已被雲集於此的「謝爾巴茨基要素」所淹沒，他還是感到有點遺憾。他的親人中在這個夏天來他們家做客的只有謝爾蓋·伊萬諾維奇一個人，而且他也不是一個具有列文家氣質的人，而是具有科茲內舍夫家氣質的人，因此列文家的精神就完全被湮沒了。

列文家那幢房間空了很久的屋子裡，現在人多得幾乎把各間都住滿了，老公爵夫人幾乎每天都要在入席用餐時點一點人數，讓第十三個人——孫子或孫女坐到另一張小桌子去。吉媞勤勤懇懇地料理著家務，對她來說，客人和孩子們在夏天食欲大增時，她光是打理消耗量甚多的母雞、火雞、鴨子，就得操不少心。

全家人都在吃飯。多莉的孩子們和家庭女教師及瓦蓮卡一起為上哪兒採蘑菇制訂計畫。全體客人對謝爾蓋·伊萬諾維奇的智慧與學問懷著一種近乎崇拜的敬意，他也加入了這場以蘑菇為題的談話，使大家都感到很驚奇。

「把我也帶去吧。我很喜歡採蘑菇，」他望著瓦蓮卡說，「我認為這是一項很好的活動。」

「好吧，我們很樂意帶您去，」瓦蓮卡紅著臉回答。吉媞意味深長地與多莉互使了一下眼色。博學而又聰明的謝爾蓋·伊萬諾維奇提出要跟瓦蓮卡一起去採蘑菇，這證明了近來令吉媞很感興趣的幾個設想正確無誤。她急忙跟母親說起話來，免得人家看到她的目光。飯後，謝爾蓋·伊萬諾維奇端著一杯咖啡，坐在客廳的窗旁，繼續與弟弟進行那場已開了頭的談話，眼睛不時地望向去採蘑菇的孩子們將要從裡面出來的那扇門。列文坐在哥哥身旁的窗臺上。

吉媞站在丈夫身旁，顯然是在等待這場令她興趣索然的談話結束，以便能對他說點事。

「結婚以後，你變化很大，變得更好了，」謝爾蓋·伊萬諾維奇對列文說，一面向吉媞微笑，顯然對這場已開了頭的談話不大感興趣，「但是你依舊始終不渝地、熱中談論那些離奇的話題。」

「吉媞，妳站著不好。」丈夫給她拉過一把椅子，意味深長地望著她說道。

「嗯，對，不過，現在沒有時間談下去了。」謝爾蓋·伊萬諾維奇看到孩子們跑出來，於是補上一句。跑在最前面的是塔尼雅，她穿著一雙繃緊的長筒襪，手裡揮舞著籃子和謝爾蓋·伊萬諾維奇的帽子，側著身子，直向他大步跑來。

她大膽地跑到謝爾蓋·伊萬諾維奇跟前，一雙與父親酷肖的美麗眼睛熠熠生輝；她把帽子遞給他，擺出要替他戴的樣子，同時露出羞怯和溫柔的微笑，借此表明自己並不放肆。

「瓦蓮卡在等您，」她說著，小心翼翼地替謝爾蓋·伊萬諾維奇戴上帽子，因為她從他的笑容中看出自己可以這樣做。

「來了，來了，瓦爾瓦拉·安德列耶夫娜，」謝爾蓋·伊萬諾維奇說，然後把杯中的咖啡喝完，將手帕和雪茄菸盒分別放到口袋裡。

「我的瓦蓮卡多麼迷人！對嗎？」謝爾蓋·伊萬諾維奇剛一起身，吉媞就對丈夫說。這句話正好能讓謝爾蓋·伊萬諾維奇聽到，她顯然是有意的。「她多麼漂亮，真是既美麗又大方！瓦蓮卡！」吉媞大聲喊道，「你們是去磨坊邊的森林嗎？我們去找你們。」

「妳全然忘記自己的身體狀況了，吉媞，」老公爵夫人急忙走出房門說道，「妳不能這樣叫喊。」

瓦蓮卡聽到吉媞的喊聲和她母親的申斥聲，邁著輕盈的步子匆匆走到吉媞面前。迅速的動作，生氣勃勃的臉上所泛起的紅暈，這一切都表明她正遇到一件不尋常的事。吉媞知道這是什麼，並且留神觀察她。她現在把瓦蓮卡叫過來，只是為了在心裡祝福她，因為照吉媞的想法，今天下午在森林裡應當發生那件重大的事情。

「瓦蓮卡，要是有件事能發生，那我會感到很幸福。」她在吻她時低聲地說。

「您和我們一道去嗎？」瓦蓮卡感到難為情，佯裝沒聽見吉媞對她說話，問起列文。

「我要過去，但是只到打穀場，我要留在那兒。」

「你又何必到那兒去呢？」吉媞說。

「得看一看新買的載貨馬車，還要清點一下貨物，」列文說，「妳待在哪裡？」

「陽臺上。」

## 二

一群女眷全都聚集在陽臺上。她們本來就喜歡在飯後坐在那兒，但是今天還有一件事。除了大家繼續忙著縫嬰兒衣服和編織繈褓帶，今天還要在那兒用阿加菲雅・米哈伊洛夫娜聞所未聞的不加水方法煮果醬。這是吉媞從娘家引進的，原先是委派給阿加菲雅・米哈伊洛夫娜做，而她認為列文家的做法不可能不好，所以還是往草莓裡加了水，並一口咬定說，不這樣不行；她的做法給人發現了，於是現在就當著大家的面煮果醬，要讓阿加菲雅・米哈伊洛夫娜確信，不加水也煮得出好果醬。

阿加菲雅・米哈伊洛夫娜神情既急躁又傷心，頭髮亂蓬蓬的，兩條瘦胳膊一直裸露到肘部，正在轉動著火爐上的銅盆，眼睛憂鬱地望著盆裡的馬林果，一心希望它凝結起來煮不透。公爵夫人覺得阿加菲雅・米哈伊洛夫娜的怒氣應該是針對她，因為她是煮果醬的總顧問，所以儘量裝作正在忙別的事情，對煮果醬毫無興趣的樣子，嘴裡說著不相干的事，眼睛卻不時瞟著火爐。

「我總是親自給女僕們買廉價料子做的衣服，」公爵夫人繼續剛才的談話，「……現在是不是該撇去浮沫了，親愛的？」她轉身對阿加菲雅・米哈伊洛夫娜說。「妳根本就不需要親自動手做這件事，再說也太熱了，」她叫住吉媞。

「我來吧，」多莉說著就站起身來，開始小心翼翼地在起沫的糖漿上來回移動勺子，偶爾在盤子上磕一磕，把黏在勺子上的東西磕掉。盤子裡滿是雜色、黃裡透紅的浮沫，下邊流淌著血紅色的糖漿。「他們會如何就著茶水舔這個東西啊！」多莉想到了自己的孩子們，同時回憶起自己小時候曾對大人不吃最好吃的果醬浮沫覺得奇怪。

「斯季瓦說，給錢要好得多，」多莉同時繼續著關於如何更好地賞賜僕人的談話，「但是……」

「怎麼能給錢呢！」公爵夫人和吉媞異口同聲地說。「他們很看重送禮這種事。」

「嗯，比如說我吧，去年給我們家的馬特廖娜·謝苗諾夫娜買了一塊布料，不是波普林府綢，卻也差不多。」公爵夫人說。

「我記得她在您過命名日那天穿過它。」

「十分討喜的花樣；那麼樸素大方。要不是她已經有了，我倒是想給自己做一件。就像瓦蓮卡身上那件衣服。那麼好看，又那麼便宜。」

「喂，現在大概煮好了。」多莉一面說，一面把勺子裡的糖漿倒出來。

「糖漿黏稠了，就煮好了。再煮一會兒吧，阿加菲雅·米哈伊洛夫娜。」

「這些蒼蠅呀！」阿加菲雅·米哈伊洛夫娜怒氣沖沖地說。「結果還將是一樣……」她又補了一句。

「啊呀，牠多麼可愛，別趕牠！」吉媞突然說，她望著一隻停在欄杆上的麻雀，牠把一根馬林果的莖翻過來，開始啄食。

「是滿可愛的，但妳最好離火爐遠一點。」母親說。

「順便談談瓦蓮卡，」吉媞用法語說。她們平時為了不讓阿加菲雅·米哈伊洛夫娜聽懂，總是說法語。「您知道，媽媽，我今天不知為什麼預料那事會有結果。您明白我指的是哪件事。那該有多麼好啊！」

「真是個高明的媒婆！」多莉說。「撮合起來多麼謹慎，多麼巧妙……」

「不對，說吧，媽媽，您有什麼想法？」

「會有什麼想法呢？他（『他』是指謝爾蓋・伊萬諾維奇）一直可以成為俄國最好的配偶；現在他已經不那麼年輕了，但是我知道，現在還是有許多人願意嫁給他……她是個非常好的姑娘，但他可能會……」

「不會的，媽媽，您要明白，為什麼對他和她都不可能找到比這更好的歸宿。第一，她很漂亮！」吉媞彎起一根手指頭說。

「他非常喜歡她，這倒是真的。」多莉證實道。

「其次，他的社會地位使他根本就不需要妻子的財產和地位。他只有一個需要——娶一個賢慧漂亮的妻子，性格要讓人放心。」

「對，和她在一起盡可以放心。」多莉肯定說。

「第三，還要她愛他。這也就是……就是說這會有多麼好啊！……我預料，等他們從林子裡出來時，事情全都解決了。我一眼就能從他們的眼睛裡看出來。我會多麼開心啊！妳怎麼想，多莉？」

「妳別激動。妳根本不需要激動。」母親說。

「可我並沒有激動呀，媽媽。我覺得他今天就會求婚。」

「唉，男人求婚時的情形倒是真叫人納悶……有那麼一道障礙，可是突然就突破了。」多莉若有所思地微笑著說，同時回憶起自己與斯捷潘・阿爾卡季奇的往事。

「媽媽，爸爸是怎樣向您求婚的？」吉媞突然問道。

「毫無特別之處，很平常。」公爵夫人回答，但是她的整個臉卻因回憶往事而煥發出喜悅的光彩。

「不對，到底是怎樣求婚的？在他向您表白之前，您究竟愛他嗎？」

吉媞感到特別高興，她現在可以平等地與母親談論女人生活中的這些重大問題。

「自然是愛的；他常到鄉下來看我們。」

「到底是怎樣解決的，媽媽？」

「妳大概認為你們想出了什麼新花樣吧？其實都是一回事：是用眼睛、微笑來解決的……」

「媽媽，您這話說得真妙啊！是用眼睛和微笑來解決的。」多莉證實道。

「他到底說了些什麼？」

「科斯佳對妳說了些什麼？」

「他是用粉筆寫的。這事很奇怪……我覺得這是很久以前的事了！」她說。

於是，三個女人思索起同樣的事來。吉媞首先打破沉默。她想起了出嫁前的那個冬天，想起她對渥倫斯基的傾慕。

「有一件事……瓦蓮卡以前有過一樣物件，」吉媞說，她自然就想到這件事。「我想告訴謝爾蓋·伊萬諾維奇一聲，讓他心裡有個準備。他們，所有的男人，」她補充說，「對我們的過去總是醋勁十足。」

「不是所有男人都這樣，」多莉說，「妳這是根據自己丈夫的表現作的判斷。他至今仍會因想起渥倫斯基而難受，對吧？是這樣吧？」

「是這樣。」吉媞兩眼含笑，若有所思地回答。

「可我就是不明白，」公爵夫人出於對女兒的關心，辯護說，「妳哪件事會使他不安呢？因為渥倫斯基追求過妳？每個姑娘都會遇到這種事。」

「唉，我們別談這事了。」吉媞紅著臉說。

「不，聽我說，」母親繼續說，「後來是妳自己不讓我對渥倫斯基說的。妳記得吧？」

「哎喲，媽媽！」吉媞表情痛苦地說。

「現在沒人攔住你們了……你與他的關係也不可能超越正常的範圍；我本想親自把他叫來。不過，我親愛的，妳可不宜激動。記住這句話吧，請妳平靜下來。」

「我完全很平靜，媽媽。」

「幸虧安娜來了，對吉媞來說這是幸運的事，」多莉說，「而對安娜來說卻是多麼不幸。事實恰恰相反，」她對自己的想法感到非常驚訝，所以又補上一句。「當時安娜覺得很幸福，吉媞卻認為自己很不幸。真是完全相反！我常常想到她。」

「可以想的人有的是！可她是個可惡的壞女人，沒有良心。」母親說，因為她對吉媞嫁的不是渥倫斯基而是列文這件事，一直耿耿於懷。

「何必談這個呢，」吉媞惱火地說，「這件事我沒有想過，也不願去想……也不願去想，」她再說了一遍，一面留心聽丈夫走上陽臺的熟悉腳步聲。

「什麼事不願去想啊？」列文走到陽臺上問道。

誰都沒有作聲，他也就不再問了。

「真遺憾，我打擾了妳們的女性王國。」他不滿地朝眾人環顧了一眼，明白她們談的是不願當著他面談的那種事，於是這樣說。

他頓時覺得自己也有阿加菲雅·米哈伊洛夫娜的那種感受，對煮馬林果醬不加水感到不滿，總之是對異己的謝爾巴茨基家的影響感到不滿。但這種感覺僅持續了一會兒。他微微一笑，走到吉媞跟前。

「嘿，怎麼樣？」他帶著大家現在對她說話時都有的那種表情問她。

「沒什麼，很好，」吉娓笑吟吟地說，「你的事辦得怎麼樣？」

「比舊的大車能多運兩倍的貨物。要去接孩子們嗎？我已叫人去套車了。」

「怎麼，妳要讓吉娓乘敞篷馬車嗎？」母親責備道。

「是一步一步慢慢走，公爵夫人。」

列文從來沒有像一般女婿那樣叫過公爵夫人「媽媽」，這使公爵夫人感到不愉快。列文儘管很愛、很敬重公爵夫人，卻仍然無法喊她媽媽，因為這樣叫定會褻瀆他對亡母的感情。

「跟我們一起去吧，媽媽。」吉娓說。

「我可不願意看到輕率之舉。」

「好啦，我就走著去。妳要知道步行對我有益。」吉娓站起來，走到丈夫跟前，拉住他的一隻手。

「是有益，但凡事都要有分寸。」公爵夫人說。

「怎麼樣，阿加菲雅．米哈伊洛夫娜，果醬煮好了嗎？」列文笑著對阿加菲雅．米哈伊洛夫娜說，想哄她開心起來。「用新方法煮好不好？」

「大概是好的。照我們的看法，已經煮過頭了。」

「那更好，阿加菲雅．米哈伊洛夫娜，那就不會變酸；我們這兒的冰已經融化，沒有地方儲存，」吉娓立即領會了丈夫的用意，所以抱著同樣的願望對老太婆說。「您做的鹹菜真好吃，連媽媽也說她從未吃到過這麼好吃的鹹菜。」她微笑著整一整三角頭巾，補上一句。

阿加菲雅．米哈伊洛夫娜氣呼呼地看了看吉娓。

「您別安慰我啦，太太。我只要朝你們倆看看，就開心了，」她說。她沒有用尊稱「您們倆」，而是用了「你們倆」，這不見外的用語也感動了吉媞。

「跟我們一起去採蘑菇吧，您可以給我們指點地方，」吉媞說。阿加菲雅・米哈伊洛夫娜微微一笑，搖搖頭，好像是說：「我倒是很想生您的氣，可就是做不到呀。」

「照我的意思做吧，」老公爵夫人說，「在果醬上面蓋一張紙，用蘭姆酒把紙弄濕。這樣就是沒有冰也永遠不會發黴。」

## 三

有機會與丈夫獨處，特別讓吉媞感到高興，因為她發覺，當他走上陽臺、問她們在談論什麼，而大家都不理他的時候，他那張喜怒哀樂都形之於色的臉上掠過了一抹傷心的陰影。

當他們走到別人前面，來到看不見房子的那條撒滿黑麥穗和黑麥粒、塵土飛揚的平坦大道上，她就緊緊地靠在他的臂膀上，把他的手緊按在自己身上。他已經忘掉瞬息間的不愉快，此刻同她單獨在一起，時刻想到她已經懷孕，他還感受到一種嶄新的樂趣，一種因摒棄肉欲而顯得絕對純潔的、跟心愛的女人親近的快樂。他沒什麼話要說，但是想聽她說話，她的嗓音跟她的目光一樣，在懷孕期間也改變了。她的嗓音與目光都同樣帶著一種溫柔、認真的情調，屬於始終全神貫注於一種開心事兒的人。

「妳這樣不覺得累嗎？再靠得緊一些吧。」他說。

「不累，有機會跟你單獨待在一起，我高興極了。我承認，無論我跟他們在一起有多開心，還是捨不得放棄我倆單獨相處的冬天傍晚。」

「那樣很好，而這樣更好。兩種情況都很好。」他緊按住她的一隻手說。

「你知道剛才你進來時，我們在談什麼嗎？」

「談果醬嗎？」

「對，是在談果醬；但後來談的是怎樣求婚。」

「啊！」列文說，他主要是在聽她的嗓音，而不是她說的那些話，同時還一直留心著現在已處在林中的腳下的路，設法使她繞開高低不平的地方。

「也談到過謝爾蓋·伊萬內奇和瓦蓮卡，你沒發現嗎？……我很希望這事能成功，」她繼續說。「你對這件事怎麼想？」她朝他的臉瞥了一眼。

「我不知道該怎樣去看待這件事，」列文笑著回答，「在我看來，謝爾蓋在這方面很古怪。我不是講過……」

「對，他曾經愛上那個已死去的姑娘……」

「那件事發生的時候我還是個孩子。我是從人家的傳說中知道這件事的。我記得他當時的模樣。他長得非常討人喜愛。但是，從那時候起，我一直在觀察他對女人的態度：他態度殷勤，也喜歡某些女人，但你會覺得，她們對於他只不過是人，而非女人。」

「是的，但現在對瓦蓮卡……好像是有一點意思……」

「可能有一點……但是必須瞭解他的為人……他是與眾不同的怪人。他只靠精神生活而活著。他是個過於純潔、心靈過於高尚的人。」

「那又怎麼啦？難道這會貶低他的身分嗎？」

「不是，他已經過慣了單一的精神生活，因此不可能遷就現實生活，而瓦蓮卡畢竟是個很現實的人。」

列文現在習慣了大膽說出自己的想法，不再考慮措辭是否準確；他知道，在現在這樣情意綿綿的時刻，單憑一個暗示妻子就會理解他要說什麼；她的確領會了他的意思。

「對，她不像我這樣講究實際；我知道他是永遠不會愛上我的。她渾身都透出一股追求精神生活的氣質。」

「不對，他很喜歡妳，我們家的人都很喜歡妳，我始終為此高興……」

「是的，他對我很友好，但是……」

「但是不像妳跟已故的尼科連卡那樣……你們當時彼此喜歡，」列文續完了她要說的那句話。「為什麼不說下去呢？」他補充說。「我有時候會責備自己：事情將以忘卻而告終。他是個多麼可怕而又多麼可愛的人啊……對了，我們到底在談什麼事呀？」列文沉默了一會兒又說。

「你認為他是不會談戀愛的囉？」吉媞用自己的話說出了他的意思。

「不是說他不會談戀愛，」列文笑著說，「而是說他身上沒有那種該有的嗜好……我一直很羨慕他，就連現在，當我已經這麼幸福的時候，還是很羨慕他。」

「羨慕他不會談戀愛？」

「我羨慕他比我好，」列文笑著說，「他不是為自己而活。他的整個生活都服從於他的職責。因此他才能心平氣和、心滿意足。」

「你呢？」吉媞帶著譏諷而又親切的微笑說。

她怎麼也表達不出促使她微笑的想法；但最後的結論是，她丈夫對哥哥讚歎不已，把自己說得比他低下，全是言不由衷。吉媞知道，他的這種言不由衷蓋出於對哥哥的愛，出於自己過分幸福而產生的羞愧感，特別是因為他始終想做一個更有益的人。她喜歡他身上的這一特質，所以才忍不住微笑。

「你呢？你到底有什麼不滿意的？」她仍然帶著那種微笑問。

她不相信他有不滿意之處，這一點本身就使他感到高興，於是，他無意之中誘她說出她不相信的理由。

「我很幸福，但是我不滿意自己……」他說。

「既然你幸福，又怎麼會感到不滿意呢？」

「怎麼對妳說呢？……除了希望妳別摔跤，我就真的沒有任何別的奢望了。唉，不能這樣跳的呀！」他中斷原來的談話，責備她說，因為她跨過橫在小徑上的樹枝的動作太快了。「但是，每當我自我反省、拿自己去跟別人，特別是哥哥比較，就覺得自己不好。」

「哪些地方不好呢？」吉娓仍舊帶著那種微笑繼續問。「難道你不在為別人做事嗎？你的農莊、你的產業，還有你寫的那本書？……」

「不對，我覺得，特別是現在覺得：妳錯了，」他緊按住她的一隻手說，「因為這都算不了什麼。這些事我只是順便做做而已。要是我能像我愛妳那樣愛這些事業就好了……可事實上，我最近做事就像應付指定功課一樣。」

「嗯，關於我爸爸你有什麼要說的？」吉媞問。「他也不好，因為他沒有為公共事業做過任何事，對嗎？」

「他？不對。必須像妳父親那樣具有純樸、直爽、善良的特質，可我身上有嗎？我沒有貢獻，所以感到痛苦。這一切都是妳造成的。在沒有妳、沒有『這一位』的時候，」他朝她的肚子看了一眼，她明白這裡的意思，「我把自己的全部精力都放在事業上；現在我做不到了，我感到慚愧；我工作就像應付指定的功課，我佯裝……」

「嘿，你現在想跟謝爾蓋·伊萬內奇交換角色嗎？」吉媞說。「你只是想像他那樣從事公共事業、熱愛這門指定功課嗎？」

「當然不是，」列文說，「不過，我幸福得什麼事也弄不明白了。那麼妳認為他今天會求婚嗎？」他沉默了一會兒後又說。

「我既這樣認為，又不這樣認為。不過我十分希望能有這樣的結局。請等一等。」她俯下身，在路邊摘下一朵野母菊花。「喂，數一數吧，看看他會不會求婚，」她說著把花遞給他。

「會，不會。」列文一面扯下狹長的白色花瓣，一面說著。

「不行，不行！」吉娛激動地注視著他的手指動作，接著抓住他的手，制止他數下去。「你扯下了兩片花瓣。」

「嗯，這個小花瓣不算數，」列文說著扯下一片未長足的短花瓣。「瞧，敞篷馬車追上我們了。」

「妳不累嗎，吉娛？」公爵夫人大聲問。

「一點也不。」

「既然馬兒都很馴順，一步一步地走得也很慢，妳就上車吧。」

其實用不著坐車了。目的地已經很近，於是大家一起步行。

## 四

瓦蓮卡在黑髮上紮著一塊白頭巾，被孩子們圍在中間，正在和善、開心地和他們玩耍。由於有機會向她所喜歡的男子表白愛情，所以她顯然很激動，也顯得非常有魅力。謝爾蓋・伊萬諾維奇與她並肩而行，一直不停地在欣賞她。他望著她，回想著從她口中聽到的那些話，回想著所瞭解的她的一切長處，愈來愈清楚地意識到，他現在對她產生的是種特殊的感情——他只體驗過一次，而且是在很久很久以前，剛步入青春期的時候。接近她而產生的喜悅感變得愈來愈強烈，所以當他撿到一只根細、邊捲、巨大的樺樹蘑菇，把它扔到她的籃子裡，並朝她的眼睛看了一眼，發現她臉上蒙著一層驚喜交加的激動紅暈時，他自己也窘住了，默默地向她投去了一個含意豐富的微笑。

「既然這樣，」他暗自說道，「我就應當深思熟慮一番，並作出決定，而不應該像個孩子似的沉湎於片刻的激情中。」

「現在我得單獨去採蘑菇了，否則我的成果會很不起眼。」他說完就獨自離開老白樺樹稀疏、矮草柔軟如絲的林邊空地，朝樹林深處走去，那裡樺樹的白色樹幹之間夾雜著白楊的灰色樹幹和深色榛樹叢。走了四十來步，繞到開滿玫瑰紅花朵的衛矛叢背面，謝爾蓋・伊萬諾維奇知道人家已經看不見他，這才停下來。四周一片寂靜。只有一些蒼蠅像蜜蜂似的在他頭頂上方的白樺樹間不停地嗡嗡飛舞，偶爾傳來孩子們的聲音。突然在離林邊不遠處響起了瓦蓮卡叫喚格里沙的女低音，於是謝爾蓋・伊萬諾維奇的臉上露出了喜悅的微笑。覺察到這反應，謝爾蓋．伊萬諾維奇對自己的心情不贊同地搖了搖頭，掏出一根雪茄，開始點菸。他很長時間都無法在樺樹幹上擦燃火柴。嬌嫩的白色樹皮總是把磷黏住，火就會熄滅。終於有一根火柴擦燃了，於是雪茄的芳香煙霧像一塊飄蕩的寬大桌布，在下垂的樺樹枝下方、灌木叢上方明顯地向前上方冉冉飄去。謝爾蓋．伊萬諾維奇目送著這道煙帶漸漸飄去，開始緩緩走動，琢磨著自己的心情。

「為什麼不行呢？」他心想。「假如這是感情的衝動，或者是強烈的情欲；假如我感受到的只是這種愛慕——這種相互的愛慕（我敢說它是相互的）——卻又感到它是與我的全部生活方式背道而馳的；假如我感到，沉湎於這一愛慕，我就會背棄自己的使命與職責……但是情況並非如此。我能說的反對理由只有一個，那就是我在失去瑪麗後曾對自己說，我將始終如一地忠於她。我只能說出這個理由來反對自己的感情……這個理由很重要，」謝爾蓋．伊萬諾維奇暗自說道，同時又覺得這一顧慮對他本人不可能有任何重大意義，只是損害他在別人心目中的詩人風度。「除了這一點，無論我怎麼尋找，也找不到任何理由來反駁我的感情。假如單憑理智來選擇，我就無法找到比她更好的對象了。」

無論他回想起多少個他所認識的女人和姑娘，也想不起有哪一個能像她這樣，具備一個妻子應有的全部優秀品德，亦即他冷靜考慮時希望在自己妻子身上看到的。她有著妙齡少女的全部魅力和朝氣，卻又不是幼稚的孩子，所以，如果她愛他，那麼她的愛應該是一個成熟女人自覺的愛，這是第一點。第二點：她不僅無意追求上流社會的生活方式，顯然還對此抱有厭惡感，然而她熟悉上流社會，並且具備上流社會女人的應有風度，而對謝爾蓋．伊萬諾維奇來說，難以想像缺少這種風度的生活伴侶。第三點：她信仰上帝，卻又不像孩子那樣盲目、善良，譬如像吉媞那樣；她的生活以宗教信仰為基礎。就連在一些細枝末節的瑣事方面，謝爾蓋．伊萬諾維奇也認為她具有他希望的妻子所具備的一切特質：她既貧窮又孤單，因此不會像他在吉媞家看到的那樣，隨身把一大幫親戚和他們的影響帶到丈夫家來——而將感謝丈夫帶給了她一切，這也是他在憧憬自己未來家庭生活時一直的希望。這位集所有優秀特質於一身的姑娘在愛他。他很樸實，但不可能看不出這點。他也愛她。還有一個顧慮，那就是他的年紀。不過，他的家族很長壽，他連一根白頭髮也沒有，誰也看不出他四十歲了；他還記得瓦蓮卡說過，只有在俄國，五十歲的人才會認為自己是老人，而在法國，五十歲的人都認為自己正處於壯年，四十歲的人則認為自己是年輕人。再說，他覺得自己的心理仍然像二十年前一樣年輕，那麼年紀又算得了什麼呢？他從另一面再次走到樹林邊緣，在明亮的夕陽斜輝中看到身穿黃色連衣裙、手裡提著籃子的瓦蓮卡正步履輕盈地從一棵老樺樹旁走過，她的體態是那樣優美。瓦蓮卡的身姿與令他驚歎不已的美麗景色——沐浴於夕陽中那片黃澄澄的燕麥田，以及田野後面那片遠遠的、布滿點點金黃光斑、溶入蒼茫天際的老樹林——融為一體，這時在他心中激起的不正是青春時代的熱情嗎？他的心高興得揪緊了。他充滿了感動。他覺得自己已經拿定了主意。剛蹲下去拾蘑菇的瓦蓮卡動作靈巧地站了起來，並向四面望了一下。謝爾蓋・伊萬諾維奇扔掉雪茄，邁著堅定的步伐向她走去。

# 五

「瓦爾瓦拉．安德列耶夫娜，當我還很年輕的時候，我就給自己制定了我將愛上、並將幸運地稱她為妻子的那個女人的標準。我已度過一段漫長的人生，現在才第一次在您身上看到我所尋覓的東西。我愛您，向您求婚。」

離瓦蓮卡只有十步路的時候，謝爾蓋．伊萬諾維奇暗自說了這番話。她跪在地上，雙手護著蘑菇，不讓格里沙搶去，一面叫喚小瑪莎。

「過來，過來！孩子們！這裡的蘑菇太多啦！」她從胸腔裡發出悅耳的聲音。

看到謝爾蓋．伊萬諾維奇過來，她並沒有站起身，也沒有改變姿勢；但是，種種跡象都使他覺得，她已經覺察到他走近了，並因見到他而感到高興。

「怎麼樣，您找到一些了吧？」瓦蓮卡將白頭巾下那張漂亮的笑臉轉向他，問道。

「一個也沒找到，」謝爾蓋．伊萬諾維奇說，「您呢？」

她正忙於應付那些圍著她的孩子，所以沒有回答。

「還有這一個，就在樹枝旁邊，」她指給小瑪莎一個小小的紅蘑菇，它費力地從一根乾草莖底下擠出來，充滿彈性的粉紅色小帽已被乾草莖橫向切開。等瑪莎撿起碎成白色的兩片紅蘑菇後，她才站起來。

「這使我想起了童年時代。」當她與謝爾蓋．伊萬諾維奇並肩從孩子們身邊走開，她補上一句。

他們默默無言地走了幾步。瓦蓮卡看出他有話想說，也猜得到他要說什麼，驚喜交加的激動心情使她愣住了。他們已經遠離人群，沒人聽得到他們說話，但他依然沒有開口。瓦蓮卡最好是保持沉默。沉默一陣後再說他們想說的心裡話，要比談論過蘑菇後立即開口要輕鬆一些；但是瓦蓮卡卻違背自己的意願，像是無意地說：

「您真的什麼也沒找到嗎？其實在林子中央，蘑菇總是比較少。」

謝爾蓋・伊萬諾維奇歎了口氣，一句話也沒有回答。他覺得遺憾，她竟然又說起蘑菇來了。他想把她拉回到有關童年時代的話題上；但像是違背自己意願似的，沉默一會兒後，他接著她的最後一句話說。

「我只聽說，白蘑菇多半是長在林邊，雖說我也識不出它們。」

又過了幾分鐘，他們走到了離孩子們更遠的地方，那兒只有他們兩個人。瓦蓮卡的心跳得很劇烈，連她自己都聽得見；她覺得自己的臉上紅一陣白一陣。

繼她在斯塔爾夫人家所受的那種待遇後，能成為科茲內舍夫這樣的人的妻子乃是她最大的幸福。此外，她幾乎確信自己已愛上他了。現在這件事也該解決了。她感到非常害怕。既怕他說，又怕他不說。

要麼現在就表白，要麼永遠也不表白，這一點謝爾蓋・伊萬諾維奇也預感到了。瓦蓮卡的目光、紅暈和低垂的雙眼全都說明，她正處在一種痛苦的期待之中。謝爾蓋・伊萬諾維奇發現了，覺得她很可憐。他甚至覺得，現在一句話也不說就等於是侮辱她。他迅速在心裡暗自回想著一切有利於自己作出決定的理由。他暗自重複著向她求婚的話；但是他並沒有把它們說出來，卻不知為什麼突然心血來潮地問：

「白蘑菇和白樺樹蘑菇到底有什麼區別？」

瓦蓮卡激動得嘴唇發抖地回答：

「頂蓋上幾乎沒有區別，但根部有。」

這兩句話一出口，他和她都已明白，事情已經完了，那些原本該說的話再也不會說了，他倆在此之前已達到最高潮的激動心情也開始平靜下來。

「白樺樹蘑菇——它的根就像黑髮男子兩天沒刮的鬍子。」謝爾蓋．伊萬諾維奇已經平靜地說。

「對，這是真的。」瓦蓮卡微笑著回答，他們的散步方向也不由自主地改變了。他們開始向孩子們走去。瓦蓮卡心裡覺得既難過又羞愧，同時也有一種輕鬆。

謝爾蓋．伊萬諾維奇回到家裡，逐一分析了所有理由，發現自己的想法不正確。他無法忘記瑪麗。

「別吵，孩子們，別吵！」當一群孩子歡樂地尖叫著向他們飛奔過來的時候，列文為了保護妻子，就站在她前面，甚至有點生氣地衝著孩子們喊道。

等孩子們出來後，謝爾蓋．伊萬諾維奇與瓦蓮卡一起也從林子裡走出來。吉娣已經不需要問瓦蓮卡了；根據他倆平靜而又羞愧的臉部表情，她已明白，她的希望落空了。

「嘿，怎麼樣？」回家的路上丈夫問她。

「沒上鉤。」吉娣說，她的微笑和說話方式都很像她父親，列文經常滿意地在她身上看出這點。

「怎麼叫沒上鉤？」

「就是這樣，」她說著拉住丈夫的一隻手，把它拉到自己嘴邊，用未張開的雙唇碰碰它。「像人們吻主教的手。」

「到底是誰沒上鉤？」他笑著問。

「他倆都沒上鉤。本該是要這樣的……」

「農民們的車過來了……」

「不，他們看不見的。」

# 六

在孩子們喝茶的時候，大人們都坐在陽臺上談話，並且談得津津有味，就像沒發生過任何事似的，雖說大家，特別是謝爾蓋·伊萬諾維奇和瓦蓮卡，心裡都很明白，出現了一種不大妙但又很重要的情況。他們倆都有一種類似於學生因考試不及格而留級或被開除出校時的感受。所有在場的人都察覺到出了一件事，卻又興致勃勃地談論著一些毫不相干的事情。列文和吉媞感到今天晚上自己特別幸福和恩愛。他們因恩愛而感到幸福，這本身就包含著對那些想要而又得不到這種幸福的人的一種令人不快的暗示，因此他們感到很不好意思。

「請記住我的話：亞歷山大不會來了。」老公爵夫人說。

今天晚上，大家都在等斯捷潘·阿爾卡季奇搭火車趕來，老公爵也來信說他也許會來。

「我也知道他為什麼不會來，」公爵夫人繼續說，「他常說，最初一段時期要讓新婚夫婦單獨相處。」

「爸爸真的拋棄我們了。我們見不到他了，」吉媞說，「我們算什麼新婚夫婦呢？我們已經是老夫老妻了。」

「他要是真的不來，那我就要向你們告別了，孩子們。」公爵夫人傷心地歎了口氣說。

「唉，您怎麼啦，媽媽！」兩個女兒同聲責備她。

「妳就想一想吧，他會覺得怎麼樣呢？要知道現在……」

老公爵夫人的聲音突然完全出人意料地顫抖起來。兩個女兒都不作聲了，對看了一眼。她們的目光在說：「媽媽總要自尋煩惱。」她們並不知道，無論她覺得住在女兒家裡有多麼舒適，無論她覺得自己在這裡是多麼有用，但是從他們把心愛的小女兒嫁出去，而家裡變得空蕩蕩的那個時候起，她一直在為自己，也為丈夫感到十分傷心。

「您有什麼事，阿加菲雅·米哈伊洛夫娜？」吉媞突然問那位樣子神祕、臉色深沉地站住的阿加菲雅·米哈伊洛夫娜。

「用晚餐的事。」

「這真是太好了，」多莉說，「妳去張羅吧，我要陪格里沙溫習功課。否則，他今天就一點功課也沒做了。」

「這是我的事！不，多莉，我去幫他溫課，」列文霍地站起來說。

已上中學的格里沙暑假必須複習功課，達里雅·亞歷山德羅夫娜還在莫斯科就跟兒子一起學習拉丁語。來到列文家之後，她規定自己每天至少要和兒子一起把算術和拉丁語中的難題複習一遍。列文自告奮勇地頂替了她的位置；但是，做母親的聽了列文上的一次課，發現他並不像莫斯科的老師那樣教學，於是她儘管不好意思，盡量做到不傷害列文，但果斷地對他說，必須像老師那樣按課本上的內容複習，又說，最好還是讓她自己來做這件事。列文對斯捷潘·阿爾卡季奇很惱火，因為他對兒子漠不關心，對兒子學業不聞不問，把責任推給對此一竅不通的母親；對教師他也很惱火，因為他們教育孩子的方法極其糟糕；但是他答應大姨子，自己會根據她的要求授課。此後，他繼續幫格里沙學習，但已經不是按自己的方法，而是按課本上的內容幫他複習功課，因而教得很不痛快，並且經常忘記上課時間。今天也是這樣。

「不，我去，多莉，妳坐著吧，」他說，「我們一切照規矩、按課本教。不過，斯季瓦一來，我們要去打獵，到那時就要缺課了。」

列文去找格里沙了。

瓦蓮卡也對吉媞說了同樣的話。瓦蓮卡在列文夫婦這個設備完善的幸福家庭中也能做一個有用的人。

「我去準備晚餐，您就坐著吧。」她說完就站到阿加菲雅·米哈伊洛夫娜身邊。

「對、對，小雞大概沒有買到。那麼就用我們自己家的……」吉媞說。

「我來跟阿加菲雅·米哈伊洛夫娜商量決定。」瓦蓮卡和她一道走了。

「多麼可愛的姑娘啊！」公爵夫人說。

「不是可愛的姑娘，媽媽，而是罕見迷人的姑娘。」

「你們今天是在等斯捷潘·阿爾卡季奇嗎？」謝爾蓋·伊萬諾維奇說，顯然不願意繼續談論瓦蓮卡。「很難找到性格如此不同的兩個連襟了，」他微妙地笑著說。「一個很活躍，只能生活在交際場合，就像魚兒離不開水；另一個，也就是我們的科斯佳，充滿朝氣、動作敏捷、事事敏感，然而一到交際場上，不是呆若木雞，便是瞎掙扎，就像魚兒離開了水。」

「對，他很冒失，」公爵夫人對謝爾蓋·伊萬諾維奇說，「我正好想請您去跟他談談，就說她（她指了指吉媞）不能留在這裡，一定得去莫斯科。他說過，要去請醫生來……」

「媽媽，他會把所有的事都辦好，什麼事他都會答應。」吉媞說，對母親叫謝爾蓋·伊萬諾維奇來評判這件事感到惱火。

他們的話還沒說完，林蔭道上傳來了馬兒的響鼻聲和車輪在碎石路上的滾動聲。

多莉還來不及站起身去迎接丈夫，列文就從陽臺下面格里沙讀書的房間窗口一躍而出，接著把格里沙抱下來。

「斯季瓦來了！」列文在陽臺底下大聲地說。「我們的課上完了，多莉，別擔心！」他補上一句，然後像孩子似的迎著輕便馬車跑去。

「他，她，它，他的，她的，它的。[23]」格里沙一面喊著，一面在林蔭道上連蹦帶跳地奔跑。

「還有一個人。想必是爸爸！」列文在林蔭道入口處停下來說。「吉媞，別走陡梯子，繞個圈吧。」

列文以為坐在四輪馬車裡的那個人是老公爵，卻是搞錯了。等到他走近馬車，才看到坐在斯捷潘·阿爾卡季奇身邊的不是公爵，而是一個戴著後面有長飄帶橢圓形蘇格蘭帽子的、漂亮而又胖乎乎的年輕人。這是謝爾巴茨基的表兄弟瓦先卡·維斯洛夫斯基，是聞名彼得堡和莫斯科的傑出青年，照斯捷潘·阿爾卡季奇介紹的，是「一個最最出色的小夥子和一個酷愛打獵的人」。

維斯洛夫斯基代替老公爵到來，這使大家有點掃興，他本人卻絲毫也不以為杵，反而開開心心地向列文打招呼，說他們以前就認識，然後把格里沙抱上四輪馬車，再抱著他越過了斯捷潘·阿爾卡季奇隨身帶來的那隻嚮導犬。

列文沒有上馬車，而是跟在車後頭走著。他感到有點懊惱，因為他瞭解得愈多就愈是喜歡的那位老公爵沒有來，卻來了這位瓦先卡·維斯洛夫斯基——一個完全陌生和多餘的人。列文走到站著整整一大群興奮的大人和孩子的臺階跟前，看到瓦先卡·維斯洛夫斯基樣子特別溫柔又特別風流地吻著吉媞的手，這時列文就覺得他更加陌生和多餘了。

「我與尊夫人是親戚，而且還是舊識，」瓦先卡·維斯洛夫斯基再次緊緊地握著列文的手說。

「喂，怎麼樣，有野獸嗎？」斯捷潘．阿爾卡季奇剛與眾人打過招呼，馬上就問列文。「我和他有最殘酷的打算。看來，媽媽，他們結婚以後還沒去過莫斯科。嘿，塔尼雅，這是給妳的！去馬車後面拿吧，」他面面俱到地說著。「妳的面色多麼紅潤啊，多琳卡，」他對妻子說，再次吻她的手，把它握在自己的一隻手裡，用另一隻手在上面輕輕拍了拍。

列文在一分鐘之前心情還十分愉快，現在卻憂鬱地望著大家，覺得一切都不稱他的心。

「昨天他這兩片嘴唇吻過誰？」他望著親吻妻子的斯捷潘．阿爾卡季奇，心裡想道。他看了看多莉，也不喜歡她。

「她本來就不相信他的愛。可是她為什麼要這樣高興呢？真討厭！」列文心裡想。

他看了看公爵夫人，儘管他在一分鐘之前還覺得她很可愛，現在卻不喜歡她像在自己家裡似的歡迎這位帽後有飄帶、派頭十足的瓦先卡。

謝爾蓋．伊萬諾維奇也在臺階上，就連他也使列文感到討厭，因為他裝出一副熱情的樣子來歡迎斯捷潘．阿爾卡季奇，然而列文知道自己的哥哥並不喜歡，而且也不尊敬奧勃朗斯基。

瓦蓮卡也使他覺著討厭，因為她裝出一副虔誠信徒的樣子在結識這位先生，然而她剛才還在考慮如何出嫁。

最討厭的是吉媞，因為她已被那位先生的得意心情所感染，那位先生自認為此次來鄉下是自己和大家的大喜事，而她回報他的微笑時所用的那種特殊微笑則使她顯得特別討厭。

---

23 原文為拉丁文。

大家熱熱鬧鬧地說著話向屋裡走去；等大家一坐下來，列文就轉身出去了。

吉媞看出丈夫有心事。她想抽一點時間來跟他單獨談一談，但是他說他要去帳房，然後就急匆匆地離開了她。他已經很久沒有像今天這樣重視經濟事務。「他們老是像過節似的，」他想著，「而這裡的事務並非像過節般輕鬆愉快，這些事情刻不容緩，不做就沒辦法活下去了。」

## 七

列文直到家裡派人來叫他回去吃晚飯時才回家。吉媞和阿加菲雅・米哈伊洛夫娜站在樓梯上商量晚餐時用些什麼酒。

「你們為什麼這樣忙碌[24]呢？上平時上的酒吧。」

「不行，斯季瓦不喝……科斯佳，等一等，你怎麼啦？」吉媞說，她急匆匆地跟著他走去，但是他並不等她，而是冷酷無情地大踏步走進餐廳，並且立即就加入瓦先卡・維斯洛夫斯基和斯捷潘・阿爾卡季奇他們熱鬧的談話。

「怎麼樣，明天就去打獵，好嗎？」斯捷潘・阿爾卡季奇說。

「好的，明天去吧。」維斯洛夫斯基說，同時側身坐到另一把椅子上，盤起一條粗腿。

「我很高興，我們明天去吧。您今年打過獵嗎？」列文對維斯洛夫斯基說，一面仔細打量著他的腿，但他說話時的那種愉快神情是裝出來的，吉媞熟悉得不得了，這種神情跟他本人很不相配。「我不知道我們是否找得到中沙錐[25]，田鷸倒是很多。不過，必須一早就出發。您會不會感到累呢？你不累吧，斯季瓦？」

24 原文為英文。
25 鳥名，屬鴴科。

「我累了嗎？我還從來沒有覺得累過。我們通宵不睡覺吧！我們去散步。」

「真的，不睡覺了！好極了！」維斯洛夫斯基附和道。

「是啊，你自己不睡覺，也不讓別人睡覺，我們相信你會這樣做，」多莉對丈夫說，口氣裡隱隱約約帶著諷刺，現在她幾乎總是這樣諷刺丈夫。「依我之見，現在就該去了……我要走了，我不吃晚飯了。」

「不行，妳再坐一會兒，多琳卡，」斯捷潘・阿爾卡季奇說，同時走到多莉坐著的大餐桌的另一頭。「我還有多少事要對妳說呀！」

「大概沒什麼可說吧。」

「妳知道嗎，維斯洛夫斯基去看過安娜。他還要去看他們。要知道，他們離你們這兒只有七十俄里。我也一定要去一趟。維斯洛夫斯基，過來吧！」

瓦先卡走到女士們坐的那一邊，在吉媞身旁坐下來。

「嗯，您說說，您到過她那裡嗎？她怎麼樣？」達里雅・亞歷山德羅夫娜問。

列文留在餐桌的另一端，不停地與公爵夫人和瓦蓮卡交談，並看到斯捷潘・阿爾卡季奇、多莉、吉媞和維斯洛夫斯基正熱烈而又神祕地說話。此外他還發現，妻子目不轉睛地望著正在興奮地侃侃而談的維斯洛夫斯基那張俊臉，臉上現出嚴肅的表情。

「他們的情況很好，」瓦先卡在說渥倫斯基和安娜。「我當然不會妄加評論，但是在他們家裡你會有賓至如歸的感覺。」

「他們有什麼打算？」

「大概想去莫斯科過冬。」

「我們一起到他們家聚會該多好！你什麼時候去？」斯捷潘．阿爾卡季奇問瓦先卡。

「我將在他們那裡過七月。」

「妳去嗎？」斯捷潘．阿爾卡季奇問妻子。

「我早就想去了，一定會去的，」多莉說，「我可憐她，我也很瞭解她。她是個非常好的女人。等你離開後，我一個人去，免得他們拘束。所以，你不去倒是更好。」

「妙極了，」斯捷潘．阿爾卡季奇說，「妳呢，吉媞？」

「我？我去幹什麼？」吉媞紅著臉說，回頭看了丈夫一眼。

「您認識安娜．阿爾卡季耶夫娜嗎？」維斯洛夫斯基問她。「她是個很有魅力的女人。」

「是的。」她說，臉紅得更厲害了，她站起來，走到丈夫面前。

「這麼說，明天你要去打獵了？」她問。

在這幾分鐘裡，尤其她在跟維斯洛夫斯基說話時臉上泛出一層紅暈，使列文的醋勁更強烈了。現在，他按自己的想法曲解她的話。儘管事後想起來感到很奇怪，但現在他覺得很清楚：即使她問他去不去打獵，那也只是因為她想知道，他肯不肯為瓦先卡．維斯洛夫斯基提供取樂的機會。按他的理解，她已經愛上瓦先卡．維斯洛夫斯基了。

「對，我要去。」他用自己都覺得討厭的不自然聲音回答。

「不行，你們明天最好在家再待一天，否則多莉根本就見不到丈夫；後天去吧。」吉媞說。

吉媞這句話的意思現在已經被列文曲解為：「別把我跟他分開。你走，我不在乎，但是你得讓我享受和這位迷人青年交往的樂趣。」

「哦，如果妳這麼希望，那我們明天再待一天，」列文口氣特別討人喜歡地回答。

維斯洛夫斯基當時絲毫沒有想到，他的到來會給人家帶來痛苦。他隨著吉媞從桌旁站起來，用含笑的親暱目光望著她，跟著她走了。

列文看到了這一眼。他的臉色頓時變得煞白，足足一分鐘連氣都喘不過來。「他竟敢這樣看我的妻子！」他滿腔怒火地想道。

「明天不去嗎？我們還是去吧。」瓦先卡說著坐到椅子上，照例盤起一條腿。

列文的醋勁更足了。他認定自己成了受騙的丈夫，妻子和她的情夫只是需要他為他們提供舒適生活和享樂的條件……儘管如此，他仍然熱切殷勤地向瓦先卡詢問獵具、獵槍和靴子等的準備情況，而且同意明天就去打獵。

列文很幸運：公爵夫人站了起來，勸吉媞去睡覺，中止了他的痛苦。然而，列文還是逃不過新一輪的折磨。與女主人告別時，瓦先卡又想吻她的手，但吉媞漲紅了臉，推開他的手，並用幼稚粗魯得事後被母親譴責的態度說：

「我們這裡不時興這種做法。」

按列文的看法，她容許這種關係，已經做錯了，現在又如此笨拙地表示她不喜歡這種關係，那更是錯上加錯。

「這麼想睡覺呀！」斯捷潘・阿爾卡季奇說。他晚飯時喝了幾杯酒，心情變得特別好，充滿了詩意。「妳瞧，吉媞，」他指著從椴樹後面升起來的月亮說，「多麼迷人的景色啊！維斯洛夫斯基，這正是唱小夜曲的好時光。你知道，他有一副好嗓子，來你們家的路上，我和他一起唱得很帶勁。他帶來了很好聽的情歌譜，是兩首新的情歌。最好是和瓦爾瓦拉·安德列耶夫娜一起唱。」

等到大家都散了，斯捷潘·阿爾卡季奇與維斯洛夫斯基一起在林蔭道上來回走了許久，還聽得見他們在合唱一首新情歌。

列文聽著這歌聲，雙眉緊鎖地坐在妻子臥室的一把圈椅上；她一再問他出了什麼事，他卻一味保持沉默。她終於怯生生地主動笑著問：「是不是維斯洛夫斯基有什麼地方不合你的意？」這時候，他突然發作了，把心裡的一切想法全都說了出來；他說的那些話使他感到屈辱，因而更加惱火。

他站在她面前，緊皺的眉頭下面那雙眼睛射出嚇人的凶光，一雙強壯有力的手緊按在胸口，那模樣就像是在竭盡全力克制自己。要不是他臉上同時露出令她生憐的痛苦神情，那麼他的臉部表情就是嚴厲、甚至是冷酷的。他的顴骨在顫抖，說話的聲音也斷斷續續。

「妳要明白，我不是在吃醋，吃醋是個卑鄙的詞。我不會吃醋，也不會相信……我說不出心中的感受，但這是可怕的……我不是吃醋，但我感到屈辱，居然有人敢打妳的主意，敢用這種目光看妳……」

「什麼樣的目光呢？」吉娣說，一面仔細地回憶今晚所說過的每一句話和做過的每一個動作，並剖析著它們的全部含義。

她在內心深處覺得，在維斯洛夫斯基跟著她走到餐桌另一端的時候，倒是發生過一點事兒，但這件事她甚至對自己也不敢承認，更不敢告訴他，免得增加他的痛苦。

「我身上還有什麼吸引人的地方，我都什麼模樣了？……」

「啊！」他捧住頭叫了一聲。「妳別說了！……這麼說，假如妳吸引人，那就……」

「不，科斯佳，等一等，聽我說！」她帶著痛苦而又同情的表情望著他說。「嘿，你有什麼可以胡思亂想的呢？對我來說，除了你就沒有別人了，沒有了，沒有了！……你是不是希望我不要見任何人？」

起初她覺得他的嫉妒是種侮辱；她感到惱火，認為這種微不足道、無可非議的消遣也要被禁止；但是現在，為了使他放心，使他擺脫正在承受的痛苦，她不僅甘願犧牲這種小事，還甘願犧牲一切。

「你要明白，我的處境既可怕又可笑，」他繼續用絕望的口氣低聲地說，「他在我家做客，除了放肆的態度和盤腿的姿勢外，確實也沒做過任何不成體統的事。他認為他的風度最好，因此我也只能客客氣氣地與他周旋。」

「不過，科斯佳，你也太誇大其詞了。」吉媞說，內心深處卻為他此刻表現為醋意的強烈愛情而高興。「最可怕的是，妳始終是，現在仍然是我心中神聖的珍寶，我們是那麼幸福，特別幸福，這時候突然來了這麼一個壞蛋……不是壞蛋，我幹麼要罵他呢？我與他毫不相干。但是，拿我的幸福，還有妳的幸福，當作什麼呢？……」

「我明白為什麼事情會這樣。」吉媞說。

「為什麼？為什麼？」

「我看到，我們在吃晚飯時說話的時候，你是怎樣望著我們的。」

「是啊，是啊！」列文吃驚地說。

她告訴他，他們當時說了些什麼。講述時，她激動得喘不上氣來。列文沉默了一會兒，然後仔細地端詳她那張驚恐、蒼白的臉，突然用雙手抱住腦袋。

「卡佳，我是在折磨妳呀！親愛的，原諒我吧！我這是在發瘋！卡佳，我徹底錯了。能為這種蠢事這樣自尋煩惱嗎？」

「不能。我可憐你。」

「可憐我嗎？可憐我嗎？我算是什麼？一個瘋子！……可我把妳當作什麼了？任何一個外人都能破壞我們的幸福，想到這點就讓人害怕。」

「這種事自然是侮辱……」

「不行，我倒是偏要留他在我們這裡過一個夏天，而且要盛情款待他，」列文吻著她的雙手說。「妳就會看到的。明天……對，真的，明天我們就去打獵。」

# 八

第二天，女士們還沒有起床，打獵用的輕便馬車、敞篷馬車和四輪大車已經停在大門口了，一早就知道主人們要去打獵的拉斯卡尖聲歡叫、蹦跳個夠後，此刻正坐在敞篷馬車的車夫身旁，焦急地望著大門，對獵人們遲遲不從裡面出來頗為不滿。首先出來的是瓦先卡·維斯洛夫斯基，他足蹬一雙高及粗壯大腿的新皮靴、身穿一件綠色短上裝，腰束一條散發著皮革味的新子彈帶，頭上仍舊戴著那頂飾有飄帶的蘇格蘭帽，手裡提著一支沒有背帶的嶄新英國獵槍。拉斯卡竄到他跟前，蹦跳了一陣，算是向他致敬，叫了幾聲，像是在問他，那些人快要出來了嗎？但沒有得到回答，於是牠又回到自己的崗位上，把頭歪向一邊，豎起一隻耳朵，一動也不動地等著。門終於嘎嘎響著打開了，斯捷潘·阿爾卡季奇的淺黃色花斑嚮導犬克拉克竄了出來，在戶外亂跑亂轉，接著出來的是斯捷潘·阿爾卡季奇，他雙手握著獵槍，嘴裡叼著雪茄。「趴下，趴下，克拉克！」他對著那條把前爪搭在他胸腹上、抓住他獵物袋的狗親切地吆喝。斯捷潘·阿爾卡季奇足蹬登山鞋、裹著包腳布，身穿破褲子和短大衣，頭戴破帽子，但那支新式獵槍卻非常精緻，獵物袋和子彈帶雖然已經用得很舊，皮料倒是上乘的。

瓦先卡·維斯洛夫斯基原先並不瞭解這是一種真正出風頭的獵人裝束——身穿破衣爛衫，卻擁有一套品質最佳的獵具。現在，他看到斯捷潘·阿爾卡季奇穿著這套破衣爛衫，優美、微胖、悅目的貴族派頭更顯得高貴，這才明白箇中奧妙，他決定下次打獵時一定要這樣打扮。

「喂，我們的主人怎麼啦？」他問。

「有個年輕的妻子呀。」斯捷潘・阿爾卡季奇微笑著說。

「對，並且又是那麼迷人。」

「他已經穿戴好了。大概又跑到她那兒去了。」

斯捷潘・阿爾卡季奇猜對了。列文又跑到妻子那兒，再次問她是否原諒他昨天所做的蠢事，後來又叮囑她千萬要小心。特別是要離孩子們遠一點，因為他們總是會撞到人。接著還要她再一次保證，她並沒有因他要外出兩天而生他的氣，還請求她明天早晨務必派人騎馬給他送一張便條來，讓他知道她平安無事，哪怕只寫兩個字也行。

跟平時一樣，要與丈夫小別兩天使吉媞心裡很難過，但是看到他那生氣勃勃的身軀在穿上獵靴和白色短上衣後顯得特別魁梧、強壯，全身煥發出她所不理解的獵人特有的奕奕神采，她就因他的喜悅而忘掉了自己的傷心，愉快地向他告別。

「請原諒，先生們！」列文跑到臺階上說。「早點放好了嗎？為什麼把那匹棕紅色的馬套在右邊？算了，反正都一樣。拉斯卡，別動，去坐好！」

「放到騙過的羊群中去吧，」他對站在臺階前向他請示如何處置閹羊的飼養員說，「請原諒，又來了一個搗蛋鬼。」

列文從剛要落座的那輛敞篷馬車上一躍而下，迎著手拿尺子向臺階走來的包工木匠走去。

「昨天你不來帳房，現在卻來耽擱我的時間。嘿，有什麼事呢？」

「請您吩咐再做一個轉彎吧。總共不過加三級梯級。我們會做得很合適。那樣會穩當得多。」

「要是你聽我的話就好了，」列文惱火地回答，「我說過，先安裝樓梯縱梁，然後再嵌入梯級。現在修改不好了。照我吩咐做吧，做一座新樓梯。」

事情是這樣的，包工木匠把正在建造中的那幢側屋裡的樓梯做壞了，他單獨做好樓梯，卻沒有算好坡度，結果安上去時梯級全都傾斜了。現在包工木匠想保留那座樓梯，要再加上三級梯級。

「那會好得多。」

「加上三級後，你那座樓梯通到哪裡去呢？」

「哪能呢，」木匠鄙視地冷笑著說，「正好通到原來的地方。就這樣，從下面往上加，」他做著有說服力的手勢說，「加一級，再加一級，就通到了。」

「要知道加三級後，樓梯的長度也會增加……那會通到哪裡去呢？」

「就是說，從下往上加，它就會通到的。」木匠頑固地堅持道。

「它會通到天花板，通到牆壁裡去。」

「哪能呢。要知道是從下往上加的。加一級，再加一級，就會通到。」

列文取出獵槍通條，開始在塵土上把樓梯畫給他看。

「喂，看到嗎？」

「隨您吩咐吧，」木匠說，眼睛突然閃出了歡樂的光彩，顯然終於明白了問題所在。「看來只好再做一座新的了。」

「喂，那就照吩咐的去做吧！」列文坐上敞篷馬車，大聲說道。「走吧！拉住狗，菲力浦！」

列文拋開家務和生產上的煩心事，現在極其強烈地感受到人生和期待的樂趣，因此他不想說話。此外，他還體驗到每個獵人在接近狩獵地點時都會有的那種強烈的激動。要說現在還有什麼事使他操心的話，那也只是下面這幾個問題：他們在科爾濱沼地能找到什麼獵物？拉斯卡和克拉克相比，結果誰更強？他本人今天怎樣才能準確射中獵物？他同時還想到另外兩個問題：他怎樣做才不致在生人面前丟臉？怎樣做才能使奧勃朗斯基打到的獵物不比他多？

奧勃朗斯基也有這種感受，所以也不愛說話。只有瓦先卡・維斯洛夫斯基一個人在開心地說個不停。現在，列文一面聽著他說話，一面回想起自己昨天對他的不公正，心裡覺得很不好意思。瓦先卡的確是個好小夥子，思想單純、心地和善，性格非常開朗。假如列文在未婚時遇見他，肯定會與他結交。列文有點看不慣他玩世不恭的人生態度和放肆無忌的行為。他似乎認為自己有著無可置疑的重要性：他留著長指甲、有一頂蘇格蘭帽及其他與之相配的東西。不過，這點是可原諒的，因為他心地善良、品行端正。列文喜歡他：有良好的教養，能說一口流利的法語和英語，再說他也是自己這個圈子裡的人。

瓦先卡特別看中套在左邊的那匹頓河草原馬。他一直在讚美它。

「騎著草原馬在草原上疾馳該有多好呀。啊？對不對？」他說。

他把騎草原馬想像成粗獷而又富詩意的事，其實並非如此；然而他的天真幼稚，尤其是與他英俊的相貌、動人的笑容及優雅的動作相結合時，真是非常討人喜歡。不知是因為列文對他的氣質很有好感呢，還是因為列文盡力想發掘他身上的一切長處來彌補昨天的過失，反正列文與他在一起感到很愉快。

馳出三俄里後，維斯洛夫斯基突然發現雪茄菸和皮夾不見了，不知道究竟是丟失了呢，還是留在桌子上了。皮夾裡有三百七十盧布，因此不能就這樣算了。

「知道嗎，列文，我得騎這匹拉邊套的頓河馬回家一趟。這將是極妙的事。怎麼樣？」他說，並且已經準備爬到馬上去了。

「不，何必呢？」列文說，他估計維斯洛夫斯基的體重不低於六普特。「我派車夫去吧。」

車夫騎上那匹拉邊套的馬走了，列文開始親自駕馭剩下的一對馬。

# 九

「喂，我們走哪條路線？你說說清楚吧。」斯捷潘·阿爾卡季奇說。

「計畫是這樣：現在我們要趕到格沃茲傑夫去。格沃茲傑夫的這一邊有塊中沙錐沼地，而格沃茲傑夫的那一邊有一大片妙不可言的田鷸沼地，中沙錐也常在那兒出沒。現在天氣很熱，我們會在傍晚抵達（要趕二十俄里路），打一次夜獵；在那兒過一夜，明天就到大沼地去。」

「途中難道就沒有任何獵物了嗎？」

「有，但是我們會耽誤時間，天也很熱。有兩個很好的小地方，卻也未必會有什麼獵物。」

列文自己也很想彎到這兩處，但是它們離家很近，他隨時都可以去，再說地方又很小，三個人擠在一起就無從開槍了。正因為如此，他才違心地說那裡未必有什麼東西。車到一個小沼地附近，列文想駕車從它旁邊飛馳而過，但是斯捷潘·阿爾卡季奇那雙經驗豐富的獵人眼睛立即看清了這個從路上可以看見的小沼地。

「不彎過去嗎？」他指著沼地問。

「列文，彎過去吧！多麼美妙的地方啊！」瓦先卡·維斯洛夫斯基請求說，列文不得不答應了。

他們還沒停下車，兩條獵狗就爭先恐後地向沼地飛奔。

「克拉克！拉斯卡！……」

兩條獵狗跑回來了。

「三個人一起去太擠。我就在這兒待一會兒吧，」列文說，心裡希望他們除了鳳頭麥雞外再看不到別的獵物。鳳頭麥雞被獵狗驚起來，在沼地上空飛翔，一面哀鳴不已。

「不！走吧，列文，一起去吧！」維斯洛夫斯基喊道。

「真的很擠。拉斯卡，回來！拉斯卡！你們不需要兩條狗吧？」

列文留在敞篷馬車旁邊，羨慕地望著那兩位獵人。獵人們走遍了整個沼地。除了黑水雞和被瓦先卡打下一隻的那種鳳頭麥雞外，沼地裡再也沒有別的獵物。

「現在明白了吧，我不是捨不得這塊沼地，」列文說，「不過是浪費時間。」

「不對，畢竟很開心。您看見嗎？」瓦先卡．維斯洛夫斯基說，一手拿著獵槍，一手拿著鳳頭麥雞，動作笨拙地爬上敞篷馬車。「這只鳳頭麥雞我打得多漂亮！不是嗎？嗯，我們是不是很快就會抵達真正的沼地？」

馬兒突然猛地向前一衝，列文的頭不知撞到誰的槍管上，槍響了。槍聲其實先響，但列文覺得是他撞響的。原來事情是這樣：瓦先卡．維斯洛夫斯基在開槍時只扣了一只扳機，另一只扳機仍張著。子彈飛進了地裡，誰也沒有傷著。斯捷潘．阿爾卡季奇搖搖頭，責備地朝維斯洛夫斯基笑笑。列文沒有勇氣責備他。第一，任何責備都會使人覺得是由剛剛那個危險事件和列文額頭上隆起的疙瘩所引起的；第二，維斯洛夫斯基起先那麼天真地為此事感到難過，後來看到大家全都驚慌失措，又溫和地、惹人喜愛地笑起來，弄得列文也不得不笑。

他們馳到第二個沼地旁邊，列文勸他們不要下車，因為這片沼地相當大，兜一圈要花很多時間。但是，維斯洛夫斯基又求得了他的同意。由於沼地狹長，所以好客的主人列文再度留在了馬車旁邊。

一到達沼地，克拉克就奔向土墩。瓦先卡·維斯洛夫斯基率先跟著狗跑去。斯捷潘·阿爾卡季奇還沒趕到，一隻中沙錐就飛出來了。但維斯洛夫斯基沒有打中，中沙錐飛到一片未割過的草地上。維斯洛夫斯基去對付這隻中沙錐。克拉克又找到了牠，停下來，維斯洛夫斯基就把牠打死了。他回到馬車旁邊。

「現在您去吧，我來看著馬。」他說。

獵人的嫉妒心使列文激動起來。他把韁繩交給維斯洛夫斯基，就向沼地走去。

拉斯卡已經哀叫了很久，抱怨主人對牠不公道。現在牠直接向列文寄以希望且又很熟悉的、克拉克卻沒有去過的多土墩地帶衝去。

「你為什麼不喝住牠？」斯捷潘·阿爾卡季奇大聲問。

「牠不會驚走獵物的。」列文回答，為自己的狗感到高興，便急匆匆地去追牠了。

在搜尋獵物過程中，拉斯卡愈是接近那片熟悉的土墩，神態也變得愈嚴肅。一隻沼地小鳥只是短暫地略略使牠分心。牠在那些土墩前兜了一圈，開始兜第二圈時，突然渾身一哆嗦，然後一動也不動地站住。

「來吧，來吧，斯季瓦！」列文喊道，他覺得心臟開始劇烈跳動，覺得自己那高度緊張的聽覺器官中有道活門打了開來，所有的聲音突然全都失去了距離感，雜亂而又響亮地向他襲來。他把斯捷潘·阿爾卡季奇的腳步聲當作遠處的馬蹄聲，把自己踩塌的帶草根的土墩的塌落聲，當作中沙錐在飛翔。他聽到身後不遠處有一種啪嗒啪嗒的擊水聲，卻弄不清楚究竟是什麼聲音。

他一面選擇落腳處，一面向狗靠攏。

「抓住牠！」

從獵狗爪下逃脫的不是一隻中沙錐，而是一隻扇尾沙錐。列文端起獵槍，就在他瞄準的時候，那種啪嗒啪嗒的擊水聲愈來愈響、愈來愈近，其中夾雜著維斯洛夫斯基那響亮的怪叫。列文發現自己的獵槍偏到田鷸的身後，但還是開了一槍。

知道自己沒打中，列文這才回頭看：他發現馬和車已經不在路上，而在沼地裡了。

維斯洛夫斯基想看他打獵，把馬車趕進了沼地，兩匹馬都陷入了泥沼。

「見他的鬼！」列文暗自罵了一句，然後朝陷住的輕便馬車走去。「您幹麼把車趕進來？」他冷冰冰地對維斯洛夫斯基說，然後叫了一聲車夫，就動手拉馬。

列文感到很惱火，他開槍時受了干擾，馬又陷在泥沼裡，更主要的是，他和車夫卸馬準備往外拉的時候，斯捷潘·阿爾卡季奇和維斯洛夫斯基都不來幫忙，因為他們倆對這種事一竅不通。瓦先卡說，他以為這裡很乾燥，列文聽了根本不搭腔，只顧默默地與車夫一起拉馬。後來，列文拉得渾身發熱，發現維斯洛夫斯基正抓住擋泥板在極其賣力地拉馬車，甚至把擋泥板也拉斷了，這時他才為自己因昨天的情緒影響而對維斯洛夫斯基過分冷淡而自責起來，於是態度又變得特別熱絡，借此來改正自己冷淡的過錯。等到一切都安排妥當，馬車也被拉到路上以後，列文就吩咐僕人開早飯。

「胃口好也就是心地純潔！這隻小雞即將進入我的內心深處，」又變得快活起來的維斯洛夫斯基說著法國俏皮話，把第二隻小雞吃完。「嗨，我們的災難全都結束了；現在一切都會順順利利。不過，我必須為自己所犯的過失而坐在車夫的座位上。不對嗎？啊？不，不，我是個馬車夫。瞧著吧，我會把你們送到目的地！」列文請求他讓車夫趕車，他抓住韁繩不放。「不行，我應當彌補自己的過失，坐在車夫的位置上我感覺很好。」說完，他就趕車上路了。

列文有點擔心，怕他把馬折騰壞了，特別是他還不能駕馭左邊那匹棗紅馬；但是他不由自主地被維斯洛夫斯基的愉快心情征服，聽他坐在車夫座位上一路高唱抒情歌曲，或者講故事，或者惟妙惟肖地表演按英國人的方法去駕馭四套馬車[26]；就這樣，他們在早飯後心情十分愉快地抵達了格沃茲傑夫沼地。

26 原文為英文。

十

瓦先卡趕著馬兒跑得飛快，他們過早地趕到沼地，天氣還很熱。

馬車駛近此行的目的地——真正的大沼地，列文不由自主地開始考慮如何擺脫維斯洛夫斯基，使自己能不受干擾地自由行動。斯捷潘·阿爾卡季奇顯然也有此打算，列文在他臉上看到了一名真正的獵人在開始打獵前總會有的那種憂慮神情，以及他所特有的、既和善又狡黠的神色。

「我們怎麼走呢？沼地真是好極了，我看到這裡還有鷂鷹，」斯捷潘·阿爾卡季奇指著兩隻在蘆草上空盤旋的大鳥說。「哪兒有鷂鷹，哪兒準會有野味。」

「看見嗎，先生們，」列文說，神情有點憂鬱地往上拉了拉靴子，又查看了獵槍上的火帽。「看見這片蘆草嗎？」他指了指河右岸那片割掉一半的濕草地中、一塊呈墨綠色的小高地說。「沼地就是從這裡，從我們面前開始的，看見吧，就是顏色更綠的地方。它從這裡往有馬在行走的右面延伸；那兒有不少土墩，常有中沙錐出沒；從這片蘆草地周圍到那個赤楊樹叢，到那座磨坊之間，全是沼地。瞧那兒，就是河灣那邊。這是最佳地點。有一次，我在那兒打死了十七隻扇尾沙錐。我們分兩路過去，各帶一條獵狗，到磨坊那兒會合。」

「嗯，那麼誰往右，誰往左呢？」斯捷潘·阿爾卡季奇問。「右邊比較寬，你們兩人一起走吧，我走左邊。」他好像是漫不經心地說。

「好極啦！我們打到的獵物定會比他多！喂，我們走吧，走吧！」瓦先卡贊同說。

列文不得不同意，於是他們分頭走了。

他們剛走進沼地，兩條狗就一起開始搜尋獵物，向褐色水皮那個地方走去。列文瞭解拉斯卡搜尋獵物的方式，牠小心翼翼、忽左忽右地搜索著；他也熟悉那個地方，預料會有一群田鷸。

「維斯洛夫斯基，並排走，並排走！」他低聲對在後面蹚水的同伴說，自從科爾濱沼地上那次獵槍走火事件後，列文就不由自主地關心起那位同伴的槍口。

「不，我不會妨礙您，您別管我了。」

列文不禁回想起吉娓在准許他去打獵時所說的那句話：「當心，別打著同伴。」兩條獵狗相互回避著，各走各的路線，離目的地愈來愈近了；列文盼著發現田鷸的那種急切心情，強烈得使他把自己的鞋跟從褐色水皮裡拔出時的咕唧聲當作了田鷸的叫聲；他握緊了槍托。

「砰！砰！」他的耳朵上方響起了槍聲。這是瓦先卡向一群野鴨開槍，牠們在沼地上空盤旋，此時離獵人還很遠。列文還來不及回頭，撲棱一聲飛起一隻田鷸，接著是第二隻、第三隻，後來一隻接一隻地飛起八隻。

斯捷潘．阿爾卡季奇就在牠們打算曲折飛行的那一瞬間打中了一隻田鷸，牠蜷作一團地掉入了泥塘。奧勃朗斯基不慌不忙地瞄準另一隻貼著水面飛向薹草地的田鷸，這隻田鷸也應聲落地；看得見牠拍動著一隻下面呈白色、未受傷的翅膀，在割過的薹草地裡蹦跳。

列文卻沒有如此幸運。他朝第一隻田鷸開槍時離得太近，沒有打中；等到牠飛起來、他再舉槍瞄準，這時他的腳下又飛起一隻，使他分了心，所以他又沒有打中。

在他給獵槍裝彈藥時，又有一隻田鷸飛起來，再次裝好彈藥的維斯洛夫斯基則朝水面開了兩槍。斯捷潘·阿爾卡季奇撿回自己打中的幾隻田鷸，目光炯炯地朝列文看了一眼。

「喂，現在我們分頭走吧，」斯捷潘·阿爾卡季奇說，然後嚴陣以待地握著獵槍，不時地吹口哨召喚著狗，左腿微微瘸著朝一個方向走去。列文和維斯洛夫斯基朝另一個方向走去。

列文有個毛病，頭幾槍打不中，他就會急躁、惱火，一整天都打不準。今天就出現了這種情況。田鷸倒是很多，不斷地從獵狗的爪子下、從獵人們的腳下飛起來。列文本來可以扭轉局面的，但是他開槍次數愈多，他在維斯洛夫斯基面前出的醜也就愈大，後者不管合適不合適，只顧開心地亂放槍，雖然什麼東西也沒打著，卻絲毫也不感到難為情。列文著急了，憋不住，變得愈來愈急躁，開槍時幾乎不再指望能打中什麼。拉斯卡似乎也明白這一點。牠搜尋獵物的勁頭變得懶洋洋的，好像帶著困惑莫解或責備的神情不時回頭看看獵人們。槍聲接連響起。硝煙在獵人四周瀰漫，而寬大的獵物袋裡只有三隻輕飄飄的小田鷸。其中一隻還是維斯洛夫斯基打死的，另一隻則是兩人一起打死的。與此同時，沼地另一邊斯捷潘·阿爾卡季奇的槍聲雖然並不頻繁，但正像列文所覺得的那樣，都是有所收穫的，並且幾乎在每聲槍響後都聽得到斯捷潘·阿爾卡季奇的喊聲：「克拉克，克拉克，去把牠叼來！」

這使列文更焦躁不安了。田鷸不停地在薹草地上空盤旋著。從四面八方傳來的地面上田鷸起飛的撲棱聲和高空中的嘎嘎叫聲一刻不停；原先飛起來在空中盤旋的田鷸紛紛降落在獵人們面前。現在尖叫著在沼地上空盤旋的已不再是兩隻鷂鷹，而是有數十隻之多了。

走過一大半沼地後，列文和維斯洛夫斯基來到了農民們割草的那個地方，這兒已被分成一長條一長條、直通薹草地的農民們的割草場，有的地方的分界線是一條條踩出來的小路，有的地方則是窄窄的一壟割過的空地。這些長條草場有一半已經割了草。

雖然在未割過的草場上要找到像割過的草場上那麼多獵物的希望並不大，但列文答應過斯捷潘．阿爾卡季奇，要與他會合，只得與同伴一起繼續沿著這一條條割過的和未割過的草場向前走去。

「嗨，獵人們！」坐在卸了套的大車旁的那些農民，其中一個對著他們大喊道，「來跟我們一起吃些點心吧！喝點酒吧！」

列文回頭望。

「來吧，沒關係的！」一個臉色通紅、蓄著大鬍子的快活農民露出一口雪白的牙齒，舉著在陽光下閃閃發光的淺綠色大酒瓶喊道。

「他們在說什麼？」維斯洛夫斯基問。

「叫我們去喝白酒。他們大概把草地分了。我倒想去喝一杯。」列文耍花招說。他希望維斯洛夫斯基受到白酒的誘惑，到他們那兒去。

「他們為什麼要請客呢？」

「沒什麼，他們是要開開心。真的，您就到他們那兒去吧。您會感到很有意思的。」

「我們去吧，這倒很有趣。」

「去吧，去吧，您會找到通往磨坊那條路的！」列文大聲嚷道，然後回頭一看，很高興地發現維斯洛夫斯基正彎著腰，一隻手舉著獵槍，磕磕絆絆地邁動著兩條疲憊的腿，從沼地向農民們走去。

「你也來吧！」那個農民朝列文喊道。「甭怕！來吃一點餡餅吧！」

列文很想喝一點白酒和吃一小塊麵包。他感到疲乏，要把累得踉踉蹌蹌的雙腿從泥塘裡拔出來已經很費勁，所以他也有過片刻的動搖。但是，獵狗停住了。所有的疲勞頓時消失，他輕鬆地踩著泥塘向狗走去。他腳下飛出一隻田鷸，他開了一槍，把牠打死了。狗仍然停在那兒。「叼來！」狗的腳邊又飛出一隻田鷸。列文又開了一槍。但是，今天真是不走運，他沒有打中。他去尋找那隻打死的田鷸，又沒有找到。他找遍了整塊薹草地，拉斯卡卻不相信他打死過一隻田鷸，所以當他派牠去搜尋時，牠就裝出搜尋的樣子，其實根本沒去找。

列文曾把自己的失敗歸咎於瓦先卡，現在瓦先卡不在身邊，情況仍未見好轉。這裡也有很多田鷸，列文卻一次接一次地打空了。

斜陽依然很熱；被汗水濕透的衣服全都黏在身上；左腳的那只靴子裡灌滿了水，沉甸甸的，走起路來咕唧咕唧直響；汗水順著黏滿火藥煙灰的臉一滴滴往下淌；嘴裡一股苦味，鼻子裡全是火藥味和鏽水味，耳朵裡則是田鷸發出的、連續不斷的撲棱聲；槍筒已經燙得無法觸摸；心臟跳動得又快又短促；雙手激動得直打顫，疲憊的雙腿在土墩和泥塘上磕磕絆絆又踉踉蹌蹌地拖著；但他還在走，還在開槍。他在又一次丟人地放了空槍後，終於把獵槍和帽子扔到了地上。

「不行，必須清醒一下！」他暗自說。他撿起獵槍和帽子，把拉斯卡叫到自己身旁，然後走出沼地。來到乾燥處，他坐到土墩上，脫下靴子、倒掉靴子裡的水，然後走到沼地邊，暢飲了一通帶鐵銹味的水，把發燙的槍筒弄濕，又洗淨了臉和手。精力恢復後，他又向田鷸降落的地方走去，下定決心不再急躁。

他想定下心來，但結果還是老樣子。他的手指總是在準確瞄準鳥之前就扣扳機。情況愈來愈糟了。

他走出沼地，來到他與斯捷潘・阿爾卡季奇會合的赤楊樹叢旁邊，這時他的獵物袋裡只有五隻鳥。

在見到斯捷潘・阿爾卡季奇之前，他先看到了他的狗。克拉克從赤楊樹外翻的樹根底下竄出來，渾身黏滿臭烘烘的黑色沼地水藻，牠得意洋洋地與拉斯卡相互嗅了嗅。繼克拉克之後，斯捷潘．阿爾卡季奇那勻稱的身軀也在赤楊樹叢的陰影中顯露出來。他正迎面走來，臉色通紅、滿身大汗，敞著領口，走路時腿仍舊有點兒瘸。

「嗨，怎麼樣？你們開槍的次數很多呀！」他開心地笑著說。

「你呢？」列文問。其實不需要問了，因為他已看到獵物袋裝得滿滿的。

「還不錯。」

他的獵物袋裡有十四隻鳥。

「沼地太好了！你大概受維斯洛夫斯基干擾了。兩個人帶一條狗不大方便。」斯捷潘．阿爾卡季奇說，他是想用這些話來淡化自己的得意。

# 十一

列文與斯捷潘・阿爾卡季奇走進列文平時歇腳的農民的木屋，維斯洛夫斯基已經在裡頭了。他坐在木屋當中，雙手抱住長凳，正在富有感染力地開懷大笑，而一個士兵——女主人的弟弟則抓住他那雙黏滿水藻的靴子往下脫。

「我剛剛到。他們真讓人喜愛。您瞧，他們讓我吃飽喝足了。多麼好吃的麵包，好極了！太妙了！還有伏特加，我從來沒有喝過這麼好的酒！而且無論如何也不肯收錢，還一再說『別見怪』，真不知是為什麼。」

「怎麼能收錢呢？那是他們請您喝的。難道他們還賣酒不成？」那個士兵說，終於把一隻被水浸透的靴子連同一隻髒得發黑的襪子一起拽下來。

儘管木屋被獵人們的髒靴子和正在舔自己身體的狗弄得很髒，儘管木屋裡充滿了沼地和火藥的氣味，又沒有刀叉，獵人們還是痛痛快快地喝了茶，津津有味地吃了一頓晚飯。他們洗過臉，乾乾淨淨的，向打掃過的乾草棚走去，車夫們已在那裡替老爺們把床鋪好了。

暮色降臨，但獵人們都不想睡覺。

他們回憶著，談論著射擊、獵狗和以前打獵的種種情形。過了一會兒，談話轉到大家都感興趣的話題上。瓦先卡一再稱讚這個過夜地方和乾草味的魅力，稱讚那輛破大車的魅力（他覺得是破車，因為那是從雙輪炮車上拆下來的），稱讚請他喝酒的那些農民心地好，稱讚那兩條各自躺在主人腳邊的獵狗。由於他那些溢美之詞已經重複過多次，所以，奧勃朗斯基就講起去年夏天他在瑪律圖斯家所參加的那場狩獵。瑪律圖斯是有名的鐵路建築商。斯捷潘．阿爾卡季奇說，這位瑪律圖斯在特維爾省收購了一大片沼地，而且管理得非常好，接送獵人去沼地的馬車、狗拖車十分漂亮，沼地旁邊搭起一個豪華的大帳篷，帳篷裡還供應早飯。

「我真不理解，」列文從乾草鋪上坐起來說，「你怎麼能不厭惡這些人。我知道配有拉斐特酒的早飯很可口，但是難道你就不厭惡這種奢侈嗎？這些人全像我們以前的包稅人，他們拚命搜括錢財，招來人們蔑視，但他們置之不顧，過後還用無恥搜括來的錢財去贖買人心。」

「完全正確！」瓦先卡．維斯洛夫斯基隨聲附和。「完全正確！當然，奧勃朗斯基是出於善意，別人卻會說：『奧勃朗斯基也常去』……」

「完全不對，」列文聽到奧勃朗斯基這樣說，同時還在笑，「我根本就不認為他比其他富商貴族更無恥。這兩種人同樣靠做事和智慧積攢錢財。」

「對，然而做什麼樣的事呢？難道寫租讓合約、做倒賣也算是做事嗎？」

「當然是。這裡的意義就在於，假如沒有這和其他類似的事兒，就不會有鐵路了。」

「但這種做事並不是農民或學者的那種做事。」

「就算不是吧，但是這種做事的意義在於它會產生結果——鐵路。不過，你本來就認為鐵路無用。」

「不，這是另外一個問題；我願意承認鐵路有用。但是，凡是與所做事物不相符的收入都是不正當的。」

「可是，由誰來確定相符與否呢？」

「透過不正當途徑、因投機取巧所得到的收入，」列文說，同時覺得自己無法明確劃定正當與不正當之間的界線，「例如私營銀號的收入，」他繼續說，「這就是罪惡。不工作就獲得大量的財富，這就如同包稅制時的情況，只不過是換了一種形式而已。國王死了，國王萬歲！剛剛消滅包稅制，就出現了鐵路、銀行，也是不勞而獲。」

「對，這些看法也許全都是對的，也是很敏銳……躺著，克拉克！」斯捷潘・阿爾卡季奇對正在搔癢和亂翻乾草的獵狗大喝了一聲。他顯然對自己論點的正確性深信不疑，因此心平氣和、從容不迫地繼續說。「但是你並沒有確定正當工作與不正當之間的界線。我的科長比我更精通業務，可是我得到的薪俸卻比他多，這不正當吧？」

「我不知道。」

「嗯，那麼我來告訴你吧：你憑你在經營農業時所付出的勞動得到一筆額外收入，就算它五千盧布吧，而我們這位種田的主人無論怎樣賣力地幹活，他的收入絕不會超過五十盧布，這的確就像我的收入比科長多、瑪律圖斯的收入比鐵路工匠多一樣，也不正當。相反的，我倒是看到社會對這些人抱著一種毫無理由的敵視態度，所以我覺得這裡有忌妒心……」

「不對，這話說得不對，」維斯洛夫斯基說，「這裡不可能有忌妒心，倒是存在有某種不正當的現象。」

「不，對不起，」列文繼續說。「你說，我獲得五千盧布，而農民只得到五十盧布，這種情況不合理，這話正確。這是不合理，我也意識到了，但是……」

「情況確實如此。為什麼我們吃吃喝喝、打打獵，什麼事也不做，而他卻要沒完沒了地幹活呢？」瓦先卡・維斯洛夫斯基說，顯然他是有生以來第一次清楚地想到了這一點，所以他說話的口氣十分坦誠。

「是的，你是意識到了，但你不會把自己的財產送給他。」斯捷潘・阿爾卡季奇說，好像故意要惹列文發火。

近來，兩位連襟之間形成了一種似乎是隱祕的對立：似乎自從他們娶了兩姊妹後就展開了一場競爭，比比誰把自己的生活安排得更好。這種對立情緒也表現在這場開始具有個人色彩的談話中。

「我不送，是因為誰也沒有要我這樣做，再說，即使我願意，也沒法送，」列文回答，「因為無人可送。」

「送給這個農民吧，他不會拒絕。」

「對，可是我怎樣送給他呢？與他一起去簽房地產契約嗎？」

「我不知道；不過，要是你確信你沒有權利……」

「我根本就不相信。相反的，我覺得我沒有權利把財產送給別人，我有義務對土地、對家庭負責。」

「不，對不起；既然你認為這不平等的現象是不合理的，那麼你幹麼不採取行動……」

「我是在採取行動，不過是消極的行動，那就是我不會設法去擴大我和他之間所存在的那種地位差別。」

「不，請原諒，這是奇談怪論。」

「對，這有點兒像詭辯式的解釋，」維斯洛夫斯基肯定地說。「啊！主人，」他對咯吱咯吱推開門、走進乾草棚的那個農民說。「怎麼，還沒睡嗎？」

「對，哪能睡得著呀！我以為老爺們都睡了，可是我聽到有人在聊天。我到這裡拿一把釤鐮。狗不會咬人吧？」他小心翼翼地移動著光腳，又問了一句。

「你睡在哪裡？」

「我們去夜牧。」

「啊，多美的夜色！」維斯洛夫斯基一面望著在微弱的霞光下、透過洞開的大門所顯現的木屋和卸掉馬的敞篷馬車，一面說道。「你們聽，這是女人們在唱歌，唱得真不錯。主人，這是什麼人在唱歌？」

「是村姑們，就在附近。」

「我們去玩一玩吧！反正睡不著。奧勃朗斯基，走吧！」

「要是既能躺著，又能去玩，那該多好，」奧勃朗斯基伸著懶腰回答。「躺著真舒服。」

「也好，那我就一個人去，」維斯洛夫斯基說著匆匆起身穿鞋。「再見，先生們。要是我玩得開心，就回來叫你們。你們請我吃野味，我也不會忘記你們。」

「一個可愛的小夥子，不是嗎？」等維斯洛夫斯基離去，農民在他身後關上大門，奧勃朗斯基說。

「是的，很可愛，」列文回答，並且繼續思考剛才那場談話。他覺得他已盡可能清楚地說出了自己的想法和感受，然而這兩位既不笨又很真誠的人卻異口同聲地說，他是在玩弄詭辯術。這使他困惑不解。

「情況就是這樣，我的朋友。二者必居其一：要麼承認當今社會制度是合理的、保住自己的權利；要麼承認，你也像我所做的那樣，在享受不合理的特權，而且是高高興興的。」

「不，假如這不合理，你就無法高高興興地享用這些財富，至少我就做不到。最主要的是，我必須覺得問心無愧。」

「怎麼樣，真的不去玩玩嗎？」斯捷潘．阿爾卡季奇說，顯然他是因為認真思考而感到疲倦了。「反正睡不著。真的，我們去吧！」

列文沒有回答他。他們剛才在談話中說，他只不過是在消極意義上合理地採取行動，這句話一直縈繞在他的心頭。「難道只在消極意義上才算合理嗎？」他捫心自問。

「新鮮乾草的氣味真是香極了！」斯捷潘・阿爾卡季奇微微欠起身子說。「我無論如何睡不著。瓦先卡在那兒不知想出了什麼新花樣。你聽到哈哈大笑聲和他的說話聲嗎？去不去？我們走吧！」

「不，我不去。」列文回答。

「難道你這樣做也是遵守原則嗎？」斯捷潘・阿爾卡季奇笑著說，同時在黑暗中尋找自己的帽子。

「不是遵守原則，可是我為什麼要去呢？」

「你要知道，你這是自討苦吃。」斯捷潘・阿爾卡季奇找到帽子後，站起來說。

「此話怎講？」

「難道我沒看見你怎樣處理和妻子的關係嗎？我聽到了，你們家裡最重大問題討論的，就是你能不能去打兩天獵。這一切都像田園詩般美好，但整個人生光憑這一點卻不夠。男子漢應當獨立自主，應當有男人的興趣。男子漢應當有陽剛之氣。」奧勃朗斯基打開門說道。

「那是什麼意思？去向村姑們獻殷勤嗎？」列文問。

「要是開心，為什麼不去？這不會有任何後遺症。我的妻子不會因此感到傷心，而我卻很開心。主要的一點是要維護好家庭這塊聖地。家裡決不能出任何事。你就別束縛自己的雙手了。」

「也許是這樣，」列文冷冰冰地說著，翻身側臥。「明天得早走，我不叫醒任何人，在黎明時出發。」

「先生們，快來吧！」傳來了歸來的維斯洛夫斯基的聲音。「真迷人啊！這是我發現的。真迷人啊，一位完美的格蕾欣[27]，我已經認識她了。真的，非常漂亮！」他露出極為讚賞的神情說，似乎她就是為他

27 德國作家歌德《浮士德》裡的女主人公。

而生得這麼美的，他對為他造就這位尤物的造物主感到很滿意。

列文假裝睡著了，奧勃朗斯基穿上便鞋，點上雪茄菸，走出了乾草棚。他們的說話聲很快就消失了。

列文久久無法入睡。他聽到他的馬在嚼乾草，聽到房東和他的長子一起在為夜牧做準備；後來聽到那個士兵在乾草棚的另一頭與外甥——房東的小兒子一起安排床鋪睡覺；聽到小孩用尖細的聲音告訴舅舅自己對這兩條獵狗的印象，覺得牠們又大又可怕；接著小孩向舅舅打聽這些獵狗能捕捉什麼動物，而士兵則用嘶啞而又無精打采的聲音對他說，獵人們明天要到沼地去，他們要開槍；後來為了擺脫小孩的提問，他就說：「睡吧，瓦西卡，睡吧，否則你就等著挨揍。」很快他自己就打起鼾來，一切聲音都消失了，只聽見馬嘶聲和田鷸叫。「難道只是消極行動嗎？」他暗自重複道。「那又怎麼樣？我問心無愧。」於是他開始思考明天的排程。

「明天我一早就出發，要控制住自己，不要急躁。田鷸非常多。中沙錐也有。回到住處還能收到吉媞的便條。是的，斯季瓦大概是對的：我跟她相處時並不剛毅，有點婆婆媽媽……怎麼辦呢！又是消極的行動！」

他在睡夢中聽見維斯洛夫斯基和斯捷潘．阿爾卡季奇的說笑聲。他立即睜開眼睛：月亮升起來了，他們正站在被月光照得通明的那兩扇打開的大門口聊天。斯捷潘．阿爾卡季奇好像在說一個姑娘清新脫俗，把她比作剛去掉殼的鮮核桃；維斯洛夫斯基富有感染力地笑著，一面重複著大概是農民對他說的話：「你就盡量向自己的老婆求歡吧！」列文朦朦朧朧地說：

「先生們，明天天一亮就要出發的呀！」他馬上又睡著了。

# 十二

天剛亮列文就醒了，他試圖叫醒同伴。瓦先卡俯臥著，伸出了一隻穿著襪子的腳，睡得很熟，怎麼叫也沒有反應。奧勃朗斯基睡意朦朧地反對這麼早就出發。就連身子蜷縮著睡在乾草邊上的拉斯卡也很不樂意地爬起來，懶洋洋地相繼伸直兩條後腿。列文穿好鞋，拿起獵槍，小心翼翼地打開乾草房那扇吱吱作響的門，走到屋外。車夫們仍在輕便馬車旁邊睡著，馬兒都在打盹。只有一匹馬在懶洋洋地吃燕麥，一面打著響鼻，把燕麥噴得滿槽都是。室外的天色還是灰濛濛的。

「親愛的，你為啥起得這麼早？」女房東走出木屋，老朋友似的友好地跟他打招呼。

「是要去打獵，大嬸。我從這裡走得到沼地嗎？」

「從後院一直走；穿過我們的打穀場，親愛的，再走過一片大麻地；那裡有一條小路直通沼地。」

老大媽小心翼翼地邁著一雙曬得黝黑的光腳，把列文送到後院，替他打開打穀場的柵欄。

「直直走，就會走到沼地。我家的孩子們昨晚把牲畜趕到那兒去了。」

拉斯卡沿著小徑歡快地跑在前頭；列文邁著輕快的步伐跟著牠，一面不斷地觀察天色。他希望在太陽升起前趕到沼地。然而，太陽並沒有磨蹭。他出來時還在熠熠生輝的那輪明月，現在卻像一小塊水銀似的在閃光；原先非常醒目的啟明星，現在要費神尋找才能看到；遠處田野上原先模模糊糊的斑點，現在已經清晰可見了。這是一個個黑麥垛。大麻地裡雄株已被拔掉，高大芳香的大麻上布滿的露珠，沒有陽光還看不清楚，但是列文的雙腿和腰部以上的短上衣都被露水沾濕了。在清晨的一片寂靜中聽得到最細小的聲音。一隻小蜜蜂像子彈似的嗖一聲從列文耳旁飛過。他仔細一看，又看到了第二隻、第三隻。牠們從蜂場的籬笆裡飛出來，穿過大麻地，朝沼地飛去。一條小路筆直地通往沼地。可以根據霧氣辨認沼地所在位置：霧氣從沼地裡嫋嫋升起，有的地方濃，有的地方淡，一片片薹草和爆竹柳叢看上去就像一座座島嶼那樣飄浮在這茫茫的霧海上。沼地和道路的邊上躺著幾個守護畜群的孩子和農民，黎明前他們全都蓋著上衣在睡覺。離他們不遠處有三匹腿被絆住的馬在走動，其中一匹把絆鏈弄得鏗鏘作響。拉斯卡在主人身邊走著，老是回頭張望，乞求主人讓牠跑到前面去。列文從那些睡著的農民身旁走過，來到第一個大泥潭旁邊，他檢查了火帽，並把狗放走。一匹吃得飽飽的兩歲栗色馬，看到獵狗便急忙閃開，豎起尾巴，打了個響鼻。其餘的馬也受驚了，被絆住的馬踩著水，蹄子從稠稠的黏土裡拔出來時發出拍手似的聲響，紛紛跳離開沼地。拉斯卡停下來，嘲笑地看看那些馬，又詢問地看了看列文。列文撫摸了一下拉斯卡，吹一聲口哨，示意可以開始了。

拉斯卡歡樂而又擔心地踩著波動的泥濘沼地奔跑起來。

跑進沼地後，拉斯卡立刻就在牠所熟悉的樹根、沼澤水草、褐色水皮的氣味和馬糞的異味中，嗅出了鳥的氣味，這片地方到處散發著那種最能刺激牠的禽鳥氣味。長青苔和沼澤牛蒡草的某些地方，這股氣味非常濃，但是無法斷定，朝哪個方向更強烈、哪個方向會變得淡些。要找對方向，就必須順風走到遠一點的地方。拉斯卡不覺得自己的腳在移動，牠飛快地奔跑著，但是一旦必要就能在每次跳躍中停下來；牠避開從東方吹來的黎明前的微風，朝右面疾跑了一陣，然後再轉身頂著風跑。牠張大鼻孔、吸了一口氣，立即就發覺：這裡，就在牠面前，不光有鳥的蹤跡，而且還有鳥，並且不是一隻，而是許多隻。拉斯卡慢下奔跑的速度。牠們就在這裡，但牠還無法確定是在哪兒。為了找出來，牠開始兜圈子搜索，然而主人的聲音突然分散了牠的注意。「拉斯卡！在這兒呀！」他指著另一個方向說。牠站了一會兒，好像是在問，照牠已開始做的那樣做不是更好嗎？他卻指著那個不可能有任何東西的、被水淹沒的、多土墩的地方，氣沖沖地重複了一遍命令。牠聽從了，為了取悅他而裝出一副搜尋的樣子，在那多土墩的地方找了一遍，然後回到原處，牠立即又嗅到牠們的氣味。現在他不再干擾牠，牠知道自己該怎麼做，不再望著自己腳下的地面，惱火地在高高的土墩上磕磕絆絆地搜索，不時掉進水裡，但馬上又用靈活有力的腿爬上來。牠開始兜圈子，這一圈兜下來，牠應當能瞭解一切情況。牠們的氣味愈來愈濃烈、愈來愈明顯地向牠襲來，牠突然完全弄明白了：牠們有一隻就在這兒，在這個土墩後面，離牠只有五步遠，於是牠停下來，整個身子一動也不動。由於腿短，牠無法看見前方的任何東西，但是根據氣味知道，這隻鳥就在不超過五步的地方。牠站在原地，愈來愈強烈地感覺到這隻鳥，並盡情地享受著等待出擊的樂趣。牠那條來了勁的尾巴伸得筆直，只有尾尖在顫抖；牠的嘴微微張著，兩隻耳朵已經豎起。一隻耳朵仍像奔跑時那樣轉向一側。牠吃力而又小心翼翼地喘著氣，並且更加謹慎地望著主人，不是回過頭看，而是斜著眼睛瞟。他帶著牠所熟悉的臉色和始終嚇人的眼神，磕磕絆絆地在土墩上走著，牠覺得他走得特別慢，其實他在奔跑。

拉斯卡整個身子緊貼地面，好像在用後腿大步劃行，並且微微張著嘴，列文看到牠這種特別的搜尋姿勢，知道牠正在慢慢地接近中沙錐，於是就在心裡祈求上帝保佑他成功，特別是第一隻鳥，然後跑到牠身邊。跑到牠跟前，他開始居高臨下地觀察自己面前的情況，親眼看到牠用鼻子所嗅到的那隻鳥。在土墩之間的空地上有一隻中沙錐。牠側著頭在留神傾聽。接著，牠稍稍展開翅膀、又收攏，笨拙地擺擺尾巴，躲到角落後面去。

「追，追。」列文推著拉斯卡的屁股，大喊道。

「可是我不能去，」拉斯卡心裡想。「我去哪兒呢？我從這裡嗅得到牠們的氣味，要是往前走，我就弄不清牠們在哪裡、是什麼東西了。」這時候，他又用膝蓋頂了牠一下，低聲焦急地說：「追，拉索奇卡，追呀！」

「好吧，既然他要我這樣做，那我就照辦吧，不過現在我可不負責了，」牠心想，然後飛快地在土墩之間向前充衝去。牠現在已經嗅不到任何氣味了，只是莫名其妙地看著、聽著。

在離原地十步遠的地方，伴著一陣渾厚的「霍爾」叫聲和中沙錐特有的響亮振翅聲，飛起一隻中沙錐。槍聲一響，牠就白胸脯朝下、啪嗒一聲重重地落在潮濕的泥濘沼地上。另一隻中沙錐不等獵狗趕來，就在列文身後飛了起來。

等列文轉過身來，牠已經飛遠了。不過子彈還是擊中了牠。大約飛出二十步後，這隻中沙錐先是尖喙朝上向空中飛去，接著像一隻拋出的皮球那樣翻滾、沉甸甸地落到乾燥的地上。

「這樣下去會有成效！」列文想，把餘溫尚存的肥美中沙錐放進了獵物袋。「拉索奇卡，會有成效吧？」

列文重新給獵槍裝上子彈，繼續前進，太陽雖然還躲在烏雲背後，但已經升起來了。月亮失去了光澤，像一小朵白雲浮在空中；星星一顆也看不見了。原先因沾滿露水而泛出銀光的一塊塊小沼澤，現在已變成了金黃色。褐色水皮全都披上了一層琥珀色。青藍色的青草變成了偏黃的嫩綠色。在小河邊的那些沼地小鳥因沾滿露水而閃閃發光，並在地上投下長長陰影的灌木叢上不停地飛來飛去。一隻鷂鷹醒來了，站在一個乾草垛上，左右轉動著腦袋，不滿地望著沼地。寒鴉紛紛飛到田地上，一個光腳的小男孩趕著馬群來到老人身邊，老人掀開蓋在身上的長衣站起來，正在搔癢。射擊冒出的白色硝煙像牛奶般飄浮在綠色的草地上。

一個小男孩跑到了列文跟前。

「叔叔，昨天這裡有野鴨！」他對列文大聲說，遠遠地跟在列文後面走著。

由於小男孩在一旁嘖嘖稱讚，列文當場又接連打死了三隻田鷸，並感到分外高興。

## 十三

假如第一隻野獸和第一隻鳥沒逃脫，那麼收穫定會很豐富，獵人的這種說法倒是很有道理。

上午九點多，列文已走了大約三十俄里的路，帶著十九隻上等野禽和一隻因獵物袋裡裝不下而繫在腰後的野鴨，回到臨時住所。他又餓又累，心裡卻很高興。同伴們早已經醒了，饑腸轆轆地先吃了早飯。

「等一等，等一等，我知道是十九隻，」列文說，第二遍清點獵獲的中沙錐和田鷸。牠們不再像飛行時那麼神氣，全都蜷縮著身子，歪著腦袋，變得乾癟了，血液都已凝結。

數目沒錯，斯捷潘・阿爾卡季奇一臉的羨慕讓列文很高興。還有一件事也使他很高興，那就是他回到住所就碰到吉媞派來送便條的人。

「我非常健康，也非常開心。如果你在替我擔心，那麼現在可以比以前更加放心了。我有一位新的保鏢——瑪麗亞・弗拉西耶夫娜（一名助產士，列文家庭生活中新的重要人物）。她來看望我。她認為我的身體完全正常，我們會留住她直到你回來。大家心情愉快、身體健康，請你別著急，要是打獵順利，那就多留一天吧。」

打獵豐收和妻子來信，這兩件喜事使列文無比興奮，所以對接下來發生的兩件不愉快小事他並不介意。第一件是拉邊套的棗紅馬顯然是昨天勞累過度了，不肯進食，神態也悶悶不樂。車夫說，牠是精疲力竭了。

「昨天牠被弄得筋疲力盡了，康斯坦丁．德米特里奇，」他說，「不用說，方法不對，趕著牠跑了十俄里路呀！」

第二件不愉快事一開始破壞了他的好心情，後來他感到極其可笑，那就是吉媞給他們準備的食品原以為一個星期也吃不完，現在居然一點不剩了。列文打獵歸來的路上又累又餓，一心想著小餡餅，走到門口他已經像拉斯卡嗅到野禽那樣，感覺到小餡餅在口中那種香噴噴的滋味，於是吩咐菲力浦立即把小餡餅端來。結果發現，不僅沒有小餡餅，連小雞也吃光了。

「他真是好胃口啊！」斯捷潘．阿爾卡季奇笑著指著瓦先卡．維斯洛夫斯基說。「我胃口不差，可他的胃口大得驚人……」

「唉，怎麼辦呢！」列文憂鬱地望著維斯洛夫斯基說。「菲力浦，那就上牛肉吧。」

「牛肉吃光了，骨頭我給狗吃了。」菲力浦回答說。

列文感到很委屈，惱火地說：

「隨便給我留點什麼也好呀！」他真想哭了。

「你去給野物開膛吧，」他用顫抖的聲音對菲力浦說，盡量不去看維斯洛夫斯基，「放一點蕁麻。最好給我討點牛奶來。」

後來，等他喝了牛奶，他為自己對一個外人發火而感到很不好意思，開始嘲笑自己那副惡狠狠的餓相。

晚上，他們又出去打了一次獵，這次連維斯洛夫斯基也打死了幾隻野禽。當夜，他們就回家了。

返回的路上跟去程一樣愉快。維斯洛夫斯基一會兒唱歌，一會兒開心地回憶農民請他喝白酒、並對他說「別見怪」的情景，回憶自己與那些搗蛋鬼和一個村姑、一名農民的奇遇：這農民問他結婚了沒，得知還沒有，就對他說：「你別垂涎別人的老婆，最好自己找一個，死氣白賴地去追求，然後娶進門。」這番話特別讓維斯洛夫斯基覺得好笑。

「總之，我對我們這次外出非常滿意。您呢，列文？」

「我很滿意，」列文真心實意地說，他感到特別高興，自己對瓦先卡・維斯洛夫斯基不僅不再抱有原先在家裡產生的敵意，還對他產生了最友善的好感。

# 十四

第二天，早晨十點鐘，列文已經巡視完農場，敲了幾下瓦先卡住的那個房間的門。

「請進，」維斯洛夫斯基大聲地對他說，「請您原諒，我剛剛洗完冷水澡，」他只穿著一身內衣站在列文面前，微笑著說。

「請別客氣，」列文在窗邊坐了下來。「您睡得好嗎？」

「睡得死死的。今天天氣怎麼樣，是否適宜打獵？」

「您喝什麼，茶還是咖啡？」

「都不喝。我要吃早飯。真的，我感到很不好意思。我想，女士們已經起來了吧？現在去散散步倒是很妙。您讓我看看馬吧。」

列文陪著客人在花園裡走了一圈，到馬廄裡轉了轉，甚至還一起練了雙杠，然後一起回家，走進了客廳。

「我們這次打獵真過癮，感想真多啊！」維斯洛夫斯基向正在喝茶的吉媞走去，一面說道。「女士們享受不到這種樂趣，多麼遺憾啊！」

「嗯，也好，他應當跟女主人談談。」列文暗自說道。他又覺得客人對吉媞說話時臉上所帶的微笑，和那種勝利者的表情好像有某種意思……

公爵夫人與瑪麗亞・弗拉西耶夫娜和斯捷潘・阿爾卡季奇坐在桌子的另一邊。她把列文叫到身邊，跟他談起讓吉媞搬到莫斯科去分娩，以及如何安排住房的事。對列文來說，正如結婚前的各種瑣碎繁雜的準備工作只會損害婚禮的莊嚴、使人感到不快一樣，為指日可待的分娩所做的那些準備更令人厭煩。他總是竭力不去聽關於怎樣替未來的嬰兒裹襁褓這類談話，不去看那些無盡頭的、神祕莫測的編織帶，不去看多莉認為特別重要的那些小三角形亞麻布，等等、等等。要生兒子了（他深信將會生兒子），人家向他保證過，但他還是無法相信。這件事顯得很不尋常，他一方面覺得這是極大的、因而也是不可能實現的幸福，另一方面覺得它極為神祕，所以對於人們自以為是、像對待某種普通的人為事件那樣為它作準備，感到氣憤和屈辱。

公爵夫人不瞭解他的感受，把他既不願思考又不願談論的表現解釋為一種輕率和淡漠，因此老是不讓他安靜下來。她委託斯捷潘・阿爾卡季奇去看住房，現在又把列文叫到自己身邊。

「我一竅不通，公爵夫人。您想怎麼做，就怎麼做吧。」他說。

「必須決定你們什麼時候搬過去。」

「我真的不知道。我只知道成千上萬的孩子不是在莫斯科誕生的，而且也沒有醫生接生……到底為什麼……」

「既然這樣……」

「不，聽吉媞的吧。」

「跟吉媞不能談這件事！你為什麼要讓我去嚇她呢？今年春天，娜塔莉・戈利岑娜就死在一個蹩腳的產科醫生手裡。」

「您怎麼說，我就怎麼做吧。」他悶悶不樂地說。

公爵夫人開始對他說了，但是他並沒有聽。與公爵夫人的談話使他感到很不好受，但他悶悶不樂並不是因為這件事，而是因為他看到了茶炊旁邊的情景。

「不，這不可能。」他想，偶爾看看向吉媞探過身去、臉上掛著動人微笑在對她說話的瓦先卡，偶爾看看面紅耳赤、激動不安的吉媞。

在瓦先卡的姿勢、眼神、笑容裡有著某種不老實的成分。列文甚至在吉媞的姿勢和眼神中也看得出來。於是他的眼睛又變得黯然無光了。他突然又像昨天那樣，覺得自己一下子就從幸福、安寧、自尊的頂峰被拋入絕望、憤怒和屈辱的深淵。他又感到所有的人和所有東西都非常令人討厭。

「您想怎麼做，就怎麼做吧，公爵夫人。」他說，同時又回過頭去看。

「莫諾馬赫王冠[28]真沉啊！」斯捷潘·阿爾卡季奇對列文開玩笑地說，這話的言外之意顯然不是單指列文與公爵夫人的談話，而是他所發現的那個、使列文激動不安的原因。「多莉，今天妳來得真晚呀！」

大家都起身迎接達里雅·亞歷山德羅夫娜。瓦先卡只是欠了欠身，以現代青年所特有的那種、對女士沒有禮貌的態度向她微微點了點頭，接著又繼續說笑起來。

「瑪莎使我厭煩極了。她睡得不好，今天特別任性。」多莉說。

瓦先卡又跟吉媞談起昨天的經歷，談起安娜，談起愛情能不能超然於社會環境之上的問題。吉媞討厭

28 莫諾馬赫王冠系最古老的俄羅斯王冠。這頂黃金便帽由八塊扇形料子拼成，表面覆蓋一層漩渦形金絲編織物，毛皮鑲邊，做工精緻。傳說是十二世紀時拜占庭皇帝君士坦丁·莫諾馬庫斯贈送給基輔大公弗拉基米爾·莫諾馬赫的禮品。

這場談話，因為談話內容以及談話時他的口氣都使她感到激動不安，尤其是因為她已經知道這事會對丈夫有什麼影響。不過她太純樸，也太天真了，不懂得制止，甚至不會掩飾這位年輕人對她顯而易見的青睞所引起的得意神情。她想中止這場談話，但不知道該怎麼做。她知道，無論她做什麼，都會被丈夫發覺，都會被曲解。果然，她向多莉打聽瑪莎的情況，維斯洛夫斯基則盼著這場對他來說枯燥無味的談話盡快結束，開始冷淡地望著多莉；這時列文覺得她的打聽不自然，只是可惡的花招。

「今天我們去採蘑菇嗎？」多莉問。

「去吧，我也去，」吉媞說，漲紅了臉。出於禮貌她想問瓦先卡去不去，結果卻沒有問。「你上哪兒去，科斯佳？」當丈夫雄赳赳地從她身邊走過時，她臉帶愧色地問。這又證實了他的一切猜疑。

「我不在的時候，技師就來了，我還沒見到他。」他說，看也不看她一眼。

他下樓去了，可是還沒走出書房，就聽到妻子那熟悉的腳步聲，她正急急忙忙大步向他走來。

「妳怎麼啦？」他冷冰冰地對她說。「我們正忙著呢。」

「請原諒，」她對那位德國技師說，「我要對丈夫說幾句話。」

德國人想走開，列文對他說：

「別擔心。」

「是三點鐘的火車嗎？」德國人問。「但願別遲到。」

列文沒有回答他，同妻子一起走出門。

「嗯，您有什麼話要對我說？」他用法語問。

他沒有看她的臉，也不想看到她在此身體沉重之際整張臉都在顫抖、窘得不知所措的那副可憐相。

「我……我想說，不能這樣過日子，這是受罪……」她說。

「小餐廳裡有人，」他生氣地說，「別鬧了。」

「也好，那我們就到這裡來吧！」

他們站在過道間裡。吉媞想走到隔壁那間房裡去。然而，英國女教師正在那裡給塔尼雅上課。

「那就上花園去吧！」

在花園裡，他們碰到一個正在清掃小路的農民。兩人顧不得農民看得見她那帶淚痕的臉和他那激動的表情，顧不得讓人見了像逃難的樣子，只顧快步往前走；他們覺得必須傾訴自己的想法、必須喚醒對方，必須單獨在一起待上一會兒，以擺脫兩人都在承受的痛苦。

「不能這樣過日子！這是受罪！我感到痛苦，你也感到痛苦。為什麼？」等他們終於走到椴樹林蔭道拐角處一條孤零零的長凳跟前，她說。

「不過，請妳告訴我這點：他的口氣裡有沒有不體面、不正派、有損尊嚴的成分？」他又像那天夜裡那樣，把雙拳放在胸前，站在她面前說。

「有，」她用顫抖的聲音說。「但是，科斯佳，難道你沒發現我的無辜？我從早晨起就想採用另一種口氣，但是這些人……他為什麼要來呢？以前我們多麼幸福啊！」她說著放聲大哭，哭得連氣也喘不過來，整個發胖的身軀都在顫動。

園丁驚奇地看到，沒有任何人在追他們，他們沒必要逃跑，也不可能在長凳上找到任何特別令人高興的東西，但是他們經過他身旁往回走的時候，臉色卻已變得安詳、興奮。

# 十五

列文把妻子送到樓上，然後就到多莉住的屋裡去了。達里雅·亞歷山德羅夫娜今天也很傷心。她在房間裡踱步站在角落裡號啕大哭的小姑娘生氣地說：

「妳今天在角落裡站一天，一個人吃飯，一個洋娃娃也看不到，也不給妳做新衣服。」說到這裡，她不知道還有什麼可以懲罰這個小女孩。

「不行，這是壞女孩！」她對列文說。「她身上這些壞習氣從哪兒學來的？」

「她到底做了什麼？」列文非常冷淡地說。他本想跟她商量商量自己的事，結果發現來得不是時候，感到很懊惱。

「她和格里沙一起跑到懸鉤子叢裡，在那裡……我甚至無法說出口，她在那兒做了些什麼事。你絕對會憐惜艾略特小姐[29]的。她絲毫不管事，真是一台機器……您瞧，小姑娘……」

於是達里雅·亞歷山德羅夫娜講了瑪莎的惡劣行逕。

「這證明不了什麼，根本就不是壞習氣，不過是淘氣罷了。」列文安慰她說。

「你好像心情不大好吧？你來有什麼事嗎？」多莉問。「那邊出什麼事了？」

從她問話的口氣聽來，他可以輕鬆地說出他打算說的那些話。

「我沒有去過那邊。我和吉娓一起待在花園裡。自從……斯季瓦來了以後，我們吵了兩次嘴。」

多莉用她那雙聰明的、善解人意的眼睛望著他。

「那就請妳坦誠地說吧，是不是……不是在吉媞身上，而是在這位先生身上，有沒有那種對丈夫來說可能是討厭的——不是討厭的，而是非常可怕的、帶侮辱性的腔調？」

「該怎麼對你說……站好，站在角落裡！」她對一看到母親臉上有一絲隱約可見的微笑就想轉過身去的瑪莎說。「上流社會的評價是，他的行為舉止就如同所有年輕人一樣。他向美麗的少婦獻殷勤。而一個出入上流社會的丈夫應當以此為榮。」

「對，對，」列文悶悶不樂地說，「那麼，妳也察覺到了？」

「不僅是我，還有斯季瓦。他一喝完茶就對我說：我認為維斯洛夫斯基有點在追逐吉媞。」

「啊，那太好啦，現在我放心了。我要把他攆走。」列文說。

「你怎麼啦，瘋了嗎？」多莉驚駭地大喊道。「你怎麼啦，科斯佳，冷靜些！」她笑著說。「喂，你現在可以到芳妮那兒去了，」她對瑪莎說。「不行，假如你真想這樣做的話，那我就告訴斯季瓦。他會把他帶走。可以說你家另有一批客人要來。總之他不該來我們家。」

「不，不，我自己去說。」

「你不會去吵架吧？」

「絕對不會。這樣做會使我感到很愉快，」列文真的帶著愉快的眼神說。「喂，多莉，饒了她吧！她不會再犯了。」他指的是犯了過失的瑪莎，她並沒有到芳妮那兒去，正猶豫不決地站在母親對面，皺著眉頭

29 原文為英文。

在等待並尋覓母親的目光。

母親看了她一眼。小姑娘把臉埋在母親的兩膝間，抽噎著大哭起來。多莉把一隻嬌嫩的瘦手放到她的頭上。

「我們和他之間有什麼共通點呢？」列文想，然後就去找維斯洛夫斯基。

穿過前廳時，列文吩咐僕人套馬車，他要去車站。

「彈簧昨天就斷了。」僕人回答。

「那就套不帶彈簧的四輪馬車，要快一點。客人在哪裡？」

「他回自己房間裡去了。」

列文遇見瓦先卡時，後者已經把自己的東西從箱子裡清理出來，攤開那些新情歌的譜子，正在試縛皮綁腿，準備去騎馬。

可能是列文臉上帶著某種異樣的表情，也可能是瓦先卡自己覺察到他發起的這一小小的調情，在這個家庭不合適，反正看到列文進來，他感到有點窘困（一個上流社會人士所能有的那種程度）。

「您打著皮綁腿去騎馬嗎？」

「是啊，這樣要乾淨得多。」瓦先卡把一條粗腿擱在椅子上，一面扣著下面的扣鉤，一面愉快、和善地微笑著說。

瓦先卡無疑是個好小夥子，列文發現他的目光中帶著怯意，不禁可憐他，作為一家之主他感到羞愧。

桌子上放著半截手杖，是他們今天早上用手杖試著抬起受潮膨脹的雙杠時折斷的。列文拿起這截斷杖，開始掰折開裂的杖端，不知該如何開口。

「我想……」他本來不想說下去，但是突然想起吉媞和已發生的一切，就果斷地望著瓦先卡的眼睛說：「我已叫人替您套馬了。」

「這是什麼意思？」瓦先卡驚訝地說。「上哪兒去？」

「送您，去火車站，」列文一面掰折杖端，一面陰鬱地說。

「是您要外出呢，還是出了什麼事？」

「是這樣，我有一些客人要來，」列文說，強有力的手指愈來愈快地掰折開裂的杖端。「沒有客人要來，什麼事也沒有發生，但是我請求您離開。您可以隨便怎樣解釋我的失禮。」

瓦先卡挺直了身子。

「我請您向我解釋……」等終於明白列文的意思，他帶著尊嚴地說。

「我無法向您解釋，」列文盡力掩飾雙顴的顫抖，又輕又慢地說。「您最好別問了。」

由於斷杖裂開的兩端都已經被掰折光了，列文就用手指抓住兩個粗端，用力扯裂了斷杖，眼疾手快地抓住了快要掉下去的那一端。

大概是這雙緊張的手、他今天早上做操時所摸過的那些肌肉、炯炯有神的眼睛、輕輕的說話聲以及顫抖的雙顴，比語言更為有力地說服了瓦先卡。他聳聳肩膀，輕蔑地冷笑著點了點頭。

「我能不能見奧勃朗斯基一面？」

聳肩和冷笑並沒有激怒列文。「他還能怎麼樣？」他心想。

「我這就派人去替您把他叫來。」

「這麼做太荒謬了！」斯捷潘．阿爾卡季奇從瓦先卡口中得知他即將被趕出門，便去花園裡找正在踱來踱去等客人離開的列文，並告訴他。「這真可笑！是什麼樣的蒼蠅叮了你一口，使你發這麼大的脾氣？這真是可笑透頂！你以為怎麼啦，要是一個年輕人……」

列文身上被蒼蠅叮過的地方顯然還在作痛，斯捷潘・阿爾卡季奇剛想說明原因，他面色又變得煞白，趕忙打斷他的話：

「別說明原因！我不能不這樣做！我很對不起你，也很對不起他。不過我認為，離開這裡對他來說不是很痛苦的事，而他在這裡對我和我的妻子來說則都很不愉快。」

「可他會感到受了侮辱！再說，這很可笑。」

「可我感到既是侮辱又是折磨！我絲毫沒有過錯，我幹麼要受折磨！」

「嘿，我真沒料到你會這樣！愛吃醋是可以，但是到這種程度，就可笑透了！」

列文一個急轉身，撇下他，獨自走到林蔭道深處，繼續在那兒來回踱步。不久，他就聽到四輪馬車的轔轔聲，並從樹木後面看到瓦先卡戴著那頂蘇格蘭帽子、坐在乾草上（不幸的是四輪馬車上沒有座位），身子上下顛簸著，沿著林蔭道馳走了。

「還有什麼事？」當一個僕人從房子裡跑出來，叫住四輪馬車時，列文心想。原來還有技師，列文完全把他給忘了。技師鞠著躬，對維斯洛夫斯基說了些什麼，然後爬上四輪馬車，兩人一起離開了。

斯捷潘・阿爾卡季奇和公爵夫人對列文的作為感到很氣憤。他自己也覺得他不僅極其可笑，而且完全錯了，還丟盡了臉；但是回想起他和妻子備受痛苦的情景，他問自己，下一次遇到這種事會怎麼辦，答案仍然是這樣處理。

儘管如此，在這一天的白晝行將結束之際，除了還不肯原諒列文的公爵夫人，大家都變得特別活躍、開心，就像受了懲罰後的孩子，或者像受過痛苦的官方召見的大人。當天晚上，當公爵夫人不在場時，大家已經像談論一件久遠的往事那樣談論瓦先卡被趕走這件事。多莉從父親身上繼承了能把一件事講得令人發噱的才能，使瓦蓮卡笑得前仰後合：她當時妙趣橫生、添枝加葉地把瓦先卡被趕走的情景一連講了三、四遍。她說，她剛想戴上那個接待客人用的新蝴蝶結，正要到客廳裡去的時候，突然聽到了老式四輪馬車的轆轆聲。到底是誰坐在這輛老式四輪馬車裡呢？就是那位瓦先卡。他戴著一頂蘇格蘭帽子，捧著情歌譜，繫著皮綁腿，坐在乾草上。

「你叫人給他套一輛四輪轎式馬車也好呀！沒有，後來我又聽到：『請等一等！』嘿，我還以為是你們發善心了。我看到的卻是，人家讓那個德國胖子坐在他旁邊，把他們送走了……我的蝴蝶結也就白戴了！……」

## 十六

達里雅·亞歷山德羅夫娜實現了自己的心願，動身去看望安娜了。她感到非常遺憾，她這麼做使妹妹傷心、妹夫不快；她明白，列文夫婦不願意與渥倫斯基有任何交往的做法是正確的；但她認為，她必須到安娜那兒去一趟，向安娜表明，儘管安娜的處境變了，但她對她的感情不會改變。

為了在這次外出活動中不依靠列文夫婦，達里雅·亞歷山德羅夫娜派人到村子裡租馬；列文得知這事，就來責備她。

「妳為什麼認為妳的外出會使我不愉快呢？就算我不喜歡這件事，妳不用我的馬，更會令我不愉快，」他說。「妳從沒對我說過妳一定要去。至於在村裡租馬的事，首先對我來說是件不愉快的事；更主要的是，馬能租到，但牠們不會把妳送到目的地。我有馬。如果妳不想讓我難過，那就用我的馬吧。」

達里雅·亞歷山德羅夫娜不得不表示同意，於是在約定的那天，列文為大姨子備好了四匹套車的馬和備換的馬，這些馬是耕地的馬和供人騎的馬湊成的，陣容很不好看，但是牠們能用一天的工夫把達里雅·亞歷山德羅夫娜送到目的地。現在，當即將離去的公爵夫人以及那位助產士都需要用馬的時候，這件事使列文有點為難，但是出於好客的責任感，他不能讓達里雅·亞歷山德羅夫娜從他家裡到外面去租馬；此外他還知道，如果租馬的話，這次旅行得讓達里雅·亞歷山德羅夫娜花二十盧布，對她來說是筆很大的開銷；而列文夫婦像瞭解自己家的情況那樣，知道達里雅·亞歷山德羅夫娜的經濟情況很拮据。

達里雅·亞歷山德羅夫娜聽從列文的建議，天沒亮就出發了。路況很好，帶彈簧的四輪馬車行駛很平穩，馬兒在歡快地奔跑，馭手座上除了車夫，還坐著列文為安全起見而派來頂替僕人的一位辦事員。達里雅·亞歷山德羅夫娜在打瞌睡，直到馳抵要換馬的那個客店才醒過來。

達里雅·亞歷山德羅夫娜在列文去斯維亞日斯基家的路上歇過腳的富裕農民家喝了茶，與村婦們談了孩子們的情況，跟那個老頭聊過他所大為讚賞的渥倫斯基伯爵的情況，然後在十點鐘又繼續上路了。在家裡時，因為要為孩子們操心，她一直沒有時間去思考別的事情。可是現在，在這四小時的旅程中，以前壓在心底的種種想法突然全都浮上她的腦海。於是，她前所未有地從各個方面對自己的整個人生作了一次反省。她自己都覺得這些想法很奇怪。她先是掛念孩子們，儘管公爵夫人，主要還是吉娣（她更加信任吉娣）答應照看他們，她還是不大放心。「但願瑪莎別再胡鬧，格里沙別讓馬踢到，還有莉莉的胃別再鬧病。」但是接著，現實的問題開始被未來的問題所取代。她開始思考，今年冬天必須在莫斯科租一套新住宅，客廳裡要換一套傢俱，得替長女做一件短皮大衣。然後，她開始想到較為長遠的一些問題：她將怎樣協助孩子們得到社會地位呢？「女孩子們倒無所謂，」她想，「但是男孩子們怎麼辦？」

「幸好我現在和格里沙一起讀書，但這只是因為我自己現在也閒著，沒有生孩子。對斯季瓦，當然是沒什麼可指望的。我會借助於一些好心人去協助他們得到社會地位；但是，假如又要生孩子呢……」於是她想到一句不正確的俗話：生兒育女要吃苦是對女人的詛咒。「生孩子無所謂，懷孕倒真是痛苦的事，」她想，腦海中浮現自己最後一次懷孕，以及最後一個嬰兒夭折的情況。她又想起在客店裡與一個少婦的談話。對有沒有孩子這個問題，那個美麗的少婦開心地回答：

「有過一個女孩，上帝使她解脫了苦難，大齋時把她埋葬了。」

「怎麼樣，妳很捨不得吧？」達里雅·亞歷山德羅夫娜問。

「有啥捨不得？老頭子有那麼多孫子。否則只是煩惱。既不能幹活，又不能做別的事。只會多一個負擔。」

儘管這個少婦有著一副溫和而又討人喜愛的容貌，她的回答卻使達里雅·亞歷山德羅夫娜極為反感，現在她不由自主地想起了這些話。在這些不合情理的話中倒有一點道理。

「總之就是，」達里雅·亞歷山德羅夫娜回顧了自己婚後十五年的整個生活，心想，「懷孕，嘔吐，智力遲鈍，對一切都麻木不仁，主要是人也變得極難看。吉媞，既年輕又漂亮的吉媞，連她也變得那麼難看了，我懷孕時就會變得極難看，這我很清楚。分娩、陣痛、難以形容的陣痛、這最後一分鐘……然後是餵奶、這些不眠的夜、劇烈的疼痛……」

一想起自己幾乎在給每個孩子餵奶時都嘗到的乳頭裂開的痛楚，達里雅·亞歷山德羅夫娜就渾身戰慄。「接著是孩子們生病，這是種沒完沒了的恐懼；接著是教育、壞習慣（她想起了小瑪莎在懸鉤子叢裡所犯的過錯）、讀書、拉丁語——這一切全是不可理解而又繁難的事。最難忍受的是孩子夭折。」她的腦海中浮現永遠壓在她那顆慈母心上的慘痛回憶：最後一個還在吃奶的男孩因患白喉而夭折，他的葬禮、眾人面對這口粉紅色小棺材時的淡漠神情，以及在飾有金邊十字架的粉紅色棺材蓋蓋上之前，她看到他那長著鬈髮的蒼白小腦門與那驚訝地張著的小嘴時所感受到的孤獨無助、撕心裂肺的痛楚。

「這一切都是為什麼呀？這一切將會有什麼結果呢？結果就是我，一個時而懷孕，時而餵奶，老是生氣、愛嘮叨，自己痛苦又使別人痛苦，讓丈夫感到討厭的女人，片刻不得安寧地度過自己的一生，並將有幾個不幸的、受過不良教育的、貧窮的孩子長大成人。現在，如果不是在列文家過夏，真不知道我們要如何度過這些日子。當然，列文和吉媞很客氣，我們毫無寄人籬下的感覺；但是，這種情況不可能長期下去。他們會有孩子，將無法接濟我們；他們現在手頭也很拮据。幾乎沒有積蓄的爸爸能幫一把嗎？因此，除非有別人幫助，除非卑躬屈節去求人，否則我自己無法把孩子們培養成人。唉，就算前景理想，孩子們不會再夭折，我好歹把他們培養成人。他們最好也不過是不會成為壞蛋。這就是我所能希冀的全部了。可為這一切我要吃多少苦，要付出多少心力……整個一生全都斷送了！」她又想起那個少婦說過的話，並因此感到厭煩；但是她不能不同意，這些話裡也有一點粗俗的道理。

「怎麼樣，還很遠嗎，米哈伊拉？」達里雅．亞歷山德羅夫娜問那個辦事員，借此擺脫這些令她恐慌不安的想法。

「據說離這個村子還有七俄里路。」

馬車沿著村道馳上一座小橋。一群快樂的村婦肩背著捲成一圈圈的草繩，響亮而歡快地一面交談一面走在橋上。村婦們在橋上停留了一會兒，好奇地打量著馬車。達里雅．亞歷山德羅夫娜覺得，朝著她的一張張臉全都健康、愉快，並且正在以人生的樂趣嘲弄她。「大家都在生活，大家都在享受人生，」達里雅．亞歷山德羅夫娜從村婦們身邊馳過，進入山區，她的身子又因馬兒的小跑而在簧板柔軟的舊馬車上愜意地微微搖晃。她繼續想道，「而我呢，像從牢獄裡放出來似的，擺脫了那個使我感到憂心如焚的小天地，現在剛清醒一會兒。大家都在生活：這些村婦也好，妹妹娜塔莉也好，瓦蓮卡也好，我去看望的安娜也好，都在生活，只有我不像在過日子。」

「可是他們正在攻擊安娜。為什麼？怎麼，難道我比她好嗎？我至少有一個為我所愛的丈夫。愛得並不像我所希望的那麼深，但我是愛他的，而安娜不愛自己的丈夫。她有什麼過錯呢？她想要生活。這個願望是上帝注入我們心裡的。很可能我也會這麼做。在她到莫斯科來看望我的那個可怕時刻，我聽從了她的話，但至今仍不知道這麼做好不好。當時，我本該拋棄丈夫、重新開始生活。我會真心地愛一個人，也會真正地為人所愛。現在的情況難道更好嗎？我並不尊重他。我需要他，」她想到了丈夫，「所以我就容忍他。難道這樣就更好嗎？我當時還能討人喜歡，風韻猶存，」達里雅·亞歷山德羅夫娜繼續想道，並且很想照照鏡子。她的手提袋裡有一面旅行用的鏡子，她想把它掏出來，但是，看了看車夫和身體不時搖晃的那個辦事員的後背，她覺得，要是讓他們其中一個回頭看到的話，她會很尷尬，所以沒有掏鏡子。

雖然沒有照鏡子，但她仍認為現在還為時不晚，於是想起了謝爾蓋·伊萬諾維奇——他是斯季瓦的朋友，對她特別殷勤，這位好心腸的圖羅夫岑在猩紅熱流行時曾和她一起照料孩子們，並愛上了她。還有一位十分年輕的青年，就像她丈夫開玩笑說過的那樣，認為她是三姊妹中最漂亮的一個。於是，達里雅·亞歷山德羅夫娜的腦海裡浮現出不切實際的、瘋狂的風流韻事。「安娜做得非常好，我絕不指責她。她本人幸福，使另一個人也幸福，不像我這樣受盡折磨，大概仍像以往一樣，精力充沛、頭腦聰明，對一切都很坦率真誠，」達里雅·亞歷山德羅夫娜想道，嘴上露出狡猾的微笑，特別是因為在想像安娜的風流韻事的時候，達里雅·亞歷山德羅夫娜幻想著她與想像中那個愛上她的抽象男人的風流韻事，其情節幾乎與安娜的風流韻事一模一樣。她也像安娜一樣，向丈夫招認一切。斯捷潘·阿爾卡季奇聽到這一消息時的驚訝和慌亂的神態使她不得不微笑起來。

她正在這樣胡思亂想時，馬車馳抵了從大路通往沃茲德維任斯克村的那個轉彎處。

# 十七

車夫勒住馬，回頭朝右面看了一眼，那兒是一塊黑麥地，停著一輛大車，旁邊坐著幾個農民。辦事員本來想跳下車，後來改變了主意，口氣嚴厲地朝一個農民吆喝了一聲，讓他過來。停車後，行駛時所感覺到的微風也就停息了；浸透汗水的馬身上叮滿了馬蠅，馬兒怒氣沖沖地驅趕著牠們。大車那邊敲打鐮刀的清脆叮噹聲停下來。一個農民站起身，向馬車走來。

「瞧這悠閒的！」辦事員惱怒地向那個赤腳踩著高低不平、乾燥路面上的小土墩，慢吞吞走來的農民高聲喊道。「快一點過來好不好！」

一頭鬈髮用樹韌皮紮著、汗津津顯得黝黑的駝背老人加快腳步，走到馬車跟前，一隻黝黑的手抓住了馬車的擋泥板。

「去沃茲德維任斯克村，上老爺家去嗎？去看望伯爵嗎？」他重複著問道。「只要過了這片緩坡高地，往左拐，再沿著大街一直走就到了。你們要找誰呀？是找伯爵本人嗎？」

「是的，他們在家嗎，老人家？」達里雅·亞歷山德羅夫娜含含糊糊地問道，因為她不知道該怎樣向農民打聽安娜的情況。

「大概在家，」農民說，一雙光腳慢慢走著，塵埃上留下一串五個腳趾清晰的腳印。「大概在家，」他重複道，顯然是想多聊聊。「昨天還有客人來過。客人多得不得了……你要幹麼？」他轉身對站在大車那兒向他嚷嚷的年輕人說道。「對了！不久前他們騎馬來看收割機。現在大概在家裡。你們是哪兒來的？……」

「我們遠道而來，」車夫爬上馭座，一面說。「那麼不遠了？」

「我說馬上就到了。你只要過了……」他一隻手不時地撥弄著擋泥板說。

一個身材矮壯的健康青年也走到跟前。

「怎麼，收割的活兒沒有了嗎？」他問。

「我不知道，大爺。」

「就是說，往左拐，你就到了。」農民說，顯然他不願意放走過路人，還想聊一會兒。

車夫催馬上路，剛一拐彎，那個農民就叫喊起來：

「停下！喂，朋友！等一等！」有兩個人在叫喊。

車夫停住馬車。

「他們來了！那就是他們！」那個農民大聲喊道。「瞧，大隊人馬來了！」他指著沿路馳來的四個騎馬、兩個坐馬車的人說。

騎馬的是渥倫斯基、馬夫、維斯洛夫斯基和安娜，坐在馬車裡的是公爵小姐瓦爾瓦拉與斯維亞日斯基。他們剛才是出門遊玩去了，去看新運來的收割機。

馬車停了下來，騎馬的人仍讓坐騎慢步走著。安娜與維斯洛夫斯基在前面並轡而行。安娜騎著一匹鬣毛修剪過、身軀雖不高大但很健壯的英國短尾矮腳馬，悠閒地徐徐而行。她那黑髮露出高帽的美麗腦袋、豐滿的雙肩、裹在黑色長騎服裡的細腰，以及整個悠閒和優雅的騎馬姿勢使多莉大感驚訝。

最初一瞬間，她覺得安娜騎馬不大體面。在達里雅．亞歷山德羅夫娜的觀念中，女子騎馬就像年輕人輕佻賣俏一樣，依她之見，這種作為與安娜的處境不相稱；等她就近看清楚安娜後，她立即就容忍了安娜的行為。安娜的姿勢、服裝和動作不僅很優雅，而且顯得那麼純樸、悠閒和得體，使人覺得沒有任何事情會比這一切更自然。

與安娜並轡而行的瓦先卡．維斯洛夫斯基戴著一頂飾有飄帶的蘇格蘭帽，騎在一匹性子暴躁的灰色軍馬上，向前伸著兩條粗腿，顯然是在孤芳自賞；一認出他，達里雅．亞歷山德羅夫娜忍不住開心地微笑了。在他們後面騎行的是渥倫斯基。他胯下是一匹顯然已跑得烈性大發的深棗紅色純種馬。他正用韁繩勒住牠。

在他後面騎行的是一個穿馬夫服裝、身材矮小的人。斯維亞日斯基和公爵小姐一起坐在那輛套有一匹烏黑色大走馬的嶄新輕便二輪馬車裡，現在快要追上騎馬的人了。

安娜認出緊靠在舊馬車角落裡、身材嬌小的多莉那一瞬間，臉上突然露出歡樂的微笑。她大喊一聲，身子在馬鞍上抖動了一下，策馬奔馳起來。她馳到馬車跟前，不用別人幫助就跳下馬，然後撩起長騎服，迎著多莉跑去。

「我正是這麼想的，但又不敢有這種奢望。真是件大喜事呀！妳無法想像我有多麼高興！」她說，一會兒把臉緊貼在多莉的臉上，親吻她，一會兒把她推開，微笑地打量她。

「阿列克謝，真是件大喜事呀！」她回頭望著下馬朝他們走來的渥倫斯基說。

渥倫斯基摘下灰色的高禮帽，走到多莉跟前。

「您不會相信您的光臨使我們感到多麼高興，」他露出一口結實的白牙微笑道，話裡帶著一種特殊的含義。

瓦先卡・維斯洛夫斯基沒有下馬，只是脫下帽子，在頭上高興地揮動起飄帶，向來客致敬。

「這是公爵小姐瓦爾瓦拉，」等輕便二輪馬車馳到跟前，安娜回答了多莉的詢問目光。

「啊！」達里雅・亞歷山德羅夫娜說，臉上不由自主地露出不滿的神情。

公爵小姐瓦爾瓦拉是她丈夫的姑媽，她早就認識她，對她並不尊重。她知道公爵小姐瓦爾瓦拉這輩子都在富裕的親戚家裡當食客；現在她卻住在渥倫斯基家裡，一個與她沒有親戚關係的外人，這使多莉為丈夫有這樣的親戚而感到恥辱。安娜發現多莉的表情，尷尬得漲紅了臉，她放下手裡提著的長騎服，並在長騎服上絆了一下。

達里雅・亞歷山德羅夫娜走到已經停下的輕便二輪馬車跟前，冷冰冰地向公爵小姐瓦爾瓦拉打了個招呼。斯維亞日斯基也是熟人。他問他那位古怪的朋友與年輕的妻子近況如何，然後朝那些拼湊起來的馬和那輛擋泥板打過補丁的馬車瞥了一眼，提議女士們乘坐輕便二輪馬車。

「我就乘這輛破車，」他說，「馬挺馴順，公爵小姐也駕馭得非常好。」

「不，您還坐原來那輛車，」安娜上前說，「我們坐舊馬車。」她說完挽起多莉的一隻胳膊，把她帶走了。

達里雅・亞歷山德羅夫娜眼花繚亂，望望她從未見過的豪華輕便馬車，望望這些駿馬和周圍一張張神采奕奕的文雅的臉。不過，最使她驚訝的是她熟悉而又喜愛的安娜身上所發生的變化。換一個女人，一個不那麼細心、以前對安娜並不瞭解，尤其是沒有過達里雅・亞歷山德羅夫娜一路上有的那些想法的女人，就不會發現安娜身上有什麼特別之處。現在，一種暫時的美貌使多莉大感驚訝，那是只有在熱戀女人身上才會出現的容顏，現在她卻在安娜身上看到了。她臉上的一切：輪廓清晰的酒窩和下巴、嘴唇的線條、似乎一直蕩漾在她臉上的微笑；雙眼的光彩、優美敏捷的表情、圓潤的嗓音，甚至她在半嗔半昵地回答維斯洛夫斯基（他請求騎她那匹矮腳馬，要教會牠先出右腿奔跑）請求時的神態，都顯得特別有魅力。看來她本人也知道這點，並為此感到高興。

兩個女人坐上馬車，突然都感到很尷尬。安娜是因為多莉正用詢問的目光凝視著她；多莉則是因為聽了斯維亞日斯基那句涉及破車的話，不由自主地為安娜和她一起坐這輛又髒又舊的馬車而感到羞愧。車夫菲力浦和辦事員也有同感。為了掩飾自己的窘態，辦事員手忙腳亂地攙著女士們入座，車夫菲力浦卻變得陰鬱起來，他預先做好準備，決不在別人明顯闊綽的氣勢面前低聲下氣。他看了看那匹烏黑色的大走馬，心裡已斷定，這匹套在輕便二輪馬車上的黑馬只適合用來兜風，在大熱天裡一口氣是跑不完四十俄里路的，所以譏諷地冷笑了一聲。

農民們全都從大車旁站起來，好奇而又興致勃勃地觀望著迎接來客的情景，同時發表各自的見解。

「也很高興呀，好久沒見面了。」用樹韌皮紮頭髮的那個鬈髮老頭說。

「瞧，格拉西姆大叔，要是讓那匹烏黑色的公馬來運禾捆，準會很快！」

「你瞧。穿褲子的是個女人吧？」他們其中一個指著騎在女式馬鞍上的瓦先卡．維斯洛夫斯基說。

「不，是個男人。瞧，他這一下跳得多麼靈巧！」

「怎麼啦，小夥子們，看來我們不睡覺了吧？」

「現在睡什麼覺呀！」老頭斜眼看了看太陽說。「瞧，半天過去了！拿上釤鐮，去幹活吧！」

# 十八

安娜望著多莉那張疲憊不堪、皺紋裡沾滿灰塵的瘦臉，本想說她心裡想的那句話——多莉變瘦了，但是想到她自己倒變得更漂亮了，多莉的目光也告訴了她這件事，她就歎了口氣，談起了自己的情況。

「妳在看我，」她說，「妳在想，在我這種處境能感到幸福嗎？倒也是！真不好意思承認；不過，我……我太幸福了。我遇到了一件奇妙的事，真像一場夢，夢中的情景十分可怕，可是突然醒來後，覺得這些可怕的事全都是子虛烏有。我醒過來了。我經歷了一件折磨人的可怕事，現在，特別是我們到這裡以後，早已感到十分幸福了！……」她臉上帶著羞怯的微笑，疑惑地望著多莉說。

「我多麼高興啊！」多莉微笑著說，口氣卻不由自主地比她想要的冷淡一些。「我非常為妳高興。為什麼不寫信給我？」

「為什麼？……因為我不敢寫……妳忘了我的處境……」

「寫給我呢？不敢寫嗎？要是妳知道我多麼……我認為……」

達里雅．亞歷山德羅夫娜想說說今天早晨的那些想法，不知為何現在覺得這樣做似乎不恰當。

「不過，這事以後再談吧。這些建築物到底是做什麼用呢？」她希望改變話題，於是指著從那些由槐樹和丁香樹叢組成的天然籬笆後面顯現出來的紅紅綠綠屋頂問道。「好像是一座小城市。」

安娜沒有回答。

「不，不！妳認為我的處境怎麼樣，妳有什麼看法，什麼看法？」她問。

「我認為……」達里雅·亞歷山德羅夫娜剛開口，不料瓦先卡·維斯洛夫斯基騎著學會先出右腿的那匹矮腳馬，穿著單排釦短上衣的笨重身軀啪啪地撞擊著女式馬鞍上的麂皮，打從她們身邊飛馳而過。

「行啦，安娜·阿爾卡季耶夫娜！」他大聲地說。

安娜甚至看也不朝他看一眼；然而，達里雅·亞歷山德羅夫娜又覺得，坐在馬車裡似乎不宜長談，所以她就長話短說。

「我沒有任何想法，」她說，「我一直愛妳，要是愛一個人，那就愛他那保持本色的整個人，而不是愛希望他成為的那種人。」

安娜把目光從朋友的臉上移開，眯起眼睛（這是多莉不熟悉的新習慣），沉思起來，想把這些話的意思完全弄懂。等到她照自己的想像弄明白了意思，她就朝多莉看了一眼。

「即使妳有罪孽，」她說，「那麼也會因為妳的來訪和這些話而得到寬恕。」

多莉看到她的眼淚已湧上了眼眶。她默默地握了握安娜的手。

「這些建築物到底用來做什麼？真多啊！」她沉默一會兒後，重又問道。

「這是職工們的房子、工廠、馬廄，」安娜回答，「從這兒開始是個公園。這一切原本都已荒廢，阿列克謝把一切都修復了。他非常熱愛這塊領地，我怎麼也沒料到，他竟然非常熱中經營。不過，這是一種多麼完美的性格啊！無論做什麼，他全都做得很好。他不僅不覺得枯燥，還滿懷激情地投入。我知道他是怎麼樣的人，他變成了一個精打細算的好當家，在經營方面甚至很吝嗇。不過也只是在經營方面。涉及數萬盧布的事，他倒不計較了，」她帶著女人在談論愛人身上那些唯有她們才會發現的優點時常有的狡黠而又快樂的微笑說。「妳看到這座大建築物嗎？這是新的醫院。我想這要花費十萬多盧布。這是他現在愛談的話題。知道為什麼會建這間醫院嗎？當初好像是農民們求他把草地便宜一點賣給他們，他卻一口拒絕了，我就指責他吝嗇。當然也不單是為這一件事，所有的事湊在一起，他就開始建這所醫院。要明白，這是為了證明他並不吝嗇。妳可以認為這是小事一樁；我卻因這件事而更加愛他了。瞧，妳馬上就要看到住宅了。這還是他祖父留下來的房子，外表一點也沒變。」

「多漂亮啊！」多莉說，情不自禁地流露出驚奇的神色，望著那幢從花園裡間有雜色的古樹綠蔭中顯露出來的、帶圓柱的漂亮房子。

「它很漂亮，對吧？從屋子裡往外看、從上面往下看，景色也很優美。」

她們的馬車駛進了撒滿碎石、有花壇裝飾的院子，在有頂的大門口停下來。院子裡兩個工匠正在用未經琢磨的多孔石頭砌花壇，花壇裡的土已經鬆好了。

「啊，他們先到了！」安娜望著那些剛剛被牽離臺階的馬說。「這匹馬很漂亮，不是嗎？這是一匹矮腳馬。牠是我的寵物。牽到這兒來吧，給我一點糖。伯爵在哪裡？」她問兩個從正門出來的應接僕人。「啊，他來了！」看到從屋裡出來迎接她的渥倫斯基和維斯洛夫斯基，她說。

「您把公爵夫人安頓在哪裡？」渥倫斯基用法語問安娜，不等她回答，他再次跟達里雅・亞歷山德羅夫娜打招呼，這一次還吻了吻她的手。「我想是安頓在通陽臺的大房間裡吧？」

「不行，太遠了！最好安頓在拐角房間裡，我們能多見見面。嗨，我們走吧，」安娜說著把僕人拿來的糖餵給馬吃。

「您忘了您的職責。」她對走到臺階上來的維斯洛夫斯基說。

「對不起，我口袋裡倒是裝滿了糖。」他把手指插入西裝背心的口袋，微笑著回答。

「但您來得太晚了。」她說，用手帕擦乾餵馬吃糖時弄濕的手。接著，安娜轉身對多莉說：「妳待得長嗎？只待一天？這可不行！」

「我是這樣允諾的，孩子們也……」多莉說，感到很窘，因為她必須到馬車上拿手袋，而且她知道自己臉上必定沾滿灰塵。

「不行，多莉，親愛的……好吧，我們回頭再說。走吧，走吧！」安娜把多莉領到她的房間。

這不是渥倫斯基提議的那個華麗房間，而是安娜說過、要請多莉原諒的那種房間。安娜向客人道歉的這個房間也布置得極其富麗堂皇，多莉從未住過這種房間。她覺得這像國外最好的旅館。

「喂，親愛的，我多麼幸福啊！」安娜仍穿著她那件長騎服，在多莉身邊坐了一會兒，然後說道。「跟我講講妳家裡人的情況吧。我匆匆見過斯季瓦一面。他不可能講孩子們的事。我最喜愛的塔尼雅怎麼樣了？我想，變成大姑娘了吧？」

「對，很大了，」達里雅．亞歷山德羅夫娜簡短地說，並為自己竟然這樣冷淡地回答有關自己孩子情況的問題而感到驚奇。「我們在列文家裡過得很好。」她補充說。

「瞧，要是我知道妳並沒有瞧不起我就好了……」安娜說，「你們都搬到我們家來吧。斯季瓦本來就是阿列克謝的老朋友。」她補了一句，突然漲紅了臉。

「是的，可我們這樣過得也很好……」多莉窘困地回答。

「其實，我這是高興得說蠢話。一句話，親愛的，我見到妳有多麼高興！」安娜說著又吻了吻她。

「妳還沒有告訴我，妳對我有些什麼看法——我什麼都想知道。我太高興了，妳會看到我現在是個什麼樣的人。我最不希望人家以為我想證明什麼；我什麼也不想證明，只想生活；不想傷害任何人，除了我自己。我有這個權利，不是嗎？不過，說來話長，我們回頭再好好聊聊。現在我要去更衣了，再給妳派一個女僕來。」

## 十九

剩下自己一個人時，達里雅·亞歷山德羅夫娜以主婦的眼光打量了自己的房間。她在駛近房子、和打從房子裡走過時，以及現在在自己的房間裡所見到的一切，都給她留下了富裕、考究和現代歐式豪華的印象，這一切她只有在英國小說裡讀到過，而在俄國，尤其在鄉下，從未見到過。從法國的新牆紙到那條鋪滿整個房間的地毯，一切都是新的。床是彈簧床，鋪著床墊，還放著別致的床頭靠墊，小枕頭上套著卡那烏斯綢枕套。大理石的洗臉池、梳粧檯、長沙發、桌子、壁爐上的青銅臺鐘、窗簾和門簾——一切全都昂貴而嶄新。

派來侍奉的女僕髮型和服裝比多莉的更時髦，她像整個房間一樣，顯得新穎而又高貴。達里雅·亞歷山德羅夫娜對她的謙恭態度、整潔外表和殷勤服務頗有好感，但是與她相處卻覺得尷尬。她為自己那件不幸錯放入行囊、打過補丁的短上衣被看到而感到不好意思；她為自己在家裡曾為之自豪的那些補丁和織補過的地方感到羞愧。在家裡時她算得很清楚，做六件女短上衣要用二十四俄尺南蘇克布[30]，每俄尺布料要花六十五戈比，這樣一來，飾物和人工費除外，費用就要超過十五盧布，經她修補後，這十五盧布就省下

30 一種又輕又軟的平紋棉布。

來了。然而，現在她在女僕面前不僅感到羞愧，還覺得很尷尬。

達里雅・亞歷山德羅夫娜看到早就認識的安奴什卡走進房間，頓時大為輕鬆。那個愛打扮的女僕被叫到女主人那兒去了，安奴什卡就留在達里雅・亞歷山德羅夫娜身邊。

安奴什卡顯然對這位夫人的光臨感到很高興，一直在不住地說話。多莉發現她很想對女主人的處境，特別是伯爵對安娜・阿爾卡季耶夫娜的愛情與忠誠說說她自己的看法，但是她剛開始談這件事，多莉就設法制止她了。

「我是跟安娜・阿爾卡季耶夫娜一起長大的，她是我最親的人。算了，這事不該由我們來評判。不過，看來好像愛得……」

「可能的話，請妳把這些東西送去洗洗乾淨。」達里雅・亞歷山德羅夫娜打斷她的話。

「遵命，夫人。我們這裡有兩個女人是專門洗衣服的，內衣之類的用品是用機器洗的。伯爵親自過問一切事情。真是個好丈夫……」

安娜進來看她，打斷了安奴什卡的閒聊，讓多莉很高興。

安娜換了一條很樸素的細麻紗布連衣裙。多莉仔細打量。她知道這種樸素意味著什麼，也知道要花多少錢才能達到這種效果。

「舊識了。」安娜指著安奴什卡說。

安娜現在已經不再感到窘困。她鎮定自若，舉止大方。多莉發現，她完全擺脫了來訪對她產生的影響，說話敷衍、態度冷淡，使人覺得通往她的感情和內心思緒的大門已經鎖上。

「嘿，安娜，妳的女兒怎麼樣？」多莉問。

「安妮（她這樣叫自己的女兒安娜）嗎？很健康。復原得很好。妳想看她嗎？走吧，我要讓妳瞧瞧她。找保姆的事，」她開始說道，「非常非常麻煩。我們有個奶媽，是義大利人。人倒挺好，就是笨得很！我們想辭掉她，可小女孩與她處熟了，我們只好還雇著她。」

「你們是怎麼辦的？……」多莉本想問給小女孩起的是什麼名字，看到安娜的臉色突然一沉，於是改變了問題的含義。「你們到底是怎麼處理的？給她斷奶了嗎？」

安娜卻已明白她的意思。

「那不是妳想要問的吧？妳想打聽她的名字，對嗎？這事使阿列克謝很苦惱。她沒有名字。就是說她叫卡列尼娜，」安娜說，她把眼睛瞇起來，只看得見合攏的睫毛。「不過，」她的臉色突然開朗起來，「這件事我們還是以後再談吧。走，我要讓妳看看她。她長得非常可愛。她會爬了。」

奢華的兒童室比整幢房子的豪華更使達里雅・亞歷山德羅夫娜驚訝。這裡有從英國訂購來的童車、學走路用的器具，有故意做得像彈子台似、供小孩爬行的沙發，有兒童鞦韆，還有特製的新澡盆。這一切都是英國貨，結實耐用，價錢想必也很昂貴。房間高大，寬敞，明亮。

她們走進房間，只見小女孩只穿著一件上衣，坐在桌旁的一把小圈椅上吃肉湯，灑得整個胸前都是。在兒童室裡當差的俄國女僕正在餵小女孩吃飯，看來她自己也在跟小女孩一起吃。奶媽和保姆都不在，她們在隔壁房間裡，從那裡傳來她們用奇怪的法語說話的聲音，她們只有用這種語言才能相互表明自己的意思。

聽到安娜的聲音，一個衣著漂亮、身材高大、面孔長得並不討人喜歡、表情曖昧的英國女人，抖動著一綹綹淺色的鬈髮，匆匆走進門來，立即開始為自己辯解，雖說安娜一點也沒有責備她。安娜每說一句話，英國女人便急忙連聲重複：「是的，我的夫人。[31]」

黑眉毛、黑頭髮的小女孩臉色紅潤，結實、紅通通的小身軀上起了一層雞皮疙瘩。儘管她看到陌生人時表情變得很冷淡，達里雅・亞歷山德羅夫娜還是非常喜歡她，甚至有點羨慕小女孩的健康模樣。這個小女孩爬行的樣子也非常討她喜歡。她的孩子中就沒有一個這樣爬行的。當人家讓這個小女孩坐到地毯上，從後面把她的小衣服掖上時，她真是非常可愛。她像一隻小獸那樣用炯炯有神的黑色大眼睛打量著大人，顯然對人家在欣賞她感到很高興，微笑著向兩側伸出雙腳，雙手有力地撐起身體，整個小屁股飛快地一縮，雙手又挪到前面。

達里雅・亞歷山德羅夫娜很不喜歡兒童室的整個氣氛，特別是那個英國女人。對人很瞭解的安娜居然會給自己的小女孩雇用這種不討人喜歡、沒有威望的英國女人，達里雅・亞歷山德羅夫娜對此只能作出一個解釋，那就是一個好女人是不會到像安娜這種不正常的家庭裡工作的。此外，達里雅・亞歷山德羅夫娜聽了幾句話立即就明白：安娜、奶媽、保姆和小孩彼此都不熟悉，母親也很少來兒童室。安娜想給小女孩拿玩具，卻找不到。

最奇怪的是，問起她有幾顆牙齒，安娜也答錯了，她根本就不知道小女孩最近又長出了兩顆牙。

「有時候我很痛苦，因為我在這裡像個多餘的人，」安娜說，為了不碰到放在門旁的玩具，她拎起自己的曳地長裙，走出了兒童室。「和第一個孩子的情況不一樣。」

「我認為正好相反。」達里雅・亞歷山德羅夫娜怯生生地說。

「不對！她要知道，我見到過他，見到過謝廖沙，」安娜說，她瞇起眼睛，像在凝視遠方的某樣東西。

「不過，這事我們以後再談吧。妳不會相信，我就像餓得發慌的人，面前突然擺了一桌豐盛的宴席，卻不知道該從哪道菜吃起。這桌豐盛的宴席就是妳和我即將聊的話題，以往我不可能跟別的任何人聊這種話；我不知道該先從哪裡說起。但我決不會放過妳的。我必須把憋在心裡的話都說出來。對，必須把妳在我們這兒將遇到的那夥人向妳簡單介紹一下，」她開始說道。「先從女士開始吧。公爵小姐瓦爾瓦拉。妳認識她，我也知道妳和斯季瓦對她的看法。斯季瓦說，她一生的目標就是要證明自己比卡捷琳娜・帕夫洛夫娜略勝一籌；這話說得都很對；但是她心地善良，我也十分感激她。在彼得堡，我有過一段時間迫切需要一位女伴。這時正好碰到她。不過，真的，她心眼真好。她令我的處境變得輕鬆得多。我感到，妳並不明白我……在那裡，即在彼得堡時的處境的全部痛苦，」她接著說。「在這裡，我十分安寧幸福。嗯，這事以後再談。應當一一介紹下去。接下來是斯維亞日斯基，他是首席貴族，也是非常正派的人，但他有事要阿列克謝幫忙。妳明白，現在當我們在農村定居下來以後，阿列克謝憑著他的財產可以有很大的影響。接下來是圖什克維奇，妳見過他，他以前受別特西照顧。現在他被人拋棄了，於是，他就到我們這裡來了。正像阿列克謝所說，他是那種要是人家把他當作他們想當的那種人，他就顯得很可愛；此外，他品行端正。就像公爵小姐瓦爾瓦拉說的那樣。接下來是維斯洛夫斯基……這個人妳也認識。很可愛的小夥子，」她說，一個狡黠的微笑使她的雙唇皺了起來。「列文在搞什麼鬼？維斯洛夫斯基說給阿列克謝聽了，我們都不相信。他很可愛，也很樸實。」她仍帶著狡黠的微笑說。「男人都需要消遣，阿列克謝也需要交際，因此我很重視這一夥人。我得把我們這裡變得既熱鬧又開心，免得阿列克謝想出新東西。接下來，妳會看到我們的管家。他是德國人，人品很好，並且精通自己的任務。阿列克謝相當器重他。再往下是醫生，一

31 原文為英文。

個年輕人，不是徹頭徹尾的虛無主義者，不過要知道，吃東西倒是用刀子的……但他是個很高明的醫生。還有一個是建築師……一個小朝廷。」

# 二十

「瞧，公爵小姐，這就是您很想見到的多莉，」安娜和達里雅．亞歷山德羅夫娜一起走到石頭砌就的大涼臺上說，公爵小姐瓦爾瓦拉正坐在涼臺背陰處的一張繡架後面，在為阿列克謝．基裡洛維奇伯爵繡圈椅套。「她說上午不想吃任何東西，您吩咐開早飯吧，我去找阿列克謝，把他們都帶到這裡來。」

公爵小姐瓦爾瓦拉有點像保護人那樣親切接待多莉，並立即向多莉解釋，她住到安娜家來，是因為她一直比她那位培養過安娜的姊姊卡捷琳娜．帕夫洛夫娜更愛安娜；再說現在，大家都拋棄安娜，她認為自己有責任在這最艱難的過渡時期幫她一把。

「等她丈夫同意她離婚，我再去過我的幽居生活，而現在我可能還有點用。我不會像別人那樣，所以無論多麼艱難，我也要盡到自己的責任。妳多麼可愛啊，妳來看望安娜，這事做得多麼好！他們生活得完全像是一對恩愛夫妻；將來審判他們的是上帝，而不是我們。難道比留佐夫斯基和阿文耶娃……尼坎德羅夫，瓦西里耶夫和瑪莫諾娃，還有麗莎．涅普圖諾娃……難道沒有人說過他們閒話嗎？到頭來大家還是都接待他們。再說，這是一個可愛、高貴的家庭。完全是英國式的。全家聚在一起吃早飯，飯後各自的事。午飯前，每個人想做什麼就做什麼。午飯七點鐘開。斯季瓦派妳來，這件事做得很好。渥倫斯基需要留住他們。妳要知道，他透過自己的母親和哥哥，什麼事都能辦成。況且他們正在做許多善事。他沒有對妳談起他那間醫院嗎？真是太妙了。所有設備都是巴黎貨。」

她們的談話被安娜打斷了，她在彈子房裡找到了那夥男人，與他們一起回到涼臺上。離吃午飯還有很多時間。天氣非常好，大家提出了幾個不同辦法來消磨剩下的兩個小時。在沃茲德維任斯克，消磨時間的方法很多，並且全都不同於在波克羅夫斯克。

「打一局網球吧。」維斯洛夫斯基笑嘻嘻地提議，「我再跟您搭檔，安娜・阿爾卡季耶夫娜。」

「不，天太熱了；最好在花園裡走走、划划船，讓達里雅・亞歷山德羅夫娜看看兩岸的風光。」渥倫斯基提議。

「我都同意。」斯維亞日斯基說。

「我認為，多莉最喜歡走一走，不是嗎？然後再划船。」安娜說。

事情就這樣定了。維斯洛夫斯基和圖什克維奇到浴棚裡去，他們答應在那裡備好船等著。

安娜和斯維亞日斯基、多莉與渥倫斯基，這兩對人沿著小路走去。多莉落到一個對她來說很嶄新的環境中，她有點窘困，也有點擔心。抽象地從理論上來說，她不僅替安娜的行為辯護，還對它表示贊許。就像那些對單調的精神生活感到厭倦，而在道德方面往往無可指摘的女人一樣，她從遠處旁觀時不僅會原諒，甚至還會羨慕這種應受譴責的愛情。此外，她全身心地喜愛安娜。但是，在現實生活中，看到安娜置身於這些與她格格不入、卻具有一種對達里雅・亞歷山德羅夫娜來說是嶄新的好風度的人中間，她仍感到不痛快。特別是她很不高興看到公爵小姐瓦爾瓦拉，因為這位老小姐竟為了享受舒適生活而原諒他們的一切。

總之，遠離現實時，多莉贊成安娜的行為，然而看到安娜為之這麼做的人，她就感到不痛快。此外，她一直都不喜歡渥倫斯基。她認為他很驕傲，可是除了財產，也看不出他有什麼值得驕傲的地方。但是事與願違，他在這裡、在自己家裡時，要比以前更令她敬畏，所以她無法與他自然地相處。和他在一起，她會有種類似於因女僕看到她的短上衣而產生的那種感受。女僕看到補丁使她不僅羞愧，而且還很尷尬；跟他在一起她也始終不僅為自己感到羞愧，並感到尷尬。

多莉覺得自己窘困不安，就開始找話題。她認為，就他高傲的個性而言，他必定會討厭人家誇獎他的房子和花園；儘管如此，由於找不到別的話題，她還是對他說，她很喜歡他的房子。

「是的，這是一幢很漂亮的建築，樣式既古老又好看。」他說。

「我很喜歡臺階前的那個院子。原來就是這樣嗎？」

「不是的！」他高興得喜笑顏開。「可惜您今年春天沒看到這個院子！」

於是他先是小心翼翼地、後來愈來愈得意地吸引她注意房子和花園的各種裝飾。看得出，由於在改善和美化自己的莊園方面花了很多心血，渥倫斯基覺得必須在來人面前誇誇它們，對於達里雅·亞歷山德羅夫娜的誇獎也由衷感到高興。

「假如您想看看醫院，而且不覺得累的話，路倒也不遠。走吧，」他說，並看了她的臉一眼，以確信她真的不感到乏味。

「妳去嗎，安娜？」他問安娜。

「我們要去。對吧？」她對斯維亞日斯基說。「但是不應該讓可憐的維斯洛夫斯基和圖什克維奇留在船上。應當派人去告訴他們。是的，這是他在這裡留下的一個紀念碑，」安娜帶著她以前講到醫院時所露出過的那種高明的狡黠微笑，對多莉說。

「啊，真是一件根本性的大事！」斯維亞日斯基說。為了不讓人覺得他是在討好渥倫斯基，他立即又補充了一條略帶責備意味的意見。「我感到奇怪，伯爵，」他說，「您在民眾衛生工作方面做得很多，可是怎麼會對學校如此漠不關心？」

「辦學校已成了太普通的事。」渥倫斯基說。「您要明白，不是因為這一點，而是因為我已對衛生工作入迷了。去醫院要從這兒走，」他指著林蔭道一側的出口，對達里雅・亞歷山德羅夫娜說。

女士們打開陽傘，走到林蔭道旁的那條小路上。拐了幾個彎，出了花園小門，達里雅・亞歷山德羅夫娜看到前面的高地上有一座行將竣工、外形奇特的紅色大建築物。還沒有上油漆的鐵皮屋頂在燦爛的陽光下閃爍著耀眼的光芒。旁邊正在建造另一座建築，四周圍著鷹架，身上繫著圍裙的工人們站在鷹架上砌磚、用舀子灌灰漿，拿抹灰板抹灰漿。

「您這兒的工程進行得真快啊！」斯維亞日斯基說。「我上一次來，屋頂還沒有蓋好。」

「入秋之前將全部完工。內部基本上都裝修好了。」安娜說。

「這座新建築物要做什麼用呢？」

「這是醫生的住所和藥房，」渥倫斯基回答，看到身穿短大衣的建築師正朝他走來，就向女士們道了聲歉，迎著建築師走去。

繞過工人們從中舀灰漿的灰漿池，他跟建築師一起站住，開始熱烈地交談。

「山牆仍舊比較低。」他回答向他提問的安娜。

「我說過必須把地基墊高。」安娜說。

「對，這樣做當然最好，安娜・阿爾卡季耶夫娜，」建築師說，「可是已經來不及了。」

「對，我對這事很感興趣，」安娜對斯維亞日斯基說，後者對安娜的建築學知識表示驚奇。「這幢新建築必須與醫院相稱。它是後來想起要造的，沒有計畫就開工了。」

跟建築師談完，渥倫斯基又回到女士們身邊，把她們領到醫院裡。

儘管外面的簷板還沒有完工，底層也正在上油漆，但是上面一層基本上裝修好了。他們沿著寬闊的生鐵樓梯走到平臺上，進入第一個大房間。牆壁已粉刷成大理石的樣子，整扇整扇的大窗戶也安裝完畢，只有拼木地板還沒有完工。正在刨凸起的正方形地板的細木工們放下手中的活兒，摘下束髮的條帶，向老爺們問好。

「這是候診室，」渥倫斯基說。「這裡將放一張斜面書桌、一張普通桌子和一個立櫃，別的東西就不放了。」

「到這兒來，我們從這裡過去吧。妳別靠近窗子，」安娜說，伸手試試油漆乾了沒。「阿列克謝，油漆已經乾了。」她又說。

他們從候診室來到走廊裡。渥倫斯基在這裡讓他們看了設備良好的新的通風系統。接著，又讓他們看大理石砌的浴室、裝上特殊彈簧的病床，然後帶他們逐一觀看了病房、儲藏室、被服室，接著看新型的爐子，最後是看那種在走廊裡運送必需物品時不會發出噪音的手推車，以及其他許多東西。斯維亞日斯基像熟悉一切新設備的內行人，看到一切都讚不絕口。多莉看到這些見所未見的東西簡直驚訝萬分，什麼都想弄個明白，沒完沒了地刨根問底，這倒使渥倫斯基很高興。

「是的，我認為這將是俄國唯一一所設備完全正規的醫院。」斯維亞日斯基說道。

「您這兒設不設婦產科呢？」多莉問。「農村裡很需要。我經常……」

渥倫斯基不顧禮節地打斷了她的話。

「這不是產科醫院，而是綜合性醫院，要治療各種疾病，傳染病除外，」他說。「您看看這個吧……」

他把一輛新訂購的康復病人用輪椅推到達里雅．亞歷山德羅夫娜跟前。「您看看。」他坐到輪椅上，開始搖動輪椅。「病人不能行走，還很虛弱，或者腿有疾病，但是他需要新鮮空氣，坐這種輪椅，他就可以出門……」

達里雅．亞歷山德羅夫娜對一切都感興趣，一切她都很喜愛，不過，她最喜愛的還是渥倫斯基本人，喜愛他這份天真、自然的激情。「的確，這是個非常可愛的好人。」她有時候這樣想。她不去聽他說些什麼，而是望著他的臉，想弄清他臉部表情的含義，同時又想到安娜。她非常喜愛他現在這種興奮的樣子，她理解安娜為什麼會愛上他。

# 二十一

「不，我想公爵夫人累了，她對馬也沒有興趣，」渥倫斯基對安娜說。因為斯維亞日斯基想看那匹新種馬，所以剛剛安娜提議到養馬場去。「你們去吧，我送公爵夫人回家，要是您高興的話，」他對公爵夫人說，「那我們再聊聊。」

「我對馬真是一竅也不通，所以我很高興跟您聊聊。」略感驚奇的達里雅．亞歷山德羅夫娜說。

她從渥倫斯基的臉上看出他有事要她幫忙。她沒猜錯。他們剛穿過小門、回到花園裡，他就朝安娜離去的那個方向看了看，確信她既聽不到他們的談話，也看不到他們的身影，他才開口說：

「您猜到我想跟您聊些什麼嗎？」他眼含笑意地望著她說。「我沒說錯吧，您是安娜的朋友。」他脫下帽子，掏出手帕，擦擦已開始謝頂的腦袋。

達里雅．亞歷山德羅夫娜不作任何回答，只是吃驚地望著他。當她與他單獨相處時，她突然感到害怕了：他那含著笑意的眼睛和嚴肅的表情都使她害怕。

種種不同的設想在她腦海裡一一掠過：「他將請我帶著孩子們搬到他家來，那我就應當拒絕他；莫非要我在莫斯科替安娜湊起一圈人來……莫非是要談談瓦先卡．維斯洛夫斯基的為人及其與安娜的關係？也許是要聊吉媞的事，他覺得自己有過錯？」她所猜測的全是不愉快的事，就是沒有猜到他想說的那件。

「您對安娜影響很大，她很喜歡您，」他說，「幫幫我吧。」

身旁走著。

達里雅・亞歷山德羅夫娜膽怯而又疑惑地望著他那張剛毅的臉，他的臉一會兒全部、一會兒局部露在椴樹蔭裡的一線陽光中，一會兒又全都蒙上了陰影。她在等他說下去，他卻用手杖戳著碎石，默默地在她身旁走著。

「既然您來看我們，而您又是安娜以前的朋友中唯一的女性——我沒有把公爵小姐瓦爾瓦拉算在朋友之列——那麼我認為，您這樣做並不是因為您認為我們的現狀是正常的，而是因為您明白這種狀況的全部嚴重性。您仍然這樣喜歡她，而且想幫助她。我這樣理解對嗎？」他回頭望著她問道。

「對啊，」達里雅・亞歷山德羅夫娜合起陽傘回答，「但是……」

「不，」他打斷她的話，忘了他這樣做會使對方尷尬。他情不自禁地站住了，她也不得不停下來。「沒有人比我更深刻、更強烈地感覺到安娜處境的全部艱難。要是您認為我是一個有良心的人，那麼這一點也就很容易理解了。我是造成這一切的罪魁禍首，因此我對這種處境深有體會。」

「我理解，」達里雅・亞歷山德羅夫娜說，同時情不自禁地欣賞著他如此真誠又堅強地說出這話時的神情。「正因為您覺得自己是罪魁禍首，所以我才擔心您會誇大其詞，」她說。「我明白，她在上流社會的處境很艱難。」

「她在上流社會真是痛苦極了！」他悶悶不樂地皺起眉頭，匆匆說道。「無法想像有什麼能比她在彼得堡的那兩個星期裡所受的精神折磨更厲害……我請您相信這一點。」

「是的，但是在這裡，在此之前，安娜……和您都不覺得需要上流社會……」

「上流社會？」他輕蔑地說。「我幹麼需要上流社會？」

「在此之前是這樣，今後也可能一直是這樣，你們是幸福安寧的。我從安娜的神態中看出，她很幸福，十分幸福，這她也告訴過我了，」達里雅．亞歷山德羅夫娜微笑著說；現在說這話時，她已對安娜是否真的感到幸福充滿懷疑。

但是，渥倫斯基好像並不懷疑。

「對，對，」他說，「我知道，經受過一切痛苦之後，她獲得了再生；她很幸福。她目前很幸福。可是我呢？……我擔心等待著我們的將是……對不起，您想走走嗎？」

「不，無所謂。」

「嗯，那就在這兒坐一會兒吧。」

達里雅．亞歷山德羅夫娜在林蔭道轉角的長凳上坐了下來。他就站在她面前。

「我看她是很幸福，」他重複了一遍，而達里雅．亞歷山德羅夫娜對安娜是否幸福的懷疑又就更深了。「但是這能這樣繼續下去嗎？我們做得好不好，這是另一個問題；但是命運已經決定，」他從俄語改用法語說，「我們已終身結合在一起。我們由神聖的愛情紐帶聯結在一起。我們已經有一個孩子，還會再有孩子。但是，法律和我們的處境就是如此：我們有許許多多複雜的問題，而她現在在經歷過種種痛苦和考驗後想要靜靜心，所以看不到、也不想看到這些問題。這倒是可以理解的。但我不能不看到。我的女兒按法律竟然不是我的女兒，而是卡列寧的——我不需要這種騙局！」他使勁做了個否定的手勢說，並用憂鬱的目光詢問地望著達里雅．亞歷山德羅夫娜。

她沒有回答，只是望著他。他繼續說：

「要是明天生下個兒子，我的兒子，按法律他得姓卡列寧，既不是我姓氏的繼承人，也不是我財產的繼承人，所以無論我們在家庭中感到多麼幸福、無論我們有多少個孩子，我和他們之間仍然沒有關係。他們是卡列寧家的人。您想想這種處境是多麼難堪和可怕！我試過跟安娜談這件事，可是她很生氣。她不理解，我也無法對她說出所有心裡話。現在從另一方面來看。我為擁有她的愛而感到幸福，但我應當有自己的事業。我找到了這番事業、為這番事業感到驕傲，並認為它比在宮廷裡當差和在軍隊裡服役時的老同事們做的事情更高尚。毫無疑問，我絕不會用我的事業去換取他們的。我在這裡很得心應手，我感到幸福、滿意，我們不必為幸福而企求任何東西了。我喜歡這項工作。倒不是因為沒有更好的工作。相反……」

達里雅・亞歷山德羅夫娜發現，他說到這裡思路就亂了，所以她也聽不懂這段插敘的意思，但她感覺得到：既然開始談到他不能跟安娜談的那些心事，那麼他現在會把心裡話全都說出來；他在農村的事業如同他與安娜的關係，也是他的一塊心病。

「那麼，我就再說下去，」他定了定神說，「主要的一點是，工作時必須堅信，我的事業不會隨著我一起消亡，我會有繼承人——而我卻沒有這種信念。您想想，一個人預先知道，他和他心愛的女人生的孩子將都不是他的孩子，而是某個憎恨他們、對他們漠不關心的人的，他的處境有多麼難堪。這實在太可怕了！」

他不再說下去，顯然是太激動了。

「是的，這點我當然理解。不過，安娜又能怎麼辦呢？」達里雅・亞歷山德羅夫娜問。

「對了，這就是我要談的正題，」他竭力控制住情緒。「安娜是可以採取行動的，這件事就取決於她……就算是為了求皇上恩准我立嗣，也必須先離婚才行。這事就取決於安娜。她丈夫同意過離婚，當時您丈夫也把這件事完全安排好了。我知道他現在也不會拒絕離婚。只要給他寫封信就行。當初他直截了當地回答，假如她表明這樣的願望，他不會拒絕。當然，」他陰沉著臉說，「只有那些沒良心的人才做得出這種假仁假義的殘酷勾當。他知道，有關他的任何回憶都會使她感到極其痛苦，而且他瞭解她的性格，卻偏要她寫信。我知道她很痛苦。然而，這樣做太必要了，因此必須克制這些細微的傷感情緒。這事涉及安娜與她孩子們的幸福和命運。我自己就不談了，儘管我也很痛苦，非常痛苦，」他說，似乎用痛苦的表情在威脅某個人。「正因為如此，公爵夫人，我才像抓住救命稻草那樣，不顧廉恥地抓住您不放。幫我說服她，給他寫信要求離婚！」

「是的，理當如此，」達里雅・亞歷山德羅夫娜清晰地回想起自己和阿列克謝・亞歷山德羅維奇最後一次見面的情景，若有所思地說。「是的，理當如此，」想起安娜，她又果斷地重複了一遍。

「請您利用您對她的影響，讓她寫一封信吧！我不願意，並且幾乎也無法跟她談這件事。」

「好吧，我會跟她談的。可是她自己怎麼不考慮這件事呢？」達里雅・亞歷山德羅夫娜說，同時卻不知為什麼，突然想起安娜愛把眼睛瞇起來這個古怪的新習慣。她想起來了，安娜正是在觸及內心生活時才把眼睛瞇起來。「她好像對自己的生活瞇縫著眼睛，免得一覽無遺，」多莉心想。「一定要談，為了自己，也為了她，我會跟她談，」達里雅・亞歷山德羅夫娜就這樣回答他的一臉感激之情。

他們站起來，朝家裡走去。

# 二十二

安娜見到已經回家的多莉，仔細地看了看她的眼睛，好像是在探問她與渥倫斯基都談了些什麼，卻又沒有問出口。

「看來該吃午飯了，」她說。「我們還沒有好好地見過面。我指望今天晚上能敘敘。現在先去換衣服。我想妳也該換換衣服。我們大家在建築工地上都弄得很髒。」

多莉回自己房間去了，她覺得很可笑。她沒什麼衣服可換，她已經穿上自己最好的那套衣服；但是為了表明自己對赴宴也有所準備，她叫女僕把她那套衣服刷刷乾淨，然後換掉一副袖口和蝴蝶結，在頭上紮了一條花邊飾帶。

「這就是我所能辦到的全部打扮了。」她微笑著對穿著第三套特別樸素的衣服來看她的安娜說。

「是的，我們這裡太拘泥於禮節了，」她像在為自己打扮得太漂亮而道歉。「阿列克謝因妳的光臨而感到很高興，這種情況在他身上可不常見。他肯定喜歡上妳了，」她補了一句。「妳累不累？」

開飯前沒有時間再聊。她們走進客廳，公爵小姐瓦爾瓦拉和幾位身穿黑色常禮服的男士已經在裡邊等著。建築師穿著一件燕尾服。渥倫斯基把醫生和管家介紹給女客人。他在醫院裡已把建築師介紹給她了。圓臉刮得乾乾淨淨、繫著漿過的醒目白領結的胖管事稟報說，飯菜已經備好。於是，女士們站了起來。渥倫斯基請斯維亞日斯基陪安娜・阿爾卡季耶夫娜一起，自己則走到多莉跟前。維斯洛夫斯基趕在圖什克維奇之前把手伸給了公爵小姐瓦爾瓦拉，因此圖什克維奇就只好同管家和醫生一道走。

晚宴，包括餐廳、餐具、僕人、酒和飯菜，不僅與這個家庭的新式豪華排場相配，而且顯得更奢侈、更新式。達里雅・亞歷山德羅夫娜觀察著這種對她來說是全新的豪華排場，儘管她不想把所看到的任何一種排場帶到自己家裡，這種豪華遠遠超出了她的生活方式。但她作為一個治家的女主人，還是情不自禁地想弄清一切細節。她暗暗問自己，這一切都是由誰經辦的，又是怎麼辦成的呢？瓦先卡・維斯洛夫斯基、她的丈夫，甚至連斯維亞日斯基和她所認識的許多人，都從未想過這個問題，他們盲目地相信：每個像樣的主人恰恰都希望自己的客人覺得，他家裡安排得這樣好，他這位主人並沒有花過一點點力氣，都是自行安排好的。達里雅・亞歷山德羅夫娜卻明白，就連孩子們早餐吃的粥也不是自己冒出來的，因此必然有人為如此複雜而又精當的安排費了一番苦心。根據阿列克謝・基裡洛維奇打量餐桌的目光、向管事點頭示意的姿勢，以及問她要冷湯還是熱湯的口氣，她明白這一切都出自於男主人本人的精心安排。安娜對這一切所出的力並不比維斯洛夫斯基多。她和斯維亞日斯基、公爵小姐及維斯洛夫斯基同樣都是愉快享用一切現成的客人。

只有在主持談話時，安娜才像個女主人。在一張不大的餐桌旁有像管家和建築師這些竭力想在不習慣的豪華場面上不怯場、卻又插不上什麼話的另一個階層的人在場，主持談話對女主人來說是有難度的。但是，正如達里雅・亞歷山德羅夫娜所看到的那樣，安娜憑她平時待人接物的那種分寸感，極其自然、甚至很得意地主持著這場艱難的談話。

話題轉到了只有圖什克維奇和維斯洛夫斯基兩人划船的那件事上，圖什克維奇說起彼得堡帆艇俱樂部裡最近一次比賽的情況。安娜等到談話一中斷，立即就轉向建築師，想讓他不再沉默。

「尼古拉・伊萬內奇感到很驚訝，」她說起了斯維亞日斯基，「自從他上次來這兒以後，新建築工程進展多快呀；而我自己每天都去，每天都會驚歎，工程進行得真迅速。」

「和伯爵大人一起工作很愉快，」建築師臉帶微笑地說（他有尊嚴感，態度恭敬但神色鎮定）。「這可不是跟省政府裡的人打交道。在那兒辦一件事要用掉一大疊公文紙，現在我只要稟報伯爵，三言兩語就解決了。」

「美國方式。」斯維亞日斯基微笑著說。

「是的，先生，那裡建造房屋很合理……」

接著談起美國當局濫用權力的問題，安娜立即又轉換話題，免得管家沉默。

「你看過收割機嗎？」她問達里雅・亞歷山德羅夫娜。「遇見妳的時候，我們剛去看過收割機。我是第一次看到。」

「收割機是怎樣收割的呢？」多莉問。

「就像剪刀那樣。一塊板和許多小剪刀。瞧，就是這樣。」

安娜用她那雙戴滿戒指、漂亮而又潔白的手拿起一把刀和一把叉，比劃起來。她顯然明白，聽她解釋是什麼也弄不懂的；但是她知道自己說得很動聽，自己的手也很漂亮，就繼續解釋下去。

「不如說像一些卷筆刀。」維斯洛夫斯基目不轉睛地望著她，獻媚地說道。

安娜隱約地微微一笑，但沒有答理他。

「卡爾・費多雷奇，是不是像剪刀？」她問管家。

「對呀。」德國人回答。「這很簡單。[32]」然後開始解釋機器的構造。

「可惜它不會捆紮禾捆。我在維也納展覽會上看過一台機器會用鐵絲捆紮禾捆，」斯維亞日斯基說。「那些機器更有用。」

「一切端視……算出鐵絲的價格。[33]」不再沉默的德國人對渥倫斯基說：「這是計算得出來的，伯爵大人。[34]」德國人剛要伸手到口袋裡掏計算用的小本子和鉛筆，突然想起自己正坐在餐桌旁用餐，又看到渥倫斯基那淡漠的目光，就不掏了。「太複雜了，會有很多很多麻煩。[35]」他最後說道。

「誰想得益，誰就應當有麻煩。[36]」瓦先卡．維斯洛夫斯基取笑德國人說。「我非常喜歡德語，」他又帶著那種微笑對安娜說。

「別再說了。」她半嗔半謔地回應他。

「我們還以為能在田間碰到您呢，瓦西里．謝苗內奇，」她對羸弱多病的醫生說，「您去過那裡嗎？」

「我去過，但是又蒸發了。」醫生用一種憂鬱的戲謔口氣回答。

「這麼說，您作了一次很好的散步。」

「極妙的！」

「嗯，那個老太婆身體好嗎？我希望不是傷寒吧？」

32 原文為德文。
33 原文為德文。
34 原文為德文。
35 原文為德文。
36 原文為德文。

「傷寒倒不是，但情況很不好。」

「真可憐！」安娜說，她對門客們表示了應有的敬意，轉身同親人攀談。

「安娜・阿爾卡季耶夫娜，照您說的來看，造機器倒是很難的。」斯維亞日斯基開玩笑說。

「不對，有什麼難的呢？」安娜微笑著說，代表她知道自己在描述機器構造時有某種迷人的東西被斯維亞日斯基發現了。她這種年輕人賣弄風情的新行徑使多莉很不愉快。

「不過，在建築學方面，安娜・阿爾卡季耶夫娜的知識倒是非常驚人。」圖什克維奇說。

「當然囉，我昨天聽安娜・阿爾卡季耶夫娜說起防潮層和踢腳板呢，」維斯洛夫斯基說。「我這樣說對嗎？」

「沒什麼稀奇的，只要多看多聽就行了，」安娜說。「可您呢，大概連房子是用什麼東西造的也不知道吧？」

達里雅・亞歷山德羅夫娜發現，安娜對自己與維斯洛夫斯基之間所用的那種輕佻口氣感到不滿，卻又不由自主地用著這種口氣。

渥倫斯基在這種場合的表現與列文完全不同。他顯然對維斯洛夫斯基所說的廢話毫不在意，反而還鼓勵他開這些玩笑。

「那您倒說說看，維斯洛夫斯基，石頭是用什麼東西黏在一起的？」

「當然是用水泥。」

「好！那麼水泥是什麼呢？」

「那是一種類似於爛泥……不對，是類似於油灰的東西。」維斯洛夫斯基說，引起哄堂大笑。

除了憂鬱地保持沉默的醫生、建築師和管家外，其他用餐者都在不停地交談，有時輕描淡寫、海闊天空，有時糾纏不清、爭論不休，有時還會觸及某人的要害。達里雅・亞歷山德羅夫娜被觸痛過一次，氣得滿臉通紅，事後甚至還回憶當時自己是否說過什麼令人不快的多餘的話。斯維亞日斯基談到了列文，講了列文認為機器只會有害於俄國經濟的奇談怪論。

「我還無緣結識這位列文先生，」渥倫斯基微笑著說，「不過，他大概從來沒看到過他所指摘的那些機器。即使他看到過、試用過，那也是漫不經心的，而且不是從國外進口的機器，而是俄國製造的。那還能有什麼觀點呢？」

「總之是土耳其人的觀點。」維斯洛夫斯基臉帶微笑對著安娜說。

「我無法為他的見解辯護，」達里雅・亞歷山德羅夫娜勃然大怒，「但我可以說，他是很有學問的人，要是他在這兒，他就會知道該用什麼話來回答你們，可是我卻不會。」

「我非常喜歡他，我和他是好朋友，」斯維亞日斯基溫和地微笑著說，「但是，對不起，他有一點怪癖。比如，他肯定地說，地方自治局和調解法院全都是多餘的，他都不願加入。」

「這是我們俄國式的冷漠，」渥倫斯基說，同時把玻璃瓶中的冰水倒進高腳玻璃杯，「沒有意識到我們的權利所加在我們身上的職責，就否定它們。」

「我還沒遇到過比他更忠於職責的人。」被渥倫斯基這種高人一等的口氣激怒的達里雅・亞歷山德羅夫娜反擊。

「我呢，恰恰相反，」顯然不知為什麼已被這次談話觸痛要害的渥倫斯基繼續說，「我呢，恰恰相反，正像你們所看到的那樣，非常感謝大家賜予我的那份榮譽，正是多虧尼古拉・伊萬內奇（他指了指斯維亞日斯基），我才被選為名譽調解法官。我認為，對我來說，去開會和討論農民爭馬的案子──這樣的職責與我能做到的任何事情同樣重要。假如我被選為地方自治會議員，我將把它看做一項榮譽。我只能以此來報答我作為一個地主所享受到的那些好處。可惜人們並不理解大地主在國家中所應當具有的那種作用。」

聽他如此平靜地在自己家的餐桌上論證自己正確，達里雅・亞歷山德羅夫娜感到很奇怪。她想起，持相反看法的列文在自己家的餐桌上，對自己的見解同樣也是堅定不移。但是，她喜歡列文，所以就站在他這一邊。

「這麼說來，伯爵，我們能指望您，指望您出席下一次大會囉？」斯維亞日斯基說。「但是必須早一點去，要在八點以前趕到那兒。您會賞光到我家做客嗎？」

「我倒是有點同意妳妹夫的看法，」安娜說，「不過不像他那樣偏激，」她臉帶微笑補充說，「我擔心，最近我們的社會職責太多了。像以前那樣，官吏多得很，任何一件事都需有一位官吏到場，現在什麼事都要有社會活動家參加。阿列克謝在這裡只待了六個月，好像已經是五、六個不同社會機構的成員了──又是監督官，又是調解法官，又是議員，又是陪審員，還是管馬的什麼委員。由於這種生活方式，所有的時間都要花上去。我擔心，這種事情那麼多，恐怕是流於形式罷了。尼古拉・伊萬內奇，您兼了多少職務？」她問斯維亞日斯基。「好像有二十多個吧？」

安娜說的是玩笑話，但是從口氣裡可以聽出她已經生氣了。正在仔細觀察安娜和渥倫斯基的達里雅・亞歷山德羅夫娜立即就發覺了這點。她還發現，談到這個話題時，渥倫斯基臉上立即就露出了嚴肅而又固執的表情。接著，多莉又發現，為了改變話題，公爵小姐瓦爾瓦拉立即匆忙地談起了彼得堡一些熟人的情況；等到想起渥倫斯基在花園裡不合時宜地談論他的工作時，她頓時明白，安娜與渥倫斯基之間有過一場不好公開的爭吵，就是針對社會工作這個問題。

宴會、酒、餐具——一切都非常精美，但是這一切都和達里雅·亞歷山德羅夫娜在她已疏於應付的那種宴會和舞會上所見過的情形一模一樣，毫無特色、氣氛緊張；因此，在這個尋常的日子裡，在這個小範圍的交際場合，這一切就留給她一個很不愉快的印象。

飯後，大家在陽臺上坐了一會兒，然後開始打草地網球[37]。打球的人分成兩組，分別站在一張用兩根鍍金柱子支著的繃緊球網兩邊，站在平整堅實的槌球場上。達里雅·亞歷山德羅夫娜本來也想試試，但是久久無法弄懂比賽規則，等到弄懂了，她已經累得只好與公爵小姐瓦爾瓦拉一起坐下來，看人家打球。她的搭檔圖什克維奇也退下場；其餘的人繼續打了很久。斯維亞日斯基和渥倫斯基兩個都打得很好，而且打得很認真。他們機警地注視著向他們打來的球，不急不慢、靈巧地跑到球跟前，等到球彈起來就用球拍穩當而又準確地把它擊過網去。維斯洛夫斯基打得最差。他太急躁，但是他那股子高興勁使打球的人都受到了鼓舞。他的笑聲和喊聲一直沒有停止過。他像其他男人一樣，在徵得女士們的許可後，脫掉了長禮服，他那裹在白色長袖襯衫裡魁梧英俊的身軀、滿是汗水的緋紅臉膛，以及急遽的動作，深深地印入大家的腦海中。

這天夜裡，達里雅·亞歷山德羅夫娜在躺下睡覺時，一閉上眼睛就看到在槌球場上來回奔跑的瓦先卡·維斯洛夫斯基。

在打網球時，達里雅·亞歷山德羅夫娜就感到不大開心。她既不喜歡瓦先卡·維斯洛夫斯基和安娜之

---

37 原文為英文。

間在打球時仍保持著那種輕佻態度，也不喜歡這些大人在沒有孩子在場的情況下玩兒童遊戲的那種不自然氣氛。但是，為了不掃別人的興，為了消磨時間，她休息了一會兒又繼續上場打球，並裝出一副開心的樣子。這一整天，她一直覺得她是與一些比她棒的演員在同台演出，而她那蹩腳的演技把整齣戲都搞砸了。

她來時打算，假如能住的話，她就逗留兩天。但是當天晚上，在打網球時，她決定明天就離開。她一路上如此痛恨的為人之母的那些煩心事，現在，在僅僅擺脫一天後，卻以另一種形態呈現在她的面前，令她心往神馳。

喝過晚茶，夜間又去划船。此後，達里雅・亞歷山德羅夫娜獨自回到自己的房間，脫掉衣服，坐下來為過夜而梳理自己稀疏的頭髮，這時才感到非常輕鬆。

想到安娜馬上要來看她，她都感到不愉快。她只想獨自沉思一番。

# 二十三

安娜穿著睡衣走進多莉的房間，這時多莉剛想躺下睡覺。白天，安娜曾數次開口談心，但每次都只說幾句就停住了。「以後再談吧，我們兩個要單獨暢談一番。我有許多話要對妳說。」她總是這樣說。

現在她們兩人單獨在一起，安娜卻又不知道該說些什麼。她坐在窗旁，望著多莉，逐一回想著原來以為是取之不盡的傾心交談話題，現在卻什麼也找不到。此刻，她似乎覺得要說的話都已經說過了。

「嘿，吉媞怎麼樣？」她深深地歎了口氣，愧疚地望著多莉說。「請妳說實話，多莉，她有沒有生我的氣？」

「生氣？沒有。」達里雅．亞歷山德羅夫娜微笑著說。

「那麼她恨我、看不起我？」

「沒有！不過妳知道，這種事是不可原諒的。」

「對，對，」安娜轉身望著打開的窗子說，「但我沒有過錯。那麼，誰有過錯呢？究竟是什麼過錯呢？難道能不這樣嗎？嗯，妳是怎麼想的？妳能不當斯季瓦的妻子嗎？」

「我真的不知道該怎樣回答妳。不過，請妳告訴我……」

「行啊，行啊，可是我們還沒說完吉媞的事。她幸福嗎？據說他是個非常好的人。」

「說他非常好還不夠。我沒見過比他更好的人。」

「啊，我真高興！我非常高興！說他非常好還不夠。」她重複了一遍。

多莉微微一笑。

「那麼，妳對我談談自己的情況吧。我要與妳作一番長談。我也和……」多莉不知道該怎樣稱呼渥倫斯基。她既不好意思喊他伯爵，也不好意思叫他阿列克謝・基里雷奇。

「我知道，」安娜說，「妳和阿列克謝談過了。我想直截了當地問妳，妳對我、對我的生活有什麼看法？」

「這樣突然，叫我怎麼說呢？我真的不知道該說些什麼。」

「不行，妳還是告訴我吧……妳看到了我的生活。不過，妳別忘記，妳是在夏天看到我們，妳到這裡的時候，也不僅僅只有我們兩個人……但是，我們是初春時來這裡的，那時只有我們兩個人單獨過日子，將來也只有兩個人，我也沒有更高的要求。不過妳想想看，他不在時，我就孤零零一個人，這種情況會發生……我根據種種跡象發現，這種情況會經常、重複地出現，他將有一半時間不在家裡。」她說著站起來，坐到多莉身邊。

「當然囉，」她打斷想要反駁的多莉，繼續說，「我當然不會強迫他留下。我現在也沒有留住他不放。眼下將有一場賽馬，他的馬會去參賽，他是要去的。我也很高興。但是，妳替我想想，想像一下我的處境……這有什麼可談的！」她微微一笑。「那麼他到底跟妳說了些什麼？」

「他說了我自己也想說的事，我當他的辯護人真是輕而易舉。說的是，有沒有可能，以及……」達里雅・亞歷山德羅夫娜訥訥說不出口，「能不能糾正並改善妳的處境……妳知道我的看法……但是，假如有可能，還是要結婚……」

「就是離婚嗎？」安娜說。「妳知道嗎，在彼得堡，唯一來看過我的女人是別特西．特韋爾卡雅？妳不是也認識她嗎？其實她是一個最淫蕩的女人。她用最卑鄙的方法欺騙丈夫，和圖什克維奇有不正當的關係。她竟然也對我說，只要我的地位還不正，她就不願意理我。妳別以為我是要加以比較……我瞭解妳，親愛的。我是情不自禁想起……好吧，他到底對妳說了些什麼？」她又問。

「他說，他為妳、也為自己感到痛苦。或許妳會說，這是利己主義，但這是多麼合情合理和多麼高尚的利己主義啊！首先，他想使自己的女兒取得合法地位，他要成為妳的丈夫，擁有對妳的合法權利。」

「我算什麼妻子，是一個奴隸——也許是一個像我這樣、處於特殊地位的奴隸吧？」她憂鬱地打斷多莉的話。

「主要的是他希望……希望妳不感到痛苦。」

「這是不可能的！還有嗎？」

「嗯，最合情理的一點是，他希望你們的孩子們有合法的姓氏。」

「哪來的孩子們？」安娜沒有望著多莉，卻瞇起眼睛說。

「安妮和將來的孩子們……」

「這一點他可以放心，我不會再有孩子了。」

「妳怎麼能說不會再有呢？……」

「不會再有了，因為我不想要。」

儘管安娜自己也很激動，但在看到多莉臉上好奇、驚訝和恐懼的天真表情後，她還是微微地笑了笑。

「是醫生在我病後告訴我的。」

「不可能！」多莉瞪大眼睛說。對她來說，這是一個新發現，它的後果和收益大得不得了，因此在最初一瞬間只是覺得無法全部領會，需要反復仔細地想想。

這使她突然明白她以前所不理解的事情——為什麼那些家庭只有一、兩個孩子——並使她產生許許多多的想法、打算和矛盾的感情，因此她什麼話也說不出口，只是用瞪得大大的眼睛驚奇地望著安娜。這就是她今天一路上所想望的那件事，但是現在，得知這種事是有可能辦到的，她卻感到非常害怕了。她覺得，對如此複雜的問題所作的解答太簡單了。

「這難道不是不道德嗎？」沉默了一會兒以後，她只說了這一句。

「怎麼會呢？妳想想，我只能兩者擇其一：要麼懷孕，也就是當個病人；要麼當自己丈夫的朋友、伴侶，他好歹也算是我的丈夫吧。」安娜故意用輕浮的口氣說。

「對呀，對呀。」達里雅・亞歷山德羅夫娜說，聽著她本人也引證過的那些論據，卻覺得不像以前那樣具有說服力。

「對於妳，對於其他人，」安娜說，似乎猜到她的想法，「可能會有疑問；但是對我來說……妳要明白，我不是他的妻子；他會愛我一直愛到他不再愛我為止。那麼，我用什麼辦法去留住他的愛情呢？就靠這個嗎？」

她把一雙雪白的手伸到肚子前面。

像激動時刻常常發生的那樣，達里雅・亞歷山德羅夫娜的腦子裡快得異乎尋常地一下子湧出許多想法和回憶。「我，」她想道，「沒有吸引住斯季瓦；他離開我去找別人，使他對我變心的第一個女人雖然一直漂亮而又快樂，但也沒能留住他。他拋棄了那個女人，又勾上另一個。難道安娜憑這一點能把渥倫斯基伯爵吸引住，讓他留在自己身邊嗎？假如他追求這一點，那麼他會找到服裝與風度更有魅力、性格更加快樂的女人。無論她那裸露的手臂有多麼白皙、迷人，無論她那豐滿的身段有多麼嬌美，無論她那黑髮襯托下顯得格外紅潤的面孔有多麼漂亮，他仍會找到更美麗的女人，就像我這位可惡、可憐又可愛的丈夫那樣。」

多莉什麼也沒有回答，只是歎了一口氣。安娜聽到了這聲表示不同意的歎息，仍繼續往下說。她還有不少論據，說服力大得令人無法反駁。

「妳說這樣做不好？但是必須作出決斷，」她繼續說。「妳忘了我的處境。我怎麼能要孩子呢？我不說痛苦，我不怕痛苦。想想吧，我的孩子將會成為什麼樣的人？成為用別人姓氏的不幸的孩子。他們將因自己的出生而被置於必然為母親、父親、為自己的出生感到羞愧的境地。」

「本來就是為了這一點才需要離婚。」

但是安娜並不聽她說。安娜只想把多次說服過自己的那些論據全部說出來。

「假如我不把才智用到不讓不幸的孩子出生這件事情上，那麼老天幹麼要賦予我才智呢？」

她看了看多莉，不等她回答，又繼續說道：

「我會始終感到自己對不起這些不幸的孩子，」她說。「要是沒有這些孩子，那麼他們至少沒有不幸；要是他們不幸，那麼這就是我一個人的過錯。」

這本是達里雅・亞歷山德羅夫娜自己引用過的理由，但現在她聽了卻不明白。「怎麼會對不起不存在的人呢？」她想。這時她突然產生了一個念頭：假如她心愛的兒子格里沙從來就不存在，那麼對他來說，情況會不會更好呢？她也覺得這個念頭既不合理又很古怪，因此她搖了搖頭，以驅散這些縈繞於腦際的、亂七八糟的瘋狂念頭。

「不，我不知道，這樣不好。」她臉上帶著嫌惡的表情說。

「對，但是妳別忘記，你是什麼人、我是什麼人……此外，」儘管自己的理由很充足，多莉的理由很貧乏，安娜似乎還是承認這樣做不好，所以她補充說，「妳別忘記主要的一點，那就是我現在的處境與妳不一樣。妳的問題是，妳是不是不想有更多的孩子，而我的問題是，我想不想有孩子。這有很大的差別。要明白，我現在的處境是不可能有這種奢望的。」

達里雅・亞歷山德羅夫娜沒有反駁。她突然覺得，她已經與安娜如此疏遠了，她們之間存在著一些她們永遠也達不到共識的問題，最好還是別談。

# 二十四

「那麼，要是有可能的話，妳應當安排好自己的合法地位。」多莉說。

「對，要是有可能的話。」安娜突然換了一種截然不同、又輕又悲切的聲音說。

「難道不可能離婚嗎？我聽說妳丈夫是同意的。」

「多莉！我不想談這件事。」

「那就別談吧，」達里雅·亞歷山德羅夫娜看到安娜露出痛苦的表情，趕忙說道。「我只是看到妳看問題太悲觀。」

「我嗎？一點也不悲觀。我感到非常開心、非常滿足。妳看到了，我很受人歡迎。維斯洛夫斯基……」

「是的，說實話，我不喜歡維斯洛夫斯基的腔調。」達里雅·亞歷山德羅夫娜說，她是想換個話題。

「啊，完全不是這麼一回事！他是讓阿列克謝開心，沒有別的意思；他不過是個孩子，完全處於我的掌握之中；妳要明白，我能隨心所欲地擺布他。他和妳的格里沙一個樣……多莉！」她突然換了個話題，「妳說我看問題太悲觀。妳是沒辦法理解的。這太可怕了。我盡力設法根本不去看。」

「但我覺得還是要看。必須做能做的事。」

「但是，還有什麼事能做呢？一件也沒有。妳說我應當嫁給阿列克謝，還說我不關心這件事。我能不關心嗎！」她重複了一遍，臉上泛出一層紅暈。她站起來，挺起胸脯，深深地歎了口氣，開始用輕盈的步態在房間裡來回走動，偶爾也停一會兒。「我不關心嗎？我每天每時都在關心這件事，在為自己關心這事而責怪自己……因為想到這件事就會讓人發瘋。讓人發瘋啊，」她又說。「想起這件事，我不用嗎啡就睡不著覺。好吧，我們心平氣和地談談。人家要我離婚。首先，他就不會讓我離。他現在正處於伯爵夫人利季雅．伊萬諾夫娜的影響之下。」

達里雅．亞歷山德羅夫娜在椅子上挺直了身子，臉上帶著痛苦的同情神色，轉動著腦袋，注視著來回走動的安娜。

「必須試一試。」她輕聲地說。

「那就假定去試一試吧。這樣做意味著什麼呢？」她道出了顯然是反復想過一千遍、並且已經背得出的想法。「這意味著，我雖然恨他，卻承認自己對不起他，而且認為他是個寬宏大量的人，所以我不得不卑躬屈節地給他寫信……好吧，假定我作出了努力，做到了這一點。那麼我或者收到一封侮辱性的覆信，或者收到一封同意離婚的覆信。好吧，就算我收到同意離婚的覆信……」安娜這時正走到房間的另一頭，站在那裡擺弄著窗簾。「我會得到同意離婚的覆信，可是兒……兒子呢？要知道，他們決不會把他交給我。要知道，他在被我拋棄的父親身邊長大成人，將來他會蔑視我。你要明白，我好像同樣地愛著兩個人，而且勝過愛自己，這兩個人就是謝廖沙和阿列克謝。」

她走到房間中央，雙手緊抱著胸脯，站在多莉的面前。她身上穿著白罩衫看上去顯得特別寬大。她低著頭，皺著眉頭，晶瑩的淚眼望著身穿織補過的短上衣、頭戴寢帽、激動得渾身顫抖、瘦小而又可憐的多莉。

「我只愛這兩個人，可是他們卻互相排斥。我無法把他們結合在一起，而這一點恰恰是我所需要的。

要是做不到這一點，其他全都無所謂了。一切，一切都無所謂了。好歹會有個結局，所以我不能，也不愛談這件事。因此，請你別指責我，一點也不要責怪我。心靈純潔的你無法理解我所受的一切痛苦。」

她走上前去，在多莉的旁邊坐下來，面帶愧色凝視著她的臉，拉住她的一隻手。

「你有什麼想法？你對我有什麼看法？請你別鄙視我。我不值得你鄙視。我真是個不幸的人。要是有誰感到不幸的話，那麼這個人就是我，」她說完就轉過身去，背對著多莉，哭了起來。

等到房間裡只剩下自己一個人的時候，多莉向上帝做了祈禱，然後就躺到床上。在同安娜談話時，她由衷地可憐安娜；但是現在，她無法硬讓自己去想安娜的事。對家和孩子的回憶帶著一種特殊的新的魅力、披著一層新的光彩，在她的腦海中一一浮現。現在她覺得她的天地非常寶貴、非常可愛，因此她無論如何也不願意在這個天地之外再多待一天，她決定明天一定動身回家。

安娜此時回到了自己的書房，拿起一隻高腳玻璃酒杯，往杯裡滴了幾滴以嗎啡為主要成分的藥水。她喝下藥水，一動不動地坐了一會兒，然後懷著平靜和愉快的心情朝臥室走去。

她走進臥室，渥倫斯基朝她仔細地看了看。他知道，她在多莉的房間裡待了這麼久，一定是同多莉作了一番談話，他在尋找這場談話在她身上留下的痕跡。但是，她的表情既興奮又穩重，像是掩飾著什麼，所以他一無所獲，只看到他雖已看慣、卻依然很迷戀的美麗的容貌，而且還發現，她也意識到了自己的美貌，並希望它在他身上發揮作用。他不願意問她，她們談了些什麼，卻希望她能主動說出一二。然而她只說了一句：

「我很高興你喜歡多莉。不是嗎？」

「要知道，我早就認識她。她心地非常善良，好像太平庸了。但是，我見到她還是很高興。」

他拉住安娜的一隻手，詢問地朝她的眼睛看了看。

她對他的目光另有理解，於是朝他微微一笑。

第二天早晨，儘管主人一再挽留，達里雅·亞歷山德羅夫娜還是打定主意要回去。列文的車夫身穿一件不新的長衣，頭戴一頂准驛站車夫帽，趕著幾匹不同毛色的馬，駕著兩側擋泥板都修理過的那輛四輪馬車，神情憂鬱、動作果斷地來到了撒滿沙土的、有門廊的臺階上。

同公爵小姐瓦爾瓦拉道別，以及同那幾個男人道別使達里雅·亞歷山德羅夫娜感到很不愉快。住了一天後，她和兩位主人都明白無誤地感到，他們彼此無法接近，他們最好還是別接觸。只有安娜一個人感到難過。她知道，隨著多莉的離去，現在再也沒有人來觸動這次會面在她心裡所掀起的那些感情了。觸動這些感情對她來說是很痛苦的，但她畢竟明白，這是她心靈中最美好的一個部分，她心靈中的這一部分會在她所過的那種生活中迅速地長合。

乘車來到野外，達里雅·亞歷山德羅夫娜心裡有一種愉快的輕鬆感，於是她想問問僕人，他們是否喜歡在渥倫斯基家做客，這時候車夫菲力浦突然主動開口說道：

「財主終究是財主，可是燕麥一共只給了三俄鬥。雞鳴之前就被吃光了。三俄鬥算什麼呀？只能當一頓點心。現在燕麥在客棧老闆那裡只賣四十五戈比一俄鬥。在我們家必定是馬能吃多少就給多少。」

「一位吝嗇的老爺。」辦事員確認道。

「喂，你喜歡他們的馬嗎？」多莉問。

「馬嘛，沒什麼可說的。食物也挺好。可是我不知為什麼覺得很無聊，達里雅·亞歷山德羅夫娜，不知道您覺得怎麼樣。」他把他那張英俊而又和善的臉轉過來，對著她說道。

「我也一樣。怎麼樣，傍晚前能趕到家嗎？」

「應該能趕到。」

回到家裡發現大家全都平安無事，顯得特別可愛，於是達里雅·亞歷山德羅夫娜興致勃勃地說起自己這次出訪的經過，說人家怎樣接待她，說渥倫斯基家的豪華排場和良好的生活情趣，說他們的娛樂活動，並且不許任何人說他們壞話。

「應當瞭解安娜和渥倫斯基，我現在更瞭解他了，只有這樣才能明白他們是多麼可愛，又是多麼令人感動，」她現在十分真誠地說，忘掉了她在那裡所體驗到的那種模模糊糊的不滿和尷尬。

# 二十五

渥倫斯基和安娜的生活仍是老樣子，安娜依然沒有採取任何行動去辦離婚手續，他們就這樣在鄉下過了整個夏天和部分秋天。他們只作出一個決定，那就是哪兒也不去；但是兩人都覺得，他們獨自生活得愈久，尤其是在秋天，沒有客人的時候，他們愈是忍受不了這種生活，看來不得不改變這種生活了。

他們的生活看起來是好得不能再好了：財產充足，身體健康，有一個孩子，兩個人都有事可幹。在沒有客人的時候，安娜照樣刻意打扮自己，並且花很多時間進行閱讀，讀的都是一些流行的小說和內容嚴肅的書。她訂購的書全都是她看過的外國報紙和雜誌稱讚過的，她讀書的專注神情也只有過幽居生活的女人才會有。此外，她還通過有關書籍和專業雜誌研究渥倫斯基所從事的種種事業，因此渥倫斯基常常直接向她請教農業、建築方面的問題，有時候甚至還向她請教有關養馬和運動方面的問題。他對她的知識、記憶力感到驚訝，起初還不大相信，還想證實一番；可是她能在書中找出他所問的那些問題的答案，並指給他看。

建造醫院的事她也很感興趣。她不僅在一旁幫忙，而且許多事情親自安排，想出很多點子。然而，她最關心的畢竟還是她自己，關心她自己在渥倫斯基心目中的地位，關心自己能替渥倫斯基為她而放棄的一切作出多少彌補。不僅要博得他歡心，而且要為他效勞的願望，已成了她生活的唯一目的。渥倫斯基很珍惜這一點，同時，他因她竭力用那張愛情羅網來捆住他而感到苦惱。時間愈長，他愈頻繁地覺得自己已被這張羅網束縛，這時候他倒反而不想衝出這張羅網，只是愈想試一試它是否有礙於他的自由。要不是渴望自由的願望愈來愈強烈，要不是他每次進城去開會、賽馬時都會發生爭吵，渥倫斯基倒會對自己的生活感到十分滿意。他所選定的角色，也就是應該構成俄國貴族之核心的富裕地主的角色，不僅完全合乎他的口味，而且現在，在他這樣生活了半年之後，給他愈來愈多的快樂。他的事業進展得很順利，並且使他愈來愈感興趣，愈來愈入迷。儘管他為醫院、機器、從瑞士訂購來的奶牛以及其他許多東西花掉了很大一筆錢，但他堅信，他不是在浪費自己的財產，而是要讓它增值。凡是涉及收入方面的事情，比如出售木材、糧食、羊毛，出租土地，渥倫斯基總是像鐵石般強硬，討價還價，分文不讓。在各個領地的大宗經營業務上，他總是採用最簡單和最沒有風險的方法，即使在經濟瑣事上也極其精打細算。那個德國管家非常精明，讓他買東西時，會將一樁開頭價格很高的買賣，最後搞成便宜的交易，顯得立即有利可圖。儘管如此，渥倫斯基也不會隨他擺布。只有訂購或建造的東西是最新的，在俄國還未為人所知，會引起人們驚歎的時候，他才會聽完管家的意見，詳細地盤問，最後才採納他的意見。此外，只有在手頭有餘錢時，他才會下決心花大筆的開銷，而且事先還要弄清所有細節，確保自己的錢花得最有價值。因此，根據他以往經營的業務可以清楚地看出，他的確沒有浪費他的財產，而是使它增值了。

十月份，在渥倫斯基、斯維亞日斯基、科茲內舍夫、奧勃朗斯基的領地以及列文的一小部分領地所在的卡中省舉行了貴族大選。

這場大選因種種情況和許多頭面人物參與競選而引起了公眾的關注。人們對它的情況談論得很多，並且為它做了很多準備。從未參加過選舉的莫斯科居民、彼得堡居民和國外僑民也都趕來參加這場大選。

渥倫斯基早就答應過斯維亞日斯基要參加這場大選。

大選之前，經常來沃茲德維任斯克的斯維亞日斯基還順路來看望過渥倫斯基。

在大選前夕，渥倫斯基和安娜幾乎為這次外出又吵架。當時正是鄉下最無聊、最難挨的秋季，渥倫斯基做好吵架的準備，帶著前所未有的嚴肅和冷漠的表情告訴她，他就要出門了。使他驚訝的是，安娜聽了這一消息非常鎮靜，只是問了問他什麼時候回來。他仔細地看了看她，不明白這種鎮靜意味著什麼。她迎著他的目光微微一笑。他瞭解她這種逃避現實的本領，並知道，她只有在暗自打定主意但不告訴他的時候，才會這樣做。他怕的就是這一點；他非常想避免爭吵，因此裝出一副相信她是通情達理的樣子，當然也有真誠的成分。

「希望你不至於感到寂寞吧？」

「希望如此，」安娜說。「昨天，我收到戈蒂耶書店寄來的一箱書。我不會感到寂寞的。」

「她故意用這種腔調，這樣更好，」他想，「否則，又會發生一場爭吵。」

他沒有要她坦率表態，就去參加大選了。他沒有完完全全說個明白就同她分別，這在他們開始同居以來還是頭一次。一方面，這使他感到不安，另一方面，他又認為這樣做更好。「像現在這樣，一開始她會有一種模模糊糊受蒙蔽的感覺，但以後她會習慣的。在任何情況下，我可以把自己的一切都獻給她，但是決不會犧牲男子漢的獨立自主權。」他心裡這麼想。

# 二十六

在九月份，列文為吉媞分娩的事搬到莫斯科去住了。謝爾蓋．伊萬諾維奇在卡中省有一塊領地，因此積極參與即將舉行的大選。當他打算動身去參加這場大選的時候，列文已經無所事事地在莫斯科住了整整一個月。他叫在謝列茲涅夫縣有選舉權的列文同他一起去。再說，列文本來就要到卡中省去辦一件重要的事，替他那位住在國外的姊姊辦理有關託管領地及收取贖金的事宜。

列文還在猶豫不決，吉媞看到他在莫斯科實在無聊，所以就勸他去，並且未經他同意就替他定購了一套價值八十盧布的貴族禮服。於是為禮服花掉的八十盧布就成了促使列文去的主要原因。他到卡中省去了。

列文在卡中省已經住了五天，天天去開會，並為姊姊那件老是辦不成的事到處奔波。首席貴族們全都忙於大選，所以連託管這樣簡單的事也辦不了。收贖金這件事同樣也遇到麻煩。費了一番周折總算撤銷了禁令，錢也準備好，可以支付了，但是，那位熱心的公證人卻交不出票據，因為得有主任簽名，而主任沒交代好工作就去開會了。到處奔波，同那些完全理解申請人的不愉快處境、卻又愛莫能助的善良的好人談話，這一切努力全都毫無結果，這使列文感到很苦惱，這種感覺就像是在夢中，你拼命使勁，卻動彈不得。他在同自己那位和善的律師談話時常常會有這種感受。這位律師似乎已經殫精竭慮，竭盡所能，想讓列文擺脫困境。「去試試看吧，」律師不止一次地說，「到某某地方去一趟吧，」接著，他便制定出一整套回避致命的障礙的計畫。但是，他立即又會補上一句：「還是會受阻的，不過去試一試吧。」列文去試了，有時步行，有時乘車。見到的人全都是既友好又客氣，但結果原已避開的障礙最終又冒出來把路攔住。令列文感到特別氣惱的是，他怎麼也弄不明白，他是在同誰鬥，他的事辦不成會對誰有利。這一點似乎誰也不知道，代理人也不知道。要是事情能像不排隊就不能到鐵路售票處買票那樣明白，他也就不會感到委屈和惱火了；但是在他辦事遇到障礙時，誰也無法對他解釋，為什麼會有這些障礙。

不過，結婚以來列文已經變了很多，變得有耐性了。如果他不明白這一切為什麼會安排成這樣，那麼他會對自己說，不瞭解情況就不能下結論，大概是應當這樣安排的，然後就盡力克制不發怒。

現在，在出席並參與大選時，他也盡力不指責、不爭論，盡可能弄懂他所尊敬的那些作風正派和道德高尚的人正在認認真真和津津有味地做的事情。自從結婚以後，列文明白了許多重要的新事物，這些事物在以前由於他輕率冒失而認為是微不足道的，他現在推測大選一事也是這樣，所以他在研究它的重大意義。

謝爾蓋・伊萬諾維奇對他講了大選中將要發生的根本變化的意義和作用。一省的首席貴族依法掌管著許多重要的公益事業——託管（就是列文現在為之吃苦頭的那種機構）、貴族的大筆公款、女子中學、男子中學、軍事學校、新規定的國民教育，最後還有地方自治局。現在的首席貴族斯涅特科夫是一個具有老派貴族氣質的人，花掉了自己的大筆財產，心地善良，在某種程度上也算是個正派的人，但他根本不瞭解新時代的需求。他事事支持貴族一方的意見，直言不諱地反對普及國民教育，使得應當發揮巨大作用的地方自治會帶有了階級性。必須另選一個精力充沛、精明能幹的當代新人去接替他的職位，使事情辦得能從賦予貴族（不僅作為貴族，而且作為地方自治局代表）的全部權利中取得能夠取得的自治利益。卡申省很富裕，在各方面一直都走在其他省前面，現在卡申省裡又聚集著一群頗有勢力的人物，因此這裡辦成的事能夠成為其他省乃至整個俄國的榜樣。因此，大選這件事有著重大的意義。預計，代替斯涅特科夫出任省首席貴族的不是斯維亞日斯基，便是涅維多夫斯基，後者比前者更合適，因為後者原先是個教授，極其聰明，還是謝爾蓋·伊萬諾維奇的好朋友。

省長宣布大會開始，他向貴族們作了演講，希望他們不講情面，依據功績，從國家利益出發選舉公職人員，希望卡申省的貴族像以往各次大選一樣，神聖地履行自己的職責，別辜負皇帝的高度信任。

結束演講後，省長走出了大廳，貴族們忙亂地、興奮地，有些人甚至興高采烈地跟著他走出大廳，在他穿毛皮大衣，同省首席貴族友好地交談時，把他團團圍住了。列文想弄清一切情況，不想錯過任何一件事，所以也站在人群中，他聽見省長說：「請轉告瑪麗亞·伊萬諾夫娜，我妻子要去養老院，她不能來，感到非常遺憾。」此後，貴族們高高興興地各自拿上大衣，乘車到大教堂去了。

在大教堂裡，列文同別人一起舉起一隻手，重複著大司祭的話，莊嚴地宣誓，保證執行省長的要求。教堂裡的祈禱對列文一向很有影響，所以當他說「我吻十字架」這句話，回頭看到老老少少也在重複同一句話的時候，他覺得自己已被感動了。

第二天和第三天是討論貴族公款和女子中學的情況，照謝爾蓋·伊萬諾維奇的說法，這兩件事一點也不重要，所以列文沒有參加，而是去辦自己的事。第四天是在省會辦公桌旁核對本省公款。這時，新舊兩派發生首次衝突。受託核對公款的稽查委員會向大會報告，說是公款分文不缺。省首席貴族站起來，對貴族們的信任表示感謝，激動得掉下了眼淚。貴族們大聲地向他致敬，紛紛同他握手。不料，這時候，謝爾蓋·伊萬諾維奇這一派的一位貴族說，他聽到的消息是，稽查委員會並沒有核對公款，他們認為核對公款是對省首席貴族的一種侮辱。一名稽查委員會委員竟冒冒失失地承認有這樣的事。於是，一位外貌很年輕、長相卻很兇狠的小個子先生開口說，省首席貴族大概很樂意對公款的情況作出報告，而稽查委員會委員們的過於客氣的做法卻使他失去了這一精神享受的機會。這時候，稽查委員會委員們否認了自己的聲明，於是謝爾蓋・伊萬諾維奇依據邏輯證明，他們必須承認：公款或者已經核對過，或者尚未核對過，並且詳盡地發揮了這一兩難推理。反對派的一位演說家起來反駁謝爾蓋・伊萬諾維奇。接著發言的是斯維亞日斯基，然後又是那位長相兇狠的先生發言。辯論進行了很久，結果卻一無所獲。列文感到驚奇，這件事他們竟能爭論這麼長的時間，尤其是當他問謝爾蓋・伊萬諾維奇，他是否認為公款已被盜用時，謝爾蓋・伊萬諾維奇竟然回答：

「哦，不會！他是個老實人。但是，這種管理貴族事務的古老的家長制方法必須改變一下。」

第五天是選舉各縣的首席貴族。有幾個縣，這一天相當動盪不安。在謝列茲涅夫縣，斯維亞日斯基被一致推選為首席貴族，所以這一天他家舉辦了宴會。

# 二十七

省級大選定在第六天。大大小小的廳堂裡擠滿了身穿各種制服的貴族。有許多人都是在這一天才趕到的。好久沒見面的熟人，有的來自克里米亞，有的來自彼得堡，有的從國外趕來，都在各個大廳裡相逢了。省會辦公桌旁，在皇帝的肖像下，正在進行辯論。

大廳和小廳裡的貴族們全都陣營分明地各自聚集在一起，根據那些敵意和不信任的目光，根據一有異己分子走近就停止談話、有些人甚至走到走廊遠端去竊竊私語等種種情況，可以看出每一方都有不可告人的祕密。從外表來看，這些貴族明顯地分為兩種人：老人和新人。老人大部分穿著釦子全扣上的老式貴族制服，腰佩長劍、頭戴禮帽，或者穿自己因功而獲得的與眾不同的海軍、騎兵和步兵制服。老貴族的制服按老方法縫製，肩上有小褶；它們顯然太小了，腰身也太短，好像是穿這些衣服的人長高了，所以不合身。年輕人則穿長腰身、寬肩的敞襟貴族制服，內穿一件白色背心，或是鑲有黑色領子、繡有司法部桂樹枝標記的制服。年輕的人群中也有一些穿宮廷制服的人，為他們增添了光彩。

但是，並不能完全按年齡來劃分派別。據列文觀察，有些年輕人屬於老派陣營，相反的，有些年紀很大的貴族卻與斯維亞日斯基低聲交談，顯然是新派的擁護者。

列文站在供大家抽菸、吃小吃的那個小廳裡，站在同派的幾個人旁邊，留心聽他們談話，絞盡腦汁地想弄清他們在說什麼，卻是白費工夫。謝爾蓋．伊萬諾維奇是個中心人物，其他人都聚集在他周圍。他現在在聽斯維亞日斯基和同派的另一個縣的首席貴族赫柳斯托夫交談。赫柳斯托夫不同意同自己這個縣的居民一起去求斯涅特科夫參選，而斯維亞日斯基則勸他這樣做，謝爾蓋・伊萬諾維奇也表示贊成。列文不明白，反對派幹麼要提他們不想選的那位首席貴族作候選人。

斯捷潘・阿爾卡季奇剛剛吃過一點小吃，喝了一點酒。他穿著一套宮廷高級侍從的制服，用香噴噴的、鑲花邊的細麻紗手帕擦著嘴，走到他們跟前。

「我們布好了陣勢，」他捋著兩側的落腮鬍說，「謝爾蓋・伊萬內奇！」

他留心聽了一陣談話，肯定了斯維亞日斯基的意見。

「一個縣足夠了，而斯維亞日斯基顯然已經成為反對派，」他說了一句除了列文大家都能聽懂的話。

「怎麼啦，科斯佳，你大概也感興趣了吧？」他轉身對列文說，同時挽住列文的一條胳膊。要是能感興趣，列文倒是會很高興，但是他弄不明白到底是怎麼一回事，所以從談話人身邊走開幾步，向斯捷潘・阿爾卡季奇提了個困惑不解的問題：幹麼要去求省首席貴族？

「真天真啊！[38]」斯捷潘・阿爾卡季奇說，然後就簡單明瞭地向列文說明這是怎麼回事。

要是像以往選舉那樣，所有縣都提省首席貴族當候選人的話，那麼他就會因得到全部白球[39]而當選。這樣做毫無必要。現在呢，有八個縣同意提他；要是有兩個縣不提他，那麼斯涅特科夫就可以拒絕參選。在這種情況下，老派可以從自己這派中另推一人，否則整個打算都將落空。假如只有斯維亞日斯基這個縣不提他，那麼斯涅特科夫就得參加競選。他甚至會被推選為正式候選人，人家會故意把白球投給他，從而使反對派失算；當人家把我們這一派中的一名候選人提出來的時候，他們就會把白球投給這位候選人。

列文開竅了，但沒有完全弄懂，還想提幾個問題，這時大家突然都說起話來，鬧哄哄地向大廳走去。

「什麼事？怎麼啦？誰？」「委託書？委託誰？怎麼啦？」「他們要推翻？」「不是委託書？」「不准弗廖羅夫參加嗎？」「受過審判怎麼啦？」「這樣一來誰都不准參加了。真卑鄙。」「法律啊！」列文聽到從四面八方傳來的這些話。他隨著急急忙忙、爭先恐後的人群朝大廳走去，跟貴族們一起擠到省會辦公桌附近。省首席貴族、斯維亞日斯基和另一些頭面人物正在桌旁熱烈地爭論某件事。

38 原文為拉丁文。

39 舊俄選舉時，選票為黑白兩種小球，黑色表示反對，白色表示贊成。

# 二十八

列文離桌子相當遠。他身邊有個貴族呼哧呼哧的直喘粗氣，另一個貴族把厚厚的鞋掌弄得咯吱咯吱直響，使他無法聽清楚。他從遠處聽到省首席貴族的柔和聲音，接著是那位惡狠狠的貴族的尖嗓門，然後是斯維亞日斯基的聲音；據列文理解，他們在爭論一條法律條文和「在偵查中」這術語的意義。

人群向兩旁閃開，讓謝爾蓋・伊萬諾維奇走到桌旁。等那位惡狠狠的貴族把話說完後，謝爾蓋・伊萬諾維奇就說，他覺得最可靠的做法就是查對法律條文，並請祕書找了出來。條文中說，在意見分歧的情況下必須投票表決。

謝爾蓋・伊萬諾維奇讀了條文，並作出解釋。這時候，一個個子很高、身體肥胖、有點駝背、小鬍子染過色、穿著一套衣領從後面撐住頭頸的窄小制服的地主打斷了他的話。這個地主走到桌前，用嵌寶石的戒指敲了敲桌子，大聲地說：

「表決吧！投票！沒什麼可談的！投票！」

這時突然有幾個人同時說起話來，那位戴寶石戒指的貴族火氣愈來愈大，愈喊愈大聲。不過，聽不清他在說些什麼。

他說的正是謝爾蓋・伊萬諾維奇所提出的看法，但他顯然憎恨謝爾蓋・伊萬諾維奇及其一派人，而這情緒也傳給了他的同派人，並激起另一方雖說較為有禮、但同樣是憎恨的反擊。響起了一片叫嚷聲，剎那間一切全都亂了，省首席貴族不得不請大家遵守秩序。

「表決吧，表決吧！凡是貴族都能理解的。我們在流血……皇帝信任……別理省首席貴族，他不是管家……問題並不在於此……請投票吧！真卑鄙！……」四面八方傳來盛怒和狂暴的叫嚷聲。目光和面容則比語言更加憤怒和狂暴。它們表達出一種不可調和的仇恨。列文一點也不明白這到底是怎麼回事，他對大家為要不要投票表決有關弗廖羅夫的問題而如此衝動感到驚訝。正如後來謝爾蓋·伊萬諾維奇對他所說明的那樣，他忘掉了三段論——即為了共同的利益必須把省首席貴族趕下臺；而要把省首席貴族趕下臺，必須獲得大多數的選票；為了獲得多數票，必須給弗廖羅夫表決權；為了使弗廖羅夫享有表決權，必須解釋該如何理解法律條文。

「一票就能決定整件事呀，所以，如果你想致力於公益事業，就必須嚴肅認真、始終如一。」謝爾蓋·伊萬諾維奇總結道。

列文偏偏忘掉了這一點，因此看到他所敬重的這些好人處於這樣令人不快的憤怒之中，他感到很難受。為了擺脫這種感覺，他不等辯論結束就離開了，來到一個小廳裡，這裡除了小賣部旁有幾個僕人，再也沒有其他人。看到僕人們在忙碌地擦拭餐具、擺盤子和酒杯，看到他們平靜而又生氣勃勃的面容，列文突然感到輕鬆，就像從臭氣熏人的房間走到空氣清新的室外。他很高興地望著那些僕人，開始來回走動。一個蓄著花白落腮鬍的僕人對那些正在取笑他的年輕僕人露出不屑一顧的神色，同時卻在教他們怎樣折疊餐巾；看到這個情景，他感到非常開心。列文剛要上前跟這個老僕人談談，貴族財產託管處的祕書——一個熟知全省貴族名字和父名的小老頭卻分散了他的注意力。

「請吧，康斯坦丁·德米特里奇，」他對他說，「您哥哥正在找您。現在就要投票表決了。」

列文走進大廳，領到一粒白色小球，並跟著哥哥謝爾蓋・伊萬諾維奇走到了投票桌前。斯維亞日斯基把鬍子攥在拳頭裡嗅著，臉上露出意味深長的諷刺神情，站在投票桌旁邊。謝爾蓋・伊萬諾維奇把一隻手放進投票箱裡，將白球放到箱裡的某個地方，然後退到旁邊站住，把位置讓給列文。列文走到投票箱跟前，卻完全忘記了這到底是怎麼回事，窘困地問謝爾蓋・伊萬諾維奇：「該往哪兒放？」他聲音很輕，而且當時還有一些人正在旁邊說話，他希望人家聽不見他的問題。但是，旁邊那些人不再作聲了，他不成體統的問題被大家聽見了。謝爾蓋・伊萬諾維奇皺起眉頭。

「這要看各人的信念。」他板著臉說。

有幾個人微微一笑。列文漲紅了臉，急忙把一隻手伸到投票箱的呢絨罩布下面，把小球放到右面，因為他是右手拿著球。放好後，他才想起，本當把左手也一起伸進去，於是又把左手伸進去，但是為時已晚。他覺得更加難堪，趕忙朝最後面的幾排座位走去。

「一百二十六張贊成票！九十八張反對票！」那位發不出顫舌音的祕書報出投票結果。接著是一陣笑聲：投票箱裡有一粒鈕釦和兩個核桃。那位貴族獲得選舉權，新派獲勝了。

但是老派並不認輸。列文聽到人家在請求斯涅特科夫參選，他看到一群貴族把正在說話的省首席貴族圍住。列文向這群人走近些。在回答貴族們的問題時，斯涅特科夫談到了貴族對他的信任與愛戴，並說他不配得到這種愛戴，因為他的全部功績只不過是忠於他服務了十二年的貴族。他數次重複了那句：「我憑信念和真理，竭盡全力服務，我器重並感激你們。」他突然被眼淚哽住，說不下去，走出了大廳。他這樣淚水滿面，不知是因為他認為自己受到不公正的待遇、因為他熱愛貴族，還是他覺得自己處於四面楚歌的緊急處境。然而激動之情已傳給大家，大部分貴族被感動了，列文也覺得自己對斯涅特科夫產生了一份柔情。

省首席貴族在門口同列文撞了個滿懷。

「對不起，請您原諒，」他像對一個陌生人似的說；認出是列文，又羞怯地微笑了。列文覺得他好像想說些什麼，又因激動而說不出口來。當他匆匆而行時，他的臉部表情以及他那裹在佩著數枚十字勳章的制服和鑲金銀邊飾的白褲子裡的整個身形，都使列文覺得他就像一頭發覺情況不妙、被追捕的野獸。首席貴族臉上的這種表情特別令列文同情，因為昨天他為託管的事剛去過他家，看到他是一個和藹可親、熱愛家庭的好人。一幢大房子，裡面擺著一套老式傢俱；一些老僕人衣著並不考究，身上有點髒，態度卻很恭敬，顯然都是以前的農奴出身，一直跟著這個主人；妻子是個和善的胖女人，戴著一頂鑲花邊的包髮帽、披著一塊土耳其披肩，正在撫摸可愛的小外孫女；兒子是中學六年級學生，剛從學校回到家裡，正在向父親請安，並吻了吻父親的大手；一家之主的語言和手勢既威嚴又親切，這一切在昨天曾使列文情不自禁地產生了敬意和好感。列文現在覺得這位老人既令人感動又招人見憐，所以很想對他說幾句寬慰的話。

「您肯定會再次當選我們的首席貴族。」他說。

「未必吧，」首席貴族神色驚惶地回頭看了一眼後說，「我累了，已經老了。有人比我更合適、更年輕，讓他們去當吧。」

首席貴族說完就從側門悄悄走了。

最莊嚴的時刻來臨了。馬上就要開始選舉。兩派的領袖正在掐指計算白球和黑球的數目。

有關弗廖羅夫的那場爭論不僅使新派得到弗廖羅夫這一票，還贏得了時間，他們把三個因中老派的奸計、幾乎失去參選機會的貴族接來了。其中兩個貴族有嗜酒的弱點，斯涅特科夫派走卒把他們灌醉，同時把另一個貴族的制服給偷走。

得知這消息，新派趁大家在為弗廖羅夫一事爭論不休時，派人乘馬車給那個貴族送去一套制服，並把兩個被灌醉的貴族之一接到會場上。

「我接來了一個，用水澆醒了，」去接他的一個地主走到斯維亞日斯基跟前說，「不礙事，能派上用場。」

「醉得不太厲害吧，會不會摔倒？」斯維亞日斯基微微搖著頭說。

「不會，他很厲害。只要現在不接著喝就行……我交代過小吃部的服務生了，說什麼也別讓他再喝。」

# 二十九

供人抽菸、吃小吃的小廳裡擠滿了貴族。激動的情緒愈來愈強烈，大家的臉上都流露出焦慮不安的神色。那些知道全部詳情和能算出票數的兩派領袖又顯得特別激動。這些人是即將進行的那場決戰的指揮官。其餘的人就像是決戰前的士兵，雖說已做好了作戰準備，但現在仍在尋歡作樂。一些人在桌旁站著或坐著吃小吃；另一些人抽著菸，在狹長的房間裡走來走去，和久未晤面的朋友們交談。

列文不想吃東西，也不會抽菸；他又不願意跟自己人，也就是謝爾蓋·伊萬諾維奇、斯捷潘·阿爾卡季奇、斯維亞日斯基等人待在一起，因為穿著三等文官制服的渥倫斯基正與他們站在一起、興致勃勃地聊著。列文昨天就在選舉大會上見過他，並盡量避開他，不想跟他碰面。列文走到窗前坐下，打量著四周的人群，聽他們在說些什麼。他感到特別傷心，因為在他看來，大家既興奮又焦慮，而且很忙碌，只有他和坐在他近旁的那個穿海軍制服、翕動著嘴唇在喃喃自語、老得連牙齒都掉光的老人對選舉一點也不感興趣，並且無事可做。

「這個人真滑頭！我對他說過，這樣做不行。結果如何？他花了三年工夫還收不齊欠款，」一個個兒不高、有點駝背、搽過油的頭髮披在制服繡花領子上的地主，狠狠地跺著那雙顯然是為這次大選而穿上的新皮靴後跟，鏗鏘有力地說。接著，他不滿地瞥了列文一眼，猛地轉過了身子。

「是的，是齷齪的勾當，有什麼可說的呢。」一個小個子地主用尖細的聲音說。

一大群地主簇擁著一位胖將軍，急匆匆地跟著這兩個人，朝列文這邊走來。他們顯然是在尋找能背著人談話的地方。

「他怎麼敢說是我叫人去偷他褲子！我想他是把褲子換酒喝了。我可不在乎他有公爵頭銜。叫他再敢說，真卑鄙！」

「聽我說！他們以條文為依據，」另一群裡有人說，「那麼妻子就應當被列為女貴族。」

「我才不管什麼條文不條文！我只會憑良心說話。能做到這一點的才算得上高尚的貴族。聽我的沒錯。」

「大人，走吧，去喝一點香檳酒。」

另一群人跟著一個大聲叫嚷的貴族，這是三個被灌醉的人中的一個。

「我一直在勸瑪麗亞·謝苗諾夫娜把地租出去，因為她占不了便宜，」一位身穿舊總參謀部的上校制服、蓄著灰白小鬍子的地主用悅耳的聲音說。這是列文在斯維亞日斯基家裡遇到過的那個地主。列文立刻就認出他來。那個地主也仔細地看了看列文，彼此打了個招呼。

「見到您真是太高興了。當然囉！我記得非常清楚。是去年在首席貴族尼古拉·伊萬諾維奇家裡見過面。」

「嗨，您的產業經營得如何？」列文問。

「還是老樣子，虧本，」那個地主在列文身邊站住，臉上帶著無奈的微笑回答，神情卻相當鎮定，好像確信事情就應當這樣。「您怎麼會到我們省裡來？」他問。「是來參加我們的政變嗎？」他說，最後兩個法語單詞說得雖然很清楚，但發音不準。「全俄國的人都來了：有宮廷高級侍從，好像還有大臣。」他指了指正與一位將軍結伴同行、身穿白褲和宮廷高級侍從制服、儀表堂堂的斯捷潘·阿爾卡季奇。

「我應當向您承認，我對貴族大選的意義理解得很不夠。」列文說。

那個地主朝他看了看。

「這有什麼好理解的呢？根本就毫無意義。一個已經崩潰的機構，只是憑慣性力量在繼續運轉罷了。您瞧，全都是制服，這些制服也在向您說明：這是調解法官、常任理事等人的集會，不是貴族集會。」

「那麼您幹麼要來呢？」列文問道。

「按慣例行事，這是其一。其次，需要維持一些人際關係。還有幾分道義上的職責。再其次，老實說，也有我自己的利益。我女婿想競選常務理事；他家並不富裕，所以要替他通通路。可是這些先生幹麼要來？」他指著那個在省會辦公桌旁發言、長相凶狠的先生說。

「這是新一代的貴族。」

「新倒是新的，但不是貴族。這些人是土地占有者，而我們是領地地主。他們是像貴族那樣在自殺。」

「可您不是說這是個過時的機構嗎？」

「過時倒是過時，但還是要稍微尊重一下。就拿斯涅特科夫來說吧……不管好不好，我們畢竟有一千年了。比如說，您要在房子前面造一個小花園，要設計一張平面圖，可是您家的這塊地上長著一棵百年老樹……儘管它長得彎曲多結、老態龍鍾，但您不會為了建花壇而砍掉老樹，只會把那些花壇設計得能使那棵老樹也派上用場。它不是一年長得出來的，」他謹慎地說，並馬上就改變了話題。「嗯，那麼您的產業經營得如何？」

「不大好。利潤只有百分之五。」

「對，可是您沒有把自己計算進去。您不是也值一些錢嗎？我這是說我自己。我在經營農業之前所得的薪俸是三千盧布。現在我幹的活比任職時還要多，而且像您一樣只得到百分之五的利潤，那還要靠上帝保佑。而自己的付出全都白費了。」

「那您幹麼要這樣做呢？既然是明顯的虧本，那又何必呢？」

「就得這樣做呀！您有什麼辦法呢？是習慣呀，要知道，必須這樣做。我還要對您多說幾句，」那個地主把胳膊肘支在窗臺上繼續說，「我兒子對經營農業毫無興趣。他顯然會成為一名學者。因此將會後繼無人。可是還得做呀。瞧，今年我還栽植了一片果園。」

「對、對，」列文說，「這話一點也不錯。我一直覺得我的農場並無實利可圖，可是還得經營下去……總覺得要對土地負責。」

「我要對您說，」那個地主繼續說。「我有一個鄰居，他是個商人。我們在農場裡、果園裡兜了一圈，他說：『不行，斯捷潘．瓦西里奇，您家的一切全都整理得很好，果園卻無人照管。』可是我家的果園管得很好呀。他卻說：『要是我，就會砍掉這棵椴樹。只不過要在長得最茂盛的時候。不是有一千棵椴樹嗎？每棵樹可加工成兩塊優質夾板。現在夾板很值錢，我還可以把它們砍下來作造屋用的木材。』

「他用這筆錢可以買牲口，或者買一小塊便宜的土地，再把它租給農民，」列文顯然已不止一次聽過類似的演算法，笑著替他把話說完。「他就會積攢起自己的產業。可是您和我呢，我們只有靠上帝保佑才能保住自己的財產，把它們留給孩子們。」

「我聽說您結婚了，對嗎？」那個地主問。

「對，」列文得意洋洋地回答。「對，這事好像有點奇怪，」他繼續說。「我們就這樣毫無打算地過日子，像古代維斯塔[40]女神的女祭司，被派來守護聖火。」

那個地主在白色小鬍子下面露出一個冷笑。

「我們當中也有這種人。就拿我們的朋友尼古拉．伊萬內奇，或是拿現在已定居鄉下的渥倫斯基伯爵來說吧，他們都想發展規模農業；但是至今為止，除了耗費資金，還沒有任何結果。」

「不過，我們為什麼不照商人的說法去做呢？為什麼不砍掉果園裡的樹去做夾板呢？」列文把話題拉回到那個使他感到非常驚訝的想法上。

「就像您所說的，為了守護聖火呀。那不是貴族的事業。我們貴族的事業也不是在這裡，不是在選舉會場上，而是在那裡、在自己棲身的角落裡。我們也有自己這一階層的本能，知道該做什麼、不該做什麼。農民們也有自己的本能，總有一天我會看到：一個好農民會盡可能多租一些土地。無論土地多麼貧瘠，他還是要耕種。也是不會打算。簡直是虧本的買賣。」

「那麼我們也是這樣呀，」列文說。「能遇見您真是非常非常高興，」看到向他走來的斯維亞日斯基，他又添了一句。

「自從在您家裡見面後，我和他還是第一次遇見，」那個地主說，「所以只顧說話了。」

「怎麼樣，是把新程序臭罵一通嗎？」斯維亞日斯基笑著說。

「這是難免的。」

「是訴訴衷腸。」

40 古羅馬宗教所信奉的灶神或家室女神。相當於希臘神話中的赫斯提。古代群居體以火種為寶，保持公用或私用火種不熄十分重要。因此維斯塔自古就在家庭與國家崇拜中占重要地位。

## 三十

斯維亞日斯基挽起列文的胳膊，與他一起朝自己那一派人走去。

現在已經無法避開渥倫斯基了。他和斯捷潘・阿爾卡季奇、謝爾蓋・伊萬諾維奇站在一起，直視走過來的列文。

「非常高興。我好像有幸在公爵夫人謝爾巴茨卡雅家裡見過……」他向列文伸出一隻手說。

「是的，我非常清楚記得我們那次見面的情景。」列文滿臉通紅地說，並且立即就轉過身去和哥哥說起話來。

渥倫斯基微微一笑，繼續跟斯維亞日斯基交談，顯然根本不想和列文說話；但是，列文在與哥哥談話的同時不斷地回頭看渥倫斯基，思考著該跟他說些什麼才能彌補自己的失禮。

「現在，問題在哪裡呢？」列文回頭望著斯維亞日斯基和渥倫斯基問。

「在於斯涅特科夫。他要麼拒絕，要麼同意。」斯維亞日斯基回答。

「他怎麼啦，同不同意？」

「問題就在於他既沒說同意，又沒說不同意。」渥倫斯基說。

「要是他拒絕的話，誰會參選呢？」列文問，同時望向渥倫斯基。

「隨便什麼人都行，」斯維亞日斯基說。

「您會嗎？」列文問。

「唯獨我不行，」斯維亞日斯基窘住了，驚恐地朝站在謝爾蓋・伊萬諾維奇身邊的那個長相凶狠的先生看了一眼。

「那麼是誰呢？是涅維多夫斯基嗎？」列文問，他覺得自己被搞糊塗了。

這樣一問就更糟了。涅維多夫斯基和斯維亞日斯基本來就是候選人。

「我是決不會參加的。」那個長相凶狠的先生回答。

這人就是涅維多夫斯基。斯維亞日斯基把列文介紹給了他。

「怎麼樣，你也動心了？」斯捷潘・阿爾卡季奇說著朝渥倫斯基使眼色。「這好像是一場賽馬。可以打賭了。」

「對，這事是會使人動心，」渥倫斯基說，「既然著手下去做了，就想把它辦好。是一場競爭呀！」

他皺起眉頭，繃緊強有力的顴骨上的肌肉說。

「斯維亞日斯基真是個生意人！他一切都清清楚楚。」

「是這樣，」渥倫斯基心不在焉地說。

談話出現了冷場。這時候，渥倫斯基覺得眼睛總得看看什麼，於是就朝列文看去，看看他的腳、他的制服，然後看看他的臉，看到他那雙憂鬱的眼睛正對著自己，便沒話找話地說：

「您這位農村的常住居民怎麼會不是調解法官呢？您沒有穿調解法官的制服。」

「因為我認為調解法院是個荒謬的機構。」列文憂鬱地回答，他一直希望能有機會跟渥倫斯基談談，以便挽回自己在初次見面時的無禮。

「相反的，我可不這麼認為。」渥倫斯基雖感到驚奇，卻仍平靜地說。

「這是個玩具，」列文打斷他，「我們並不需要調解法官。我八年來沒有打過任何官司。即使有什麼事，判起來也會顛倒黑白。調解法官住處離我家有四十俄里。為一件兩盧布的事我還得花十五盧布請律師。」

接著他就說出一件事：一個農民偷了磨坊主的麵粉，磨坊主指責他，他竟然反告磨坊主誹謗。說這些話既不合時宜又很無聊，列文自己在說的時候就覺察到了。

「啊，這可真是個怪人！」斯捷潘・阿爾卡季奇帶著特別溫柔的微笑說。「不過，我們還是走吧，大概就要投票了……」

於是他們散開了。

「我不明白，」謝爾蓋・伊萬諾維奇說，他發現弟弟行為實在笨拙，「我不明白，怎麼會這樣缺乏政治頭腦。我們俄國人就是缺乏政治頭腦。省首席貴族是我們的對手，你竟跟他毫不拘禮，還請他參加競選。渥倫斯基伯爵呢……我不會讓他成為我的朋友，他請我吃飯，我也不會上他家去；但他是我們的人，幹麼要讓他變成敵人呢？再有，你問涅維多夫斯基會不會參選——這種事做不得。」

「唉，我真是一點也不明白！這一切都是些小事。」列文憂鬱地回答。

「瞧，你說這一切都是小事，可是你一著手去做，就會把一切都攪亂。」

列文不作聲了，他們一起走進大廳。

儘管省首席貴族從大會的氣氛中覺察得到人家為他設下了圈套，儘管不是所有人都請他參選，他仍決定參加。大廳裡一片寂靜，祕書大聲宣布，近衛軍騎兵大尉米哈伊爾・斯捷潘諾維奇・斯涅特科夫參加省首席貴族競選。

各縣首席貴族端著盛有小球的小碟子，離開自己的桌子，朝省會辦公桌走去。選舉開始了。

「放到右面去，」列文和哥哥一起跟著首席貴族走到省會辦公桌前，斯捷潘・阿爾卡季奇低聲對列文說。然而，列文現在已經把人家對他解釋過的那番用意忘掉了，擔心斯捷潘・阿爾卡季奇說「右面」是說錯了。要知道，斯涅特科夫是對手呀。他右手握著球朝投票箱走去，但是想到自己可能搞錯了，走到投票箱跟前又把球轉到左手，接著顯然是把球放到左面去了。站在投票箱旁邊的那位專家不滿地皺了皺眉頭：他只要根據投票人的肘部動作就知道誰投給了誰。但是他無處可演練他那敏銳的洞察力。

一片寂靜，只聽得到數球的聲音。接著，有個人宣布贊成票和反對票的票數。

省首席貴族因獲得大多數贊成票而當選候選人。會場上頓時吵嚷起來，大家都急匆匆地朝門口跑去。斯涅特科夫走了進來，貴族們圍住他，紛紛向他祝賀。

「喂，現在完了嗎？」列文問謝爾蓋・伊萬諾維奇。

「只不過剛剛開始，」斯維亞日斯基笑著代替謝爾蓋・伊萬諾維奇回答。「首席貴族另一候選人可能會得到更多球。」

這一點列文又完全忘掉了。他現在才想起這裡有一點微妙之處，不過，回憶具體的奧祕所在很無聊。他感到苦悶，想離開這群人。

由於誰也沒有注意他，他覺得好像誰都不需要他，所以他悄悄地朝吃小吃的小廳走去，見到那些僕人，心裡又感到非常輕鬆。老僕人請他吃一點東西，列文同意了。他吃了一個菜豆肉餅、和老僕人聊了聊以前幾任老爺的情況。列文不願意回那個討厭的大廳，就去大廳的上敞廊散步。

上敞廊擠滿了打扮得漂漂亮亮的女士，她們伏在欄杆上，竭力不漏掉底下說的每一句話。女士們旁邊或坐或站著一些舉止文雅的律師、戴眼鏡的中學教師和軍官。人們都在談論選舉的情況，談論省首席貴族怎樣備受折磨，以及辯論進行得多麼精彩；列文聽見人群中有人表揚他哥哥。一位女士對一個律師說：

「聽到科茲內舍夫發言，我感到多麼高興啊！餓肚子聽也值得。妙極了！一切都說得很清楚明白！你們法院裡沒有一個人能說得這樣精彩。只有邁德爾還行，可他的口才也差得很遠。」

列文在欄杆旁找到一個空位，把身體伏在欄杆上，開始觀看並傾聽下頭的場面和動靜。

所有貴族各自坐在用隔板隔成的本縣席位上。一名穿制服的人站在大廳中央，用尖細的嗓音大聲宣布：

「表決騎兵上尉葉夫根尼・伊萬諾維奇・阿普赫京競選省首席貴族的候選人資格！」

出現了一陣死一般的沉默，接著聽到一個老人有氣無力的聲音：

「我棄權！」

「表決七等文官彼得・彼得羅維奇・博利參加競選的候選人資格，」那個嗓音尖細的人又說。

「我棄權！」響起了一個年輕人尖細的聲音。

名單一個一個往下唸，照例是一次一次的「我棄權」。這種情況持續了近一個小時。列文把胳膊肘支在欄杆上邊看邊聽。起先他覺得很奇怪，並想弄明白這代表什麼；後來，他確信自己無法弄明白，就開始覺得無聊了。再後來，回想起他在每個人臉上看到的那種激動、凶狠的神情，他就感到傷心。他決定離開此地，於是朝樓下走去。經過上敞廊的過道上，他遇到一個正在來回踱步、雙眼青腫、神情沮喪的中學生；樓梯上，他又遇到了兩個人：一位穿著高跟鞋奔跑的女士和舉止輕浮的副檢察官。

「我對您說過不會遲到的。」檢察官在列文閃到一旁讓路給女士的時候說。

列文站在通往外面的樓梯上，正在背心口袋裡掏寄放外衣的號牌，祕書抓住了他並說道：「請回吧，康斯坦丁．德米特里奇，大家正在投票表決呢。」

表決的是那位堅決不願參加競選的涅維多夫斯基。

列文走到大廳門前，門關著。祕書敲了敲門，門打開了，迎面溜出兩個滿臉通紅的地主。

「我挺不住了。」一個滿臉通紅的地主說。

省首席貴族的臉緊跟著這個地主從門裡露了出來。這張臉因疲憊和恐懼而顯得很可怕。

「我對你說過，別讓人出去！」他對看門人大喝道。

「我是讓人進來呀，大人！」

「天啊！」省首席貴族苦歎了一聲，垂下頭，吃力地邁著穿白褲子的雙腿，沿著大廳中間的通道朝那張大桌子走去。

人們向涅維多夫斯基講述了計票的結果，他當上了省首席貴族。許多人感到高興，許多人感到滿意、幸運，許多人感到欣喜，許多人感到不滿和痛苦。省首席貴族則掩飾不住絕望的神情。涅維多夫斯基走出大廳，人群簇擁著他，興高采烈地跟隨他，就像選舉第一天跟隨揭開選舉大會序幕的省長那樣。就像當初跟隨斯涅特科夫那樣。

# 三十一

新當選的省首席貴族和獲勝的新派中，許多人當天都在渥倫斯基家聚餐。

渥倫斯基之所以來參加選舉大會，是因為他在鄉下感到苦悶，並且需要向安娜表明自己有權自由行動，也是為了在選舉大會上支持斯維亞日斯基，報答他在地方自治局選舉中為渥倫斯基所作的那番奔走，最主要的是為了一絲不苟地履行他替自己選擇的、貴族和地主那種身分的全部職責。但是他怎麼也沒料到，選舉這件事竟使他這樣著迷、不安，他做起來竟能這樣出色。他在貴族圈內是一個全新的人物，但顯然獲得了好評，他的想法沒有錯：他在貴族中已經具有威信。促使他取得威信的原因很多：他有財產和顯貴地位；城裡有一幢非常漂亮的住房，這是一位做財政工作、名叫希爾科夫的老朋友讓給他的，對方在卡申市創建了一間業務很興旺的銀行；渥倫斯基有一個從鄉下帶來的出色廚師；他和省長有交情，以前兩人是同學，渥倫斯基曾關照他；最主要的是他待人誠懇、一視同仁，令大部分貴族很快改變了認為他高傲的成見。他自己覺得，除了這位娶吉娛・謝爾巴茨卡雅為妻、無緣無故地帶著瘋狂的仇恨對他說了一大堆毫無用處蠢話的、乖戾的先生，他所認識的每一個貴族都會成為他的擁護者。他看得很清楚，其他人也都承認，涅維多夫斯基獲得成功是由於他的大力支持。此刻，坐在自己家的餐桌旁，祝賀涅維多夫斯基當選，他有一種為自己選中的人而洋洋得意的喜悅。選舉使他著迷，因此，假如他在三年後的下一屆選舉之前結婚，那麼他本人也想參加競選，這就像他在靠騎手贏得賽馬大獎後想親自上場賽馬那樣。

現在就是在慶祝騎手的勝利。渥倫斯基坐在首席，他右首坐著年輕的省長——一名侍衛將軍。對別人來說，他是一省之主，揭開了選舉大會序幕、發表了演講，並且正如渥倫斯基所發現的，使許多人對他肅然起敬和曲意逢迎；對渥倫斯基來說，他就是馬斯洛夫·卡季卡，對方在貴冑軍官學校裡讀書時的綽號，他在渥倫斯基面前有點靦腆，所以渥倫斯基一直盡力設法鼓舞他。坐在他左首的是神情堅定而又凶狠的年輕的涅維多夫斯基。渥倫斯基對他是既熱情大方，又充滿敬意。

斯維亞日斯基雖然本人遭到失敗，但仍感到很開心。對他來說這甚至算不上失敗，就像他端著酒杯向涅維多夫斯基祝賀時說的那樣：他代表著貴族應遵循的那種新思潮，再也找不到比他更好的代表了。因此，按他的說法，凡是正派人都站在今天獲勝這一方，都在慶祝勝利。

斯捷潘·阿爾卡季奇也很高興，因為這段時間他過得很開心，大家也都很滿意。在豐盛的宴會上，大家逐一回想起選舉中的一個個情景。斯維亞日斯基滑稽地轉述了省首席貴族流著淚發表的那篇演講，並對涅維多夫斯基說，他這位大人將不得不另選一種比掉眼淚更複雜的方法核對帳目。另一位愛說笑話的貴族說，穿長襪子的僕人們已被召來參加省首席貴族的舞會，要是新上任的省首席貴族不舉行有穿長襪子的僕人們參加的舞會，現在只好把他們打發回去了。

用餐期間不斷有人對涅維多夫斯基說：「我們的省首席貴族」和「大人」。

這兩個稱呼聽了真讓人高興，就像少婦聽見人家用丈夫的名字加上「夫人」稱呼她。涅維多夫斯基裝作他不僅很冷靜，甚至瞧不起這種稱呼，不過明顯可以看出他覺得很幸福。他牢牢地控制住著，不讓自己流露出與大家所處的那種自由主義新氣氛不協調的欣喜情緒。

宴會過程中還給那些關心選舉進度的人拍了幾份電報。情緒高昂的斯捷潘·阿爾卡季奇給達里雅·亞歷山德羅夫娜拍了份電報，內容是：「涅維多夫斯基以十二票當選。特此祝賀。並請轉告。」他說：「得讓他們高興高興。」接著口述了電文。達里雅・亞歷山德羅夫娜接到電報後，只是為拍電報花掉的一盧布歎息了一聲。她知道，這件事代表宴會快要結束了。她知道斯季瓦有在宴會結束前「亂發電報」的毛病。

所有一切，連同上等豐盛的菜肴和不是從俄國酒商那兒買來、而是直接從國外進口的葡萄美酒，全都顯得非常高貴、大方，使人感到非常愉快。這一夥裡的二十個人都是斯維亞日斯基從志同道合、既機敏又正派的自由主義新型活動家中挑選出來的。他們頻頻舉杯，祝酒詞也很詼諧，有為新一任省首席貴族乾杯的，有為省長乾杯的，有為銀行行長乾杯的，也有為「我們殷勤好客的主人」乾杯的。

渥倫斯基很滿意。他怎麼也沒料到，外省也會有這種令人喜愛的生活情調。

宴會結束時，氣氛變得更歡樂。省長邀請渥倫斯基出席為教士們捐款的音樂會，這場音樂會是他妻子舉辦的，她希望能認識認識渥倫斯基。

「那兒還舉辦舞會，你還會見到我們的美女。確實引人矚目。」

「這我並不擅長，[41]」渥倫斯基回答，他愛用這個短語，說完又微微一笑，答應接受邀請。

就在大家點起菸，準備起身離席時，渥倫斯基的貼身侍僕端著托盤送來一封信。

「沃茲德維任斯克寄來的急件。」他帶著意味深長的表情說。

「奇怪，他真像副檢察官斯文季茨基，」一位客人在渥倫斯基皺起眉頭看信時，用法語評論這名貼身侍僕。

信是安娜發來的。在看信前，他就知道信上會寫什麼了。他以為選舉會在五天內結束，所以答應星期五回家。今天是星期六，因此他知道信是責備他沒有按時回家。他昨晚寄出的那封信大概還沒有送到。

信的內容一如他的預料，形式卻出乎他的想像，並使他感到特別討厭。「安妮病得很重，醫生說，可能是肺炎。我獨自一人已失魂落魄。公爵小姐瓦爾瓦拉不是幫手，反而礙手礙腳。我等你兩天了，昨天和現在我都派人去打聽，你在哪裡，你怎麼啦？我想親自跑一趟，但後來改變了主意，我知道，這樣做會讓你覺得討厭。好歹給我一點回音吧，讓我知道該怎麼辦。」

孩子病了，她還想親自跑一趟。女兒病了，口氣還這樣敵意。

這場大選帶來的無可非議的快樂，對比他應當回去接受的那種令人憂鬱痛苦的愛情，反差竟有如此之大，著實使渥倫斯基驚訝。但是必須回去，他就乘最近一班火車連夜趕回家了。

41 原文為英文。

# 三十二

在渥倫斯基動身參加選舉前夕，安娜經過反覆的考慮後明白，他每次外出兩人之間一再出現的爭吵，只會使他變得更冷漠，而不會令他更依戀，所以她決定盡最大努力去平靜地忍受與他的離別。但是，當他來說他要出發的時候，用冷冰冰的嚴厲目光看她，這使她感到受了侮辱，所以他還沒有動身，她的平靜就化為烏有了。

後來，她在獨守空房時，反覆琢磨這種表明他有權自由行動的目光，最後像往常一樣得出一個結論——那就是她受到了屈辱。「他有權在隨便什麼時候去隨便什麼地方。不僅有權離開，而且有權撇下我。他有各種各樣的權利，我卻一點也沒有。但是他知道這一點，就不該這麼做。不過，他到底做了什麼呢？……他帶著冷冰冰的嚴厲神情看了我一眼。當然這無法判斷，也不可捉摸，但這種事以前並沒有發生過，而且這種目光意味深長，」她想道。「這種目光表明感情已開始冷淡了。」

儘管她確信感情已開始冷淡，她還是毫無辦法，絲毫不能改變自己對他的態度。像以前一樣，她只有靠愛情和容貌的魅力留住他。像以前一樣，只有白天忙於各種活動、每夜服用嗎啡，她才能擺脫假如他不再愛她那會怎麼樣這可怕的念頭。的確，還有一種方法：不是要留住他——除了他的愛情，她再也不需要別的什麼——而是要跟他接近，令他們的處境變得使他不會拋棄她。這個方法就是離婚和結婚。於是她開始有這種願望，並且決定，只要他或斯季瓦再對她談起這件事，她就表示同意。

她就抱著這種想法度過了他不在家的那五天。散步、跟公爵小姐瓦爾瓦拉談話、參觀醫院，主要是讀書，一本接一本地讀，這些活動占去了她的時間。第六天，車夫回來了，他卻沒回來，她覺得自己已經無法不去思念他，無法不去思考他在那兒幹些什麼。就在這時候，她女兒生病了。安娜開始看護照料她，然而這件事也解不開她的愁結，更何況女兒的病並不危急。無論她多麼努力，她都無法喜愛這個小女孩，假裝喜愛她也做不到。這一天將近黃昏時，安娜獨自一人，心裡突然產生了一種為他擔心的恐懼，她決定親自到城裡去一趟；仔細想了想，又改變了主意，結果是寫了渥倫斯基收到的那封自相矛盾的信，寫好後也不看一遍就趕緊發出。第二天早上，她收到了他的來信，於是為自己寫了那封信感到後悔了。她惴惴不安地等著再次看到他臨行前投向她的那種嚴厲目光，尤其是在他得知小女孩病情並不危急的時候。不過，她還是為自己給他寫了信而高興。現在，安娜心裡承認，她給他造成了痛苦，為了回來看她，他只得遺憾地放棄自己的自由；儘管如此，她還是很高興，因為他要回來了。就算他痛苦，但他將在這裡與她廝守，讓她看到他、清楚他的一舉一動。

她坐在客廳裡，坐在一盞燈下，手裡捧著泰納[42]的一本新作，邊看邊傾聽著室外的風聲，時刻盼著馬車的到來。她幾次覺得自己聽到了車輪聲，但都是錯覺；後來，她終於聽到了，還有車夫的吆喝聲和門廊裡低沉的響聲。連正在擺紙牌卦的公爵小姐瓦爾瓦拉也證實了這點，於是安娜漲紅著臉站起來，卻沒有像前兩次那樣下樓去，而是站著不動。她突然為自己所設的騙局感到羞愧，但她覺得最可怕的是，不知他會怎麼對待她。受侮辱的感覺不再，她只怕看到他的不滿神情。她想起女兒生病第二天就完全康復了。她甚

42 泰納（一八二八—一八九三），一譯丹納，法國實證主義的代表人物，著名的思想家、文藝理論家、歷史學家。

至對女兒感到很惱火，因為信一發出她就恢復了健康。接著，她想起他，想像他整個人連同他的雙手、雙眼都已經在這裡；她聽見他的聲音。於是，她不顧一切，興高采烈地跑去迎接他。

「嘿，安妮怎麼樣？」他從下面望著朝他跑來的安娜，怯生生地問道。

他坐在椅子上，僕人在替他脫保暖靴。

「不要緊，她覺得好多了。」

「妳呢？」他一面抖掉身上的塵埃，一面說。

她雙手抓住他的一隻手，把它拉到自己的腰上，同時目不轉睛地望著他。

「啊，我很高興。」他說，一面冷冷地打量她，打量她的髮型、她的衣服，他知道這是她特意為他打扮的。

這一切他都很喜歡，但是喜歡的次數已經太多啦！於是她最怕見到的那種冷若冰霜的嚴厲表情又出現在他臉上。

「啊，我很高興。妳身體好嗎？」他用手帕擦乾濕鬍子，吻著她的手說。

「什麼都無所謂，」她想道，「只要他在這裡就行，他在這裡，他就不會不愛我，也不敢不愛我。」

這個晚上過得既開心又幸福，公爵小姐瓦爾瓦拉也在場，她埋怨他說，安娜是因為他不在家而服用嗎啡的。

「有什麼辦法呢？我無法入睡……思緒萬千。他在家時，我從不服用。幾乎從不服用。」

他講了選舉的情況，安娜照例用提問的方法促使他談論他高興的事，即談論他的成就。她對他講了他所關心的全部家務事。她說的事情全都是令人高興的。

夜深了，只剩下他們兩個人，安娜看到自己又完全把他控制住了，就想抹掉那封信給他造成的痛苦印象。她說：

「承認吧，收到我的信，你是否惱火，是否不相信我的話？」

剛說完這句，她就明白，無論他現在對她多麼溫情脈脈，也不會原諒她的做法。

「是的，」他說。「信寫得太怪了。一會兒說安妮病了，一會兒說妳想親自趕來。」

「這都是實話。」

「可我也並沒有懷疑呀。」

「不，你是在懷疑。我看得出，你不滿意。」

「一分鐘也沒有懷疑過。我不滿意，這是真的，那只是因為妳好像不容許我承擔社會義務……」

「聽音樂會的義務……」

「不談這種事了。」他說。

「為什麼不談？」她說。

「我只是想說，總會遇到一些必須辦的事。比如，我現在必須到莫斯科去一趟，去處理房子的事……唉，安娜，妳為什麼這樣容易發怒？難道妳不知道，沒有妳，我就活不下去嗎？」

「要是這樣，」安娜突然改變語調說，「你會對這種生活感到苦惱……是的，你會回來待上一天，然後再離開，就像那些……」

「安娜，妳這話說得太過火了。我願意把整個生命都獻給……」

她卻不肯聽他說下去。

「要是你去莫斯科，那我也要去。我決不留在這裡。我們要麼分手，要麼待在一起過日子。」

「妳原本就知道，這是我的宿願。但是，為了達到這個目的……」

「就得離婚，對嗎？我會寫信給他。我想我不能再這樣生活下去……但是，我要跟你一起去莫斯科。」

「妳似乎是在威脅我。我也沒有別的任何願望，只希望不和妳分離。」渥倫斯基微笑著說。

但是，在他說這番溫情話語的同時，眼睛裡閃出的目光不但是冷冰冰的，而且像被逼得走投無路而變得殘酷無情的人那樣凶狠。

她察覺到了，並正確地猜出它的含義。

「要是這樣，那就太不幸了！」——這就是他的目光的含義。這是瞬間的印象，但她永遠也忘不掉。

安娜給丈夫寫了一封信，請求他同意離婚。十一月底，和要到彼得堡去的公爵小姐瓦爾瓦拉分手後，她與渥倫斯基一起搬去了莫斯科。現在，他們像夫妻一樣住在一起，每天都在等阿列克謝・亞歷山德羅維奇的回信，以便立刻辦理離婚手續。

# 第七部

一晃眼，列文夫婦在莫斯科已經住了兩個多月。按專家準確的計算，吉媞早已過了預產期，可是她仍挺著個大肚子，而且一點兒也看不出目前的狀況要比兩個月前更接近產期。無論是醫生、接生婆、多莉、母親，還是一想到她即將分娩就忐忑不安的列文，都為她焦躁不安。唯獨吉媞覺得自己十分安寧而又幸福。

她現在清晰地意識到，內心產生了對未來、而且對她來說或多或少已是真實的嬰兒的愛，並怡然自得地體驗著這種全新感受。這個還未出世的嬰兒目前已完全不是她身體的一部分，有時他能不依賴母親而獨自生活。她為此常常覺得苦惱，與此同時，又由於這種新的、奇特的快樂禁不住要笑起來。

吉媞喜歡的人都陪著她，大家待她都和藹可親，人人都對她體貼入微，她在各方面都覺得很愉快。她要是不知道或感覺不到這一切行將結束，那她就不會想望更美好、更愉快的生活了。生活中唯一的缺憾是，丈夫不像她從前所愛的那樣，也不像他在鄉下時那樣。

吉媞喜歡他在鄉下時那種安詳、親切和殷勤好客的舉止。在城裡，他總是顯得神色惶遽、心神戒備，生怕有人欺負他，主要是怕別人欺負吉媞。在鄉下列文總是做事很有分寸，顯得悠悠然，沒有刻不容緩的事要做，但從來也沒有空閒。可在城裡，他總是匆匆忙忙，唯恐錯過時機，事實上他沒什麼事可做。吉媞很可憐他。她知道在別人眼中他並不可憐，而且恰恰相反，在交際場上她就像別的女人窺視心愛的人那樣，有意用局外人的眼光去窺測，看他給人以什麼印象。結果她多少有點恐懼和忌妒地看出，她丈夫不僅不可憐，而且很有魅力；他有教養，對待婦女略帶拘謹、害羞而又不失彬彬有禮。他有強壯的體魄，尤其是有一張富有表情的臉。然而，她觀察的不是他的外表，而是他的內心。她發現他在這裡一反常態，她也無法斷定原因何在。有時候她在心裡指責他不會在城裡過日子，有時候她又承認，要把這兒的生活安排得令她滿意實在是難為他了。

說真的，他有什麼辦法呢？他不喜歡打牌，也不去俱樂部。跟奧勃朗斯基那幫浪蕩子混在一起，她現在可清楚是怎麼回事……那就是在一起喝得爛醉，隨後去什麼地方閒晃。她一想到那幫浪蕩子在這種時候會去什麼地方，心裡就不無恐懼。去交際場所嗎？她清楚，那裡只有接近年輕女人才能快樂，但她不願他這麼做。讓他待在家裡，守著她、母親和姊妹嗎？可是，無論這種「叨家常式」的閒聊——老公爵這麼稱她們姊妹間的談話——她覺得多麼有趣和快活，可對他畢竟是索然無味。那麼他還有什麼事可做呢？繼續寫他的書嗎？他也嘗試過，起先到圖書館去為寫作摘錄卡片和搜集資料，後來正如他對她所說的那樣，他愈是什麼也不做，時間就愈少。他還抱怨說，有關他的著作在這裡談得太多，因而作品的整個構思都給打亂了，興趣大減。

這種城市生活給他們帶來的唯一益處是，他們之間沒吵過一次架。是因為城市生活環境不一樣呢，還是因為他們倆在這方面變得更謹慎、更理智了？不管怎麼說，兩人在莫斯科從未因嫉妒而吵過嘴，不像他們剛來城市時非常擔心的那樣。

在這方面還發生了一件對他們兩口子來說都至關重要的事，那就是吉媞與渥倫斯基的會面。

吉媞的教母、年邁的瑪麗亞・鮑里索夫娜公爵夫人，一向很疼愛吉媞，有一次她一定要見見她。吉媞有孕在身，一般來說哪兒也不去，可是這一次只得隨父親去拜訪這位受人尊敬的老人；不料，她在那裡遇見了渥倫斯基。

對這次不期而遇，吉媞唯有一點是可以自責的，那就是在最初一瞬間認出原先她很熟識的、身穿便服的人時，她頓時呼吸急促，血直往心臟裡湧，並覺得臉漲得緋紅。不過這種情形只持續了幾秒鐘。那時父親故意與渥倫斯基大聲交談，以便吉媞在這段時間內能夠做好充分的心理準備，從從容容地面對渥倫斯基，必要時可以跟他閒聊，一如對瑪麗亞·鮑里索夫娜公爵夫人那樣。然而，最主要的是，她在此的坦然應酬，包括輕微的語調和笑容都能得到丈夫的稱讚，丈夫雖然不在，但此時此刻她似乎覺得丈夫就在她這兒，在打量著她。

吉媞與渥倫斯基聊了幾句，他把選舉戲稱為「我們的國會」，對此吉媞甚至報以平靜的微笑（這當兒應當笑一笑，以示她懂得這個玩笑）。隨後她立即向瑪麗亞·鮑里索夫娜公爵夫人轉過身去，再沒看他一眼，直到他起身告辭。這時候她才瞥了他一眼，這麼做顯然是因為對方向她鞠躬道別，不搭理是不禮貌的。

事後她非常感激父親，因為父親再沒有對她提起這次與渥倫斯基的邂逅。但她也看出，那次造訪之後，在日常散步時，父親對她的溫柔之情尤為顯見，這說明父親對她的一言一行十分滿意。她對自己也是。她無論如何也不曾料到，當時哪來的這股力量使她把自己對渥倫斯基的舊情壓在心底、不露一點痕跡，在與他見面時仍顯得不亢不卑，鎮定自若。

她把在瑪麗亞·鮑里索夫娜公爵夫人家裡遇見渥倫斯基一事告訴列文的時候，列文的臉色頓時顯得比她當時還紅。她覺得要對他說這事兒，很難開口，而要把見面的詳情細節一一道來更是難上加難。因為列文聽後並沒有發問，只是緊皺眉頭瞅著她。

「很遺憾，你當時不在那裡，」吉媞說。「並不是遺憾你不在那個房間裡……如果你在場，我就不會那麼自然了……我現在臉就比那時紅得多，真的，紅得多！」說著，她滿面通紅，幾乎要掉淚了。「可惜你不可能往門縫裡瞧。」

吉媞一雙誠實的眼睛也告訴列文，她對自己的舉動感到很滿意，雖說她這時候滿臉通紅，可他立即安下心來，仔細詢問起她願意吐露的情況。列文得知全部經過，甚至連細枝末節都瞭解得一清二楚，知道她在最初一刻不由自主地漲紅了臉，但接著就像萍水相逢那樣處之泰然，他很高興。他說他對此感到很高興，今後不會像上次在選舉大會上那樣幹傻事了，下次再遇見渥倫斯基，會盡可能對他熱情些。

「原先想到我有一個見面幾乎是仇人的人，心裡就痛苦不堪，」列文說。「如今我可十分高興；高興極了。」

# 二

「那你順路去看望一下博利夫婦吧，」十一點鐘光景，列文臨出門來看看吉媞，吉媞告訴他。「我知道你會在俱樂部吃午飯，爸爸已經給你預定了。上午你想做些什麼？」

「我只去看望一下卡塔瓦索夫。」列文回答。

「怎麼，這麼早去？」

「他答應把我介紹給梅特羅夫。我想跟他談談我的著作，他是彼得堡赫赫有名的學者。」列文說。

「哦，你上次誇讚的就是他寫的文章吧？然後呢？」吉媞問。

「也許，還要去法院，為我姊姊的一樁案子。」

「那麼去不去聽音樂會？」吉媞又問。

「我獨個兒去有什麼意思！」

「不，你還是去吧：那裡要上演一些新作……這是你極其感興趣的。要是換了我，那一定去。」

「好吧，無論如何吃飯前我就回來。」列文說，一邊看了看表。

「那你就穿上常禮服，以便直接去看望博利伯爵夫人。」

「難道一定要去嗎？」

「是的，一定要去！博利不是來拜訪過我們嗎？去回訪一次又費得了你多少精力？你順路拐過去坐一會兒，同他們寒暄上五分鐘，隨後起身就走。」

「唉，說來妳可能不信，這種應酬我已經不習慣了，做著總覺得彆扭。這算什麼呢？一個人跑到一個不太熟悉的人家，沒話找話地坐著聊天，既打擾人家，又弄得自己挺尷尬，末了沒趣地走了。」

吉娣大笑起來。

「你單身時不也常去拜訪人家嗎？」

「是，那時常去，但總覺得挺尷尬，現在則根本不習慣了。說真的，我寧可兩天不吃飯，也不願意去作這樣的造訪。簡直尷尬透了！我總覺得，人家會生氣，衝著你說：『你沒事跑來幹麼？』」

「不，人家不會生氣的。我敢向你擔保，」吉娣笑咪咪地瞧著他的臉說。她抓住他的一隻手，「嗯，再見……你就去一趟吧。」

他吻了吻妻子的手，正想走，這時她又叫住他。

「科斯佳，我說，我手頭只有五十盧布了。」

「哦，那我等一會兒順路到銀行裡去取。要多少？」列文說，現出那種她見慣了的快快不樂神情。

「不，你慢著，」吉娣拉住他的手說。「我們來談談，這叫我犯愁。我似乎覺得沒亂花一個子兒，錢卻像流水般很快就沒了。我們的開銷總有漏洞。」

「一點兒也沒有漏洞。」列文清清嗓子，皺眉蹙額地瞅著她。

她清楚這清嗓子是什麼意思。這表示他內心十分不快，不是對吉媞，而是對他自己。他真的覺得不滿意，倒不是因為開銷太大，而是因為想起一件他明知做得不妥、卻想置諸腦後的事。

「我吩咐索科洛夫把小麥賣了，將磨坊租出去，先收一筆租金回來。錢無論如何都會有。」

「不，我擔心的是開銷太大……」

「一點兒也不大，一點兒也不大，」他重複道，「嗯，再見吧，我的寶貝。」

「不，說實話，我有時候真後悔當時聽從了媽媽。我們要是還待在鄉下那有多好！在這兒我讓你們都吃不消，錢花起來……」

「一點兒也不，一點兒也不。自成家以來，我一次也沒說過要讓日子過得比現在更美滿的話……」

「真的嗎？」吉媞瞧著他的眼睛，說。

列文這麼說時沒經過深思熟慮，只是想隨便安慰她一下罷了。但當他瞥了她一眼，看見她那雙真摯而又可愛的眼睛詢問地凝視著他，於是又由衷地重複了一遍。「我完全把她給忘了，」他心裡想。他想起他們所面臨的事情。

「產期快到了嗎？妳自己感覺怎麼樣？」列文抓住她的雙手，低聲問。

「我原先想得很多，現在倒反而什麼也不想了，也不知道情況怎麼樣。」

「妳不害怕嗎？」

吉媞毫不在乎地笑笑。

「絲毫不害怕，」她說。

「如果有什麼情況，就到卡塔瓦索夫家找我，我在那裡。」

「不，不會有什麼情況的，你別擔心。我要跟爸爸到林蔭道上去散散步。然後我們順路去看望多莉。吃飯前等你回來。哎，真的！你知道不，多莉的情況變得十分糟糕，簡直沒法活下去了！她債臺高築，可手頭又不名一文。我們昨天跟媽媽、阿爾謝尼（她這樣稱呼姊姊利沃娃的丈夫）談過，決定叫你和他一起去開導開導斯季瓦。這樣下去根本不是辦法。這事不能告訴爸爸……不過，要是你和他……」

「我們有什麼法子呢？」列文問。

「反正你到阿爾謝尼那兒去，跟他談談，他會把我們的決定告訴你。」

「好吧，阿爾謝尼說的我都會同意。我這就去找他。還有，如果去聽音樂會，那我就和娜塔莉一起去。好吧，再見。」

在門廊裡，至今仍單身的老僕人庫茲馬叫住了他。庫茲馬現在經管著城裡的家產。

「小美人（一匹從鄉下帶來、拉左邊套的馬）換了馬掌，可走起路來仍舊一瘸一瘸的，」他說。「您說怎麼辦？」

來到莫斯科的最初一段時期，列文還記掛著鄉下帶來的幾匹馬。他想把這方面的事安排得更好些、開銷更少些。他哪裡知道，用自備的馬比租馬車更貴，最終他們還是雇馬車坐。

「派人去請獸醫，也許是馬蹄碰傷了。」

「那麼，卡捷琳娜・亞歷山德羅夫娜要出門怎麼辦？」庫茲馬又問。

列文初來莫斯科的時候，聽說雇輛雙套四輪轎式大馬車，從沃茲德維任卡大街到西夫采夫弗拉熱克大街，在融雪的泥濘裡趕四分之一俄里的路，其間停留四小時，車費就得五盧布，心裡很是吃驚。現在聽來，他不像當時那樣訝異了。他現在覺得這很理所當然。

「叫車夫去租兩匹馬來，套在我們的車上。」列文說。

「是，老爺。」

虧得城市生活條件優越，列文就這樣輕而易舉地擺脫了在鄉下不知要耗費多少精力才能解決的麻煩事。他走到大門口的臺階上，叫了一輛出租馬車，就向尼基塔大街駛去。一路上他已不再想錢的事，思忖的是如何與彼得堡的一位社會學家見面，跟他談談自己的著作。

只是最初來到莫斯科時，列文時時處處碰到的那些令鄉下人弄不懂的——既非生產性、又不可避免——種種開銷，使他大為驚訝。然而，眼下他已經習以為常了。他對開支這類事情，就像酒鬼愛貪杯一樣，俗話說：「第一杯如鯁在喉，第二杯彷彿老鷹升空，三杯之後好像小鳥那樣飛來飛去了。」列文為給僕人和門房買鑲金銀邊飾的制服而兌開第一張一百盧布鈔票時，心裡不由得盤算起來，這些誰也不需要、但又必須花錢購買的制服（他只暗示了一下，不穿制服也行，就發現公爵夫人和吉媞露出驚異的神色），抵得上夏季雇兩個工人的工錢，也就是說，相當於從復活節到四旬齋之間約三百個工作日，並且每天從早到晚做粗活的工錢。因而他花這張一百盧布的鈔票時，猶如喝第一杯酒，難受得如鯁在喉。但是為了請親戚吃飯，花費二十八盧布買酒菜而要破開第二張一百盧布的鈔票時，雖說也不禁使列文想到，這二十八盧布相當於農民辛辛苦苦刈割、捆紮、脫粒、簸揚、過篩和裝好袋的九俄石燕麥的價值，但畢竟像喝第二杯酒那樣，心頭輕鬆些了。現在要破開幾張大鈔，他不會再翻來覆去地考慮個沒完，反而像喝第三杯酒那樣，如小鳥般輕鬆地飛來飛去。花錢買東西得到的樂趣是否與掙錢所付出的勞力相符合，也早已不再算計。某種穀物低於一定價格就不出售的經營核算也已置之腦後。他咬定價格、久久惜售的黑麥，後來每俄石賣得的也比一個月前少五十戈比。照這樣開銷，過不了一年就非負債不可，這樣的顧忌現在也不到任何影響。只要銀行裡還有存款，也別問錢是怎麼來的，明天買牛肉的錢總會有著落。他至今頭腦裡還保留著這樣的概念：他在銀行裡總是有錢存著。如今銀行的存款都取光了，他也不清楚該上哪兒去弄錢。於是當吉媞對他說缺錢的時候，一時間令他心煩意亂。然而他沒工夫考慮這事。他坐在車裡，一路上只想著卡塔瓦索夫以及即將和梅特羅夫的會面。

## 三

列文這次莫斯科之行，跟大學裡的老同學、自結婚後還未見過面的卡塔瓦索夫教授的交往又密切起來。卡塔瓦索夫以其明朗而又純樸的世界觀贏得了列文的好感。列文認為，卡塔瓦索夫世界觀明朗是由於他的天資貧乏；卡塔瓦索夫則以為，列文思想的前後不一致是因為他腦中缺乏條理。但是列文喜歡卡塔瓦索夫的開朗，卡塔瓦索夫也喜歡列文豐富又單純的思考。因而他們都願意常見面，當面爭論一番。

列文讀幾段自己的作品給卡塔瓦索夫聽，卡塔瓦索夫很喜歡。昨天卡塔瓦索夫在演講會上遇見列文，對他說，聞名遐邇的梅特羅夫——列文十分喜歡他的文章——現正在莫斯科，卡塔瓦索夫向他說起列文在著書立說，他很感興趣。卡塔瓦索夫還說，梅特羅夫明天十一點鐘將去他家，很樂意結識列文。

「您大有長進，老弟，我覺得很高興，」卡塔瓦索夫在小客廳裡會見列文。「我聽見鈴聲，心想：他不會準時到……欸，您怎麼看黑山人？他們天生好戰。」

「您在說什麼？」列文問。

卡塔瓦索夫用三言兩語給列文講述了最新消息，一邊領他走進書房，把他介紹給一個身量不高、體格壯實、相貌討喜的人。這就是梅特羅夫。他們談了一會兒時事政治，提及彼得堡上層人士對最近發生的一些事件的看法。梅特羅夫說了些來自可靠方面的消息，據說出自皇帝及某位大臣之口。卡塔瓦索夫也從可靠方面獲悉，皇帝提出完全不同的意見。列文竭力琢磨，兩種不同說法哪一種可能性大些。這個話題到此為止。

「哦，他幾乎寫就了一部論述勞動者與土地關係的著作，」卡塔瓦索夫說。「我不是專家，但作為一個自然科學家，我很高興他沒有把人類看做超然於動物學規律之外的東西；恰恰相反，認為人類要依賴環境，並從這種依賴關係中探索發展規律。」

「這倒非常有意思。」梅特羅夫說。

「說實在的，我在著手寫一部關於農業的著作，但研究了農業的主要方式——勞動者之後，不由得得出完全意料之外的結果。」列文臉漲得通紅說。

於是列文彷彿摸底似的開始小心翼翼闡述他的觀點。他知道梅特羅夫曾寫過一篇反對通俗政治經濟學的文章，但不清楚梅特羅夫對自己的新觀點能贊同到什麼程度，他無法從這位學者聰慧、沉著的臉色上看出。

「可是您究竟從什麼方面看出俄國勞動者的特性呢？」梅特羅夫問。「比方說，從動物的本性還是從勞動者所處的環境來看？」

列文看出，這個問題就已經表示不同意他的觀點，但他繼續闡述他的思想，說俄國勞動者對土地的看法與其他民族根本不同。為了說明，他急忙補充道，俄國人民對土地的這種看法是因為他們意識到，遷移到廣袤、人煙稀少的東部去是他們應盡的義務。

「要對人民的共同義務下個結論，是很容易偏差的，」梅特羅夫打斷列文的話，「勞動者的狀況往往取決於他與土地、資本的關係。」

梅特羅夫不讓列文講完就闡述起自己學說的特點。梅特羅夫學說的特點究竟是什麼，列文不懂，因為他沒有花力氣去弄懂它。他認為梅特羅夫也像其他學者一樣，雖說在自己的文章中也駁斥別的經濟學家的理論，但他仍然只是從資本、工資和地租的觀點來看俄國勞動者的現狀。雖然他只得承認，地租制基本上還沒在俄國幅員最遼闊的東部實行，而工資，對八千萬俄國人口中的十分之九來說，剛夠維持生活，至於資本，除一些最原始的工具外，還不存在，但他僅僅從這個觀點來分析一切勞動者，雖說他在許多方面也不同意經濟學家的論點，有他自己的新的工資理論，即他現在向列文闡述的論點。

列文勉為其難地聽著，最初還不時提出異議。他想打斷梅特羅夫的話，講講自己的觀點，認為對方進一步闡述純屬多餘。但是後來，他確信他們對問題的看法分歧太大，不可能彼此理解，於是他不再反駁，只是聽聽罷了。儘管他現在對梅特羅夫所說的內容壓根兒不感興趣，但聽的時候仍感到某種滿足。看到這樣一位有學問的人，竟如此樂於向他說出自己的觀點，而且很是看重他在學術方面的知識，認為有時只要輕輕一點，他就能領會問題的實質，這使列文的自尊心得到了滿足。他把這一切看做是人家看得起他，其實，梅特羅夫跟他的知己朋友翻來覆去地談過這個題目不知多少次，他尤其樂意和每個新來的人談，而且對誰都樂意談他正在研究、但還不明了的課題。

「我們怕要遲到了。」梅特羅夫一結束長篇宏論，卡塔瓦索夫就瞧了瞧表說。

「是的，今天業餘愛好者協會要舉行斯溫基奇學術活動五十周年紀念會，」卡塔瓦索夫接著列文的話說，「我準備和彼得．伊萬內奇一起去。我答應在會上讀一篇評述他在動物學方面一些著作的論文。您和我們一起去吧，很有意思的。」

「是的，是該出發了，」梅特羅夫說，「就跟我們一道去吧，如果您願意，再到舍下坐坐。我很想聆聽您的大作呢。」

「不，還不行。還沒有寫完呢。不過紀念會我倒是很樂意去參加。」

「哎，老兄，您聽說了沒有？我單獨寫了一份意見呈了上去，」卡塔瓦索夫在另一個房裡一邊穿禮服，一邊說。

於是他們又談論起大學裡的兩派之爭。

有關大學裡的兩派之爭是今冬莫斯科引人關注的一件大事。委員會的三位老教授不接受青年教授的意見，這些青年教授就單獨遞上一份意見書。裡邊的內容，照一部分人的看法荒謬透了，而照另一部分人的看法，是最平常、最合理的，於是教授們分成了兩派。

卡塔瓦索夫所屬的這一派認為，對方的行為是卑鄙的告發和欺騙；另一派則認為，對方乳臭未乾、不尊重權威。列文雖然不是大學裡的員工，但他來到莫斯科以後已經幾次聽到並談論這件事，他有自己一定的看法。他們三人走在大街上，列文也參加交談，直至走到古老的大學那座大樓前都在談論此事。

紀念會已經開始。在卡塔瓦索夫和梅特羅夫就座的一張鋪著桌布的桌邊，坐著六個人，其中一人低低地湊近講稿，在宣讀什麼。列文在桌邊的一把空椅子上坐下來，小聲向鄰座的一個大學生打聽宣讀內容。大學生不高興地瞅了他一眼，回答說：

「在讀傳記。」

儘管列文對這位科學家的傳記並不感興趣，但他仍迫不得已地聽著，也得知這位著名科學家生平的一些珍聞逸事。

那個人宣讀完傳記，主席對宣讀者表示了謝意，接著便唸了詩人緬特專為這次紀念會寄來的賀詩，並對那位詩人表示感謝。隨後卡塔瓦索夫聲音響亮而又尖細地宣讀了自己對那位科學家的著作的評論文章。

卡塔瓦索夫讀完文章，列文看看表，才知道已經一點多了，心想在去聽音樂會之前來不及把自己的作品唸給梅特羅夫聽了，況且他現在也不想唸了。會上他一邊聽宣讀論文，一邊仍在思考剛才的那番談話。現在他清楚地認識到，梅特羅夫的想法也許有道理，但他的想法同樣有道理。這兩種見解只有各自用獨特的方式進行單獨研究才能弄得清楚，才能得出結論，要是把這兩種思想攪和在一塊，那什麼結果也不會有。列文決定謝絕梅特羅夫的邀請，會議一結束，他就走到梅特羅夫跟前。梅特羅夫把列文介紹給主席，而後者這時正在談時事政治。梅特羅夫順便又跟主席說了他對列文說過的話，列文也發表了他今天早晨發表過的意見，但為了說得有點新意，也說了剛剛想到的新意見。隨後，他們又談起大學裡的這場爭論。因為這一切列文都已聽過，於是他急急對梅特羅夫說，他為不能接受他的邀請深感遺憾，然後向他們一一躬身行禮，坐車去了利沃夫家。

# 四

利沃夫是吉媞的姊夫，他與娜塔莉結婚後絕大部分時間待在國外，幾乎一生都是在各國首都度過的，他在那裡受的教育，又在那裡任外交官。

去年他辭去外交官職務，到莫斯科御前侍從廳任職，並不是由於什麼不愉快的事（他從不跟人家鬧糾紛），而是為了讓兩個男孩能得到最好的教育。

雖然他們的習慣截然不同、觀點尖銳對立，而且利沃夫年齡要比列文大幾歲，但這個冬天他們交上了朋友，彼此很友好。

利沃夫在家裡，列文不經通報走進屋去。

利沃夫身穿束腰帶的家常便服，腳蹬中筒麂皮靴，戴著一副青藍色鏡片的夾鼻眼鏡坐在扶手椅裡，在讀一本放在跟前斜面讀書桌上的書。他一隻纖巧的手夾著一支已燃了一半的雪茄，小心地伸得離身子遠遠的。

一看見列文，他那張清秀、還年輕的臉——一頭閃著銀光的鬈髮使這張臉顯得愈發儀容高貴——頓時笑顏逐開。

「好極了！我正想派人去找您呢。嗯，吉媞怎麼樣？坐這兒，舒坦些……」利沃夫站起來，挪過一把搖椅。「您讀過最近一期《聖彼德堡雜誌》嗎？我認為好看極了。」他帶著一點法語腔說。

列文向他講述了從卡塔瓦索夫口中聽來的彼得堡社會言論，談了一會兒時事政治，還述說了與梅特羅夫的相識，以及去參加紀念會的種種情況。利沃夫對這些都很感興趣。

「我真羨慕您，您能進入頗有意思的學術界，」利沃夫說。他打開了話匣子，照例馬上改講他用起來更為流利的法語。「說實話，我也沒有空。一大堆公務和管教孩子的事讓我忙不過來。另外，我還有羞於啟齒的原因，那就是我以前受的教育太不夠。」

「我不這麼認為，」列文笑吟吟地說，像以往一樣，對他這種全然不是故意裝出來的自謙、這種真心實意的內心表白十分感動。

「嗯，正是這樣！我現在覺得以前受的教育太少。為了教育兩個孩子，我甚至必須複習以前學過的知識，簡直是從頭學起。另外，孩子不僅需要教師，還需要督學，就像您做農業這行既需要勞動者，也需要監工一樣。瞧，我正在讀這本書，」利沃夫指指攤開在斜面書桌上的一本布斯拉耶夫[43]編寫的語法課本說，「他們要米沙弄懂語法，這可太難了……來，您給我講解講解。這裡是說……」

列文對他說，這種語法現象是講不明白的，只能靠死記硬背。可是利沃夫不同意他的說法。

「哦，您是在笑話我！」

「恰恰相反，您無法想像，我看見您，就會想到學習面臨的事情——如何教育孩子。」

「哎，沒有什麼好學的。」利沃夫說。

「我只知道，」列文說，「我沒見過比您的孩子更有教養的孩子，也不敢希望我有比您的孩子更好的

---

43 費·伊·布斯拉耶夫（一八一八—一八九七），俄國語文學家、藝術理論家，著有大量俄羅斯語言學和古俄羅斯文學方面的著作。

孩子。」

利沃夫顯然克制著自己的興奮心情，但臉上還是綻開了笑容。

「只要他們將來勝過我就行。這就是我的全部希望所在。您真不知道，」利沃夫說，「管教我兩個在國外生活上放縱慣了的孩子真吃力啊。」

「這一切都可以彌補。他們是很有天賦的孩子。重要的是抓緊品德教育。看到您的孩子，我就會想到這個問題。」

「您說要抓緊品德教育。您不能想像，這做起來多麼困難！這一方面的缺點剛改掉，那一方面的問題又出現了，於是又得抓緊教育。要是不依靠宗教這根支柱——您記得我以前跟您談過——任何一個做父親的，只憑自己的力量是教育不好孩子的。」

這場列文始終很感興趣的談話，驀地被穿戴完畢就要出門的美人兒娜塔莉雅・亞歷山德羅夫娜走進來所打斷。

「嗨，我不知道您在這裡，」她說，顯然對打斷這種她早已熟知並已聽厭了的談話不但不表示歉意，反而覺得高興。「哎，吉娛怎麼樣？我今天要到你們家去吃飯。我說，阿爾謝尼，」她對丈夫說，「你叫一輛馬車去吧……」

接著，夫妻倆商量起如何安排一天的事情：丈夫因公務要去會見一個人；妻子要去聽音樂會，還要去參加東南委員會的大會，因此有許多事情得作出決定和安排。列文作為自家人，應當參與商量。最後作出決定：列文和娜塔莉雅坐車去聽音樂會，然後去參加大會，他們從那裡打發馬車去辦公室接阿爾謝尼，隨後由他去接妻子，把她送到吉娛家；或許那時阿爾謝尼公務還沒處理完，那就讓馬車再回來，由列文送她去。

「瞧，他簡直把我捧上了天，」利沃夫對妻子說，「老是說我們的孩子怎麼怎麼好，可我清楚，他們身上還有那麼多壞毛病。」

「阿爾謝尼總喜歡走極端，我一直這麼說他，」妻子說。「要是事事都尋求十全十美，那永遠不會滿意。爸爸說得對，他們教養我們的時候，走了極端，讓我們擠在閣樓裡，而他們自己在二樓的大房間。現在恰恰相反，做父母的睡儲藏室，孩子倒住二樓的正房。如今做父母的簡直可以不用活了，一切都為了孩子。」

「要是心甘情願，那有什麼呢？」利沃夫笑容可掬地說，同時邊觸摸她的手。「妳這麼說，不認識妳的人還以為妳不是孩子們的親媽、是後媽呢。」

「是的，走極端無論如何是不好的。」娜塔莉雅平靜地說，同時將他那把裁紙刀放到桌上固定的地方。

「哎，過來吧，完美無缺的孩子。」利沃夫對兩個走進門來的漂亮男孩說，他們向列文鞠了一躬，然後走到父親跟前，顯然想問他什麼。

列文當時很想跟他們聊聊，聽他們對父親說些什麼，可是娜塔莉雅插進來跟他們說起話來，這當口利沃夫的同事、身著御前侍從制服的馬霍京走進房間來，要接利沃夫一起去會見什麼人。他們一見面，又滔滔不絕地談起赫爾采戈溫、科爾津斯卡雅公爵小姐，談起杜馬，以及阿普拉克辛娜的猝死。

列文忘了自己接受的一項使命。及至走過前廳，他才想起來。

「哎呀，吉媞囑咐我跟您談談有關奧勃朗斯基的事，」利沃夫送妻子和列文出去，在樓梯口止步的時候，列文開口。

「是的，是的，媽媽想叫我們兩連襟去給他點厲害瞧瞧，」利沃夫臉漲得通紅，微笑著說。「那為什麼非要我去呢？」

「那我去給他點厲害瞧瞧，」娜塔莉雅披著一件白色的狗皮斗篷，等他們談完，莞爾一笑說。「嗯，咱們走吧。」

# 五

上午的音樂會演出了兩個非常精彩的節目。

一是《荒野裡的李爾王》幻想曲，另一個是紀念巴哈的四重奏。這兩部樂曲都是新作，具有新的風格，因而列文很想就這兩部作品發表自己的意見。他把大姨子送到她的座位上之後，就站在一根圓柱旁，全神貫注，側耳細聽，用心品味。他舉目望去，老是看見繫白領帶的樂隊指揮擺動著雙手——這往往分散人們對音樂的欣賞——老是看見那些為了來聽音樂會戴上帽子、卻把帽帶緊緊繫在耳朵上的太太，老是看見那些要麼對什麼都興味索然，要麼對什麼都興致勃勃、唯獨對音樂不感興趣的人；他竭力不分心，不破壞音樂給他的印象。他也竭力避開那些音樂專家和嘮叨鬼，站在那裡瞧著下方的舞臺，細心聽著。

《李爾王》這首幻想曲，他愈往下聽，愈是覺得自己無法作出明確的評價。樂曲不斷重複引子部分，好像在積蓄用音樂來表達的某種情感，可是一下子又出現變奏，變成一段段的新樂句，有時甚至變成作曲者隨意創作、毫無聯繫的異常複雜聲音。這種若斷若續的樂段，雖說有時聽來還很美，但令人不舒服，因為都是突如其來的，使人毫無心理準備。歡樂也罷，哀傷也罷，絕望也罷，親熱也罷，高興也罷，都是無緣無故冒出來的，就像瘋子的情感。而且消失也好像瘋子一樣，出人意料。

在整場演奏中，列文總有一種聾子看跳舞的感覺。樂曲演奏完了，他還是莫名其妙，一點也沒聽懂，注意力過於集中反而一無所獲，只覺得渾身疲憊不堪。四面八方響起雷鳴般的掌聲。全體起立，開始走動、說話。列文想知道別人有何印象，以解開心中的疑團，於是就去找一些對音樂在行的人。他恰好看見一位著名音樂家正在和他熟識的佩斯佐夫交談，覺得欣喜無比。

「太動聽了！」佩斯佐夫用渾厚的低音說。「您好，康斯坦丁・德米特里奇。表現考狄利雅[44]來臨，表現這位女性，永恆的女性，[45]與命運搏鬥的那一段，音樂節奏特別明快生動，層次也特別豐富多彩。您說是不是？」

「這裡怎麼會有考狄利雅呢？」列文遲疑地問，壓根兒忘了這部幻想曲是描繪荒原裡的李爾王的。

「有考狄利雅……瞧！」佩斯佐夫說，一邊用手指彈彈拿在另一隻手裡的、如緞子般光亮的節目單，將它遞給列文。

這當兒列文才想起幻想曲的標題，匆忙看了看印在節目單背面、譯成俄文的莎士比亞幾句詩。

「沒有這份節目單就聽不懂了，」佩斯佐夫轉過身對列文說，因為剛才跟他交談的那個人已經離去，他沒有人可說話了。

幕間休息時，列文與佩斯佐夫爭論起華格納[46]樂派的優缺點來。列文說，華格納及其所有門生的錯誤在於，他們想把音樂引入其他藝術領域，就如詩歌創作所犯的錯誤一樣；它不該去描寫本該由圖畫來描繪的形象，並為了證實這種謬誤，他舉了一位雕塑家的例子。這位雕塑家臆想在一座詩人雕像四周的大理石台座上，雕刻出正在飛升的詩中人物形象的幻影來。「雕塑家手下的人物幻影不像幻影，它們甚至像貼在梯子上的怪物，」列文說。他很欣賞這句話，但不記得以前是否對佩斯佐夫說過這句話。說罷，他覺得有點發窘。

佩斯佐夫則說，藝術是一個整體，只有將各種藝術融合在一起，才能達到最高境界。

音樂會的第二個節目列文就無法聽下去了。佩斯佐夫站在他身邊，幾乎一直在跟他說話，批評這部樂曲過分追求形式上的樸素，並將它與拉斐爾[47]前派繪畫中的「素樸」風格作比較。走出音樂廳的時候，列文又遇到許多熟人，跟他們又談了一會兒時事政治、音樂，以及共同朋友的情況。他也遇到了博利伯爵，可是早已把要去拜訪他的事丟到腦後了。

「嗯，那就現在去吧，」娜塔莉雅得知列文忘了去拜訪博利伯爵，便這樣說，「也許，那裡不接待客人，那您就到會場裡來找我。您在那裡一定能找到我的。」

44 莎士比亞所著悲劇《李爾王》中李爾王誠實、善良的幼女。
45 原文為德文。
46 華格納（一八一三—一八八三），德國著名作曲家、指揮家。
47 拉斐爾（一四八三—一五二〇），義大利文藝復興時期畫家、建築師。

## 六

「也許，現在不接待客人吧？」列文走進博利伯爵夫人宅邸的大門，問道。

「接待，請進吧，」門房說，一邊斷然地幫他脫下外套。

「真惱人！」列文歎著氣摘下一隻手套，整了整帽子，心裡想。「唉，我來幹麼？瞧，我跟他們有什麼可談的？」

列文穿過前客廳，在客廳門口遇見博利伯爵夫人。她憂心忡忡，板著臉對女僕吩咐著什麼。看見列文，她微笑著請他到隔壁一間小客廳裡坐，那裡正傳來說話聲。小客廳裡，伯爵夫人的兩個女兒和列文熟識的莫斯科一位上校坐在扶手椅裡。列文上前向他們一一問好，然後在長沙發旁坐下，將帽子放在膝蓋上。

「尊夫人身體如何？您去音樂會了嗎？我們沒能去。媽媽去參加追薦儀式了。」

「是的，我聽說了……真想不到她會走得這麼快，」列文說。

伯爵夫人走進來，坐在沙發上，也問了他妻子的身體狀況，瞭解了一下音樂會的情況。

列文一一作了回覆，接著再次問起阿普拉克辛娜猝然死亡的事。

「不過，她的體質一直很虛弱。」

「您昨晚去聽歌劇了嗎？」

「去了。」

「盧卡唱得好極了。」

「是的，好極了，」列文把自己聽到無數次的、對這位才華橫溢的歌唱家的讚譽重複了一遍，全然不顧旁人對他會有什麼想法。博利伯爵夫人裝作在聽。直到他說夠了，閉口不語，默不作聲的上校這才開腔。他說的也是有關歌劇和舞臺燈光之類的事。末了，上校說將在秋林家舉行一場狂歡節舞會，然後縱聲大笑著站起來，離去了。列文也站起身，但是從伯爵夫人的臉色上看出，他還不到離去的時候。還得待兩分鐘。於是他又坐下來。

但是他覺得就這麼瞎扯真無聊，又找不出另外話題，只得沉默不語。

「您不去參加大會嗎？據說很有意思，」伯爵夫人開口了。

「是的，我已答應去接我的大姨子。」列文說。

隨後出現了沉寂。母女倆又互遞了一下眼色。

「哦，現在似乎該走了。」列文思忖著，站起來。女士們與他握手，請他向夫人多多問候。

門房幫他穿上外套，一邊問他：

「請問老爺，您在哪裡落腳？」問罷，立刻將住址登記到一個裝幀精美的大冊子裡。

「當然，我無所謂，但心裡畢竟不痛快，簡直無聊透頂，」列文心想，只得用大家都這麼做的想法安慰自己。於是他坐車去會場，去那裡找大姨子，把她接回家。

委員會的公開大會上人頭濟濟，上流社會人士幾乎全來了。列文到那裡，正趕上大家都認為非常精彩的時事評述。時事評述結束後，人們三三兩兩聚在一起，這時列文遇見斯維亞日斯基，後者請他今晚一定要去參加農業協會的會議，會上將宣讀一篇生動的報告。接著他又遇見了剛從賽馬場過來的斯捷潘·阿爾卡季奇，以及其他許多熟人。列文又跟他們聊了聊，聽他們談了對大會、新的樂曲及訴訟程序的種種看法。大概由於他開始感到大腦過分疲勞的緣故，在說到訴訟程序時，竟說錯了話，事後多次回想起來，都覺得十分懊悔。大家還談起一個外國人在俄國被判罪受罰的事，都認為把他驅逐出境的做法不正確，這時列文就把自己昨天從一個熟人那裡聽來的話又述說了一遍。

「我認為把他驅逐出境，就如同要處罰一條狗魚，便把牠放回到河裡去一樣，」列文說。後來他想起，他當時以為這個想法是從一位熟人口中聽來的，事實上這句話出自克雷洛夫寓言，那位熟人也是轉述報上小品文中的一句話。

列文把大姨子送到家，看見吉媞神情愉快、安然無恙，就上俱樂部去了。

# 七

列文來到俱樂部正是時候。貴賓和會員們幾乎與他同時抵達。列文很久沒來俱樂部了，自從他走出大學校門、住在莫斯科、進入社交界後都從未來過。他還記得俱樂部與它的外部細節，可是那時俱樂部留給他的印象如今已完全淡漠。但是，馬車一駛入呈半圓形的寬敞院子，他跨下馬車、登上臺階，佩肩帶的門房趕緊迎上前來，悄沒聲兒地給他拉開門，向他鞠躬行禮，他一看見過道裡那些套鞋和外套（來這裡的人都認為，在樓下脫掉套鞋比穿著上樓要省事）、一聽見那通報他前來的神祕鈴聲，登上鋪著地毯的平緩樓梯，瞥見樓梯口那座雕像，又在樓上大門口看見第三個穿著俱樂部制服的熟識門房，神態蒼老、不急不徐地打開門，細瞧著他這個客人——這時候，俱樂部那久已淡忘的印象，那休閒消遣、優雅舒適、高貴華麗的印象又充溢在他的心頭。

「請把帽子給我，」門房對列文說。列文忘了把衣帽留在過道裡的規矩。「您很久沒來了。老公爵昨天已給您預定了位子。斯捷潘·阿爾卡季奇還沒到。」

這位門房不僅認識列文，還知道他的親朋好友，當即提到他的幾位知交。

列文走過第一個圍著屏風的大廳，然後往右經過一個坐著水果商人的隔開的房間，超過一個緩慢走著的老人，最後走進人聲嘈雜的餐廳。

他從一張張幾乎都坐滿人的桌旁經過，打量著一個個賓客。前後左右進入他眼簾的人們各色各樣，有年老的，也有年輕的，有點頭之交，也有至交。沒有一個面露憤憤不平或焦慮不安的神色。大家似乎都把煩惱和憂慮連同帽子一起留在了過道裡，準備逍遙自在地享受一下物質生活、嘗嘗人生的快樂。在座的有斯維亞日斯基、謝爾巴茨基、涅維多夫斯基、老公爵、渥倫斯基和謝爾蓋・伊萬諾維奇。

「啊，你怎麼遲到了？」老公爵笑嘻嘻地問，一邊把手從肩頭伸給他。「吉媞怎樣？」他整了整塞在鈕釦眼裡的餐巾，又問了一句。

「沒什麼，她身子很好。她們三個在家裡吃飯。」

「哦，又要東拉西扯了。我們這兒沒空位了。你到那張桌上去，趕快占個位子。」老公爵說，接著轉過身，小心地接過一盤江鱈魚湯。

「列文，到這兒坐！」稍遠處有個和藹可親的嗓音高聲叫道。他是圖羅夫岑。他跟一名年輕軍人坐在一塊兒，身邊擱著兩把翻倒的椅子。列文興沖沖地走到他們跟前。他一直很喜歡這個愛喝酒玩樂、但心眼很好的圖羅夫岑。看見他，就會想起他當年向吉媞求婚的事。而眼下，在心理極度緊張的談話之後，在他看來，圖羅夫岑這副敦厚的模樣特別討人喜歡。

「這兩個位子是給您和奧勃朗斯基留的。他馬上就來。」

這位身子筆挺、兩眼總含笑意的軍人是彼得堡人哈金。圖羅夫岑給他們彼此作了介紹。

「奧勃朗斯基總是姍姍來遲。」

「啊，瞧，他來了。」

「你剛到嗎？」奧勃朗斯基說，快步朝他們走來。「太好了。你喝伏特加嗎？那好，來吧。」

列文站起來，和他一起走到一張擺著伏特加和各式冷盤的大桌旁。按理說，從二、三十種下酒菜中總是可以挑出幾樣合口味的，但斯捷潘·阿爾卡季奇特地點了一種冷盤，一個站在桌旁、穿制服的侍從立刻端了過來。他們各自喝了一杯伏特加，然後回到座位上。

他們還在喝魚湯，哈金就要了一瓶香檳，並吩咐斟滿四只玻璃杯。列文沒有拒絕哈金的敬酒，而且自己又要了一瓶。他饑腸轆轆，津津有味地又吃又喝，同時興致勃勃地參加知交之間愉快而又隨興的談話。哈金壓低嗓音，述說了彼得堡一個新的趣聞，雖然說起來不成體統，也很無聊，但令人捧腹大笑。列文聽了不禁縱聲大笑，連鄰座的人都轉過頭來瞧他。

「這個趣聞有點兒像《這我可無法忍受！》那個故事。你知道這個故事嗎？」斯捷潘·阿爾卡季奇問。「簡直絕了！再來一瓶！」他對侍者說，然後講起那故事來。

「彼得·伊里奇·維諾夫斯基敬你們倆的酒來啦，」一個老侍者端來兩杯斟在精緻玻璃杯裡、氣泡翻滾的香檳，打斷斯捷潘·阿爾卡季奇的話，對他和列文說。斯捷潘·阿爾卡季奇端起一杯酒，對桌子另一端那個蓄火紅色唇髭的禿頂男人互遞了一下眼色，微笑著向他點點頭。

「他是誰？」列文問。

「你在我那裡見過他一次，記得嗎？是個挺好的小夥子。」

列文也像斯捷潘·阿爾卡季奇那樣笑著點點頭，端起酒杯。

斯捷潘·阿爾卡季奇的故事很有趣。列文講了一則逸聞，也頗受大家喜歡。隨後話題又轉到馬匹，議論起今天的賽馬，談到渥倫斯基那匹「緞子」如何一往無前地獲得頭獎。談著談著，列文幾乎都沒注意這頓午餐是怎麼過去的。

「啊！瞧，他們來了！」午餐結束時斯捷潘·阿爾卡季奇說，一邊從椅背上探過身去，向隨同一個身材高大的近衛軍上校向他走來的渥倫斯基伸出手去。渥倫斯基臉上也顯露著俱樂部裡人人都有的那種歡快而又舒心的神情。他快活地搭著斯捷潘·阿爾卡季奇的肩，對他低聲說些什麼，接著又帶著同樣歡快的微笑向列文伸出手去。

「很高興見到您，」渥倫斯基說。「我那天在選舉大會上找您來著，但是別人告訴我，您已經走了。」

「是的，我當天就走了。我們剛才還在談論您的馬呢。我向您表示祝賀，」列文說，「您那匹馬跑得真快。」

「按說，您也有賽跑的馬呀。」

「不，是我父親有過。但我現在還記得，還懂得點兒。」

「你在哪兒吃飯？」斯捷潘·阿爾卡季奇問。

「我們在圓柱後面的第二張桌子。」

「大家紛紛恭喜他，」高個子上校說，「這是他第二次獲得皇帝的獎賞。如果我打牌也能像他賽馬那麼幸運就好了。」

「唉，別浪費寶貴時光了。我可要上『地獄』那兒去了。」上校說，隨即離去了。

「他是亞什溫，」渥倫斯基回答圖羅夫岑的問話，一邊在他們旁邊一個空位上坐下。他把敬他的酒一飲而盡，又要了一瓶。不知是受俱樂部氣氛的影響呢，還是多喝了幾杯，列文與渥倫斯基開懷暢談起良種牲口來，並為自己對這個人不再有任何敵意而感到高興。他甚至還順便提起，他聽妻子說，她曾在瑪麗亞·鮑里索夫娜公爵夫人家遇見過他。

「嗨，瑪麗亞·鮑里索夫娜公爵夫人，真是個可愛的人！」斯捷潘·阿爾卡季奇說，接著講述了她的一樁趣聞，引得大家捧腹大笑。渥倫斯基笑得尤為由衷歡暢，列文不由得覺得他們倆已完全和好了。

「嗯，結束吧？」斯捷潘・阿爾卡季奇站起來，微微一笑說。「走吧！」

# 八

列文離開桌子，覺得自己走起路來兩條胳臂擺動得特別輕鬆而又勻稱。他和哈金一起經過一個個高敞的房間，向彈子房走去。穿過大廳時，列文遇到了岳父。

「嗯，怎麼樣？你喜歡我們這個消遣娛樂場所嗎？」老公爵挽起他的一條胳臂說。「來，我們去走走。」

「我正想到處走走看看。這地方真有趣。」

「是的，你覺得有趣。可我的興趣與你不一樣。你瞧這些老人，」他指著一個腳蹬軟皮靴，步履蹣跚地向他們走來的，彎腰駝背、嘴唇乾癟的老人（也是俱樂部成員）說，「你以為他們生來就是這樣的『渾蛋』？」

「怎麼是『渾蛋』？」

「瞧，你不知道這個俗稱。這是我們俱樂部裡的術語。你知道滾蛋遊戲吧，一個雞蛋滾得次數多了，就變成『渾蛋』了。我們這些哥兒們也是如此，經常到俱樂部來，來得次數多了，終將變成不中用的『渾蛋』。瞧，你還笑，我們這些老兄弟們已經看到，自己都快變成老『渾蛋』了。你認識切琴斯基公爵嗎？」老公爵問，列文從他臉上看出，他準備講什麼可笑的事。

「不，不認識。」

「哦，怎麼會不認識呢！切琴斯基公爵聞名遐邇。嗯，那也沒關係。要知道，他可是個打彈子迷。三年前他還算不上是個老渾蛋，還余勇可賈呢。他把別人叫做老渾蛋。可是近來有一次，他上俱樂部來，我們的門房……你知道瓦西里嗎？喏，就是那個胖子。他很會說俏皮話。切琴斯基問他：『哎，瓦西里，來了哪些人啦？有沒有老渾蛋？』瓦西里對他說：『您是第三個。』是的，老弟，他就是這麼回答他的！」

列文和老公爵一邊聊著，不時向遇見的熟人問好，一邊在各個房間裡閒逛：一個大房間裡擺著幾張牌桌，那些老牌迷正在捉對打賭注不大的紙牌；休息室裡人們正在下棋，謝爾蓋．伊萬諾維奇坐在沙發上跟人聊天；彈子房裡，在房間拐角處的長沙發旁聚著一幫在喝香檳的人，顯得十分快活，哈金也在內。他們也去「地獄」裡看了看，在一張桌旁圍著一群賭徒，亞什溫也坐在那裡。接著，他們輕手輕腳地走進昏暗的閱覽室。在那裡的帶燈罩燈下，一個滿面怒容的青年坐著在翻閱一本本雜誌，一位禿頂將軍在專心致志地看書。隨後他們走進被老公爵叫做「智囊室」的房間。那裡有三位先生在勁頭十足地談論時事新聞。

「公爵，請過來吧，都準備妥了，」老公爵的一位老夥伴發現了他，說道，於是老公爵離開了。列文坐下聽了一陣，但想起今天早上聽到的全部談話，他驀地覺得無聊透了。他匆忙站起來，去找奧勃朗斯基和圖羅夫岑，和他們待在一起才覺得快活。

圖羅夫岑端著一大杯酒，坐在彈子房的高背長沙發上。斯捷潘．阿爾卡季奇和渥倫斯基在房間一側的門旁談論著什麼。

「她倒不是覺得苦悶，但這種不明不白的關係、進退兩難的處境……」列文聽到這些，想趕緊離開。但是斯捷潘．阿爾卡季奇叫住了他。

「列文！」斯捷潘．阿爾卡季奇喊道。列文發現他眼眶裡雖然沒有淚水，卻是濕潤的，他平時喝了酒，或者動了感情就會這樣。眼下他這兩種情況都有。「列文，別走，」說著，他緊緊抓住他的胳膊肘，顯然無論如何也不願放走他。

「這是我真誠的朋友，幾乎可以說是最知心的朋友，」奧勃朗斯基對渥倫斯基說，「你也是我最知心、最珍貴的朋友，我希望並預料，你們一定會友好相處，彼此接近，因為你們倆都是好人。」

「嗨，那我們只好親吻了。」渥倫斯基善意地開玩笑說，一邊伸出手去。

列文連忙抓住向他伸來的手，緊緊握住。

「我非常、非常高興。」列文握著他的手說。

「喂，侍從，來一瓶香檳酒。」斯捷潘・阿爾卡季奇喊道。

「我也非常高興。」渥倫斯基說。

雖說斯捷潘・阿爾卡季奇有這樣的願望，他倆也是，但他們卻沒什麼可說的，而且兩人都察覺到這一點。

「你知道不，他不認識安娜？」斯捷潘・阿爾卡季奇對渥倫斯基說。「我一定要帶他去見見她。咱們走吧，列文！」

「真去？」渥倫斯基說。「那她一定會很高興的。我真想現在就回家去，」他補上一句，「可是我放心不下亞什溫。我想再待一會兒，等到他賭完再走。」

「怎麼，他賭起來很糟嗎？」

「老是輸，現在只有我才能管得住他。」

「那好吧，我們來打盤三角怎麼樣？列文，你打嗎？呵，太好了，」斯捷潘・阿爾卡季奇說，「擺好三角。」他對記分員說。

「早就擺好了。」記分員回答，他已經把球擺成了三角形，在滾紅球玩呢。

「好，打吧。」

一盤打完之後，渥倫斯基和列文坐到哈金那張桌子邊，接著列文受斯捷潘·阿爾卡季奇之邀打起紙牌來。渥倫斯基時而在桌邊坐下，被紛紛向他走來的熟人所包圍，時而到「地獄」去瞧瞧亞什溫又輸了多少。列文覺得這種小憩消除了他早晨的那種精神疲勞，令人心情舒暢。結束與渥倫斯基的敵對關係使他欣喜，他心中始終覺得安寧、體面和滿足。

打完牌，斯捷潘·阿爾卡季奇挽住列文的胳膊。

「嗯，那我們去看看安娜吧。現在就去嗎？哦？她現在在家。我早就答應她要帶你去見她的。你今晚打算到哪裡去？」

「沒什麼特別需要去的地方。我答應斯維亞日斯基去農業協會。好吧，我們走吧，」列文說。

「太好了，我們走吧！去瞧瞧我的馬車來了沒有，」斯捷潘·阿爾卡季奇對僕人說。

列文走到牌桌前，付清了他打牌輸掉的四十盧布，接著又跟那個站在門口、不知用什麼神奇的本事記住帳目的老侍者結清了在俱樂部裡的全部開銷，隨後一本正經地擺動雙臂，穿過一個個房間朝大門口走去。

# 九

「奧勃朗斯基老爺的馬車過來！」門房用氣衝衝的低音喊道。馬車駛來，奧勃朗斯基和列文登上馬車。馬車駛出俱樂部大門的最初一刻，列文還沉浸在俱樂部裡那種安寧、舒適和體面的氣氛中；但是一駛上大街，他就感覺到馬車在高低不平的路上顛簸，聽見迎面而來的馬車夫憤怒的吆喝聲，瞅見黯淡的燈光下一家小酒館和一爿小鋪的紅色招牌，俱樂部裡的那種印象頓然消失。他思索起自己的所作所為，不禁自問，他去看安娜是否妥當。吉媞會怎麼說？但這時斯捷潘·阿爾卡季奇不讓他沉思默想，似乎已猜透他的心事，消除了他的疑慮。

「你能與她相識，我有多麼高興呀，」奧勃朗斯基說。「你知道，多莉早就有這個願望了。利沃夫也常去她家。雖說她是我妹妹，」他繼續往下說，「可我敢說她是個傑出的女人。等會兒你會看到的。她的心境十分痛苦，尤其是現在。」

「為什麼尤其是現在呢？」

「我們正在跟她丈夫交涉離婚的事。她丈夫也同意了，但是在兒子問題上眼下又出現了麻煩，這件本該了結的事一拖就是三個月。只要一離婚，她就與渥倫斯基結婚。這種陳規陋習多麼無聊，誰也不信它，可它卻妨礙人們的幸福！」斯捷潘·阿爾卡季奇又說了一句。「嗯，到那時安娜與渥倫斯基的處境就如同你我一樣明確了。」

「那麻煩究竟出在哪裡呢？」列文問。

「唉，說來話長，還很無聊！我們這兒的一切都是模稜兩可。可實際上，她為了等離婚，在這兒，在莫斯科已經住了三個月，這裡大家都認識她丈夫，也認識她；她任何地方都不去，不會見任何一個女友，除了多莉，因為，你要明白，她不願意別人出於慈悲來看望她；那個傻呵呵的瓦爾瓦拉公爵小姐也認為待在她這裡有失體面，離她而去了。在這種狀況下，要是換作別的女人，早就灰心喪氣了。可是她，你會看到，她依然井井有條地安排自己的生活，依然舉止沉穩，依然保持自己的尊嚴。車夫，往左拐，就是教堂對面的那個小巷裡！」斯捷潘．阿爾卡季奇從車窗裡探出頭去大喊。「嚄，好熱呀！」他說，一邊把已經解開鈕釦的皮大衣敞得更開些，雖說氣溫只有零下十二度。

「她還帶著個女兒，大概正為女兒忙著吧？」列文說。

「看來，你把每個女人都看做是圍著小家庭轉的人，看做是抱窩的母雞了，」斯捷潘．阿爾卡季奇說。「她們要忙，那就一定忙孩子。是的，她大概教養女兒挺出色的，但是沒聽她說起過她女兒。她首先忙於寫作。我看得出你在譏笑，你不必這樣。她在寫一部兒童作品，對任何人都沒提起，只唸給我聽過，我把這部手稿交給了沃爾庫耶夫……你知道，這個出版商……他自己大概也是個作家。他很在行，據他說，這部作品寫得很精彩。你以為她是個女作家嗎？壓根兒不是。她首先是個充滿感情的女人，這你會看到的。現在她又收養了一個英國小姑娘，還要忙著打理整個家庭呢。」

「怎麼，她做起慈善事業來了？」

「瞧你，淨往歪點子上想。不是什麼慈善事業，而是由衷的同情。他們，也就是渥倫斯基，有個專門調教馬的英國人，是個馴馬專家。他經常喝得爛醉，得了震顫性譫妄[48]，撇下了一家子。安娜看到這情形，就幫助他們，十分關心他們，現在他一家都由她來照管。她也不是一個動口不動手的人，不是光出錢負擔他們的生活，為了讓那些孩子能進中學，她親自給他們補習俄語，並把那個小姑娘接到身邊。等一會兒，你會看到這個小姑娘的。」

馬車駛進院子，斯捷潘・阿爾卡季奇下了車，在停著一輛雪橇的門口使勁拉了一下門鈴。

斯捷潘・阿爾卡季奇沒問前來開門的僕人，安娜是否在家，就逕自走進門廳。列文跟著走進去，可心中愈來愈起疑，自己這麼做是否妥當。

列文照了照鏡子，看見自己臉色通紅，但他認為自己沒有喝醉，於是跟在斯捷潘・阿爾卡季奇後面登上鋪著地毯的樓梯。到了樓上，一個僕人對斯捷潘・阿爾卡季奇鞠躬行禮，就像對一個老熟人那樣。他問僕人安娜・阿爾卡季耶夫娜那裡有沒有客人，僕人回答說有沃爾庫耶夫先生在。

「他們在哪裡？」

「在書房。」

斯捷潘・阿爾卡季奇和列文走過鑲有深色護壁板的小餐廳，踩著柔軟的地毯走進光線幽暗的書房，那裡亮著一盞罩有深色大燈罩的油燈。牆上還點著一盞反光燈，映照著一幅很大的女人全身像，這幅畫像不由得吸引了列文的注意。這是米哈伊洛夫在義大利為安娜作的肖像畫。斯捷潘・阿爾卡季奇走到花牆後面，說話的男人嗓音沉寂下來，這時候列文正瞧著在熠熠閃爍的燈光照射下呼之欲出的肖像，目光怎麼也不願離開它。他甚至忘了自己在什麼地方，也聽不見別人在談些什麼，只是目不轉睛地凝視著這幅精美絕倫的肖像畫。在他看來，這不是一幅畫像，而是一個活生生的、嫵媚動人的女人。她長著一頭烏黑的鬈髮，袒肩露臂，長有柔軟毫毛的嘴唇上泛著若有所思的淡淡笑容，用一種讓他感到不好意思的眼神洋洋得意而又含情脈脈地瞅著他。要說她不是活的，只是因為她實際上要比活著的女性都更美麗。

「我很高興，」他驀地聽到身邊有個顯然是對他說的聲音，那是他歎為觀止的畫像裡那個女人的聲音，安娜已從花牆後面出來迎接他。列文在書房裡那幽暗的燈光下看清了畫中所畫的女人：她身穿五色斑斕、底色深藍的連衣裙，但已不是畫中的那種姿勢，也不是畫中的那種表情，卻顯示了畫家在畫中所描繪的那種極頂的美。她在現實中並不那麼光彩照人，卻有一種畫中所沒有的、新的迷人的神韻。

48 原文為拉丁文。

十

安娜站起身來迎接列文，也不掩飾見到他的喜悅之情。她大大方方地向列文伸出有力的小手，將他介紹給沃爾庫耶夫，然後又指指長著一頭火紅色頭髮的漂亮小姑娘，說這個在做針線活兒的小姑娘是她的養女。安娜的言行舉止總是沉穩端莊、灑脫自然，是列文所熟識而且欣賞的上流社會婦女的風度。

「我非常高興，非常高興！」她重複說，這句普普通通的話從她嘴裡說出來，不知何故使列文聽來感到特別有意義。「我早就知道您，並且喜歡您，由於您與斯季瓦的友好交往以及您夫人的緣故……我與您夫人匆匆見過一面，可是她留給我的卻是宛如美麗鮮花般的印象；她真像是一朵鮮花呀。聽說，她快做母親了！」

她不緊不慢、口氣隨便地說著，有時把視線從列文身上移到哥哥身上。這時列文覺得自己給她的印象是良好的，跟她相處馬上會感到輕鬆愉快而又隨和，彷彿從小就認識她似的。

「我和伊萬・彼得羅維奇之所以到書房裡來，」斯捷潘・阿爾卡季奇問安娜是否可以抽菸，她這麼回答，「就是為了抽支菸。」然後用目光示意了一下列文，意思是問：他抽不抽菸？她把玳瑁菸盒移過來，取出一支菸。

「妳今天身體怎麼樣？」哥哥問她。

「沒什麼。就是像平常那樣，神經有點紊亂。」

「畫得惟妙惟肖，是不是？」斯捷潘·阿爾卡季奇發覺列文瞧著那幅肖像，說道。

「我沒看見過畫得這麼好的肖像。」

「太逼真了，是不是？」沃爾庫耶夫說。

列文把視線從畫像上移到畫像的原型身上。當安娜感覺到他的目光落到自己身上，臉上頓時泛出一種特別的光輝。列文漲紅了臉，為了掩飾自己的窘態，他想問安娜，她是否好久沒看見達里雅·亞歷山德羅夫娜。但這時安娜先開了口：

「我剛才與伊萬·彼得羅維奇談起瓦先科夫最近創作的一些畫。您看到過這些畫嗎？」

「我看過了。」列文回答。

「請原諒，剛才我打斷了您的話頭，您想說……」

列文問她是否很久沒見到多莉了。

「昨天她在我這兒，為格里沙的事對學校大發雷霆。拉丁語教師對他好像不公道。」

「是的，我看到那些畫了。可我不太喜歡。」列文又接上了原來的話茬。

列文現在說話完全不像這天早晨那樣刻板，與安娜交談字字句句都含有特別的意義。跟她說話很愉快，聽她說話更是愉快。

安娜說話不僅真誠、隨和，而且非常聰明，不認為自己有什麼高見，卻很重視對方的想法。

接著話鋒轉到藝術的新流派，議論起法國一位畫家新近給《聖經》作的插圖。沃爾庫耶夫責難那位畫家把現實主義弄到了庸俗不堪的地步。列文說，法國人在藝術上比什麼人都刻板，因此他們把回歸現實主義看作是什麼特殊功績；他們就是把不說謊看作詩。

列文還從來沒說過一句使他如此得意的機巧話。安娜冷不防聽到這個想法，大為欣賞，頓時容光煥發、滿面生輝。她笑了。

「我笑，」她說，「就像別人看見一幅十分逼真的肖像畫那樣發出由衷的笑。您的話說到要害上了，道出了當今法國藝術的特點，包括繪畫，甚至文學：如左拉、都德等一些作家的特點。但也可能事情往往是這樣，從虛構的模式化的形象中產生概念，然後進行綜合，虛構的形象用膩了，那時就會構思出比較真實、合理的形象來。」

「這話說得太對了！」沃爾庫耶夫說。

「這麼說，您到俱樂部去過了？」安娜問哥哥。

「哦，哦，多有見地的女性！」列文思忖著，一邊出神地凝視著她那張漂亮而又神情多變的臉，發覺她的臉色突然沉了下來。列文沒聽見安娜湊過去對哥哥說了些什麼，但是對她臉上表情的變化不覺大吃一驚。原先那張嫻雅恬靜的臉驀地表現出一種異樣好奇、憤怒和高傲的神色，不過只停留了一忽兒工夫。隨後她又眯縫起眼睛，彷彿在回憶什麼往事。

「嗯，不過，這誰也不感興趣。」她說，接著又對英國小姑娘說：

「請吩咐他們在客廳裡擺上茶。[49]」

小姑娘站起身，走出去了。

「哦，她考試及格了嗎？」斯捷潘・阿爾卡季奇問。

「考得出色極了。這小姑娘能力挺強，脾性又溫柔。」

「那妳愛她一定會多於愛自己的孩子。」

「瞧，真是男人說的話。愛是不分多少的。我愛女兒是一種愛，愛她又是另一種。」

「我剛才還在對安娜．阿爾卡季耶夫娜說，」沃爾庫耶夫說，「如果她能把用在這個英國小姑娘身上精力的百分之一，投入到教育俄國兒童的公益事業上，那她會作出重大的貢獻。」

「唉，隨便您怎麼說，我可做不到。阿列克謝．基里雷奇伯爵非常鼓勵我（說到阿列克謝．基里雷奇伯爵這幾個字時，她用懇求、怯生生的目光瞥了列文一眼，他不由得報之以尊敬和認可的眼色），鼓勵我在鄉下辦學校。鄉下我倒去過幾次。那裡的孩子們都很可愛，可是我怎麼也不喜歡做這種工作。您說在這方面我要花精力。可精力源自於愛。愛不能強求，也不能靠命令。瞧，我愛這個小姑娘，可自己也說不出為什麼愛她。」

說著，安娜又瞧了列文一眼。她的笑容和眼神都告訴他，她的一番話是說給他聽的，她尊重他的意見，而且預先就知道，他們是互相理解的。

「我完全理解這點，」列文說。「一個人不能把全部精力都投入到辦學校、或諸如此類的慈善事業上。我認為，正是由於這個緣故，慈善機構總是收效甚微。」

她沉默了一會兒，嫣然一笑。

「是的，是的，」她肯定地說。「我可永遠做不到。我沒有那麼開闊的胸懷。去愛孤兒院裡所有那些令人討嫌的小女孩。這我永遠做不到。有多少女人就是靠這一手為自己攫取了社會地位，如今此風愈來愈盛，」她面帶悲哀、坦率的神情說，表面上她在對哥哥說，可實際上顯然是對列文說的。「目前我很需

49 原文為英文。

要做一些實事，但是不能做。」說著，她突然皺起眉頭（列文看出，她皺眉頭是因為此刻她又談到自己本身），然而，她很快把話鋒一轉，對列文說：「我知道人家對您有閒話，說您是個不好的公民；我聽到時，總是竭力為您辯護。」

「那您究竟怎麼為我辯護呢？」

「這要看別人是怎樣攻擊您的。不過現在大家喝點茶好嗎？」安娜站起身，拿起一本皮面裝幀的本子。

「交給我吧，安娜．阿爾卡季耶夫娜，」沃爾庫耶夫指指本子說。「這很有價值。」

「噢，不，這還沒有最後定稿呢。」

「我對他說起過，」斯捷潘．阿爾卡季奇指指列文，對妹妹說。

「用不著這麼做。我寫的東西就好像是麗莎．梅爾卡洛娃常賣給我的那種監獄裡做出來的雕花小籃子。她在主管慈善協會的監獄部，」她向列文解釋。「那些不幸的人顯示了神奇的耐心。」

列文在這個異常可愛的女人身上又發現了一個新特點。除了聰慧、嫻雅和美麗，她還有誠實的品行。她不想對列文隱瞞自己舉步維艱的處境。說罷，她歎了口氣，臉上的神情一下子變得像石頭一樣呆然。這種表情使她的面容變得比以前更加楚楚動人。但這是另一種表情，完全超出了畫家在肖像中所描繪的那種閃耀著幸福的光輝，並將幸福散發給別人的神情。列文又瞧瞧肖像和她本人，看著她挽起哥哥的手，走進高大的門裡，不由得對她產生了連他自己都覺得驚異的柔情和愛憐。

安娜請列文和沃爾庫耶夫到客廳裡去，自己和哥哥留下談一些事情。「是談論離婚，談論渥倫斯基，談論他在俱樂部裡做的事，還是談論我？」列文心想。她跟哥哥斯捷潘．阿爾卡季奇會談什麼，這個問題使他坐立不安，幾乎沒在聽沃爾庫耶夫在對他述說安娜．阿爾卡季耶夫娜寫的這部兒童小說的長處。

喝茶時，大家繼續進行愉快、內容充實的談話。不僅不需要找尋話題，相反的，大家都覺得來不及把想說的話都說出來；在聽別人說話的時候，自己情願克制著不說。這場談話由於安娜的關注和不時穿插的評論，不論他們談些什麼，不論安娜本人說的也好、沃爾庫耶夫說的也好，還是斯捷潘·阿爾卡季奇說的也好，都有特殊的意義。

列文一邊聽著這場有趣的談話，一邊欣賞她——她的美麗、聰慧、富有教養以及她的純樸與真誠。他又聽又說，而且一直在考慮她的情況，琢磨她的精神生活，竭力揣摸她的感情。他以前曾嚴厲地譴責過她，如今卻以一種奇怪的思維方式為她辯護，同時不由得對她產生憐憫之情，並擔心渥倫斯基不能完全理解她。十點多鐘，斯捷潘·阿爾卡季奇起身準備離去（沃爾庫耶夫在此之前已經走了），列文卻似乎覺得自己剛到。無奈，他只得站起來，依依不捨地告別。

「再見，」安娜握住他的手，用誘人的目光瞧著他的眼睛說。「我很高興，堅冰已被打破。」

她放開他的手，眯起眼睛說：

「請轉告您的夫人，我一如既往地喜歡她，如果她現在還不能諒解我的處境，那就希望她永遠也別諒解我。她要諒解，就得經歷我所經歷的那種生活，願上帝保佑她別再受這個苦。」

「嗯，我一定轉告……」列文紅著臉說。

## 十二

「多麼美麗、可愛而又可憐的女人啊！」列文跟斯捷潘・阿爾卡季奇走到寒冷的屋外，心裡思忖。

「哦，怎麼樣？我對你說過，」斯捷潘・阿爾卡季奇發現列文已完全被征服，於是說。

「是的，」列文若有所思地回答，「真是一位不同尋常的女性！不但聰明，而且極其真誠善良。她現在的處境，真讓人替她難過呀！」

「願上帝保佑，眼下一切都能很快處理妥當。嗯，目前還不要先下論斷，」斯捷潘・阿爾卡季奇說，一邊打開車門。「再見，我們不同路。」

安娜的形象久久縈繞於列文的腦際，他回想著與她交談的每一句最樸實的話、回憶她臉上出現的各種細微表情；想著想著，對她目前的處境愈來愈同情、愈來愈替她難過。他就這樣回到了家。

到家後，庫茲馬稟告列文，卡捷琳娜・亞歷山德羅夫娜安然無事，她的兩個姊姊剛走，接著交給他兩封信。列文當即在前廳裡拆開讀了，免得以後分散精力。一封是管家索科洛夫寫來的。他在信中說，小麥售不出去，每俄石售價只有五個半盧布，可是眼下別的地方又籌不到款。另一封是他姊姊寫來的。她在信中責怪他還沒有把她的事辦妥。

「好吧，既然提不起價，那就五個半盧布一俄石賣掉吧，」列文立即快刀斬亂麻地解決了頭一樁事情，這在過去可要把他難倒了。「奇怪，在這兒怎麼老是這麼忙，」他想到第二封信。他覺得對不起姊姊，因為她託他的事迄今還未辦妥。「今天我又沒去法院，可今天確實抽不出空。」他拿定主意明天一定去辦，就到妻子那裡去了。他邊走邊匆匆地回想這一天的事情。這一整天淨是談話：聽別人談話，自己也參與談話。所談的種種話題，要是他還獨個兒待在鄉下，那是決計不會感興趣，可是在這裡他卻覺得都很有趣。他的談吐不俗，只有兩件事還有點欠缺。一是他談到狗魚的事，另外就是對安娜的憐憫有點過頭。

進了房間，列文看出妻子鬱鬱不樂。她們三姊妹在一起吃飯本來是很愉快的，但到了時間左等右等不見他回來，大家覺得無聊，兩個姊姊走了，只剩下吉媞孤零零一個人。

「哎，你在外面幹些什麼呀？」吉媞瞧著他那雙令人生疑的眼睛問道。但為了不妨礙他和盤托出，她故作漫不經心，面帶贊許的微笑，聽他述說怎樣消磨一個晚上。

「嗨，我遇見了渥倫斯基，真是太高興了。和他在一起我覺得一點兒也不拘束，十分隨興。妳要知道，往後我再也不跟他見面了，不過以前那種令人難堪的局面已經結束，」他說，想起自己剛說再也不跟他見面，卻立刻去看望安娜，不禁臉紅了。「瞧，我們常說，平民百姓愛喝酒，可我不知道誰更愛酗酒，是平民百姓呢，還是我們這一階層的人。平民百姓只有過節才喝點兒，可我們……」

然而吉媞對議論平民百姓喝酒之類的事不感興趣。她看到列文臉紅了，很想知道這是為什麼。

「嗯，後來你去了哪兒？」

「斯季瓦說什麼都要我跟他去看望安娜．阿爾卡季耶夫娜。」

說到這兒，列文的臉漲得更紅了，他去看望安娜這件事做得是否合適，這個疑問終於釋然了。他現在清楚了，不應當去看望她。

提到安娜的名字，吉媞的眼睛就瞪得大大的，閃著亮光，但她竭力克制自己的情感，掩飾內心的焦慮不安，以假像來矇騙他。

「噢！」她只應了一聲。

「我去過了，妳大概不會生氣吧。斯季瓦要我去，多莉也希望我去。」列文繼續說。

「嗯，是的。」她嘴上這麼說，但是從她眼睛裡可以看出，她在竭力克制自己的情緒。這不是什麼好兆頭。

「她是個非常可愛，又非常、非常可憐的好女人。」他說起安娜及其日常活動的情況，也說了安娜請他轉達的問候話。

「是的，不消說，她很可憐，」他講完後吉媞說。「你接到誰的來信？」

列文告訴她是誰的來信，從她平靜的語調中看不出她有什麼不滿，於是就去換衣服了。

他回到房間裡，看見吉媞還坐在那把扶手椅上。他走到她跟前，她對他瞅了一眼，就號哭起來。

「怎麼回事？怎麼回事？」列文嘴上這麼問，可心裡已猜到是怎麼回事了。

「你肯定是喜歡上這個壞女人，她把你給迷住了。我從你的眼睛裡就看出來。對了，對了！這會有什麼結果呢？你在俱樂部裡沒完沒了地喝酒，還賭錢，接著又到……誰那裡去了？不，我們還是離開這兒……我明天就走。」

列文久久無法使妻子平靜下來。末了，他只得承認，對她的憐憫加上酒力使他當時暈暈然，因而受到安娜頗有心計的引誘，並表示他以後一定回避她，這才使她安下心來。隨後他坦率地說，在莫斯科住久了，老是吃吃喝喝、空談閒聊，他竟變得糊塗起來。他倆一直談到深夜三點鐘。這時候夫妻倆才終於和解，躺下睡覺。

## 十二

安娜送走客人，沒有坐下，卻在房間裡踱來踱去。雖說她整個晚上無意識地使出渾身解數，想喚起列文心中對自己的愛戀（她最近一個時期對所有年輕男子都是如此），雖說她知道，一個晚上她就使一個成了家的正派男人對她的傾心達到無以復加的程度，而且她也很喜歡列文（儘管從男人的觀點看來，渥倫斯基與列文天差地別，但作為一個女人，她看出了他倆的共同處，這也是吉娣同時愛上了渥倫斯基和列文的原因），可列文一走出屋子，她就不再想他了。

有一個想法，僅僅一個想法，以各種不同方式久久縈繞在她的腦際。「既然我對別人、對這個已有家室並愛著自己妻子的男人如此有誘惑力，為什麼他竟對我這麼冷漠？……冷漠倒也不是。他愛我，這我知道。但是現在有一種新的情勢使我們之間產生隔閡。為什麼整晚都不見他的蹤影？他叫斯季瓦捎來口信，說他不能把亞什溫丟在那裡，他得管住他賭錢。亞什溫是孩子嗎？即使這是真話（他倒從來也不說假話），那話裡也有別的意思。他有意藉機向我顯示，他還有其他義務。其實這我也知道，對此我不表示異議。但他為什麼要這麼做給我看呢？他想向我證明，他對我的愛不應妨礙他的自由。可是我不需要這種證明，我需要的是愛情。他也應該清楚，我在這兒、在莫斯科的生活是多麼艱難啊。難道我這算是過日子嗎？我簡直不是過日子，而是在等待久拖不決的事情了結。又沒有回音！斯季瓦說，他不能去找阿列克謝・亞歷山德羅維奇。我又不能再寫信。我沒法子，又無從著手，什麼也改變不了，我只能克制、安心等待，同時找些事兒解解悶——像英國家庭生活方式那樣生活，寫作、讀點書什麼的。但這一切都是自我欺騙，不過是嗎啡罷了。他應當可憐我呀。」她喃喃自語，同時覺得顧影自憐的淚水禁不住湧出了眼眶。

這時安娜聽到渥倫斯基一陣急促的拉鈴聲，急忙擦去眼淚。她不只是擦去眼淚，還馬上坐到燈下，翻開一本書，裝出一副安然無事的模樣。得讓他知道，他沒有像他說的那樣按時回來，她很不滿意，然而僅僅是不滿意，但千萬不能流露出哀傷的神情，更主要的是，不能讓他看出她自哀自憐的心情。她可以自己憐憫自己，不需要他的憐憫。她不願夫妻間發生爭吵，也經常指責他想吵架，但是現在她自己也擺開了吵嘴的架勢。

「喂，妳不覺得寂寞吧？」渥倫斯基興沖沖地走到她跟前說。「賭博可真是一種可怕的嗜好！」

「不，我不覺得寂寞，這種寂寞我早就習慣了。斯季瓦來過，列文也來過。」

「是的，他們想來看望妳。那麼，妳喜歡列文嗎？」他說，一邊在她身旁坐下。

「非常喜歡。他們走了不長時間。亞什溫怎麼樣？」

「他贏過，贏了一萬七。那時我叫他走。他準備走了。可是又回去，結果現在還是輸了。」

「那麼你為什麼要留在那裡呢？」她冷不防抬眼瞥了他一眼，問道。她臉上的表情冷淡而又帶著敵意。「你對斯季瓦說，你留下是要把亞什溫帶走。可末了你還是把他扔下了。」

他的臉上同樣顯現出準備吵架的冷峻表情。

「一，我沒有請他給你捎過什麼口信；二，我從來不說謊話。更主要是，我想留下便留下了，」他皺著眉頭說。「安娜，幹麼要這樣？幹麼要這樣？」渥倫斯基停頓一下又說，一邊向她俯下身去，伸出手，張開手掌，希望她能把手放在他手掌裡。

這種想討好她的脈脈溫情使她高興。但是一種古怪的敵意卻不允許她屈從於自己的感情，好像一觸即發的氣氛不允許她就此屈服。

「自然，你想留下就留下。你想幹什麼就幹什麼。你何必要對我說這些話呢？何必呢？」她說，情緒愈來愈激昂。「難道誰會剝奪你的這種權利嗎？你想證明自己有理，那就算你有理好了。」

渥倫斯基捏攏手指，抽回手，側過身去，臉上顯現出比先前更為執拗的神情。

「你真是固執透頂，」安娜對他凝視了一會兒，驀地想出能說明他這種惹她惱火的表情的字眼來，「確確實實的固執透頂。對你來說，這只是能否在我面前逞強的問題，可對我來說……」她又為自己可憐，幾乎要哭起來。「你真不知道，這對我是個什麼問題呀！我感覺到你現在對我懷著敵意，確實懷著敵意，你真不知道，這對我來說意味著什麼！你真不知道，此時此刻我瀕臨絕望——我真害怕，害怕自己！」說著，她扭轉身去，掩飾自己的痛哭。

「唉，我們在說些什麼呀？」他發現她那悲觀失望的神色不覺大吃一驚，又俯下身去，抓起她的手吻了一下。「這是為了什麼呀？難道我在外面尋歡作樂？難道我平時不是儘量避免與女人交往嗎？」

「但願如此！」她說。

「好吧，那妳說我該怎麼樣才能讓妳放心呢？只要妳幸福，我什麼都願意做，」他說，被她的絕望心情打動，「只要能讓妳擺脫像現在這樣的痛苦，我有什麼做不到呢？安娜！」他說。

「沒什麼，沒什麼！」安娜說。「我自己也不知道，是因為這種孤單的生活，還是神經……嗯，我們不說了。賽馬怎麼樣？你還沒有說給我聽呢。」她問，一邊竭力掩飾得意洋洋的神情，因為在這場爭吵中她畢竟得勝了。

渥倫斯基吩咐開晚飯，隨後就給她講述賽馬的詳情細節。但是她從他的語氣中，從他那變得愈來愈冷峻的目光中看出，他並不服氣她的勝利，她曾竭力反對的那種固執神情又出現在他身上。如今他對她比剛才更冷淡，好像後悔不該向她屈服。這時她想起使她獲勝的那句話：「我瀕臨絕望，我真害怕自己。」她頓時明白，這種武器有多危險，下回不能再用了。她感覺到，除了使他們結合在一起的那種愛之外，他們之間還出現了對立的魔鬼，她既無法把它從他身上攆走，更無法把它從自己心中驅逐出去。

## 十三

沒有不能習慣的生活環境，尤其是看到周圍的人都是這麼過的。要是三個月前，列文真不會相信，在他如今所處的這種環境裡能無憂無慮，能毫無目的、渾渾噩噩地過日子，而且入不敷出，在濫飲（他對俱樂部裡的活動只能這麼形容）之後，他跟妻子以前愛過的男人保持不倫不類的友好關係，又不明不白地去看望那個只能稱為蕩婦的女人，而且受了這個女人的引誘，惹得妻子傷心——在這種環境下，他竟然能無憂無慮地度日。而且在疲憊不堪、徹夜未眠和喝得爛醉之後能安然酣睡。

早晨五點鐘，吱嘎的開門聲驚醒了他。他倏地跳起來，四下張望。吉媞不在床上，沒躺在他身邊。但間壁後面燈光搖晃，他聽到了她的腳步聲。

「有什麼事？……有什麼事？」他睡意朦朧地問。「吉媞！怎麼啦？」

「沒什麼，」吉媞秉燭從間壁後面走出來，「我覺得有點不舒服，」她面帶特別親切和意味深長的微笑說。

「什麼？開始了？開始了？」列文忐忑不安地說。「得派人去……」說著，他急急忙忙穿衣服。

「不，不，」她面帶微笑伸手制止說，「大概，沒什麼。我只是覺得稍稍有點不舒服。不過現在過去了。」

她走到床頭，熄滅蠟燭，躺下，平靜了。雖然列文覺得她屏息靜氣似的靜謐，特別是當她從間壁後面走出來對他說「沒什麼」時所現出的那種溫柔而又興奮的神情有點令人捉摸不透，但是這時他睡意正酣，立即又沉沉入睡了。事後他才回想起她那屏息靜氣似的沉靜，才明白她躺在他身邊，一動不動地等待著女人一生中最重大事情的來臨時，她那可敬可愛的心靈中的種種感受。七點鐘，她伸手輕輕推推他的肩膀，壓低聲音叫醒他。她彷彿在內心掙扎，既希望跟他說話，又不忍叫醒他。

「科斯佳，別害怕。沒什麼。看來……得派人去請利紮韋塔·彼得羅夫娜。」

蠟燭又亮著。吉媞坐在床上，手裡拿著她最近一直在織的毛衣。

「千萬別驚慌失措，不打緊的。我一點兒也不害怕，」她望著列文驚懼的臉說，把他的一隻手按在自己胸口，接著又把它貼在自己的嘴唇上。

列文急忙一躍而起，一時暈頭轉向，直勾勾地盯著她的眼睛。他穿上外套，站在那裡，一直瞧著她。他應該去了，可是他不忍離開她的目光。他喜歡她那面龐，也熟知她的表情和眼神，可他從未看過她現在這副模樣。回想起昨天她那悲痛欲絕的樣子，就覺得自己在她面前、在現在的她面前是那樣的卑鄙可恥！從睡帽下邊露出一圈柔髮的那張紅潤的臉，此刻閃射出歡欣和毅然決然的光輝。

雖說吉媞的性格一般少有做作和虛假，但此刻列文發現，她的心靈揭去了一切遮掩，心靈的內核在眼裡熠熠閃爍；這一切都暴露在他面前，他還是感到驚奇。她——列文所愛的這個女人——身上這種純樸真誠的本質顯現得更清楚了。她面帶笑容瞧著他，驀然雙眉抖動了一下，她抬起頭、快步走到他跟前，抓住他的手，整個身子緊靠著他，讓他感受到她那溫熱的氣息。她在受苦，彷彿在向他訴說自己的苦楚。最初一瞬間，列文習以為常地覺得，這又是他的不對。但她的眼神中滿含柔情蜜意，這說明她不僅沒有因為所受的痛苦責怪他，反而愛他。「如果這不是我的不對，那又會是誰的呢？」列文不由得思忖道，一邊找尋著造成這種痛苦的罪魁禍首，準備去懲處他，卻找不到。吉媞在受苦、在訴苦，但又在為這種痛苦而洋洋得意，並覺得愉悅和喜不自禁。他發現，她心靈中發生了一種美好的變化。那究竟會是什麼？他無法明白。這已超出了他的理解範圍。

「我派人去接媽媽了。你快去請利紮韋塔・彼得羅夫娜……科斯佳！……沒事兒，已經過去了。」

吉媞從他身邊走開，去拉鈴。

「嗯，現在你走吧，帕沙就要來了。我沒事兒。」

這時列文驚異地發現，她拿起夜裡帶來的毛衣，又著手編織起來。

列文從一扇門走出去，恰好聽見一個侍女從另一扇門進來。於是他在門口站住，聽到吉媞在向侍女詳細吩咐什麼，並和她一起移動床鋪。

他穿上衣服，趁套雪橇的當口（因為還沒有出租雪橇）又跑回臥室；他覺得雙腳不是跑回去的，而是插上雙翅飛去的。兩個侍女在臥室裡小心仔細地搬動東西。吉媞走來走去，飛快地編織著，一邊還在吩咐侍女。

「我立刻去請醫生。已經有人去接利紮韋塔・彼得羅夫娜了，可我順便再去一下。還需要什麼？對了，去一下多莉家，是不是？」

吉媞瞅了瞅他，顯然沒有聽清他說了什麼。

「是的，是的。去吧，去吧，」她眉頭緊鎖，向他揮揮手，急急地說。

他剛走進客廳，突然聽到從臥室裡傳來一聲淒厲的呻吟，過後又沉寂下來。他停下腳步，好一陣子弄不明白是怎麼回事。

「是的，是她的聲音。」他自言自語，接著抱著頭跑下樓去。

「啊，上帝保佑！寬恕我們，幫助我們吧！」他絮絮叨叨地說著驟然冒到嘴邊的這些話。他這個不信教的人，此刻不僅嘴裡這樣反覆說著，而且他清楚，他心存的種種懷疑也罷、憑理性不可能相信的事實也罷，都絲毫不妨礙他向上帝祈求幫助。一切懷疑和理性，現在已從他心靈中消失。不難想像，此刻他不向支配著他生命、靈魂和愛情的上帝祈求，能向誰祈求呢？

馬還沒有套好，列文要應付面臨的種種事務，覺得自己體力不支，身心特別緊張。為了不浪費一分鐘，他不等馬套好，就先步行走了，並吩咐庫茲馬隨後趕上。

在拐角處，他遇見一輛疾駛而來的出租雪橇。利紮韋塔·彼得羅夫娜身穿天鵝絨外套，頭上裹著一方頭巾，坐在輕便雪橇上。「謝天謝地！謝天謝地！」他喜出望外地認出淡黃頭髮的她，喃喃地說。此刻她那瘦小的臉上顯出一副特別嚴肅、甚至有點刻板的表情。他沒有吩咐雪橇停下來，卻在一旁跟著往回跑。

「那麼已經有兩個多小時了吧？不會再多嗎？」利紮韋塔·彼得羅夫娜問。「您去接彼得·德米特里奇，但不要催他。再到藥房買點鴉片來。」

「那麼，您認為會平平安安嗎？啊，上帝，拯救我們吧！」列文看見自己家的馬從大門裡跑出來，念叨著。他跳上雪橇，坐在庫茲馬旁邊，吩咐去醫生家。

# 十四

醫生還沒起床，僕人說，他昨晚「睡得很晚，吩咐過不要叫醒他，他不一會兒就會起來的」。僕人正在擦燈罩，看來十分專注。僕人擦燈罩的這種專心致志和對列文家的事情的漠不關心，起初著實令列文吃驚，但回頭一想，隨即明白，別人誰也不知道、也沒有必要知道他的情感，因而他做事要更沉穩、更深思熟慮、更果斷，以敲掉這堵冷漠的牆、達到自己的目的。「不要著急，不放過任何機會。」列文自言自語，同時覺得自己體力愈來愈充沛，精神愈來愈旺盛，足以應付當前的一切。

列文得知醫生還沒起床，就從他設想的各種行動步驟中選定了如下一種：叫庫茲馬拿著便條去請另一位醫生，自己去藥房買鴉片。要是他回來，醫生還沒起床，那就賄賂一下那個僕人；倘若他還不肯去叫，那就無論如何硬逼他去把醫生叫醒。

藥房裡，一個乾瘦的藥劑師正在給等在那裡的馬車夫包藥粉，神態與那個擦燈罩的僕人同樣冷淡，拒不賣鴉片給列文。列文竭力不急不躁、不發火，說出醫生和接生婆的名字，向他說明買鴉片的用途，說服藥劑師賣鴉片給他。藥劑師用德語詢問間壁後面的店主，得到同意後，他才拿出藥瓶和漏斗，慢吞吞地從大瓶裡倒一點到小瓶裡，接著貼上標籤、封上瓶口，並且還打算包起來，儘管列文懇求他不用這麼做。這下列文忍耐不住了，一把奪過他手裡的藥瓶，從玻璃大門裡跑了出去。回到醫生家，醫生仍沒起床，僕人此刻正在鋪地毯，還是不肯去叫醒他。這時，列文不慌不忙掏出一張十盧布的鈔票，一面不失時機地把錢遞給他，一面口氣緩慢地解釋，說彼得・德米特里奇（以前列文覺得如此微不足道的彼得・德米特里奇，眼下竟變得這樣舉足輕重！）曾答應他隨時可以出診，因此現在去叫醒他，他鐵定不會生氣。

僕人答應下來，上樓去了，請列文到候診室裡等。

列文聽到門內醫生在咳嗽，走動，漱洗和說話。這樣大約三分鐘過去了。列文似乎覺得過了一個多小時。他無法再等下去了。

「彼得・德米特里奇，彼得・德米特里奇！」他懇求地對著打開的門說。「看在上帝分上，請您原諒我。您就這樣接待我吧。我已經等了兩個多小時了。」

「馬上就來，馬上就來！」醫生回答，列文聽到他一邊說一邊在笑，覺得驚異。

「稍等片刻……」

「馬上就好。」

醫生穿靴子花了兩分鐘；穿衣服和梳頭又花了兩分鐘。

「彼得・德米特里奇！」列文又用哀切的嗓音說，這時候醫生走了出來，他已穿好衣服，梳好頭。

「這種人真是沒有心肝，」列文心裡想。「我們都快急死了，他卻在梳頭！」

「早安！」醫生一邊向他伸出手，與他握手，一邊若無其事地對他說，似乎在逗弄他。「別急嘛。有什麼好急的？」

列文把妻子的狀況講得盡可能地詳盡仔細，甚至說了一些不必要的細枝末節，並不時請求醫生立即跟他一起回去。

「您不必著急。您沒有這方面經驗。實際上我用不著去，既然答應您了，那我會去的。但不要匆忙。

您請坐，要不要來杯咖啡？」

列文瞧了瞧醫生，眼神似乎在問，他是不是在嘲笑他。其實醫生並沒有這樣的念頭。

「這我知道，我知道，」醫生面帶微笑說，「我自己也是個有家室的人，但我們男人在這個時候往往是最可憐的。我有個女病人，她丈夫在這種時候老是往馬廄跑。」

「那麼您認為會怎麼樣，彼得・德米特里奇？您認為會順利嗎？」

「從一切現象來看，會是順產。」

「那麼您馬上就去嗎？」列文面帶慍色瞧著端咖啡進來的僕人，說道。

「再過一個小時。」

「不，看在上帝分上，不能再耽擱了！」

「嗯，那麼讓我把咖啡喝了。」

醫生開始喝咖啡。兩人都沉默不語。

「這下可讓土耳其人知道厲害了。您看了昨天的電訊嗎？」醫生說，一邊嚼著麵包。

「不，我不能在這兒等下去了！」列文跳起來說。「那麼一刻鐘後，您一定來嗎？」

「半小時後。」

「說真的？」

列文回到家，公爵夫人也恰好趕到，於是他們一起走向臥室。公爵夫人眼眶裡噙著淚水，兩手直發顫。她看見列文，就抱住他哭泣起來。

「怎麼樣，親愛的利紮韋塔・彼得羅夫娜？」她抓住迎著他們走來的利紮韋塔・彼得羅夫娜的手問，接生婆的臉色顯得既喜氣洋洋，又憂心忡忡。

「情況良好，」她說，「您要勸她躺下，這樣會好受些。」

自從早晨醒來，得知妻子將要分娩那一刻起，列文就拿定主意，不胡思亂想、不妄加猜測，堅決克制住自己的理智和感情，不破壞妻子的情緒。另一方面，他還要安慰她、幫她打氣，自己怎麼也要挺過當前這個關口。列文打聽到這事兒通常需要五個小時左右，就提前做好心理準備、挺過這難熬的五小時。他覺得自己辦得到，甚至不讓自己去想將會發生什麼、會有什麼結局。但是他從醫生那裡回來之後又看到痛苦不堪的吉娣，他愈來愈頻繁地仰起頭，長吁短歎，一遍又一遍地念叨：「啊，上帝！請寬恕我們，拯救我們吧！」他覺得害怕，唯恐自己忍受不了，會放聲大哭，或者跑到戶外去。他已覺得痛苦難忍，而時間只過了一小時。

此後又過了一小時，兩小時，三小時，連他自己設定的忍耐極限——五小時也過去了，情況依然如故。他只得一直忍著，因為眼下除了忍受，毫無其他辦法，但每時每刻他都覺得已經達到忍耐的極限，他的心看著就要因痛苦不堪而破裂。

時間一分一秒、一小時一小時地逝去，他內心的痛苦和恐懼不斷地增長，變得愈來愈厲害。

此時在列文眼中，生活中的一切常規——不可想像沒有它們——已不復存在。他失去了時間概念。有時候，吉媞把他叫到身邊，他抓住她那時而異常有力、緊緊攥住他的手，時而又把它推開、汗津津小手的短短幾分鐘，覺得像是過了幾小時；有時候，幾小時他竟覺得只是那麼幾分鐘。利紮韋塔・彼得羅夫娜請列文到屏風後面去點一根蠟燭，這時他感到驚異，才知道已經黃昏五點了。要是別人告訴他現在只是上午十點鐘，他反而不大會覺得奇怪。他連現在在什麼地方都不大清楚，就像他不太清楚現在是什麼時間一樣。他看到她這張灼熱發紅的臉時而顯得困惑不解、痛苦不堪，時而又露出笑容，給他以寬慰。他看見公爵夫人滿臉通紅，神色緊張，一頭灰白的鬈髮蓬亂著，她咬住嘴唇，強忍著眼淚；他看見多莉，看見抽著粗粗菸捲的醫生；他還看見臉色顯得堅定果斷、給人以寬慰的利紮韋塔．彼得羅夫娜，以及雙眉緊鎖、在大廳裡踱來踱去的老公爵。他們是怎麼來的，又是怎麼走的，以及他們待在什麼地方，他一概不清楚。公爵夫人一會兒跟醫生一起待在臥室裡，一會兒又在擺了一張鋪桌布的飯桌的書房裡；忽而走來走去的公爵夫人換成了多莉。後來列文記得，別人打發他去什麼地方。有一次差遣他去搬桌子和沙發。他做得很認真，以為這是為了吉娓，事後才知道，這是為他自己過夜騰地方。後來又打發他到書房裡去問醫生什麼事，醫生回答了他，接著又說起杜馬里亂糟糟的情況。隨後又打發他去公爵夫人臥室去取一尊有銀質鍍金衣飾的聖像。他跟公爵夫人的一個老女僕爬到小櫃上去取，他竟打碎了一盞長明燈，女僕安慰他別為妻子著急，別為打碎一盞燈難過。他把聖像拿來放在吉娓的床頭，極力塞在她枕頭後面。但是這一切是在什麼地方、什麼時候做的，為什麼要做，他都不清楚。他同樣不明白，為什麼公爵夫人抓住他的手，憐憫地望著他，請他安心；為什麼多莉勸他吃點東西，把他從房裡帶出去；為什麼連醫生都嚴肅而又深為同情地瞧著他，給他喝了點藥水。

列文只知道、只覺得，眼下發生的事與一年前省城醫院裡哥哥尼古拉臨死前那一幕頗為相似。但那是哀傷的事，而這是高興的事。但是，不論是那種悲還是這種喜，同樣都超出生活的常規，就像是這種尋常生活中的小孔，通過這些小孔能看到崇高的意境。眼下正在發生的事也同樣令人痛苦、同樣折磨人，人的靈魂在窺視這種崇高意境時，也同樣不可思議地昇華到從未有過的、理性所不能企及的那種高度。

「唉，上帝啊！寬恕我們，拯救我們吧！」他不斷地念叨著，雖然他長期疏遠宗教，此時此刻卻像孩提和青少年時代那樣，虔誠而又自然地祈求上帝。

在整個這段時間中，他有兩種截然相反的心情。一種是，他不在吉媞身邊，和一支接一支猛抽粗菸捲、隨後把菸捲在積滿菸灰的菸灰缸邊捻滅的醫生，和多莉，和公爵在一起談論午餐，談論政治，談論瑪麗亞·彼得羅夫娜的病，這時列文暫時完全忘記了正在發生的事，好似一覺初醒；另一種是，他在她跟前，在她床頭，他的心痛苦得就要裂開，他就不停地祈求上帝。然而，每當從臥室裡傳來喊叫聲，他便從忘憂中猛然清醒，但接著他重又陷入最初那種古怪的、懵懵懂懂的狀態。每次一聽到她的叫喊，他就跳起來，跑去為自己辯白，但半路上想到他並沒有過錯，這時他真希望能保護她、幫助她。但是看到她，他又立即明白，他幫不上她的忙，於是又覺得惶惶不安，口中念叨著：「唉，上帝啊！寬恕我們，拯救我們吧！」處於這種狀況，時間過得愈久，這兩種心情就變得愈強烈：他不在她跟前，他就把她完全給忘了，心情就會愈來愈平靜；在她的面前，她那痛苦萬狀的情形更加折磨他，自己愛莫能助的心情也愈加沉重。他跳起來，想逃到什麼地方去，但末了還是跑到她身邊。

有時候她一次又一次地叫喚他，他就不由得責怪她。但一看見她那溫順的、笑容可掬的臉，聽見她說：「我可把你折磨苦了。」他就轉而怪罪上帝，然而一想到上帝，他立刻祈求上帝寬恕和開恩。

## 十五

列文不知時間早晚。一根根蠟燭都已燃盡。多莉來到書房，請醫生躺一會兒。列文坐著聽醫生講一個招搖撞騙的催眠師的故事，一邊盯著他菸頭上的菸灰。這是一個歇閒的空檔，他馬上沉入了昏睡狀態，壓根兒忘掉了當前的事。他聽醫生講故事，倒還聽得進去。這時倏地傳來一聲異乎尋常的喊叫——可怕得列文甚至不敢跳起來——但他屏息靜氣，用恐懼而又詢問的目光望著醫生。醫生側著頭傾聽，然後露出贊許的微笑。這一切是如此不尋常，列文竟一點都不感到驚奇。「想必，理應如此，」他想道，依然坐著。誰在這麼叫呀？他驀地跳起來，踮著腳尖跑進臥室，從利紮韋塔·彼得羅夫娜和公爵夫人身邊繞過去，回到床頭自己待過的老地方。叫喊聲沉寂下來，可是眼下情況不同了。究竟是什麼不同，他沒有看到，即使看到也不會明白，再說他也不想看到、不想明白。但是他從利紮韋塔·彼得羅夫娜的臉上看出來了：她臉色蒼白、神情嚴肅，顯得依然那麼堅定，雖說她的下巴在微微打顫、眼睛緊盯著吉媞。吉媞的臉燒得通紅，顯得痛苦不堪，一綹頭髮黏在汗濕的臉龐上。這時她向列文轉過臉來，找尋他的目光。她伸出雙手想抓住他的手。她那雙汗津津的手緊緊抓住他冰涼的手，把它們貼在自己臉上。

「別離開，別離開！我不怕，我不怕！」吉媞急急地說。「媽媽，把我的耳環摘下來，戴著礙事。你不害怕吧？快了，快了，利紮韋塔·彼得羅夫娜……」

她說得很快很快，而且還想笑一笑。但她的臉驟然間變了模樣，她將他一把推開。

「唉，這簡直要我命了！我快死了，我快死了！快來呀，快來呀！」吉媞大聲喊道，接著又響起撕心裂肺的喊聲。

列文雙手抱住頭，奔出房間。

「沒事兒，沒事兒，一切都很好！」多莉衝著他的背影說。

然而，不管別人怎麼說，他認為眼下一切都完了。他站在隔壁房裡，頭靠在門框上，聽著未曾聽過的尖叫和哀號。他知道這陣陣叫聲還是吉媞的嗓音。他早就不抱要孩子的希望了。眼下他簡直恨這個嬰孩。他甚至不憐惜妻子的生命，只求能中止這種可怕的受苦受難場面。

「醫生！這是怎麼啦？這是怎麼啦？我的上帝！」他抓住走進來的醫生的一隻手，問道。

「接近尾聲了，」醫生說。他說這話時臉色一本正經，列文誤認為接近尾聲是指快死了。

他魂飛魄散地跑進臥室。第一眼瞧見的就是利紮韋塔・彼得羅夫娜的臉。她眉頭皺得更緊，神情更加嚴峻。吉媞面無人色。原先那張臉變成了一個模樣緊張、看上去令人害怕並不時發出尖叫的東西。他把頭靠在床欄杆上，覺得自己的心都快碎了。可怖的叫聲沒有停止，它變得愈來愈可怕，似乎在達到極點的時候又戛然而止。列文簡直不相信自己的耳朵，但又無法懷疑：叫聲確實停止了，只聽見悄然的忙碌聲、衣服的窸窣聲、急促的喘氣聲和她那斷斷續續、富有生氣、溫柔而又幸福的嗓音在低聲說：「終於結束了。」

列文抬起頭。她伸出雙臂，軟弱無力地擱在被子上，此刻顯得格外嫵媚、恬靜，默默無言地瞧著他，想笑，卻笑不出來。

列文突然覺得，他從熬了二十二個小時可怕而又神祕、陰曹地府般的世界一轉眼又回到原先的人世間，如今這尋常的一切都閃爍著令他難以適應的嶄新幸福光輝。繃緊的弦全都鬆下了。突如其來的欣喜若狂的嗚咽和淚水湧入他的胸膛，猛烈得令他激動到渾身戰慄，久久說不出話來。

他在床前跪下，抓住妻子的一隻手放在嘴唇上吻著，她微微動彈著手指回應他的親吻。這時在床腳那邊，在利紮韋塔．彼得羅夫娜靈巧的手裡，宛如燈上的火苗那樣晃悠著一個生命體。這個小生命以前從未有過，從今往後他有權活下去，而且懂得自己存在的意義，而且要生兒育女、繁衍後代。

「真可愛！真可愛！還是個男孩哩！大家可以放心了！」列文聽到利紮韋塔．彼得羅夫娜的聲音，她正用顫抖的手輕拍嬰孩的背。

「媽媽，真的嗎？」吉娌問。

回答她的只是公爵夫人的嗚咽。

在一片沉寂中，不料響起一個與屋裡壓低嗓音的說話聲迥然不同的聲音，彷彿肯定地回答母親的問話。這是一個不知從哪兒冒出來的新人大膽魯莽、無所顧忌的啼哭聲。

剛才要是有人對列文說，吉娌死了、他跟妻子一起死了，並說他們的孩子都是天使，上帝就在他們面前，那他一點兒也不會覺得驚異；可如今他已回到現實世界，費了九牛二虎之力才弄明白，吉娌還活著，而且安然無恙，啼哭不止的小生命就是他兒子。吉娌安然無恙，痛苦亦已過去。他的幸福是無法用語言來表達的。這一點他懂得，因而感到十分幸福。可是嬰孩是怎麼回事？他是哪裡來的？來做什麼？他是誰？……這一點他怎麼也想不明白，腦子裡總是有疑慮。他似乎覺得這是一種多餘的、不必要的玩意兒，他好一陣子也無法接受。

# 十六

早上九點多鐘，老公爵、謝爾蓋·伊萬諾維奇和斯捷潘·阿爾卡季奇三人坐在列文屋子裡，聊了一會產婦的情況，隨後就扯起別的話題來。列文傾聽他們交談，一邊在不由自主地回憶往事，回想起今天早晨之前的情形和昨天在此事發生之前他自身的情況，好像一下子過去了一百年。他似乎覺得自己處在一個高不可攀的高峰，他要竭力從那兒往下走，免得面前那三個人心裡不痛快。他雖說和他們聊著，心裡卻一直惦念著妻子，思忖著她目前的狀況，也想到兒子，他竭力使自己的腦袋習慣他有了個兒子這件事。有了妻室之後，女性天地對他來說，增添了新的、難以理解的意義，如今這在他心目中已上升到他無法想像的高度。他聽他們談論俱樂部裡昨天的晚宴，心裡卻在想：「現在她怎麼樣了？睡著沒有？她覺得怎麼樣？她在想什麼？兒子德米特里是不是在啼哭？」在談話中間，話還沒說完，他冷不防跳起身來，從屋裡跑了出去。

「可不可以去看看她，你們派人告訴我。」老公爵說。

「好吧，馬上來人告訴你，」列文回答，他沒停步，直往她那兒跑去。

吉媞沒有入睡，她在悄聲和母親商量給孩子施洗的念頭。

她梳洗打扮過了，頭戴一頂鑲藍邊的漂亮睡帽，仰臥著，兩手伸在被子外面。她用目光迎接他，讓他到身邊來。她的眼睛原本就清澈明亮，隨著列文走近，愈發顯得熠熠生輝了。她臉上的神情發生了好像臨死之人要從塵世升入天堂時常有的那種變化；不過那種是表示訣別，這種是表示歡迎。類似他在妻子分娩時所體驗到的那種激動又湧上他的心頭。吉媞抓住他的手，問他有沒有睡覺。他一時回答不出，意識到自己性格上的軟弱，就趕緊轉過頭去。

「我倒打了一會兒盹，科斯佳！」她對列文說。「現在覺得很好。」

吉媞瞧著他，臉上的表情突然一變。

「把孩子抱來給我，」她聽到嬰孩的啼哭聲，「來，給我，利絫韋塔・彼得羅夫娜，也讓他看看。」

「嗯，那就讓爸爸瞧瞧，」利絫韋塔・彼得羅夫娜說，一邊抱起樣子挺奇怪的、紅通通的、蠕動著的小東西走來。「慢著，我們先幫他打理一下，」說著，利絫韋塔・彼得羅夫娜把這個蠕動著的、紅通通的小東西放在床上，解開襁褓，一根手指托在嬰孩背後、把他翻個身，敷上些什麼，接著又包起來。

列文瞧著這個可憐的小生命，千方百計要在心中激起做父親的對兒子的感情，卻是枉然。他對兒子只覺得厭惡。但是當解開襁褓，看見赤裸的嬰孩晃動著細細的、番紅色的小胳膊和小腿，而且長有手指和腳趾，甚至看見大拇指跟其他手指不一樣；當他看見利絫韋塔・彼得羅夫娜像按住柔軟的彈簧那樣把張開的兩隻小手按住、用亞麻布襁褓裹住，列文對這個生命體的憐憫之心便油然而生，生怕接生婆碰傷他，趕緊抓住她的手。

利絫韋塔・彼得羅夫娜笑了起來。

「別擔心，別擔心！」

嬰孩打理完了，變得像個硬實的洋娃娃，這時利絫韋塔・彼得羅夫娜抱起來晃了晃，似乎在為自己的絕活感到驕傲。接著她站到一邊，好讓列文看到兒子整個漂亮的小臉蛋。

吉媞也斜著眼諦視著嬰孩。

「給我，給我！」她說，甚至想抬起身來。

「您怎麼啦，卡捷琳娜·亞歷山德羅夫娜，您可不能這麼亂動啊！等一等，我馬上抱給您。先讓孩子的爸爸瞧瞧，他長得多麼俊秀！」

說著，利紮韋塔·彼得羅夫娜一手托起這個把頭藏在襁褓裡、奇怪又紅通通的生命體，另一隻手的手指托著搖晃的小腦袋，走到列文跟前。這個生命體也長著一個鼻子，兩眼睨視著一旁，還咂著小嘴哩。

「真是個漂亮的娃娃！」利紮韋塔·彼得羅夫娜說。

列文哀傷地歎了口氣。這個漂亮的嬰孩只引起他內心的厭惡和憐憫。這決不是他所預料的那種感情。

當利紮韋塔·彼得羅夫娜把嬰孩放在他還生疏的母親的胸脯上時，列文馬上扭轉身去。

驀地一串笑聲引得他抬起頭來。這是吉媞在笑。嬰孩吮吸起奶來。

「嗯，夠了，夠了！」利紮韋塔·彼得羅夫娜說，可是吉媞不肯鬆手。孩子在她懷裡睡著了。

「現在看看吧，」吉媞說，把嬰孩轉過來，好讓列文細細瞧瞧。他那張像老頭兒似的、有皺紋的小臉一下子皺得更厲害了，這時又打了個噴嚏。

列文面帶微笑，勉強忍住深受感動的淚水，吻了吻妻子，然後就從幽暗的房裡走了出去。

他對這個小生命體所產生的感情壓根兒不是他所預料的。這種感情絲毫沒有欣喜的成分，相反，只給心頭增添了一種不堪忍受的恐懼。他也意識到這是他情感上的又一種弱點。而且這種意識最初使他感到痛苦，擔心這個無能為力的小生命體將來會受苦，這種恐懼太過強烈，連嬰孩打噴嚏時他毫無來由感到的奇怪喜悅和自豪之情，竟都沒有察覺。

# 十七

斯捷潘·阿爾卡季奇的家境十分不妙。

賣森林的錢三分之二已經拿來花掉，剩餘三分之一也以百分之十的折扣向商人預支，而且幾乎都預支光了。那商人不肯多付一個子兒，再者，去年冬天多莉·亞歷山德羅夫娜頭一次公開聲明，她擁有自己的一份產權，拒絕在出賣所剩三分之一樹林而獲得錢款的協議書上簽字。斯捷潘·阿爾卡季奇的薪俸全部用在家庭開銷和償還無法再拖的小筆欠款上。現在他簡直身無分文了。

這是令人不快、非常尷尬的境況，照斯捷潘·阿爾卡季奇的看法，不應當如此繼續下去。他以為這是因為他的年俸實在太少。他的官位五年前的收入顯然還是挺豐厚的，如今卻不能與人相比了。銀行行長彼得羅夫年薪一萬二，銀行董事斯文季茨基年俸一萬七，任董事長的銀行創辦人米京年收入高達五萬。「顯而易見，我自己在睡大覺，別人把我給忘了，」斯捷潘·阿爾卡季奇暗暗地想。於是他到處鑽營，逢人便打聽，到冬末終於尋覓到一個好位子。他先調動七大姑八大姨和親朋好友從莫斯科發起攻勢，到了來年春天，一俟時機成熟，親自出馬上彼得堡。這種職位現在要比以前多了，悠閒舒服，外快多多，年薪多少不等，從一千到五萬都有。這是「南方鐵路銀行信貸聯合公司」的理事職位。這種職位就像諸如此類的其他職位那樣，需具備廣博的知識和很強的活動力，但很少有人兩者兼備。既然找不到兼有這兩樣條件的人，那麼物色一個正正派派的人來承擔這份差事總比挑個下三爛之類的要強。斯捷潘·阿爾卡季奇不僅僅是一般的正派人，還是個不折不扣的正派人，當時在莫斯科大家說的「正派」有特殊的含義，如正派的活動家，正派的作家，正派的雜誌，正派的機關，正派的流派等，指的是這些人或者機關不僅正派，必要時還敢於向政府挑釁。斯捷潘・阿爾卡季奇常常出入盛行這種說法的莫斯科那些社交圈子，被公認為一個正派人，因此他要謀到這個職位比別人更有理由。

這份差事年俸為七千到一萬盧布，而且奧勃朗斯基可以不辭去原來的官職而兼任。這事的成功與否取決於兩位部長、一位貴婦人和兩名猶太人；這幾個人雖說都已打過招呼，斯捷潘・阿爾卡季奇還必須去彼得堡拜訪一下。此外，他還答應妹妹安娜要從卡列寧口中取得關於離婚的明確回音。他向多莉要了五十盧布，就上彼得堡去了。

斯捷潘・阿爾卡季奇坐在卡列寧的書房裡，聽他讀一份《關於我國財政滑坡之原因》報告，心裡盼著他快點讀完，好讓他談自己和安娜的正經事兒。

「是的，說得很正確，」在阿列克謝・亞歷山德羅維奇摘下那副少了它就無法讀書看報的夾鼻眼鏡，詢問地瞧了瞧以前的內兄，「細節方面說得也很正確，但是我們這個時代的原則還是自由。」

「是的，可是我要提出另一個包含自由在內的原則，」阿列克謝・亞歷山德羅維奇說，特別強調了「包含」這兩個字，接著又戴上夾鼻眼鏡，想再給奧勃朗斯基讀一遍有關的段落。

於是阿列克謝・亞歷山德羅維奇翻動著字跡清秀、兩邊留有很寬空白的手稿，重新把那個很有說服力的段落讀了一遍。

「我並不是為了個人利益不同意實行關稅保護政策，而是為了公共福利，對下層階級和上層階級我都一樣看待，」他一邊說，一邊從夾鼻眼鏡上方瞧著奧勃朗斯基。「但是他們不懂得這一點，他們只關心個人利益，光是夸夸其談。」

斯捷潘．阿爾卡季奇知道，當卡列寧談起他們，也就是那些不肯接受他的計畫、造成俄國一切災難的人的思考方式與行為，那麼他的談話就快結束了。因此他現在寧願放棄自由原則，對他表示完全同意。阿列克謝．亞歷山德羅維奇不作聲了，若有所思地翻閱起手稿來。

「哎，我順便說說，」斯捷潘．阿爾卡季奇說，「我想請你方便時對波莫爾斯基說說，我很願意填補『南方鐵路銀行信貸聯合公司』理事的空缺。」

斯捷潘．阿爾卡季奇對這個心想神往的職位名稱已經熟悉，因此他講起來很流利，而且一字不差。

阿列克謝．亞歷山德羅維奇向他詳細詢問了這個新近成立的理事會有些什麼業務活動，便陷入了沉思。他在斟酌這個理事會的業務是否與他的計畫有什麼衝突。然而，由於這個新機構的業務範圍非常繁雜，而他的計畫涉及方方面面，他無法一下子作出判斷，於是他摘下夾鼻眼鏡，說：

「自然，我可以跟他說說；不過，說實話，你幹麼要去謀這個職位呢？」

「年薪可觀，近九千盧布，而我的開銷……」

「九千盧布，」阿曆克謝．亞歷山德羅維奇重複了一遍，皺起眉頭。這份高薪的數字不禁使他想到斯捷潘．阿爾卡季奇竭力謀求的差使，從這一方面來說，有悖於他計畫中始終傾向於節儉的主導思想。

「我認為，而且也寫了這方面的文章，我們時代實行的這種高薪制，實質上是我們政府不切實際的經濟政策的表現。」

「那麼你想怎麼辦呢？」斯捷潘．阿爾卡季奇問。「比如說，銀行行長年薪有一萬，那是因為他值這些錢。或者，工程師年俸有兩萬。不管你怎麼想，這是合乎實際的事！」

「我認為薪俸是支付給商品的報酬，也應當受供需法則的制約。如果說薪水的制定忽略這個法則，譬如有兩位工程師畢業於同一所學院，論學識和能力不分上下，但一個年薪四萬，另一個卻只有兩千；或者，高薪聘請毫無相關專長的律師或驃騎兵去擔任銀行行長，那我可以肯定，這種薪俸就並非按照供需法則制定的，簡直是損公肥私。這本身就是一種營私舞弊，性質嚴重，對政府工作造成有害的影響。我認為……」

斯捷潘・阿爾卡季奇急忙打斷妹夫的話。

「是的，但你得承認，現在創辦的無疑是有利可圖的新機構。不管你怎麼想，這是合乎實際的事！目前最要緊的是，要把事情辦得正派，」斯捷潘・阿爾卡季奇說，並且加重了最後兩個字的語氣。

可是阿列克謝・亞歷山德羅維奇並不清楚正派這兩個字在莫斯科所指的意思。

「正派只是一種消極的特性。」他說。

「不過你還是要大力幫我一把，跟波莫爾斯基說說，」斯捷潘・阿爾卡季奇說，「要是他肯……」

「不過依我看，這事主要取決於博爾加里諾夫的態度，」阿列克謝・亞歷山德羅維奇說。

「博爾加里諾夫那方面完全同意了。」斯捷潘・阿爾卡季奇紅著臉說。

斯捷潘・阿爾卡季奇提起博爾加里諾夫臉就通紅，這是因為今天早晨他到猶太人博爾加里諾夫家裡去過，而這趟拜訪給他留下了不愉快的印象。斯捷潘・阿爾卡季奇堅信，他想效力的那項事業是有發展前途的、正正派派的新事業，但是今天早晨，博爾加里諾夫顯然故意叫他在接待室裡和其他來訪者一起等上兩小時，那時他的確感到十分難堪。

他感到難堪，或許因為他奧勃朗斯基公爵，一個留里克王朝家族的後裔，竟然在一個猶太佬家的接待室裡等了兩小時，或許因為他有生以來頭一遭不像前輩那樣一心為政府效勞，卻獨闢蹊徑、另謀生路；總之，他覺得十分難堪。斯捷潘．阿爾卡季奇在博爾加里諾夫家等候的這兩小時裡，無奈地在接待室裡踱來踱去，不時理理落腮鬍、與其他來訪者聊一陣，還想出一句俏皮話來形容自己在猶太佬家等待接見的情形，竭力掩飾自己感受到的苦澀心情，不讓別人、甚至不讓自己發現。

但是他一直覺得難堪和煩惱，究竟是什麼緣故自己也不知曉：是由於那句「與猶太佬打交道，等得讓人心也焦」這句俏皮話說得不理想，還是其他什麼原因？末了，博爾加里諾夫接見他時顯得非常客氣，顯而易見，讓他受了場屈辱而得意洋洋，並且幾乎拒絕了他，事後斯捷潘．阿爾卡季奇想盡快把此事忘掉。眼下一想起來，他就臉紅。

# 十八

「現在我還有件事；你也知道，就是安娜的事要跟你談談，」斯捷潘·阿爾卡季奇沉吟片刻，拋開剛才那種不愉快的印象，說道。

奧勃朗斯基剛提起安娜的名字，阿列克謝·亞歷山德羅維奇的臉色霎時大變：原先那種勃勃的生氣不見了，出現了憔悴和死氣沉沉的神情。

「您到底要我怎麼樣？」他在扶手椅上轉過身來，啪嗒一聲折疊起夾鼻眼鏡。

「作個決定，不論什麼決定都行，阿列克謝·亞歷山德羅維奇。我現在與你談這件事，並不是把你看作一位國務活動家（斯捷潘·阿爾卡季奇原想說『一個受辱的丈夫』，但生怕壞事，就改了說法，其實這麼說也不合適），只是把你看作一個人，一個善良的人，一個基督教徒。你應當可憐她，」奧勃朗斯基說。

「你到底是什麼意思？」卡列寧低聲問。

「是的，應當可憐她。要是你像我一樣看見她——我和她在一起過了一冬——就會可憐她了。她的處境很糟，實在糟透了。」

「依我看，」阿列克謝·亞歷山德羅維奇用更尖細、幾乎是尖叫的聲音說，「安娜·阿爾卡季耶夫娜心想事成，事事如意了。」

「唉，阿列克謝·亞歷山德羅維奇，看在上帝分上，我們不要互相指責啦！過去的事已經過去，你也知道她期待的是什麼——離婚。」

「但是我心想，要是我提出兒子留在我身邊作為先決條件，那安娜．阿爾卡季耶夫娜會拒絕離婚的。我一向做這樣的答覆，也以為這事已經結束。而且現在我也認為已經結束了，」阿列克謝．亞歷山德羅維奇尖聲說道。

「看在上帝分上，請別發火，」斯捷潘．阿爾卡季奇拍拍妹夫的膝蓋。「事情並沒有結束。你讓我把事情的經過三言兩語說一下：當初你們分手的時候，你寬宏大量，氣量大得不能再大了；你答應給她一切——自由，甚至同意離婚。她為此非常感激你。是的，我說的是實話。她真的很感激你，最初覺得對不起你，她一切都不考慮，也無法考慮。她放棄一切。可是現實生活和時間表明，她的處境十分痛苦，簡直無法忍受。」

「我對安娜．阿爾卡季耶夫娜的生活不感興趣，」阿列克謝．亞歷山德羅維奇揚起眉毛，打斷他的話。

「對不起，我可不信，」斯捷潘．阿爾卡季奇委婉提出異議。「她的處境使她痛苦不堪，對其他任何人也沒有絲毫益處。你一定會說她這是活該如此。這一點她知道，她對你也不提什麼要求。她直截了當地說，她不敢對你提什麼要求。但是我，我們所有這些親屬，所有愛她的人都請求你，懇求你。她為什麼要受這樣的折磨？這樣做對誰有好處呢？」

「對不起，您似乎把我放在被告的位置上了，」阿列克謝．亞歷山德羅維奇說。

「不，不，絕對沒有，你要理解我的話，」斯捷潘．阿爾卡季奇說，一邊又觸摸一下他的手，好像這樣就能使妹夫的心軟下來。「我只告訴你一點：她的處境很痛苦，而你能夠減輕她的痛苦，什麼也不損失。一切由我來替你安排，你不用操心。再說，你過去已經答應了。」

「過去是答應過的。我原認為，解決兒子的問題也使這件事結束了。此外，我希望安娜・阿爾卡季耶夫娜能氣量大點……」阿列克謝・亞歷山德羅維奇臉色發白、嘴唇發抖，吃力地說。

「一切取決於你的寬宏大量了。她請求你、懇求你的只有一件事——讓她擺脫當前這種無法忍受的困境。她已經不再要兒子了。阿列克謝・亞歷山德羅維奇，你是個心地善良的人，設身處地替她想想吧。處在目前這種狀況，離婚問題是她生死攸關的大事。要不是你從前答應過她，她也就安心在鄉下住下去了。是你答應過她，所以她寫信給你，她來到了莫斯科。瞧，在莫斯科她碰上一個人，就好像心被捅了一刀似的；她已經待了六個月，每天都在盼你作出決定。這一切好比一個判了死刑的人，脖子上套著絞索關了好幾個月，隨時都可能處死，也可能赦免。憐憫她吧，一切由我來替你安排……你做事很認真……」

「我不是說這事，不是說這事……」阿列克謝・亞歷山德羅維奇厭惡地打斷他的話。「但我答應的也許是我無權答應的事。」

「那麼你拒不認帳你答應過的事嘍？」

「凡是能做到的事我從不拒絕，但是我希望有時間考慮一下，我答應的事能有多少可能性。」

「不，阿列克謝・亞歷山德羅維奇！」奧勃朗斯基跳起來說，「這話我可不信！她這種不幸在可憐的女人中間也是少見的，你可不能拒絕這麼一個……」

「得看我答應的事能有多少可能性。你是以自由思想出名的人。我可是個信徒，處理這麼重大的事情，我可不能違反教規。」

「就我所知，我們的基督教是允許離婚的，」斯捷潘・阿爾卡季奇說。「我們的教會也是允許離婚。我們也看到……」

「允許是允許，但不是這層意思。」

「阿列克謝·亞歷山德羅維奇，我簡直認不得你了，」奧勃朗斯基沉默了一會兒，說。「你不是憑基督教的感情要寬恕一切，並準備不惜犧牲一切嗎？我們不是也很看重你這一點嗎？你親口說過，有人要拿你的外衣，你就把內衣也一起給他。可是現在……」

「我請求您，」阿列克謝·亞歷山德羅維奇霍地站起來，臉色煞白、下巴頦兒直哆嗦，用尖得刺耳的聲音說，「我請求您別再……別再說下去了。」

「哦，是的！好吧，要是我傷了你的心，那就請你原諒，請原諒，」斯捷潘·阿爾卡季奇侷促不安地微微笑著說，一邊伸出手去，「我只不過受別人之託，捎個口信罷了。」

阿列克謝·亞歷山德羅維奇也伸出手，沉吟了一下，說道：

「我得好好考慮一下，請教一下別人。後天我給您最後答覆，」他說，似乎想出了什麼辦法。

## 十九

斯捷潘·阿爾卡季奇剛想走，科爾涅伊進來稟報說：

「謝爾蓋·阿列克謝伊奇來了！」

「謝爾蓋·阿列克謝伊奇是誰呀？」斯捷潘·阿爾卡季奇剛想開口問，但旋即想起來了。

「哦，是謝廖沙！」他說。「謝爾蓋·阿列克謝伊奇，我以為是哪位廳長哩。」這時他想起：「安娜還叫我去看看他呢。」

接著他又想起自己臨走時，安娜怯生生地、可憐巴巴地對他說：「你一定會見到他。你詳細打聽一下，他在哪兒、誰在身邊照料他。還有，斯季瓦……要是行的話！你說行不行？」斯捷潘·阿爾卡季奇清楚，她說「要是行的話」這句話的意思就是，要是能辦妥離婚手續，兒子最終歸她的話……眼下斯捷潘·阿爾卡季奇認為，這事兒也甭想了，不過能見到外甥還是覺得很高興。

阿列克謝·亞歷山德羅維奇提醒內兄，對他兒子千萬別提母親的事兒，請求他隻字不提。

「那次跟母親見面之後，他害了一場大病，這真是我們始料不及的，」阿列克謝·亞歷山德羅維奇說。「我們甚至擔心他為此會送命。不過，經過合理的治療和洗了一夏的海水浴，他的健康才得以恢復，現在按醫生的忠告，我把他送到學校裡去了。的確，同學們對他有了正面的影響，現在他很健康，課業也很好。」

「呵，一個多帥的小夥子！已經不是原來的那個謝廖沙，而是個像樣的謝爾蓋·阿列克謝伊奇了！」斯捷潘·阿爾卡季奇望著那個身穿藍色上衣和長褲、肩膀寬闊的英俊男孩邁著大步、瀟灑地走進屋來，面帶笑容地說。這男孩看上去健康而又快活。他像對陌生客人一樣，朝舅舅鞠了一躬，但瞬間認出面前的人是舅舅，馬上臉漲得通紅，扭過身去，似乎受了天大的委屈和生什麼氣。男孩走到父親跟前，把學校裡發下來的成績單交給他。

「嗯，挺好的，」做父親的說，「你可以離開了。」

「他瘦了，個兒長高了，不再是個小孩，而成了個大孩子嘍。這真令我高興，」斯捷潘·阿爾卡季奇說。「你還記得我嗎？」

男孩迅捷地瞥了父親一眼。

「記得，舅舅，」他瞅了瞅舅舅，回答說，隨即又垂下眼睛。

舅舅叫他走近前去，抓住他的一隻手。

「嗯，你怎麼樣？」奧勃朗斯基說，想跟他聊聊，但又不知聊什麼。

男孩紅著臉沒回答，小心翼翼地從舅舅手裡抽回手來。斯捷潘·阿爾卡季奇剛鬆開手，他詢問似的瞧了父親一眼，像一隻出籠的小鳥兒那樣疾步從屋裡跑了出去。

從謝廖沙上次見到母親至今，已有一年的光景。從那時候起，他一直沒聽到母親的音信。在這一年裡，他被送到學校裡念書，認識了許多同學，並喜歡上了他們。那次與母親相見後害了一場大病、對母親的種種思念和回憶，如今已不再使他感興趣了。每當種種思念湧上心頭，他就千方百計地驅散，認為這很丟人現眼，只有小姑娘才會在意，一個男孩和小夥子才不應當這樣哩。他知道父母因發生爭執而分居，也知道他註定要跟著父親，於是竭力適應這樣的想法。

見到面容與母親頗為相像的舅舅，謝廖沙內心覺得不快，因為引起了他認為丟醜的種種回憶。使他更感不快的是，從他等候在書房門口聽到的幾句話，特別是從父親與舅舅的臉色上猜到，他們剛才肯定在談母親。為了不責怪一起生活並賴以生存的父親，尤其是為了不沉湎於他認為是丟人的那種多愁善感，謝廖沙竭力不瞧這位跑來擾亂他內心平靜的舅舅，竭力克制因他的到來所引發的聯想。

但是，當斯捷潘・阿爾卡季奇跟著謝廖沙走出去，看見他站在樓梯口時，便招呼他過去，問他在學校裡課餘時間是怎麼打發的。謝廖沙發現父親不在跟前，就跟舅舅聊了起來。

「我們現在都在玩開火車的遊戲，」他回答舅舅的問話。「您知道是怎麼玩的嗎？是這樣：兩個人坐在一條長凳上，就算乘客。還有一個人站在這條長凳上。其他所有人都來拉火車。可以用手拉，也可以用皮帶套住拉，在一個個房間穿來穿去。房門事先都打開了。唉，玩起來列車員可難當了！」

「是不是站著的那一個？」斯捷潘・阿爾卡季奇笑著問。

「是的。這個的人得勇敢而又靈巧，特別是在火車緊急停車或有人摔下車去的時候。」

「是啊，這可不是鬧著玩的，」斯捷潘・阿爾卡季奇說，憂傷地瞧著這雙活像母親的眼睛現在已變得不再像孩子的那樣天真無邪。雖說他答應阿列克謝・亞歷山德羅維奇不對孩子提到安娜，但他還是忍不住了。

「你還記得你媽媽嗎？」他突然問道。

「不，不記得，」謝廖沙急忙說，頓時滿臉通紅，垂下了頭。這時舅舅再也無法從他口中問出什麼來了。

半小時後，那個斯拉夫家庭教師發現他的學生站在樓梯上，久久弄不明白，謝廖沙是在發脾氣還是在哭泣。

「喲，怎麼啦？十之八九摔傷了，是不是？」家庭教師說。「我說過，玩這種遊戲很危險。應當去對你們的校長說說。」

「要是我真的摔傷了，那誰也不會發現。沒錯。」

「那麼究竟出了什麼事？」

「別煩我！我記得，還是不記得……這關他什麼事？我幹麼要記得？別來煩我！」這時候他已經不是在對家庭教師，而是在對全世界說話了。

## 二十

斯捷潘・阿爾卡季奇在彼得堡照例不會無所事事，消磨時光。在彼得堡，除了妹妹的離婚和自己謀差使這些事情之外，他照例需要呼吸一下新鮮空氣、振作一下精神，因為在莫斯科，正如他所說的，過了一段發黴的日子。

莫斯科雖然有音樂雜耍咖啡館和公共馬車，但生活依然像一潭死水，毫無生氣。斯捷潘・阿爾卡季奇一向這麼覺得。在莫斯科住了一陣子，尤其老是和家人廝守在一起，總覺得委頓消沉。長時間足不出戶地待在莫斯科家裡，他常常被妻子的惡劣心境和指責埋怨、孩子們的健康和教育，以及公務上種種微不足道的利害關係，甚至被債務攪得心煩意亂。但是一到彼得堡，他只要到經常去的社交圈子裡待上一陣，見到那裡的人們都在過日子，而且是在真正過日子，而不像莫斯科人那樣渾渾噩噩，一切憂愁和煩惱便都煙消雲散。

妻子怎麼樣？……此事他今天剛和切琴斯基談過。切琴斯基原來已有家室，孩子都已長大，成了貴胄軍官學校學生，但他還有一個非法的家庭，也有幾個孩子。雖說頭一個家庭也很美滿，可是切琴斯基公爵覺得第二個家庭更使他快活。他常常把與前妻所生的長子帶到第二個家裡。他對斯捷潘・阿爾卡季奇說，他認為這樣對兒子有好處，能使他增長見識。要是換了在莫斯科，人家對此又會怎麼說呢？

孩子又怎麼樣？在彼得堡，孩子並不打攪父親的生活。孩子們在學校裡受教育，那裡也沒有在莫斯科——例如利沃夫家裡——流行的那種奇談怪論，說孩子們理應過豪華的生活，做父母的只能做牛做馬、勞神操心。在這裡人人都懂得，一個人應該為自己而活著，有教養的人都應該如此。

當差又怎麼樣？在這兒當差也不像在莫斯科那樣淨幹些沒有前途的苦差事；在這裡當差很有意思。可以見到高官顯貴，不失時機地為他們效勞、說些聰明機巧的話，因人而異地搞些逢迎拍馬，驟然間就會青雲直上，就像斯捷潘·阿爾卡季奇昨天遇見的、眼下已成了達官貴人的布良采夫那樣。這樣當差才有意思哩。

尤其是彼得堡對金錢的看法，無疑使斯捷潘·阿爾卡季奇感到心安理得。巴爾特尼央斯基昨天就此事對他發表了一番高論，說照他自己那種生活方式，每年至少要花五萬盧布。

午飯前，斯捷潘·阿爾卡季奇談興正濃，他對巴爾特尼央斯基說：

「你好像是莫爾德溫斯基的知交吧？能不能幫我個忙，替我向他說幾句好話。有個職位我很想要，就是南方鐵路……」

「好了，別說下去了，反正說了我也記不住……可是你何苦為了吃鐵路這口飯去跟猶太佬打交道呢？……不論你怎麼認為，這活兒畢竟骯髒的哩！」

斯捷潘·阿爾卡季奇沒告訴他這可是前程無量的事業；說了巴爾特尼央斯基也不會理解。

「我需要錢，否則就沒法活。」

「你現在不活著嗎？」

「活是活著，但是背了一身債。」

「你說什麼？債很多？」巴爾特尼央斯基同情地問。

「欠了很多，約莫有兩萬。」

巴爾特尼央斯基縱聲笑了起來。

「嗨，你還是個幸運兒！」他說。「我背的債有一百五十萬，而且身無分文，可是你瞧，我活得不是好好的！」

斯捷潘・阿爾卡季奇知道這是真話，以前耳聽為虛，現在眼見為實。日瓦霍夫負債三十萬，手頭沒一個子兒，可他還照樣活著，而且日子過得挺自在！克里夫佐夫伯爵早被公認是個窮光蛋了，可他還養著兩個情婦。彼得羅夫斯基揮霍了五百萬家產，現在卻依然過著過去那樣的生活，甚至還掌管著財政部大權，年薪有兩萬盧布。除此之外，彼得堡也促進了斯捷潘・阿爾卡季奇得身心愉快。彼得堡喚起了他的青春活力。在莫斯科他時常發現兩鬢添了白髮，午飯後要打盹兒、伸懶腰，登樓梯氣喘吁吁，對年輕女性不感興趣，在舞會上也不跳舞。在彼得堡他總覺得要年輕十歲。

他在彼得堡所感受到的，正像剛從國外回來的六十歲公爵彼得・奧勃朗斯基昨天對他說的話。

「我們在這兒不會生活，」彼得・奧勃朗斯基說，「不瞞你說，我在巴登[50]避暑；嗯，真的，我覺得自己完全是個年輕人。見年輕女人就打起主意……吃一點、喝一點，就精神勃發，渾身是勁。回到俄國，就得待在妻子跟前，還要到鄉下去。唉，說來你也不信，待上兩個禮拜後，吃飯時連衣服都懶得換，竟然穿著睡袍。這樣一來，哪談得上去想年輕女人！完全變成了一個老頭兒。只等靈魂超升了。可是一到巴黎，又青春蕩漾起來。」

斯捷潘・阿爾卡季奇的感受和彼得・奧勃朗斯基說的一模一樣。在莫斯科他萎靡不振，說實話，照此下去，住久了非得靈魂超升不可。但是在彼得堡，他覺得自己又是個生氣勃勃的人了。

在別特西·特韋爾卡雅公爵夫人與斯捷潘·阿爾卡季奇之間存在著一種由來已久、十分奇怪的關係。斯捷潘·阿爾卡季奇總是輕佻地討好她，逗趣地說些不成體統的話，因為他知道公爵夫人最喜歡這一套。在與卡列寧談話之後的第二天，斯捷潘·阿爾卡季奇就去看望她，覺得自己胸中春心蕩漾，對她調情似的獻媚和胡言亂語到了登峰造極的地步，簡直不知如何抽身。其實他並不喜歡公爵夫人，甚至厭惡她。但是他們之間談話腔調仍一成不變，因為公爵夫人非常喜歡他。因此斯捷潘·阿爾卡季奇對米亞赫卡雅公爵夫人到來打斷他們倆的幽會，反倒覺得高興。

「啊，您也在這兒，」米亞赫卡雅公爵夫人看見斯捷潘·阿爾卡季奇，說道。「嗯，您那位可憐的妹妹現在怎麼樣？您別用這樣的目光看著我，」她補了一句。「自從所有人，所有那些比她壞千百倍的人群起而攻擊她開始，我就認為她做得很漂亮。我饒不了渥倫斯基，安娜上次來彼得堡，他沒讓我知道。要不，我會去看看她，陪她到處轉轉。請務必替我問候她。好吧，現在您給我講講她的情況。」

「是的，她的處境很艱難……」斯捷潘·阿爾卡季奇心眼實，把米亞赫卡雅公爵夫人說的「講講您妹妹的情況」當真，說起安娜的事來。米亞赫卡雅公爵夫人我行我素，馬上打斷他的話頭，自己打開了話匣子。

「她做的事，跟除我以外的所有人做的事一樣。可是別人做得偷偷摸摸，她不願矇騙別人，做得漂漂亮亮。她甩掉了您那位愚不可及的妹夫，這事做得再漂亮不過——我這麼說請您別見怪。大家都說他聰明、聰明，唯獨我說他愚蠢。現在他與利季雅·伊萬諾夫娜、與朗多打得火熱，大家都說他傻呵呵的，我

50 瑞士一城市，為溫泉療養地。

真不願同意他們的說法，但這一回卻不能不同意。」

「我有件事不明白，想請教您，」斯捷潘·阿爾卡季奇說，「昨天我為妹妹的事去找他，請他給我一個明確的答覆。他當時沒答應，說要考慮一下。今天早晨，我沒收到他的答覆，卻收到一份邀請我今晚去利季雅·伊萬諾夫娜公爵夫人家的請柬。」

「嗯，對了，對了！」米亞赫卡雅公爵夫人興奮地說。「他們一定去向朗多請教了，聽聽他的高見。」

「向朗多請教？朗多是什麼人？為什麼要向他請教？」

「怎麼，您竟不知道朱爾·朗多，赫赫有名的朱爾·朗多，那個未卜先知的人？他也精神錯亂，然而你妹妹的命運就取決於他的意見。瞧您，一直住在外省，生活閉塞，什麼也不知道。您不知道，朗多原是巴黎一家商店裡的店員，有一次他去看病，在醫生的候診室裡沉沉睡著了，在睡夢中他給所有病人治病。他的治病方法無奇不有。事後尤里·梅列金斯基——您知道這位病人嗎——的妻子得知此事，就請他去給她丈夫診治。她丈夫的病治是治了，依我看，毫無起色，因為他還是那麼虛弱，可是他們依然相信他，還把他帶來帶去。後來又把他帶到俄國來。到了這裡，人們紛紛去找他，他又給人治起病來。他治癒了別祖博娃伯爵夫人的病，伯爵夫人喜歡他喜歡得不得了，竟收他做乾兒子。」

「怎麼收他做乾兒子？」

「是的，收他做了乾兒子。如今他不再是以前的那個朗多，而是別祖博夫伯爵了。問題倒不在這裡，可是利季雅——她這個人我很喜歡，但腦子不正常——眼下不消說對這個朗多崇拜得五體投地。現在沒了他，利季雅也罷、阿列克謝·亞歷山德羅維奇也罷，什麼事也做不成了。因此看來，你妹妹的命運眼下就掌握在這位朗多，也就是說，別祖博夫伯爵手裡。」

# 二十一

斯捷潘．阿爾卡季奇在巴爾特尼央斯基家用了一頓佳餚，喝了許多白蘭地，他來到利季雅．伊萬諾夫娜伯爵夫人家比約定時間稍稍晚了一點兒。

「還有誰在伯爵夫人那裡？那個法國人嗎？」斯捷潘．阿爾卡季奇問門房，一邊打量著阿列克謝．亞歷山德羅維奇那件熟識的大衣和另一件式樣古怪，但又很樸素、帶鈕釦的大衣。

「阿列克謝．亞歷山德羅維奇．卡列寧和別祖博夫伯爵在那兒。」門房臉色刻板地回答。

「米亞赫卡雅公爵夫人猜對了，」斯捷潘．阿爾卡季奇忖道，一邊登梯上樓。「真令人納悶兒！不過跟她接近接近也不錯。她頗有影響力。要是她能夠對波莫爾斯基說幾句，那事情就十有八九成了。」

外面天色還很亮，然而利季雅．伊萬諾夫娜伯爵夫人的小客廳裡已放下窗簾，燈火通明了。

在一盞吊燈下的圓桌邊，坐著伯爵夫人和阿列克謝．亞歷山德羅維奇，他們正在悄聲談什麼。有個臉色十分蒼白、面容很俊俏的瘦小男人，長著女人般的肥臀、一雙羅圈腿和一雙炯炯有神的漂亮眼睛，一頭長髮披散在禮服領子上，站在另一頭，觀賞著牆上的畫像。斯捷潘．阿爾卡季奇跟女主人和阿列克謝．亞歷山德羅維奇打過招呼之後，不由自主地又瞅了一眼這位陌生人。

「朗多先生！」伯爵夫人叫他，聲音溫柔謹慎得簡直使奧勃朗斯基驚異。接著她給他們作了介紹。

朗多急忙回頭一瞧，接著走近前來，面帶笑容把不靈活的、汗津津的手放在斯捷潘．阿爾卡季奇伸出的手裡，然後馬上又走開，仍舊在觀賞壁上的畫像。伯爵夫人和阿列克謝・亞歷山德羅維奇心照不宣地使了一下眼色。

「很高興見到您，特別是今天。」利季雅・伊萬諾夫娜伯爵夫人給斯捷潘・阿爾卡季奇指指卡列寧身邊的一個位子，說道。

「我給您介紹的那位朗多，」她瞥了一眼那個法國人，隨後又瞥了一眼阿列克謝・亞歷山德羅維奇，悄聲說，「實際上就是別祖博夫伯爵，您大概也知道。可是他不喜歡這個封號。」

「是的，我聽說了，」斯捷潘・阿爾卡季奇回答說，「據說，他完全治癒了別祖博娃伯爵夫人的病。」

「別祖博娃伯爵夫人今天到我這兒來過，模樣真是可憐！」利季雅・伊萬諾夫娜伯爵夫人對阿列克謝・亞歷山德羅維奇說。「這次分別令她極為痛苦。對她是一次打擊！」

「他真的要去嗎？」阿列克謝・亞歷山德羅維奇問。

「是的，他要去巴黎。他昨天聽到了一個聲音。」利季雅・伊萬諾夫娜伯爵夫人瞧著斯捷潘・阿爾卡季伊奇說。

「啊，一個聲音！」奧勃朗斯基重複了一遍，覺得在這夥人當中正在發生或必定要發生他還沒看出苗頭的奇事，他得盡可能保持警惕。

沉默了片刻，隨後，利季雅・伊萬諾夫娜伯爵夫人似乎要言歸正傳，含蓄地微笑著對奧勃朗斯基說：

「我早就知道您了，對今天能進一步認識您感到十分高興。俗話說得好：『朋友的朋友也是朋友。』可是要成為朋友，一定要深刻理解對方的心情，我擔心，您對阿列克謝・亞歷山德羅維奇未必能做到這點。我話中的意思，您也明白。」她抬起她那雙美麗、沉思的眼睛說道。

「也知道點兒，伯爵夫人，我理解阿列克謝·亞歷山德羅維奇的處境……」奧勃朗斯基不太清楚她實際指的是什麼，就籠籠統統地隨聲附和。

「變化不在於外表，」利季雅·伊萬諾夫娜伯爵夫人厲聲說，與此同時用愛憐的目光瞧著站起來走到朗多跟前的阿列克謝·亞歷山德羅維奇，「他的心變了，他得到了一顆新的心，我擔心您未必完全理解他內心所發生的這種變化。」

「我大體能夠想像得出來。我們一向很友好，現在也……」斯捷潘·阿爾卡季奇說，同時用溫柔的目光回應伯爵夫人，一邊思忖著兩位部長中她跟哪一位更接近，以便弄清不得已時請她向哪位部長求情。

「他內心的這種變化不會削弱他對親人的愛；相反的，只會增強。恐怕您不一定理解我的意思。要不要喝點茶？」她用目光示意端著一盤茶走進來的僕人說。

「不完全理解，伯爵夫人。不消說，他的不幸……」

「是的，他內心發生變化，滿懷一顆新的心，這時候不幸就變成了萬幸。」她滿懷深情地望著斯捷潘·阿爾卡季奇說。

「我看，不妨請她對兩位部長都說說情。」斯捷潘·阿爾卡季奇思忖。

「嗯，當然，伯爵夫人，」他說，「不過我以為，這種變化那麼隱祕，無論是誰、哪怕是最親近的人也不願說出口來。」

「恰恰相反！我們應當說，也應當互相幫助。」

「是的，毫無疑問，但是人們的信仰往往有差異，況且……」奧勃朗斯基面帶溫和的笑容說。

「在神聖的真理這一問題上是不能有差異的。」

「嗯，是的，這當然，但是……」斯捷潘・阿爾卡季奇窘迫地不作聲了。他明白，話鋒轉到宗教方面來了。

「我看朗多馬上就要睡著了。」阿列克謝・亞歷山德羅維奇走到利季雅・伊萬諾夫娜跟前，意味深長地低語。

斯捷潘・阿爾卡季奇回頭瞧瞧。朗多坐在窗前的一把扶手椅上，身體靠在扶手和椅背上，耷拉著腦袋。他發覺大家的目光都朝他投來，就抬起頭，露出孩子般天真的微笑。

「別理他，」利季雅・伊萬諾夫娜說，接著輕手輕腳地給阿列克謝・亞歷山德羅維奇推過一把椅子來。「我發現……」她剛開腔，一名僕人拿著信走進屋來。利季雅・伊萬諾夫娜迅速地流覽了一下信，說了聲對不起，匆匆寫了封回信，交給那個僕人，然後又回到桌邊。「我發現，」她接著剛才的話說下去，「莫斯科人，尤其是男人，對宗教問題最不關心了。」

「哦，不，伯爵夫人，依我看，莫斯科人有信念最堅定的好名聲，」斯捷潘・阿爾卡季奇說。

「是的，就我所知，您，真遺憾，就是個不關心宗教的人。」阿列克謝・亞歷山德羅維奇疲乏地微笑著對他說。

「怎麼可以漠不關心呢！」利季雅・伊萬諾夫娜說。

「我對這方面不是不關心，我是在等待時機，」斯捷潘・阿爾卡季奇面露他最討人喜歡的微笑說。「我認為，對我來說，還沒到考慮這些問題的時候。」

阿列克謝・亞歷山德羅維奇跟利季雅・伊萬諾夫娜互遞了一下眼色。

「我們永遠不會知道，我們是否到了這個時候。」阿列克謝・亞歷山德羅維奇一本正經地說。

「我們不應該考慮我們有沒有準備：上帝施恩不受人的念頭左右；他有時不降臨到拚命追求的人頭上，卻落到毫無準備的人頭上，就像落到掃羅[51]頭上一樣。」

「不，依我看，現在還不是時候。」利季雅・伊萬諾夫娜說，她這時正注視著那個法國人的舉動。朗多站起來，走到他們跟前。

「你們可以讓我聽聽嗎？」他問。

「嗯，可以，我原先不想打攪您，」利季雅・伊萬諾夫娜溫和地瞧著他說，「和我們一起坐吧。」

「但一定不要閉上眼睛，免得錯過上帝之光。」阿列克謝・亞歷山德羅維奇繼續說。

「啊，但願您能體驗到我們所體驗到的那種幸福，感覺到祂永遠存在我們心中！」利季雅・伊萬諾夫娜怡然自得地微笑說。

「但是一個人往往會覺得自己不可能達到如此崇高的境界，」斯捷潘・阿爾卡季奇說歸說，心裡卻覺得他是在違心地承認宗教的崇高，但這時面對一個只消對波莫爾斯基說一句話、就能使他得到一個想望已久職位的人，卻不敢闡述自己的自由思想。

「您這是在說，罪惡妨礙了他？」利季雅・伊萬諾夫娜說。「但這是荒謬的說法。在信徒看來，罪惡並不存在，他們已贖了罪。對不起，」她說，看見僕人又拿著一封信走進來。她看了信，簡略地回答：「您就說，明天在王妃那裡。」馬上又接下去說：「在信徒看來，罪惡並不存在。」

「是的，『信心若沒有行為就是死的』[52]，」斯捷潘・阿爾卡季奇想起《教義問答》上的這句話，微微

---

51《聖經》故事人物，以色列第一個國王。

一笑，表示堅持己見，不依附別人。

「哦，這是《雅各書》裡的話，」阿列克謝・亞歷山德羅維奇帶點責備的口氣對利季雅・伊萬諾夫娜說，這個問題顯然他們已談過不止一次。「曲解這句話是十分有害的！再沒有什麼比這句話更使人摒棄信仰的了。『我沒有行為，我就不能信教，』哪裡也沒有說過這句話。說過的卻恰恰相反。」

「為上帝不辭辛勞，守齋戒拯救靈魂，」利季雅・伊萬諾夫娜用不屑一顧的鄙夷口氣說，「這是我們修士的荒謬認識……其實哪兒也沒有說過這句話。他們的做法要簡單容易得多，」她瞧著奧勃朗斯基，面露那種她在宮廷裡撫慰一時適應不了新環境而手忙腳亂的新宮女的笑容，補上一句。

「我們靠為我們受難的基督得救。我們靠信仰得救，」阿列克謝・亞歷山德羅維奇肯定地說，流露出對她的一番話表示讚賞的目光。

「您懂英語嗎？」利季雅・伊萬諾夫娜問，得到肯定的回答後，她站起來，到書架上去找一本書。

「我唸一段《平安和幸福》[53]，或者《庇護》[54]好嗎？」她詢問地瞧了卡列寧一眼。她找到書，又在位子上坐下來，打開書。「這段很短，寫的是如何獲得信仰的方法和由此充溢心靈、超越塵世一切的那種幸福。一個信徒不會不幸福，因為他不是孤獨的。嗯，以後您會知道的。」她正打算讀下去，僕人又走進來了。「是博羅茲季娜來了嗎？告訴她明天兩點鐘。是的，」她一根手指著書中的那一段，歎了口氣，用若有所思、美麗的眼睛望了望前面。「瞧，真正的信仰就像這樣：您認識薩尼娜・瑪麗嗎？您知道她的不幸嗎？她失去了唯一的孩子。她陷入絕望。嗯，後來又怎麼樣了呢？她找到這位朋友，如今她為孩子的夭折而感謝上帝呢。瞧，這就是信仰賜予的幸福！」

「嗯，是的，這非常……」斯捷潘・阿爾卡季奇說，暗自高興的是她又要讀下去了，這樣可以讓他稍稍緩緩神。「是的，看來，今天還是什麼都別提為妙，」他思忖道，「但願別節外生枝，趕快從這裡脫身。」

「您會覺得無聊的，」利季雅．伊萬諾夫娜伯爵夫人轉向朗多說，「您不懂英語，不過這一段很短。」

「噢，我懂。」朗多依然面帶那種微笑說，接著又閉上了眼睛。

阿列克謝．亞歷山德羅維奇和利季雅．伊萬諾夫娜心領神會地互使了一下眼色，接著她又唸了起來。

52 見《新約．雅各書》第二章第十七節。
53 原文為英文。
54 原文為英文。

## 二十二

斯捷潘・阿爾卡季奇聽到那些聞所未聞的奇談怪論後，覺得自己完全暈頭轉向、困惑不解了。彼得堡這種色彩繽紛的生活使他擺脫了莫斯科那種死氣沉沉的氛圍，令他興奮不已。但是，他只有在知交、熟人中間才能欣賞和領略到這些紛繁多樣的生活；眼下他身處這個陌生的環境裡，深感困惑莫解、木然無知，簡直不知所措。斯捷潘・阿爾卡季奇聽著利季雅・伊萬諾夫娜伯爵夫人唸那本書，覺得朗多那雙不知是天真還狡詐的漂亮眼睛直勾勾地盯著他，腦袋感到尤為沉重。

各種各樣的思想在他腦子裡攪成了一團。「薩尼娜・瑪麗死了孩子卻感到高興……現在能抽根菸就好了……要拯救靈魂，必須要有信仰，修士們現在不知道這該怎麼辦，可利季雅・伊萬諾夫娜伯爵夫人知道……我的腦袋怎麼那麼沉甸甸的？是白蘭地喝多了，還是由於這一切太古怪了？還好，直到目前我好像沒做過什麼有失體面的事。但是請伯爵夫人幫忙看來還是不行。據說，他們常常逼迫人家祈禱。但願他們不要逼到我頭上來。那樣做太無聊了。現在她在胡謅些什麼呀，可是聲調倒還不錯。朗多就是別祖博夫。為什麼他會是別祖博夫？」斯捷潘・阿爾卡季奇驟然間覺得嘴唇忍不住要張開打哈欠了。他理了理落腮鬍，掩飾住打哈欠，身子抖動了一下。但緊接著，他覺得快要睡著了，眼看著就要打鼾。這時他聽見利季雅・伊萬諾夫娜伯爵夫人說：「他睡著了。」他一下子驚醒。

斯捷潘・阿爾卡季奇猛然驚醒，好像自己有什麼過錯被人告發似的。但他發現伯爵夫人說的「他睡著了」不是指他，而是在說朗多，就立即安下心來。那個法國人像斯捷潘·阿爾卡季奇一樣也酣然進入了夢鄉。不過正像斯捷潘·阿爾卡季奇所認為的那樣，他打盹得罪了他們（其實這一點他也沒細細想過；他老覺得一切都太古怪了），而朗多打盹卻使他們極其高興，尤其是利季雅·伊萬諾夫娜伯爵夫人。

「我的朋友，」利季雅·伊萬諾夫娜說，一邊小心翼翼地提著絲綢連衣裙的褶子，以免發出窸窣的響聲。她很亢奮，對卡列寧不是稱呼「阿列克謝·亞歷山德羅維奇」，而是叫他「我的朋友」，「把手遞給他。您看見嗎？噓！」她對著又走進來的僕人打著噓聲。「現在不見客。」

那個法國人頭靠在扶手椅背上睡著了，或許裝作睡著了，他那只擱在膝頭上的汗津津的手微微地動彈，好像在抓什麼。阿列克謝·亞歷山德羅維奇站起來，想小心翼翼、但還是在桌邊蹭了一下，走到法國人跟前，把手放在他手裡。斯捷潘·阿爾卡季奇也站了起來，欲驅睡意，把眼睛睜得大大的，一會兒瞅瞅這個，一會兒望望那個。一切都不是在夢境中。這時，斯捷潘·阿爾卡季奇覺得他的頭愈來愈不舒服了。

「叫最後來的那個人，那個有所求的人出去！出去！」法國人沒睜開眼睛，用法語說。

「對不起，您也看見……您十點鐘再來，最好是明天來。」

「出去！」法國人不耐煩地重複。

「這是不是指我呀？」

斯捷潘·阿爾卡季奇得到肯定的回答後，頓時把想請求利季雅·伊萬諾夫娜的事和妹妹的事置諸腦後，只想盡快離開這裡，於是他踮著腳尖走出門去，彷彿逃離傳染病房那樣。他與馬車夫閒聊了好一陣子，打打趣，想盡快使自己的心緒穩定下來。

斯捷潘·阿爾卡季奇去法國戲院看戲，恰好趕上最後一場，然後又到韃靼飯店喝了香檳，在這種賓至如歸的氣氛裡才稍稍安下心來。不過,這個晚上他的心情很不好。

斯捷潘・阿爾卡季奇回到他在彼得堡落腳的彼得・奧勃朗斯基的家裡,發現一封別特西寄來的信。她在信中說,她很想把那場開了頭的談話繼續談完,請他明天就去她家。他剛讀完這封信,皺眉蹙額在考慮怎麼辦,驀地聽見樓下響起有人好像揹著沉甸甸東西的沉重腳步聲。

斯捷潘・阿爾卡季奇走出去瞧瞧。原來是模樣變得年輕了的彼得・奧勃朗斯基。他喝得醉醺醺的,樓梯也爬不上了;他看見斯捷潘・阿爾卡季奇時,就趕緊吩咐把他扶起來,然後就緊緊抱住斯捷潘・阿爾卡季奇的身子,跟著他一起走進房去,接著講起他是如何度過這個晚上的,但隨即就呼呼睡著了。

斯捷潘・阿爾卡季奇神情沮喪,這很少發生在他身上,因而久久不能入睡。凡是他能想起的事情,件件都令他生厭,最使他討厭的,也就是丟人現眼的,就是他在利季雅・伊萬諾夫娜伯爵夫人家裡度過的這個晚上。

第二天他收到阿列克謝・亞歷山德羅維奇明確拒絕與安娜離婚的答覆,頓時明白,這個決定是根據那個法國人昨天在睡夢中、或者在假寐中說的囈語。

# 二十三

家庭生活中要採取什麼行動，必須要麼是夫婦感情完全破裂，要麼夫妻生活和和美美。如果夫妻關係還能湊合，既不是前一種，又不是後一種，那麼就不會有什麼大的行動。

許多家庭年復一年過著老一套生活，夫妻雙方都感到厭倦，其原因就是他們的感情既沒有徹底破裂，也不和睦融洽。

渥倫斯基和安娜都感到莫斯科酷暑逼人、塵土飛揚，這時的太陽已不像春天那樣和煦，而像盛夏那樣炎熱，林蔭道上的樹木早已枝葉扶疏、綠樹成蔭，樹葉上落滿了灰塵。他們簡直無法忍受這種生活。但是兩人並沒有如早已決定的那樣搬到沃茲德維任斯克去，而是仍舊待在他倆都感到厭煩透了的莫斯科，因為最近一段時期，他們的生活並不那麼和諧。

造成他們夫妻不和的那種怨恨情緒，不是來自於任何外在原因。一次次解釋不僅不能消除他們的隔閡，反而使其變本加厲。這種怨恨來自雙方各自的內心，在安娜看來，是由於渥倫斯基的愛情日趨消退；對渥倫斯基來說，他後悔自己為了她而陷入痛苦不堪的境地，而她不但不設法減輕他的苦惱，反而給他雪上加霜。他們雙方誰也不說自己心中怨恨的緣由，都認為錯在對方，並且一有機會就相互指責。

在安娜看來，他整個人，包括他的習慣、思想、願望，以及他的整個心理和生理特點，集中為一點，就是愛女人，而這種愛她覺得應該全部集中在她一人身上，但眼下這種愛日趨減少。因此，照她的斷定，他一定把一部分愛轉移到其他女人或某一個女人身上，於是她就吃醋了。實際上她並不是吃哪個女人的醋，而是怨恨他的愛情日趨衰退。她一時還沒有嫉恨的對象，她正在找尋。她時常憑一點點跡象，就醋意大發，把嫉恨從一個對象轉到另一個對象上。她時而嫉妒渥倫斯基單身時期交往過的那些下流女人，認為他很容易投入她們的懷抱；時而又嫉妒他會遇到的那些社交圈裡的女人；時而又嫉妒一個臆想出來的姑娘，以為他打算與她斷絕關係、去跟這個姑娘結婚。最後一種嫉妒使她痛苦不堪，尤其是因為有一次，渥倫斯基在坦率交談時無意間說起，以前他母親不瞭解他的情況，曾經勸說他娶索羅金娜公爵小姐。

由於心存猜疑，安娜時不時生渥倫斯基的氣，找尋種種理由發洩一下。她把心中的一切苦楚統統怪罪於他。她在莫斯科上不巴天、下不著地的等待中度日、忍受折磨；阿列克謝・亞歷山德羅維奇辦事拖遝、遲疑不決；她過著孤獨的生活——這一切她都記在渥倫斯基的賬上。要是他愛她，應該理解她處境的艱難、應該幫助她擺脫這種困境。讓她待在莫斯科，而不是住在鄉下，這也要怪他。他不能像她所希望的那樣在鄉下過幽居的生活。他需要交際，使她落到了這種駭人的境地，可他又不願理解她處境的痛苦。她與兒子的分離，這也要怪罪於他。

甚至他們夫妻間少有的片刻溫馨也撫慰不了她的心：她從他現在的溫存中看到他以前從未有過的那種心安理得和驕矜之氣，因而使她怒火中燒。

天已經黑了。安娜孤獨地等候他從清一色男人的宴會上歸來，一邊在他的書房裡來回踱步（在這裡聽不到街上的吵鬧聲），仔細地回想昨天那場爭吵中說的話。她順著思路往回想，先想起爭吵中令人受辱的話，接著又想到這場爭吵的原因，末了才想起那場談話的開端。她怎麼也無法相信，那場談話竟發端於如此無足輕重、無傷大雅的話。事情也確實是這樣。起因是渥倫斯基嘲笑女子中學，認為辦這種中學沒有必要，可她為女子中學辯護。他對女子教育根本不屑一顧，說安娜收養的英國小姑娘漢娜壓根兒不需要懂得物理。

這話使安娜生氣了。她認為這是對她行善舉的鄙視。她迎頭反擊，痛加報復。

「我並不指望您像情人那樣把我和我的感情記在心上，但我希望您不要把話說得太絕。」她說。

他確實氣得滿臉通紅，說了些不堪入耳的話。她不記得當時她是怎麼回答他的，只記得他馬上顯然有意要刺痛她，說道：

「您對那小姑娘的偏愛，我不感興趣，這是實話，因為我認為這是做作。」

她辛辛苦苦為自己營造一個小天地，藉以減輕生活的痛苦，不料被他無情地毀滅了，還蠻橫地指責她虛偽、做作；這種不公正的指責使她怒不可遏。

「很遺憾，在您看來只有粗俗、物質的東西才能明白，才是不做作。」她說著就走出房去。

昨天晚上他到安娜房裡去，他們都不提那場爭吵，但雙方都感覺到，吵嘴雖然平息了，問題還沒有解決。

今天他一整天都不在家，她又覺得十分孤寂，為自己跟他爭吵感到難過，眼下她真想忘掉這一切，原諒他、跟他和好；真想指責自己、替他辯護。

「是我自己的錯。我性情急躁，無緣無故吃醋。我要跟他合好，然後一起到鄉下去，在那裡我就可以安心了。」她自言自語。

「做作。」她突然想起最令她傷心的這兩個字，實際上她內心受到刺痛與其說是因為這兩個字，不如說是因為他是故意這麼做。

「我清楚他想說什麼;他想說:不愛自己的女兒,卻愛別人的,這是做作。他怎麼會懂得我對孩子們的愛,怎麼會懂得我為了他而犧牲的、對謝廖沙的愛呢?但是他還要使我傷心!是的,他愛上別的女人了,一定是這樣。」

想到這兒,她發現自己本想安慰自己,結果轉了一個不知轉過多少遍的圈子,到頭來還是這樣惱恨,不由得對自己感到害怕。「難道我真的不能自制了嗎?真的不能了嗎?」她自言自語,又回到原來的起點。「他老實、真誠,他是愛我的。我也愛他,幾天內離婚手續就可以辦妥。我還需要什麼呢?需要安寧,需要信任,我要承擔責任。等他一回來,我就說,都怪我不好,雖然我也沒什麼錯。我們這就離開此地。」

為了不再胡思亂想,不再無端發火,她拉鈴繩,吩咐僕人把箱子搬來,收拾下鄉的行裝。

晚上十點鐘,渥倫斯基回來了。

# 二十四

「怎麼樣，覺得快活嗎？」安娜問，面帶歉疚和溫順的表情走出來迎接他。

「平平常常。」他回答，向她瞧了一眼，就看出她心情很好。他對她這種變化多端早已習慣，可今天他特別高興，因為他自己的心情也很好。

「行李都收拾好啦！瞧，這太好了！」他指著前廳裡的箱子說。

「是的，得走了。我坐車去轉了轉，天氣這麼好，我真想到鄉下去呢。沒有什麼事拖住你吧？」

「我也這麼想。我去換一下衣服，馬上就回來，然後我們再談。妳去吩咐端茶來。」

說完，他就去書房了。

渥倫斯基說「瞧，這太好了」這句話時，口氣就像大人對小孩說別耍脾氣一樣，含有欺侮人的味道；她那認錯的口氣與他心高氣傲的腔調之間形成的強烈對照，更讓人難以忍受；霎時間，她真想跟他大鬧一場；但她竭力克制自己，依然愉快地歡迎他。

渥倫斯基一回來，安娜就告訴他今天是怎麼打發的，以及動身回鄉下的計畫，這些話多半是她早已準備好的。

「說實話，我一時感情衝動才想這麼做，」她說。「我們幹麼非要在這裡等離婚？在鄉下還不是一樣嗎？

這裡我再也待不下去了。我對離婚不抱希望，也不願聽別人再說離婚的事兒。我拿定主意，不能讓這件事再影響我的生活。你同意嗎？」

「哦，是的！」渥倫斯基杌隉不安地瞧了一眼她那神情激動的臉。

「您在那裡做了些什麼？都有些什麼人？」安娜沉默了一會兒，問道。

渥倫斯基一一報出客人的姓名。

「酒筵很精美，然後還有划船比賽，一切都令人心滿意足。但是在莫斯科免不了會鬧出一些荒唐事。那裡來了一位女士，據說是位瑞典皇后的游泳教師，她當場露了一下身手。」

「怎麼？她當場游泳了？」安娜皺起眉頭問。

「她穿一件紅色的泳裝，真是又老又難看。那麼我們究竟什麼時候動身？」

「真是心血來潮！怎麼，她游泳有什麼特點嗎？」安娜沒回答他，只顧說。

「根本沒什麼特點。我也說，真是荒唐透了。那麼妳想什麼時候走啊？」

安娜搖搖頭，好像想甩掉什麼不愉快的念頭。

「什麼時候走？愈早愈好。明天恐怕來不及了。那後天吧。」

「好吧……不，慢著。後天是禮拜天，我得去媽媽那兒，」渥倫斯基窘態畢露地說，因為他一說起母親，就感覺到她那多疑的目光緊盯著他。他的尷尬相向她證實了她的多疑。她頓時面紅耳赤，竭力避開他。眼下安娜想像中出現的已不是瑞典皇后的教師，而是那個跟渥倫斯卡雅伯爵夫人一起、住在莫斯科郊外鄉村的索羅金娜公爵小姐了。

「明天你能動身嗎？」她問。

「不行！我要去辦的那件事的委託書和錢明天都還拿不到。」他回答。

「既然這樣，那我們就乾脆別走了。」

「那又為什麼呢？」

「晚了我就不走了。要走就在禮拜一，否則就不走了！」

「究竟為什麼呢？」渥倫斯基似乎納悶地問。「這樣可沒有意思！」

「對你來說是沒有意思，因為你根本不把我放在心上。你不想瞭解我的生活。我在這兒只有一件事可做——照料漢娜。你說，這是虛偽。你昨天還說我不愛自己的親生女兒，卻假裝愛這個英國小姑娘，這是做作；我真想知道，我在這兒怎樣生活才算是不做作！」

這當兒她驀地回過神來，為自己改變了初衷而深感後悔。她明明知道，這樣下去會毀了自己，但她還是克制不住激憤，不能不向他指出，他的話是多麼不對；她不能屈從他。

「我從來也沒有這麼說過；我只是說，我不贊同妳這種心血來潮的關愛。」

「你一向自詡心直口快，那為什麼現在不說真話？」

「我從來也不自誇，也從來不說謊話，」他竭力克制著胸中騰起的怒火，低聲說。「那就太遺憾了，如果妳不尊重……」

「所謂尊重，只是用來掩蓋已失去愛情的心。要是你不再愛我了，那還不如明說。」

「不，這簡直無法忍受！」渥倫斯基從桌邊站起來，大聲嚷道。他站在她面前，慢條斯理地說：「妳為什麼老是要考驗我的耐心？」他說，那副模樣彷彿有許多話要說，但克制住了。「耐心是有限度的。」

「您這是什麼意思？」她高聲嚷道，令人可怖地凝視著他整張臉，尤其是那雙冷峻、殘酷的眼睛裡透出的憎恨。

「我想說的是……」他剛開腔，但又停住了。「我倒要問問：您要我怎麼做？」

「我又能要您怎麼做？我只希望您別像您打算的那樣，把我甩了，」她說，明白他沒說下去的是什麼。「但這不是我所要的，這是次要的。我要的是愛情，可是沒有愛情。因此一切都完了！」

安娜向門口走去。

「慢著！慢——著！」渥倫斯基雙眉緊鎖，但仍拉住她的手說。「怎麼回事？我說我們得推遲三天動身，妳卻說我在撒謊，說我不老實。」

「是的，我再重複一遍：一個人因為為我犧牲了一切而不時指責我，」她想起上次爭吵時的話，「他實際上要比一個不老實的人更壞——這是沒良心。」

「是的，忍耐是有限度的！」他高聲嚷道，旋即放開了她的手。

「他恨我，這很明顯。」她想，隨後默然地、頭也不回地、趔趔趄趄地走出房去。

「他愛上別的女人了，這再明顯不過，」她走進自己的房間，一邊自言自語道。「我要愛情，可是沒有愛情。因此一切都完了，」她又重複了一遍說過的話，「也應當完了。」

「但是眼下怎麼辦呢？」她反問自己，在鏡子前面的扶手椅上坐下。

她考慮：如今她到哪裡去？到一手撫養她長大的姑媽家去呢，還是到多莉家去？或者獨個兒出國去？她又考慮：他現在一個人在書房裡做什麼？這次爭吵之後是徹底破裂呢，還是可能再次和解？現在彼得堡的熟人會怎麼談論她呢？阿列克謝・亞歷山德羅維奇對此會有什麼看法？現在他們的關係破裂之後又將會怎樣？千思萬緒湧上心頭，然而她沒有完全沉溺在這些思緒之中。她心中還有一種隱隱約約的念頭使她很感興趣，但究竟是什麼她還不知道。她又想起阿列克謝・亞歷山德羅維奇，想起她產後的那場病，以及當時盤踞在她腦中的那種念頭。「我為什麼不一死了之？」她回想起當時她說的話和當時的心情。她猛然明白，她心裡懷著的是什麼想法了。是的，就是那個可以使她一了百了的念頭。「是的，一死了之！……」

「這樣一來，阿列克謝・亞歷山德羅維奇的羞慚和恥辱，謝廖沙的羞慚和恥辱，以及我的可怕的恥辱，都將由於我的死而統統了卻。我一死，他就會後悔，會可憐我、會愛我，會為我痛惜。」她面露自憐自愛的苦笑坐在扶手椅上，把左手上的戒指摘下來又戴上，從不同角度生動地想像他在她死後的心情。

響起愈來愈近的腳步聲，是渥倫斯基打斷了她的胡思亂想。她裝作在把玩幾只戒指，沒有抬頭看他。

渥倫斯基走到她跟前，抓住她一隻手，低聲說：

「安娜，如果妳願意，我們後天就走。我什麼都同意。」

她沉默不語。

「怎麼樣？」他問。

「你自己知道。」她說，這時候她再也克制不住，號哭起來。

「拋棄我吧，拋棄我吧！」她大聲地哭叫著。「我明天就走……我會鬧出更多的事來的。我是什麼人？我是一個墮落的女人，是你的累贅。我不願再折磨你，不願再折磨你！我要讓你解脫。你不愛我了，愛上別的女人了！」

渥倫斯基央求她安下心來，向她保證她的嫉妒毫無根據；說他從來沒有不愛她，而且將來也不會不愛她；說他現在比過去更愛她。

「安娜，妳為什麼要這樣折磨自己、折磨我？」他吻著她的手說。此刻他臉上漾著一片溫情，她似乎聽到他嗓音裡含著眼淚，手上也感覺到他淚水漣漣。轉瞬間安娜極度的嫉妒轉變為不顧一切的柔情；她摟住他，在他頭上、脖子上和手上不停地親吻。

# 二十五

第二天早晨，安娜覺得他們已完全和解了，就興致勃勃地著手收拾起行裝。他們是星期一動身，還是星期二動身，這還沒確定，因為昨晚他們倆都彼此作了讓步。不過，安娜還是積極地打點行裝，雖說眼下她對他們早一天走還是晚一天走都無所謂了。渥倫斯基穿戴整齊，比平時早些來找她，這時她在房間裡從一只打開的大箱子中挑揀著衣物用品。

「我現在到媽媽那裡去一趟，讓她把錢託葉戈羅夫轉給我。明天就準備動身。」他說。

此時儘管她情緒很好，但一提到要去別墅看他媽媽，她身上又像被針扎了一下。

「不，我自己還來不及準備呢，」她這麼說，心裡立刻想到：「這麼一來，我想怎麼做都可以了。」但她馬上接著說：「不，你看著辦吧。你先到餐室去，我馬上就來，我把一些用不著的東西挑出來。」她一邊說，一邊把幾件衣物放在已經捧了一大堆東西的安努什卡手上。

安娜走進餐室的時候，渥倫斯基正在吃牛排。

「不瞞你說，這些房間使我厭惡極了，」她說，在他旁邊的位子上坐下喝咖啡。「沒什麼比這些帶傢俱的房間更令人生厭的了。樣樣東西既無表情，又無靈魂。這掛鐘，這窗簾，尤其是這種壁紙，看上去簡直像噩夢。我懷念沃茲德維任斯克，就像想念上帝賜予的樂土一樣。你還沒把馬匹打發走吧？」

「沒有，馬匹要等我們走了之後再走。妳要去什麼地方吧？」

「我想到威爾遜那兒一趟。給她送衣服去。那我們明天肯定動身囉？」她歡快地說，但轉眼又臉色驟變。

渥倫斯基的貼身侍從進來要彼得堡來電的回執。渥倫斯基收到一份電報，本來稀鬆平常，可他卻似乎有什麼事想要瞞著她，說了一聲回執在書房裡，就急匆匆地對她轉過身來說：

「明天我一定把所有事情都辦完。」

「誰來的電報？」她沒在聽他的話，只顧問道。

「斯季瓦來的。」他不樂意地回答。

「為什麼你不給我看看？難道斯季瓦的事就不能讓我知道？」

於是渥倫斯基叫回那個貼身侍從，吩咐他把那份電報拿來。

「我不想給妳看，是因為斯季瓦動輒就愛打電報。事情還沒定下來，來什麼電報呀？」

「是離婚的事嗎？」

「是的，可他說還沒有什麼結果。但肯定一、兩天內會有明確答覆。妳拿去看吧！」

安娜伸出兩隻哆嗦的手接過電報，看到的就是渥倫斯基所說的內容。末尾還添了一句：「希望渺茫，我盡力而為。」

「我昨天說過，什麼時候能離，甚至離不離得成我都無所謂，」她紅著臉說。「這事毫無必要瞞著我。」但隨即她往下想：「照這樣，他跟別的女人通信也會瞞著我囉。」

「亞什溫和沃伊托夫今天早晨要來，」渥倫斯基說，「看來，他贏了不少，佩夫佐夫輸得精光，甚至付不起賭債了。大約有六萬盧布。」

「不，」安娜說，不禁怒從心起，因為他顯然用改變話題的方式來示意她又動怒了，「你幹麼以為這則消息會使我感興趣，甚至非得瞞住我不可呢？我說過，這事兒我現在根本不願去想，希望你也跟我一樣不要太當回事兒。」

「我之所以將它當回事兒，是因為我喜歡把事情弄個明確。」他說。

「明確不在於形式，而在於愛情，」她說，心中火氣愈來愈大，這倒不是因為他說了這句話，而是因為他說話的口氣是那麼冷淡、平靜。「你為什麼這麼希望呢？」

「天啊，又扯到愛情。」他皺起眉頭，心想。

「妳知道為什麼：為了妳，也為了將來的孩子。」他說。

「不會再有孩子了。」

「這太遺憾了。」他說。

「你需要為了孩子這樣，可是為什麼不替我想想呢？」她說，把他剛才說的「為了妳，也為了孩子」這句話完全忘了，或者根本沒聽進去。

會不會再有孩子的問題早已成了他們爭論的焦點，並一直使她惱怒。在她看來，他想要孩子，就是不珍惜她的美貌。

「唉，我說了：為了妳，最主要是為了妳，」他好像疼痛難忍似的皺著眉頭，重複說，「因為我有把握地說，妳時常惱怒的主要原因是身分不明確。」

「瞧他，現在不再裝模作樣了，他對我冷酷的仇恨顯而易見。」她思忖著，沒聽他說話，但忐忑不安地直盯著他那儼然法官似、冷酷而又咄咄逼人的目光。

「那不是原因，」她說，「我真弄不懂，你怎麼會把我現在完全聽你擺布說成是我時常惱怒的原因。

身分怎麼不明確？事實恰恰相反。」

「很遺憾妳沒弄懂我的意思，」渥倫斯基打斷她，執拗地想把自己的想法全都說出來，「這種身分不明就在於，妳總覺得我不受約束。」

「這一點你可以完全放心。」她說，隨即掉轉身去，喝起咖啡來。

她翹著小指端起一杯咖啡，送到嘴邊。她喝了幾小口，瞥了他一眼，從他臉上的表情可以清楚看出，他厭惡她的這隻手、這種姿態，以及咂嘴聲。

「你母親有什麼想法，她要讓你娶什麼人為妻，我根本無所謂。」她那顫抖的手放下咖啡杯，說道。

「但我們現在不談這件事。」

「不，就是要談這件事。不瞞你說，一個無情無義的女人，不管她年紀大不大，也不管她是不是你母親，我都不感興趣，也不想知道她的想法。」

「安娜，我請求妳說到我母親時口氣放尊重點。」

「一個女人不為兒子的幸福和名譽著想，那她就是無情無義。」

「我再次請求妳，談到我所尊敬的母親時口氣放尊重點。」他提高嗓門說，同時嚴厲地盯著她。

她不吭聲了，眼神定定地望著他，望著他的臉、他的手，回想起昨天他們言歸於好的種種詳情細節，回想起他充滿激情的愛撫。「他對別的女人也是這樣狂熱地愛撫，而且以後還會是這樣！」她暗自思忖。

「其實你並不愛母親。你只不過嘴上說得好聽，說得好聽，說得好聽！」她憤憤然地瞧著他說。

「既然如此，那麼就得……」

「就得作出決定，我已經決定了。」她說著想走，但這時亞什溫走進房來。安娜跟他打招呼，站住了。

此時此刻，當她心潮洶湧，感到自己處在後果可怕的生活轉捩點，她為什麼要在一個遲早會得知一切底細的外人面前裝模作樣，這她還不清楚。但是她馬上抑制住自己內心的激動，坐下來，開始與客人聊天。

「嗯，情況怎麼樣？欠帳都收回了嗎？」她問亞什溫。

「情況還可以；都收回我看還不行，星期三我得走了。你們什麼時候走？」亞什溫瞇起眼睛瞧著渥倫斯基說，顯然猜到他們剛發生過爭吵。

「好像是後天吧，」渥倫斯基說。

「其實你們早做好準備了。」

「但是現在已經決定了，」安娜直視著渥倫斯基的眼睛說，她的目光告訴他，他別再想能跟她和解了。

「難道您就不可憐那個不走運的佩夫佐夫嗎？」她繼續跟亞什溫聊著。

「安娜．阿爾卡季耶夫娜，我從來沒有問過自己要不要可憐別人。您瞧，我的全部家當都在這兒了，」他指指側袋，「現在我是個有錢人，要是今晚我到俱樂部去，也許出來時就變成了窮光蛋。其實，不管誰坐下來跟我賭，都想叫我輸得不名一文，而我也想叫他輸得精光。瞧，我們就是這樣拚死拚活地賭，樂趣也就在其中。」

「哦，要是您成了家，」安娜說，「那尊夫人會怎麼看？」

亞什溫笑了起來。

「很明顯，我就是因為這個才沒有成家，而且永遠不打算成家。」

「那赫爾辛基的事情怎麼樣了？」渥倫斯基插嘴說，隨即瞥了一眼笑吟吟的安娜。

一碰到他的目光，安娜的臉色驟然變得冷峻刻板，好像在對他說：「沒有忘呢。還是這樣。」

「難道您真的戀愛過嗎？」她問亞什溫。

「喔，天啊！戀愛過多次！但是妳要知道，有的人可以坐下來打牌，可幽會時間一到，馬上站起來就走。談談戀愛我也能，但晚上打牌絕不能耽擱。我就是這麼安排時間的。」

「不，我不是問那種事，而是問真正戀愛的事。」她本想說赫爾辛基的事，但不願意說渥倫斯基說過的話。

來向渥倫斯基買馬駒的沃伊托夫來了。安娜站起身，走出房去。

臨出家門之前，渥倫斯基走進她的房間。她想假裝在桌上找東西，但又羞於裝模作樣，就用冷冷的目光直視著他的臉。

「您要什麼？」安娜用法語問他。

「拿甘必塔畜種證書。我把牠賣了。」他說，語氣比話表現得更清楚：「我沒工夫解釋，再說，解釋也沒用。」

「我沒有任何對不住她的地方，」渥倫斯基心想。「假如她要作賤自己，那麼她活該倒楣。」但是，出門的時候，他似乎聽見她說了一句什麼，他的心突然由於憐憫她而顫動了。

「什麼，安娜？」他問道。

「沒什麼，」她還是那樣冷淡而又平靜地回答。

「沒什麼，那就活該倒楣，」他思忖道，又冷了心，轉過身，就走出去了。走出去時，他從鏡子裡看見她臉色蒼白，嘴唇哆嗦。他想停下來、對她說句安慰的話，然而他還沒想好怎麼說，兩腳已跨出了房門。這一整天他都在外頭，夜裡很晚才回來；女僕對他說，安娜·阿爾卡季耶夫娜頭疼，請他別到她房裡去。

# 二十六

以前他們從未出現過吵嘴之後一整天不和解的情形。今兒是破天荒頭一遭。其實這算不上是吵嘴，只是公開承認感情變淡罷了。他到房裡去拿馬駒的證書時，冷漠地瞥了她一眼——怎麼可以用這樣的目光瞧她呢？而且分明看見她絕望得心都要碎了，怎麼可以視若無睹、不哼不哈，心安理得地一走了之呢？他不僅對她冷漠，而且還仇恨她，因為他愛上了別的女人——這是明擺著的事。

安娜回想著他對她說的所有冷酷無情的話，同時還臆想著他顯然想說而且也說得出口的刻毒話，不由得愈想火氣愈大。

「我不阻攔您，」他會這麼說。「您可以隨便去哪兒。您不願與您丈夫離婚，想必以後還要回到他身邊去。您還是回去吧。如果您需要錢，我給您。您需要多少盧布？」

在她的想像中，渥倫斯基對她說了只有粗野的漢子才說得出口的、種種最冷酷無情的話，她不饒恕他，彷彿他真的這麼說過。

「他這個樸實厚道的人，昨天不是指天發誓要愛我嗎？以前我多次陷入絕望，結果不都是多餘嗎？」緊接著她又對自己說。

除了去拜訪威爾遜花掉兩個小時之外，安娜一整天都在胡亂猜疑：一切是否完了，還是仍有和解的希望？她是否應當馬上就走，還是與他再見一次面？她乾等了他一整天再加一個晚上，臨回自己房間之前，關照侍女轉告他，她頭疼。這當兒她又在暗自推測：「如果他聽到侍女的話，還是來看我，這就意味著他還愛著我。如果他不來，那就是說一切都完了，到那時我就拿定主意該怎麼做！……」

晚上她聽見他四輪馬車停下的吱嘎聲，他的拉鈴聲，他的腳步聲和他跟侍女的說話聲。他信了侍女轉告的話，不想再進一步瞭解實情，就回自己房裡去了。這下看來，真的一切都完了。

眼下死是挽回他的愛、懲罰他，使她心中的惡魔在與他進行的那場搏鬥中獲勝的唯一手段，種種死的情形歷歷在目地呈現在她眼前。

去不去沃茲德維任斯克，與丈夫離不離婚現在都無所謂了。只有一件事必須做——懲罰他。

安娜倒了平常服用的那點劑量的鴉片，這時她想到，她只要把整瓶鴉片都喝了，馬上可以一死了之。她覺得這方便又輕鬆，於是她又暗暗得意地想到，他將痛苦、悔恨並追憶對她的愛情，但為時已晚。她睜著眼睛躺在床上，在一根殘燭的火光下望著天花板的雕花飾頂和屏風投上去的一小片影子，生動地想像著，她不在人世，只給他留下回憶之後，他會有什麼感受。「以前我怎麼能對她說那麼冷酷無情的話呢？」他會這樣捫心自問。「我怎麼能不說一句話就走出她的房間呢？可是如今她已經不在了。她永遠離開了我們。她在那裡……」驀地，屏風的影子搖晃起來，擴散到整個飾頂、整個天花板；這時又有一些影子從另一方面向她湧來；一眨眼影子都消失了，但隨即又飛速地、鋪天蓋地地壓過來，搖搖晃晃、融成一片，於是四周變得漆黑。「死！」她心想。頓時恐懼襲上心頭，她久久弄不明白她在什麼地方，瑟瑟發抖的手怎麼也找不到火柴來點燃另一根蠟燭，以代替那根快要燃盡、熄滅的殘燭。「不，什麼都不重要，只要能活下去！因為我是愛他的，他也是愛我的！這件事過去了，一切都會過去的。」她說，同時感覺到重獲生命的驚喜淚水在臉頰上簌簌滾落。為擺脫驚懼不安，她急匆匆地趕往他的書房。

他在書房裡睡得死死的。她走到他跟前，拿起蠟燭照亮他的臉，盯著他瞧了好長時間。現在他睡著了，她非常愛他，看著他，愛憐的眼淚就禁不住奪眶而出；但她清楚，他一旦醒來，就會用冷淡、自負的目光瞅著她。這時她要對他傾訴愛情，就先得向他證明，他對不住她。她沒有叫醒他，回自己房裡去了。她又服了同樣劑量的鴉片，一直到凌晨才睡著，但是噩夢不斷，時常驚醒；她一直覺得朦朦朧朧，似睡非睡、似醒非醒。

早晨她又做了與渥倫斯基結合前做過多次的那種噩夢，一下子驚醒了。她似乎覺得，一個蓄著蓬鬆鬍子的小老頭兒俯身在一塊鐵器上做著什麼活兒，嘴裡哩哩囉囉說著法語。與以往各次所做的這種噩夢一樣（可怕的就在此），她覺得這個鄉巴佬不理睬她，卻用這鐵器對她展開可怕的騷擾。她驚醒過來，出了一身冷汗。

她起床之後，回想起昨天的情形，如墜五里霧中。

「發生過一次爭吵。這種情形已出現過多次。我推說我頭疼，他就不進房來了。明天我們就走，現在去看看他，做一下準備，」她自言自語道。得知他在書房裡，她就去找他。穿過客廳時，她聽到有輛馬車在門口停下。她往窗外一望，看見一位戴著淡紫色帽子的年輕姑娘從車窗裡探出頭來，對拉鈴繩的僕人吩咐著什麼。隨後有人在前廳裡交談了幾句，就登上樓去，接著客廳外面響起渥倫斯基的腳步聲。他快步走下樓去。安娜又走到窗前。看見他沒戴帽子走到臺階上，走到馬車跟前。戴淡紫色帽子的年輕姑娘交給他一包東西。渥倫斯基笑著對她說了句什麼。馬車駛走了，他又快步跑上樓來。

籠罩著她整個心靈的那團迷霧頓時消散。昨日的種種感受重又刺痛她那備受創傷的心。她現在怎麼也無法明白，自己怎麼會不顧顏面，竟在他的房裡跟他待了一整天。她走進他的書房，要向他表明自己的決心。

「剛才是索羅金娜和她女兒坐車路過這兒，捎來媽媽託她轉交的錢和證明文件。我昨天沒能拿到。妳頭疼好些了嗎？」他平靜地說，不願看到、也不願瞭解她臉色陰沉而又洋洋得意的緣由。

安娜站在房間中央，默默無言地凝視著他。渥倫斯基瞧了她一眼，皺了一下眉頭，繼續看信。她掉轉身，慢慢地走出房間。當時要把她叫回來還來得及，但是她走到門口了，他仍不作聲，只聽見翻動證明文件的沙沙聲。

「哎，我說，」她走到門口了，他才說，「我們明天肯定走嗎？是否當真？」

「您走，我可不走了。」她轉過身來對他說。

「安娜，這樣下去，日子沒法過了……」

「您走，我可不走了。」她重複了一遍。

「這簡直讓人受不了！」

「您……您對此會後悔的，」說罷，她走出去了。

渥倫斯基被她說這幾句話時的絕望神情嚇壞了，猛地跳起來，想跑去追她，但馬上回過神來，又坐下，咬緊牙關，皺起眉頭。這種在他看來是不顧別人體面的威脅，惹得他十分惱火。「我什麼辦法都試過了，」他思忖道，「現在只剩下一個辦法——不予理睬。」於是他準備進城，再去見母親，要她在委託書上簽字。

安娜聽到他在書房裡和餐室裡走來走去的腳步聲。他在客廳門口停住，但是沒折入她的房間，只是吩咐僕人，他不在時可以讓沃伊托夫把公馬牽走。接著安娜聽見馬車趕來了，車門打開，他又走了出去。不過他再次回到門廊裡，馬上有人跑上樓來。這是貼身侍從跑上樓去取主人遺忘的手套。她走到窗前，看見他瞧也不瞧侍從一眼就接過手套，輕輕拍拍車夫的背，對他說了句什麼。隨後他沒有朝窗口望一眼，像平時一樣氣勢不凡地坐上馬車，架起二郎腿，戴上手套，消失在轉角。

## 二十七

「他走了！全完了！」安娜佇立在窗前，自言自語。回答她這句話的只有蠟燭熄滅後的一片黑暗和可怕夢魘留下的印象，它們融成一塊兒，使她心裡充滿了寒氣砭骨的害怕。

「不，這不可能！」她大聲喊叫，一邊跑過房間，使勁地拉鈴繩。此時此刻她的確十分害怕孤零零地一個人待著，不等僕人來，她就去迎候。

「去打聽一下，伯爵到哪兒去了。」她說。

僕人回答說，伯爵去馬廄了。

「他讓我稟告您，如果您要外出，馬車立刻就回來。」

「好的。等一下，我馬上寫張便條，讓米哈伊爾送到馬廄去。要快。」

她坐下來，寫道：

是我不對。回家來，有話要說。看在上帝分上，快回家來，我害怕極了。

她把短簡封好，交給僕人。

她害怕獨個兒待在房裡，就跟在僕人後面走出屋子，上兒童室去了。

「唉，這是怎麼回事？不是他！他那雙碧眼和可愛而又怯生生的笑容在哪兒？」她心神不定、惘然若失，原企盼在兒童室裡見到謝廖沙的，卻沒見到，見到的卻是胖乎乎、臉蛋兒紅撲撲、長著一頭烏黑鬈髮的小姑娘，於是她腦海中首先出現以上的想法。小姑娘坐在桌邊，抓著一只瓶塞子在桌子上使勁亂敲，瞪著一雙烏黑滾圓的小眼珠茫然地望著母親。安娜回答英國保姆，說她身體很好，明天就到鄉下去，然後在小姑娘旁邊坐了下來，在她面前轉動起瓶塞子。孩子清脆、響亮的笑聲和眉毛揚起的神態使她想起了渥倫斯基。她勉強克制住號哭，匆匆站起來，走了出去。「難道真的一切都完了？不，這不可能，」她思忖道。「他一定會回來的。但是他怎麼對我解釋，他和她說話之後他那種笑容和那種開心樣呢？但即使不解釋，我還是相信他。要是不相信他，那我只剩一條路了，可我不願意這樣。」

安娜看了看座鐘。才過了十二分鐘。「現在他收到字條了，正在往回走。不用很長時間，再過十分鐘……但萬一他不回來，那怎麼辦？不，不會的。不能讓他看到我這雙哭過的眼睛。我去洗把臉。噢，對了，我的頭髮梳過沒有？」她問自己，但記不起來。她伸手撫摸一下頭。「哦，梳過了，可是什麼時候梳的壓根兒記不起來。」她甚至不相信自己的手，走到鏡子跟前照照，是否真的梳過頭。頭髮她是梳過了，但記不得是什麼時候梳的。「這是誰？」安娜瞧著鏡子裡那張燒得發紅的臉，那雙亮得出奇、並驚慌不安地望著她的眼睛，琢磨著。「對了，這是我呀。」她從頭到腳打量了一遍自己，頓時明白過來。她驀地覺得他在吻她的身子，不禁顫抖了一下，聳起肩膀。接著她把手舉到嘴唇邊，吻了吻。

「怎麼啦，我瘋了。」說著，她走進臥室，安努什卡正在收拾房間。

「安努什卡。」她喊道，站在侍女面前，眼睛瞧著她，但不知道對她說什麼才好。

「您要去看望達里雅．亞歷山德羅夫娜。」侍女說，似乎明白她的想法。

「去看望達里雅．亞歷山德羅夫娜嗎？是的，我會去的。」

「去十五分鐘，回來十五分鐘。現在他正在回來的路上，馬上就到了。」她掏出表，看了看。「然而他怎麼能棄我於這種境地、一走了之呢？他不跟我合好，日子怎麼過下去呢？」她走到窗前，望著大街。按時間算，他也該回來了。不過也可能先前算得不準確，於是她重又回想他是什麼時候乘車離開的，計算他來去得花多少分鐘。

她剛走到大座鐘前去對表，就有人坐馬車來了。她朝窗外張望，看見了他的馬車。但是不見有人上樓，只聽見下方的說話聲。這是打發去送信的僕人坐馬車回來了。她下樓去見他。

「沒碰到伯爵。他到下城車站去了。」

「你怎麼啦？怎麼啦？……」她問臉頰通紅、神情歡快的米哈伊爾，他把短簡交還給她。

「哦，原來他沒收到。」她霍地想起。

「你再把這封信送到鄉下的渥倫斯卡雅伯爵夫人手裡，知道嗎？拿到回信馬上回來，」她對送信的僕人說。

「可是我自己，我自己做什麼呢？」她心裡想。「對了，我去看望多莉，這不錯，要不然，我會發瘋的。對了，我再打個電報去。」於是她擬起電文來：

我有話面談，請即回。

發了電報，她就去換衣服。她換好衣服、戴上帽子，瞧了一眼身子胖乎乎、神態安然的安努什卡的眼睛。她這雙善良的灰色小眼睛流露出明顯的同情。

「安努什卡，好姑娘，現在叫我怎麼辦？」安娜一邊痛哭，一邊訴說，頹然跌坐在扶手椅上。

「您不要這樣焦慮不安，安娜·阿爾卡季耶夫娜！這是常有的事。您不妨出去走走，散散心。」侍女說。

「是的，我就去，」她強打起精神，站起來說。「如果我不在家，電報來了，就送到達里雅·亞歷山德羅夫娜那裡去……不，我會回來的。」

「是的，別胡思亂想，得做點什麼、出去走走，最主要的是——走出這座房子。」她喃喃地說，驚恐地傾聽著自己心兒駭人的突突跳動聲，急匆匆地走出門，坐上馬車。

「去哪兒，夫人？」彼得還沒有坐上馭座，就問道。

「去茲納緬卡街，奧勃朗斯基家。」

## 二十八

天氣晴朗。整個早上一直細雨濛濛，此時剛剛放晴。鐵皮屋頂、人行道的石板、馬路上的鵝卵石、馬車上的車輪、皮具、銅件和白鐵件——一切都在五月的陽光下熠熠閃亮。午後三點鐘，這是街上最熱鬧的時候。

安娜坐在一輛套著兩匹灰馬、車廂在疾駛中微微晃動的舒適鋼板彈簧馬車的一角，在不停息的轔轔聲中，望著窗外轉瞬即逝的景象，重又細細回想這幾天來發生的事，對自己處境的看法與在家裡時的完全不同了。眼下死的想法在她看來已不那麼可怕，那麼明朗了，死也不再是不可避免的。現在她指責自己竟對他這樣低聲下氣。「我懇求他寬恕。我屈從於他。承認自己有錯。幹麼呢？難道沒有他，我就活不下去？」她也沒有回答這個問題，卻看起各種招牌來。「公司和倉庫。牙醫。對了，我把一切統統告訴多莉。她不喜歡渥倫斯基。雖然很羞恥痛苦，可我要把一切都告訴她。她喜歡我，我也願意聽她的忠告。我不再向他屈服；我不允許他教訓我。菲利波夫，白麵包。據說，他們常把發好的麵團送往彼得堡。莫斯科的水真是好哇。哦，還有梅季希的礦泉水和發麵煎餅。」接著她又回想起很久很久以前的事情，那時她才十七歲，她跟姑媽一起去朝拜聖三一大修道院[55]。「那時我們還是騎馬去的呢。難道一雙手凍得通紅的那個姑娘真是我嗎？有多少我當時覺得那麼美好、那麼高不可攀的東西，如今卻變得微不足道，可是當時存在的東西現在的確永遠得不到了。那時我會相信，自己將來有一天會落到這種屈辱的田地？他收到我的信，一定會趾高氣揚！但我會給他點厲害瞧瞧的……這種油漆散發的氣味多難聞啊。他們幹麼老是沒完沒了地蓋房子、刷油漆？時裝店和飾品店，」她瞧著店家招牌。有個男子向她鞠躬。他是安努什卡的丈夫。「我們的寄生蟲，」她想起以前渥倫斯基說過這話。「我們的？為什麼是我們的？」令人可怕的是不能把往事連根拔掉。不能拔掉，但是可以忘掉。我一定要把它忘掉。這當兒她又想起跟阿列克謝・亞歷山德羅維奇的往事，想起她是如何把它從記憶中抹去的。「多莉會以為，我要拋棄第二個丈夫，因此自然會認為我做得不對。難道我還想要人家說我做得對嗎！我不會那麼做！」她喃喃自語，難過得真想痛哭一場。但是她立刻考慮起那兩個姑娘為什麼事這麼笑嘻嘻的。「大概是想到了愛情？她們不懂得這種事多麼令人難受，多麼卑劣……林蔭道和孩子們。三個男孩奔跑著，在玩賽馬遊戲。謝廖沙！我失去了一切，要不回兒子了。是的，我失去了一切，如果他不回來的話。他也許沒趕上火車，現在已經回到家。那我又要在他面前低聲下氣了！」她對自己說。「不，我去找多莉，向她直說了：我很不幸，我活該如此，都是我不對，但是我實在很不幸，幫我一把。這兩匹馬，這輛馬車——乘這輛馬車讓我心裡多麼厭惡——都是他的；但是我以後再也見不到它們了。」

安娜把要向多莉和盤托出的話都考慮好了，她故意觸痛自己的心，登上樓去。

「有客人嗎？」她在前廳裡問。

「卡捷琳娜・亞歷山德羅夫娜・列文娜在，」僕人回答。

「吉媞！就是渥倫斯基愛過的那個吉媞，」安娜心想，「也就是他舊情難忘的人。他對沒有娶她為妻

---

55 即莫斯科以北七十一公里處的古代俄羅斯謝爾吉聖三一大修道院。

感到遺憾。可是他想到我就心懷仇恨，後悔跟我在一起。」

安娜到來的時候，姊妹倆正在討論餵養嬰兒的事。多莉獨個兒出來迎接此刻來打斷她們談話的這位客人。

「哦，妳沒有離開哇？我正想親自去看妳呢，」多莉說，「今天我收到斯季瓦的一封信。」

「我們也收到他的電報。」安娜回答，一邊四下打量著，想看到吉媞。

「他在信上說，他不明白阿列克謝．亞歷山德羅維奇究竟想做什麼，可是他得不到答覆是不會走的。」

「我想，妳有客人在吧。可以看看那封信嗎？」

「是的，吉媞在，」多莉尷尬地說，「她在兒童室裡。她病得不輕。」

「我聽說了。可以讓我看看那封信嗎？」

「我馬上去拿來。不過阿列克謝．亞歷山德羅維奇並沒拒絕；相反的，斯季瓦還抱著希望呢。」多莉一邊說，一邊在門口站住。

「我不抱希望，而且也沒有這個願望。」安娜說。

「怎麼了？吉媞是不是認為與我見面會玷辱她的人格？」安娜只剩下自己一個人時思忖道。「也許她是對的。但是她，這個跟渥倫斯基戀愛過的人，也不該這樣有意做給我看，雖說這樣做也有道理。我知道，我這樣一個身分不明不白的人，沒有一個正派的女人肯接待。我知道，從我為他作出一切犧牲的最初一刻起，就會如此！這就是報應！哼，我真是恨死他了！我來這兒幹麼呢？弄得我心情更惡劣，更痛苦。」她聽見姊妹倆在隔壁房間裡交談。「現在我該對多莉說什麼好？說我很不幸、請求她庇護，讓吉媞聽到這些話得到安慰嗎？不，多莉也不會理解的。我對她沒什麼可說的。只要看看吉媞，讓她知道我對什麼人都不屑一顧，對什麼事都不予理會，如今我什麼都無所謂，那我也算不虛此行了。」

多莉拿著信走來。安娜接過信讀完，一聲不吭地交還給她。

「這些我都知道，」她說。「我絲毫不感興趣。」

「這究竟為什麼呢？相反的，我還滿懷著希望呢，」多莉說，一邊好奇地瞧著安娜。她從來沒見過安娜的心緒像這樣焦躁不安。「妳什麼時候離開？」多莉問她。

安娜瞇起眼睛，瞧著前面，沒有回答她。

「吉媞幹麼躲著我？」她瞧著門口，紅著臉說。

「咳，別說傻話！她在餵奶，可她又餵不來，我剛才在教她……聽說妳來了，她很高興。她馬上就來，」多莉不會說假話，侷促不安地說。「瞧，她來了。」

吉媞知道是安娜，原想不出來的，可是多莉說服了她。吉媞終於鼓起勇氣，走了出來。她臉漲得通紅，走到安娜跟前，把手遞給她。

「很高興見到您。」她嗓音打顫地說。

吉媞心中一直被既敵視這個不檢點的女人、但又想對她表示寬容的這種對立的心情弄得手足無措，十分尷尬。但是她一見到安娜那張美麗而又討人喜歡的臉，心中的敵意頓然煙消雲散。

「要是您不願與我見面，我也不會大驚小怪。我對這一切都習慣了。您病了？是的，您的模樣都變了。」安娜說。

吉媞覺察到安娜用敵視的目光瞅著她。她認為這是由於安娜現在覺得自己在過去庇護過的吉媞面前竟落到這般難堪的境地。於是吉媞又不免同情起她來。

她們談起吉媞的病，談起嬰孩，談起斯季瓦，然而，安娜顯然對這些都毫無興趣。

「我是來向妳辭行的。」安娜站起來，對多莉說。

「您什麼時候動身？」

可是安娜沒回答，轉身又跟吉媞聊起來。

「是的，見到您我非常高興，」她面帶微笑說。「我從各方面聽到有關您的情況，甚至從您丈夫口中。他到我那裡去過，我很喜歡他，」安娜說這話顯然有不良居心。「他現在在哪兒？」

「他到鄉下去了。」吉媞滿臉通紅地說。

「請代我向他致意，一定要向他致意。」

「一定！」吉媞天真地重複，用同情的目光注視著她的眼睛。

「那麼再見了，多莉！」說著，安娜吻了一下多莉，握了握吉媞的手，急急地走了。

「還是原來的模樣，依然是那麼有魅力。真是太美了！」只剩下姊妹倆時，吉媞說。「但她總讓人覺得可憐兮兮的！太可憐了！」

「不，今天她樣子有點特別，」多莉說。「我送她到前廳的時候，覺得她想哭。」

# 二十九

安娜登上馬車，心緒比離家時更糟。原先很痛苦，現在又增添了被侮辱、遭唾棄的感受，這種感覺在跟吉媞見面時更加明顯。

「去哪兒，夫人？回家嗎？」彼得問。

「是的，回家。」她說，現在也不考慮要去哪兒。

「他們瞅著我，就像瞅著一樣可怕而又稀奇的東西。那兩個人這麼熱烈地在談些什麼呀？」她瞧著兩個步行的人。「難道一個人可以把自己的感受隨便講給別人聽嗎？我原本打算告訴多莉的，幸好沒講。她見到我不幸，會幸災樂禍的！她會掩飾這種心情，可是得知我為了她所嫉妒的那種快樂而受懲罰，她會心花怒放。吉媞更會樂不可支。我都把她看透了！她知道，我對她丈夫具有非同一般的魅力。她嫉妒我、憎恨我。還鄙視我。在她眼中，我是個不道德的女人。要是我真是那麼不道德，那只要我願意，早就讓她的丈夫墮入我的情網了。我的確有過這樣的打算。瞧，這個人多麼得意呀。」安娜想著，她看見一位臉色紅通通、身子胖乎乎的先生坐車迎面駛來，把她當作了熟人，掀了掀亮光光禿頭上戴著的那頂亮閃閃的大禮帽，但隨後便發現他認錯了人。「他以為認識我呢。事實上，他根本不認識我，而且世上沒有一個人認識我。我自己都不認識自己。正如法國人所說的，我只知道自己的胃口。瞧，他們就想吃那種不乾淨的霜淇淋。他們就知道吃霜淇淋。」這時路上有兩個男孩叫住賣霜淇淋的小販，小販立刻從頭頂上拿下木桶，用毛巾角擦擦汗津津的臉。她望著他們，心裡這樣想。「人人都想吃好吃的甜食。沒有糖果，就吃髒兮兮的霜淇淋。吉媞也是這樣：得不到渥倫斯基，就要列文。她還嫉妒我、憎恨我。我們彼此仇恨。我恨吉媞，吉媞恨我。這是事實。理髮師秋季金。我理髮總是叫秋季金的……等他來了，我要告訴他，」她暗自思忖，然後又微微一笑。但她旋即又想到，眼下沒什麼人可以說可笑的事了。「再說，也沒什麼可笑、高興的事兒。一切都叫人討厭。晚禱的鐘聲響了，那個商人多麼認真地畫著十字！好像擔心會失去什麼。這些教堂、這些鐘聲、這些謊話幹什麼用呢？只不過用來掩飾我們大家彼此的仇恨，就像這些互相罵得很凶的車夫一樣。亞什溫說，他想讓我輸得傾家蕩產，而我也想讓他輸得身無分文。瞧，這倒是實話！」

她沉陷於這種胡思亂想之中，暫時忘卻了自己的處境。馬車把她送到家門口的臺階前。看見出來迎接她的門房，安娜才想起自己發出的信和電報。

「有回音嗎？」她問道。

「我這就看看有沒有，」門房回答，他朝桌上瞧了瞧，拿起一封方形的、薄薄的電報遞給她。「十點前回不來。渥倫斯基。」她讀了電文。

「那麼，送信的回來沒有？」

「還沒有。」門房回答。

「嗯，既然這樣，那我知道，我該怎麼辦了，」她喃喃自語，心頭突然騰起一股無名火和報復的欲望，跑上樓去。「我自己去找他。在與他訣別之前，我要把事情都對他講明。我從來沒有像恨他這樣恨過任何人！」她想。她一看見衣帽架上他那頂帽子，便嫌惡得渾身顫抖。她沒想到，這份電報是他收到她電報後的回電；她沒想到，他當時還沒收到她的信。她如是想，此時此刻他正悠然地在與母親、與索羅金娜聊天，以她的痛苦為樂呢。「是的，得盡快走，」她對自己說，可是還不知道該去哪兒。她想盡快擺脫在這幢可怕屋子裡所體驗到的種種心情。僕人、牆壁、這幢屋子裡的家什——樣樣都引起她嫌惡和憤恨，樣樣都沉甸甸地壓在她的心頭。

「對了，我得去火車站，要是那兒不見他的人影，那我就到那兒去，揭穿他的花招。」安娜看了一下報紙上的火車時刻表。晚上八點零二分有一趟車。「嗯，我趕得上。」她吩咐馬車夫換兩匹馬，接著自己動手往行囊裡收拾幾天所必需的用品。她知道，此去不再回來了。她從腦海裡出現的種種計畫中含含糊糊地選擇了一種，即在火車站或者伯爵夫人的莊園裡大吵一架之後，就坐下城鐵路的火車到頭一個停靠的城市，在那兒落腳。

午飯已擺上桌，她走到跟前，嗅了嗅麵包和乳酪，覺得每一樣吃的都令她噁心。於是她吩咐套車，走出門去。房子已在整條大街上投下陰影，晴朗的黃昏在夕陽的餘暉下還暖洋洋的。拿著東西送她出來的安努什卡也罷，往馬車上搬行李的彼得也罷，或者顯然不太高興的車夫也罷，個個都使她討厭，他們的一言一行都惹她發火。

「你不必去了，彼得。」

「那火車票怎麼辦？」

「哦，那隨你便，我無所謂。」她厭煩地說。

彼得跳上馭手座位，雙手扠腰，吩咐車夫去火車站。

## 三十

「瞧，又是她！我什麼都明白了，」馬車剛啟動，安娜自言自語。馬車走在碎石子路上，晃晃悠悠，轆轆作響，這時各種印象又一個接一個地湧入她的腦海。

「哦，我剛才想到什麼開心的事呢？」她竭力回想。「想到理髮師秋季金嗎？不，不是那件事。噢，對了，就是亞什溫說過的那句話：生存鬥爭和仇恨是人與人聯結的唯一關係。是的，你們坐車外出遊玩也沒意思。」她心裡對一夥乘坐駟馬車、顯然是去郊遊作樂的人說。「你們帶著狗也沒用。你們逃避不了自己。」她朝彼得轉過身去的那個方向望去，看見一個喝得爛醉如泥的工人搖晃著腦袋，被一個員警拖走。「嗯，他這樣倒很好，」她思忖道。「我跟渥倫斯基伯爵就沒有得到過這樣的快樂，雖說我們很想過這種日子。」安娜這時頭一回看清了她與渥倫斯基的關係，這是她以前是避而不去想的。「他要在我身上撈取什麼？與其說是愛情，不如說是滿足虛榮心。」她回想起他們結合初期他說的話，以及他活像馴順的獵狗的那副表情。如今一切都證實了這番看法。「是的，他身上有一種虛榮心得到滿足的倨傲神氣。自然，也有愛情，但更多的是取得成功的傲氣。他過去一直以得到我為榮。如今這已過去。沒什麼可值得神氣的了。沒神氣可言，只有恥辱。他從我身上取得了所能取得的一切，現在他不需要我了。他把我看成了包袱，但是又竭力裝作對我不做負心漢。可是昨天他說溜了嘴，要我先離婚、再結婚，他是破釜沉舟了。他愛我，可是愛得怎麼樣？熱情消退了。[56]那個人想嘩眾取寵，顯得那麼躊躇滿志，」她瞧著騎一匹賽馬、面色緋紅的店員想道。「是的，我已經沒有迷住他的魅力了。要是我離開他，他會從心底裡覺得高興。」

這並不是她的推測，而是她借助於照透一切的亮光而清晰看到的現實。這種亮光現在使她看清了人生的意義和人與人之間的關係。

「我的愛愈來愈熾烈，愈來愈自私，可他卻愈來愈冷漠，這就是我們終將分手的緣由，」她繼續想。「這也是無可挽回的。我把一切都託付給了他，我要求他全心全意地忘情於我。可他卻愈來愈疏遠我。在一起之前，我們如膠似漆、形影不離；之後，同床異夢、貌合神離。這種局面無法改變。他說我經常無緣無故醋興大發，我自己也告訴自己，我常常無緣無故吃醋。但這不是真話。我不是墮入醋海，而是覺得不滿足。然而……」倏忽間一個想法湧上心頭，令她激動得張開了口，身子在馬車裡挪動了一下。「我真不該癡癡迷迷做他的情婦，奢想得到他的撫愛。但是我又沒法子，只能這麼做。我的願望使他反感，他的做法使我憎恨，這也是毫無辦法的。難道我不知道他不會欺騙我、不會對索羅金娜有意思、不會愛上吉媞，不會對我變心嗎？這一切我都知道，可是我並不因此覺得輕鬆。要是他不愛我，僅僅出於責任心才善待我、違心地對我表示溫存，沒有我所想望的那種愛情，那就甚至比恨我還要壞千百倍！那簡直就是地獄！事實就是這樣。他早就不愛我了。愛情一結束，仇恨就隨之開始。這些街道我壓根兒都不認識了。還有這些小山，這些房子，一幢幢房子……房子裡擠滿了人，全是人……多得數不清，個個你恨我、我恨你。唉，讓我想想，我怎麼做才能得到幸福。好吧，只要辦完離婚手續、阿列克謝・亞歷山德羅維奇把謝廖沙還給我，我就與渥倫斯基結婚。」一想起阿列克謝・亞歷山德羅維奇，他的形象，他那雙溫柔而又毫無生

56 原文為英文。

氣的、呆滯的眼睛，那雙青筋暴突、白皙的手，他的口音以及扳手指的哢哢聲立刻活靈活現地呈現在她面前；一想起他們之間也被稱為愛情的那種感情，就會厭惡得打寒顫。「嗯，要是我辦了離婚手續，成了渥倫斯基的合法妻子，那又怎麼樣？難道吉媞就不用現在這種眼光看我了嗎？不。難道謝廖沙不會再問，或者不會想到我怎麼會有兩個丈夫嗎？我和渥倫斯基之間會有怎麼樣的新感情呢？不要什麼幸福，但求不是痛苦，這行不行？不，不！」她現在毫不猶豫地回答自己。「不行！我們因為無法共同生活而分手，我使他不幸，他也讓我不幸。改變他改變我都不可能。種種辦法都試過了，螺絲擰得螺帽都壞了。哦，那個抱著嬰孩的女乞丐！她以為別人會可憐她。難道我們這些人來到世上不都是為了彼此仇恨，既折磨自己、也折磨別人嗎？有幾個中學生走來，他們嘻嘻哈哈。謝廖沙會怎麼樣呢？」她不禁想道。「我過去以為，我是愛他的，並為自己這種愛而深受感動。但沒有他我照樣過日子，我用捨棄他來換得別人的愛，而且在陶醉於這種愛的時候，對這樣的交換並不後悔。」這時她嫌惡地想起以前那種所謂的愛情。如今她把自己的生活和別人的生活都看透了，這使她感到欣喜。「我是這樣，彼得是這樣，車夫費奧多爾是這樣，那個商人以及那些被通告召到伏爾加河兩岸安家的人亦是這樣，而且處處是這樣，永遠是這樣。」她想，這時馬車已駛近下城車站低矮的建築物，幾個搬運工迎著她跑了出來。

「買張到奧比拉洛夫卡的火車票嗎？」彼得問。

她把要去哪兒、去幹什麼壓根兒都忘了，費了很大勁兒才聽明白他的問話。

「是的。」她說著把錢包遞給他。隨後拎起一只紅色小提袋，下了馬車。

她擠在人群中向頭等車廂候車室走去，漸漸想起她目前境況的細枝末節和使她左右為難的種種打算。於是希望和絕望輪番向她那顆備受折磨、怦怦亂跳的心兒上的舊傷刺去。她坐在星狀的沙發上等火車，厭惡地瞧著進進出出的人們（所有人她都討厭），一會兒想像她到了那個車站，立即給他寫信，以及寫些什麼；一會兒又想像他現在正向母親抱怨自己的處境（他不理解她的痛苦），這時候她走進屋，她將對他說些什麼。她時而又想，生活仍然會幸福的，她多麼愛他，又多麼恨他，心兒突突跳得有多麼厲害。

# 三十一

鈴聲響了。這時從一旁走過幾個年輕男子，他們個個面目醜陋，蠻橫無理，匆匆忙忙，同時又裝出一副斯文的模樣。身穿鑲金銀飾邊的僕役制服、腳蹬半中筒皮靴，神情呆滯得像牲口的彼得，也穿過候車室，來送她上火車。她沿著月臺走去，從幾個吵吵鬧鬧的男人身邊走過，他們立刻安靜下來，其中一個低聲議論她，肯定是在說髒話。她跨上車廂高高的踏板，走進車廂，在原是白色、現在已弄得很骯髒的軟座上坐下。手提袋在軟座上跳動了一下，隨後就倒下了。彼得面帶傻笑，在車窗外掀了掀帶金銀飾帶的制帽，以示告別。接著動作粗野的列車員砰的一聲關上車門，上了門閂。一個穿著箍裙、身子畸形的女人（安娜想像這個女人脫了箍裙後的醜陋樣兒，就不由得害怕）和一個小姑娘，一邊虛情假意地笑著，一邊奔下車去。

「卡捷琳娜·安德列耶夫娜什麼都有，她什麼都有啊，姨媽！」

「這麼個小姑娘都會虛情假意，裝模作樣了，」安娜暗自思忖。為了不再看見人，她迅即站起來，坐到空車廂內對面靠窗的座位上。一個蓬頭垢面、面目醜陋的戴制帽的鄉巴佬俯下身檢查火車車輪，從車窗外走過。「這個醜陋的鄉巴佬看上去很眼熟。」安娜心想。這時她又想起那個夢，嚇得身子直哆嗦，趕忙朝對面的門走去。列車員打開車門，讓一對夫婦進來。

「夫人，您要出去嗎？」

安娜沒有回答。列車員和進來的一對夫婦沒發覺她面紗後面驚恐的臉色。她回到自己原來的車廂角落裡。那對夫婦在對面坐下，暗暗地細心打量她的服飾。安娜覺得這對夫妻很討厭。那位做丈夫的問妻子能不能抽菸，目的顯然不是為了抽菸，而是借機與她攀談。得到妻子的允許後，他便用法語跟她聊了起來，其實他要聊的事沒有比抽菸來得迫切。他們裝模作樣地談著，說些無聊話，目的是讓安娜聽到。安娜看得一清二楚，他們彼此有多麼嫌棄、有多麼憎恨。看到這麼一對可鄙的怪人，不能不讓人覺得厭惡。

響起第二遍鈴聲，緊接著傳來搬行李的響聲、嘈雜聲、叫喊聲和笑聲。安娜清楚，任何人都沒有可高興的事兒，所以這種笑聲使她難受，她真想捂住耳朵，免得聽見。終於響起第三遍鈴聲，傳來了汽笛聲，蒸汽機車刺耳的放氣聲，接著掛鉤猛地一拽，那位做丈夫的急忙畫了個十字。「問問他為什麼要這樣倒挺有意思的。」安娜凶狠地瞥了他一眼，思忖道。她從那位太太身邊的車窗望出去，彷彿月臺上送客的人們紛紛都在往後退。安娜乘坐的那節車廂每到接軌處便有節奏地震顫一下，從月臺、石牆、信號燈旁，從其他車廂旁馳過。車輪在鐵軌上轉動得愈來愈平穩，愈來愈順暢，不時發出歡快的咯噔咯噔響聲。車窗上映照著明亮的夕陽餘暉，微風吹拂著窗簾。安娜在列車輕微的晃動中呼吸著新鮮空氣，忘了鄰座，又胡思亂想起來。

「哦，剛才我想到哪兒啦？噢，對了，我在想，生活中沒有痛苦的那種境況是沒有的，我們大家來到世上，就是來受折磨的，這大家都知道，但是大家還是想方設法地欺騙自己。然而，即使看清了真相，又能怎麼樣？」

「造物主賦予人理智，就是要讓人擺脫困擾。」那位太太裝腔作勢、煞有介事地用法語說，顯然對自己的這句話很滿意。

這句話好像就是在回答安娜的所思所想。

「讓人擺脫困擾。」安娜重複了一遍那句話。說著，她瞥了一眼那個面龐通紅的丈夫和身子瘦削的妻子，頓時明白，這個病懨懨的妻子認為自己是個不被人理解的女人，丈夫欺騙她，於是她才這麼想。安娜凝視著他們，好像看清了他們的經歷和各自內心的種種隱祕。但是這毫無意思，於是她又繼續想她的心事。

「是的，我現在十分苦惱，造物主賦予我理智，就是要讓我擺脫苦惱；因此一定要擺脫。眼下再沒什麼可看的，而且看到這一切也令人厭惡，那為什麼不熄滅蠟燭呢？可是怎麼熄滅呢？這個列車員幹麼沿著欄杆跑去？那節車廂裡的年輕人幹麼在大叫大嚷？他們幹麼又說又笑、談笑風生的？一切都是假話，一切都是虛偽，一切都是騙局，一切都是罪惡！……」

火車靠站了，安娜擠在旅客中下了車，她像躲避痲瘋病人一樣避著他們。她在月臺上停下來，竭力回想她為何上這兒來、打算來做什麼。她覺得以前能夠辦到的事，如今卻變得如此難以揣摩，特別是在這群吵鬧得不讓她安寧、胡天胡地的人當中。時而一些搬運工跑到她跟前，想為她效勞，時而一些年輕人靴子的後跟踩在月臺的石板上發出橐橐響聲，邊大聲交談邊回頭瞧她；時而迎面走來的人又給她讓錯了路。這時她想起，如果還沒有回音，她就打算繼續坐車走。她攔住一個搬運工，向他打聽這兒是否有一個從渥倫斯基伯爵那裡捎信來的馬車夫。

「渥倫斯基伯爵嗎？從他那裡來的人剛剛還在這兒。他們是來迎接索羅金娜伯爵夫人和女兒的。馬車夫長什麼模樣？」

在安娜與那個搬運工說話的時候，臉色紅通通、神情愉快、穿著一件藍色緊腰細緻的漂亮長外套和掛著錶鏈的車夫米哈伊爾走到她跟前，交給她一封信，顯然為如此圓滿地完成任務而得意。她拆開信，還沒看完，她的心就揪緊了。

「非常遺憾，信我沒收到。我十點鐘就回來。」渥倫斯基草草寫道。

「是這樣！我早就料到了！」她面露惡狠狠的冷笑自言自語。

「好，那你回家去吧，」她對米哈伊爾低語。她說話聲很低，因為怦怦直跳的心使她說得上氣不接下氣。「不，我不會再讓你折磨我了。」她暗自尋思，既不是嚇唬車夫，也不是嚇唬她自己，而是嚇唬那個使她受盡折磨的人。於是她沿著月臺，經過車站棧房向前走去。

兩個在月臺上走著的侍女回首瞅著她，出聲地議論她的服飾：「地道的貨色。」——她們指的是她服飾上的花邊。一些年輕人不讓她安寧。他們望著她的臉，用怪模怪樣的嗓音縱聲大笑、大叫大嚷，從一邊走過。站長走過她身邊，問她是否要乘車。一個賣克瓦斯的男孩目不轉睛地凝視著她。「哦，天啊，我要到哪裡去呀？」她這麼想，一邊沿著月臺愈走愈遠。她在月臺盡頭停下腳步。有幾位太太和幾個孩子來迎接一個戴眼鏡的老爺，他們高聲說笑，安娜走到他們身旁時，他們立即不作聲，都打量起她來。她加快腳步離開他們，朝月臺邊走去。駛來了一列貨車。月臺跟著震動，她覺得她又坐在火車上。

驀地，她想起與渥倫斯基第一次相會那天被火車碾死的那個人，頓時明白她該怎麼做了。她邁著輕捷的腳步從水塔那裡走下臺階，來到鐵軌邊，在行駛的列車的跟前站住了。她瞧著車廂底盤，瞧著螺栓和鏈條，瞧著第一節車廂緩緩滾過來的大鐵輪子，竭力用目測判定前後輪之間的居中點，估量它對準她的那一瞬間。

「就在那裡！」她望著車廂投下的陰影，望著撒落在枕木上的沙子和煤炭，喃喃自語。「就在那兒！就在那兒正中間，我要懲罰他，我要擺脫所有的人，要擺脫自己。」

她想臥倒在第一節車廂底下的前後輪之間的中心點。但是等她從手臂上拿下紅色手提袋，為時已晚：前後輪之間的中心點已經過去。只得等下一節車廂。這時候，類似游泳入水前的那種感覺攫住了她的心，於是她畫了個十字。畫十字這習以為常的動作，在她心裡喚起了一系列少女時代和童年時代的回憶，這時籠罩著她周圍一切的那片黑暗突然劃破了，她眼前剎那間又呈現出昔日生活全部美好、歡樂的光輝景象。她目不轉睛地盯著駛近前來的第二節車廂的輪子。正好在前後輪的中間對準她的那一瞬間，她扔掉了紅色手提袋，縮起脖子，兩手撐地臥倒在車廂底下。她稍稍動彈了一下，似乎打算立即站起來，但又跪倒了。就在這一瞬間，她對自己所做的事十分害怕。「我在哪兒？我在做什麼？這是為什麼？」她想站起身來，往後閃。但是一個龐然大物無情地撞到她的腦袋上，從背上碾了過去。「上帝啊，寬恕我的一切吧！」她說，覺得自己已無法抗爭。一個矮小的鄉巴佬嘴裡喃喃說著什麼，正在鐵軌上幹活。於是她一直點著用來讀那本充滿焦慮、欺騙、痛苦和邪惡的書的蠟燭，閃現出以前從未有過的耀眼光輝，給她把原先籠罩在黑暗中的一切照亮；緊接著蠟燭發出嗶嗶剝剝的響聲，黯淡下去，永遠熄滅了。

# 第八部

一

差不多過了兩個月光景。已是仲夏時節，謝爾蓋．伊萬諾維奇這才準備離開莫斯科。在此期間，謝爾蓋．伊萬諾維奇的生活中發生了一些重要事件。他的著作《試論歐洲與俄國國家體制的基礎和形式》已於一年前完稿，這是他六年筆耕的成果。此書的某些章節和引言已在一些刊物上登載過，另一些章節謝爾蓋．伊萬諾維奇也對自己圈子裡的人讀過，所以這部著作的中心思想對廣大讀者來說已不可能是十分新奇的了。但謝爾蓋．伊萬諾維奇仍然期望它的問世能在社會上產生重大影響，即使不是學術革命，也至少在學術界引起轟動。

這部著作經仔細潤飾加工之後已於去年出版，而且送到書商手裡。

雖說謝爾蓋．伊萬諾維奇不向任何人打聽此書出版後的情況，對朋友們提出的問題他也故作輕描淡寫地回答，甚至不向書商打聽書的銷路，但實際上他密切注視、十分關心這部著作給社會和學術界的最初印象。

然而，過了一個星期，又過了一個星期，第三個星期也過去了，社會上仍沒發現任何反應；他的那些專家和學者朋友有時顯然出於客套才提到它。另外一些熟人原本對學術類的書籍不感興趣，因而根本不會提起它。社會上，尤其是當今社會，關注的只是其他事情，對它十分冷淡。有關學術刊物一個月來對這部著作隻字未提。

謝爾蓋・伊萬諾維奇精確計算撰寫書評所需的時間，但是等了一個月又一個月，仍然不見任何反應。只有《北方甲蟲》在它一篇寫倒嗓歌唱家德拉班季的諷刺小品文裡，才順便說了幾句貶低科茲內舍夫這部書的話，並指明此書早已受到大家的指摘和普遍的嘲笑。

到了第三個月，終於在一本正經八百的雜誌上出現了一篇批評文章。謝爾蓋・伊萬諾維奇知道該文的作者。有一次在戈盧布佐夫家跟他見過面。

該作者是個害病的、很年輕的諷刺小品文作家，文筆犀利，但極沒有教養，在個人交際方面膽小怕事。謝爾蓋・伊萬諾維奇儘管打心眼裡瞧不起這位作者，但仍然十分認真地讀了這篇文章。這篇文章的筆調太可怕了。

諷刺小品文的作者顯然看不懂全書的內容。但是他在書中巧妙地東抄一句、西摘一段拼湊成一篇文章，讓沒閱讀過此書的人（其實幾乎誰也沒有讀過）看了之後以為，這整本書只是華麗辭藻的堆砌，而且用詞不當（已打上問號），作者是個不學無術的人。這一切做得十分機巧，連謝爾蓋・伊萬諾維奇本人都無法否認。文章的可怕之處也在這裡。

雖說謝爾蓋・伊萬諾維奇在審視這位評論者的論點是否正確時，所持的態度十分認真，但他根本不去注意評論者所嘲笑的缺點和錯誤，因為十分明顯，這一切都是別人故意找茬，他旋即不由得詳細回想起他與該文作者的會面與談話。

「我是否有什麼地方得罪了他？」謝爾蓋・伊萬諾維奇自問。

他回想起那次見面時，他曾經向這個年輕人指出，他的談吐粗俗無禮。至此，對方寫這篇文章的緣由也就釋然了。

這篇文章發表之後，對此書的評論再沒有出現過，無論是發表在刊物上的，還是口頭形式的。於是謝爾蓋．伊萬諾維奇看出，六年來他耗盡心血與精力所寫就的著作付諸東流了。

眼下謝爾蓋．伊萬諾維奇的心情愈加痛苦，因為此書完稿後，他再也沒有從前那種占據他大部分時間、著書立說的工作可做了。

謝爾蓋．伊萬諾維奇聰慧、有教養、身體健康、精力充沛，但不知道現在該把這全部精力往哪兒放。在客廳聚會時，在一般會議和委員會會議上，以及凡是有機會說話的地方的發言，占去了他一部分時間。但他是個久居城市的居民，絕不會像他涉世未深的弟弟來到莫斯科時那樣，全身心地投入在各種談話上。他還有許多閒置時間和剩餘精力。

幸好，在他的著作遭漠視這段最痛苦的時期，從前社會上不引人關注的斯拉夫問題漸漸開始替代異教徒、我們的美國朋友、薩馬拉災荒、展覽會及招魂術等問題，而謝爾蓋．伊萬諾維奇原本就是討論這個問題的發起者之一，於是全心全意地投入進去。

在謝爾蓋．伊萬諾維奇所屬的那一階層的人們當中，這個時期除了斯拉夫問題和塞爾維亞戰爭之外，其他什麼事情也不談，什麼文章也不寫。以前一直閒得發慌的那幫人現在竟不惜時間為斯拉夫人奔走起來。舞會、音樂會、宴會、祝詞、婦女服裝、啤酒、小飯館——一切都證明，人們是支持斯拉夫人的。

有關這個問題的許多言論和文章的某些細節，謝爾蓋．伊萬諾維奇並不同意。他發現議論斯拉夫問題已經成為一種時髦的消遣，往往只是全社會的熱門話題，而且在不斷變換花樣；他還發現，許多人懷著自私和圖虛榮的目的來討論它。他以為一些報紙刊載大量不需要和誇大其詞的文章，目的只有一個——嘩眾取寵、壓倒別人。他看到，在社會上掀起的這場浪潮中，衝在最前面、叫得最響的全是些不得志和心懷怨恨的人：沒有兵權的司令，沒有實權的部長，沒有刊物的記者，沒有嘍囉的黨派領袖等等。他從這兒看到許多輕率可笑的東西；但他也看到並且肯定這種把社會各階級聯合起來，不能不令人動情的、毋庸置疑的、不斷高漲的熱情。屠殺同教教友和斯拉夫兄弟，引起了人們對受難者的同情和對壓迫者的憤怒。塞爾維亞人和黑山人為偉大事業而作出的英勇壯舉，激起全民族不光是口頭上，而且是行動上援助兄弟民族的願望。

另外還有一種現象令謝爾蓋·伊萬諾維奇高興，就是社會輿論的出現。全社會明確表示了它的願望。「體現了一種民族精神，」事後謝爾蓋·伊萬諾維奇如是說。而且，他愈是鑽研，愈是清晰地看到，這必將是一個聲勢浩大、具有劃時代意義的重大事件。

他全心全意地投入這項偉大的事業，不再去想他那本書的遭遇。眼下他整天忙得不可開交，連回封信和答覆別人要求的時間都沒有。

他忙了一個春天和部分夏天，七月份才準備到鄉下弟弟那裡去。

他去鄉下歇息兩個禮拜，要在該民族最神聖的地方、在偏僻的鄉村，好好地欣賞一番他和首都居民、城市居民都已深信不疑的民族精神高漲的景象。卡塔瓦索夫早已打算履行對列文許下的、去他家造訪的諾言，於是乘車和他一同前往。

## 二

謝爾蓋・伊萬諾維奇和卡塔瓦索夫剛剛抵達那天人頭攢動、特別熱鬧的庫爾斯克火車站，下了馬車，回頭瞧瞧隨行李車從後面跟來的僕人，這時看到一批志願兵分乘四輛馬車駛近車站。婦女們捧著花束來歡送他們，在隨志願兵蜂擁而至的人群的簇擁下進入車站。

一個來歡送志願兵的太太走出候車室時，叫住謝爾蓋・伊萬諾維奇。

「您也來歡送嗎？」她用法語問。

「不，公爵夫人，我自己坐車外出。去弟弟那兒歇一陣子。您也來給他們送行嗎？」謝爾蓋・伊萬諾維奇面帶微笑地說。

「是的，不送不行啊！」公爵夫人回答。「我們這兒已經送走八百人了，是吧？馬利溫斯基不信我的話。」

「八百多了。要是把不是直接從莫斯科出發的也算在內，已經超過一千了，」謝爾蓋・伊萬諾維奇說。

「嗯，就是嘛。我也是這麼說！」公爵夫人欣喜地附和道。「現在已經募捐了一百萬左右的盧布，這是真的嗎？」

「還不止，公爵夫人。」

「今天電訊有什麼消息？聽說，又把土耳其人擊潰了。」

「是的，我看到了，」謝爾蓋·伊萬諾維奇回答。他們談起最新的電訊內容，電訊上肯定地說，土耳其人接連三天在各個據點被擊敗，落荒而逃，預料明天將有一場決定性的戰役。

「哎，我順便說一件事。有一個出色的年輕人要去當志願兵，可是不知為什麼處處為難他。我想請您替這個年輕人寫張條子，我認識他。他是利季雅·伊萬諾夫娜伯爵夫人介紹來的。」

謝爾蓋·伊萬諾維奇向公爵夫人詢問了那名年輕人的詳細情況後，走進頭等車廂候車室，給有權決定此事的人士寫了一封信，準備交給公爵夫人。

「您可知道，渥倫斯基伯爵，名聞遐邇的……也坐這班火車，」當謝爾蓋·伊萬諾維奇再次看到她，把信交給她的時候，公爵夫人帶著洋洋得意和意味深長的微笑說。

「我聽說他要走，但是不知道什麼時候走。也坐這班火車嗎？」

「我見過他。他在這兒，只有母親一人來送他。他還是走為上計。」

「嗯，是的，那是不消說。」

他們正談著，一群人經過他們身邊向一張餐桌前擁去。他們也向那裡移動，聽見一位手拿酒杯的紳士用洪亮的聲音在對志願兵作演講。「為信仰，為人類，為我們的兄弟們出力，」他嗓門愈拔愈高。「母親莫斯科祝福你們偉大的事業！萬歲！」他含著眼淚高聲結束演講。

大家高呼：「萬歲！」接著新來的一群人又向候車室擁去，差點兒撞倒公爵夫人。

「啊！是公爵夫人，怎麼樣！」人群中突然冒出來的斯捷潘·阿爾卡季奇喜笑顏開地說。「說得動聽而又滿懷熱情，是不是？簡直妙極了！謝爾蓋·伊萬諾維奇！您也來講幾句，這對您來說不費事兒，給他們打打氣；您說得精彩，」他面帶溫和、尊敬和謹慎的微笑，補了幾句，一邊輕輕推推謝爾蓋·伊萬諾維奇的賂賻。

「不，我馬上要走。」

「上哪兒？」

「去鄉下弟弟那兒，」謝爾蓋．伊萬諾維奇回答。

「那您一定會見到拙荊。我給她寫過信，但您會先見到她；請您對她說，您見到我了，一切都好[57]。她會明白的。不過，還有件事煩請您轉告她：我被任命為理事會理事了……嗯，是的，她會明白的！您懂得，這是人生小小的苦惱。」他好像抱歉似的對公爵夫人說。「米亞赫卡雅公爵夫人，不是麗莎，是比比什，一千支步槍和十二名護士是她送去的。我對您說過嗎？」

「是的，我聽說了，」科茲內舍夫不樂意地回答。

「可惜的是，您要走了，」斯捷潘．阿爾卡季奇說，「明天我們要為兩位出征的志願兵——彼得堡的季梅爾—巴爾特尼央斯基，和我們的韋謝洛夫斯基、格里沙舉行宴會。他倆都要出發了。韋謝洛夫斯基不久前剛結婚。瞧，真是楷模！您說是不是，公爵夫人？」他對那位太太說。

公爵夫人沒回答他，倒是瞧了瞧科茲內舍夫。雖說謝爾蓋．伊萬諾維奇和公爵夫人彷彿想避開他，但這絲毫沒使斯捷潘．阿爾卡季奇感到尷尬。他嬉皮笑臉地時而瞧瞧公爵夫人帽子上的翎毛，時而東張西望，好像在回想什麼。看見一個拿著捐款箱的太太從旁邊走過，他把她叫到跟前，投進一張五盧布的紙幣。

「只要我還有點錢，面對捐款箱就不能視而不見，」斯捷潘．阿爾卡季奇說。「今天有什麼電訊消息？黑

57 原文為英文。

山人真棒！」

「您說什麼？」當公爵夫人告訴他，渥倫斯基也坐這班車走的時候，他驚叫起來。斯捷潘・阿爾卡季奇倏然愁容滿面，但只過了一會兒，當他微微晃動著兩條腿，撫著落腮鬍走進渥倫斯基待著的那個房間之後，他已把當時對著妹妹的屍體哭得死去活來的情景忘得一乾二淨，只把渥倫斯基看作是一位英雄和老朋友。

「雖說他有種種缺點，但不能不為他主持點公道，」奧勃朗斯基剛從他們身邊走開，公爵夫人就對謝爾蓋・伊萬諾維奇說。「瞧，這就是真正的俄羅斯人的天性，斯拉夫人的天性！可是我擔心，渥倫斯基見到他心裡會不好受。不管怎麼說，這個人的命運使我感動。一路上您跟他談談吧，」公爵夫人說。

「嗯，如果有機會的話。」

「我從來不喜歡他。但是他這番舉動贏得了大家的好評。他不僅自己去，還自己出資帶一個騎兵連去。」

「是的，我聽說了。」

鈴聲響了。大家都向門口擁去。

「那就是他！」公爵夫人指著身穿長外套、頭戴寬簷帽的渥倫斯基說，他挽著母親的手臂走著。奧勃朗斯基走在他身旁，正起勁地談著。

渥倫斯基皺眉蹙額地瞧著前方，似乎沒在聽斯捷潘・阿爾卡季奇說話。

大概，由於奧勃朗斯基的指點，他朝公爵夫人和謝爾蓋・伊萬諾維奇站著的那方向望去，默默無言地向他們掀了掀帽子。這時他那張表情痛苦且又蒼老的臉看來就如石化了一般。

走到月臺上，渥倫斯基默默地讓母親先走，隨後也走進了單間車廂。

月臺上響起《上帝，保佑沙皇》的樂聲，緊接著是「烏拉」和「萬歲」的呼喊。有個身量很高、胸脯凹陷、年紀很輕的志願兵，在頭頂上揮動著帽子和花束，並且特別引人矚目地行了個禮。隨後兩名軍官和一個蓄著大鬍子、戴頂蹭上油汙制帽的、上了年紀的人也探出頭來行禮。

# 三

與公爵夫人辭別後，謝爾蓋·伊萬諾維奇與走近來的卡塔瓦索夫一起走進擠得滿滿的車廂。火車啟動了。

在察里津車站，列車受到一夥年輕人的歡迎，他們齊聲高唱著《光榮之歌》。一些志願兵又探出頭來，頻頻行禮，但是謝爾蓋·伊萬諾維奇並沒有理會他們；他常和志願兵們打交道，大致上非常瞭解他們，因此不感興趣。但是平時忙於學術活動而沒機會觀察志願兵的卡塔瓦索夫卻對這些人興趣十足，不時向謝爾蓋·伊萬諾維奇詢問有關他們的事。

謝爾蓋·伊萬諾維奇建議他到二等車廂親自與他們聊聊。到了下一個車站，卡塔瓦索夫就這麼辦了。車一靠站，他就走到二等車廂，跟那些志願兵結識。那些志願兵都坐在車廂一角，大聲交談著，他們顯然知道，乘客和進來的卡塔瓦索夫正注視著他們。說話聲最響的是那個胸脯凹陷的高個兒小夥子。他顯然喝多了，正在述說學校裡發生的一件事。坐在他對面的是一個身穿奧地利近衛軍軍服的中年軍官。他面露微笑聽那小夥子講述，不時打斷他的話。第三個穿著炮兵軍服，坐在他們旁邊的一只手提箱上。第四個呼呼睡著了。

卡塔瓦索夫與那個小夥子攀談起來，得知他原是莫斯科的一個富商，不到二十二歲便把大筆家產揮霍殆盡。卡塔瓦索夫不喜歡他，因為他嬌養慣了，經不起風雨，身子又單薄。他顯然十分自信，尤其是在此時此刻喝醉了的情況下，認為自己正在做一項英雄壯舉，厚顏無恥地在自我吹噓。

第二個是個退伍軍官，也給卡塔瓦索夫留下不愉快的印象。看得出他是個走南闖北、見過世面的人。他在鐵路上工作過，當過主管，自己開辦過工廠，但這會兒所講的一切毫無意思，而且時不時不恰當地引用術語。

第三個是個炮兵。卡塔瓦索夫倒十分喜歡他。他是個謙遜、文靜的人，顯然對那位退伍軍官的豐富閱歷、那個商人自我犧牲的英雄壯舉非常欽佩，但對自己的事隻字不提。卡塔瓦索夫問他，什麼念頭促使他要上塞爾維亞的，他謙虛地回答說：

「沒什麼，大家都去呀。應當向塞爾維亞人伸出援助之手。真可憐他們。」

「是的，那裡特別缺少像您這樣的炮兵。」卡塔瓦索夫說。

「我在炮兵連裡服役的時間並不長，也許會調我去步兵和騎兵部隊。」

「這時候最需要炮兵，怎麼會把你調到步兵去呢？」卡塔瓦索夫說，一邊從這位炮兵的年齡上猜測，他的軍階必定相當高。

「其實我在炮兵連裡服役的時間並不很長。我是個退伍的士官生，」他說，接著就解釋，為什麼他軍官考試沒及格。

這一切都給卡塔瓦索夫留下了不悅的印象。志願兵們下車到站裡喝酒去了，這時卡塔瓦索夫想與什麼人聊聊，看看自己得到的不好印象是否有道理。有一個穿軍大衣、也坐火車外出的老頭兒，原先一直在側耳傾聽卡塔瓦索夫與志願兵們聊天。等到只剩下他們單獨兩人時，卡塔瓦索夫就和他閒聊起來。

「是的，奔赴那兒的所有人，每個人的情況都不盡相同。」卡塔瓦索夫想說出自己的看法，同時也想掏出老頭兒的想法，含含糊糊地說。

老頭兒是個身經兩次戰役的軍人。他懂得軍人應該是什麼樣的，憑這些人的模樣和談吐，憑他們一路上揣著個裝酒的軍用水壺老是喝個沒完的醉態，他認為他們是些軍人中的敗類。當兵前，他原是小縣城裡的一個居民，此時他想講講，他們小縣城裡有個退伍士兵，他是個誰也不願雇他幹活的酒鬼和小偷，因長期生活無著，也去從軍了。但是他憑經驗知道，在目前的公眾輿論下，要說出違忤輿論的話未免危險，尤其是指責這些志願兵的話。因此他窺探著卡塔瓦索夫的臉色。

「哦，那裡需要人呀。」他說，眼睛裡含著笑意。他們談起最新的戰地消息，彼此不談自己心中的疑惑：明天這場戰役將要與誰打，既然最新消息說，土耳其部隊的所有據點都已被摧毀。這樣，他們倆誰也沒說出自己的看法，就分手了。

卡塔瓦索夫回到自己的車廂，不由自主地、違心地把自己對志願兵們的觀察結果講給謝爾蓋・伊萬諾維奇聽，根據這些觀察結果，他們自然都是出色的士兵。

在一個大城市的車站上，迎接志願兵的又是歌聲和歡呼聲，又出現了許多前來募捐的男男女女，城裡的婦女向志願兵們獻上鮮花，隨後就簇擁著他們走進餐廳；但這一切比起莫斯科來已遜色得多。

# 四

在列車停靠省城車站的時候，謝爾蓋·伊萬諾維奇沒有到餐廳去，而是在月臺上來回踱步。他第一次走過渥倫斯基的包廂時，發現窗裡拉上了窗簾。但是第二次經過時，他看見車窗前坐著老伯爵夫人。她招呼科茲內舍夫過去。

「瞧，我也去，把他送到庫爾斯克。」她說。

「嗯，我聽說了，」謝爾蓋·伊萬諾維奇在她窗前站住，朝窗戶裡瞅了一眼，「他這番舉動多漂亮啊！」他發現渥倫斯基不在包廂裡，補上一句。

「在發生了那種不幸之後，他還能做什麼呢？」

「多麼駭人聽聞的事呀！」謝爾蓋·伊萬諾維奇說。

「唉，這算過的什麼日子啊！嗯，您進來吧……唉，這算過的什麼日子啊！」謝爾蓋·伊萬諾維奇走進包廂，在她身邊的軟席上坐下，她又說了一遍。「這簡直沒法想像！六個禮拜，他沒跟人說過一句話、不吃東西，我求他，他才吃一點兒。連一分鐘也不能讓他獨自一人待著。凡是他能用來自殺的東西我們都拿走。我們住在樓下，但不能樣樣預料在先。您知道，為了她，他已經開槍自殺過一次，」她說，想起這件事，老人家的眉頭又皺緊了。「是的，她的這種結局，就是那種女人應有的下場。甚至連死都挑卑鄙下作的方式。」

「審判不由我們來做，伯爵夫人，」謝爾蓋·伊萬諾維奇喟然歎道，「可是我清楚，這事給您造成多大的痛楚。」

「唉，別提了！那時我住在自家的莊園裡，他也在我那裡。有人送來一封信。他寫了回信，讓那人捎去。我們一點兒也不知道當時她正在火車站上。黃昏時分，我剛回到自己房裡，我的梅麗就告訴我，車站上有位夫人臥軌自殺。我聽了，簡直如五雷轟頂！我清楚那就是她。於是我首先關照家人，別告訴他。可是家人已經告訴他了。而且當時他的車夫在那兒，一切都看見了。我跑進他房裡，他已經精神失常——樣子怪可怕的。他默默無語，坐上馬車直奔那裡。我不知道那裡發生了什麼，但是他被送回來時已是半死不活的樣兒。我真認不出他來。醫生說，他是完全虛脫。後來他幾乎像個瘋子。」

「唉，幹麼還說這些！」伯爵夫人擺擺手說。「那個時候真是令人害怕！是的，不管怎麼說，她就是個壞女人。哦，這種走絕路的舉動算是什麼激情呀！這一切只能證明她有點不正常。實際上就是這麼回事。她毀了自己，也壞了兩個好人——她的丈夫和我那可憐的兒子。」

「她丈夫怎麼樣？」謝爾蓋·伊萬諾維奇問。

「他把她的女兒領走了。阿廖沙當時什麼都一口答應。可是現在他痛苦得要命，他把自己的女兒給了別人。既然已經答應，就不能改口。卡列寧來參加葬禮。我們竭力不讓他跟阿廖沙碰見。這樣對他和對做丈夫的都好受些。她使他得到了解脫。但是我那可憐的兒子卻完全葬送在她手裡了。他拋棄了一切——前程和我，可是她還不肯罷休，有意要把他徹底給毀了。是的，不管怎麼說，她的那種死本身不過是一個不信教的壞女人的死法。喔，上帝饒恕我吧！看著兒子給毀了，心裡就不能不恨她。」

「他現在怎麼樣？」

「上帝救了我們，因為爆發了這場塞爾維亞戰爭。我人老了，不明白這種事，但這也是上帝對他施恩。不消說，我這做母親的有點擔憂；主要的是，據說彼得堡對這事相當側目。可是有什麼法子呢！唯有這麼做才能使他打起精神來。他的朋友亞什溫把錢輸光，也打算去塞爾維亞。亞什溫來找他，勸說他一起去。眼下他一心只想著這件事呢。您去跟他聊聊，我希望他能漸漸消除心頭的憂愁。他極為悲傷。不幸之中，他的牙又疼起來。您去找他聊，他一定會很高興的。您去跟他聊聊吧，他就在那邊散心呢。」

謝爾蓋·伊萬諾維奇說，他很高興跟他聊聊。於是他朝列車另一側的月臺走去。

# 五

月臺上，在夕陽斜照在貨堆上投下的陰影裡，身著長外套、帽子壓得低低的渥倫斯基，雙手插在口袋裡在來回踱步，就像籠中的野獸，走上二十步就來個急轉身。謝爾蓋・伊萬諾維奇走近前去，似乎覺得這時渥倫斯基已經看見他，但裝作沒看見。謝爾蓋・伊萬諾維奇對此並不在乎。他把與渥倫斯基交往的個人得失置之度外。

此時此刻在謝爾蓋・伊萬諾維奇的眼中，渥倫斯基是個正在從事一項偉大事業的重要人物，因而認為自己有責任去鼓勵他、稱讚他。他走到渥倫斯基跟前。

渥倫斯基停下腳步，對他細細一瞧，馬上認出是謝爾蓋・伊萬諾維奇，就跨出幾步迎上前去，緊緊地握住他的手。

「也許，您沒想到會跟我見面，」謝爾蓋・伊萬諾維奇說，「不過我是否能夠為您做點什麼？」

「我覺得，跟誰見面也不會像跟您見面這樣較少不愉快。」渥倫斯基說，「對不起。對我來說，人生沒有愉快的事情了。」

「這點我明白，因而我想為您做點什麼，」謝爾蓋・伊萬諾維奇凝視著渥倫斯基臉上顯而易見的痛苦說道。「您是否需要給李斯提奇[58]或米蘭[59]寫封信呢？」

「噢，不要了！」渥倫斯基說，似乎聽懂他的話很費力。「要是您不介意，我們就去散散步。車廂裡悶得慌。寫信？不，謝謝您；要去死，是用不著介紹信的。除非是寫給土耳其人……」他嘴角上掛著淡淡的笑意說道。從眼神依然看得出他內心的氣憤和痛苦。

「是的，但這對於您與物色好的重要人物建立必要的關係，還是可能會方便些。當然，悉聽尊便。我很樂意聽聽您的決定。當前社會上對志願兵的攻擊那麼頻繁，像您這樣的人能提高他們聲譽。」

「我這個人，」渥倫斯基說，「好在生死對我都無所謂。至於我的體力，十分充沛，足以衝鋒、拚殺，或者倒下——這點我很清楚。我欣喜的是，能借此機會獻出我眼下不僅沒用，而且令人嫌惡的生命。這生命對別人倒還有用。」他的顴骨因為不停的、鑽心的牙疼而克制不住地抖動著，甚至影響他說話的表情。

「我可以預言，您的精神狀態會恢復的，」謝爾蓋．伊萬諾維奇說，覺得自己頗為感動。「為了把同胞兄弟從桎梏下解脫出來，生死有何妨！願上帝賜予您事事成功、內心平和，」他接著說，向他伸出手去。

渥倫斯基緊緊握住謝爾蓋．伊萬諾維奇的手。

「是的，作為一樣工具，我還有點用處。但是作為一個人，我已不中用了，」他一字一頓地說。

他那顆臼齒的隱隱作痛使他口腔裡滿含口水。他直勾勾地盯著那沿鐵軌緩慢而又平穩地滾來的煤水車的輪子。

倏地，一種與過去完全不同的痛楚，不是病痛，而是揪心撕肺的全身折磨迫使他一瞬間忘記了牙疼。他一瞅見煤水車，一瞅見鐵軌，加上與發生那次不幸之後未見過面的這位熟人的談話影響，突然回想起

---

58 李斯提奇（一八三一—一八九九），塞爾維亞總理（一八七三；一八七八—一八八〇；一八八七），歷史學家。

59 米蘭．奧布廉諾維奇（一八五四—一九〇一），塞爾維亞大公（一八六八—一八八二），奧布廉諾維奇王朝國王（米蘭一世，一八八二—一八八九）。

她，回想起那天他像個瘋子似的衝進車站棧房、見到她的那副慘景：在一張桌子上，不知羞地橫陳著一具不久前還充滿生命、血淋淋的屍體，四周圍著一群陌生人；那張完整無損的、盤著粗大髮辮和兩鬢留著幾綹鬈髮的腦袋向後仰著。她那張嫵媚動人的臉上，紅潤的嘴唇半張半閉，嘴角上凝著一種異樣的可憐相；那雙沒閉上的、凝然不動的眼睛令人害怕，好像在說他們爭吵時對他說過的那句駭人的話——他會後悔的。

他竭力回憶頭一次也是在車站上遇見她時的那種模樣。那時的她顯得神祕莫測、楚楚動人，她嚮往幸福、追求幸福，也賜予人幸福，不是像她生命最後時刻在他腦海中留下的那種冷酷無情、睚眥必報的神情。他竭力回憶跟她在一起的美好時光，然而這些時光已經被永遠糟蹋了。他只記得，她當時洋洋得意地威嚇他說，他將抱憾終生。這時他不再感到牙疼，禁不住的號哭扭曲了他的臉。

他默默無言地在貨堆旁來回走了兩趟，漸漸控制住了自己，然後平靜地對謝爾蓋・伊萬諾維奇說：

「您今天沒有得到電訊消息嗎？是的，土耳其人第三次敗北，明天預料會有一場大決戰。」

接著，他們又談論了一會兒米蘭國王的宣言以及它能夠帶來的巨大影響，第二遍鈴聲響了之後，他們就各自回車廂裡去了。

## 六

謝爾蓋・伊萬諾維奇不知道自己什麼時候可以離開莫斯科，因而事先沒打電報讓弟弟來接。卡塔瓦索夫和謝爾蓋・伊萬諾維奇乘坐車站雇用的四輪馬車，滿臉灰塵像黑人似的在正午駛抵波克羅夫斯克列文家的臺階前時，列文不在家。吉媞和父親、姊姊正坐在陽臺上，得知大伯來了，便趕忙跑下樓去迎接。

「怎麼，您竟不好意思事先告訴我們一聲？」她說，一邊向謝爾蓋・伊萬諾維奇伸出手去，並湊近前去讓他吻一下額角。

「我們順利到達這兒，也就不麻煩你們了，」謝爾蓋・伊萬諾維奇回答。「我滿身塵土，都不敢碰你們。我忙得不可開交，事先不知什麼時候能脫身。你們依然如故，」他笑呵呵地說，「待在僻靜的地方，不受外來潮流的影響，享受幸福人生。瞧，我們的朋友費奧多爾・瓦西里伊奇終於也來了。」

「然而，我不是黑人，洗刷一下，又會像個人了，」卡塔瓦索夫用平時打哈哈的口吻說，一邊伸出一隻手去，微微一笑，露出一口由於臉黑而顯得分外潔白的牙齒。

「科斯佳見到你們一定會很高興。他上田莊去了。也該回來了。」

「他一直在經營農業。瞧，這兒是一片真正的鄉土風光呀！」卡塔瓦索夫說。「可我們待在城裡，除了知道塞爾維亞戰爭，什麼也不聞不問。那麼，我們這位朋友對這場戰爭是怎麼看的呢？想必，與別人的看法不一樣吧？」

「哦,他呀,沒什麼,跟大家一樣,」吉媞有點兒尷尬地瞅了一眼謝爾蓋·伊萬諾維奇,回答道。「我就派人去找他。爸爸正在我們這兒。他不久前剛從國外回來。」

接著她就遣人去找列文,隨後又吩咐僕人帶兩位塵土滿面的客人去洗臉——一個帶到書房,另一個帶去多莉的大房間——並且給客人準備飯菜,自己卻急步(原先懷孕期間卻不能這樣)向陽臺跑去。

「是謝爾蓋·伊萬諾維奇和卡塔瓦索夫教授來了。」她說。

「哎呀,大熱天跑來,真夠麻煩的!」老公爵說。

「不,爸爸,他這個人挺和藹可親,科斯佳很喜歡他。」吉媞發現父親臉上現出嘲諷的神情,笑嘻嘻地說,好像懇求他似的。

「我無所謂。」

「妳去幫他們張羅一下吧,好姊姊,」吉媞對姊姊說,「他們在車站上遇見了斯季瓦,他身體健康。我要趕緊去照看一下米佳。糟了,從吃早茶到現在還沒餵過他奶。他這會兒一定醒了,肯定在哭。」說著,她感到兩乳脹鼓鼓的,快步朝兒童室走去。

果然,不出她所料(因為嬰兒還沒斷奶),她憑自己乳房發脹就準確知道,他在嗷嗷待哺了。

她知道,她還沒走到兒童室,他已經哇哇啼哭了。真的,他在大哭。她聽見他的聲音,加快了腳步。可是她走得愈快,他哭得也愈響。聲音清朗、健康,似乎有點餓慌了,急不可耐。

「保姆,哭了好長時間嗎?」吉媞急切地問,一邊在椅子上坐下來準備餵奶。「快把他抱給我。哎呀,保姆,您怎麼磨磨蹭蹭的,唉,包髮帽待會兒再繫吧!」

這時嬰兒在嗷嗷亂叫。

「可不能馬馬虎虎啊，少夫人，」幾乎一直待在兒童室裡的阿加菲雅・米哈伊洛夫娜說。「總得把他打理整齊了。呵，呵！」她逗引著嬰兒，卻不理會做母親的。

保姆把嬰兒抱給母親。阿加菲雅・米哈伊洛夫娜跟著走去，臉上綻開溫馨的笑容。

「他認人了，他認人了。是真的，卡捷琳娜・亞歷山德羅夫娜少夫人，他認得出我了！」阿加菲雅・米哈伊洛夫娜的大聲嚷嚷蓋住了嬰兒的啼哭聲。

可是吉媞沒在聽她說什麼。她愈來愈急不可耐，同樣的，嬰兒也愈來愈急躁不安。由於焦急，餵起來好一陣子不順當。嬰兒要吮奶卻吮不到，於是發急了。

一陣拚命的嗷嗷啼哭和空吮幾下之後，餵著才順利起來，母嬰頓時都覺得安心，不作聲了。

「唉，他，這個可憐的小寶貝，渾身汗涔涔的，」吉媞摸摸嬰兒的身上，嘀咕道。「您憑什麼認為，他認人了呢？」她睨視著在她看來調皮地從拉到額角上的小帽子底下看著她的、嬰兒的眼睛，斜看著他那有節奏地一鼓一鼓的小腮幫，以及手掌在空中舞動的、粉紅色的小手臂，補了一句。

「不可能！要說他認人了，那認得的該是我。」吉媞接著阿加菲雅・米哈伊洛夫娜剛才的話說道，同時莞爾一笑。

她露出微笑，是因為她雖然嘴上說他不可能認人，但心底裡清楚，他不僅認得阿加菲雅・米哈伊洛夫娜，而且什麼都知道、什麼都懂，他還知道和懂得許多任何人都不知道的事情，連她這個做母親的也是靠著他才知道、明白事理的。其實對阿加菲雅・米哈伊洛夫娜，對保姆，對外祖父，對父親來說，米佳是一個只需要物質照料的活的生命體；可是對母親來說，他早已是個有精神生活的人了，而她一直與他保持著這種精神上的聯繫。

「待他醒來，上帝保佑，您自己會看到的。瞧，我這麼逗他一下，他就會開心得笑起來，可愛的小寶貝。那笑容就像明亮的太陽。」阿加菲雅・米哈伊洛夫娜說。

「嗯，好吧，好吧，到時候我們瞧，」吉媞低聲說，「現在您走吧，他睡著了。」

# 七

阿加菲雅．米哈伊洛夫娜踮著腳尖走出去；保姆放下窗簾，把小床細紗帳內的一隻蒼蠅和一隻在窗玻璃上亂撞的胡蜂趕出去，然後坐下來，拿起樺樹掃帚在母嬰倆的上方揮動著。

「熱呀，真熱！老天爺能下一點小雨也好啊。」她說。

「是呀，是呀，噓——噓！」吉娓這樣回答，一邊微微搖晃著身子，溫柔地按住米佳那隻胖得手腕上好像紮上一根細線的小手。這隻小手一直在輕輕擺動，小眼睛一會兒睜開，一會兒閉上。這隻小手一時間竟使吉娓左右為難：她真想親吻它，可是又擔心弄醒他。末了，小手停止擺動，眼睛又合上了。嬰兒只是偶爾仍然吮吸幾下，揚起兩道向上彎彎的長睫毛，用那雙在幽暗中看來烏溜溜、水靈靈的眼睛瞧著母親。保姆不再揮動樺樹掃帚，打起盹來。樓上不時傳來老公爵斷斷續續的話聲和卡塔瓦索夫的縱聲大笑。

「我不在，想必他們談開了，」吉娓心想，「科斯佳不在，總是讓人心煩意亂。他必定又到養蜂場去了。他常常到那裡去，儘管叫人添煩，可我還是覺得高興。讓他去散散心。現在他比起春上來，心情變得愉快了，精神也好多了。」

「要不然，他一直抑鬱寡歡、苦惱不堪，我真為他擔憂。他這人有多麼可笑！」她微笑著喃喃自語。

她清楚，什麼事讓他丈夫痛苦。那就是他不信教這事。如果有人問她，她是否以為，他不信教來生是否會毀滅，那她一定會同意他會毀滅的說法。儘管如此，他的不信宗教沒使她感到不幸；她承認不信教的人靈魂不能得救，可是世上她最愛的就是自己丈夫的靈魂，想起他的不信教就笑嘻嘻的，暗自說他這個人真可笑。

「他長年累月淨讀那些哲學書幹麼？」她思忖道。「如果這一切都寫在這些書裡，那麼他會明白的。如果書裡淨是些謊話，那麼讀它幹麼？他自己也說，希望能有信仰。那麼他又幹麼不信宗教呢？大約是由於他太多思多慮了吧？他之所以太多思多慮，是因為孤獨。他總是獨個兒，孑然一身。他跟我們又談不攏。我想，這兩位客人會使他愉快的，特別是卡塔瓦索夫。他喜歡跟卡塔瓦索夫閒聊，」她心裡想，這時又立即轉而考慮起如何安頓卡塔瓦索夫——讓他單獨睡一個房間呢，還是與謝爾蓋・伊萬內奇同睡一房。她冷不防又想起一件要緊事，急得渾身直哆嗦，把米佳都驚醒了；米佳醒來，直愣愣地瞧著她。「洗衣婦好像還沒把洗乾淨的床單送來。給客人鋪床用的乾淨床單全用完了。要不是我過問一下，阿加菲雅・米哈伊洛夫娜就會拿用過的床單給謝爾蓋・伊萬內奇鋪床。」吉娣一想到這事，血就往臉上湧。

「對，我得去安排一下，」她拿定主意，於是又回到原來的思路上，想起一個靈魂得救的重要事情還沒有考慮好，就重又回想著什麼。「是的，科斯佳是個不信教的人。」她又面帶微笑回想著。

「嗯，他是個不信教的人！讓他像施塔爾夫人，或者像我當時在國外想要成為的人，還不如讓他永遠像這樣。是的，那他就不會作假。」

這時，不久前那件體現他善良特質的事又生動地呈現在她眼前。兩個星期前，多莉收到斯捷潘・阿爾卡季奇的一封悔過信。他懇求她挽救他的名譽、賣掉她的田產，以償還他的債務。多莉陷入絕望，她憎恨丈夫，既瞧不起他，又憐憫他，打定主意跟他離婚、拒絕他的要求——結果還是同意賣掉自己的一部分田產。這事之後，吉娣不由自主地面帶溫柔笑容，想起當時丈夫的尷尬相，想起他不止一次地想用笨辦法解決他所關心的問題；末了，他終於想出唯一既不傷害多莉的尊嚴，又能幫助她的辦法：讓吉娣把自己的一部分田產送給她，這是她原先沒想到的。

「他怎麼能算沒有信仰的人呢？他心眼好，老是擔心傷別人的心，甚至對小孩都這樣！他總是替別人著想，從來都不為自己想想。謝爾蓋．伊萬諾維奇簡直認為，做他的管家，這是科斯佳的義務。姊姊同樣這麼想。眼下多莉和她的幾個孩子都受到她的照顧。那些鄉下人每天來找他，好像他理應為他們奔走似的。」

「嗯，將來你也能像你父親那樣，做個這樣的人就好了。」吉娣說，一邊把米佳交給保姆，並親吻了一下他的臉蛋。

# 八

列文自從看見垂死的親愛的哥哥那一刻起，頭一回不以他在二十至三十四歲期間逐漸形成、並不知不覺取代了他童年和少年時代的信念的所謂新見解，來看待生死問題。從那一刻起，讓他大為害怕的與其說是死，倒不如說是生：他根本不懂生從何來，生的目的何在，以及生究竟是怎麼回事。有機體及其滅亡、物質不滅、能量守恆定律、進化，都是替代他往日信仰的術語。這些術語及其相關概念對科學研究很有用，但對生命本身卻毫無意義。列文突然覺得自己像是脫了暖和的皮大衣、換上薄紗衣服，首次處在嚴寒當中，不是憑推理，而是全身心地確信，他早晚會赤裸著身子，不可避免地痛苦地死去。

從那時起，列文雖然一直搞不清楚那個問題，依舊那樣生活，卻也一直為自己的這種無知感到忐忑不安。此外，他還模模糊糊覺得，自己所謂的那種信念不僅是無知，還是一種紊亂的思想，在這種思想支配下，他要得到所需要的知識是不可能的。

成家初期，他所感覺到的新的歡樂和責任，完全把這些思想擠走了；但在最近，在妻子分娩後，列文在莫斯科優哉遊哉、無所事事，於是他愈來愈經常、愈來愈堅決和愈來愈迫切地要求解決這個問題。

他面臨的問題是：「如果我不認可基督教對我生命問題作出的解答，那我認可什麼樣的解答呢？」他在自己林林總總的信念中不僅找不到任何解答，就連類似解答的東西都找不到。

他此時的心情就像一個人在玩具店和軍械鋪裡找尋食品。

他現在在每一本書裡、在每一次談話中，在遇到的每一個人身上不由自主地、無意識地找尋對這些問題的意見和解答。

使列文最驚異和最難受的是，他圈子裡多數人和多數與他年齡相仿的人都像他一樣，用新的信念替代舊的信念；他們絲毫不認為這是災難，反而志得意滿、心安理得。所以，除了主要問題之外，還有其他一些問題使他苦惱：這些人誠實嗎？他們會不會在作假？還是他們肯定比他更清楚、他在探究的那些問題的科學答案？他努力研究這些人的看法並鑽研一些書籍，從中找尋這些答案。

自從他鑽研這些問題以來，他發現一件事情，那就是回想起在青年時代和大學校園時，認為宗教已經過時、它再也不能存在的想法是錯誤的。生活中與他親近的所有好人都有信仰：老公爵、他那麼喜歡的利沃夫、謝爾蓋．伊萬內奇以及所有婦女，人人都信教；他的妻子就像他孩提時代一樣是個忠實的信徒；百分之九十九的俄國人，凡是他最尊敬的人，個個都信教。

還有，他讀了許多書後確信，與他觀點一致的那些人，對這些問題沒說出什麼高見。他們不作任何解釋，只是拋開那些他覺得不作出答覆就簡直活不下去的問題，卻拚命去解決他不感興趣的其他問題，譬如有機體的進化、機械地解釋靈魂等等問題。

除此之外，在妻子分娩的時候，發生了一件對他來說不同尋常的事情。當時他這個不信教的人竟開始祈禱，做祈禱的同時，也信起上帝來。不過這個時刻已經過去，他的生活中再也沒有當時那種心情了。

他不能承認，他當時認識了真理，現在卻誤入歧途，因為只要平靜地思考一下，這一切都站不住腳；他也不能承認，他當時有錯，因為他珍視當時的心情。要是他承認生性軟弱，那他就會褻瀆那個時刻。他處在一種不能自圓其說的痛苦中，竭盡全力想要擺脫它。

# 九

這些思想使他苦惱，使他備受折磨，時而弱些，時而強些，但總是纏住他不放。他讀書並且思考，讀得愈多、思索得愈多，覺得自己離追求的目標就愈遠。

最近在莫斯科、在鄉下，他確信在唯物主義者身上找不到答覆，於是他重又讀起柏拉圖、斯賓諾莎、康得、謝林、黑格爾和叔本華等不是用唯物主義解釋人生的哲學家的著作。

當他讀到或者自己想出反駁其他種種學說、尤其是反駁唯物主義學說的材料時，他似乎覺得這些思想卓有成效。但是當他讀到或者自己想出解答這些問題的辦法時，就總是翻來覆去弄不出一個名堂來。當他在精神、意志、自由、實體這些含糊不清的名詞定義上兜圈子、故意陷入哲學家或他自己布下的這種文字迷魂陣時，他好像有所領悟；但是只要他拋棄人為的思維軌跡、從現實生活出發，回到他以前感到滿意的思路上來，循著這條思路思考，那這整座建築在沙灘上的大廈就會像紙屋那樣訇然坍塌。事情很清楚，這座大廈是靠反覆使用那些名詞術語砌成的，脫離了比理智更為重要的現實生活。

一段時期他讀叔本華的著作，他用愛這個名詞來替代意志這一術語，因而在他閱讀期間，這種新哲學曾給了他一、兩天的慰藉；後來他從現實生活出發來觀察時，它同樣坍塌了；它原來是一件不能禦寒的薄紗衣。

謝爾蓋・伊萬諾維奇哥哥建議他讀些霍米亞科夫60的神學著作。列文已經讀了霍米亞科夫作品第二卷，雖然開頭那夸夸其談、妙語如珠和俏皮的筆調令他生厭，但後來卻被他關於宗教的學說所打動。起初打動他的是，對上帝真理的領悟不是個人辦得到的，只有用愛結合起來的團體——教會才行。使他欣喜的思想是，相信一個組成所有人的信仰、以上帝為首因而是神聖和絕對正確的、如今存在著的教會，從而再信仰上帝，信仰創世，信仰墮落，信仰贖罪，那比直接信仰上帝——遙遠而神祕的上帝，信仰創世，等等要容易。但後來他又讀了天主教作家寫的宗教史和東正教作家寫的宗教史，發現這兩個實際上都是絕對正確的教派互相排斥；他對霍米亞科夫的宗教學說失望了，於是這座大廈也像哲學大廈一樣，訇然一聲坍塌。

整個春天，他都覺得迷離恍惚，日子過得很痛苦。

「不知道我是什麼人，我活著幹什麼，就不能活下去。但是這我無法知道，因而也無法活下去。」列文喃喃自語。

「在無限的時間裡，在無窮的物質中，在無限的空間裡，生出一個生物體的水泡，這個水泡存在一會兒就會破裂，我也就像這個水泡。」

這是一個折磨人的謬誤，但這是人類在這方面幾個世紀來苦苦思索的、唯一的最新成果。

這是一種最新的信仰，人類思想幾乎在各個領域中的一切探索都是以此為基點的。這是一種占統治地位的信仰，列文從其他各種解釋中，不由自主地、不知不覺地、自然而然地選擇了這種信仰，認定這正是一種較明白的信仰。

但是這不僅是謬誤，而且是一種凶惡勢力的冷酷諷刺，一種人們不該屈從的邪惡、可恨勢力的冷酷

60 阿・斯・霍米亞科夫（一八〇四—一八六〇），俄國宗教哲學家、作家、政論家，斯拉夫主義的創始人之一。

諷刺。

得擺脫這種凶惡勢力。擺脫的方法掌握在每個人手裡。一定要改變受制於這種凶惡勢力的狀況。只有一種辦法——死。

列文，一個身體強壯、擁有幸福家庭的人竟幾次想要自殺。他不得已只好把繩子藏起來，不讓自己上吊；他不敢攜帶手槍，生怕開槍自殺。

然而，列文沒有開槍自殺，也沒有自縊，他繼續活著。

## 十

列文思忖，他是個什麼人，他活著為了什麼，找不到答案，他便陷入了絕望；但是他不再向自己提這些問題時，他便好像知道他是什麼人、他為什麼活著，因此他就毅然決然地行動著、生活著。最近，他的生活過得比過去充實得多。

六月初，他回到鄉下，又忙起他的日常事務。忙農活、跟莊稼人和鄰居打交道、做家務，處理姊姊和哥哥託付他的事務、處理與妻子和親屬的關係，照料嬰兒，加上今年春天萌生的對養蜂的愛好，這一切事務占去了他的全部時間。

他做這些事務，並不是像以前那樣，為了贏得公眾的認同；恰恰相反，如今一方面因為過去辦公共福利事業遭受失敗而覺得心灰意冷，另一方面由於窮於思索和忙於應付從四面八方朝他壓來的、大量的事務，他壓根兒不再關心公共福利。他做這些事，只是因為他覺得應該做，而且非做不可。

從前（幾乎從童年開始直到長大成人），他竭力想為大家、為人類、為俄國，為整個鄉村做些好事的時候，發現這種想法令人十分愉快，但實際做起來總是不盡如人意，而且對這麼做是否必要也信心不足。最初看來，這種事本身總是意義重大，後來就變得愈來愈微不足道，到最後便毫無意義了。如今，婚後的他變得愈來愈只為自己而生活，雖然想到自己的事業毫無樂趣可言，但堅信這種事業的不可或缺，並看到它比過去更加蓬勃，規模也愈來愈大。

眼下，他彷彿一張犁，身不由己地在地裡愈陷愈深，不犁出一條壟溝來，是拔不出身來的。

像祖祖輩輩沿襲下來的那樣，過家庭生活，那就是要讓孩子在同樣的教育環境中受同樣的教育，這無疑都是必需的，就像餓了得吃飯，要吃飯就得做飯。為此，必須把波克羅夫斯克這架農業機器開動起來，得有收入才行。如同欠債必須要還一樣天經地義，祖傳的田產也必須保管好，讓兒子將來接受這份產業時對父親說上幾句感謝的話，就像列文當初接受祖父苦心經營的家產那樣。為了做到這點，必須不出租土地，自己經營農業、飼養牲畜、給地裡施廄肥，並且種植樹木。

對謝爾蓋·伊萬諾維奇、姊姊以及習以為常地來請教他的所有鄉下人的事情，他不能不做，就如不能把抱慣了的嬰兒放下一樣。也必須為應邀來做客的大姨子及其孩子、妻子和嬰兒的舒適安逸操點心，每天也不能不花少許時間來陪伴他們。

這一切，還有打獵和養蜂，使列文的生活安排得滿滿的。這樣的生活，回過頭來想想，真的毫無意義。列文不僅十分清楚他必須做什麼，而且也十分明白，所有這一切他應當怎麼做，以及當前更要緊的是什麼事。

他懂得雇用工人工錢愈低愈好；但是預付比實際要少的工錢、廉價奴役雇工是不應當的，儘管這樣能得益不少。在飼料缺乏的時節，可以把乾草賣給農民，雖說他也同情他們。大車店和酒店應當關閉，雖說這樣會斷了財源。砍伐樹林應當從嚴處治，不過農民把牲口趕到他的莊稼地裡可不能科以罰款，也不能扣留牲口，儘管這麼一來，看守人很不痛快，農民也更加無法無天。必須借給每月要付給高利貸百分之十利息的彼得一筆錢，讓他不再受高利貸的剝削。但是對拖欠地租的農民可不能讓他們不交或拖欠。草場上的草不割，白白損失了，不能饒了管家。但是已經種了樹苗的八十俄畝地上不能割草。一個雇工在農忙季節，因父親去世而回家奔喪，儘管可以可憐他，但不能原諒，在這幹活的忙碌時節曠工，得扣他的工錢。對那些什麼也幹不了的老僕人，每月口糧照發不誤。

列文知道，回到家得首先去看望一下身體不好的妻子，那些已經等了他三個小時的農民，還可以叫他們再等一會兒。他也知道，雖說養蜂場上收集蜂群不失為一大樂趣，但他要去跟找到養蜂場來的那些農民談話，只得忍痛割愛，讓老頭兒獨自去收集蜂群。

他不知道這麼做好不好，眼下他不僅不打算去證實它，反而避而不談、甚至不想這件事。思前想後往往弄得他猶疑不決，看不清他應當做什麼、不應當做什麼。可是當他不去思辨，就這麼混日子的時候，他便覺得心中有個明鏡高懸的法官，給他斷定哪種事該做、哪種事不該做，哪種事做得好、哪種做得不好。一旦做了不該做的事，他立刻就會察覺到。

他就這麼打發日子，不知道，顯然也無法知道，他是個什麼人、為什麼活在世上，並為這種愚昧無知痛苦不堪，簡直到了擔心自己會自殺的地步，同時卻在堅定不移地開闢自己獨特的人生道路。

## 十一

謝爾蓋·伊萬諾維奇來到波克羅夫斯克那一天，恰是列文最苦惱的時刻。

眼下是農活最繁忙的季節，勞動中人們個個表現出不同尋常的、在其他場合見不到的自我犧牲精神；如果這麼表現的人們自己非常看重這種精神，如果這種狀況並不是年年出現，如果這種忘我工作的成果並不稀鬆平常，那這種精神就會得到很高的評價。

收割黑麥、燕麥，運送麥捆，割草，翻耕休閒地，脫粒和播種越冬作物，這一切看起來都簡單、平常，但要及時辦完，就得全村老老少少連續忙上三、四個星期，而且一天的工作量還是平時的三倍，但吃的只是克瓦斯、洋蔥和黑麵包，夜裡還要脫粒和搬運麥捆，一天睡不上兩、三個小時。全俄國年年都是這麼過的。

列文在鄉下待了大半輩子，與農民非常接近，在這種農忙季節，他總覺得自己也被他們這種高昂的幹勁給感染。

大清早，他就騎馬先來到地裡察看播黑麥，又去察看把燕麥搬運來堆成垛的工作，隨後在妻子和大姨子起床時回到家，跟她們一起喝咖啡。接著步行去場院，那裡新裝的脫粒機該準備脫粒了。

一整天，列文不管是與管家、農民談話，還是回到家跟妻子、跟多莉、跟她的孩子們和跟岳父談話，心裡老是掛著一個近來除了照應農事、一直纏住他不放的問題：「我究竟是什麼人？我在哪兒？我又幹麼在這兒？」

列文站在用一根根剝皮的新鮮白楊樹作桁條，以一根根葉子尚未掉光、還散發著香氣的榛樹枝作椽子的新建草頂穀倉的蔭處，時而透過四下飛揚的、乾燥而又嗆人的穀屑，從敞開的大門往外望望在灼熱的太陽照射下、打穀場上的青草和剛從乾草棚裡抱出來的新鮮乾草；時而瞧瞧幾隻花斑頭頂、白胸脯的燕子啾啾叫著飛到屋簷下，撲扇著翅膀棲在門頂窗；時而又瞅瞅在昏暗而又灰塵飛揚的穀倉裡忙碌的人們，心裡再度湧起古怪的想法。

「做這一切都是為了什麼呢？」他想道。「我何必站在這兒強迫他們工作？他們何必都忙個沒完、竭力在我面前賣命呢？我熟識的老太婆馬特廖娜何必這樣拚命呢？（在一次火災中，一根梁木掉下來，砸傷了她，我曾給她治過傷）」他瞅著那個身子瘦削的老太婆在堅硬不平的打穀場上，緊張地挪動著那雙曬得烏黑的腳板，用耙子翻動麥子。「當時她恢復了健康，但過不了多久，或許十年後人們就會葬了她，她身後什麼也不會留下。那個手腳俐落地在簸揚麥子、穿紅呢裙子的年輕農婦，將來也什麼都不會留下。人們也會葬了她；那匹花斑騸馬也快了，」他瞧著呼哧呼哧喘著粗氣、常常張大鼻孔還緩不過氣的那匹馬，拉著碾輪在打穀場上轉圈，心想。「牠也會被埋葬，還有那個捲曲的鬍子上落滿糠秕、穿著一件露出雪白肩頭的破襯衫、正在解麥捆的費奧多爾，也會被埋葬。不過他現在還在解麥捆，在吩咐別人，對婆娘們大聲嚷嚷，迅捷地調整傳動輪上的皮帶。最重要的是，不僅是他們要被埋葬，連我也要被埋葬，身後什麼也不會留下。這都是何必呢？」

他這麼思忖著，同時還看著表，算計著一小時能脫多少麥子。他必須知道，以便據此定出一天的工作量。

「快一個小時了，才開始脫第三垛。」列文想著，一邊走到送料脫粒的農民跟前，用壓倒機器隆隆聲的大嗓門關照他，一次往上面少放點兒。

「你放多了，費奧多爾！你瞧，都堵住了，所以不流暢。要放得均勻！」

費奧多爾汗涔涔的臉上黏滿灰塵，顯得黑乎乎的，他大聲應答了一下，但依然我行我素，沒照列文的要求做。

於是列文走到脫粒機滾筒前，推開費奧多爾，自己拿起麥捆忙了起來。

他一直忙到農民就要吃午飯的時候，才跟脫粒的農民費奧多爾一起離開穀倉。他們在一個堆得整整齊齊、留種用的黃澄澄黑麥垛邊站住，又聊了起來。

原來這個脫粒的農民來自遙遠的鄉村，就是從列文以合夥經營方式出租土地給農民的那個地方。目前那塊地出租給原來看院子的人了。

列文跟費奧多爾聊起那塊地，順便向他打聽，同村那個有錢而又守本分的莊稼漢普拉東來年會不會租那塊地。

「地租太高，普拉東承受不起，康斯坦丁・德米特里奇。」農民費奧多爾一邊回答，一邊從汗濕的懷裡掏出一個麥穗。

「嗯，那麼基里洛夫怎麼承受得起呢？」

「米秋哈那小子（他如此鄙稱從前那個看院子的人），康斯坦丁・德米特里奇，怎麼會承受不起！那小子盡榨取別人錢財，撈自己油水。他連同教兄弟都不憐憫。福卡內奇大叔（他如此稱呼普拉東老人）難道會拚命剝削別人嗎？凡是欠他的債，他一概免了。實際上他是入不敷出。這要看是什麼人啊。」

「可是他為什麼要一概全免了呢？」

「哎，世上各式各樣的人都有：有的人活著就是為了滿足自己的欲望，米秋哈就是這種人，只想填飽大肚子。福卡內奇卻是個正派的老頭兒。他活著是為了靈魂得救。他記得上帝。」

「怎麼記得上帝？怎麼活著才是為了靈魂得救？」列文幾乎要大聲喊起來。

「很明白，那就是服從真理，按上帝的旨意去做。要知道人是各式各樣的。就拿您來說，您也不欺負人……」

「好吧，好吧，那再見！」列文說，激動得喘不過氣來，接著轉過身，抓起他的手杖，快步往家裡走去。剛才聽到那個農民說，福卡內奇活著是為了靈魂得救，要服從真理、按上帝的旨意去做，頓時一些模模糊糊、但意義重大的思想一齊湧上心頭，彷彿衝破阻攔，向一個目標飛馳，使得他頭暈目眩，迷離恍惚。

## 十二

列文沿大道邁開大步走著，一路上關注的與其說是他的思想（他還沒法理清條理），還不如說是他從未體驗過的那種心情。

那個農民說的一些話在他心裡產生了電流火花般的作用，一下子把那些一直纏繞在他心頭七零八落、模糊不清、斷斷續續的思想彙聚在一塊兒。這些思想也就是在他說到出租土地的那個時候，不知不覺地攫住了他的心。

他覺得自己心裡有一種新的什麼，並愉悅地揣摸著，但是還不知道它究竟是什麼。

「活著不是為了滿足欲望，而是為了上帝。為了什麼樣的上帝？還有什麼話能比他說的更荒誕不經的呢？他說，人不應當為自己的欲望活著，即不應當為我們所理解、所迷戀、所嚮往的事物活著，而應當為一種不可理解的、誰也理解不了、誰也無法確定的上帝活著。這是什麼意思？我不明白費奧多爾說的那些荒誕無稽的話嗎？明白了，我會懷疑這些話的正確性嗎？我認為他的話愚蠢、含糊不清、意思不確切嗎？

「不，我完全像他本人那樣明白他的話，而且比我明白生活中的某些事情更完全、更清楚。我在生活中從來也不懷疑，因此也不可能懷疑他的話。不光是我一個人，而是世上所有的人都完全明白，對此不存懷疑，大家一直同意這種說法。

「費奧多爾說，那個看院子的基里洛夫活著是為了填飽大肚子。這理所當然。我們大家都是有理性的生命體，要活著，不能不填飽肚子。但是費奧多爾說，為了填飽肚子活著是荒謬的，而應當為真理、為上帝而活。他這麼一點撥，我頓然領悟了！無論是我，是千千萬萬幾百年前的古人和千千萬萬現在活著的人，無論是心靈貧乏的農民，還是對這進行深思並著書立說的賢哲，都言辭含混地談論這件事情，我們大家對於應當為什麼而活、什麼是善都有一致的看法。我和這些人只有一個明確、堅定、不容置疑的信仰，它無法用理智來解釋，它超越理智，不具有任何原因，也不具有任何結果。

「如果說善有原因，那就不成其為善；如果說善有結果——獎賞，那也就不成其為善。因此，善是脫離因果連成的鎖鏈的。

「這一層我懂，我們大家都懂。

「我在尋找奇蹟，為發現不了令我信服的奇蹟而感到遺憾。瞧，奇蹟就在這兒、就在我身邊，這是永遠存在的唯一奇蹟，我竟然沒發現。

「世上還會有什麼比這更大的奇蹟呢？

「莫非我的一切問題都迎刃而解了？莫非我的苦惱就此消除了？」列文思忖著，一邊沿著塵土飛揚的大路邁步走去，覺察不到天氣酷熱和身子疲乏，卻感受到一種擺脫了長期苦惱的輕鬆。這種感覺太令人興奮了，他覺得不可思議。他激動得喘不過氣來，兩腿再也走不動了，於是就從大路上折入樹林，在山楊樹蔭下一塊沒割過的草地上坐下。他從大汗淋漓的頭上摘下帽子，支著一條胳膊，在林中多汁、寬葉的青草上斜躺下來。

「是的，得深思一下，把這弄個明白，」他想，一邊凝視著面前那片沒有踩倒的青草。這時他看見一隻綠色小甲蟲在冰草莖上向上爬，爬著爬著，被一片羊角芹葉擋住了去路。「一切又得從頭開始，」他自言自語道，伸手撥開這片草葉，不讓它擋住小甲蟲的路，還把另一根草折過來，讓小甲蟲爬過去。「什麼讓我心裡這麼高興？我發現了什麼？

「從前我說過，在我身體裡，在這種青草裡和這種甲蟲的身子裡（瞧，牠不願待在這根草上，撲扇著翅膀飛走了），發生著一種物質變化，它是按物理規律、化學規律和生理規律進行的。我們所有的人，還有山楊樹，還有白雲和這些模模糊糊的斑點都在演化。從什麼演化而來？又演化成什麼？演化和競爭是沒完沒了的嗎？……好像在無止境中會有一種什麼方向和競爭！使我納悶的是，雖然我順這條路拚命思索，依然看不清人生的意義，看不清我激動和渴望的意義。不過，我內心激動的意義十分明白，我經常受它控制，在那個農民對我說『活著為了上帝，為了靈魂得救』的時候，我覺得既驚異又高興。

「其實，我什麼也沒弄明白。我只明白我知道的事情。我弄清楚了，過去曾經給我、現在仍然給予我生命的那種力量。我擺脫了矇騙，我認識了主。」

於是他簡短地回顧自己近兩年來思想演變的軌跡，起點就是看見親愛的哥哥病勢危急、醫治無望而產生的、明顯的、死的念頭。

那時他頭一回清楚地懂得，在每個人面前、在他面前，除了痛苦、死亡和永遠被遺忘，沒有任何別的東西。於是他拿定主意，不能再這樣活下去，應當是要麼把自己的生命解釋清楚，免得它遭到魔鬼的惡意嘲笑，要麼開槍自殺。

但是他既沒做到前者，也沒做到後者，而是依然這樣生活、思想和感覺著，而且在這一段時期還成了家，體驗到許多歡樂，在他不去思索自己人生的意義時，還感到十分幸福。

這說明了什麼？這說明了他雖然生活美滿，但是思想消沉。

他憑著跟母乳一起吮吸進去的那種精神上的真理生活著（他沒意識到這一點），但是思索問題時不但不承認，還竭力回避這些真理。

如今他清楚了，他只能憑在他身上培養起來的那種信仰活下去。

「如果沒有這種信仰、不知道應當為了上帝而不是為了自己的欲望而活著，那我會是個什麼樣的人呢？怎麼度過自己的一生呢？那我就會去搶劫、撒謊和殺人。那構成我生活中主要快樂的事，在我看來，就一點兒也不存在了。」如果他不知道為什麼而活著，那麼無論他怎麼冥思苦想，也依然想像不出他自己會成為什麼樣的獸類。

「我在尋找這個問題的答案。但是我的思想不可能為我提供答案——它不可能解答這個問題。給我答案的是生活本身，是我認識到了什麼是善，什麼是惡。這種認識不是憑任何方法取得的，而是像大家一樣、是天賜予我的。之所以說天賜，是因為我從任何地方都無法得到它。

「我是怎麼得到的呢？憑理智我能做到愛身邊的人而不傷害他們嗎？這種話孩提時代就有人對我說過，我欣然相信了，因為他們說的這種道理，說到我的心坎裡。是誰發現的？不是理智。理智發現的是生存競爭和必須剷除一切有礙於滿足我欲望的人的法則。這是理智作出的結論。而愛別人的法則靠理智是發現不了的，因為這不符合理智。」

「是的，是種驕傲。」他喃喃自語，一邊翻過身來趴在地上，抓過幾根草來打了個結，同時竭力不折斷它們。

「不但是理智的驕傲，還是理智的愚蠢。主要是理智的欺騙，真正是理智的欺騙。真正是理智的詐騙。」他重複說。

## 十三

列文回想起不久前多莉和她的孩子們所發生的那一幕。孩子們趁大人不在，在蠟燭上煮馬林漿果，用注射器往嘴裡噴射牛奶。做母親的遇上他們在胡鬧，就當著列文的面訓斥他們說，大人們辛勤工作得來的東西，竟被他們在胡亂糟蹋；說大人們的辛勞全是為了他們，要是他們打碎茶杯，就不能喝茶；要是糟蹋了牛奶，就沒有東西吃，那他們就會餓死。

孩子們聽母親說這些話時流露出的那種平靜、沮喪和不信任的神情令列文吃驚。他們不高興的只是，他們有趣的遊戲中斷了，他們絲毫不相信母親說的話。他們不可能相信，因為他們想像不出他們在胡鬧玩耍的東西要花費多少力氣才能得到，想像不出他們糟蹋的是他們賴以生存的東西。

「這都是本來就有的，」他們以為，「沒什麼值得關心和大不了的，因為一向如此，將來也如此。一切都是老一套，一成不變。這些都是現成的，不要我們費什麼腦筋。可是我們卻要別出心裁地想出一些新花樣來。於是我們想出把馬林漿果放在茶杯裡、擱在蠟燭上煮，用注射器把牛奶直接互相射到嘴裡。這新奇有趣，一點也不比用杯子喝來得遜色。」

「在憑理智探索自然力的作用和人生的意義時，難道我們、難道我不是這樣做的嗎？」他繼續想。

「所有哲理用人覺得古怪而又不習慣的思維方式，引導人去認識早已知道的事物和確切知道、賴以生存的道理時，不也是這樣嗎？每個哲學家在發揮自己的理論時，事先就像農民費奧多爾一樣，顯然知道（但一點兒也不比他清楚多少）人生的主要意義，但卻用模稜兩可的推理方式回到人人都知道的道理上來，這一點難道不明顯嗎？

「如果放開手讓這些孩子自己去獲得必需的東西，如做器皿、擠牛奶等等，那麼他們還會胡鬧嗎？那他們一定會餓死。再說，讓我們放任自己的欲望和思想、忘掉上帝和造物主，那又會怎樣？或者不明白什麼是善、不講清道德上的惡是什麼，那又會怎樣？

「不懂得這些，你們去建設建設看！

「我們只會毀壞，因為這樣精神上會得到滿足，就像那些孩子！

「我那種讓我心靈平靜、與那個農民一致的、令人欣喜的共識是從哪裡來的？這認識我是怎麼得到的呢？

「我以前受的教育要我信仰上帝、做個基督教徒，用基督教給予我的那種心靈上的幸福充實我的一生，並賴以生活。可我卻像個孩子，不理解這種幸福，時常破壞它，即想破壞我藉以生活的那種幸福。到了生活的緊要關頭，我就會像個挨餓受凍的孩子去向祂求救，況且我還不如那些因調皮搗蛋而遭母親斥罵的孩子，我總覺得，我這種充滿稚氣、無事生非的胡鬧不會給我帶來什麼麻煩。

「是的，我明白事理不是憑頭腦，而是靠造物主賜予；是我用一顆心、憑著對教堂裡所宣揚的主要東西的信仰而懂得的。

「是教堂嗎？就是教堂！」列文對自己說，側過身，用另一條臂肘支撐著，望著遠處慢慢向河邊走去的畜群。

「但是我能相信教堂裡的佈道嗎？」他心想，同時想出各種能打破他目前平靜心情的煩心事來檢驗一下自己。他故意回想起總讓他覺得奇怪而又使他入迷的那些教義。「能相信創世嗎？那我怎麼來解釋生存呢？用生存來解釋生存嗎？用什麼也不行嗎？相信惡魔和罪孽嗎？那我用什麼來解釋惡？……那救世主呢？……

「但是我什麼也不知道，什麼也無法知道，除了我跟大家一樣都知道的以外。」

可是現在他覺得，沒有一條教義違背宗教的主要信條——對上帝、對善的信仰是人類的唯一使命。

每一條教義都可能為真理效勞，但不為滿足個人的欲望效力。每一條教義不僅不違背這個信仰，而且是造就世上經常出現的主要奇蹟所不可或缺的。這種奇蹟的偉大就在於，能使每個人和千千萬萬各式各樣的人，包括賢哲和傻子、孩童與老人，還有那個農民、利沃夫、吉媞，叫花子和國王，都明白同一種道理，並構想出那種唯一值得為之生活的、和我們唯一珍視的精神生活。

他現在仰臥著，遠望萬里無雲的高空。「難道我不知道，這是無際無垠的空間，並不是圓形的蒼穹？可是不論我怎麼瞇起眼睛、怎麼用盡目力遠眺，我都無法看到它不是圓形的、不是有限的。儘管我知道這是無限的空間，但當我看出實實在在的蔚藍色蒼穹時，我無疑是正確的，而且比我想極目望得更遠時更正確。」

列文不再遐想，彷彿諦聽著幾個愉快而又聚精會神地交談著的神祕聲音。

「難道這就是信仰？」他心裡想，簡直不敢相信自己的幸福。「我的上帝，我感謝祢！」他喃喃自語，同時克制住湧上心頭的號哭，兩手抹去禁不住淌下的淚水。

# 十四

列文愣怔地望著前方，看見畜群，接著又看見套著「烏騅」的那輛馬車，還有來到畜群跟前、和牧人說話的車夫。然後他聽到不遠處車輪的滾動聲和那匹駿馬的響鼻聲。但是他沉浸在冥想中，沒想到車夫為什麼趕著車朝他走來。

直到車夫把車趕到他面前，叫了他一聲，他這才回過神來。

「太太派我來接您。您的哥哥和一位老爺來了。」

列文坐上馬車，接過韁繩。

列文如夢初醒，半天還不知道是怎麼回事。他瞧瞧胯下和被韁繩擦破皮的脖子上大汗淋漓的那匹肥壯的馬，又瞅瞅身邊的車夫，才想起他在盼哥哥來，想起妻子準會為他久久不回去而擔心，接著又竭力猜測與哥哥一起來的那位客人是誰。這會兒哥哥也罷、妻子也罷，那位不知名的客人也罷，在他看來，都與過去不同了。他覺得，如今他與所有人的關係都變了。

「往後我與哥哥之間不會再出現像過去那樣的隔閡，也不會有爭吵了；與吉媞也永遠不會爭吵；對客人，不論他是什麼人，都會親親熱熱、和和氣氣；對別人、對伊萬的態度也會不一樣。」

列文拉緊韁繩勒住急不可待地打著響鼻、隨時要撒腿奔馳的駿馬，扭過頭瞧瞧身邊的伊萬，這時伊萬手上沒事做，不知怎麼才好，就一直按住襯衫的下襬。列文想開個話題跟他聊聊。他想說，伊萬把馬肚帶繫得太緊，但這又好像有指責的意味；他真想說些和藹可親的話。然而這會兒他想不出別的話。

「您往右趕一點兒，那兒有個樹墩。」車夫說，拉了拉列文手中右邊的韁繩。

「別來碰我，別來指教我！」由於車夫插手而有點生氣的列文說。這情形就如以往一樣，別人插手他的事，總使他惱火，但旋即他又懊惱地覺得，有了精神寄託的情緒與在現實生活中能立即讓他有所改變的想法是錯誤的。

離家還有四分之一俄里，列文就看見格里沙和塔尼雅迎面奔來。

「科斯佳姨父！媽媽來了，外公來了，謝爾蓋・伊萬內奇也來了，還來了一個人，」他們一邊說，一邊爬上馬車。

「還有誰呀？」

「樣子可嚇死人了！瞧，兩隻手就這樣擺動。」塔尼雅在馬車裡站起身，模仿卡塔瓦索夫的動作。

「嗯，年紀大的還是年紀輕的？」列文笑著問，塔尼雅的模仿不禁使他想起了某個人。

「唉，只要不是一個令人討厭的人就好！」列文思忖道。

剛拐過道口，列文就看見迎面走來一些人，並認出那個戴草帽、走路時一雙手擺動得就像塔尼雅剛才模仿的那樣的人，就是卡塔瓦索夫。

卡塔瓦索夫非常喜歡談論哲學，其實他只有一些從與哲學根本不沾邊的自然科學家嘴裡聽來的哲學概念。列文在莫斯科生活的後期與他爭論過許多次。

列文認出卡塔瓦索夫，就想起其中一次爭論，那次卡塔瓦索夫顯然以為自己占了上風。

「不，我無論如何不再與他爭論，不再輕率發表自己的見解。」列文心裡想。

下了馬車，跟哥哥和卡塔瓦索夫打過招呼後，列文就問妻子的情況。

「她抱著米佳到科洛克（家附近的一座樹林）去了。她想讓他在那兒待一會兒，家裡太熱了。」多莉說。

列文一直勸阻妻子別把嬰孩抱到樹林裡去，認為這樣很危險，因此為這消息感到快快不樂。

「她老是抱著孩子到處晃，」老公爵笑吟吟地說。「我勸她把他抱到冰窖裡去試試。」

「她本想到養蜂場去。她以為你在那裡。現在我們正要去那兒。」多莉說。

「那你現在在做什麼？」謝爾蓋．伊萬諾維奇落在別人後面，與弟弟並行時問道。

「沒做什麼特別的。與以往一樣，在忙農活，」列文回答，「你怎麼樣，來了能待久嗎？我們早就企盼你來呀。」

「可以待上兩個星期光景。莫斯科還有很多事情要做。」

說這話時，兄弟倆四目相遇了，雖說列文過去一直期望、現在尤為強烈地期望與哥哥友好相處，主要的是能跟他坦誠相待，但此刻卻覺得他目光侷促不安。他低首垂目，不知說什麼才好。

列文挑選能使謝爾蓋．伊萬諾維奇感興趣的話題，讓他不談塞爾維亞戰爭和斯拉夫問題（這在他剛才說到莫斯科有很多的事時，已作了暗示），於是說起了謝爾蓋．伊萬諾維奇的那部著作。

「哎，對你的著作有什麼評論沒有？」他問。

謝爾蓋．伊萬諾維奇對他故意提起這個問題只是微微一笑。

「這事誰也不會關心，我更不當回事兒，」他說，「您瞧，達里雅．亞歷山德羅夫娜，快下雨了。」他用傘指指山楊樹梢上空醞釀著的雨雲，補了一句。

說這兩句話也足以使兩兄弟之間那種列文很想避免的、算不上是敵對但也是冷淡的關係重新得到確立。

列文走到卡塔瓦索夫跟前。

「您來，真是太好了。」列文對他說。

「早就打算來造訪了。現在我們可以交流一下，探討一下看法了。您讀過斯賓塞[61]的著作嗎？」

「不，沒讀過，」列文說，「不過，我現在沒這個需要。」

「怎麼不需要？這可有意思了。為什麼不需要？」

「原因就是，我完全相信在諸如他這類人的著作裡，是找不到我所關心的那些問題的答案的。現在……」

卡塔瓦索夫那平靜而又愉快的表情突然使他震驚，他感到十分遺憾，顯然他的情緒被這種談話破壞了，可是一想到自己的打算，就停住不說了。

「那就以後再談吧，」列文補了一句，「要是到養蜂場去，那就從這兒，沿著這條小徑走，」他對大家說。

他們沿著狹窄的小徑一直走到沒割過草的林中空地上，那裡一邊長著成片的豔麗三色堇，其中也長著一叢叢高高的藜蘆，列文把客人們帶到小山楊的一片陰影裡，讓他們在專為參觀養蜂場、但又害怕蜜蜂的人準備的長凳和木墩上坐下，自己就去茅屋給小孩、大人取麵包、黃瓜和新鮮蜂蜜。

他盡可能放慢腳步，一邊諦聽著愈來愈頻繁地在他身邊飛過的蜂群，沿著小徑走到小茅屋。在外屋門口一隻蜜蜂飛到他的鬍子裡纏住了，發出嗡嗡聲，他小心翼翼地撥開鬍子把牠放走。走進陰涼的過道裡，他從牆上掛衣帽的小木橛上取下面罩戴上，兩手往口袋裡一插，朝圍著籬笆的養蜂場走去。在那兒，一片割了草的空地中央，有他熟悉的、用樹的韌皮紮在木樁上的、排列得整整齊齊的老蜂箱，這些蜂箱各有各的來歷，沿籬笆牆放著一排今年才入箱的新蜂箱。在一個個蜂箱的出口處，工蜂和雄蜂老是聚集在一起飛旋打轉和嬉戲，讓人看得眼花繚亂。但是只有工蜂老是朝一個方向飛，到花兒盛開的椴樹林裡去採蜜，過後又飛回蜂房去吐蜜，如此這般飛來飛去。

耳畔不斷迴響著蜜蜂發出的嗡嗡聲，時而是急急飛去採蜜的工蜂，時而是一群遊手好閒的雄蜂，時而又是一群保護巢中財產不受敵人侵犯、隨時準備螫人、擔任守衛的工蜂。在籬笆牆的那一邊，有個老人在做桶箍，他沒看見列文。列文沒有叫他，只是站在養蜂場中央。

他很高興有機會獨自待在一個地方，擺脫弄得他情緒十分低落的現實生活。

他想起，他對伊萬大感光火，對哥哥的態度顯得冷淡，對卡塔瓦索夫說話口氣輕率。

「難道這是轉瞬即逝的心情，爾後又會消失得無影無蹤嗎？」他思忖著。

但是就在這時候，他又恢復了平靜，欣喜地覺得，他心中萌生了一種新的、重要的東西。現實生活只是暫時干擾了一下他原有的內心平靜，其實他的心情一直都很安寧。

自從他坐上馬車那一刻起，種種操心事兒就纏住了他，使他失去了精神上的自由，就如眼下圍繞著他飛旋、威脅著他和分散他注意力的蜂群，弄得他全身很緊張，逼迫他蜷縮成一團，竭力避開它們。但是這種情形只有當他處在操心憂慮中才會持續下去。就像他的體力雖碰到蜂群的騷擾，但絲毫不會受損一樣，他重新意識到的精神力量也是完整無損的。

---

61 斯賓塞（一八二〇—一九〇三），英國哲學家和社會學家，資產階級自由主義思想家。

# 十五

「科斯佳，你知道謝爾蓋·伊萬諾維奇來的時候跟誰坐同一班火車嗎？」多莉分給孩子們黃瓜和蜂蜜後說道。「是渥倫斯基！他上塞爾維亞去。」

「而且不是獨自一個人，還自己出資帶著一個騎兵連去！」卡塔瓦索夫說。

「這符合他的脾性，」列文說，「難道志願兵還在往那兒走嗎？」他瞧了瞧謝爾蓋·伊萬諾維奇，又說。

謝爾蓋·伊萬諾維奇沒回答，用一把鈍刀小心翼翼地從擱在角形白色蜂巢的碗裡，把一隻掉在流出來的蜂蜜裡、還活著的蜜蜂挑出來。

「可不！您真沒看見昨天車站上的景象！」卡塔瓦索夫說，一邊喀嚓喀嚓地咬著黃瓜。

「那麼，究竟是什麼景象？謝爾蓋·伊萬諾維奇，看在基督分上，講給我聽聽：那些志願兵都上哪兒去？他們去跟誰打仗？」老公爵問，顯而易見，他在繼續列文不在時已經開了頭的話題。

「跟土耳其人打仗呀，」謝爾蓋·伊萬諾維奇用刀尖把那隻無望地撲扇著的、沾上蜂蜜且已發黑的蜜蜂剔出來，擱在一張堅硬的山楊樹葉上，安然地微微一笑，回答道。

「那麼是誰向土耳其人宣戰的？是伊萬·伊萬內奇·拉戈佐夫、利季雅·伊萬諾夫娜伯爵夫人和施塔爾夫人嗎？」

「誰也沒宣戰過，但人們同情同胞兄弟的苦難，希望能援助他們。」謝爾蓋·伊萬諾維奇說。

「但是公爵說的不是援助，」列文站在岳父一邊說，「而是向他們開戰。公爵說，個人不經政府批准是不能參戰的。」

「科斯佳，小心，有隻蜜蜂在我們身邊飛！說不準，牠會蜇我們一下！」多莉一邊說，一邊揮手驅趕一隻黃蜂。

「哦，這不是蜜蜂，是黃蜂。」列文說。

「嗯，那麼您又有什麼高論呢？」卡塔瓦索夫面帶笑容問列文，顯而易見，想引起他爭論。「為什麼個人就沒有權利呢？」

「依我之見：一方面，戰爭是一樁充滿獸性、殘酷而又可怖的事情，任何一個人，更別說一個基督徒，都無法承擔發動戰爭的責任，只有擔當著這個責任並且不可避免地捲入戰爭的政府才能發動。另一方面，按科學和常理來說，在國家事務上，尤其是在戰爭這種事情上，公民就得放棄個人的意志。」

謝爾蓋．伊萬諾維奇和卡塔瓦索夫胸有成竹地同時提出異議。

「關鍵就在這裡，老弟，往往有時候政府不能執行公民的意志，社會就會表明自己的意願。」卡塔瓦索夫說。

然而，謝爾蓋．伊萬諾維奇顯然不贊同這種異議。他聽到卡塔瓦索夫說的這番話，不禁皺緊了眉頭，然後說了不同的看法：

「你不應當這麼提問。這裡不存在宣戰不宣戰的問題，只不過是人的感情、基督感情的表現罷了。他們在殺害我們同一種族和同教的兄弟。嗯，即使殺害的不是我們同一種族和同教的兄弟，而只是普通的孩童、婦女和老人，人們也不會無動於衷。群情激憤了，俄羅斯人也會跑去制止這種可怖的暴行。你想像一下，你如果走在街上，看見幾個酒鬼在毆打一名婦女或者一個小孩，我認為，你就不管是否對這個人宣戰過，會立刻向他撲過去，保護受欺侮的人。」

「但我不會打死他。」列文說。

「不，你會打死他。」

「我不敢肯定。如果我目睹此情此景，我就會感情衝動、全身心地投入，可是事先我不敢說。因此目前對斯拉夫人受壓迫，就沒有、也不會有那種率真的感情了。」

「也許你沒有。但別人是有的，」謝爾蓋・伊萬諾維奇不滿地皺起眉頭說。「民間至今還流傳著東正教徒曾在『瀆神的阿加爾人』的壓迫下受苦受難的故事。人民聽到同胞兄弟在受苦難，就奮起發聲了。」

「也許是這樣，」列文含糊其辭地回答，「但是我看不出。我自己也是個老百姓，卻沒感覺到這一點。」

「我也是，」公爵說。「我住在國外，經常看報，說實話，在保加利亞慘案發生以前我無論如何也不明白，為什麼全體俄羅斯人突然熱愛上了斯拉夫兄弟，可我對他們卻絲毫沒有愛。那時我覺得挺不是滋味，心想我是個卑鄙小人，或是卡爾斯巴德[62]鉀鹽影響了我的身子。但是一回到這裡，我就安心了——我發現，只關心俄羅斯而不關心斯拉夫兄弟的，除了我，還有別人。瞧，康斯坦丁就是。」

「個人的看法在這裡毫無意義，」謝爾蓋・伊萬內奇說，「當整個俄羅斯——全體人民表達自己意願的時候，就談不上個人的意見了。」

「哦，對不起。這一層我沒看出來。人民也不知道是怎麼回事兒，」老公爵說。

「不，爸爸……怎麼會不知道呢？禮拜天教堂裡不是宣講過嗎？」多莉傾聽著這場談話，不由得插嘴說。「請遞給我一塊毛巾，」她對笑吟吟地瞧著孩子們的老人說。「其實也不可能所有人……」

「禮拜天教堂裡究竟做些什麼呢?神父奉命宣讀。他宣讀完了,就結束了。他們什麼也不明白,就像平時聽佈道那樣光是唉聲歎氣,」老公爵繼續往下說。「隨後對他們說,教堂要為拯救靈魂進行募捐,於是他們每人掏出一戈比來捐獻。至於派什麼用場,他們就不知道了。」

「人民不可能不知道;人民總是會意識到自己的命運,在眼下這個時刻,這種意識就表現出來了。」謝爾蓋·伊萬諾維奇瞧了一眼那個養蜂的老人,肯定地說。

這個眉清目秀的老人蓄著一把花白的大鬍子,長著一頭濃密的銀髮,挺著個大高個兒,握著一杯蜂蜜,一動不動地站著,親切而又安詳地俯視著老爺們,顯然,他什麼也不明白,而且也不想明白。

「確實是這樣。」他聽了謝爾蓋·伊萬諾維奇的話,鄭重其事地搖搖頭。

「嗯,您就問問他吧。他什麼也不知道,什麼也不考慮,」列文說。「米哈伊雷奇,你聽說打仗的事嗎?」列文問那個老人。「教堂裡宣讀些什麼?你是怎麼想的?我們要為基督而戰嗎?」

「我們還要考慮什麼?亞歷山大·尼古拉耶維奇皇帝已為我們想到了,樣樣事情他都替我們考慮到了。他深謀遠慮,看得清楚。還要拿點麵包來嗎?再給這個小男孩一點嗎?」他指指啃完一塊硬麵包的格里沙,問多莉。

「我用不著問,」謝爾蓋·伊萬諾維奇說,「我們以前看到、現在也看到,成千上萬的人拋棄了一切來為正義的事業奔走,他們來自俄國的四面八方,坦率而又明確地表明他們的思想和目的。他們或者捐錢、或者親自去,直截了當地說這麼做是為什麼。這究竟說明了什麼?」

---

62 美國西南部的一個城市,是鉀鹽開採中心。

「依我看，這說明，」有點激動起來的列文說，「在八千萬人民中總有幾萬個而不像現在只有幾百個失去社會地位、膽大妄為的暴徒，這些人隨時準備投奔普加喬夫那一幫，跑到希瓦、跑到塞爾維亞去……」

「我告訴你，他們可不是幾百個膽大妄為的暴徒，而是民眾的優秀代表！」謝爾蓋・伊萬內奇激憤地說，好像他在保護自己最後一份財產。「還有捐款呢？這就是全體人民直接表達自己的意願。」

「『人民』這個詞說得太抽象了，」列文說。「也許，只有鄉下的錄事、學校教師以及千分之一的農民知道，當前是怎麼回事。其餘八千萬人就像米哈伊雷奇那樣，不僅沒表示自己的意願，而且絲毫不瞭解，他們該為什麼事表示自己的意願。因此，我們究竟有什麼權利說，這代表了人民的意願呢？」

# 十六

富有辯論經驗的謝爾蓋・伊萬諾維奇並不提出異議，而是立刻把話題轉到另一方面。

「是的，如果你想透過統計來瞭解人民的精神，那自然難以達到。我們國家不採用、也不能採用投票方式，因為這不能表達人民的意願。但是可以用別的方法。可以從人民的情緒中感覺到，可以憑心靈感受到。且不說人民這個表面平靜的大海底下湧動著的那些潛流，這是每一個不抱偏見的人都有目共睹的。你就不妨觀察一下社會上具體的事物。知識界各式各樣的不同派別，以前都互相仇視，如今都攜手聯合起來了。一切敵意煙消雲散，各個社會團體說話都是一個口徑，大家都覺得有一股自然力量緊緊抓住了他們，拉著他們往一個方向跑。」

「是的，各報對這方面的報導都是一個口徑，」老公爵說，「這是真的。一個調兒，就像雷雨前青蛙的叫聲。蛙聲響得你別的什麼也聽不見。」

「是不是像青蛙叫與我不相干——我又不辦報，我才不想替它們辯解呢。可是我要說知識界的思想是一致的，」謝爾蓋・伊萬諾維奇對弟弟說。

列文想回答，但是老公爵打斷了他的話。

「哦，關於思想一致我還有話要說，」老公爵說，「瞧，我的另一個女婿，叫斯捷潘・阿爾卡季奇，你們都認識他。他如今謀到了一個什麼理事的職位，具體叫什麼我記不得了。可是那裡沒什麼事可做——

說說沒什麼，多莉，這又不是祕密！——可薪俸卻有八千。你們不妨去問問他，他的那份差事是不是有作用——他準會對你們說，這個差事是最不可缺少的。他為人厚道，但是不能不相信這是八千盧布的影響力。」

「哦，他請我轉告達里雅．亞歷山德羅夫娜，他謀到了那個職位。」謝爾蓋．伊萬諾維奇認為老公爵的插話不是地方，不滿地說。

「各報思想一致倒也罷了。他們對我聲稱：戰爭一爆發，他們的收入將增加一倍。他們怎麼不考慮人民和斯拉夫人的命運……以及別的一切呢？」

「許多報紙我也不喜歡，但這麼說也不公正。」謝爾蓋．伊萬諾維奇說。

「我只想提一個條件，」老公爵繼續說，「阿爾方斯．卡爾在跟普魯士交戰之前說過幾句很精彩的話：『你們認為戰爭是必然的嗎？那好。誰鼓吹戰爭，就讓誰到特種先鋒軍團去，叫他衝鋒在前！』」

「這樣一來，那些編輯可夠受的了，」卡塔瓦索夫想像著他熟識的那些編輯參加這個先鋒軍團後的情景，不禁縱聲笑著說。

「不用說，他們準會當逃兵，」多莉說，「只會敗事有餘。」

「假如他們臨陣脫逃，那就用霰彈或者叫拿鞭子的哥薩克督陣，」老公爵說。

「這真是個笑話，恕我直言，公爵，是個不光彩的笑話。」謝爾蓋．伊萬諾維奇說。

「我可不認為這是笑話，這是……」列文剛說到這裡，謝爾蓋．伊萬諾維奇就打斷了他的話。

「每一個社會成員都應恪盡職守，」他說，「宣傳工作者的職責是反映社會輿論。充分一致地反映社會輿論，這是報刊的職責所在，無疑也是一種令人高興的現象。這事如果在二十年前，我們可能會沉默，可是現在聽見了俄國人民的聲音，他們萬眾一心，準備奮起戰鬥，準備為被壓迫的兄弟犧牲自我。這是偉大的舉動，力量的基礎。」

「但是要知道，這不只是犧牲自我，還要把土耳其人殺死，」列文怯聲怯氣地說。「人民作出犧牲和準備作出犧牲是為了靈魂得救，可不是為了殺人。」他又說，無意識地把這場談話連結上一直纏住他的那些思緒。

「怎麼是為了靈魂得救？要知道，這種說法對自然科學家來說是難以理解的。靈魂得救究竟是怎麼回事？」卡塔瓦索夫微笑著說。

「噯，您是知道的！」

「哈——哈，我的確一點兒也不知道！」卡塔瓦索夫縱聲大笑起來。

「基督說：『我來並不是叫地上太平，乃是叫地上動刀兵。』[63]」謝爾蓋·伊萬諾維奇隨便引用福音書中一段最明白的話反駁，卻弄得列文尷尬萬分。

「這話說得十分確切。」站在他們身邊的老人又重複說，以回答偶然向他投來的目光。

「是的，老弟，你被打敗了，被打敗了，潰不成軍啦！」卡塔瓦索夫歡快地大聲嚷道。

列文惱怒得滿臉通紅，這倒不是因為他被打敗了，而是因為他克制不住自己，又爭了起來。

「是的，我無法跟他們爭論，」他思忖道，「他們都穿著打不穿的鎧甲，可我是光著身子。」

列文看出自己無法使哥哥和卡塔瓦索夫信服，而且看出自己不可能同意他們的看法。他們所鼓吹的那

63 見《新約·馬太福音》第十章第卅四節。

一套，其實就是差點把他毀了的那種理智上的驕傲。他不能同意，幾十個人，其中包括他的哥哥，僅根據幾百個來到京都的、能言善道的志願兵的言論，就有權說他們與報刊一起表達了人民的意願和思想，而且是一種表現為復仇和殘殺的思想。他不能同意他們的看法，還因為他看不出；他生活在其間的人民沒有這種思想的反映，在自己身上也沒發現這種思想（他不能把自己看做是一個俄國人以外的什麼人），最主要的是因為他和人民都不知道，也無法知道什麼是公共福利，但是清晰地知道，只有嚴格地遵行人人都明白的善的法則，才能獲取這種公共福利，因而不論為什麼共同目的都不能希望打仗或鼓吹打仗。他和米哈伊雷奇好像民間傳說中的人民邀請瓦蘭人[64]來統治一樣，說：「您來當大公，您來統治我們。我們甘願俯首聽命。一切勞作、一切屈辱、一切犧牲都由我們來承受；但是我們不作判斷，也不作決定。」但現在，按謝爾蓋・伊萬諾維奇的話說，人民已放棄了用如此高昂的代價買來的權利。

他還想說：如果說輿論是個嚴明的法官，那麼為什麼革命、公社就不像聲勢浩大的支援斯拉夫人運動那樣合法呢？然而，這一切只是什麼問題也解決不了的假想。可有一點是毋庸置疑的——眼下這場爭論使謝爾蓋・伊萬諾維奇惱怒不已。如此爭論令人厭惡，於是列文不吭聲了，他只關照客人們：天上已是烏雲密布，最好趕快回家，別淋著這場雨。

## 十七

老公爵和謝爾蓋·伊萬諾維奇坐上馬車一道走了。其餘那些人也拔腿快步走回家去。

烏雲時而泛白，時而變黑，來勢凶猛，他們必須加快腳步才能趕在下雨前回到家。前頭的烏雲壓得低低的，如煤煙一般漆黑，飛快地掠過天空。到家還差兩百來步，這時颳起大風，隨時都可能下起傾盆大雨。

孩子們驚慌而又欣喜地尖叫著，跑在前頭。達里雅·亞歷山德羅夫娜費力地提起緊貼在腿上的裙子，兩眼緊盯著孩子們，簡直不是在走，而是在奔跑了。男人都抓住帽簷，邁開大步走著。他們走到臺階前，剛好大顆的雨點落下來，劈劈啪啪地打在鐵皮水槽的邊上。孩子們以及跟在後面的大人說笑著跑到屋簷下面。

「卡捷琳娜·亞歷山德羅夫娜呢？」列文問拿著頭巾和厚毛披肩在前廳裡迎接他們的阿加菲雅·米哈伊洛夫娜。

「我們以為她跟你們在一起呢。」她說。

「那米佳呢？」

「一定在科洛克樹林裡，保姆一起去的。」

---

64 古俄羅斯人對北歐諾爾曼人的稱呼。

列文抓起一件披肩，就向科洛克樹林跑去。

一會兒工夫，烏雲蔽日、天昏地暗，彷彿發生了日食。大風肆虐，一個勁兒猛颳，似乎要列文停下腳步；大風吹落椴樹的葉子和花兒，把白樺樹枝甩得光禿禿的，十分難看，金合歡、牛蒡、青草和樹梢全都被吹得往一邊倒。在花園裡幹活的姑娘們尖叫著紛紛跑回僕人住房。白濛濛的雨簾籠罩了遠處的整片林子和近處的半邊田野，並快速地向科洛克移去。空氣中瀰漫著細碎的雨珠潮氣。

列文俯身向前跑，與要把他手中的披肩颳走的大風搏鬥著，已經跑近科洛克樹林，看見橡樹後面有團白白的東西；突然火光一閃，旋即整個大地一片白光，頭頂上方的天穹炸裂開來。列文睜開發花的眼睛，透過眼下把他和科洛克隔開的濃厚雨簾，首先驚恐地看到，林子中央他熟悉的那棵橡樹綠瑩瑩的樹梢奇怪地改變了姿態。「難道給雷擊了？」列文剛想到這裡，只見橡樹的樹梢愈來愈快地彎倒下來，隨即消失在其他樹木後面；接著他又聽見一棵大樹倒在其他樹上發出的響聲。

電光閃閃、雷聲隆隆，加上剎那間身上掠過的一陣寒意，使列文感到恐怖。

「我的上帝！我的上帝呀，可千萬別砸著他們！」他喃喃自語。

雖說他馬上想到，祈求已經倒下的那棵橡樹別砸著她們已毫無意義，但是他仍重複了一遍，他也清楚，這會兒沒有比做這種毫無作用的祈禱更好的辦法了。

他跑到她們常去的那個地方，但沒找到她們。

她們正待在林子另一端的一棵老椴樹底下，大聲呼喚他。兩個身穿深色連衣裙的人（她們穿的連衣裙原本是淺色的）站著俯身遮住什麼。這兩人正是吉娣和保姆。雨已經停了，列文跑到她們跟前的時候，天漸漸亮了起來。保姆的連衣裙腰部以下是乾的，但吉娣的連衣裙全濕透了，貼在身上。雖然雨已經不下了，但她們倆還是保持著下雷雨時的姿勢。她們倆都俯身遮在有綠色遮陽的嬰兒車上。

「都還活著嗎？都安然無恙嗎？謝天謝地！」他跺著一隻灌滿水而靴幫歪斜的靴子，咕唧咕唧地向她們身邊跑去，心裡想。

頭戴一頂淋濕而變了形的帽子的吉媞，轉過她那張紅通通、濕漉漉的臉，露出羞怯的笑容。

「哼，妳怎麼就不內疚！我真不明白，怎麼能這樣冒冒失失！」他惱火地指責妻子。

「說實話，不能怪我。我們剛想離開，他就哭鬧起來。只得給他換尿布。我們剛……」吉媞為自己辯解。

米佳沒淋著雨，一直安然睡著。

「哦，謝天謝地！我真不知道我在說些什麼！」

他們收拾起濕尿布。保姆把嬰兒抱在手上。列文走在妻子身旁，責怪自己剛才又發火了，於是他背著保姆，悄悄地握住妻子的一隻手。

# 十八

整整一天，列文只是心不在焉地在參與各式各樣的談話，儘管對自己心中應當發生的變化感到失望，但一直為心中的充實覺得高興。

一場大雨之後，地上太濕，不能外出散步。再說，雷雨雲還未從天邊散盡，時而飄到這裡，時而飄到那裡。雷聲隆隆，天際變得黑沉沉的一片。大家只得在家打發那天剩下的時間。

大家不再爭論，而且情況恰恰相反，午飯後人人心情都十分愉快。

卡塔瓦索夫起先用他獨具一格的笑話逗太太們發笑，這種笑話第一次聽他說時往往都會喜歡；接著他受謝爾蓋・伊萬諾維奇的慫恿，說起自己觀察雌雄家蠅的不同習性、甚至不同體形，以及牠們生活的有趣結果。謝爾蓋・伊萬諾維奇也興高采烈，一邊喝茶，一邊在弟弟的要求下，講述了自己對未來東方局勢的看法，講得深入淺出、生動活潑，大家都聽得津津有味。

只有吉媞一人沒聽完他的講話。她被叫去給米佳洗澡了。

吉媞走了幾分鐘，列文也被叫去了兒童室。

列文拋下茶，為沒辦法聆聽有趣的談話感到可惜，同時又為叫他不知有什麼事而惴惴不安，因為只有碰到緊要情況才會叫他。他朝兒童室走去。

儘管對沒聽完謝爾蓋・伊萬諾維奇說的一種全新概念的理論——解放了的四千萬斯拉夫人應當與俄國

一起開創歷史新紀元——很感興趣，儘管對叫他去幹麼覺得納悶不安，但是他一走出客廳，只剩下一個人時，早上那些念頭又立刻浮現在腦海裡。在他看來，關於斯拉夫人在世界歷史上的影響的種種說法，比起他內心的變化來卻是那樣微不足道；他旋即把這一切拋在腦後，又恢復了今天早晨的那種情緒。

他眼下不像過去常見的那樣、去回想思考的全部過程（他不需要這麼做）。他馬上又產生了原先主導著他並與那些思想聯結在一起的心情，而且發現內心的這種情感比過去更加強烈、更加明確。現在他不用像過去那樣，用種種臆想的自我安慰和通過回顧思想的全程來恢復這種心情。現在恰恰相反，愉悅和安寧的心情比過去更突出，而思想往往趕不上心情的變化。

他穿過涼臺，仰望漸漸暗下來的天幕上出現的兩顆星星，驀地想起：「是的，過去我望著天空想，我看見的天穹並不是虛幻的，但有些事我還沒想透澈，有些事我還不敢面對，」他心想。「然而，無論如何我也不會提出異議。只要好好想想，一切都會釋然！」

在跨進兒童室時，他這才知道，他對自己祕而不宣的是什麼。這就是：如果說上帝啟示了什麼是善，就是上帝存在的主要證據，那麼為什麼這種啟示僅侷限於基督教一個教派？同樣奉勸人們行善、本人也行善的佛教徒和伊斯蘭教徒的觀念，跟這種啟示又有什麼關係呢？

他似乎覺得，他找到了這個問題的答案。但他還來不及向自己袒露，腳已經跨進了兒童室。

吉媞捲著袖子站在嬰兒在裡面拍濺著水的澡盆旁邊。聽見丈夫的腳步聲，她轉過臉來，面帶笑容地招呼他過去。她一隻手托著仰面躺在水中、兩條小腿亂踹的胖兒子的頭，另一隻手用海綿在他身上擦著，臂上的肌肉有節奏地鼓動。

「哎，你來瞧瞧，你來瞧瞧！」丈夫走到她身邊時，她說。「阿加菲雅·米哈伊洛夫娜說得不錯。他認人了。」

確實如此，米佳從今天起認得所有的親人。

列文剛走到澡盆前，她們馬上試著叫嬰兒認他，嬰兒真的認出來了。於是又把廚娘特地叫來讓嬰兒認。她向他俯下身去。但嬰孩卻皺起眉頭，否定地搖搖頭。吉媞向他彎下腰去，他就綻開笑容，兩隻小手抓住海綿，咂著嘴，發出滿意而又古怪的聲音，不僅使吉媞、保姆，而且使列文也突然喜笑顏開。

保姆用一隻手把嬰兒抱出澡盆，再用水沖洗一下，然後把他裹在浴巾裡擦乾，待他哇哇啼哭之後，再抱給母親。

「嗯，我真高興，你喜歡他了，」吉媞在常坐的位置上坐下來給嬰孩餵奶的時候，對丈夫說。「我非常高興。要不然，這情況又會叫我發愁了。你之前說過，你對他毫無感情。」

「不，難道我說過，我對他毫無感情嗎？我只是說，我感到失望。」

「怎麼，對他感到失望？」

「不是對他失望，而是對自己的情感覺得失望。以前我所期望的要更多。我本來期望，我會遇到一種意外的驚喜。但突然變了，感覺到的只是嫌惡、可憐……」

吉媞抱著嬰兒，諦聽著他述說，一邊往纖細的手指上戴她給米佳洗澡時摘下的戒指。

「主要的是，擔驚受怕和憐憫要比歡樂來得多。今天經歷了這種大雷雨的驚嚇之後，我才明白我有多麼愛他。」

吉媞臉上漾出了笑容。

「你嚇壞了吧？」她說。「我也是。事情已經過去了，但是我覺得現在要比那個時候更害怕。我要去瞧瞧那棵椴樹。卡塔瓦索夫多麼有趣！總而言之，這一天過得很有意思。你有這個願望的時候，對謝爾蓋·伊萬內奇也會這麼好……好吧，我們到他們那裡去。這裡剛洗過澡，老是又熱又潮……」

## 十九

列文走出兒童室，剩下自己一個人時，馬上又想起那個還有點模糊不清的思想。

他沒回到人聲嘈雜的客廳，卻在涼臺上站住了，臂肘支著欄杆，遙望天空。

天色已完全黑了，在他眺望的南方上空沒有烏雲。烏雲聚在天空的另一邊。那裡雷電閃閃，遠遠傳來隆隆聲。列文側耳傾聽花園裡椴樹勻稱的滴水聲，仰望著他所熟悉的、呈三角形的星群和貫穿星群的銀河及其分支。雷電一閃，不僅銀河，就連最耀眼的星星也會立即消失，但是閃電一滅，那些星星彷彿被神投手又拋了出來，在原來的地方顯現。

「哦，究竟是什麼攪得我心神不定？」列文喃喃自語，他預感到心中已有解開疑問的答案，雖說知道得還不很清楚。

「是的，神十分明顯、不可懷疑的表現形式，就是以啟示向天下人宣示善的法則。這些法則我覺得就在我的心中，承認這些法則，那我就要與其他人結成一個信教的人的團體，叫做教會，不管我是自願的還是被迫的。那麼猶太人、伊斯蘭教徒、儒教徒、佛教徒，他們究竟是什麼人呢？」他對自己提了這個在他看來是危險的問題。「難道這幾億人就被剝奪了生活中缺少它就毫無意義的那種美好的幸福嗎？」他陷入了沉思，但馬上就糾正自己。「可我究竟在探求些什麼？」他自言自語。「我在探究全人類各式各樣的信仰與神的關係。我在探究上帝在這個充滿這些模糊斑點的世界面前的普遍表現形式。我究竟在做些什麼？

一種憑理智無法達到的認識對我個人、對我的心靈毫無疑問揭示了，可是我老是固執地想用理智和語言來表達它。

「難道我不知道星星是不移動的嗎？」他暗自問道，一邊瞧著一顆明亮的行星漸漸移到白樺樹梢上。「但是，我望著星星移動，卻無法想像地球在旋轉，因此我說星星在移動也是對的。

「如果天文學家不把地球所有紛繁複雜的運動都估算到，那他們能明白和計算出什麼來嗎？他們關於天體的距離、重量、運動和攝動的各種絕妙結論，其依據只是看得見的天體圍繞固定的地球的運行，其依據是目前呈現在我面前的、多少世紀來就這樣展現在千百萬人面前的這種運動，它過去是、將來也是這樣，總是可以得到證實。就好像天文學家不是依據與一條子午線和一條地平線的位置關係來觀察看得見的天體所得出的結論是空泛而又站不住腳的一樣，我不以理解無論過去還是將來對人人都不變的、基督教對我所揭示的並永遠能在我心中得到證實的那種善為基礎，那得出的結論也是空泛而又站不住腳的。至於有關其他教派及其對神的關係問題，我無權、也沒有能力去解決。」

「喂，你還沒走啊？」吉媞也要去客廳，路上碰見他問道。「怎麼，你沒有不開心吧？」她借著星光，仔細地瞧了瞧他的臉色，問道。

要不是又一道讓繁星黯淡無光的閃電照亮他的臉，她肯定看不清他的臉色。在雷電的閃耀下，她看清了，發現他安詳又高興，不禁對他嫣然一笑。

「她明白，」他想，「她知道我在想什麼。是否要告訴她？好吧，我就告訴她。」但是就在他剛想開口的時候，她又說起話來。

「噢，我說，科斯佳！請幫個忙，」她說，「到拐角房間去瞧瞧，給謝爾蓋．伊萬諾維奇安頓得怎麼樣了。我去不方便。是否放上了新的臉盆。」

「好吧，我一定去，」列文說，一邊站起身來吻了她一下。

「不，不能告訴她，」她走到他前頭的時候，他心想。「這是個祕密，是我一個人需要的、無法用語言來表達的重要祕密。

「這種新的感情沒使我有什麼改變，沒使我覺得幸福，也沒有使我心中如幻想的那樣豁然敞亮，只不過是像我對兒子那樣的一種感情。沒有任何意外的驚喜。是信仰也好，不是信仰也好，我都不知道是怎麼回事，但這種感情經過一番痛苦、不知不覺地深入我的內心，並牢牢地在心裡紮下了根。

「我還會對車夫伊萬發脾氣，還會爭吵，還會不合時宜地說出自己的想法，還會在自己心靈的最隱蔽處與別人、甚至與我的妻子之間築起一道障壁，還會因自己擔驚受怕而指責她，並為此後悔不迭；我憑理智還不會理解，我為什麼要做祈禱，但我還是會做。然而，目前我的生活，我全部的生活不管發生什麼情況，每一分鐘不僅不會像過去那樣虛度，而且具有我有權使之具有的、明確的、善的意義！」

（全文終）

經典文學 20

# 安娜・卡列尼娜（下）
# Анна Каренина

作者　列夫・托爾斯泰（Leo Tolstoy）
譯者　高惠群 等
社長　陳蕙慧
副社長　陳瀅如
總編輯　戴偉傑
電腦排版　極翔企業有限公司

出版　木馬文化事業股份有限公司
發行　遠足文化事業股份有限公司（讀書共和國出版集團）
地址　231 新北市新店區民權路 108 之 4 號 8 樓
電話　02-2218-1417 傳真 02-8667-1891
email　service@bookrep.com.tw
郵撥帳號　19588272 木馬文化事業股份有限公司
客服專線　0800221029
法律顧問　華洋法律事務所　蘇文生 律師
印刷　成陽印刷股份有限公司
二版 8 刷　2024 年 3 月
定價　新台幣 360 元
ISBN　978-986-359-212-9



國家圖書館出版品預行編目（CIP）資料

安娜・卡列尼娜 / 列夫・托爾斯泰（Leo Tolstoy）
著；高惠群等譯 . -- 二版 . -- 新北市：木馬文化
出版：遠足文化發行 , 2016.02
　冊；　公分 . --（經典文學；20-21）
譯自：Анна Каренина
ISBN 978-986-359-211-2（上冊：平裝）. --
ISBN 978-986-359-212-9（下冊：平裝）
880.57　　105000253